U0524082

男人都是孩子

何常在 著

北方联合出版传媒(集团)股份有限公司
春风文艺出版社
·沈阳·

图书在版编目（CIP）数据

男人都是孩子/何常在著. —沈阳：春风文艺出版社，2023.10
ISBN 978-7-5313-5934-0

Ⅰ.①男… Ⅱ.①何… Ⅲ.①长篇小说—中国—当代 Ⅳ.①I247.5

中国版本图书馆CIP数据核字（2021）第084522号

北方联合出版传媒（集团）股份有限公司
春风文艺出版社出版发行
沈阳市和平区十一纬路25号　邮编：110003
辽宁新华印务有限公司印刷

责任编辑：姚宏越	特约编辑：张　羽　于　雷
助理编辑：孟芳芳	责任校对：赵丹彤
封面设计：路　征	幅面尺寸：170mm×240mm
字　　数：409千字	印　　张：22
版　　次：2023年10月第1版	印　　次：2023年10月第1次
书　　号：ISBN 978-7-5313-5934-0	定　　价：50.00元

版权专有　侵权必究　举报电话：024-23284391
如有质量问题，请拨打电话：024-23284384

目 录

第一卷 四十将至，祸福双生 ···································· 001
  第 一 章　人生过山车 ·· 001
  第 二 章　一波三折 ·· 004
  第 三 章　成熟，和年龄无关 ······································ 006
  第 四 章　接踵而至的打击 ·· 009
  第 五 章　男人的迷茫 ·· 012
  第 六 章　女人的期待 ·· 015
  第 七 章　无非是习惯和依赖 ······································ 018
  第 八 章　婚姻合伙有限公司 ······································ 021
  第 九 章　建立在丈夫痛苦之上的安全感 ···························· 024
  第 十 章　劫财还是劫色 ·· 027
  第十一章　人生际遇 ·· 031
  第十二章　无限关爱与有限责任 ···································· 034
  第十三章　还没有长大 ·· 038
  第十四章　男人，唷，男人 ·· 041
  第十五章　校园爱情和社会爱情 ···································· 044
  第十六章　是不是有病 ·· 047
  第十七章　流氓上司色狼领导 ······································ 050
  第十八章　只能自己硬扛 ·· 053
  第十九章　苟且不是一个筐 ·· 057
  第二十章　是人都会有缺点 ·· 060

第二十一章	成长游戏	064
第二十二章	人生成长指南	067
第二十三章	先从改变自己开始	071
第二十四章	不能一味用强	073
第二十五章	只想强扭，不管瓜甜	076
第二十六章	对待女人的态度和技巧	080
第二十七章	幸存者偏差	083
第二十八章	婚姻是一堂不容易及格的课	086
第二十九章	男人立场和女人立场	089
第 三 十 章	围城的界限	092
第三十一章	被偏爱的都有恃无恐	094
第三十二章	婚姻三定律	097
第三十三章	两性情感专家	099
第三十四章	男人的成长是女人的培养	103
第三十五章	男人的演戏	106
第三十六章	女人的直觉	109
第三十七章	女人，喵，女人	112
第三十八章	男女之间的天生差异	116
第三十九章	家是男女互补的地方	119
第 四 十 章	儿子的关键作用	122
第四十一章	男人讲道理，女人只想赢	125
第四十二章	凭什么要求女人	128
第四十三章	非暴力不合作	132
第四十四章	见招拆招	135
第四十五章	有生之年，狭路相逢	138
第四十六章	万里长征的第一步	142
第四十七章	没有对比就不知道珍惜	145
第四十八章	曾经纯洁过	146
第四十九章	不怕提条件，就怕没想法	149
第 五 十 章	谁还不是一个宝宝	153
第五十一章	女人真可怜，男人真无耻	156

第五十二章	该来的总会来	159
第五十三章	我也是你的人生难关	162
第五十四章	只能帮你到这里	165
第五十五章	点赞之交	168
第五十六章	有罪推定	172
第五十七章	爱情是一桩大概率赔本的生意	175
第五十八章	谁还不曾辜负几段昂贵的时光	179
第五十九章	不同阶段的爱情	182
第 六十 章	成长是不断抛弃过去的过程	185
第六十一章	这么现实而令人绝望	188
第六十二章	需要成长的不仅是感情	192
第六十三章	男人的天性和必修课	195
第六十四章	一个不肯服输，一个不愿服输	198
第六十五章	屈服于世俗和社会压力	201
第六十六章	只关爱不善后	204
第六十七章	为有源头活水来	208

第二卷 有生之年，狭路相逢 212

第 一 章	每个人眼中的世界	212
第 二 章	我们男人要互相保护	215
第 三 章	最好的爱情就是……	217
第 四 章	毕竟夫妻一场	220
第 五 章	梦寐以求的女神和日积月累的包袱	223
第 六 章	男人的正派程度	226
第 七 章	生活不能自理	229
第 八 章	熟悉的地方没有风景	232
第 九 章	哥儿们劝和闺密劝分	235
第 十 章	嘴上抱怨，心中喜欢	239
第十一章	上课	241
第十二章	最安稳的地方还是家里	244
第十三章	不够自信和太过自信	248

- 第十四章　婚姻幸福秘诀 251
- 第十五章　没有误会，只有矛盾 254
- 第十六章　当孩子来养 257
- 第十七章　从来不带回家里 260

第三卷　最好的爱情就是 264
- 第 一 章　大数据对男人的分析判断 264
- 第 二 章　人生赢家的定义 267
- 第 三 章　不挑剔就是最大的挑剔 270
- 第 四 章　安全感 273
- 第 五 章　每个人都是一个立方体 276
- 第 六 章　男人应该承担的一切 279
- 第 七 章　相爱相杀 282
- 第 八 章　大错小错 285
- 第 九 章　不要再抱有幻想 288
- 第 十 章　成为大师的基本功 292
- 第十一章　三个版本，三种人生 295
- 第十二章　放下别人，放过自己 298
- 第十三章　到底是谁伤害了谁 302
- 第十四章　男人愿意追求和尝试的空间 305
- 第十五章　情圣方山木 308
- 第十六章　爱情的盲目和被动 311
- 第十七章　越到中年就会越害怕 315
- 第十八章　反作用力 318
- 第十九章　人生推演 321
- 第二十章　爱情不是人生的全部，甚至不是必选课 325
- 第二十一章　有钱人的痛苦 328
- 第二十二章　头等大事 331
- 第二十三章　已婚男人的尊严不容挑战 335
- 第二十四章　不赞成观点，接受决定 338
- 第二十五章　论一个好女人的重要性 341

第一卷　四十将至，祸福双生

第一章　人生过山车

山，连绵不绝的群山。林，一望无际的山林。褐色的石头上面有厚厚的青苔，遮天蔽日的深林之中，地上的落叶层层叠叠。

第一天。

晚上十点，手机彻底没电，方山木失去了和外面世界联系的唯一工具，虽然早在几个小时前就没有了信号。

方山木一屁股坐在冰冷潮湿的石头上，双手抱头，放声大哭！

周围静得吓人，习惯了都市的车水马龙和喧嚣，突然置身于荒无人烟的深山老林之中，他感觉像是走进了无人区。除了幽深的树林和呼呼的风声，以及不知名野兽的吼叫和此起彼伏的虫鸣之外，没有任何可以证明有智慧生物存在的迹象。

这到底是什么鬼地方？

方山木哭了几分钟，猛然站了起来，一拳打在了一棵高大的松树上，手上顿时鲜血直流。

怎么当初就那么笨，居然信了古浩的话？现在方山木终于想明白了，他是被古浩算计了。

如果能活着出去，他第一个要去找古浩算账，要让古浩生不如死，否则他就不是许多人畏之如虎的京城第一互联网公司的副总方山木。

来京城十多年，他怎么不知道在西郊还有这样一个走上一整天也不见人影的荒山野岭？

谁也不会想到，他只是想过来清静两天，钓鱼、散步、吃农家饭，结果一不小心就身陷绝境。

第二天。

晚上十点，下起了雨。他将手机藏在口袋里，可惜全身都湿透了，也不知道手机有没有进水。

天亮后，方山木朝着太阳的方向前进，也不知道走了多久，还好手表还在准确地记录时间，关键时刻，机械手表比任何电子类手表都可靠。

第三天。

已经筋疲力尽的方山木强烈的求生欲支撑着他继续艰难地前行。从小在农村生活过的经历，让他具备一定的野外求生知识。既然此处是西郊，那么一直朝东走，肯定可以走出去。

早上他可以跟着太阳走；中午和下午，他借助手表指针辨别方向的原理推出了东方方位；而到了晚上，他又根据月亮升起的方向，准确地一路向东。

第四天。

天刚亮，第一缕阳光穿透树叶时，在林中形成了无数光影，像是一场盛大的演出。方山木感觉再也迈不动脚步了，正要倒下，远处，隐约可见一个大大的铁门。

推开厚重的铁门，阳光扑面而来，方山木眯起眼睛，伸出右手遮挡太阳。

门外，是另一个世界——眼前是公路，远处是高楼，总算重见天日了，他用尽最后一丝力气，挥舞了几下胳膊庆祝自己的新生。

然而喜悦只持续了片刻，方山木很快就发现，公路是荒废的，四下依然空无一人，更没有一辆汽车。

如果他没有记错的话，他和古浩从市区来到此处，开了近一个半小时的车，即便是京城堵车严重，算下来这里距市区有六七十公里。以他目前的状态，十六七公里都走不了。

身后的铁门厚重而高大，应该是一处荒废的山林管理处。

难道真的就这么死在这里了？方山木颓然躺在地上，秋日的天空，辽远而明净。空气清新而充满清爽气息。远山青翠如黛，近处林深鸟鸣，微风吹过，遍体清凉。

如果不是因为饿了三天三夜，就这么彻底放松地度一次假，也是不错。不去管公司处理不完的日常事务以及他因为失误而导致公司高达上千万的巨额损失，也不去想和盛晨持续了将近一年的冷战而陷入僵局的婚姻，只想放下一切烦恼和不快，大睡一觉，等醒来之后，他的人生过山车就会冲出低谷冲向顶峰。

不过虽然人生突然之间呈断崖式下跌，但方山木不是逃避的性格，一死了之不是他的人设。现在的他，人到中年，上有老下有小，还有应该承担的社会责任，怎么能以死亡来逃避眼前的困难？

更何况，经历了三天三夜的生死考验后，他还有什么事情不能或不敢面对的呢？

最近一系列事情的发生，如同多米诺骨牌，引发了让人猝不及防的连锁反应。

如果非要寻找一个原点的话，就是他和盛晨越来越不协调的婚姻和分歧越来越严重的人生理念！正是盛晨一再的无理取闹导致了他工作失误，从而引发了公司损失，并且让董事长大为震怒。董事会研究之后，决定让他暂停工作。

暂停工作后，盛晨对他非但没有半分安慰和鼓励，反倒冷嘲热讽，让他一怒之下离家出走。

古浩对他的遭遇表示同情，声称他有一个朋友在西山开了一处农家会所，是一处"苔痕上阶绿，草色入帘青"的世外桃源，方山木在那里可以好好休养几天，养精蓄锐，以便东山再起。

方山木一听就动心了，当即随古浩前往。车行几个小时后，他和古浩下车步行。走了许久后，古浩忽然接到电话说有急事需要返回，让他继续往前走没几公里就可以见到一处农庄，直接报他名字即可。

方山木听信了古浩的话，又走了快一个小时，也没有见到农庄。想打电话问，手机已经没有了信号。惊慌之下，他迷路了，再然后，手机也没电了……

方山木也不知道是太绝望还是太疲惫了，感觉迷迷糊糊中快要睡着时，忽然一声汽车的喇叭声在耳边响起。

有车？方山木无比惊喜地从地上一跃而起，从来没有像现在一样觉得汽车喇叭这么悦耳动听，身后五十米开外，一辆白色的面包车缓缓驶来。

"停车！停车！"方山木跳了起来，用力挥动双手，求生欲让他无比兴奋并且充满力量。

司机瞪大眼睛一脸不可置信。

直到方山木猛地扑到了车窗前，他才惊醒过来，忙踩了刹车。

方山木不管不顾地打开车门上车，开了句玩笑："等你好几天了，你怎么才到？"

不料话一出口，司机先是一愣，随即跳车就跑："妈呀，你们警察也太敬业了，为了一辆破面包，埋伏了好几天，我认栽了！"

嘴上说认栽，身体却很诚实，一溜烟儿跑得没影了。

什么情况这是？方山木不知所措地搓了搓手，又一想，算了，顾不了那么多了，活命要紧。他当即发动面包车，朝市区驶去。

面包车上有车载充电器，方山木赶紧为手机充电。还好，手机虽然被雨淋湿，却依然完好，正常开机了。

一瞬间，手机涌进来无数个信息，方山木几乎要热泪盈眶了。

但接踵而来的消息，一个比一个残酷，就像是一记记重锤，每一锤都狠狠地击打在方山木的胸口。

第二章　一波三折

方山木欲哭无泪，他并没有做错什么，为什么命运要对他如此不公？并且一再捉弄他调侃他并且羞辱他！

绝处逢生的喜悦只持续了不到一个小时，当方山木依稀看到城市的轮廓时，他一颗心落到了肚子里。但紧接着三个电话，又让他重获新生的喜悦变成了深不见底的悲伤。

第一个电话是盛晨打来的。

盛晨并没有问他失踪几天去了哪儿，仿佛他的死活和她无关一样。十几年的夫妻感情，怎么就变成了现在的互不关心和冷漠？

盛晨只是告诉方山木，她已经拟好了离婚协议，方山木随时可以回家签字。不等方山木多说一句，她就挂断了电话。

好吧，方山木和她认识二十年结婚十几年吵了三四年，疲了也累了。

离就离，反正也彼此折磨了几年，都视对方为仇人，以前的温情和爱情早已不复存在，只有仅存的一丝亲情不足以支撑他们之间继续走下去。

第二个电话是古浩打来的。

古浩上来先是做了一通深刻的自我批评，再三强调他没有欺骗方山木，他和他朋友在方山木失踪的几天里都快急死了，甚至还出动了无人机去搜寻方山木的下落。因为方山木知名互联网公司副总的特殊身份，有地位有影响，他就没有选择报警，他认为方山木可以凭借自己的本事找到回来的路……

方山木打断古浩的话，冷冷地问了一句："你不会以为我是承受不了失败为了逃避责任而自杀了吧？"

古浩又是自责，言辞恳切，甚至还几度哽咽，说方山木虽然是他的上司，但他一向视方山木为兄弟和偶像，真的是一心想要帮方山木排遣苦闷，希望他可以渡过难关，并且还帮他找到了住的地方，省得他回家被盛晨扫地出门。

方山木和盛晨的事情，公司上下知道的人不少，作为同事兼下属以及哥儿们的古浩自然更是一清二楚。

方山木对古浩虽然还有猜疑和不满，但在古浩绘声绘色的演说下，他暂时选择原谅。他记下了古浩为他安排的房东电话，并且加了对方的微信。

古浩告诉方山木，方山木工作失误导致公司损失巨大的事情，董事会暂时还没有达成共识，很有可能是给他一个处分，还让他继续留在副总的位置上干下去。

如果能继续当副总，年薪两百多万，离婚后还不到四十岁的他依然算是优质单身男。方山木也只能这么安慰自己了，虽然他很是舍不得儿子方向东。

本想打电话到公司，向董事长周逍说明情况，第三个电话就打了进来。

是一个陌生号码，犹豫一下还是接了电话。

是公安局来电。

公司暂停方山木职务，并要求方山木二十四小时保持开机。结果方山木失踪了三天，公司以为他畏罪潜逃，选择了报警！

方山木都不知道该怎么形容自己的心情了，妈的，自己失踪了古浩没有报警救人，反倒公司以为他潜逃而选择了报警！明明刚才古浩还神秘兮兮地说公司要留任他继续当副总，作为公司的部门总监，古浩不可能不知道公司报警抓他的事，古浩又一次骗了他，看来还是不能原谅他。

好不容易和警察同志解释清楚他不是畏罪潜逃，是在深山老林迷路，上演了一次真实版的荒野求生，并把半路捡来的面包车也交给了警察。方山木说，他体验了真实的野外生存后，下定决心宁肯坐牢也不会潜逃，因为坐牢至少可以保证衣食无忧，而在野外想要生存，概率比中彩票还难。

方山木的幽默把警察都逗乐了。

做完笔录后，方山木来到了后未来城小区——和古浩为他推荐的房东成芃芃约好的见面地点。方山木现在又困又乏，只想好好睡上一觉。至于其他事情，包括和古浩算账、回公司报到以及回家办理离婚事宜，都不如睡觉重要，明天再说也不迟。

小区的环境不错，绿化率高，不过高楼密集，容积率应该也高。从依次亮起的万家灯光可以看出，小区的入住率不低。

一般来说，刚需的中低端小区，入住率都高。从几年前搬进别墅后，他就受不了高容积率小区压抑的环境和密集而杂乱的居民。

方山木发出了一个信息："我到了，你在哪里？"

"在你身后。"几乎是秒回。

方山木吓了一跳，猛一回头，身后站了一个一身长裙的女孩。她简单地束了一个马尾辫，白裙白T恤，简单大方，脚上一双运动鞋，还有几分飒爽的学生之气。

第三章　成熟，和年龄无关

"您就是方山木？"女孩上下打量方山木一眼，一脸诧异，"您这一身打扮是搞行为艺术还是玩街头艺术？不是说您是公司副总吗，看起来不像，倒像一个混得不怎么样的三流画家。而且长得和头像也不一样，胡子拉碴的，至少老了十岁……您到底是四十岁还是五十岁？"

方山木有几分不耐烦："你管我多大？我是来租房又不是来相亲。"

"还真要问清楚才行，要不还真不能租您，给多少钱都不租……反正我又不缺钱，就是因为朋友介绍才磨不开面子。"成苁苁轻蔑地笑了笑，嘴角弯成了一个很好看的弧度，颇有几分坏坏的意味，"我的租房原则是，超过五十岁的男人和四十岁以上的女人，不租！刚毕业的大学生，不论男女，不租！一年换三次以上工作的，不租！"

"都是什么奇怪的理由，你管别人是谁，只要能付得起房租就行。"方山木嘟囔了一句，心想要不是古浩介绍，他才懒得跟成苁苁打交道。一看就是从小到大被惯坏的一类人，家里有钱，长得又不错，一直享受众星捧月的感觉，从来没有受过什么委屈，个性乖张而自私，就养成了事事以自我为中心的性格。

要是以前，方山木会转身走人，才不愿意和成苁苁这样过于自以为是的90后姑娘多说一句话，但现在他不想回家，而且又是晚上了，只好忍了，递上了身份证："好几天没刮胡子，显得老成了一些。实际年龄你自己看……"

"1978年的，今年……三十八岁，还不到四十岁，小了点儿，不过看在朋友的面子上，算了，勉强可以吧。"成苁苁又对比了一下身份证照片和方山木本人，忽然笑了,"不过还别说,你本人比身份证上是老了不少,但更有男人魅力。刚才第一眼是形象挺差,再多看几眼,又觉得很沧桑很有男人味道。其实我不喜欢和四十岁以下的男人打交道。对你,破例了。"

"谢谢。"方山木礼貌地回答,就想把话题拉回到房子,"很荣幸能被你认可,现在可以看房了吗?"

"着什么急,房子就在这里,又跑不了。"成芃芃斜着眼睛,"还以为男人过了三十五岁就会成熟一点点,没想到,还和二十来岁时一样幼稚。难道说男人的成熟真的和年龄无关吗?唉,都说90后这一届男人不行了,现在看来上上届男人也不怎么样,都快四十岁的人了,还这么着急忙慌的,难道只有80后才有希望?"

方山木不理会成芃芃的牢骚,随她上楼。足有一米六七的成芃芃上楼的时候,裙裾飞扬,马尾辫左右摆动。

房子在三楼,成芃芃忘了带电梯卡,二人就只能走楼梯。

"您这像是去哪里闭关了?怎么这么邋遢?"成芃芃忽然站住,回身,一脸好奇,"是不是你们去什么地方团建了,关在深山老林里面,不通电没有信号,与世隔绝,天,太有意思太有挑战性了……下次记得喊我。"

方山木正在想心事,没收住脚步,撞在了成芃芃身上,他尴尬地举起双手:"不是故意的,抱歉,别多想。"

"多大的事儿,就算你是故意的,又有什么?别以为碰我一下就是你占了便宜,收起你的古董思想,在90后眼里,你们70后的想法都是文物级别的传统。"成芃芃咧了咧嘴角,"大叔,你记住了,要是90后的女生喊你大叔,说明你还有魅力。喊你师傅,你就被扫进历史的角落了,就千万别再有任何不正常的想法了。"

"你放心,你叫我大叔,我对你也没想法,不管正常的还是不正常的。"方山木被气笑了,"团建?对对对,是团建,下次再去,我一定喊上你,就怕你不够胆量。还有,就算你有胆量去,说不定进得去出不来。"

"听上去挺神秘,有意思。下次一定叫上我,不叫我,我就把你扫地出门。"成芃芃没有多想,打开了房门,"大叔,家具一应俱全,而且还是精装,三室两厅两卫,一百三十平方米,月租七千块,这是四环以内的高端小区,真的是友情价了。"

房子很大,三个卧室,客厅和餐厅连成一体,采光也很好,在四环内确实是高端住宅,方山木很满意:"好,租了,先签一年的合同,交半年的租金,没问题吧?"

"总算有点儿成熟男人的魅力了,我喜欢爽快的男人,成交。"成芃芃拿出一纸合同，签字后交给方山木，"既然是朋友介绍的，就省了试探加了解的过程。签了协议，付了款，房子就是你的了。不过别怪我多嘴，大叔，你这把年纪肯定结婚了，为什么要出来住，是不是要养小三？"

夜深了，方山木却翻来覆去睡不着，不是因为在另一个房间住着成芃芃，而是十多天来，他的人生发生了天翻地覆的变化。

有时想想，人生就是一条起起伏伏的山路而不是笔直的高速公路，就像时代的发展一样，整体是奔流向前的趋势，但也会遇到险滩急湾。有人做过一个试验，两个小球同时出发，笔直路线的小球比起伏不定路线的小球慢了几分。因为笔直前进，缺少了跌落到谷底之后冲到顶峰的冲击力。

也只能这么安慰自己了，方山木翻了一个身，起身去喝水。饮水机在客厅，他接了一杯水，愣了片刻，才清醒了几分，意识到自己不是在家里，而是在租住的后未来小区3栋301室。

他喝了一口水，被烫了一下，才想起以前盛晨总是准备好一个透明的玻璃水壶，里面总有凉白开，可以随时倒来喝。

其实……盛晨还是有许多优点的，就是太固执太自以为是了，方山木刚想怀念盛晨的好，又被自己心中的怒火压了回去——如果不是因为她的无理取闹，他也不会落得工作失误导致公司损失巨大。如果不是公司损失巨大，董事长也不会震怒之下让他停职反省……

一切的一切的源头都是盛晨的错，最气人的是，盛晨毫不关心他的死活不说，还敢先提出离婚，她一个家庭主妇，靠他的收入养家，竟然还有胆量离婚？

离就离，谁怕谁？方山木气呼呼地想，不行，一定不能原谅她，要坚决离婚！他被盛晨扫地出门，太没面子了，好歹他也是堂堂的副总，年收入两百多万还有期权，他一没出轨二没不顾家三没变心，盛晨还敢嫌弃他，真当他还是当年青涩的可以任由她摆布的小年轻？

方山木猛然又愣住了，刚才这么一番愤愤不平的想法，显得他不够稳重大方，还是有些幼稚和冲动了。

喝完水，忽然没了睡意，方山木转身坐到了沙发上，准备发一会儿呆。窗外的夜色正浓，墙上的石英钟显示是深夜一点半。

失联这么多天，盛晨就真的一点儿也不担心他去了哪里，有没有危险？从大学时相恋，到毕业后一起留在京城，再到结婚，他们认识将近二十年，在一起超过十五年，彼此之间熟悉得再也没有空间和距离，像是一个人。

但越是熟悉，越是陌生，最熟悉的陌生人，说得一点儿也没错。越熟悉，方山木越觉得不认识盛晨。尤其是在孩子上学之后，她空闲下来，天天琢磨他的动向，发微信打电话发视频，各种形式的查岗，让他不厌其烦，而且还被同事耻笑被领导嘲笑。

有一次在和领导吃饭，盛晨在短短半小时内打进来数个电话，每次都是重复同样一句话："什么时候回家？"

在领导含蓄而意味深长的笑容中，方山木觉得颜面扫地，他恨不得找一个地缝钻进去。后来领导很周到地让他先走一步。但他关了手机，继续陪领导吃饭。事关重大，他怎么能中途走人？何况他又是项目的负责人！

结果回家之后，盛晨将他反锁在了门外，敲门不开，微信不回，电话不接，他一气之下，去公司了。

"起开，你坐我脚上了。"

方山木的回忆被成芃芃的一声断喝打断了，他惊慌地跳了起来，仔细一看，才发现沙发上躺着一个人……正是成芃芃！

第四章　接踵而至的打击

方山木吓了一跳，没好气地说："不睡房间睡沙发，你这是个性还是毛病？"

本来签了合同付了款之后，成芃芃就走了。半个小时后她又折回，她家里的钥匙忘在了客厅沙发上。又一个小时后，正在洗澡的方山木再次被猛烈的敲门声惊到，开门一看，竟然又是成芃芃。

据她自述，回家后，她发现手机又落在车上了。拿了车钥匙去地下停车场，拿到手机上楼时，才又想起钥匙和钱包被自己锁家里了。现在的她不但回不了家，还没有身份证去住酒店，只好回来借宿了。

方山木差点儿被成芃芃绕得晕头转向，他从来没有见过这么马大哈的人，而且还是一个姑娘，如果是他的手下，他二话不说就会开除对方。

成芃芃翻身坐起，打了一个大大的哈欠说："我想睡哪里睡哪里，我的地盘我做主，要你管？"又一想不对，她虽然是房东，但现在房子的使用权已经归方山木了，就嘿嘿一笑，"我睡不着，半夜起来躺沙发上打一会儿游戏，照料一下生意，怎么啦？"

不怎么，方山木不想问也不想管，他转身就走。

"你等等，大叔，你还没有回答我的问题，你一个人租这么大的房子，到底是不是为了养小三？"对方山木冷漠的态度，成芃芃既不生气，又有十足的耐心，"快说嘛，我特别好奇，真的。如果你告诉我真相，我免你一个月的房租。"

方山木站住，回身，目光中既有好奇又有不屑："你年纪轻轻，既不上班，又没工作，开奔驰，当包租婆，包养你的人至少也是一个年薪千万的大老板……"

"你说什么？"成芃芃跳到了地上，光着脚丫，来到方山木面前，满脸怒气，"你说我是小三……"

她本想发火，但脸上的怒气却慢慢消失，又狡黠地笑了："看来我们共同的熟人太懒了，都没有为我们介绍对方到底是什么样的人，好吧，我现在告诉你我的真实身份，但作为交换条件，你也得告诉我你到底是干什么的，为什么要一个人出来租房子住，OK？"

方山木点了点头。

"首先明确一点，我不是小三，本姑娘目前单身。其次，我名下有十几套房子，这套房子只是其中之一。你也别羡慕，谁让我有一对有本事的父母，他们就是房子多，又只有我这么一个闺女，就过户到了我的名下。最后一点，我有工作，平常除了收房租之外，也兼做微商，卖卖面膜、人参、蜂蜜、竹盐、燕窝什么的，你需要哪一种？"

原来是拆二代，方山木知道没有必要再对话了，大多数人还在拼起跑线的时候，一小部分人生下来就在终点："就你这条件还做什么微商？就该天天去国外度假，去瑞士滑雪，去巴黎喂鸽子，去伦敦看雾，去巴厘岛潜水，除了享受人生，你不管做什么事情都是浪费生命。"

"哎哟喂，您别这么酸成不？我又没吃您家大米喝您家凉白开。"成芃芃咯咯地笑了，"行了，我都说完了，该您交代了。"

"我本来是一家互联网公司的副总，因为一次工作失误，导致公司损失惨重，还被公司怀疑贪污公款，畏罪潜逃。我其实是去西山休假，结果迷失在了深山老林之中，差点儿死里面。好不容易出来……"方山木低着头，有几分沮丧，"后来就租了你的房子住。"

"你等等，好像哪里不对……"成芃芃歪头想了想，她的眼睛在灰暗的夜色中格外明亮，"你工作失误、被停职、休假、迷路，都很合情合理，但是，为什么不回家，非要租房子住？我明白了，你是事业不顺人生倒霉又婚姻不幸，被老婆甩了，对吧？真的好惨，彻头彻尾的人生输家。"

"我的事情，说来话长，但还没有离婚，只是冷战。"方山木不想再说下去了，"行了，我说完了你想要知道的一切，还我一个月房租……接受微信和支付宝转账。"

"你……"成芃芃气笑了，"你一个大男人这么无赖，我们明明是交换了信息好不好，你还记得房租的事情，要不要这么厚脸皮？"

"在生存面前，面子是最没用的自尊。"

成芃芃翻了翻白眼，当即微信转了一个月房租给方山木："好吧，理解你，快四十岁的人了，一下子什么都没有了，接下来打算怎么办？"

"论成败人生豪迈，大不了从头再来……"

"哈哈，《从头再来》，1997年刘欢唱的，暴露年龄的歌。"成芃芃大笑，"不过也别说，我就佩服你们70后男人永不服输的劲头，比80后和90后都强。行，你是一个挺真实的人，以后有用得着的地方，尽管说，能帮得上的，芃芃我一定不会拒绝。"

"谢了。"方山木这一次没有不耐烦，他也看出来了成芃芃是一个大气敞亮的京城大妞，挥了挥手，转身进了房间。

身后传来了成芃芃的一声惊呼："天哪，都两点多了，赶紧睡美容觉，要不明天又熊猫眼了。"

方山木以为他再难入睡，没想到和成芃芃聊了一会儿，压抑的心情舒展了许多，一上床就睡着了，直到被一个他期待已久的电话吵醒。

来电显示是"老大"。

老大是方山木为公司董事长周道起的外号。在他的带领下，公司上下都称呼周道为老大，周道似乎也很喜欢这个称呼，私下还夸过方山木几次。

出事后，周道一改以前和方山木经常私下接触的习惯，和方山木保持了公事公办的距离。方山木虽然觉得有几分寒心，但也能理解周道的做法无可厚非，毕竟他的失误太不应该了，既为公司带来了巨大的经济损失，也导致公司的竞争对手趁机拿下了觊觎已久的市场份额。

"老大……"电话一接通，方山木下意识地叫了一声外号。

刚叫一声老大被周道打断了，周道的语气微有冰冷和不满："别解释了，赶紧来公司一趟，有重大事情要宣布。"顿了一下，他又咳嗽一声强调："'老大'的称呼过于江湖气，以后在公司的称呼一律直接称呼名字或者以职务相称。"

方山木感觉到了一种微妙而耐人寻味的气氛，这种感觉等他到了公司后，愈加强烈。所有人对他要么侧目而视，要么一副避之不及的惶恐。尽管已经猜到了什么，但等周道在办公室郑重其事地宣布免去他的一切职务并由他个人赔偿公司三百万的经济损失、由古浩接任他的位置的决定之后，他还是当场愣住了！

如果说免职在情理之中的话，让他个人赔偿公司的部分经济损失，就让方山木觉得难以理解了。更让他气愤的是，古浩只是一个总监，一步跨越了部门经理直接升任到了公司副总，以他对公司规章制度的严格程序的了解，古浩肯定在背后做了手脚。

方山木不傻，他在职场多年，敏锐地猜到了在整个事件之中，古浩肯定有足够的动力借机将他一棒子打死。度假散心之行、深山老林的生死经历，他不相信古浩在背后没有捣鬼，他绝对是被古浩算计了！

不行，不能让古浩这一小人得势。方山木当即表示他接受公司对他的处罚，也愿意个人承担一部分公司的经济损失，但提拔古浩不妥当，古浩的能力和人品不足以担当如此重任，希望公司认真考虑。

第五章　男人的迷茫

原以为他的建议会得到周道的积极回应，以前周道对他非常器重，几乎言听计从。不料说完之后，周道只是淡淡回应了一句公司会参考他的意见，就摆出了逐客的姿态。

方山木想起这些年来他为公司立下的汗马功劳以及打下的江山，没想到现在公司说翻脸就翻脸，只记得他亏损的这几千万，难道以前他为公司赚取的几十亿的利润都不是成绩？

下楼的时候，周道只送到了电梯口，古浩不知道从哪里冒了出来，非要送方山木下楼。

方山木身高一米七八，古浩只有一米六八，再加上他单薄的身形，和方山木站在一起，足足小了一大圈，像是一个儿童站在成年人身边。

方山木没给古浩好脸色，但有些问题想要问个清楚，也就没有拒绝。

楼下有一家咖啡馆，方山木找了一个靠窗的位置坐下，冷哼一声："老样子。"

古浩今天穿了一件花格子衬衣，头梳得油光锃亮，一双棕色皮鞋一尘不染，在周围都是T恤、拖鞋的IT风中，他的打扮显得格格不入。

以前方山木总是嘲笑古浩的穿着不像互联网公司的高管，倒像是投行从业者或是影视公司的选角副导演，古浩解释说他不走互联网的简约风，就是想打破外界对互联网从业者不修边幅的刻板印象。

方山木和古浩没少来楼下的咖啡店喝咖啡，每次都是方山木一杯美式，古浩一杯拿铁。当然，每次都是方山木买单。方山木曾立下了一个不成文的规定，同事一起喝咖啡或是吃饭，职务高的人要自动买单。

这一次古浩没让方山木买单，他十分殷勤地买好后端了过来，轻轻放在方山木的面前："老兄，你比我大不了两岁，我们也算同龄人。出生的时候，开始改革开放，长大的时候，经济开始飞速增长。毕业时，住房开始货币化。工作几年后，有了一定积蓄，差不多都买了房子……"

方山木知道古浩的毛病就是说话喜欢绕弯，但今天他没耐心再听古浩的高谈阔论，打断了古浩："行了，别扯没用的了，直接说，你到底想怎么样？"

古浩尴尬地笑了笑："老兄，西山的事情是我不对，但我真没有要害死你的意思，借我一百个胆子我也不敢哪！我们又没有深仇大恨。是，你被公司解雇，我是最大的受益者，但也不能由此就推断一定是我在背后做了手脚。凡事得讲究证据，不能因为你怀疑我，我就得自证清白吧？"

方山木摆足了架势，鼻孔朝天，不理古浩。他相信古浩的话有一半是真的——他没有想要害死他的想法——另一半是不是真的，就只有天知道了。

古浩继续赔着笑脸："本来董事会做出解聘你的决定后，我还私下找董事长聊了一次，希望他能改变主意。但董事长说，你失踪也就算了，还因为被怀疑有偷盗面包车的嫌疑进了派出所，会给公司带来极大的负面影响，只能挥泪斩马谡……"

"屁，还挥泪斩马谡，没见谁有一点儿挽留的意思，一丝惋惜的感觉，分明是卸磨杀驴。"方山木还是不信古浩的话，不过气也消了大半，他喝了一口美式，皱了皱眉，"说过了不加糖！"

"我觉得你现在需要一点儿甜，最近你的生活有点儿太苦了。"古浩嘿嘿一笑，"江边说盛晨非要和你离婚，她还劝盛晨别冲动，毕竟孩子都这么大了，而且你现在又失业又赔偿，如果再离婚的话，可就太惨了，我都不忍心看下去了。"

"不忍心看就闭上眼睛，你放心，就算死，我也不会死在你的面前让你再嘲笑我一次。"方山木起身换了一杯不加糖的美式，"苦就苦点儿吧，苦到一定程度也就不觉得苦了，还可以苦中作乐。"

"这话说的……"古浩搓了搓手，"老兄，我是真心为你好，希望你能过了眼前这一关。听我一句劝，回家后好好和盛晨谈谈，能不离就不离。毕竟离婚是伤筋动骨的大事,还要分一半财产,你现在最要紧的是保存资产实力,再找一份合适的工作。你现在年纪也不小了,快四十岁的人了,经不起太大的折腾。后方稳定,前方才能冲锋陷阵,才能继续我们的四不原则不是?"

"这些事情就不劳你和你家江边操心了,还有,你告诉江边,她也别总去我家和盛晨聊天,盛晨耳根子软,听风就是雨,万一江边哪句话被她曲解了,反而弄巧成拙。"方山木基本上明白了古浩的意思,一是择清自己;二是和他修补关系;三是劝他稳定后方并且继续前进,也算是有情有义了。

不过方山木很讨厌江边和盛晨所谓的闺密关系,而且他也不喜欢江边的为人。自从盛晨认识了江边之后,对他的要求和管控越来越多,手段也层出不穷,他严重怀疑背后有江边的教唆。如果江边不是古浩的妻子,他早就将江边拉进黑名单了。

古浩见方山木依然是一副冷漠加拒绝的态度,也不尴尬,继续保持谄媚的笑容:"我介绍一个猎头给你认识吧,他最近正在为一家跨国公司物色一名高管,你的条件肯定够了。不过如果你想休息一段时间,也没问题,毕竟手中有几套房子,卖上两套也够吃饭了。"

见方山木仍不说话,古浩只好试探着一问:"老兄,你到底是什么想法,给我交个底,是想赶紧找一份工作,还是想休息一段时间?还有,你想要离婚吗?"

"对了,差点儿忘了,如果你真的过不下去要离婚的话,现在就可以先找一个备胎,成芃芃就很不错,京城当地人,有十几套房子,人漂亮,又开朗,能拿下她,你可就赚大发了,下半辈子就富贵加身了!"古浩哈哈大笑,"不瞒你说,上次在一个饭局上认识了她,当时我就动心了,加了微信后,想撩,发现撩不动,我不是她的菜,就放弃了。"

方山木彻底听不下去了,起身就走,走到门外,古浩追了上来。他猛然站住,用力一拍古浩的肩膀:"你这总忘自己已婚的健忘症,该好好治治了。"

"再不疯狂就老了。"古浩不理睬方山木的嘲讽,"行了,别装了,都是男人,谁还不知道谁?如果你真拿下了成芃芃,可得好好感谢我给你制造的机会。对了,你到底是什么想法,和我说说。"

"创业。"方山木早就想好了下一步,他不想再为别人打工了,他要靠自己的双手打下一片天地,"自己当老板,成立公司。"

望着方山木离去的背影,古浩摸着下巴,狡黠地笑了:"老方啊老方,有些事情还真不能怪我心狠手辣,要怪就怪你自己太软弱了。其实对你来说,离开公司也是好事,不破不立。不过你要创业,就凭你的性格和能力,肯定会失败。"

方山木在街上漫无目地转了一会儿，虽然他表面上很坦然，但实际上心里很难受，失业不说，还要赔偿三百万，等于是几年的积蓄化为乌有，而且，他还有房贷要还！

尽管名下确实有几套房子，可以卖一套救急，但现在正是和盛晨闹离婚之际，方山木就算想卖，估计盛晨也不会同意。而且不用想也知道，盛晨肯定会将三百万的赔偿款算成婚后债务。

正犹豫着要不要现在就回家一趟和盛晨做一个了断时，街上一对年轻情侣的争吵吸引了方山木的目光。

穿白T恤牛仔裤的女孩蹲在地上，满面怒容，收拾散落一地的行李。

男孩一身随意的休闲打扮，脚上的一双名牌鞋暴露了他的消费观，他身上衣服加起来，少说也得一万块，和女孩一身顶多几百块的朴素衣服相比，格外突出。

第六章　女人的期待

男孩对女孩的怒视和周围人异样的目光毫不在意，一脸冷漠和不屑，也不肯弯腰帮女孩一把。行人匆匆，没有人会为一对情侣的争执驻足。在京城，每天都会上演无数的悲欢离合，恋爱和分手，就像白天和黑夜的交替一样稀松平常。

偶尔有几个好心的大爷大妈路过时，会关心地问上一句，却被男孩以沉默回应，他们也就懒得再多问什么。

方山木远远看着，忽然心中生发了无限感慨。想当年他和盛晨在大学恋爱时，从未让盛晨受过一丝委屈。当然，盛晨也很温柔体贴，对他百般照顾。70后校园恋爱，温馨而动人，充满了同甘共苦的味道。也不知道现在的90后恋爱，都是怎样的心态？

"你帮我一下！"女孩蹲在地上捡了半天，不见男孩上前帮手，无比气愤，"江成子，你要是还算个男人，就弯下腰，给自己一个台阶下来，我可以原谅你刚才的粗鲁行为。"

叫江成子的男孩冷冷地回了女孩一个不屑的眼神："你原谅我？胡盼，你的意思还是我有错？对不起，我没错！"

胡盼气得胸膛起伏不定，索性也不收拾行李，站了起来："你有种再说一遍？你是男人，一点儿男人的担当都没有，成天打游戏，不去工作，没钱交房租被房东赶了出来，你是不是觉得很光荣很得意很有男人气概呀？"

江成子一脸无所谓的表情，冷冷一笑："本来交房租就是两个人的事情，你为什么非要让我一个人承担？"

"我一个人工作，赚的钱不够交两个人的房租也不够我们两个人吃饭！"胡盼气得一脚踢飞了收拾了一半的行李箱，"江成子，你能不能成熟点儿，别再吊儿郎当了，你今年都二十四了，打游戏解决不了生存问题，不能让我们过上我们想要的生活！"

"男人和女人不一样，二十四还小，不急。"江成子轻描淡写地笑了，"科学研究都说了，男人成熟年龄比女人要晚十一年，我现在还是一个孩子，你不能总逼着我工作、赚钱、养家，人不能被生活所累，要不活着还有什么乐趣？"

胡盼气笑了："你都二十四岁了还是一个孩子？好吧巨婴，你继续在自己的游戏里过你想要的人生吧，我们分手！"

"分手？"江成子瞪大双眼，似乎是震惊和不解，过了片刻，脸色又缓缓变得玩味和好笑了，"分就分，反正我们谈了两年恋爱，吵了一年半，你总是各种看我不顺眼，分开了好，眼不见心不烦。"

"好，分手！谁后悔谁是小狗！"胡盼转身就走。

"等下，等下。"江成子紧跑几步，拦住胡盼，"分手前，有两件事情得说个清楚，一、行李箱是我买的，但里面都是你的东西，你得还我箱子。二、上周吃饭是我掏的钱，你也应该承担一半的费用，总计是四百五十六，一半的话……"

"给你三百，不用找了！"以为江成子回心转意的胡盼气得不知道该怎么形容自己的心情了，抽出三张钞票，拍在了江成子的脸上，"服了，一个大男人这么斤斤计较，算我瞎了眼认识你这么一个窝囊废。"

三张钞票从脸上滑落，掉到了地上，江成子弯腰捡起，吹了吹上面的土，笑得很开心："谢谢，真大方。如果以后你有钱了，记得把以前的饭钱也还我。"

"滚！"胡盼气过了头，反倒轻松地笑了笑，"江成子，你别忘了，从毕业到现在，一直是我赚钱养你，房租、吃饭、日用，都是我的钱！"

"大学期间，我也请你吃过不少饭，你怎么不说？"江成子还想再说什么，被周围人的一阵哄笑打断了。

被起哄喝倒彩的江成子，依旧是一副满不在乎的样子，他很西式地耸了耸肩："你们也别觉得我过分，现在不是都追求男女平等吗？既然平等，就要落到实处，而不是喊喊口号。钱分开赚，分开花，AA制，如果都是男人请女人，是对女人的轻视和贬低，对不对？"

"送你一句你常说的话——随便、都行、都可以！"胡盼踢了行李箱一脚，转身走了。

现在的年轻人都这么有个性还是这只是特例？方山木收回目光，忽然有了回家的决心。

该面对的就要勇敢面对，是男人就应该承担男人的责任，他和盛晨的冷战，也该有一个结果了。

东北五环，中央别墅区。

下午的阳光照耀在小区茂盛的树木之上，宁静而遥远，时光仿佛停下了匆匆的脚步，特意在这个秋日驻足。方山木很喜欢小区的环境，四季常绿，层次分明，在季节交替明显的北方，无论何时都可以看到绿色和盛开的鲜花，也算是难得的景致了。

想当年买房时，盛晨嫌联排太贵，非要买叠拼，方山木坚持未来房子还会升值，咬牙买了为数不多的联排。

如果现在卖掉当年八百万买下的联排的话，至少可以赚八百万。但如果是叠拼，能赚三四百万就不错了。事实说明还是他的眼光更长远也更有前瞻性。为什么几次证明了他比盛晨更有远见更有头脑，盛晨事后也承认他的正确，但一旦再遇到事情，她还是会和他争论并且固执地认为她的决定更英明呢？

难道说女人都是这样固执并且自以为是？方山木越想越气，现在他们所拥有的这些，不管是事业还是投资，哪一次不是在他的坚持下才做出了最正确最符合趋势的选择？但盛晨从来看不到他的成功和远见，只要再遇到事情，她还是会固执己见。

只要方山木不同意，盛晨就会和他大吵一架，甚至还会不依不饶地想尽一切办法让他妥协！几次三番下来，方山木既心累又无奈，盛晨到底为什么非要控制他非要证明她比他更有远见和眼光？

站在家门口，望着熟悉的门牌号以及门把手上盛晨编织的红绳，方山木忽然有几分胆怯，不想进去了。他也不明白为什么有时会惧怕盛晨。

或许是因为他和盛晨认识太久了。从大学时代一直到现在，这一路不离不弃的陪伴，在他看来，盛晨既是他的妻子，又是他成长的见证者，还是同行人同路人。方山木青涩的过去，软弱的时刻、退缩的心路以及失败的经历，盛晨都清清楚楚。在她面前，他没有任何神秘和威望可言，也没有高高在上的权威和成功的光环。

也正是因此，盛晨才会对他现在的成就视而不见，一直以为他还是当年的青涩少年和一无所有的落魄青年。不，他不是，他现在已经成长起来了，早就是不管生理和心理都非常成熟的中年成功男人！

方山木瞬间又鼓起了勇气，拿出钥匙开门。

在听到门响的一刻，盛晨漫不经心地抬头看了一眼，随即又低下了头，继续整理茶几上的证件和文件。她知道是方山木回来了。

回来也好，虽然他心里早已没有这个家了，但凡事总要有一个了断才行。盛晨习惯性地抬头看了方山木一眼，见他一脸淡定，心中更凉了几分。嗐，男人，不管发生了什么，也不管到什么时候，总是会在媳妇面前摆出一副一切尽在掌控的自信表情，也不嫌累？天天端着一张世界离开他就不会运转的臭脸给谁看？真以为自己是中心人物，都得围着他转？

方山木瞥了一眼茶几上的东西，心里明白了几分，冷冷一笑："都想好怎么分割财产了？"

盛晨一身居家装束，简单梳了一个丸子头，淡然如秋菊。十几年的时光流逝，当年的班花依旧容颜不改。

她神情自若地站了起来："方山木，你好几天没有着家，也没有任何消息，你不打算解释一下发生了什么吗？"

"你肯定已经知道都发生了什么，我就没有必要再重复一遍了。"方山木相信不管是江边还是古浩，想必都已经告诉了盛晨发生的所有事情，他拿起茶几上的离婚协议书扫了几眼，"孩子和两套房子归你，车子也归你，还给我留了一套房子，可以，有良心。"

第七章　无非是习惯和依赖

盛晨目光依然冷淡如风："方山木，我们走到今天，你难道没有一丝悔改之心？"

"悔改？"方山木心中仅存的一丝柔情瞬间如潮水般退却，他目光中多了冷漠和不屑，"我又没错，为什么要我悔改？盛晨，你太自以为是了！"

"你没错？"盛晨站了起来，手指着方山木的鼻子，激动得都颤抖了，"你永远正确，永远是人前人后风光无限的方总，你从来不会出错，你是伟大光辉正确的一家之主！"

"又吵？"方山木冷笑着摆了摆手，"别再重复以前说过的陈词滥调了，还没吵够？"

原以为盛晨还会和以前一样再对他进行一番口诛笔伐，连带嘲讽他人一阔就忘本，不知道天高地厚，甚至不知道自己姓什么了……不料盛晨脸色变了一变，多了几分温存和感慨，摇了摇头："山木，你说我们走到今天的地步，真的只是三观不合，理念不同没有共同语言吗？"

方山木坐了下来，伸手拿过自己的杯子，和往常一样，里面有半杯凉白开，正是他一次可以喝完的量。他一口喝完，心里舒坦了几分，多年在一起养成的习惯和默契，一时还真摆脱不了。不管他什么时候回家，都会有放好的拖鞋、凉好的开水、摆放整齐的洗漱用品。如果他头疼脑热或是哪里不舒服，凉白开的旁边，会放上对症的药品。

以及洗好烫好叠得整整齐齐的衣服！

方山木一瞬间又想起他和盛晨在一起度过的无数岁月，以及盛晨对他无微不至的关爱，竟然有了几分不舍。"男人吵架，是为了分清楚对错讲明白道理。女人吵架，不管对错和道理，就想赢。"方山木其实很清楚这个道理，有时候他也想退一步算了，让盛晨赢一次又何妨，家里不是讲道理的地方，要讲亲情讲团结，一团和气就好，可是他就是不想让步，不知道为什么，他就是觉得他应该和盛晨讲通道理，盛晨不是不明事理的人。

记得以前盛晨是很冷静很理性的一个人，不管遇到什么事情，都会先和他摆事实讲道理，为什么最近几年越来越不可理喻了呢？多半还是江边挑拨离间的错！自从认识江边之后，盛晨好像变了一个人似的，从以前的温柔体贴贤惠变成了挑剔多疑无事生非。

盛晨见方山木不说话，又重重地叹了一口气："正好儿子不在家，既然要离婚了，我们就好好说说以前的事情，为什么我们会走到今天的地步，到底错在哪里？"

方山木不想回忆过去，他只想向前看："不了，我没有那么多时间，你提出的条件我都同意，现在就可以签字。"

"你对这个家真的没有一点儿留恋？"盛晨眼中流露出悲伤和无奈，"方山木，你好狠的心。你忘了你当年为了追我，多用心多努力！你会大晚上连敲十几家小商店的门买一包方便面，就为了我的一句我饿了。你还会一个人顶风冒雨到两公里之外的小卖部买两节一号电池，到宿舍帮我装在手电筒里面，就因为你知道停电，而我怕黑，手电筒点亮的一刻，也点亮了我的心……现在我终于明白了一个道理，不要被男人对你的好而感动，他对你的好，终有一天会在生活的琐碎中消磨殆尽。"

许多往事在盛晨的叙述中一一涌上心头，方山木陷入了回忆之中。

他和盛晨相识于大一的新生会上，当时他对盛晨一见钟情。青春靓丽的盛晨像是春天的迎春花，让方山木眼前一亮。在和盛晨接触之后，来自江南水乡的她温婉而多情、细腻，让从小在北方长大的方山木越发喜欢。

大二时二人相恋。

盛晨是班花，有很多追求者。在众多追求者中，方山木并不突出，也不优秀，一开始根本没有入盛晨的眼。当时方山木追求盛晨，使出了浑身解数，不但每天都写一封情书，还天天在放学的路上等候盛晨。

可惜盛晨不为所动，毕竟追求者过多，她挑选的余地太大了！不论长相、家世还是学习成绩，方山木都不是出类拔萃的一个，她没有理由也没有必要向方山木倾斜，何况方山木的所作所为看似用心，但都是一些常见的追求手法，并没有让人动心的独特之处。

盛晨后来选择了同班的郑远东。

方山木那段时间，每天都郁郁寡欢。直到有一天一宿舍的人都在打牌，包括方山木和郑远东。打到一半时，盛晨打来电话，说想吃肯德基。而离学校最近的肯德基也在两公里开外，众人起哄让郑远东赶紧去当辛勤的勤务员，郑远东拉不下面子，大手一挥："不去，兄弟们继续打牌，女朋友……不能惯她上天！"

方山木却动了心思，借故离开，一个人跑步跑到两公里外的肯德基，拿出身上所有的钱买了一份套餐，又一口气跑回学校。但宿舍已经关门，尤其是女生宿舍，大门都锁了。

心有不甘的方山木最后翻墙过去，又沿着排水管上到二楼，敲开了盛晨宿舍的窗户。在盛晨打开窗户看到方山木拎着肯德基的瞬间，她惊喜和感动的神情，让他一生都忘不了！

但肯德基事件只是让盛晨对方山木有了好感，而让方山木彻底征服盛晨的是手电筒事件。

深秋的一个夜晚，突然电闪雷鸣，学校本就老化的线路，终于崩溃，全校陷入停电之中。正在宿舍学习的方山木从床上一跃而起，他担心盛晨怕黑，手电筒电池又没电。他二话不说，拿上雨衣去买电池。

结果学校的小卖部电池早已脱销，他只好顶风冒雨，前去两公里之外的小商店买电池。路上，BP机收到了盛晨留言的信息："好黑！我饿了！"

方山木好不容易买到了电池，却被告知店里没有方便面。他又顺着街道每家小商店都敲门进去，终于在走了十几家后买到了方便面。

当方山木如落汤鸡一样敲开盛晨宿舍的门时，也敲开了她的心房，当手电点亮的一刻，也真正地点亮了盛晨的爱。当热气腾腾的方便面在手电的照亮下香气四溢地呈现在盛晨面前时，盛晨彻底融化在了方山木的关怀之中。那一刻她发誓，此生非方山木不嫁！

盛晨很快疏远了郑远东而接受了方山木。郑远东都不知道他输在了哪里！好在他很快调整了心态，又去追求其他女生，倒让方山木心中的愧疚减轻了不少。

一方水土养一方人，江南的婉约在盛晨身上体现得淋漓尽致。盛晨总喜欢让方山木猜她的心思。猜对了，就开心。猜错了，就闷闷不乐，让方山木颇为苦恼。他又不是心思特别缜密之人，察言观色和揣摩别人心理也并非他所擅长。不过为了更好地和盛晨相处，他也不得不改变以前大大咧咧的性格，多了观察和琢磨的心思。

慢慢地，他受盛晨影响，学会了照顾别人情绪和站在别人的立场上考虑问题，这也让他在学校的表现有了飞快的进步，从一个无名小卒到进入学生会，再到成为学生会副主席并且赢得了学校领导的青睐，不得不说其中有盛晨的功劳。

正是因为方山木的脱胎换骨，才使他在大四期间迅速进入了校领导视线之中，以优异成绩毕业，并且顺利地找到工作，落户京城。

盛晨也一样落户在了京城。大学毕业不久，方山木和盛晨就结婚了。

第八章 婚姻合伙有限公司

婚后，方山木和盛晨都努力工作，二人很快得到晋升。曾经有一段时间，盛晨的职务和收入甚至高过了方山木。方山木并不介意，媳妇强过自己，说明自己眼光好，他为盛晨感到高兴和自豪。

后来方山木慢慢超过了盛晨，从副总监、总监到部门负责人，一路高升。二人的生活也越来越好，不但在京城买了车买了房，还迎来了新的生命。

儿子方向东的出生，改变了盛晨的人生轨迹！

原本盛晨即将升任部门负责人一职，却意外发现自己怀孕了。盛晨本打算先不要孩子，等升到公司副总后再说。到了副总的位置，轻易也不会有人动她，而且就算怀孕生子后再回公司，也会有她的位置。

方山木不同意。

方山木认为孩子来之不易，不应该轻易扼杀一个生命来到世上的权利，而且事业上的追求永远没有止境，升了副总还想当总经理，当了总经理又想当副总裁，但孩子却等不及。

盛晨被说服了。几个月后，孩子出世，她被新生命打动，主动提出了辞职。公司表示了惋惜，却并没有过多挽留。

原以为只需要带到孩子上了幼儿园，她就可以重新出山再次实现自己的事业理想。不料儿子上了幼儿园后，不合群，经常和小朋友起争执，盛晨几次三番被叫去向别的家长道歉。

小学后，儿子学习成绩不好，盛晨就加大了辅导力度。初中时，儿子成绩上来了，但忽高忽低不稳定，她只好全程陪读。久而久之，盛晨就熄灭出去工作的想法，一门心思扑在了儿子的学业上面。

随着方山木在事业上越来越成功，职务越来越高，家庭收入大幅提升，陆续买了几套房换了豪车，盛晨就更没有再出去工作的念头了。比起她出去工作从头再来从底层做起的微薄收入，还不如一心在家相夫教子，当一个贤惠的妻子和无微不至的妈妈。

盛晨将家里的一切打理得井井有条不说，还负责理财，将方山木的收入合理规划，里里外外的事情都处理得有条不紊。可以说，二人一个主外一个主内，配合得天衣无缝，堪称模范夫妻。

在二人的共同努力下家庭收入稳步上升，从某种意义来说，方山木和盛晨的婚姻合伙有限公司业绩斐然，前景一片大好。

如果不是江边的出现，方山木相信他和盛晨还会继续默契配合并且亲密无间地经营他们的婚姻有限责任公司。但自从江边认识盛晨之后，一切都改变了。

尽管在江边出现之前，盛晨就有了一些轻微的迹象，比如开始要求他的手机不设密码，或者告诉她密码是多少。再比如要求他晚上十一点之前必须回家，如果过了十一点，必须主动说明情况，并且视频通话，让她知道他都和谁在一起。

再比如出差不要和女同事一起，实在是工作需要，也不能单独一起，需要有第三人陪同，而且第三人不能也是女性。更严格的是，盛晨还要求方山木不能配女助理、不能单独和女同事吃饭、不许频繁和女性接触，哪怕对方是生意上的伙伴或是重要合作方，等等。

一系列任性的要求让方山木啼笑皆非，他知道盛晨过于敏感的背后是想预防他出轨。

方山木苦口婆心地向盛晨解释，他没有出轨的想法，更不会做出伤害盛晨和家庭的事情，他深爱盛晨，所有的爱都在盛晨身上用尽了，不可能也不会再爱上别人，让盛晨不用担心，更不用提出这些要求来约束他。婚姻其实是股份制合伙公司，要的就是合伙人之间的相互信任。如果失去了信任的基础，一方总是怀疑另一方，也就没有办法再继续经营下去了。

方山木向盛晨保证，如果他真的出轨了，他会净身出户，将财产全部留给盛晨作为补偿。他努力工作一心升职，其实都是为了家庭，为了她和孩子。

本来在方山木的安抚之后，盛晨的心思稳定了许多，又全身心地投入辅导和监督孩子的学业中。不料在参加了一次古浩的家庭聚会之后，盛晨认识了江边，方山木苦心经营的一切，轰然倒塌了。

到底江边是如何鼓动了盛晨，又或者盛晨为什么听信江边的话而不再听他的解释，方山木不得而知，他只知道江边和盛晨迅速走近，以闺密相称，二人一起健身一起看电影一起吃饭，俨然如同亲姐妹。

方山木曾和古浩谈过一次，希望古浩约束一下江边，不要让江边插手他的家庭。自从江边和盛晨成为所谓的闺密之后，盛晨对他的态度急转直下，又像从前一样猜疑，甚至还变本加厉，提出了许多让人哭笑不得、匪夷所思的任性要求，让他大为头疼。

古浩向方山木哭诉，他根本就管不住江边。自从和江边结婚之后，他就处于被江边严加控制的处境。江边对他的管控，比起公司对他的管理还要严格数倍以上！盛晨对方山木各种任性的要求，都是江边曾经在他身上施加过的手法。

古浩甚至还痛哭流涕，咬牙切齿地声称他一定会和江边离婚，等时机合适时，他说什么也要逃脱江边的魔爪。他还劝方山木，能忍受就咬牙忍受，生活就是这样，总会施加一些你不想承受的痛苦。承受得了，就当享受了。承受不了就反抗，反正他们是男人，四十岁的风华正茂的男人，离婚之后依然吃香。大不了一拍两散，谁怕谁呀？

方山木没有想过要离婚，但他也不想接受盛晨的束缚。尽管盛晨搬出她以前曾经将他教导成功的例子试图说服他，但他仍不为所动。毕竟今非昔比，盛晨多年来是全职主妇，已经与职场和事业脱节了，她已经不再具备引领他前进的能力和格局。

方山木拒绝加反抗，让盛晨变本加厉。方山木就继续对抗加想方设法应对，久而久之，二人之间的亲密无间被打破，猜疑和对抗加深，渐行渐远，一步步演变成了冷战。

冷战，足足持续了一年之久，直到前些日子盛晨发疯一样非要插手他的一个项目，只是因为他的合作方负责人是个大美女！

这个项目事关重大，是公司一直争取的一次关键收购。被收购公司占有相当比例的市场份额，不但方山木的公司觊觎多时，几家竞争公司也想拿下它。被收购公司负责谈判的是一个三十岁出头的大美女，名叫江赋雨，长发、长腿、细腰、瘦长脸，正是方山木最喜欢的类型。

三十岁，是女人最风情万种的年龄段。但方山木不像古浩，一见美女就利令智昏，他有足够的自控力和定力，何况他也清楚，对方派出如此有魅力的一个美女负责人，显然就是要利用美色让他犯错。

方山木并不认为自己有多正人君子，美女他也喜欢，也愿意欣赏，但喜欢和欣赏是一回事儿，有没有想法就是另外一回事儿了。而方山木从不越界。

如果没有盛晨的多事和插手，方山木有足够的把握处理好和江赋雨的谈判。但让他怎么也没有想到的是，盛晨出手了。

盛晨如果讲究章法和遵循市场规律也就算了，偏偏她是无差别攻击——在方山木已经掌控了主动权并且谈判到了关键阶段时，盛晨突然出现在了他和江赋雨的面前，指责他背叛家庭攻击江赋雨勾引别人老公。

方山木惊慌失措，不是因为他有什么见不得人的事情被盛晨抓个正着，而是盛晨出现打乱了他的计划，稍有不慎就有可能前功尽弃！这事关公司拓展市场的重大调整，如果成功，也会是他职业生涯中极为漂亮的一役，足以写进中国的互联网公司并购史！

第九章　建立在丈夫痛苦之上的安全感

好在江赋雨见多识广，从容不迫地化解了盛晨的攻击，既没恼怒也没尴尬，反倒劝导盛晨不必看管方山木过紧。虽然方山木魅力过人，又是成功人士，但在她的眼中，方山木还不足以让她动心。最主要的是，方山木属于有色心没色胆的一类。

好吧，为了家庭和谐，有色心没色胆他方山木认了。他很感激江赋雨机智地为他解围，不料就在他以为盛晨被江赋雨说服并且不再无理取闹时，盛晨却暗中将方山木的底线透露给了竞争对手，并声称他和江赋雨的谈判破裂，导致竞争对手乘虚而入，并加大了攻势，后来居上，拿出了更优厚的条件一举攻克了江赋雨，硬生生从方山木手中抢走了即将到手的合作。

如果仅仅是合作破裂也没什么，问题是方山木认定成功在即，已经投入了数千万元的资金开始了筹备，结果竟然是一头栽倒，摔了一个狗啃泥不说，还由于动静过大，弄得鸡飞蛋打了。

更让方山木无奈的是，合作毁于一旦是盛晨的原因，他无法向公司说明背后到底发生了什么，只好默默忍受公司的责备和惩罚。在被停职的苦闷之际，他接受了古浩的建议去西山散心，结果差一点儿丢了小命。

人走背运，真的是喝口凉水都会塞牙。

事后，盛晨虽然也知道自己做了错事，但还是嘴硬，不肯承认自己的过错，这让方山木无比愤怒。更让他气愤的是，他失踪了几天，发生了差点儿死在深山老林这么大的事情，盛晨依然是一副冷冰冰漠不关心的样子，曾经的相濡以沫以及亲密无间，现在都变成了仇恨和冷漠吗？

他到底做错了什么？盛晨到底想要怎样？

"我们在一起也有十几年了，如果从认识时算起，都有二十年了吧？"方山木停下了回忆，回到了现实之中，淡淡地看了盛晨一眼，"我们从相识、相恋到相知，再到步入婚姻，相互陪伴了这么多年，盛晨，你会不明白我们为什么会走到今天这地步？如果不是你猜忌、多疑，跟踪调查并且定位我，我们也不会由亲密变得疏远……"

"够了，你别以为我不知道你都做了些什么，别想反咬一口来择清自己！"盛晨打断了方山木的话，冰冷的目光如刀锋一样犀利，"别解释了，你在外面做过什么，我都知道。虽然你以前说过，你如果出轨了会净身出户，但现在你失业加赔偿，也不容易，我会分你一套房子，外加……二百万现金。"

方山木心中闪过一丝暖意，盛晨依然对他心存一些情意："我还得强调一下，我没有出轨，外面没人！你不要诬蔑我！还有，家里怎么会有二百万的现金？我记得除了还房贷车贷之外，每个月存不下多少钱……"

"这些年我精心打理家里的一切，除了买房理财之外，还投资了一些基金，算下来，也有一些收益。"盛晨略有几分疏落地看了方山木一眼，"山木，说心里话，我不想离婚，只要你答应我的三个条件，我们就可以重归于好。"

方山木想了想："说吧，我听着呢。"

"第一，我给你找了一份工作，虽然比之前的差一些，收入也不高，但比较安稳。好好干上几年，也不是没有前途。"

方山木没说话。

"第二，以后不再出差，只做一些行政性工作，不负责业务口。这样可以避免和异性接触，对你的身体也有利。快四十岁的人了，要多注意身体，尽量少喝酒不熬夜，减少不必要的应酬，是该做减法了。"

"别说了……"方山木摆了摆手，"我不会按照你的设计来规划我的人生，我是你的丈夫，不是你的儿子，更不是你的私人物品。"

盛晨面无表情地继续说："第三，我们再生一个孩子，要个二胎。再多一个孩子，你的心思会更向家庭倾斜，多放在家里一些。"

方山木站了起来："我一直有一个观点，男人在四十岁之前，要完成对家庭应尽的责任。四十岁以后，就要承担应该承担的社会责任了。你的三个条件不符合我对自己以后的人生规划，对不起，我不能接受。"

"好！"盛晨斩钉截铁地回应了方山木，"既然你死不悔改，我也不多说什么了，签字吧。"

方山木努力克制的火气轰的一下爆发了，他一拍桌子站了起来："盛晨，你没有资格说我死不悔改！我从来没有做错过什么，是你一而再，再而三地无理取闹。不依着你的想法来，在你眼里，第一次是不懂事，第二次是固执，第三次就是死不悔改！盛晨，你有没有想过，我为什么要按照你的想法来安排我的人生？我是你的丈夫，也是一个独立的个体，婚姻的承诺条款里面，没有约束权和控制权，你没有资格也没有足够的高度来告诉我什么是对的什么是错的！"

方山木从小就不是一个循规蹈矩的人。他当年考学时，父亲希望他考建筑系，因为父亲从事建筑行业多年，在行业内有一定的人脉，也认为建筑行业有前景，好就业。他偏不，他觉得父亲所谓的人脉仅限于当地，一个四五线城市的人脉能有多大的用处？而且他早就立下了不回老家的志向。

他报考了京城的大学，学的是计算机专业。毕业时，父亲希望他回到家乡，他可以帮他谋一份在政府机关工作的差事，收入稳定且不错，他拒绝了。他不想回到父母身边，听父母的唠叨在父母管东管西的阴影下生活，他喜欢自由和无拘无束。

他想自己安排自己的人生。

偏偏现在盛晨喜欢一切由着她的性子来，小到家里的摆设、吃饭的规矩、装修和家具的风格，这些方山木都忍了，凡是家里的一切大小事务，甚至包括资金的管理和分配，方山木都交给盛晨，一概不去过问。但盛晨却要求在人际交往、工作方式、职业规划上也要他听从她的意见，他就忍无可忍了。

每个人都有自己的界限，即使是亲如夫妻也不行。如果是以前，方山木还会克制地回敬几句，今天他在失控之下，终于发作了。

也是他对盛晨完全绝望了，既不关心他险些丧生在深山老林的遭遇，也不体谅他现在一无所有的窘迫，还想左右他的人生，难道她真的没有一丝后悔之意，不清楚正是她的插手才导致他工作失误并且落到现在的下场？

"我有现在的成就，我能走到今天，都是我自己努力拼搏的结果，都是不听你的建议而做出的正确选择！如果听了你的话，我可能连现在的三分之一的成就都没有！我就纳闷了，盛晨，你凭什么觉得你的想法就一定正确，你有什么可以让人信服的成绩？你有哪些拿得出手的成功经验？你曾经经手过哪些大项目？你又有哪些闪亮的职场履历？你当了这么多年的家庭主妇，知识和见识还停留在十几年前，现在就是一个刚毕业的大学生都比你强，都比你有眼光、比你有见识、比你有高度！"

盛晨缓缓站了起来，脸上无悲无喜，但熟悉她的方山木却知道，越是不动声色，越说明盛晨心中的愤怒无法抑制。

果然，盛晨一步步来到方山木面前，目光漠然："方山木，你总算说出了心里话，我知道，你早就嫌弃我了，觉得我既不年轻漂亮又没有了能力，而且还头发长见识短，是不是？这么多年的夫妻，我为这个家付出了这么多心血，为你养育了这么优秀的一个儿子，到头来，你却觉得我什么都没有付出，只有你在赚钱养家，是不是？

"别以为我这些年没有出去工作就和世界隔绝了，我当年在学校里学习比你强，能力比你强，现在也是一样！只要我出去工作，不用几年，我就会超过你！没有我对你的帮助和指导，你现在别说是什么副总了，你连一个副总监都当不上！"盛晨的声音悲怆而绝望，"方山木你记住你今天所说的每一个字，总有一天，你会发现你方方面面都不如我。你会后悔你今天的决定！"

方山木冷笑一声："不用等以后，现在我就可以承认我方方面面都不如你。但又有什么用？社会不承认你的价值，只有我承认，不过是自欺欺人的谎言罢了。我不明白，盛晨，我知道你对我约束对我管控，是因为你没有安全感。但你想过没有，你不能把你的安全感建立在我的痛苦之上……"

"你是我的丈夫，不建立在你的痛苦之上难道要建立在别人的痛苦之上？"

方山木翻了翻白眼，为什么女人吵架总是找不到重点，相反，无理取闹的水平却从来一流呢？

第十章　劫财还是劫色

"怎么能叫痛苦？我帮你安排好你的一切，从生活到工作，面面俱到，你省心又省力，不是挺好吗？"

方山木无力地摆了摆手，拿起笔在离婚协议书上签了字："别争了，我们现在吵架都不在一个频道上，算了，别浪费各自的时间了。"

门一响，儿子放学回来了。

方向东虽然才十二岁，但一米六几的个子，俨然已经是一个小大人形象。他一进门就发现了气氛不对，先看了看方山木，又打量了盛晨几眼："你们又吵架了？服了你们了，都这么多年的老夫老妻，怎么还有精力和动力吵？"

方山木很喜欢儿子，他抱住了方向东的肩膀："儿子，爸爸有一件事情要告诉你，爸爸妈妈要离婚了，刚刚签了离婚协议书。你长大了，也懂事了，所以爸爸不会像狗血电视剧里面演的一样，离婚了非要瞒着你。你有知情权。"

方向东愣了愣："真要离，老妈？"

见盛晨点头肯定，方向东无所谓地笑了笑："好吧，离了也好，省得你们吵来吵去也影响我的心情。放心，我也不会像狗血电视剧里面演的一样大哭大闹或者摔门跑出去，在外面瞎跑，再出个车祸然后失忆什么的，我很平常心，接受并且理解你们的决定。"

"你想跟谁？"方山木点了点头，很是欣慰儿子的懂事。

"我已经大了，不需要跟谁也可以健康地成长……"方向东也抱住了方山木的肩膀，"老爸，你平常工作忙，我还是和老妈住在一起比较好，省得让你为我的事情分心。你也该长大了，别再像个孩子一样，有时你真的有点儿孩子气，感觉还不如我成熟。"

方山木忍不住尴尬一笑，摸了摸鼻子："我都快四十岁的人了，哪里孩子气了？别瞎说。"

"别以为自己有多成熟，你不过是一个心智还没有完全长大的大男孩。"盛晨拿过一张房本和一张建行卡，"在朝阳的房子归你，你可以搬过去，别租房子了。银行卡里面有二百万，拿去赔偿公司的损失，不够的部分，你自己想办法。密码是儿子和你的生日……"

"老爸，吃了饭再走吧？"儿子一脸哀求的目光。

"好……吧。"方山木犹豫了一下，还是同意了。

饭吃得寡淡无味，儿子在尽量活跃气氛，但方山木和盛晨还是提不起精神，二人既不说话，也没有目光的交流。

"今天听老师讲课，才知道原来许多流传千年的情诗，原本不是表达男女之情的……"儿子见氛围过于沉闷，眼珠一转，嘻嘻一笑，"除了'执子之手，与子偕老'之外，还有一句话也是——'山有木兮木有枝，心悦君兮君不知'……"

方山木和盛晨身子同时为之一震。

当年在方山木为盛晨所写的情书中，有两句话让她怦然心动，第一句话就是"山有木兮木有枝，心悦君兮君不知"，很巧妙地将方山木的名字与诗句融为一体，第二句话是"盛年不重来，一日难再晨。及时当勉励，岁月不待人"，也将盛晨的名字融入其中。

只不过当时方山木在引用时，将"勉励"改成了"恋爱"。

"山有木兮木有枝……出自《越人歌》，是说一个楚国的贵族乘船时，划船的越人唱了一首歌，他听不懂，只是觉得特别动听，就请人翻译过来。一听之下，非常感动，邀请越人一同饮酒。其实在原诗中，'心悦君兮君不知'是表达一个男子对另外一个男子的仰慕之意。"

方山木暗叹一声，儿子果然长大了，既聪明又含蓄，他是想用他们当年的情书来唤醒他们之间曾经的爱情，可惜的是，小孩子到底是小孩子，在小孩子的世界里会有选择，在成年人的世界里，只有割舍。

不过不管怎样，爱过恨过，到最后，盛晨对他还算可以，至少还给了他二百万的现金。当然，话又说回来，这些年方山木不管钱，家里到底有多少资产，他并不清楚，只知道有几套房子和几辆汽车。

离开的时候，盛晨没有起身，儿子送到了门外。本想和儿子再多说几句，话到嘴边却变成了："儿子，好好学习，争取考上清华北大。"

儿子点了点头："老爸，你也常回来看看。别怪我多嘴，老妈不像是真要和你离婚，她其实是一个特别心软的人，就是有时太要强太好面子了。你回头再和她好好聊聊，毕竟衣不如新人不如旧不是？"

方山木没说什么，转身走了，以他对盛晨的了解，他们的婚姻之路，多半已经走到了尽头。更重要的是他不想再继续被盛晨左右人生了。

朝阳的房子不大，只有九十平方米，原本买来是想等升值后卖出。不料后来京城限购，必须有五年以上的社保才有购房资格，导致需求大减，只好出租了。

现在还有租户在入住，方山木就没有了搬家的打算，何况成芃芃的房子他已经交了半年的房租。

回到后未来小区时，天已经黑了下来，一天就这么过去了。对他来说，这几天所经历的事情相当于他以前将近四十年人生的总和。现在的他，已经成为一个真正意义上的孤家寡人，要工作没工作要家没家要什么没什么，还有一屁股债。

无精打采地打开门，方山木现在只想睡上个三天三夜，然后再去想下一步。

房间中一片漆黑，他刚入住两天，还没有完全摸清房间的布局，摸索着开灯，不料脚下一滑，一下摔了一个屁股蹲儿。

伴随着一阵叮当乱响的声音，房间中忽然响起了一个女声："谁？你是小偷还是贼？我警告你，我男朋友马上回来，你再不走，我就报警了！"

小偷和贼有区别吗？方山木哭笑不得，感觉身上湿了一片，地上到处都是水，他摸到了开关，打开灯才发现，地上放了一个脸盆一个水桶，脸盆和水桶都倒扣在了地上，整个客厅的水应该都是来自脸盆和水桶。

次卧的门口，有一个女孩，手持扫帚，穿睡衣，头发散开，有水珠散落，一双眼睛既大又亮，充满了警惕。警惕之余，还有一种让人悄然心动的无辜。

很像是……方山木想了想，对，很像是二次元里面的人物。

她的胳膊和小腿充满健康的色泽，显然是平常经常锻炼的结果。不过和她双手紧握扫帚一脸紧张的表情相比，她的样子着实有几分滑稽。

方山木蒙了，第一反应是回身看了看门牌号，没错呀，他没走错门："你谁呀？"

"你谁呀？"女孩壮着胆子向前迈出了一小步，"你是劫财还是劫色？如果是劫财，你找错人了。如果是劫色……"

她又后退了半步，打量了自己的双腿一眼："我虽然挺漂亮的，但我身手不错，打你不在话下……"

方山木径直走到沙发上坐下："行了，别高估自己了，你既没财也没色，我对你完全没有兴趣。你是不是成芇芇的朋友？"

"是，你怎么知道的？"女孩小心翼翼地向前走了几步，还是拿着扫帚，左右看了自己几眼，"你眼瞎呀，我是没钱，但长得还是有几分姿色的。"

没见过这么缺心眼的姑娘。方山木一拍沙发："好了，别拿着鸡毛当令箭了，一把扫帚没多大作用，坐下，把事情说清楚。先从成芇芇去哪里了说起，再说你为什么在门口放一个脸盆和一个水桶，最可气的是，里面还装满了水！"

女孩才注意到方山木的狼狈，身上湿了不少地方，不由得掩嘴一笑："不好意思呀，我妈说到一个新地方住，在门口放一个脸盆和一个水桶，里面装满水，就不会招一些乱七八糟的东西。我忘了还有你和我同居，不，不是，是同住，嘿嘿，你是方山木方叔叔吧？"

方山木大概猜到了什么，很生气成芇芇未经他允许就又让人住了进来，他租的是一套房子，不是一间卧室！成芃芃再不通人情世故，也应该知道现在房子的使用权已经归他所有了。

见方山木点头，女孩不好意思地捂住了嘴巴，一双无辜的大眼睛眨动几下："不好意思方叔，不，方哥，芃芃出去时说你是房子的主人，让我好好听你的话，否则你就会赶我出去。我本来还想着等你回来后再放脸盆和水桶，结果一转身就又忘了，对不起，真的对不起！"

"成芃芃呢？"方山木不想和她啰唆什么，"你叫什么名字？赶紧叫成芃芃过来！还有，叫我方叔，不要叫哥。"

第十一章　人生际遇

"这么直男？不会委婉说话吗？"女孩嘟囔了一句，"我叫胡盼，是芃芃的闺密。"

"成芃芃呢？"方山木不耐烦地又重复了一遍，他不想和胡盼说话，"请你马上联系她，如果她不能过来解释清楚，就请你离开。"

胡盼瞪着一双无辜的眼睛，转动几下："方先生、方哥，不，方叔，你忍心大晚上把我一个女孩子赶到外面流落街头吗？你的良心会不会痛？你就算是一个不懂怜香惜玉的大直男，至少做人的基本良知还有吧？"

居然上升到做人的良知上了，方山木气笑了："在我面前装可怜？"

"不是装可怜，是真可怜。"胡盼双手抱在胸前，"方叔，我先是被房东赶了出来，又和男友分手，一个人没有工作没有地方住没有人依靠，你就不能暂时收留我一天，让我感受到人间还有温情在？"

"你等等，"方山木忽然想起了什么，站了起来，上下打量胡盼几眼，"我好像在哪里见过你，你蹲在地上让我看看。"

"干吗？"胡盼声音提高了八度，眉毛一挑，似乎是要发作的样子，却又顺势蹲了下来，双手托腮，不停地眨动眼睛，"是不是这样？大叔，你不会是哪种变态吧？芃芃说你人挺好的，我才敢住下，万一你是变态可就惨大发了。"

"行了，别装了。"方山木识人无数，一眼就可以看出胡盼故作可怜之下，眼中闪动的警惕和狡黠，就知道她不是省油的灯，他也想了起来，"哦"了一声，"你是不是不久前在马路上和男朋友吵架分手，还摔了行李箱的那个？"

"对，对，对，就是我。啊，我的英勇事迹你也看到了？真是太巧了大叔，说明我们有缘。"胡盼从地上一跃而起,抓住了方山木的胳膊,"大叔你同意我留下来了吧?谢谢,真的太感谢了。"

方山木无奈地摇了摇头:"你可以留下,但第一,你不能住太久,一找到房子就搬出去。第二,你只能使用一个房间,不许侵占别的地方,包括另外的卧室和客厅,并且要保持房间的整洁。第三,不许带人来过夜,不论男女。"

"同意,接受,完全没有意见!"胡盼高高举起右手,讨好地嘻嘻一笑,"怪不得芃芃说还是70后男人成熟大方,我以前还不信,总觉得你们又老又油腻。现在看来,还是我太主观偏见了,我看你比我以前认识的同龄男生强一千倍。"

"没有可比性。"方山木起身回到自己的房间,他的房间是主卧,带卫生间,"还有,你以后不要用我的卫生间,听到没有?"

"听到了,大叔请放一百个心。"胡盼笑得像一朵花一样,一转脸笑容就消失了,暗自嘟囔,"一天天的,一个大男人,比女人还婆婆妈妈,亏了芃芃还说你大度,有男人气概,我看她是瞎了眼……"

话说一半,方山木又从卧室中探出头来:"你嘀咕什么?"

"没有,没有,我在给芃芃发语音,她半个小时就到。"胡盼谄媚地一笑,笑容有些用力和夸张。

"行了,别装了,出来吧。"方山木换了一身衣服出来,大马金刀地坐在了沙发上,冲胡盼占据的中间的卧室喊道,"成芃芃,你出来,别再躲猫猫了。"

房间黑着灯,没动静,方山木刚一说完,房间的灯就亮了,人影一闪,成芃芃笑嘻嘻地从里面冒了出来。

"老子闪亮登场,亮瞎你们的……"

"停!请停止你的表演!"方山木手指沙发,"你坐下。"

"是。"成芃芃立刻低眉顺眼老老实实地坐了下来,一副温顺的样子,"大叔,你别生气,这么大的一个房子,你一个人是住,多一个人也是住,既有了人气,又有人给你陪伴加解闷儿,而且还是赏心悦目的大美女,并且无偿,光想想就是一件非常振奋人心的好事。"

方山木还是有几分生气,他不是小气的人,多住一个胡盼也没什么,他生气的是成芃芃既没有事先和他商量就做了决定,而且还被胡盼弄湿了房间,并且成芃芃还和胡盼联合起来捉弄他欺骗他。他近来本来已经很不顺很不开心了,结果租个房子还有意外发生,他更恼火了。

见方山木脸色不对,成芃芃停止了温顺,脸色多了几分傲然,不但坐直了身子，还跷起了二郎腿："胡盼是我的闺密，多年的好朋友，她落难了，无处可去，既失业又失恋，和你也算是同是天涯沦落人。她求到了我的头上，我能不帮她吗？正好我别的房子全部租出去了，就你这里还有空房间，就让她过来了。这样吧，你交的半年的房租，我算你一年的，这下心里平衡了吧？"

"我……"方山木猛然站了起来，胸口起伏，拿半年房租来堵他的嘴，真当他缺这点儿钱？又转念一想，现在还真是缺钱，他还有一百万的外债要还，能省一点儿是一点儿，何况现在又是失业的状况，就又坐了回去。

谁能想到一周前还是衣食无忧收入丰厚的成功人士，现在沦落为要算计一年半年房租的地步，人生的际遇真是让人无法预料。

本想接下成芃芃的话头，方山木话到嘴边又不好意思说出口，就卡在了喉咙里面："我、我……"

成芃芃猜到了方山木的心思，知道一个中年男人再落魄也不想在别人面前流露无能和无力的一面，当即顺势就说："大叔，就当你给我一个面子，这样，我和盼盼请你消夜，就当赔个不是了。"

方山木心中闪过一丝温暖，萍水相逢的成芃芃不着痕迹地化解了他的尴尬照顾了他的面子，是一个聪明又善解人意的好姑娘，他也就不再伪装，轻轻咳嗽一声："消夜呀？我一个老男人了不怕长肉，你们不怕增肥的话，我就没意见。"

出了小区右转，大约一百米外的丁字路口，是著名的美食街。华灯初上，正是热闹非凡之时。街上的年轻男女，衣着光鲜笑容满面地呼朋唤友，正在享受夜幕之下的快乐。

方山木走在成芃芃和胡盼后面，像是被二人领着一样。他记不清有多久没有这么悠闲地走在大街上欣赏夜景，更不用说去消夜了。经常是加班到很晚，虽然饿，但还是宁愿用睡觉来弥补身体的疲惫。

年轻人的夜生活已经离他十万八千里了。

大学时，物质不如现在丰富，手头也不宽裕，他都不记得和盛晨恋爱时有外出消夜的经历。毕业后步入社会，他和盛晨在京城举目无亲，一切都得依靠自己，二人一心工作和经营家庭，也很少有浪漫时刻。

这么一想，其实当年盛晨跟着他，也吃了不少苦头。他现在所拥有的一切，都有盛晨的参与。

几人找了一家烧烤店，店面不大，颇有几分日式风格。要了一些烤串和几瓶啤酒，选了靠窗的位置，方山木先大口喝了一杯："你们现在的年轻人真幸福，我像你们这么大的时候，晚上都没有这样消遣的地方。"

"所以你们才有心思和精力认真地谈恋爱，不像我们，谈个恋爱都不走心，三心二意不说，还心不在焉。真羡慕你们那个时代的爱情，那么纯真，那么刻骨铭心。"成芃芃一口喝干杯中的酒，重重地一放，"大叔，你知道我为什么和前男友分手吗？"

方山木摇头："不懂你们现在年轻人的爱情，反正我只知道你们经常说的一句话——是酒不好喝还是游戏不好玩？又或者是学习不能够使你快乐？为什么要谈恋爱？"

胡盼撇了撇嘴："现在的人，把时间都浪费在一些重复、无聊、低级的事情上，比如恋爱、失恋再恋爱再失恋。你再看那些成功人士，把时间都用在有价值的事上。我决定了，从此以后再也不谈恋爱，只谈赚钱，不，是事业。"

"别逗了，盼盼，等你遇到喜欢的人时，就又变得盲目了，你是不是还没有忘了你前男友？赶紧忘了他，他和我的前任一样，就是一个渣男！"几杯酒下肚，成芃芃的话多了起来，眼睛也有了几分迷离，"也是怪了，大叔，你帮我们分析分析，为什么我们总是遇到渣男？"

"物以类聚，人以群分，能吸引渣男的，多半是渣女。"方山木冷静地喝了一口啤酒，丝毫没有一人和两个美女吃饭的喜悦，也不在意周围人群或羡慕或嫉妒或不怀好意的目光。

"您可真会说话，大叔，怪不得失业又被离婚，活该！"成芃芃奉送了方山木一个大大的白眼，"如果我也算渣女，那全世界就没几个好女人了。告诉你，我和前男友分手，不是因为他劈腿，也不是因为他不够爱我，而是他太颓废太没有上进心了，天天混吃等死。"

第十二章　无限关爱与有限责任

"他和我一样是京城人，家里有三十多套房子。大学毕业后，他父母交代一句让他负责收房租，就周游世界去了。我帮他做一个表格，安排好了排序，让他每天像上班一样上门去收房租，一个月下来正好轮换一圈。他不听，非要固定一天，一次性在家用微信收款，真是懒到极致了。剩下的二十九天，不是打游戏就是吃喝玩乐，整个人很快就废了……"

好吧，方山木无奈地眨了眨眼睛，都什么奇葩的分手理由，在别人为了生存奔波为了生活苦恼时，成芃芃却为了怎么收钱而和男友分手，听上去真的很欠揍，他不禁笑了："从70后到90后，女人始终没变的一点是——管得真宽！你管他是一天一次性收完房租，还是每天上门去收，他有他的生活方式和人生规划，你有你的，为什么非要让他听你的安排？"

"男人都跟孩子一样，不听女人的话听谁的？"成芃芃瞪了方山木一眼，"你也一样，别看你快四十岁了，还没我成熟。科学研究说了，男人心理和生理完全成熟的年龄是四十三岁，你还差好几年。"

"一天天的，总说一些丧气的话，不提男人了行不？"胡盼举起酒杯，"来，庆贺一下我们都获得了新生。"

"说说接下来该怎么办吧？"胡盼斜着眼睛，"我决定以后当一个女强人，自己赚钱养活自己，不靠男人，也不需要男人。不过我不知道该找一份什么工作，未来的人生规划又是什么，唉，只能走一步算一步了。不像你，一生下来就在终点站，早早实现了财务自由。"

"屁，我一点儿也不快乐好不好？而且我觉得我现在的状态离财务自由，还有相当长的距离。"成芃芃推了推方山木的胳膊，"大叔，你以前也算是半个成功人士了，说说看，下一步打算怎么着？"

方山木摇了摇手："不不不，我以前还觉得自己算一个成功人士，自从认识你之后，我觉得自己什么都不是，感觉受到了一万点伤害！下一步我打算创业，不再为别人打工了。"

成芃芃挤了挤眼，碰了碰胡盼的胳膊："早就告诉过你，70后男人最大的优点是打不倒不认输，他们经历过改革开放，亲眼见识了时代的进步，对自己要求很高，不像90后的男人一样佛系并且颓废。"

"不能比，而且也不科学。"方山木不认同成芃芃的结论，"每个时代的人都有自己的特殊之处，也有自己的历史使命。20世纪90年代出生的人，物质丰富，国家富裕，没有经历过贫穷和饥饿，从小没有吃过什么苦，也没有体会过失去一切的痛苦，他们可能不如70后男人有拼搏精神，但他们也不需要这么拼命。前辈的努力，就是为了让后辈更轻松更容易地过上幸福生活。"

"你倒会替他们开脱，到底是男人，总是会替自己的同类说话，不管是不是同一个年龄阶层，哼！虚伪！"成芃芃愤愤不平地自顾自喝了一口酒，又觉得不对，和方山木碰了碰杯，"干了，谁不干谁是小狗。"

真小孩子气，方山木摇了摇头，一口干了杯中酒："我记得我还小的时候，父辈一代人总说我们这一代不如他们，我当时很不服气，江山代有才人出，怎么会一代不如一代？老一代人总是觉得下一代不如他们，不过是抱着过去的成见和老观念，其实有很大的误解和偏见。不过我不明白的是，你们为什么对同龄的男人有这么大的意见？不要因为遇到了一两个渣男就否定所有的同龄人，更不用说其实你们遇到的也不算太渣，至少他们没有骗你们什么，只是他们还没有长大，有些懒有些不愿意承担应有的责任罢了。"

"这个话题就此打住！"胡盼见成芄芄眉毛一挑，又想和方山木争论，忙出面调停，"下面先碰一杯说正事专用酒，然后接下来的话题只说正事，不扯闲篇。"

三个人碰杯。

"方叔打算做什么行业？启动资金和办公地点都有了吧？"胡盼一句话就问到了点子上。

创业的念头是方山木在深山老林中迷失的时候萌生的，当时只是一个模糊的概念，他还心存一丝幻想，认为公司不会解雇他。

在确定被公司解雇之后，他心中创业的念头越来越强烈。他已经快四十岁了，再出去打工，就算运气好有人赏识，再加盟一家大公司，以副总的级别起步，也一眼可以看到职业生涯的尽头——顶多坐到副总裁的职务，不可能当上总裁！

说到底，不管是副总经理还是副总裁，命运都被拿捏在别人手中，随时有被裁掉的可能。既然从头再来，何不给自己一个掌握自己命运的机会，自己当老板，做自己最想要做的事情。

创业到底要做什么行业，方山木一时还没有完全想好。这么多年来，他从事的一直是互联网行业，对于其他行业，他也不熟悉，不敢贸然闯进去。毕竟创业是要投入金钱、时间和精力，以他现在的年龄来说，输不起了。

其实方山木很看好房地产行业，虽然现在明显有了下行的趋势，但他估计，应该还有两三年的夕阳残照时刻，如果运作得当，赚一笔不是问题。不过他对房地产行业不熟，又没有相关的人脉，也就只是想想而已。

京城的房地产从限购到提高首付比例，以及贷款利率上浮，一系列的政策收紧宣告国家对炒房行为严格控制的态度。方山木清楚地记得，从去年也就是2015年开始，房地产行业里出现降温征兆，虽然幅度不大，但趋势明显。

房地产行业作为拉动了中国经济二十多年的支柱产业之一，其高光时刻已经过去了，从成芄芄及其前男友各有十几套房子就可以看出，未来房子不再是紧缺物资，90后和00后，甚至以后的10后，他们不管是独生子女还是有兄弟姐妹，都可以人均继承一套以上房子，多者两三套，甚至四五套者也不少见。比如他的儿子方向东，作为独子，他和盛晨的三四套房子，早晚都会过户到方向东名下。

方向东从小不缺房子，以后对房子也远不如70后、80后和90后的人有执念，因此，不难预测，等方向东一代人长大后，他们最缺的是创新和发展，最不缺的反倒是房子！

排除了房地产行业，方山木又罗列了他感兴趣并且稍有了解的行业，也是京城的支柱产业——金融、旅游、文化创意、物流、批发零售、餐饮、生物医药、新能源、汽车、软件与信息，首先去除投入巨大的资源型产业，他目前的能力不足以挑动。那么就只剩下了文化创意和软件与信息，想来想去，方山木气馁地发现，还是软件和信息最适合他。绕来绕去，他恐怕还是无法逃脱互联网产业的上下游。

虽然大方向定了是软件与信息产业，但具体从事哪一个门类，方山木还没有想好，他沉吟片刻："不好意思，商业机密，不能透露。"

此话一出，成芃芃和胡盼对视一眼，同时一脸鄙夷和不屑，哈哈一笑。

"切，没想好就说没想好，还商业机密，当我傻呀？"成芃芃捏起一粒花生米，一仰头准确地扔到了嘴里，"不说就算了，反正也和我们无关，是不是盼盼？"

胡盼抿嘴一笑，眼睛笑成了弯月："我不这么想，如果方叔真的创业成功了，我说不定可以在他的公司谋一份差事，比如说当一个总监……"

"可以先从他的助理开始做起。"成芃芃见方山木不接话，推了他一把，"说话呀，别跟个闷葫芦似的。如果你真要创业的话，我和盼盼都加入，是不是欢迎？"

方山木还是没说话，目光望向了窗外。已是深夜，窗外依然车水马龙灯火通明，人群来往不绝，好不热闹。远处的高楼，星星点点全是一个个最小的组成部分——家庭——的温馨之光。但正是这些最小的组成部分，却是社会稳定和进步的基石。

一时间方山木又想起了他和盛晨的关系、古浩和江边的关系以及成芃芃和前男友的分手、街边情侣的争吵，男女关系是古往今来最大的不解之谜，如何处理好彼此之间的关系，永远是一个值得研究并且探讨不完的话题。

……对了，方山木眼前蓦然一亮，他要做一个APP，就以探讨两性关系为主，因为婚姻就像一个夫妻合作的有限责任公司，男女双方各自投入自己的资源和人生，希望在家庭的有限责任公司里面，获得无限的关爱和回报，对，公司就叫无限关爱有限责任公司。婚姻是有期限的，最长也只能是一生，但关爱却是无限的，可以一直传承。

方山木兴奋了，一拍桌子站了起来："回家！"

第十三章 还没有长大

回到家方山木立刻兴奋地打开笔记本电脑，开始做商业规划书。

他连做了三个小时，一抬头，才发现已经凌晨了，伸了伸懒腰，去客厅喝水，却发现成芃芃光着一只脚睡在沙发上，头发乱成一团不说，还流着口水，样子要多狼狈就有多狼狈。

方山木有些奇怪，他还以为成芃芃回去了，怎么又住下了？忙喊了一声："胡盼，你怎么也不照顾她一下，又睡沙发！又不是没床。你们是什么塑料姐妹花情谊，谁也不管谁吗？"

胡盼揉着惺忪的眼睛从房间出来："不知道别乱说，我们是闺密不假，但睡觉是很私人的事情，我让她和我一起睡她又不肯，让她去睡别的房间她又不去。她爱睡沙发，就得尊重她的选择。"

好吧，方山木知道自己和90后的想法有时不在一个频道上，要是他，不管对方怎么坚持，他也会要求对方睡在床上。但在胡盼看来，不干涉成芃芃睡沙发的自由，是对他人喜好的尊重。

哪怕是会令自己不舒服的喜好。

成芃芃醒了，翻了一个身："你们别吵吵，影响我睡觉啦。我爱睡哪儿睡哪儿，你们谁也管不着！都滚！"

得，多管闲事多吃屁，方山木翻了个白眼，又一想哪里不对："成芃芃，你说让胡盼过来住，没问题。但我没同意你也一起住，三个人住就太拥挤了，明天起，希望不要再见到你。"

"我要睡觉，滚！"成芃芃扬手扔一个抱枕，正中方山木怀中。

方山木气呼呼地将抱枕扔给胡盼："天一亮，你负责送走她！"

"一天天的，都不让人省心。"胡盼嘟囔一句，歉意地笑了笑，点头哈腰，还举起右手摆出认错的姿势，态度很端正，让方山木无话可说。

还好，天一亮，不但成芃芃不见了人影，胡盼也不知道去了哪里。方山木难得清静，又精心修饰了一番商业计划书，创业的思路和规划越来越成熟了。

接连一周，方山木都是早出晚归，约以前的各种好友，不管是经商的还是投资的，积极主动地向对方推销自己的创业思路，希望可以获得投资。但无一例外以失败告终，对方不是觉得他的创意过于缥缈虚幻，就是觉得可行性不大。总之一句话，要钱没有，要建议就是不要去做。

备受打击的方山木消沉了不少，原有的创业激情迅速消退，整个人无精打采。他终于知道创业远不如想象中那么光鲜和容易。创业之路是一条血泪路，充满了嘲讽、打击和挫折。

这段时间的忙碌让方山木忽略了胡盼的存在。有时他早上出去，胡盼还没有起床。晚上回来时，胡盼已经睡下了。二人虽然同住一室，却整整一周都没有见上一面。

在第八十八次碰壁之后，方山木开始怀疑自己的创意是不是真的没有价值，他内心的苦闷无处发泄，不禁想如果盛晨在该有多好，她肯定会为他出一些主意，也会和他一起共渡难关。

只是现在已经闹成了这样，无法回头了。一想起盛晨对他各种各样的要求，方山木又摇头否定了自己的想法。盛晨才不会支持他创业，只会让他按照她的想法去上班，在一个一成不变的单位从事日复一日的单调工作，在琐碎中消磨了雄心壮志，直至退休。

他还不到四十岁，正是男人的黄金年龄，怎么可能早早就进入养老模式？男人在四十岁之后，更要将目光投向社会，要为实现个人价值而努力奋斗。

不过虽有凌云志，却无金刚钻，方山木的创意无人赏识。如果不是赔偿公司三百万，他自己就有启动资金，可惜的是，公司一再催促他赔偿。他先是将手中的二百万打了过去，剩下一百万的欠款，他四处借钱，用了足足一个月的时间，才算凑齐。

欠了一百万外债的方山木，是个不折不扣的负翁。

一个月后，还是没有人肯投资无限关爱有限责任公司，方山木接近绝望了，他决定卖掉房子当作启动资金。但由于他还没有离婚，卖房需要盛晨同意。

冬天的京城，树叶落尽，一片萧瑟，方山木再次回到自家别墅面前，百感交集，有一种恍若隔世之感。

几个月以来，他和盛晨联系不多，每个月顶多一两次，每次都是简短几句话，不是说孩子的事情，就是问什么时候去民政局办理离婚手续。

虽然签了离婚协议书，但一直没有去民政局，二人在法律上还是夫妻关系。之所以没去成，要么是方山木时间不凑巧，要么是盛晨没空，总之阴错阳差，就拖到了今天。

盛晨为方山木开门，又给他倒了一杯水。她依然是一身居家的装扮，一副波澜不惊的表情。

"真的决定创业了？"盛晨先开口，一拢头发，"你可要想好了，开弓没有回头箭，你老大不小了，万一失败，可能就再也没有翻身的机会了。"

"我还不到四十岁，别总说什么老大不小了！"方山木现在很不爱听盛晨明里暗里的嘲讽，盛晨只要一有机会就会打击他贬低他，让他失去信心和斗志，"我就不举四十多岁才创业的成功例子了，姜子牙七十多岁才出山，不一样立下了丰功伟绩？"

"你倒挺会自我安慰，像个孩子一样幼稚。"盛晨轻笑一声，"告诉你一件事情，我上班了，找了一份助理工作。"

"助理？你？"方山木愣住了，随即哈哈大笑，"现在的助理都是90后的小姑娘，谁会要你一个70后的女人，再说你会什么？文字处理？网络订票？商务安排？商务英语？还有，一个月能有多少钱工资？"

盛晨也不生气，淡淡地一笑："别人会的我都会，我又不傻，当年也是名牌大学生。要不是为了你们父子才回归家庭，现在我的事业未必比你差！别以为你有多了不起多有能耐，上学的时候，你还不如我呢！"

方山木不想和盛晨争论那久远到像上辈子的校园时代："一个月多少钱？"

"七千块。"盛晨大方地笑了笑，"收入是不高，每天还要坐地铁再倒公交车，但万事开头难，总要从头做起才有成功的可能，我相信付出总有回报，总有一天，你会看到我在事业上的成功。"

"预祝你一切顺利。"方山木确实对盛晨有些刮目相看了，在家里养尊处优多年，过惯了舒适优裕的生活，突然出去上班，每月收入七千块，出门坐地铁挤公交，回家却是一栋大别墅，如此巨大的反差，不是一般人可以接受的。

盛晨能迈出这一步，很是难得。

盛晨十几年没有工作，她以前所学的知识早就落伍了，时代进步很快，知识也在更新换代，所以方山木可以猜测盛晨走向社会步入工作之后会遇到怎样的难题。

"工作还适应吗？"方山木清楚十几年来他在职场经历了什么，如果不是不断地学习和提升自己，他早就被一代新人替换了。

"还好，有难度有挑战，但能扛过去，比自己创业强。"盛晨意味深长地看了方山木一眼，"你卖房我不反对，毕竟是你自己的房子。有两个方法：一是等我们办理了离婚手续后再卖，不过要过户要交接，估计需要几个月的时间。二是先在婚姻之内卖，只要我签字就可以卖掉，钱归你。"

第十四章　男人，嗨，男人

方山木想了想："先卖吧，离婚手续以后再办也一样。"

"这么急着用钱？"盛晨的话里有几分嘲讽，"你需要卖房子的钱当启动资金，说明你的创业不被投资人认可，也就是说，可能不太符合现在的市场。小心失败了，房子也没了，你可就真的一无所有了。"

"以前还要考虑你们母子，现在不用了，我反正孤家寡人一个，就算赔个精光，大不了再去工作，一个人吃饱全家不饿。"方山木虽然在资本市场备受打击，却抱定了他的想法很有市场，所以决定孤注一掷。

不成功便成仁，人生在世，该奋力一跃的时候就要义无反顾，谁知道会不会跃出一片天地？

"有时候不努力一把，你就不知道什么叫绝望，好吧，理解你想要证明自己的心。"盛晨依然是一副疏落的表情，"正好今天我请假了，现在就陪你去办理卖房手续。"

地下车库里面，静静地停着一辆宝马车，见方山木微露诧异之色，盛晨点头解释："奔驰让我卖掉了。平常你不在，我上班也不开，放时间长了就坏了，不如卖了。"她将车钥匙递给他，"你来开车，京城太堵了，开车很累。"

方山木默默地发动了汽车，坐在熟悉的驾驶位上，按下了座位记忆的按键，电动座椅自动调节到了他最舒服的驾驶位置，想起了以前他经常开车带着盛晨和儿子到郊外游玩，到香山爬山，到长城攀登，到博物馆参观……往事如潮水涌上心头。

只可惜，时光一去不复返，现在他和盛晨之间，客气中带着疏远，疏远中夹杂漠然，是名副其实的最熟悉的陌生人。

熟悉又陌生的感觉，让人最是难受。

一路上谁也没有说话，到了目的地，办理好了各种手续，该盛晨签名的时候，她毫不犹豫地配合签名，很快就将房子挂了出去。

由于要价不高，而且房子位置好，又是刚需户型，方山木和盛晨还没有出门，就有顾客想要看房，还离得不远，方山木就和盛晨一起等客户。

来看房的是一对年轻的情侣，三十来岁，像是新婚不久。二人在方山木和盛晨的陪同下，看完房子，表示很满意，希望价格可以再降一些。方山木正要答应，盛晨却抢先说话，委婉地拒绝了。说是报价本来就比正常价格低了一些，不接受议价。

对方说要考虑考虑。

方山木有几分埋怨盛晨多此一举，他适当降个几万块说不定就成交了。对方一说考虑，也许就黄了。盛晨注意到了方山木不满的目光，假装看不见，继续和对方拉家常。

又聊了一会儿，方山木才明白了盛晨的真正用意。在盛晨的诱导下，对方慢慢说出了真实想法。让方山木吃惊的是，二人看似年龄不大，却是二婚。

二人都是1988年生人，都有过一个不到一年的短暂婚史，闪婚闪离。离婚后，二人遇到了对方，谈了一年多恋爱，决定结婚。二人对婚姻的感触是，谈恋爱的时间不能太短了，太短了还没有充分了解对方。也不能太长了，太长了就会产生疲倦，有了审美疲劳。结婚就应该在感情逐渐升温到恰到好处时结，而不是等感情沸腾开始冷却时再结。

二人还感慨，虽然只比方山木小了十岁，但就是十年的差距，让他们错过了购房的黄金时期。方山木的房子买时才一百万，现在就卖到了五百万，才几年工夫就涨了数倍。

越聊越是投机，对方主动提出请方山木和盛晨吃饭。方山木想拒绝，盛晨却同意了。趁人不注意时，她小声说："卖房子和买房子都是大事，增加一些了解是好事，你急着回去干什么？有约会？"

方山木回去是想继续完善他的方案，却顺势说："是有约会。"

盛晨一愣，随即笑了："你现在还在婚姻中，如果恋爱算是出轨。"

方山木微有感慨，没有正面回答："80后和70后只差了十年，感觉就像是差了一代人一样。同样，90后也是，90后和80后感觉也像是两代人，和70后就更是不同。"

"有什么不同？别瞎琢磨了，都是人，都有饮食男女的诉求。无非是爱情、婚姻、家庭、事业之间的追求和平衡，然后是抚养孩子，把孩子培养成才……"盛晨忽然微叹一声，"不管是哪一代，一开始是觉得父亲不一般，然后是自己不一般，再然后是孩子不一般。慢慢地才发现，父母很平凡，自己很平凡，再到孩子很平凡，一辈子也走得差不多了。"

方山木冷笑了："既然你看得很开想得很透，怎么在我们的婚姻中，非要钻牛角尖？我一没有外遇二没有出轨三没有不爱你，为什么我们会走到分道扬镳的地步？"

"不，你变心了，不但自负自大，自以为是，还觉得自己很了不起，所做的一切都正确。其实你错得很离谱，走的全是歪路，所以才有了现在的下场。"盛晨又被方山木成功地激起了火气，准备历数方山木的罪状时，又发现场合不同，就又咽了回去，"算了，不和你吵了，吵了这么多年也吵够了。反正就送你一句话，好自为之。"

"谢谢。我对你也是同样的祝福。"方山木看了看走在前面的夫妻一眼，"年轻就是好，二婚了还能这么恩爱，像我们这样从恋爱到结婚将近二十年的老夫老妻，已经适应了对方的类型，再换一个的话，也不知道还能不能适应……"

"你我不知道，反正我是适应不了，也懒得再改变了，不想再伺候人了。"盛晨轻蔑地笑了一声，"像你这样没有生活自理能力的人，离不开女人，如果我没猜错的话，现在就有备胎了吧？男人，嗬，男人！"

"拒绝回答。"方山木轻松地笑了笑，"等办好离婚手续后再告诉你。"

"说话算话，我可等着喝你的喜酒。不过我在想……"盛晨又故作开心地笑了笑，"以你们男人的德行，要找肯定找年龄小的，以你以前的理论为准，你说过不能接受男女之间的年龄差距是十五岁。好，就以十五岁为准，你1978年的，最小的可以找1993年的，1993年……今年刚二十三岁，确实不错，男人永远喜欢二十多岁的姑娘，你也可以焕发第二春了。但问题来了……"

方山木知道盛晨还有转折，也不说话，就等盛晨继续说下去。

"刚才和他们聊了聊，1988年的，感觉和我们的观念都不在一个频道上，更不用说1993年的。虽然1993年和1988年只差了五岁，但都知道20世纪90年代出生的孩子，和20世纪80年代出生的孩子，思维方式和个性，又有很大的差距。我就很同情你，你万一遇到一个很刁钻、脾气大、有个性又有公主病的90后，天天和你三观不合理念不通，还不得气死你？说是媳妇吧，不做饭不洗衣不陪你。说是女儿吧，说不得骂不得更打不得，你到时可就有得罪受了。"

尽管盛晨的话颇有嘲讽之意，但句句在理，方山木却不上当，他知道盛晨表面是在替他着想，其实是想套他的话。如果他说他遇到的90后姑娘既不乖张又不个性张扬，她就会追问她叫什么哪里人做什么工作，然后就会进一步推测他已经恋爱了。

说不定还要因此追究他婚内出轨的过错，重新调整财产分配的比例，他才不会被盛晨带进沟里，哼。当然了，他压根儿就没有恋爱，连恋爱的心思都没有。

刚从一个火坑中跳出来，就要迫不及待地跳进另一个火坑，他是傻子不成？在他看来，女人都一样，没什么不同，开始时新鲜热烈并且充满好感，感情升温后，就会提出各种要求，要和他缠在一起。再后来，就会要求他对她的绝对服从，事事听从她的要求和安排。结婚了，还得上交工资卡，还得时刻汇报行踪等等。

再谈一次恋爱，再结一次婚，再重走一遍悲惨之路，想想就让人后背发麻不寒而栗，他才不会没事找不自在！

见方山木不说话，盛晨也觉得有几分没有意思，挽住了方山木的胳膊："至少到目前为止，我们还是夫妻。在外人面前，适当表演一下也没什么。你也配合一下，动作别太僵硬了。你可别多想，我就是为了帮你赶紧卖掉房子。"

"对了，既然要创业，想好要干什么了吗？"

"还做老本行，互联网。"方山木没有过多说明，他望着前面挽手而行的夫妻二人，不知何故想起了他和盛晨以及成芃芃、胡盼和她们的爱情。时代不同，爱情也各有不同，但悲欢离合却是一样。

饭吃得很顺利很开心，在盛晨有意调动的气氛下，两家人相谈甚欢。饭局结束时，对方决定买下方山木的房子，并且没再还价。

第十五章　校园爱情和社会爱情

送走二人，方山木感慨地对盛晨说："有些事情，你确实比我有耐心也有技巧，今天要不是因为你，房子也不能这么快就卖掉了。谢谢你，盛晨。"

"我不是比你更有耐心，而是比你更有爱心和人情味儿。记住，生意有时不是冷冰冰的数字和针锋相对的谈判，是人和人之间的交流。你付出真诚，对方也会回馈以真诚。"

一听盛晨讲大道理，方山木顿时败退了。卖房和公对公的项目谈判是两回事儿，卖房可以交流，项目合作是纯粹的商业利益的碰撞，付出真诚可以，但一不小心交了底牌，就会损失巨大。许多事情不能一概而论，盛晨最大的问题是凡事喜欢概念化，这种思维已经过时了。

不过不管怎样，卖了房子，他就可以还清外债，还拥有了启动资金。人生即将开始新的篇章，不由得有几分激动。

开车送盛晨回家，方山木没再进去，他急于回家再细化一下方案，准备大干一场。盛晨也没挽留，只是将车钥匙交给了他。

"你开走吧，反正我也不用，放着也是浪费，而且我也不会保养。"

方山木确实需要车，最近天天叫车虽然方便，但有些商务谈判，还是开车更正式也更有说服力一些，他微有迟疑："你有时也需要接送儿子，家里只剩下这一辆车了……"

"儿子不需要，现在他可以自己坐地铁和公交，他自己也说，他现在已经是一个男子汉了，可以照顾自己。"盛晨将钥匙塞到了方山木手中，"你比我们更需要车。你不是说，车不是开坏的，是放坏的。留在我这里，肯定会放坏。"

"好，我先收下了。"方山木也不再客气，"先记账，等我有钱了再还你。"

盛晨没说话，默默上楼。电梯到了，她回身看了方山木一眼："你有没有想过，如果你创业失败了怎么办？"

其实方山木不止一次想过如果失败了他该如何，但面对盛晨，他却迟疑了一下才说："没想过，先干了再说。"

盛晨眼中闪过一丝失落。

回去的路上，方山木思绪万千，脑中总是不断地闪现盛晨和儿子的身影，他知道他对盛晨还有感情，之所以会闹到今天的地步，也是盛晨管得过多并且导致他工作发生了重大失误。虽然盛晨始终没有认识到错误，但今天的事情，她还是真心帮了他，他也就原谅了她一部分。

只是一部分，不是全部！

毕竟盛晨不但弄得他丢了工作，赔偿巨款，还伤害了他的感情。他从来没有做过任何对不起盛晨的事情，偏偏她就是不信任他。

即使是现在和胡盼同住一室，他也没有任何不安分的想法。

刚想到胡盼，胡盼的电话就打了进来。虽然一起住了几个月，但电话还是第一次。

"方叔，你在哪里？赶紧回来，有情况！"胡盼的声音有几分夸张的焦急。

方山木早已习惯了她的一惊一乍，懒洋洋地说："又怎么啦？是停电停水还是停电梯了？"

"不是，都不是，是有一个猥琐的中年油腻男人，非说是你的朋友，站在门外不走，一直敲门。我不让他进来，他就赖在外面说要等你回来。"

"他是不是油头粉面？打扮得很新潮，一把年纪了还穿得很花里胡哨？"

"对，对，太对了，形容得非常贴切！就像是一棵老白菜上面非要插一朵花，太丑了。"

"太损了，这样不对，要尊重老人家……"话说一半，方山木自己都忍不住笑了起来,"他叫古浩,我们的确认识。"

"你不让他进门是对的,他有集邮的爱好,对,就是收集美女。别急,就让他在外面等着,我马上到。"

经过一段时间的相处,胡盼也算有几分了解方山木了,一听方山木的口气就知道他对古浩没有好印象,也乐了:"马上是多久?"

"你看一会儿电视,聊一会儿微信,再打几个电话,我差不多就到了。"古浩登门,多半没好事,方山木不想见他,所以有意拖延时间,"对了,我手机只有百分之九十八的电量了,马上关机,两个小时后再开。"

"明白了您哪。"胡盼咯咯一笑,挂断电话,转身上了所有的锁,冲外面喊了一句,"您慢慢等,我一个姑娘家,不敢放您进来,您多担待。等方叔回来再说。"

古浩急了,他在门口站了半天,来往的邻居都用异样的眼光看他,他如芒在背,忙又敲门:"我真是方山木的朋友、至交好友,十年的兄弟,过命的交情,我不是坏人,你让我进去……"

里面却传来了电视机的声音,很大很吵,压过了他的呐喊,古浩就知道对方不想和他说话。

如果不是有急事要事,他才不会干等下去。古浩过来之前原本打算先和方山木说一声,忽然一想不如打方山木一个措手不及,看看他和成芃芃到底有没有成了好事。好几个月了,孤男寡女在一起,肯定会擦枪走火。

不料到了之后却发现,里面的人不是成芃芃,而是另外一个美女,和成芃芃的干练飒爽不同的是,她更温婉更有女人味儿,也更符合古浩的审美,这让古浩百爪挠心,恨不得破门而入和胡盼谈谈人生和理想。

怪不得人们常说商场失意情场得意,敢情方山木真的金屋藏娇,已经有了小三?他和盛晨还没有离婚,婚姻还在存续期内,就敢这么明目张胆地和小三同居,有魄力,是男人。

如果他早些从公司辞职出来就好了,也不至于落得如此下场。原以为挤走了方山木,他在公司就高枕无忧了,却万万没想到,居然栽在了一个小小的助理手中。

古浩沮丧地靠墙坐在了地上,双手抱头,一脸痛苦。方山木的手机打不通,微信不回,他应该早些联系方山木。肯定是里面的姑娘告诉了方山木,方山木故意躲着他。

跑得了和尚跑不了庙,他就是非要等到方山木不可!因为,他实在无处可去了!

也不知过了多久,古浩在楼道里睡着了,他梦见了江边。

江边和往常一样,穿一身厚厚的羽绒服,羽绒服里面是一条冬裙。裸露在外的小腿优美而细长,是古浩最喜欢的体形。只不过江边的圆脸、杏眼和樱桃小口,并不是他最喜欢的类型。

实际上,大学四年里,自始至终古浩就没有喜欢过江边,直到大学毕业时,江边向古浩表白,希望古浩可以和她在一起。而当时古浩正和汤每文热恋。

汤每文是古浩的初恋,她是湖南人,泼辣而大胆,热烈而奔放,长相又是他最喜欢的类型,他从大一开始追求汤每文,确定恋爱关系后,四年来,二人几乎形影不离,是同学们羡慕的模范恋爱对象。

江边是京城人,一直暗恋古浩。到了大三时,暗恋变成了人人皆知的明恋——江边公开喊话古浩,希望他能和汤每文分手,和她在一起。古浩当即拒绝,声称他永远不可能和汤每文分手,也不会喜欢上江边。他一毕业就会和汤每文结婚。

江边的公开示爱一时成为笑话。

江边消停了一年,大学毕业时她再次找到古浩,提出如果古浩和汤每文分手,和她结婚,她保证古浩可以留在京城,有一份好工作,并且还有一套公寓一栋别墅。别墅在郊外,平常住公寓,周末去郊外住别墅度假。

当大家以为古浩会拒绝江边带有明显收购意图的求爱,古浩却很快就做出了决定——与汤每文分手,同江边结婚!

古浩的决定,让不知内情的大家对校园恋的社会化伤心失望。

第十六章　是不是有病

如江边所说的一样,他住进了豪宅并且拥有了一份收入丰厚的工作。

只不过让古浩没有想到的是,家世非同一般的江边给了他一切,就会管控他的一切,从几点出门到几点回家,从吃饭穿衣到生活和工作的时间安排,再到家里的所有大事小事,一切都以江边的意志为准。古浩不需要思考也不需要发表意见,只管服从就行了。

服从就服从,古浩安慰自己说,他还懒得想那么多,管他也是爱他的表现,他渴望被人呵护和照顾。

但江边的出发点是为了防止他在外面勾引小姑娘。

确实,古浩有好色的毛病,而且是一个见猎心喜的色狼,只要有美女和他多说几句话，他就会浮想联翩。套近乎、拉感情、争取好感、加微信、撩骚、勾引，是他一贯的套路。

对于他的做法，方山木向来嗤之以鼻，觉得他太流氓太无耻太渣。方山木的底线是，哪怕古浩再不爱江边，江边也给了他想要的一切，他就应该对她忠诚对家庭负责，而不应该在外面拈花惹草。好吧，退一万步讲，古浩在外面真的有了真爱，那就和江边离婚，净身出门，像个男人。既给了江边交代，也不辜负他的真爱。

古浩却不，他虽然不爱江边，二人在一起的前提是建立在他对江边的唯命是从之上，终究意难平，但他很享受江边为他带来的可能一辈子也赚不到的巨额财富，他不想也没有魄力放弃。他想要的就是红旗不倒彩旗飘飘。

方山木对古浩的四不政策更是鄙视加恶心——不主动、不拒绝、不负责、不善后，说得好听。实际上古浩是主动勾引故作矜持的女孩，采取愿者上钩的策略，上钩之后，不负责。出事之后，不善后，简直是比渣男还渣的禽兽。

不，是禽兽不如！

从古浩身上方山木得出了一个结论，女孩如果只有两个选择时——选择爱你的或者选择你爱的，那么最好选择爱你的。因为你爱的男人如果不爱你，他就算勉强和你在一起，也总会有各种各样的小心思，让你很疲惫很受伤并且防不胜防。

男人不像女人，男人很难将关怀和依赖当成爱，而女人则不同，女人由于过于追求安全感，有时会将安全感、依赖和依靠当成爱。所以从某种意义上来说，男人不爱一个女人，很难被焐热。女人不爱一个男人，时间长了，也会被男人的关爱感动。而选择一个爱自己的男人，他会想方设法对你好，照顾你呵护你保护你。

这些年来古浩到底骗了多少姑娘方山木也不清楚，反正他知道一点，古浩从来没有放弃过任何一个机会。有时他也明白古浩迫切的心思，四十岁的男人正当年，再过个十几二十年，想玩也玩不动了，有再多钱也是无用。但他却理解不了古浩的做法，和不爱的人生活在一起，再从外面寻找刺激和爱情，是不是有病？

有时人类可能就这么分裂和矛盾吧？

如果他真的不爱盛晨了，他不会强迫自己，会和盛晨坦白。不勉强不假装不亏待自己，是他的做人原则。同时他也觉得只有坦诚才是两个人在一起幸福的基础。

在外面多转了一大圈，过了两个多小时，估计古浩也走了，方山木才开车回到了小区。又找物业办理了租车位手续，将近晚上十一点了，他才上楼。

一出电梯方山木吓了一跳，一身精致打扮的古浩躺在楼道里睡得正香，脸贴在了地上，还有口水流出，脸上泪痕未干，估计又做什么伤心的噩梦了。

正要叫醒古浩，门无声地开了，一只白嫩的胳膊伸了出来，一把就将方山木拉进了房间。

"嘘，别说话，人家好不容易睡着，别惊了人家的美梦。"胡盼一脸坏笑，偷偷从猫眼朝外面张望，"他可真有耐心，足足等了你四个小时，中间睡着了两次，醒来后就敲门。这是第三次睡着了，刚睡着的时候，还哭了几声，听上去可伤心了，好像是失恋了一样。"

"屁，他这么大的人了，失恋的次数比一年的天数还多，早就有免疫力了，才不会因为失恋哭鼻子。"方山木不忍真这么扔古浩在外面一夜，毕竟同事一场，"行了，还是让他进来吧，这样不好。"

"一天天的……"胡盼嘟囔了一句，"早说让他进来，也就不让他睡地上了，您这说变就变的原则，也没谁了。"

"我也没想到他等了这么久……"方山木意识到了问题所在，以古浩的为人，他肯定是遇到过不去的坎了，"不行，还是得让他进来，要不会出事的。"

"行吧，你的朋友你说了算，我睡觉去了，困死我了。"胡盼懒得再管，打了个大大的哈欠，挥了挥手回房间了。

方山木尽管痛恨古浩，但他做不到见死不救，打开门想要请古浩进来时，却赫然发现地上没人了。人呢？他有几分诧异，顾不上坐电梯，走下了三楼，追到了外面的24小时便利店，发现古浩一个人泡了一碗方便面，吃得正香。

古浩一边吃还一边抹眼泪，样子要多可怜就有多可怜。

你也有今天？活该！方山木恨恨地咒骂了一句，还是迎了过去："老板，来两个茶叶蛋。"

他剥好鸡蛋，放进了古浩的面里："趁能吃得起茶叶蛋的时候，多吃几个。以后吃不起了，还有的怀念。"

古浩也不多看方山木一眼，继续埋头卖力地吃面。吃完之后一抹嘴巴，气愤地说："付款，我没钱。"刚才在楼道里睡了一觉，居然梦到了江边，醒来后他感觉既失落又难过，还饿。

回到家中，胡盼已经睡了，房间黑着灯，没有动静。为了不打扰她，方山木让古浩来到了他的卧室。

"能抽烟不？"古浩打开了窗户，一股冷空气吹了进来。

方山木关了窗户："这大冷的天，开什么窗户，不能抽烟。"

"没劲。"古浩收起了烟，叹息一声，"真让你说对了，老兄，我他妈玩脱了，这一次丢人丢大发了。我完蛋了，职业生涯结束了，工作、婚姻和家庭，什么都没了。"

"到底怎么啦？慢慢说。"方山木本想嘲笑古浩一番，但话到嘴边又咽了回去，他还是心太软，没有办法和一个落魄者算账，尽管眼前的落魄者曾经狠狠地伤害过他。

古浩喝了一口水，清了清嗓子。

自从方山木离开公司后，古浩就火箭一般连升两级，接替了方山木，正式成为公司副总，一时声势大长，成为公司炙手可热的红人。

职务的提高带来的不单是薪酬的增加，还有待遇的提升，除了配备了专车之外，还多了一个行政助理，就是原先方山木的行政助理孙小照。

孙小照是公司有名的美女，又是名牌大学毕业，不管出现在哪里都是一道亮丽的风景线。在担任方山木助理期间，工作完成得很出色，方山木很欣赏她的才干，也很喜欢她的为人。

不过方山木和孙小照的接触仅限于公事和上班期间，下班后，除非有要紧的大事，几乎很少联系。他很清楚以孙小照的美貌和优秀，很容易引发议论和闲话，而爱吃醋的盛晨也多次警告过他不要和孙小照走得过近。

其实不用提醒，方山木也自有分寸，在公司中，尤其是大公司，更要注意上下级关系的距离和尺度。他出差的时候，能不带孙小照就不带，也是为了避嫌，毕竟人言可畏。

古浩早就对孙小照垂涎三尺，也不止一次对方山木表露过他的想法。方山木警告他不要在公司里面乱来，人多嘴杂，没事也能传成有事，何况真有事情的话，影响的不仅是个人的声誉，还有职业前景甚至是公司形象。

第十七章　流氓上司色狼领导

古浩不想听也得听，因为孙小照是方山木的助理，他想要对孙小照下手，必须先过方山木这一关。正是由于方山木的警告，古浩尽管早有想法，却一直没敢付诸行动。

方山木离职后，古浩坐上了副总的位置，孙小照成了他名正言顺的助理，他就按捺不住心思，终于对孙小照下手了。

古浩的手法依然是他惯用的三板斧——第一阶段，以工作为由，频繁地和孙小照接触，让孙小照充当他的司机，接机送机自不用说，还让她陪着应酬，不管多晚，都要带着她。也不管是公事还是私人局，美其名曰让孙小照多锻炼锻炼。

第二阶段就开始了微信轰炸，先是从嘘寒问暖开始，到不时给她发红包买小礼品。结果孙小照对他的日常关心很少理会，对于工作却总是及时回复。并且应酬次数多了，她还请假，可以说已经明确地表明了态度。

孙小照还一度对古浩的司机说，她现在开的车是路虎，是父母帮她买的，太费油，打算买一辆省油的，这样能减少开支。其实是暗示古浩总是不管公事还是私事都要她接送，她赔了时间也就算了，还要赔上油钱，她吃不消，也不开心。

听到司机的转述后，古浩不但没有收敛，反而进入了第三阶段的试探。先是以报销油费为由，转账给孙小照。再主动提出要帮她解决房租问题。

孙小照却说她的房子是买来的，不需要交房租，让古浩碰了一个不大不小的软钉子。也是在告诫古浩，她不缺钱，古浩的小恩小惠对她来说不起作用。

古浩不在乎孙小照明里暗里的拒绝之意，他自以为时机已经成熟，就开始向孙小照微信试探加挑逗——从无微不至的关怀到甜言蜜语，再到露骨的情话以及不堪入目的骚扰！

结果让古浩万万没有想到的是，孙小照请人帮忙加入了公司的领导群，将古浩发给她的情话、挑逗和暗示性的话语以及转换成文字的语音，全部截屏发到了领导群和相关部门群！

一时之间公司上下人人皆知古浩的所作所为，古浩成了众矢之的，被人称为流氓上司、色狼领导！

公司领导震怒，如此丑闻前所未闻，当即决定开除古浩。古浩百般求情也无济于事，只得灰溜溜地离开了公司。

更为严重的是，这件事不但在公司内部疯传一时，还在同行业之中四处流传。古浩的声名毁于一旦，他在整个互联网行业，是再无立足之地了。

古浩无比痛恨孙小照，她拒绝他的示爱也不必非要让他身败名裂，他想要报复孙小照。孙小照却主动找到他，给了他三点忠告："一、别抱着祸害年轻姑娘的心理去泡妞，她们是年轻，但不幼稚，更不傻。二、别以为有几个臭钱就可以为所欲为，现在的女孩子，从小丰衣足食，家庭条件都不差，不会被他几块棒棒糖就骗走。三、对婚姻忠诚对家庭负责的人，才会对公司负责，对社会负责，现在社会上被轻易愚弄的小姑娘是不少，但也别以为小姑娘们都好骗好欺负，小心被她们收拾，连自己怎么死的都不知道。"

古浩怕了，没敢再找孙小照的麻烦，因为他天大的麻烦来了！

古浩知道这事瞒不过江边，但能瞒多久是多久，拖为上策。不料事情才发生的第二天，江边就知道了。

这一次江边没有气势汹汹地质问古浩事情的来龙去脉，传得如此沸沸扬扬，她不用问也知道是怎么一回事儿了，她很冷静地坐在客厅的沙发上，用手指了指墙角的小板凳。

古浩没有如往常一样搬过小板凳坐在她的对面，而是直接跪倒在她的面前，痛哭流涕，先是承认了自己的错误，然后又指责孙小照表面上装得很纯洁，其实骨子里比谁都淫荡。其实他早就知道孙小照和方山木有过不正当男女关系，他之所以给孙小照发一些挑逗的话，是为了测试她。

没想到她恶人先告状，反咬他一口。可气的是，他还没有抓住她的把柄，不过总有一天他会报仇雪恨，让所有人都看清孙小照的真实面目。

古浩的泼脏水再加择清自己的行为没有像往常一样奏效，江边不再听他解释，而是冷冷地和他约法三章：第一，古浩以后使用手机必须和她登录同一个账号，以便她可以随时掌控古浩的行踪，查阅古浩的通话记录和短信。第二，古浩接受她的安排，到另外一家从创始人到管理层她全部认识的公司上班。第三，以后古浩不许再有任何应酬，如有必要并且实在无法推托，她必须一起去。

三条原则，等于是一张密不透风的网，将古浩网在了中央。一如古浩上学时最喜欢唱的一首歌——张学友的《情网》：而你是一张无边无际的网，轻易就把我困在网中央。我越陷越深越迷惘，路越走越远越漫长……

古浩表面上答应——不答应不行，没好果子吃，离婚加扫地出门就是下场，以江边的精明和她的家族势力，他恐怕分不到一分钱家产。

既没有离婚净身出户的勇气，又不想被束缚得像个傀儡，古浩苦思冥想无计可施，只好趁江边和盛晨一起出门办事，偷偷溜了出来找方山木商量对策。

方山木丝毫不同情古浩的遭遇，咎由自取是对古浩最好的形容，他冷哼一声："你现在总算体会到了害人反害己的滋味了吧？送你两个字：活该！三个字：真活该！"

"扑哧……"卧室门外传来了胡盼的笑声，她披着被子走了进来，"方叔你的词语也太贫乏了，应该送他四个字——罪有应得！"

"要你管？"方山木瞪了胡盼一眼，"不好好睡觉，偷听别人聊天，不道德。大半夜进男人房间，不自重。"

"先别上纲上线，我知道你们没脱衣服，才进来的。"胡盼调皮地一笑，"我在门口偷听半天了，是有点儿不太好，但也无伤大雅是不是？我也是出于好心，古老头儿栽在了女人的问题上，你们两个大男人商量来商量去，也很难抓住问题的重点，毕竟你们不是女人，不知道女人的心思不是？我可以帮你们出出主意，让你们两个直男更准确地把握女人的真实想法。"

古浩一见胡盼，顿时眼前一亮，之前隔着门看不清楚，现在离得近了他才发现胡盼肤白貌美大长腿，比起孙小照有过之而无不及，不由得直了眼睛。

回到客厅落座时，胡盼故意坐在了方山木的旁边，离古浩远远的，古浩无语地摇了摇头，他看出来胡盼对他有明显的排斥和反感。

方山木本不想让胡盼加入讨论，但胡盼不走，他也只好由她。主要是他也确实想听听胡盼的意见参考一下。

整理了一下思路，方山木问："三个问题要问你，如果你真想让我帮你出主意，你得跟我说实话。"

"不说实话就出去！"胡盼替方山木帮腔，还伸出胳膊挥舞几下，"你都害过方叔，方叔还帮你，你要是再死不悔改，别说朋友了，拉黑你都是轻的。听到没有，古老头儿？"

古浩连连点头："我错了，我真的知道错了。现在我信了那句话，妻子如衣服，兄弟如手足，男人之间的情谊，才是一辈子的兄弟。哎呀胡盼，我比山木还小，你不能叫我老头儿，我也是你叔。"

"一天天的……"胡盼斜了古浩一眼，"你不配当叔，以后就叫你古老色吧。"

古浩还想再说什么，方山木的问题来了："三个问题，第一，江边鼓动盛晨和我闹个没完，是不是有你的功劳？西山深山老林的事件，是不是你故意挖坑让我跳？"

古浩搓了搓手，一脸尴尬和不安："江边怂恿你家盛晨，我确实是知道的，虽然心里很反对，但也不敢说什么。老兄，我们是同病相怜，都是深受女人之害呀。说实话，让你去西山散心，确实是有支开你的意思，当时公司已经基本上决定要解雇你了，我怕你听到风声后再运作，就想了个办法……但确实没有害死你的心思。"

第十八章　只能自己硬扛

"哼，我信你个鬼，你个糟老头子坏得很！"胡盼对古浩的说法嗤之以鼻，"除了你没有想要害死方叔的想法是真的之外，其他的话都有水分。你家老太婆挑拨离间方叔的夫妻关系，你肯定是幕后黑手，不但知情，还煽风点火。"

方山木摆了摆手："算他一半好了，他确实左右不了江边的想法，待遇比我还悲惨。"其实他心里清楚，在对付他的问题上，古浩和江边的立场出奇的一致。他之所以想要留下古浩，是他所图长远，在未来的规划中，古浩会是他手中一支犀利且可以准确出击的箭。

毕竟有些事情不方便自己出面，而且想要真正查清到底是谁在收购案的事情上黑他，古浩是最好的棋子，而且，方山木觉得盛晨之所以能泄密给对手公司，应该和江边也脱不了关系。

"什么老太婆，江边不老，还不到四十岁，风韵犹存。"古浩想为江边辩解几句，却被胡盼犀利的眼神制止了，他低下头，"总得让人说话不是，你们也不能太专制了。"

"第二，收购江赋雨公司的谈判中，除了怂恿盛晨闹事从中阻挠之外，你在背后有没有和对手公司里应外合？"方山木抛出了第二个问题，他一直怀疑在收购案中，公司的内部有内应才最终导致收购失败。盛晨只是被人利用，她的大吵大闹只是表面的诱因，而非决定性因素。

此事事关他职业生涯中的重大失利，就算他决定创业，以后不再应聘大公司高管，他心中也放不下此事。方山木自认工作多年，担任高管以来，向来谨慎细心，不打无把握之仗。在公司的最后一役，输得实在是憋屈。

"这个……我不知道，我真的不知道。"古浩眼神躲闪几下，"当时负责收购案的只有老大和你，然后就是几个大股东知情，我当时的级别，也不够权限了解内情啊。"

"他说谎！"胡盼抓住了古浩的肩膀，"古老色，你没说实话，现在立即马上出去，这里不欢迎你！"

"他至少说了百分之六十的实话，先放他一马。"方山木摆了摆手，以他对公司制度的了解，古浩确实不够级别知道整个收购案的内情，公司等级森严，每一个级别都有相应的知情权。但古浩应该也听到过一些什么风声，不过他太了解古浩了，逼问过急也问不出什么，反正古浩已经自投罗网，他有的是时间让他说实话。

"方叔，你知道你最大的缺点是什么吗？"胡盼有几分生气，"耳根子太软，心太软。对付古老色这种人，就应该毫不留情地一脚踢开，难道还要留着过年？他就是成事不足败事有余的货色。"

"小姑娘家家的，说话注意口德。"古浩白了胡盼一眼，极度不满，"你和我又不熟，怎么知道我是什么人？就算我以前做过错事，但我现在改过自新，你总得给我一个将功补过的机会吧？别一棒子打死。"

"哼，在我这只要你做错了一次，就再也没有翻身的机会了。"胡盼寸步不让。

"别吵了。"方山木继续问，他想得比胡盼更深入，"第三，你现在因为孙小照的事情已经身败名裂了，你下一步打算怎么办？离婚后再自力更生？有没有真要离婚的想法？"

一脚踢走古浩固然不错，也很爽，但只是一时快意，不足以完全解气，也没法将古浩的无赖价值最大化。古浩在别人用来对付他时，是稳准狠。反过来，当古浩为他所用时，同样也会让别人大为头疼，甚至会是对手致命的威胁！

"离个毛婚！我才不离，离婚我得净身出户，太亏了。现在我和江边的共有资产就算分我三分之一，也够我下半生衣食无忧了。不离，坚决不离！"古浩连连快速摇头，样子有几分滑稽，"我不离婚，也不想去江边安排的公司上班，我要和你一样，争取自由的空间和自由的生活。"

方山木的手机忽然响了，他一看来电，不由得笑了："在深夜两点还打来电话不怕影响别人睡觉的人，除了你家江边，没有别人了……你关机了？"

古浩拿出手机看了看："没电了。"又摇了摇头，"还是以前可以换电池的手机好，直接拿了电池就提示无法接通。"

"老古董，老顽固，老色……"胡盼咽回了最后一个字，一脸鄙夷，"背叛了婚姻还想享受婚姻的果实，太渣了。不，渣男都不足以形容你的无耻和卑鄙。"

方山木拒听了电话，关了机："算了，不接了，懒得和她解释，也不想和她说话。"

"江边不知道我现在住在哪里，我先躲一段时间，借你的宝地一用，老兄，你可得收留我，要不我真的就得流落街头了。"古浩直接忽略了胡盼对他的形容，反正他这么多年已经练就了一身铜墙铁壁般的本事，脸皮也厚到了一定程度。

胡盼起身离开，她知道她阻止不了一些事情的发生，但还是要表明态度："方叔，房子是你的，你说了算。但我还是要说，我不希望他住进来，就这样！"

过了一会儿，方山木才像从梦中清醒过来一样指了指空着的房间："你可以住一段时间，但不能告诉江边你在我这里，别给我惹不必要的麻烦。"

"必须不能，一定！"古浩点头哈腰。

原以为古浩只住三两天，不料一连住了一周。一周来，古浩断绝了和外界的所有联系，不开机，每天都闷在房间里，也不知道做些什么。自从他住进来后，胡盼回来的时间越来越晚，有时还会先问问方山木在不在。如果方山木不在，她宁愿不回来。

方山木也没空管他们，他近来忙于找办公地址和注册公司。

房款已经到账，还了一百万的欠债后，还有四百多万，足够启动资金了。用盛晨的话说，房子这些年的升值足够抵销方山木的赔偿了，相当于也没有损失什么。方山木知道盛晨是安慰他，他心里过不去这个坎，虽然表面上无所谓，其实很难受很委屈。

只是男人再难受再委屈，也只能自己硬扛，又不能找人哭诉。好在盛晨的话确实给了他极大的鼓舞，让他心中的难受和委屈之意化成了动力，他就是要做出一番成绩让别人看看，他方山木离开公司离开平台，依然大有作为，依然有广阔的天地。

凡事都是看起来容易做起来难，注册公司倒是不难，办公地点却始终不满意，要么太远，要么太小，要么租金太贵，要么周围没有氛围。方山木才知道创办一家公司确实不易，要考虑的事情太多。租得太偏远了，员工上下班成问题，招聘时就很难招到优秀人才。租得太市中心了，上下班高峰时又容易堵车，影响正常通勤，而且租金又太贵。

还要计算各种开支成本等等，一应事宜全由他一人承担，忙得焦头烂额。

一忙起来就忘了古浩，直到一周后他拖着疲惫的身体回家，一进门发现古浩正坐在沙发上津津有味地看电视，还抹眼泪，他先是一愣，随即气笑了："你怎么还在？你可真有本事，赖着不走不说，还有空看电视，看电视还哭，我都怀疑你是不是不正常了。一个正当年的大男人，你要颓废到什么时候？"

"忙了这么多年，总要放空一段时间给身体充充电才行。"古浩懒洋洋地躺在沙发上，抱着一筒薯片，"你不知道我的策略，老兄，这一次我是铁了心要和江边斗争到底，要是这一次输了，一辈子就没有出头之日了。我现在已经失联一周，等下开机，如果她的心理防线还没有崩溃，我认输，回家跪榴梿、键盘还是图钉，都认了。如果赌赢了，至少争取了一次选择自己人生的机会。"

原来古浩是在和江边较劲。

虽然方山木并不赞同古浩的极端做法，但也反感媳妇对丈夫过分束缚。婚姻是一家股份制合伙公司，双方投入相应的资源和心血共同经营，信任是前提，理解和互补是关键，婚姻绝对不是一方对另一方的绝对掌控，也不是一方对另一方的完全束缚。

所以注册公司容易，经营公司难。公司的倒闭是由于合伙人之间的互相不信任，婚姻的失败是因为夫妻二人理念不一致。

古浩难得硬气了一次，居然敢和江边一周没有联系，方山木拍了拍古浩的肩膀："祝你好运！自求多福！"

"公司的进展怎么样？"古浩颤抖地打开手机，心虚地擦了几下屏幕上的指纹，准备查看信息，"老兄，快和我说话，转移一下我的注意力，我怕等一下会死得很惨，万一败了，下半生的幸福就搭进去了。快，快帮帮我。"

第十九章　苟且不是一个筐

真没出息，废物一个！方山木摸了摸古浩的头，哄孩子一样："男人该勇敢的时候就得勇敢，活着干，死了算，别尿！"

"等于没说。"古浩打开了手机，等了片刻，跳出了几条微信，他双手捧着手机打开了微信，看了一会儿，脸色舒展了不少，"还好还好，吓死我了，江边没说什么狠话，显然是吓坏了，嗯，她还是在乎我的，只说让我赶紧回家，有事好商量……"

才说一半，电话响了，江边来电。

古浩吓得一下跳了起来，手机摔到了地上："要、要、要不要接电话？"

"接！"方山木被他草包的样子气得哭笑不得，捡起了手机并且接听电话，"江边，你等下，我让古浩接电话。"

古浩脸上的表情像是挨了一刀一样难受，他接过电话，恶狠狠地瞪了方山木一眼："江边，亲爱的，媳妇……"

足足有十分钟，古浩只静静地接听电话，一言不发，脸上没有表情。方山木也有耐心，坐在沙发上，泡了一壶茶，等决定古浩命运时刻的来临。

终于打完了电话，古浩缓缓地坐下，下意识将手机递给方山木，递到一半才想起是他的手机，又收了回去。忽然一下跳了起来，哈哈大笑："成功了！胜利了！耶！YES！富贵不能淫，贫贱不能移，威武不能屈，此之谓大丈夫！"

"行了，别嘚瑟了，说。"方山木飞起一脚踢中了古浩。

"江边说她这一段时间想了很多，她这几天和盛晨在一起，说的都是她们和我们以前的事情……"古浩跳了起来，走到了客厅中间，一副意气风发的样子，明显是受到了鼓舞，"她说她们也反思了一下，觉得确实对我们太苛刻了，所以她决定不再要求我必须按照她的安排去工作，可以自寻出路。"

"自寻出路？我怎么听着像是对你放任自流，放弃你了？"方山木故意逗一逗古浩，省得他嘚瑟，"你要知道一点，古浩，一个女人管你不一定是爱你，但不管你，一定不是爱你。"

"也有道理耶……"古浩刚刚升腾起来的轻松和快乐被方山木一句话浇灭了，他拿过手机，"要不再打个电话问个清楚？"

"真是笨蛋一个。"胡盼和往常一样，揉着惺忪的眼睛从房间中出来，她裹了一身厚厚的睡衣，后面还跟着同样穿成狗熊一样的成芃芃，"古老色，你是人头猪脑，没听出来方叔是在调侃你？就你这智商和情商，居然之前还能坑了方叔，不知道是你太走运还是方叔对你太信任。"

不是古浩太走运，也不是方山木对他太信任，而是方山木多年来顺风顺水让他失去了忧患意识。

"苟且不是一个筐，什么忍辱负重什么愚蠢都能往里面装。"成芃芃边打哈欠边不遗余力地嘲讽。

"嘿嘿，嘿嘿。"古浩摸着脑袋笑了，"我和老方认识那么多年，会听不出来他是认真的还是在耍我？我是配合他演戏而已，要你们提醒？小丫头片子……"

看到了胡盼身后的成芃芃，古浩顿时眼前一亮，暗中倒吸了一口凉气："啧啧，芃芃又漂亮了，你是仙女下凡吗？几天不见会增加几分好看。"

成芃芃没好气地翻了一个白眼："少拍马屁！"

有一段时间没见成芃芃了，她似乎瘦了几分，神色也微有几分憔悴，方山木问："最近忙什么呢？看你的状态很疲惫，遇到烦心事了？"

"人和人的差距怎么这么大呢？古老色，你看方叔多会体贴人多有眼色，哪像你，只会好色和嘴贱，没一个优点。"胡盼就看古浩不顺眼，又借机向他开炮，"你以后在我们90后美女面前，收起你那龌龊心理和老套手法，什么小恩小惠，什么甜言蜜语，什么照顾你保护你都少来。你这套可不适用于我们90后女性自强独立的性格。"

"受教了，受教了。"古浩被当面打脸，毫不生气，一脸贱笑，"那么我倒要请教一下胡老师，怎么才能赢得90后美女的欢心？"

"我们喜欢成熟、稳重、有责任心有担当的男人，最讨厌虚伪、假装、博爱、见一个爱一个没有男人气概的窝囊废。"胡盼伸出一根手指在古浩面前晃了晃，"给你一句忠告,你在我和芃芃面前,就别献殷勤拍马屁了,没用,我们可不上你的当。"

古浩不甘心,还想再说什么,被方山木制止了,方山木摆了摆手,又瞪了胡盼一眼:"让芃芃说正事,你别扯远了。"

胡盼嘟囔了一句:"这一天天的,话都不让人说了,真霸道。"

成芃芃无精打采地坐在了方山木身边,她大大咧咧地拍了拍方山木的肩膀:"还是方叔懂我,知道我正在烦恼。不瞒你说,我最近很纠结很难受,不知道该怎么办才好,感觉像是处在了人生的十字路口。"

方山木哈哈一笑:"你是人生的十字路口,还有的选择,我都走到人生的丁字路口了,前路不通,向左,也许是下坡路,向右,也许是绝路,我绝望了吗?我抱怨了吗?我痛苦了吗?你还小,以后你就会知道,现在的纠结和难受,才……刚刚开始!"

"你……"成芃芃被气笑了,"你是安慰我还是打击我气我?"

相处久了,方山木也了解了成芃芃的性格,知道她比胡盼更直爽更女汉子一些,就拍了拍她的肩膀:"来,说出你的故事,我有酒。"

"酒来了。"胡盼从冰箱中拿出几瓶啤酒,一一打开,自己先喝了一口,"真爽。"

"太凉了,我不喝,对胃不好。"古浩摆了摆手,将啤酒推到了一边。

见方山木张嘴要说话,成芃芃忙做了一个暂停的手势:"停,方叔不要!我不想听你的养生学道理,什么太凉的东西不要吃,冬天不适合喝啤酒,一代人有一代人的活法,要包容开放地看待问题。"

方山木见想说的话被成芃芃抢先顶了回去,只好咽了回去:"如果你爸妈像我一样开明,你也不会有现在的苦恼了,是不是?"

"还是方叔了解我。"成芃芃用力抱了一下方山木,"我爸妈他们想移民,非要带我一起出去,我不想出国!国外太不好玩了,没支付宝和微信,没有方便的网约车和外卖,晚上外面要么不安全要么太冷清,太没意思了,他们出去是为了养老,我还年轻,不想提前步入老年生活。"

"还有呢?光是这一件事情不至于让你烦恼,以你没心没肺的程度推断,至少得有三件麻烦事一起压在身上,你才会难过。"方山木用力推开成芃芃,"好好说话,别动手动脚,男人也可以说不!"

胡盼没忍住,笑喷了,喷了古浩一身。古浩懊恼地用纸巾擦身上:"老方啊,差不多就可以了，别装过头了，容易遭人恨知道不？胡盼你也是，以后记得要和我保持距离，男人可以说不，我们不合适！你干吗不喷他身上？"

胡盼又要笑，古浩吓得躲到了一边，怕被再喷一次。

成芃芃不以为意，放开了方山木："方叔你是夸我还是损我？好吧，你说对了，除了爸妈要让我移民国外之外，还有两件事情：一是前男友非要复合，天天烦我，我不同意，他微信、电话轰炸，外加围堵。二是最近有一家公司退租了，我最大的一套房子现在闲置，没租出去，每天光租金就损失几千块……真是愁死我了，人生怎么这么多苦恼呢？"

她一仰脖子喝光了一瓶啤酒，一抹嘴，一拍桌子："盼盼，再来一瓶。"

胡盼还想从冰箱拿酒，被方山木用眼神制止了，方山木清了清嗓子："芃芃，你遇到的三件烦心事，其实都是自寻烦恼，为什么呢？因为三件事情你都有的选择，而不是山穷水尽。第一件事情，既然你不想去，而且你家在国内的产业一时半会儿也不可能全部抛售，你就以此为理由，继续留在国内打理房子，相信你爸妈也不会勉强你。"

"我听着呢，方叔你继续说。"

"前男友复合，你心烦是因为你不想，或者说，你在犹豫，想和他复合的决心不到百分之三十，既然如此就不要勉强自己。从百分之三十的意愿上升到百分之百，中间需要一个特别漫长的过程，不如快刀斩乱麻。"方山木相信他对爱情的理解比成芃芃透彻，毕竟他经历了很多，"爱情最残忍最悲哀的地方在于，从最开始出现就已经达到了顶峰。怦然心动的感觉，想要捕获对方的强烈欲望，迫不及待想要和对方共度一生的期许，都在恋爱的开始就已经被过于美化过度预支，那么从此往后，不管怎么努力，再怎么走都是下坡路……"

第二十章 是人都会有缺点

"太对了！"胡盼一下跳了起来，"如果一开始没有达到最大的期许，希望以后再慢慢上升，多半会是悲剧。芃芃，不能复合。你们已经有过一次分手，破镜重圆之后，裂痕永远存在，不可能当什么都没有发生过。"

"对呀，我怎么就没有想通这一点呢？"成芃芃一拍大腿站了起来，一挽袖子，"对于渣男不能心软，要拿出决心。"

话一说完，她拿出手机，发了一段语音："我想明白了，好马不吃回头草，何况前面还有一大片草原，谁会再要你这片已经衰败的旧草地？就这样，拉黑了，以后老死不相往来！"

"好了，解决了，也拉黑了。"成芃芃操作了几下手机，精神了许多，"解决了两个难题，只剩下最后一个了，方叔，请继续上课。"

"你的房子哪里？有多大？租金多少？"方山木靠在沙发上，跷起了二郎腿，摆出胜券在握的姿态。

"在朝阳，高碑店附近，二百平方米左右，租金就是市场价。"

"我最近在租办公室，咱们一起去中介公司吧。"方山木哈哈一笑，站了起来，"好了，问题全部解决了，明天会是一个阳光明媚的日子。"

"等等，方叔，你真的要创业？"成芃芃拉住准备进屋睡觉的方山木，"几个月前你说过一次，我以为你就是随口说说而已，现在进展到哪一步了？"

"公司注册下来了，创业方向定了，资金也到位了，就差公司选址，就可以开始招聘员工了。"方山木看向了胡盼，"你找到工作了吗？"

胡盼一脸不好意思："换了三家了，都不合适，现在又失业了……"

"你们现在的年轻人做事一点儿也不考虑后果，这么频繁的跳槽会让你应聘的公司认为你缺乏耐心和忠诚度。"方山木教育胡盼。

"这能怪我吗？"胡盼不服气，"骗子公司太多了，第一家是一家医疗公司，创始人长得很帅，又能说会道，给我描述了无限美好的前景。我被他迷惑了，当了他的助理。还好他只骗财不骗色，只想用我的身份证为公司贷款，幸亏我及时醒悟，没有上当。当我大学的法律是白学的？后来才知道，他用同样的方法骗了七八个小女孩，每人都贷了二十万。

"第二和第三家都是影视公司，这第二家我去了才发现，其实是个非法集资公司，我只干了半个月就跑了，连工资都没要到。第三家更奇葩，老总是一个房地产商，投资影视公司也是玩票的性质，主要目的是为了泡他喜欢的几个女演员。进入行业之后才发现，他喜欢的几个女演员比他还有钱！他还说喜欢我，如果我当他的小三，送我一辆宾利一栋别墅。我照了照镜子，虽然说长得也挺漂亮，但要说这副脸蛋值一辆宾利和一栋别墅，也是自欺欺人……"

"上次说过的事情，还算数吗？"方山木环视胡盼、成芃芃和古浩，心中的蓝图越来越清晰了。

"当你公司总监的事情？"胡盼当然记得上次吃饭时聊到的话题。

"不，不是总监，是助理，先从助理做起。"方山木笑眯眯的样子，和他以前在公司当副总的刻板形象判若两人，"你还不太稳定，有点儿飘，需要锻炼一段时间才能胜任更重要的工作。"

"朋友归朋友，工作归工作，助理倒不是不可以，关键看待遇……"胡盼眨了眨眼睛，狡黠地笑了，"我相信方叔的人格魅力，也认可方叔的能力，就看方叔是不是大方了。"

"收入和能力成正比，反正不会亏待你。"方山木又看向了成芃芃，"芃芃，你有没有兴趣和时间，和我们一起创业？公司叫无限关爱有限责任公司，主营方向是互联网，主要业务是开发一款游戏APP……"

"最近倒是正好有时间，只不过我不太懂互联网，我大学学的是金融……"成芃芃歪头想了一会儿，"想明白了，就这么着了，我加入。但我不当总监，我要当联合创始人。我提供办公地点，当成我入股公司的股本金。"

古浩忙凑了过来，一脸谄媚的笑容："我呢？我还在呢，别当我不存在。我也加入，我也要当联合创始人。"

"不行，他不够资格！"胡盼当即反对，推开了古浩，"你起开，别影响我们安定团结的大好局面。我代表无限关爱有限责任公司，不欢迎你。"

方山木也知道古浩人品有问题，钻营还好色，但创办公司需要方方面面的人才，更何况现在他无人可用，古浩加盟进来，可以替他应付许多他不方便出面的事情。更不用说在他未来更长远的规划里，古浩还是可以用来精确打击的狙击枪！

"看人要看缺点，用人要用优点，古浩是有一堆缺点，但也有少数闪光的优点。"古浩在公司和他共事时，也确实顺利处理过许多棘手的事情。

"我看不出他哪来的优点，如果你不能说服我，我就不加入公司。"胡盼对古浩极度厌恶。

"我也是，方叔你看着办。"成芃芃也表明了立场，"二比一，更不用说我们两个大美女会对公司发展起到多么重要的促进作用。而且最主要的是，90后已经是消费主力，你既然面向游戏市场，肯定是以90后消费者为主，谁最了解他们？当然是我和盼盼了。"

方山木笑了，看来二人不把古浩踢出创始人团队誓不罢休，他也知道如果一开始不能解决公司内部矛盾，就像恋爱中的男女，开始时就有裂痕和疑虑，会埋下隐患，到以后发作起来，会无法收场。

"好，好，你们说得都有道理。"方山木见古浩一脸焦急，生怕自己不让他加盟公司，不由得暗笑，古浩你也有今天？

"不过呢，我有件事情需要请你们分析一下，看到时遇上了该怎么解决……"方山木示意胡盼和成芃芃少安毋躁，也朝古浩使了一个眼色，"比如说我们公司推出的APP在市场上大受欢迎，很快就有了抄袭者，而且对方还抄得很露骨很明目张胆，我们该怎么办？"

"打官司，告他！"胡盼右手一挥，一副指挥千军万马的架势，"我是学法律的人，到时由我出马，绝对可以马到成功。"

古浩撇嘴一笑："打官司要取证，要调查，要等法官时间，知识产权官司尤其难打，而APP推向市场之后，决定命运前途的往往只有几个月时间。但官司可能要半年甚至一年后才开庭，说不定对方已经占领了市场，到时黄花菜都凉了，就算打赢了官司又有何用？"

"那……怎么办？难道只能眼睁睁看人抄袭？不行，我咽不下这口恶气，我得打他们一顿。"成芃芃又挽起了袖子。

"打架能解决问题，世界早就是四肢发达的人做主了，要多动动脑子……"古浩指了指脑袋，得意地笑了。

"如果古浩出马，肯定可以快速解决问题。"方山木见时机成熟，抛出了观点，"公司是一个团队，团队有人负责大局，有人负责技术，有人负责市场，也有人负责解决疑难杂症，面对无赖的行为，就得由无赖出马才能马到成功……"

"说吧，你能怎么解决抄袭？"成芃芃很不服气，"我不信你有这本事。"

"对付坏人，还得恶人磨。我的方法多得是，只说其中一种。"古浩站直了身子，摸了摸头发，"我会追踪对方公司的创始人，查到他包养小三的证据……"

"呸！你以为都像你一样是色狼，都在外面有人哪？如果对方没有小三呢？如果对方还没有结婚呢？"成芃芃被气笑了，想打人，又忍住了。

"没有小三，也可以制造出来他有小三的假象。当然了，我没这么无耻，我是有底线的人。你要记住一点，是人都会有缺点，他没有，他的手下肯定会有。我不信他的全公司上下，铁板一块。好吧，不从男女关系入手……你别打我芃芃，我改还不行吗？"古浩跳到一边，躲开了成芃芃的一记飞脚，"我会从他们公司所有人员入手，程序员、助理、副总、司机等等，只要突破其中一个，就可以拿到他们抄袭的关键证据，到时先不打官司，直接上门，拿出证据威胁他们要打官司要曝光他们，他们就会直接认输了。"

"怎么突破是个问题，我觉得很难，你的方法不可行。"胡盼虽然动摇了几分，但还是不愿意认可古浩的方式不想让他加入公司。

第二十一章　成长游戏

方山木看出了成芃芃和胡盼不再坚定的坚持，就顺水推舟："要不这样，先让古浩从总监做起，不是联合创始人，向成芃芃汇报工作。如果他不能胜任工作，能力不足，到时芃芃可以开除他。"

"这个可以，我赞同。"成芃芃开心了，古浩的生杀大权掌控在她手中，她岂不是可以随意拿捏他了？

"可以，但没必要……"古浩话说一半，见方山木和胡盼眼神不对，马上改口，"坚决服从方总和成总的决定，自觉维护公司的利益，我愿意和胡盼一道为公司的发展尽心尽力！"

第二天，方山木一行四人去看了房子。方山木对房子很满意，古浩挑了一些不足之处，却直接被胡盼顶了回去。古浩很是不满，暗中提醒方山木，房租的金额直接关系成芃芃在公司所占股份的多少，事关方山木的切身利益。

方山木早已心里有数，他很清楚成芃芃不是斤斤计较之人。在确定了房子可以成为办公室之后，方山木让成芃芃提出股份比例。

果不其然，成芃芃只要了百分之十，比方山木的预期还低了一些，他一口答应下来，当即签订了合同。

前面公司搬离的时候，留下来的装修还不错，而且也是方山木比较喜欢的简约风格，只需简单装修一下，再购置办公家具和电脑就行了，他们隔出了几个单间办公室，当作了他和成芃芃的专用办公场所。另外还多留了三个单独办公室，以待后来者。

古浩心痒难抑，指着其中一个办公室说："等着瞧，总有一天我会到里面办公。"

"你别想，我还有机会，你绝对没有，古老色。"胡盼伸出一根手指摇了摇，"一天天的，净做梦。"

一周后，办公家具和电脑到位，再经过保洁，整体焕然一新。正对大门的墙上，挂着公司的名牌，配合灯光效果，颇有几分迷离的感觉。

"无限关爱有限责任公司……名字总感觉太文艺了，要不要换成爱情婚姻家庭有限责任公司？"胡盼背着手，装模作样地转了一圈，又用手比画了几下，"牌子挂得有点儿歪，这谁干的活，这么不用心？一天天的！古浩，帮忙重新挂一下牌子。"

"来啦。"古浩风一样跑了出来，在胡盼的指挥下，踩着椅子挂了半天，累得满头大汗，最后还是一不小心摔倒了。

成芃芃开心地鼓掌大笑，还暗暗朝胡盼伸出了大拇指。胡盼挤了挤眼睛，心领神会地回应了一个"OK"的手势。

古浩假装没看见成芃芃和胡盼的互动，继续抹汗，滑稽的样子，逗得胡盼和成芃芃大笑不止。

午饭的时候，古浩趁成芃芃和胡盼去卫生间的间隙，捅了捅方山木："怎么样，我的表现还可以吧？两个小丫头片子还跟我较量，现在先逗她们开心开心，以后就让她们知道我的厉害。"

方山木当然知道古浩的心思："别乱来，开公司不是过家家，要的不是置气，更不是暗算。我警告你，不许坑她们，更不许打她们主意……听到没有？"

"明白，遵命！"古浩连连点头，"我就是想让她们知道我的本事，不让她们小瞧了我，也不是非要怎么她们。你放心，我现在明白了一个道理，兔子不吃窝边草是对的，以后我只冲外面的小姑娘下手。"

"最好改了你这好色的毛病，早晚死上面。咱们行业里面有几个大佬不就是因为男女问题而差点儿出事吗？人得吃一堑长一智，你在孙小照的事情上摔了个跟头，不捡个明白不是白摔了？"方山木想起了即将进入开发状态的游戏，"更何况我们是无限关爱有限责任公司，开发的游戏APP也是和爱情婚姻家庭有关，如果公司上下没有一个良好的氛围的话，怎么可能做出成功的产品？"

"是，是，老大说得都对。"古浩一副心悦诚服的样子。

卫生间内，成芃芃和胡盼在并肩洗手，补妆。

"你说古浩什么时候会露出马脚？等抓住了他色心不改的证据，方叔就没有办法再护短了，必须开了他。"胡盼涂了口红，又觉得太深了，用纸巾擦掉了，"算了，不化了，反正公司也没有懂得欣赏的人。"

"先逗逗他再说，现在他还真以为我们不再讨厌他了，已经放松了警惕。他这样的男人，给点儿暗示就以为自己真的魅力超群，是个女人都会被他折服。"成芃芃却继续涂了口红，补了妆，"女人化妆，一半是为了取悦自己，另一半是为了比过其他女人。还有，你别被方叔一本正经的外表迷惑了，他内心充满了火热，是一个有趣味有内涵又有担当的男人。"

胡盼乐了，碰了碰成芃芃胳膊："看上了？"

"欣赏，只是欣赏而已，离看上还有相当长的一段距离，而且他不是还没有离婚吗？等他真离了再说。"成芃芃补妆完毕，"有时我都替我爸妈发愁，你说他们挣这么大的一笔家业干吗？这不给我制造压力吗？我非得找一个靠谱的男人才行，要不到时挥霍了我爸妈的家业，或是半路上和我离了，分走一半，我都对不起他们一辈子的辛苦！"

　　"你自己也能操持好，为什么非要靠男人？"

　　"我不是长男人志气灭女人威风，现在的女人确实不管是身高、学历、收入甚至是体重都可以和男人持平了，但是，有些事情还是得男人出面才行。"成芃芃叹息一声，忽然又擦了口红，"算了，我也不化了。如果有人可以为我遮挡风雨为我负重前行，我也愿意赋闲在家，岁月静好。"

　　"还是你好，只需要找一个有能力帮你打理家业的男人就行，而我，不但要靠自己赚钱养活自己，还得找一个有能力赚钱养家的男人。我遇到的男人哪，有赚钱养家意识的太少了，一个个比我们女人还没有承受力，就像我前男友，恨不得让我养他，我太难了。"胡盼有几分泄气。

　　"也别这么说，你看到的成功男人当年刚毕业时，也很幼稚，也是一点点成熟起来的，要给年轻人成长的时间。"成芃芃嘻嘻一笑，抱了抱胡盼的肩膀。

　　胡盼想起了什么，皱眉摇头："你这么说倒是提醒了我，我更加绝望了。你看看方叔和古浩，一个很直男，觉得自己无所不能，他和媳妇闹到不可开交的地步，我不信他就没有一点儿错？古浩就更不用说了，在家怕媳妇怕得要死，在外面还想拈花惹草，又小气又猥琐，这么一想，我对男人是完全绝望了，这都成长十多年了，我看90后男人就算成长起来，以后也不外乎是方叔和古浩这样的……索性单身一辈子算了。"

　　成芃芃大笑："这世间又不只有你前男友和方叔、古浩这三种类型的男人，你失望什么劲儿。"

　　"算了，不考虑恋爱问题了，越想越绝望，越绝望越寒冷，比什么降温措施都管用。你说方叔明明知道古老色害了他坑了他，为什么还非要重用他？方叔是真的大度，不计前嫌，还是实在是无人可用，非用古老色不可？"

　　成芃芃神秘地一笑，还有意左右看看，低低的声音："方叔是在放长线钓大鱼，他没你想的那么大度，也没你琢磨的那么坏，我相信他非要留下古浩，是在下一盘大棋。"

　　"不想了，反正也想不明白。要是我，不喜欢的人别说留在身边了，连话都懒得多说一句。"胡盼眨了眨眼睛，叹息一声，"我是觉得古老色已经不可救药了，方叔真有办法可以再抢救他一下？"

回到公司，方山木召集众人开会。不等方山木发话，胡盼迫不及待地表达了自己的观点："方叔，我们的无限关爱有限责任公司，开发的产品面向的消费者主力是80后和90后，现在公司的人员组成不太科学，有70后和90后，缺少80后，希望在招聘时向80后倾斜，而且最好是男性……"

古浩嗅到了什么气息，立刻朝胡盼投去了意味深长的一瞥。

方山木坐在位置上，轻轻咳嗽了一声："刚才胡盼所提的建议，正好在今天开会的议题之中，就不专门回答了。今天开会有三个议题：一是公司将要开发的游戏APP的定位和立意。二是公司的人事安排。三是招聘新员工事宜。"

古浩拿出一个本子，认真地记录，胡盼碰了碰成芃芃的胳膊："马屁精一个！"

成芃芃却也拿出一个本子："关系公司的发展大计，应该记录。别闹，认真开会。"

"一天天的……"胡盼只好顺应大势，"好，我也记录。不对，我是助理，记录是我的本职工作，抱歉，是我的错。"

方山木瞪了胡盼一眼，才说："以后开会的时候，要做到八字方针——团结、紧张、严肃、活泼，先紧张和严肃，再团结和活泼，明白没有？"

"先说第一项议题，游戏APP的定位和立意。目前常见的手游是以升级打怪为主，主要是为年轻人、学生提供消遣，还没有一款可以在消遣之余寓教于乐的成长型手游出现，所以，我们的手游命名为成长游戏……"

第二十二章　人生成长指南

"名字好土气！"胡盼不假思索地脱口而出，"既不新颖又不博人眼球，要是我，都不会点开，更不用说下载去玩了。"

"听我说完再发表意见。"方山木敲了敲桌子，"胡盼，要不你来主持会议，我来当你的助理负责记录和执行？"

胡盼尴尬一笑，连连摆手："不用了，谢谢，我上去就紧张就说不出话……"低头左右看了几眼，嘟囔："一天天的，方叔也学会捉弄人了，真是的。"

方山木暗暗一笑，他已经很努力让自己适应创业者的身份了，在之前的公司里，开会是一件极其严肃的事情。而现在他是创业者，要和联合创始人、员工打成一片，才能更好地执行他的意图。

"名字似乎不太大气，也不新潮，但很体贴，因为我们手游的内容就是一个男人成长的历程，每一条关卡都意味着人生的一次选择。开局可以选择你的年龄阶段是70后、80后还是90后，选好后不能更改，必须完全通关才能再尝试新的角色……"

"哇，这个有创意有意思，我喜欢……"胡盼惊呼一声，一脸欣喜，话说一半，被成芃芃严厉的目光一瞪，立刻咽回了后面的话，假装一本正经地奋笔疾书埋头记录。

"先举一个70后男人的例子，开局时你可以选择出生在乡村、城镇还是大城市，三者的难度不同，不是说大城市就难度容易，大城市有大城市的减分项，乡村有乡村的加分项。比如选择出生在乡村，从小身体健壮，不生病，体育好，吃苦耐劳。如果选择出生在大城市，从小环境优越，教育资源丰富，家境殷实，选择多。但选择多也意味着放弃多，意味着试错的机会多。出生在城镇，就介于两者之间。具体而详细的设定，到时需要设计人员进一步细化。

"同样，80后和90后也是面临一样的选择，但由于时代的不同，他们所处时代的乡村、城镇和大城市，与70后又有明显的不同，要符合时代特征，紧跟时代的进步带来的变化。不管是哪一代男人，在人生成长的每一个阶段，都各有三次选择的机会。但最终考上普通大学还是名牌大学，要看过关的积分和知识点的掌握……

"为了避免早恋情况的发生，恋爱从大学时代才会开始，请注意，在选择喜欢的女性性格时，是一个至关重要的选项，关系以后爱情的甜蜜、婚姻的幸福和家庭的稳定。"方山木环视几个人一眼，见几个人都是若有所思的表情，心满意足地笑了，为了成长游戏的设定和创意，几个月来，他夙兴夜寐，一遍遍修改方案，才形成了今天的雏形，还好，明显是赢得了几个人的认可。

"一旦选定就不能更改，成长游戏要的就是符合人生规律的真正的成长轨迹，人生是单行道，无法回头。你选择了温婉贤惠型的女性，那么就不要奢望她可以在事业上对你有太多的帮助，她是贤妻良母，是贤内助。如果你选择的是精明强干的女性，那么就不要指望她可以多有时间照顾家庭，人的时间和精力都是有限的，没有可能兼顾。

"所以成长游戏像是一局对自己人生的推演，每一步选择都会是不同的人生道路。我们的人生走错了，无法重来，那些遗憾和过失，那些留恋和怀念，却都可以在成长游戏里面弥补。比如说第一次通关是自己现在的人生，那么再重新选择一次，你可能会希望过一次不同的人生，和另外不同性格的女性结婚，那么相应的，她会影响你的事业发展，你的人生将会是另外一番天地……"

"好！"静默了片刻之后，成芃芃第一个鼓掌叫好，"创意一流，新颖别致，方叔有才！"

古浩有几分懊恼没有第一时间表态，他站了起来："方总的想法不但超前，而且还非常有远见。现在游戏是不少，虚拟人生的也有一些，但像方总的设定一样深刻并且具有社会现实意义的，不多，不，可以说是绝无仅有。人的一生，不管走到哪一步，都在成长中，在成长中学习，在学习中成长。不管是经营爱情维护家庭还是开拓事业，所以说，成长游戏与其说是一款体验多种人生成长的游戏，不如说是一款人生成长指南……"

等了半天，没有掌声和认可，古浩有几分不解，明明他的发言将方山木的话进行了升华，为什么连方山木也不表态支持呢？

成芃芃回答了他的疑问："古浩，你的总结很到位，嗯，马屁也拍得很高明。但你弄错了一点，我们是创业公司，推出的产品是面向市场的消费品，消费品的意思是说要有人下载有人注册登录有人消费才算成功，你说成是人生成长指南，谁还会玩？玩游戏的人抱着的是轻松休闲的心态，不是玩个游戏也要被人教育。"

古浩虽不服气，也得承认成芃芃的话有几分道理，当即点头："成总所言极是，明白了，受教了。这种说法只适用于公司内部，专用于拍方总马屁，不适用于市场营销。"

"现在可以提意见了吧？"胡盼早就憋了半天了，"首先我认可创意。其次也相信有一定的市场，但是……"

胡盼加重了语气："但是为什么没有女性角色呢，方叔不会认为玩游戏的只有男性吧？又或者是方叔太直男，不屑于开发女性角色？"

"以后讨论问题不要带着偏见说话。"方山木笑了，"我是有些直男，但并不是深度直男。不过说实话，我一开始确实是没有考虑女性角色，后来和你们熟悉了后，就有了加入女性角色的想法。但是，由于我是男人，出发点肯定是男人的立场，所以开发女性角色的任务，就落到了你们身上。"

"这个可以有，也很必要。"胡盼开心了，和成芃芃击掌，"保证完成任务。"

"下面开始第二个议题。"

方山木喝了一口水，刚放下水杯，古浩忙替方山木去接水。才走一半，被后发先至的胡盼抢走了水杯。

"古老色,我才是方叔的助理好不好?您老一把年纪了,就别跟年轻人争这些力气活了,OK?"胡盼又抢白了古浩一番,愈加觉得古浩不顺眼。

古浩想反驳,见方山木视若无睹,而成芃芃一副看热闹不怕事儿大的样子,他强行咽下到了嘴边的话:"我的错,我的错,胡盼,请继续你的表演。"

成芃芃眼睛一瞪,一脸认真:"开会呢,你们两个要怼会后再怼,别影响公司发展的大事。从现在开始,你们都严肃起来。"

"第二个议题……"方山木见成芃芃摆出联合创始人的做派时还有模有样,不由得暗暗一笑,"是公司的人事安排。现在公司才四个人,我负责全局,成芃芃负责财务和融资,胡盼作为我的助理,负责行政、人事等日常工作,古浩负责外联和公关……大家有没有意见?"

成芃芃第一个答复:"我没意见,服从方叔的安排。不过要我管钱没问题,但我只管大钱,不管小钱,还得请一个专业的会计。"

方山木点头。

"我也没意见,反正就这么几个人,干完自己职责之内的事情,还有时间和精力,也可以做做其他的事情,反正都是为了公司发展,不算越界,对吧方叔?"胡盼想的是希望有机会多学习一些职场技能,艺多不压身,她要寻找一切机会提升自己。

"我没意见,百分之百没意见。胡盼说得对,在大面上的分工之外,谁忙不过来了,都可以喊人帮忙。我们就不用分得那么严格了,显得生分,创业要的就是同心协力。"古浩一本正经起来,也有几分职场精英的风范,毕竟他也在大公司磨炼多年。

"好,既然都没有意见,下面就是第三个议题了——招聘员工。"方山木朝胡盼和古浩看了过去,"招聘员工的事情,具体由胡盼主抓,古浩配合。现阶段需要招聘一个财务总监、一个市场总监、一个技术总监。至于开发成长游戏APP,是自己招聘程序员开发,还是外包出去请专业的技术公司开发,我还没有想好……"

"我不和古……古浩一起工作。"胡盼噘着嘴,一脸不快,"方叔你重新安排一下。"

成芃芃拉了拉胡盼的胳膊:"胡盼!不要把个人的情绪带到工作中来,工作是工作,私交是私交。你可以不喜欢古浩,甚至讨厌他反感他,但该配合的工作,还是必须做。"

第二十三章　先从改变自己开始

方山木朝成芃芃投去了赞许的目光:"胡盼,不管是工作中还是生活中,你都会遇到你不喜欢但又不得不应酬的人,如果不喜欢就不合作,是幼稚不成熟的表现。"

胡盼若有所思地点了点头:"好吧,也许对我来说,忍受了古浩的猥琐和他一起工作,也是成长过程中必经的一关。我试一试好了,如果失败了,方叔记得再给我一次机会。"

古浩捏着鼻子不满地说:"你也是我成长过程中的绊脚石,等我踢开了你,我就进步了。"

"你都多大了还成长?你都熟得不能再熟了,马上就快要腐烂了。"胡盼对古浩嗤之以鼻。

"活到老学到老,我还不到四十岁,正当壮年。"古浩不甘示弱,一挺胸膛还要继续斗嘴下去,忽然注意到方山木目光不善,忙又转移了话题,"招聘员工的待遇和要求,方总明确一下。"

方山木并没有太明确的指示,让胡盼和古浩根据市场情况自行调节,他相信以古浩的经验和老成以及胡盼在多家公司工作的丰富经历,完全可以胜任工作。当然,他也不是没有任何要求,提出了一个重点:重点招聘80后。

眼见会议要结束时,古浩起身勤快地帮几个人收拾水杯和桌上的垃圾,呵呵一笑:"本来都很热情高涨,我不想说什么丧气的话,但创业本身就是生死一线间,尤其是互联网创业,死是常态,活着才是偶然和幸运。所以大家不要过于乐观了,要做好阵亡的心理准备,想好退路。"

"你可以先想好退路,我们不用,我们还年轻。而且……"成芃芃不无鄙夷地斜了古浩一眼,"我也不缺钱,随时可以拉来投资,就是我自己的钱,也足够公司运营好几年了。"

"资本不过是生死之间的速度调节剂,不是说有钱就一定能成功,年轻人,世界上有许多金钱解决不了的难题。"古浩嘚瑟地笑了笑,"你们还是经历太少又自以为通透,像我和江边,我们缺钱吗?不,我们缺的是爱和信任。就像方总和盛晨,他们夫妻从大学时代就相爱,到现在风风雨雨将近二十年了,一个持家贤惠,一个事业有成热爱家庭,但还是走到了离婚的地步,为什么?"

"我还年轻,又没结过婚,怎么会知道?"成芃芃见古浩冲她发问,有几分不高兴,歪头想了一想,又笑了,"我明白了,我想通了,你和方叔遇到的问题一样,都是认识对方的时间太长了,没有了新鲜感和刺激,对你们双方来说,都不再具有可以让对方成长的功能和空间,所以你们就闹到了现在的地步。"

"别瞎说,我不是。"方山木赶紧否认,"我和古浩不一样,他是在外面骚扰小姑娘被抓,我是受不了婚姻的束缚了。"

"别解释了,我们不想听,主要是你们肯定都说不对原因。"胡盼眨了眨眼睛,开心地笑了,"方叔,别看你和古浩比我和芃芃大了不少,但其实你们都还没有弄清楚你们的问题究竟在哪里。"

"在哪里?"方山木不以为然地撇了撇嘴,"说得好像你们比我们还懂感情懂人生似的,哼。"

"说过了,别小瞧我们90后姑娘,哈哈。"胡盼大笑,"一天天的,总是拿阅历压人,却就是发现不了自己的原因。人生就是一个成长的过程,遇到的每一个人,都可以帮助我们成长。但是,如果对方不再具有可以让我们继续成长的能力还不自知,就会产生矛盾,矛盾久了,就会分手。"

不得不说,胡盼的话很有几分道理,让方山木不由得对她刮目相看!他和盛晨确实存在类似的情况,二人矛盾越来越深,已经无法成为对方的动力了。

古浩和江边也是一样。对古浩来说,江边完全就是约束和围墙,别说成长了,不倒退就不错了。江边也是沉浸在围墙之中,只想划出一个势力范围,不让古浩有半分逾越的行为,从来没有想过要改变自己。

当然,古浩也确实不让人省心。但显然江边的方法是失败的。如果能将古浩引导成为一个将主要精力和时间都投入工作和家庭的好男人,成长游戏APP就可以借古浩的例子推出一条全新的人生线,肯定会大受女性玩家的喜欢!

"中午吃什么,方叔,我帮你叫外卖。"

方山木的思绪被胡盼打断了,见胡盼打开手机外卖APP,正准备下单,他大手一挥:"不点外卖了,今天是公司成立以来的第一次全体会议,走,去音乐餐厅,我请客。"

方山木公司地处互联网产业园区内,产业园的附近兴建了许多各具特色的餐厅,方山木所说的这家音乐餐厅是知名合唱组合中的一位开的,颇有情调,菜品也别有风味。

"哇,太好啦,方叔万岁。"胡盼高兴得跳了起来,"方叔请客,可以放开肚皮大吃一顿了。"

方山木笑得很宽容很大方，谈笑间将球踢了出去："标准是多少，芃芃定，毕竟她是管钱的副总。"

成芃芃虽然大小也算是一个富婆，但平常日子过得也是精打细算。

"音乐餐厅太贵了，人均一百元起，创业初期，公司聚餐，不能超过人均五十块。"成芃芃眯着眼睛算账，一副铁公鸡的样子，"以后公司花钱的地方多着呢，现在一百万投进去了，连个水花都没看到。要做好过苦日子打持久战的心理准备。"

"人均五十块和外卖又有什么区别？"古浩气得又坐了回去，"不去了，我自己叫外卖。"

胡盼本来也想抱怨几句，一见古浩先表达了不满，她就又高兴了："太好了，古浩你自己在公司叫外卖吧，我们走。"

等几个人走到音乐餐厅，刚找好座位坐下时，没有跟来的古浩又像影子一样不知道从哪里冒了出来，他殷勤地替方山木搬椅子，又替胡盼和成芃芃摆好筷子。

"我刚发现，身上没现金，微信钱包里面没零钱，附属信用卡也被停用了，所以根据我的现状，有的吃就不错了，挑食是我的不对。各位大人有大量，原谅我！"

"知错能改，说明你还有成长的空间。"正在看菜单的成芃芃将菜单扔给了古浩，"来，你负责点菜，记住，超过人均五十元的部分，你买单。没钱不要紧，从以后的工资里面扣。"

古浩扫了一眼菜单，一脸苦笑："我太难了……"

第二十四章　不能一味用强

古浩的见多识广以及精明算计此时派上了用场，他点了一桌子不超过二百元的大餐，有荤有素，搭配得当，几个人吃得既舒心又开心。

就连胡盼吃得满足之余也忍不住夸了古浩几句。

古浩不免得意了几分，悄悄一碰方山木，小声说："等着，很快她们就会发现我的优点并且喜欢上我，进一步离不开我，到时……"

方山木打断了古浩的自吹自擂："行了，别自恋了。自恋型人格的人最大的毛病就是被别人稍微认可或是夸上一句，就会觉得自己浑身上下金光闪闪，马上就可以上天了。"

"不要这么打击人好不好，好歹我抛家舍业地跟你创业，也是你的合伙人不是……"古浩话说一半，睁大了眼睛张大了嘴巴，像是见到了世界上最不可思议的事情一样。

"噎着了还是吓着了？古老色，你可别吓唬我们。"胡盼伸手在古浩眼前晃了晃，古浩毫不理会她的举动。

方山木几个人顺着古浩的视线望去，三个女人从楼上下来，款款而行。当前一人，一身盛装，虽是冬季，淡蓝色冬裙和黑色冬靴极为雅致，从头到脚都是价值不菲的奢侈品牌。一张明显精致保养过的脸，化了浓妆，雍容华贵自不用说，更显得富气逼人，看上去也就是三十多岁的样子。只是过于浓妆艳抹的脸上多了浮华少了真实和自然。

身后一人，一身淡黄色衣服虽不如淡蓝色冬裙女人的高端，但也绝对是一流顶尖品牌。若论保养来说，她明显不如前者用心，但也可以看出她曾经有过优裕的生活和从来不需要风吹日晒的岁月。只不过微显憔悴的脸上多了一丝时光的风霜，让她虽然看上去比淡蓝色冬裙女人成熟了几分，但多了知性和优雅。当然，若论起气质，她更从容端庄一些，并且举手投足间也更有内涵。

后面的一人，明显比前面二人年轻了几岁，只简单穿了一件白色羽绒服和深蓝牛仔裤，束了一个丸子头。她个子比她们高，长腿瘦腰，周身上下流露一股淡淡的疏离味道。

三个人有说有笑下楼，一拐弯，正冲着方山木几个人的方向，前面二人顿时愣住了。

音乐餐厅一楼是大堂，二楼是包间。作为附近最高端的餐厅，二楼包间的消费人均四五百起。也就是说，三位美女一个人的标准就可以秒杀方山木等人的一桌大餐了。

方山木也惊呆了，他碰了碰古浩的胳膊："你干的好事？干吗通风报信？"

"我又不傻，躲她们还来不及呢。"古浩见三人已经朝他们走来，忙朝成芃芃、胡盼使了个眼色，"等下你们不要说话，不管她们问你们什么，一概不回答。"

"她们谁呀？"胡盼突然兴奋了几分，抱着不怕事儿大的心思嘿嘿一笑，"嘴巴长在我脸上，我想说什么说什么，你管不着。"

成芃芃看出了端倪，一拉胡盼的胳膊："别闹，她们明显是正主，是原配，坏了，咱俩多半要被当成小三了。"

"真的吗？好期待！好兴奋！"胡盼反倒更激动了，抱住了成芃芃的胳膊，"不过就算被误会，我也要被误会成方叔的小三，才不要和古老色捆绑在一起，太有损我的形象。"

成芃芃都不知道胡盼的脑子在想些什么，她的注意力全放在了迎面而来的三个人身上，在猜测哪一个是方山木的原配，哪一个是古浩的管理者。

在距离三个人桌子还有十米左右时，古浩站了起来，由于动作幅度过大，带动椅子倒向了后面，他也顾不上扶一下，额头上瞬间布满汗水，像是喷洒了一层花露水。

方山木端坐不动，坦然地迎上了淡黄色衣服女人质疑加愕然的目光。成芃芃悄悄地比画了一个胜利的手势，她猜对了，最前面一人是江边，后面是盛晨，最后的年轻姑娘是谁，她就不关心也没有兴趣了。

在看到方山木的一刻，盛晨既激动又有几分意外，没想到京城之大，竟然还会和方山木不期而遇！

也不记得有多久了，盛晨和方山木之间平平淡淡，完全可以知道对方的行踪，完全可以猜到对方的所思所想，完全可以了解对方的需求，早就没有了意外和惊喜。今天的偶遇，竟然让她突然萌发了久违的欣喜。

或者她和方山木之间的问题，就是出于太熟悉太了解而没有了激情和意外。

当她的目光落在了方山木的对面时，心情顿时跌落到了谷底——方山木的对面坐着两个年轻貌美的姑娘：一个英姿飒爽，一个温婉可人，从长相上看，都符合方山木的审美。虽然从阵势和场面来看，分不清是朋友吃饭还是情侣吃饭，但凭借她女人特有的直觉和敏感，她觉得成芃芃充满了威胁！也许是因为成芃芃坐在方山木正对面的缘故，又也许是在当她第一眼注意到成芃芃时，成芃芃也正好向她投来了征询加探究的目光，并且目光中充满了审视和挑衅。

当然，更让她感到紧张和不安的是，成芃芃青春靓丽也就算了，她飒爽的表情和玩味的笑容，充满了让人浮想联翩却又无法逃避的光芒。别说男人了，就连她一个女人也觉得她魅力惊人，既干练，又女人味十足。既干净，又有一股慵懒的味道。

而成芃芃旁边的女孩，温婉、妩媚之外，也同样是眼神清澈，笑容纯净。盛晨也算是识人无数，一眼就可以看出不管是成芃芃还是胡盼，都是热爱生活的好姑娘，不是乱七八糟的女孩。

那么是不是可以猜测，她们和方山木、古浩在一起吃饭，四个人，正好两两成对？这么一想，盛晨感觉脑中像是炸开了一个口子，以前关于对方山木的所有猜测、怀疑和管教、约束，都无比正当，并且应该！

方山木果然背叛了她！尽管他们已经闹到了离婚的地步，但还没有离婚！在婚姻存续期内，方山木公然约会年轻的女孩，就是彻头彻尾的出轨行为。

　　有那么一瞬间，盛晨几乎抑制不住内心的愤怒和不甘，想要冲过去打方山木一个结结实实的耳光！

　　还好，她忍住了，也有她被江边拉了一把的原因。

　　愚蠢的人都是相似的，自作聪明者倒是各有各的不同。江边虽然也很生气，但努力强迫自己冷静下来，她不想和古浩走到离婚的地步，尽管古浩毛病很多，特别是好色的毛病始终无法根除，但她就是很爱古浩，很想将他改造成功。

　　或许，她骨子里一直有治病救人的想法，她从小到大就喜欢控制一切。她以前对古浩确实过于严格过于约束了。近来一段时间江边不断反思，决定换一个思路和方法来拯救古浩。不是每一个男人都不可救药的，古浩的好色，或许也是和她过于强势不够温柔有关。对付男人，不能一味用强，而是要刚柔并济软硬兼施。

　　江边稍微放慢了脚步，悄声提醒盛晨："忘了我们之前达成的共识了？不要冲动，现在我们和他们正式进入了斗智斗勇的第二阶段。记住了，以前的严管政策不再适用于第二阶段的较量，因为他们在我们的管理下，都成长到了新的段位。除非你是真心想和方山木离婚，那就当我没说。"

　　盛晨深呼吸一口，强行稳定了情绪，脸上微微露出了一丝勉强的笑容。

　　方山木和盛晨生活多年，非常了解她的性情，见盛晨的脸色由愤怒转为平静，又由平静强行提升为尴尬而不失礼貌的笑容，心中一惊。

第二十五章　只想强扭，不管瓜甜

　　之所以端坐不动，方山木就是想要试探盛晨的底线，也有让盛晨误以为他和成芃芃、胡盼是情侣之意。盛晨不是一直怀疑他有婚外恋并且以此为由约束他吗？好，他被冤枉了这么久，就这一次让盛晨遇见，他倒要看看，盛晨到底会是什么反应！

　　如果盛晨大吵大闹并且以为她之前的所作所为完全正确的话，他就说出真相，当场打脸盛晨，让盛晨知道她以前不但错了，还错得离谱。

　　他却没想到，眼见盛晨就要发作了，却又收了回去，怎么回事？难道盛晨又有了进步，向前成长了一个阶段？

　　和方山木、古浩的各怀心思不同的是，成芃芃和胡盼二人是一脸跃跃欲试唯恐事情不大的坏笑。本来胡盼也站了起来,见方山木和成芃芃都是一副稳坐钓鱼船的姿势,她有几分懊恼自己的冲动和失态,又坐了回去。

成芃芃也是双手抱肩,安坐不动。

盛晨三个人来到了方山木四个人面前。

盛晨的目光直视方山木,江边则盯着唯一站着的古浩,她二人后面的女孩双手插兜,不悲不喜,一副置身事外的漠然。

一时气氛有几分尴尬,无人说话,沉默了足有两分钟。

还是江边先开口:"古浩,别人都坐着就你站着,你是假装有礼貌呢还是心虚胆怯?"

"什么话……"古浩像是泄了气的皮球,一屁股坐回了椅子上,双手抱肩,努力摆出坦然又无所畏惧的样子,"我一向很有礼貌你又不是不知道……怎么这么巧,你们也来音乐餐厅吃饭?是专程过来还是见什么人?这位是?"

古浩看向了江边身后的女孩。

"许问渠。"女孩不等江边介绍,向前一步,淡淡地冲几个人点了点头,"幸会,很高兴认识你们。我是江边的朋友,你们是?"

没人回应她的问题,她也不以为意,淡淡一笑退到了后面。

盛晨看向了成芃芃和胡盼:"方山木,怎么,不介绍一下你的女……性朋友们?"

方山木依然动也不动,甚至不多看江边一眼,他对江边极其反感,不想和她有任何交流,他只是回应了盛晨一个漫不经心的表情:"不用介绍,和你们也没有关系,没必要认识。"

"不,要介绍,要认识。"成芃芃主动站了起来,伸出右手后,又缩了回去在身上擦了擦,微微弯腰,一脸浅浅笑意,"是盛晨姐吧?我叫成芃芃,和方叔的关系有点儿复杂……"

盛晨不和成芃芃握手。

方山木不动声色,古浩的脸色却变了,连朝方山木大使眼色,希望方山木制止成芃芃乱说,别将简单事情复杂化。最主要的是,他生怕成芃芃拉他下水,说出他的糗事他可就在江边面前无法收场了。

方山木对他的暗示视而不见,江边冷笑一声:"行了古浩,别挤眉弄眼了,人家说的是方山木,又没说你,皇帝不急你太监急个什么劲儿?"

"我才不是太监!"古浩又站了起来,还想再说几句,被方山木用力一拉,身子

077

一晃坐回了座位上。

成芃芃暗笑，她现在对方山木和盛晨的关系以及古浩与江边的现状，基本上算是有了初步了解，清了清嗓子："我原本是方叔的房东，当然，现在也是。后来他创业，我又成了他的合伙人，也算是他的半个下属。有时我也会在他的房子里面过夜，还是半个室友，所以加在一起差不多算是非常亲密的人生伙伴了，称之为人生合伙人也不为过……"

盛晨虽然有江边提醒在先，但还是忍不住心里翻江倒海，她冷哼一声："再发展发展，就成女朋友了是吧？你好好的一个小姑娘，才二十多岁，又年轻又漂亮，干吗非要跟一个中年男人纠缠在一起，又事业又房子又合伙人，他是不是没有告诉你，他还没有离婚……"

"不不不，方叔很诚实，我早就知道他不是单身。不要紧，我和他合作事业，和他的婚姻状况无关。退一万步讲，就算我喜欢他，想和他在一起，我也可以等他恢复单身，反正我年轻，有的是时间。"成芃芃可不是有意要气盛晨，更不是想挑拨方山木和盛晨的关系，她也清楚，他们二人之间已经形同陌路了，她只是替方山木打抱不平，想要测试测试盛晨到底是一个什么样的女人。

盛晨气得胸口起伏，太过分了，方山木分明是在培养备胎，亏得她还时时想起他的好，不愿意相信他会是一个不负责任、见异思迁的男人！

这么多年的风雨一起走过，她和方山木彼此视对方为生命中最可信赖的人，在人生最青春热血的岁月，在人生最艰难困苦的时光，他们相扶相携，从未远离对方。

尽管现在闹到了离婚的地步，盛晨还是希望方山木可以回心转意，想起她的好，想起家庭的温馨。她的做法固然有逼迫之意，但出发点还是为了这个家，为了方山木！

如果是以前，盛晨说不定会当场指责成芃芃勾引别人老公，是狐狸精是小妖精，但是现在，尤其是近来和江边不断交流和学习沟通之后，她学会了控制情绪，也看出来成芃芃有故意挑衅之嫌。

盛晨的脸色由红转白，又慢慢恢复了平静："我有点儿想不明白，为什么你们非要喜欢年纪大的男人，这么年轻漂亮，身边追求的同龄人肯定很多，一手的又年轻的，总比二手的年纪大经历又复杂还有妻儿老小的中年男人好多了。"

成芃芃眨了眨眼睛，调皮地一笑："年轻的有年轻的好，成熟的有成熟的好，摘下来就可以用，省了调教和磨合。"

"对，对，芃芃说得对。我可不愿意花费自己的青春年华去培养一个男人的成长，等他成长起来了，成熟了成功了，又跟别人跑了，我多亏？"胡盼见势就上，她不是针对盛晨，而是有意气江边，"都说强扭的瓜不甜，但在我们的理念中，我们只是想要把瓜强扭下来，要的就是扭下来的过程，又不是想吃瓜，才不管他甜不甜。同样道理，捡一些现成的成熟男人，又省事又省心，连强扭的过程都省了。"

江边本来努力克制火气，还一直暗示盛晨不要动怒，结果胡盼的一番话顿时激起了她的怒火："你们受的都是什么教育，三观不正价值观扭曲！想捡别人现成的培养好的男人，坐等收获，要是年轻姑娘都和你们的想法一样，世界不就乱套了？你们会遭报应的！别觉得自己年轻就可以为所欲为，你们也有老的时候。"

"谢谢姐姐的肺腑之言。"胡盼虽然很讨厌古浩，但不知道为什么，见到江边第一眼起就非常不喜欢江边的做派。江边不论是打扮还是趾高气扬的姿态，都让她很不舒服。

胡盼欲擒故纵，以退为进："您的建议正是我们考虑现成男人的出发点之一，您想想，如果找一个同龄人，从二十岁一直防范到他六十岁，天天看着他盯着他，多累多麻烦。但要是找一个四十岁的男人，至少可以少盯着他二十年，而且男人从四十岁后，就不像二十到四十岁时对女人那么热衷那么追逐。基本上到了五十多岁，他们也玩不动了，就会安心守在家里。等我四十岁时，他们都六十岁了，哪里还会有小妖精跟我们抢六十岁的老年男人？"

"你……"一向自诩能说会道的江边，居然被胡盼的歪理邪说反驳得哑口无言，她再也无法保持矜持，一拍桌子，"古浩，你要是敢和她有什么瓜葛，我让你吃不了兜着走！"

古浩本来被方山木拉回了座位上，又吓得跳了起来："我没有，我不是，我不敢，别担心！"他急得接连瞪了胡盼好几眼，"胡盼，你快说个清楚，我们之间清清白白，什么事情都没有。"

胡盼哼了一声，将头扭到一边："我不瞎，又不傻，怎么会和你有事情？我们之间连解释都多余。"

见众人朝他们投来了好奇加质疑的目光，方山木站了起来："到公司坐坐吧，想聊聊或是想吵架，都可以，总比把人丢在外面强。"

公司会议室，除了方山木四个人之外，又多了盛晨、江边和许问渠三个人，小小的会议室，满满当当，快要坐不下了。

第二十六章　对待女人的态度和技巧

江边捏着鼻子，一脸嫌弃："你这会议室也太小了，简陋又刺鼻像个厕所。方山木，你是在玩过家家吗？如果你这屁大点儿的公司也能成功的话，我给你一百万。"

"你以为你是谁？"成芃芃气不过，一拍桌子站了起来，"别以为自己是京城人就了不起，我也从小在京城长大，不比你见识少。方叔的能力和见识，你跟不上。"

方山木摆了摆手："不吵架，只讲道理。说吧，江边、盛晨，你们今天和我们是偶遇还是跟踪？是想吵架讲道理，还是有什么指示精神？"

江边还想说些什么，被盛晨按住了胳膊，盛晨勉强笑了笑："方山木，你别疑神疑鬼的，我和江边来音乐餐厅吃饭，是约了许问渠谈事情。我们都不知道你的公司在附近，跟踪你们？对不起，真没兴趣也没时间精力。别太高估了自己的分量。"

古浩像个晒蔫的茄子一样，低头不语，坐在后面，离江边远远的。胡盼鄙夷地踢了踢他的椅子："哎，知道不，女人最不喜欢窝囊的男人，你太没出息了，以后出去千万别说认识我。"

"能不能别捣乱？"古浩正烦着呢，"今天的事情，要不是你和成芃芃，早过关了。就你们非要多嘴，现在倒好，说不定被判死刑了。天，我怎么会认识你们这一对活宝？真是不让人省心的祸害精。"

"不不不，你应该这么想，古老师……"胡盼没有像往常一样嘲讽古浩，反而一脸开心，"这是一次难得的实战练兵机会，是要写进我们的成长游戏 APP 里面的经典案例。你和方叔对待女人的不同态度和技巧，决定了你们以后的命运走向。"

"去去去，就知道拿我调侃，人生不是游戏，我这关要是过不了，可没法重来。"古浩一脸愁容，见自己离成芃芃和胡盼过近，又坐得离她们远了些。

胡盼和成芃芃对视一眼，哈哈大笑。

"你这一天天的……"古浩嘟囔了一句胡盼的口头禅。

江边的目光始终追随古浩的一举一动，她实在受不了古浩的做作，喝道："古浩，坐过来！"

"是。"古浩打了一个激灵，立马走到江边身边坐下，小声哀求，"在外面，又不是在家里，给我留点儿面子。"

江边不理古浩，转身对盛晨说："盛晨，如果你想重新划分财产归属，我可以请到京城最有名的离婚律师。方山木婚内出轨，按照法律规定，他应该赔偿你，甚至可以让他净身出户！"

"你就是祸水！"方山木忍不住冷笑了，"江边，你不拆散别人家庭，不让别人两口子反目成仇你不开心是不是？你自己婚姻不幸福，也嫉妒别人家庭和谐是不是？你就是地地道道的祸害精！我奉劝你一句，管好自己的一张嘴，多积点儿口德，否则你会自食其果！"

江边勃然大怒，一拍桌子站了起来："方山木，你敢顶撞我？给我滚出去！如果我是祸害精，你就是搅屎棍子。"

"不好意思搅到你了，我是棍子都没说什么，你还有脸骄傲？"方山木毫不犹豫地反击，"睁大你的眼睛看看，你是在我的公司，不是在你的家里，我也不是你什么人，你没有资格对我呼来喝去。"

"扑哧……"成芃芃和胡盼对视一眼，默契地笑喷了。

"别吵了！"盛晨受不了了，大喊一声，"方山木，你当着我的面说个清楚，你和她们到底是什么关系？你有没有出轨？"

"他没出轨！他们之间的关系很正常，没有任何暧昧。"在一旁双手插兜默不作声的许问渠忽然冒出一句，她轻松自若地笑了笑，"我虽然是江边的朋友，但也并不是特别密切的朋友，可以说，我是中立的态度和公正的观点。站在一个局外人的角度来看，你们四个是纯洁清白的朋友关系，别说爱情了，友情也不是特别深厚。"

总算有一个明白人了，方山木朝许问渠投去了感激的一瞥，许问渠却不领情："你们也不用感谢我，我只是实话实说而已，不想让你们因为误会而撕个没完。"

"问渠，你为什么这么说？"盛晨抓住了许问渠的胳膊，"刚才她们说的话你也听到了，插足别人家庭勾引别人丈夫，还自以为有道理，不以为耻反以为荣，简直了……"

"不要看一个人说什么，要看他做什么。"许问渠很西式地耸了耸肩膀，"盛晨、江边，其实你们是当局者迷，被嫉妒和醋意冲昏了大脑，从当时的座位排列就可以看出来，他们只是正常朋友。如果说是情侣，通常会……"

她回身一看，笑了，指着方山木和他身边并排而坐的成芃芃："会和他们现在一样，一男一女并排坐一起，对面是古浩和胡盼，也是并排。这是其一。

"其二，从他们的身体互动和眼神交流也可以发现，他们的关系很正常。情侣之间，一个肢体动作也好，哪怕是小至一个眼神，也会亲昵而甜蜜，当事者不觉得有什么，但在外人眼里，却可以一眼就看得出来。

"其三，他们虽然是聚餐，但吃饭的标准明显是工作餐。如果是情侣吃饭，标准不会这么低，两个大男人，又是所谓的成熟的成功人士，如果谈了小女友，不会这么小气的。"许问渠自得地一笑，"综合以上分析，可以肯定的是，至少他们现阶段还是正常的男女关系，至于以后会是什么发展，只有天知道。"

"说完了？"成芃芃饶有兴趣地看着许问渠笑，"还有没有什么好补充的？"

"没有了。"许问渠回应了成芃芃一个善意友好的微笑，"你很热心，又很爽朗，但不要用力过猛，要不容易帮倒忙。"

"多谢提醒，不过，我不会接受你的建议，我有我的风格。"成芃芃对许问渠印象不错，但还是会坚持她的想法。

盛晨愣了片刻，征询的目光看向江边："我也相信方山木不会出轨，我们还是不要再纠缠这件事情了，说正事吧。"

"方山木不会，古浩会。"江边伸手去拧古浩的耳朵，动作行云流水，显然是习惯性的熟练动作，古浩一转身躲到许问渠身后，她气笑了，"你出来，别藏。"

"不出来，说不出来决不出来。"

许问渠让到一边，笑着制止了江边："江姐，古浩没有出轨，也没有玩暧昧，相信我的判断。"

"为什么？"江边信了三分，还有七分怀疑。

许问渠掩嘴笑了："我理解你江姐，但大多数人有两个共同的偏差心理，一个叫虚假同感偏差，一个是幸存者偏差，两个偏差会导致我们对许多事情的判断出现误判。"

方山木眼前一亮，他认识的女孩子也不少，从70后到80后再到90后，如许问渠一样具有冷静的逻辑思维的，真的不多。女性更多依赖感性来判断事情，有时做出一个决定全凭当时的喜好。许问渠却不，她善于观察，喜欢逻辑推理，可以从细微处发现本质，实属难得。

看年龄也不算大，应该是80后的姑娘，方山木暗暗赞许，别看她只比成芃芃、胡盼大了没几岁，却比她们成熟多了，显然是一个有阅历的女人。

许问渠继续侃侃而谈："虚假同感偏差就是人们在认知别人时，总会将自己的特性、喜好赋予他人身上，比如自己喜欢某一个品牌，就会觉得别人也会喜欢。自己爱吃某一道菜，也会认为别人肯定同样爱吃。自己疑神疑鬼，别人肯定也是疑心重重。自己好交际，那么别人肯定也好交际。所以说，你是什么人，在你的眼中就有什么样的世界，一个穷人会发现身边全是穷人，一个有钱人也会觉得周围都是有钱人。同理，运用到夫妻关系中，也适用。江姐总说身边朋友的老公出轨的多，所以严加约束古浩。但实际上，每个人身边出轨者和对家庭忠诚者，比例是相同的。只不过你的偏差注意力多关注出轨者，你就会认为出轨是一种普遍现象了……"

"我喜欢她……"胡盼碰了碰成苁苁的肩膀，"她很有女人味不说，说话办事很有条理。虽然她说的我不是很懂，但感觉她很厉害的样子。"

成苁苁点头："我也是一样。哎，方叔，她说的什么什么偏差，你知道是什么意思吗？"

第二十七章　幸存者偏差

许问渠听到了胡盼和成苁苁的窃窃私语，目光落在了方山木的身上："方老师，幸存者偏差的意思，能不能给我们讲讲？"

方山木不知道许问渠是有意将军，还是就是想让他当众解释，好让盛晨更容易接受，还好，他有相当多的知识储备，当即一笑："好，我说就我说……幸存者偏差就更好理解了——只能看到经过某种筛选而产生的结果，而没有意识到筛选的过程，因此忽略了被筛选掉的关键信息，比如说中彩票。我们只关注中了彩票的幸运儿，却忽略了作为庞大基数而没有中彩票的沉默者，就以为中彩票是一件很容易的事情。也就是说，人们更喜欢关注分子而不是分母，只看到了很小的分子，比如1，而有意无意忽略了下面庞大的分母，比如100、1000或是10000，从百分之一到万分之一，谁都会认为自己是上面的1，而不是下面的垫底数字。

"换成中国的古话来说就是——一将功成万骨枯！同样，我们会经常列举成功者的例子，比如大马哥英语好而数学差，却能成为互联网巨头就得出学会英语就会成功的结论，显然有失偏颇。更常见的幸存者偏差是关于抽烟的一个段子，列举了几个抽烟的名人活得都很长，不抽烟的几个反倒早死，就得出抽烟的人长寿的结论，显然也是错得离谱，因为忽视了无数抽烟致死的例子，而只从名人中抽取特例当成样本。"

"不是听你上课来了。"盛晨不耐烦地白了方山木一眼，"你别跑题行不行？就你懂得多？动不动就讲什么大道理，装腔作势！"

"看，盛姐，你这也是幸存者偏差，你觉得方老师是在讲大道理在上课，是因为你和他太熟悉了，带着情绪和不满。但在外人看来，方老师也许是知识渊博、风度翩翩、让人敬仰的成功者。"许问渠嫣然一笑。

方山木得意地仰了仰头:"问渠说得对。现在回到生活的应用中,对盛晨和江边来说,我和古浩就是她们的幸存者偏差。"

"什么意思?方山木,你到底想说什么?"江边推开古浩,就要冲过去,"我警告你姓方的,别跟我讲什么哲学名词,也别扯什么似是而非的大道理,如果古浩是因为你的影响而在外面有人了,我跟你没完。"

江边才迈开脚步,就被古浩拉住了。被拉住了还好,因为就在她动身的同时,成芃芃和胡盼几乎同时起身,一左一右挡在了方山木的面前,摆出了保护方山木的架势。

方山木纹丝不动,他才不像古浩一样怕江边,分开挡在身前的成芃芃和胡盼:"江边,你别冲我耍横,没用。要吵架,放开了骂!别把你在家里作威作福的做派摆到外面来,社会不是你妈,我也不是你老公,没义务也没心情供着你。"

"你……"江边以前训斥古浩惯了,只要一开口,古浩必然投降,不管是真心实意还是虚情假意,反正都会像老鼠见猫一样的顺从,而且她平常也养尊处优惯了,不管是在家里还是在外面,都习惯呼来喝去,被方山木如此当面一怼,顿时气急败坏,"方山木,你等着,我不弄死你的公司,我不姓江!"

"过了,过了!"古浩一脸尴尬,轻轻一拉江边,"京城不是咱家的院子,你想种菜就种菜想挖坑就挖坑,别说过头话,做过头事。"

"你算老几?敢管我?滚一边儿去!"江边盛怒之下,丝毫不给古浩情面。

"古浩,说起来也怪你,是你给江边的幸存者偏差太严重了,让她以为天下男人都跟你一样好欺负,可以任由她呼来喝去。"方山木见江边近乎失控,哈哈一笑,"江边,幸存者偏差的意思就是你觉得古浩听话,像条狗一样被你任意打骂,就会误以为所有男人都一个样,错,大错特错。就像古浩好色,你也会觉得天下男人没一个好东西,都一个德行,也是错得离谱。"

"是的,还有一点是……"许问渠明显只对解释名词感兴趣,对江边的暴怒和失控,丝毫没有出手劝阻的意思,依然是一副理智漠然的表情,"就像盛晨姐很爱方老师,被方老师的魅力吸引,就会以为其他女人也会和她一样很容易就喜欢上方老师,也是错误的认知。江边姐也是同样的问题,她对古浩的严防死守也是基于她相信许多女人和她一样,会十分在意古浩,只要别的女人多看古浩一眼,就是对古浩有意思,就怕古浩会被人抢走。她当年从别人手中抢来的古浩,就担心会以同样的方式失去,其实,大可不必……"

盛晨不说话，目光闪动。江边却气犹未平，不屑地哼道："方山木长得这么难看，谁会看上他？除非瞎了眼。当年盛晨是年少无知，被他骗了。"

方山木刚想要反驳，却被成芃芃抢了先。成芃芃向前一步，站在了江边身前半米之处，仰起下巴，脸上现出玩味的坏笑："知道我为什么看不起你吗？管好自己男人就行了，别插手别人家庭的事情，更不要挑唆别人感情。乱嚼舌头根的人，都不会有好下场，会有报应的。不过我也很可怜你，你连自己男人都管不住，真是可悲。"

古浩脸色大变，恨不得一脚踢开成芃芃，他知道现在的江边就像是火药桶，一点就着。

许问渠轻笑一声，推开成芃芃："你也别再煽风点火了，打起来就不好了。女人要多理性思索，要在逻辑和辩论上面不输于男人，才是真正的男女平等。回到话题上，江边姐对古浩的严管，其实是缺少自信的表现，实际上真没有必要，以古浩的为人和魅力，放到现在的年轻女孩中，并没有市场。"

古浩张了张嘴巴，想要辩解几句，证明自己依然魅力超群。话到嘴边又明白过来什么，忙连连点头："说得对，说得对，我已经人老珠黄，不管是十八还是三十八岁，我都吸引不来了。"

许问渠轻蔑地飞了古浩一眼："你最好不要插话，知道你的问题在哪里吗？举止轻浮眼神轻佻说话浮夸，给人的第一印象就是不太靠谱。你也记住一点，我不是向着你说话，我只是陈述事实。"

古浩碰了一个不软不硬的钉子，咳嗽一声讪讪一笑。

"江边姐大可不必像管教孩子看管宠物一样对待古浩，你可以问问成芃芃和胡盼，看她们对古浩是什么看法，你就知道他在异性中的受欢迎程度了。被自己的虚假同感偏差左右了判断，被幸存者偏差影响了生活和心情，就得不偿失了。"

"许问渠，你到底站哪一边儿？"江边怒不可遏。

许问渠耸了耸肩膀，一脸无辜："我只站事实和道理一边。"

"算我看错你了，我们的合作到此为止！再见！"江边抓起背包，转身就走，走到门口又站住了，"盛晨，你是跟我走还是留下？还有你，古浩，如果你不走，就永远别回家，等着收我的离婚协议书吧。"

"随你好了。"许问渠一脸漠然疏落的无所谓表情，"我都可以。"

盛晨迟疑一下，还是跟上了江边："我留下又有什么用？我走！方山木，下周五有没有时间？民政局见！"

方山木点头："好，不见不散。"

古浩不想走，但迫于江边的淫威，只好无奈地挪动脚步："老、老方，我先回去一趟，解决一下内部矛盾，保守估计，三天，乐观估计，一周，放心，我肯定还会回来的。"

"不，你回不来了。"胡盼开心地冲古浩挥了挥手，手指像在空中弹钢琴一样愉悦地跳动，"再见古浩，好好在家相妻教子，听我的，社会真的不适合你。"

"你这一天天的……"古浩哭笑不得，借用胡盼的口头禅安慰自己，"我还会回来的，无限关爱有限责任公司，不能缺少我这个反面典型。"

盛晨、江边和古浩转眼间走得干干净净，许问渠却没走，接过成芄芄递过来的水喝了一口："从刚才的交手来看，方老师暂时过关，盛晨、江边还有古浩，都失败了。不过方老师也只是基本过关，并没有彻底解决问题和隐患。"

方山木对许问渠的来历和身份大感兴趣："行了，先不说我们的事情了，说说你，做什么工作？又为什么和盛晨、江边在一起？"

"方老师最大的问题就是思维太直男，遇到冷静并且理性的女人还行，遇到情绪女人，就很难沟通了……"

第二十八章　婚姻是一堂不容易及格的课

许问渠像个两性问题专家一样，侃侃而谈："当然，江边的主要问题是太直女，是典型的过激女权主义者。而盛晨的问题是太缺乏自信，并且很容易受人影响，是你对她保护太好的原因，不知道社会的残酷和人心的险恶。不是我看不起你，方老师，如果你不能从根本上过了盛晨和江边那关，你的公司也开不起来。婚姻这门课，你没及格。和女人打交道这门课你还没入门。"

"瞎说，一天天的，好像就你懂得多。"胡盼不干了，刚开始时还觉得许问渠中立公正，现在发现她有点儿自以为是和装腔作势，"方叔是成熟成功男人里面，难得的不油腻不猥琐不好色不流氓的'四不'好男人，他不懂婚姻和与女人打交道，谁懂？他以前可是互联网巨头公司的副总，你又当过什么高管？"

"我没当过高管，也不成功，但我相信我的眼光没错。难道说要评价一台冰箱，我自己还要会制冷？"许问渠坐在了方山木旁边，跷起腿，"坐，我对你们的公司和你们对男女关系的认知很感兴趣，很想和你们交流一下看法。"

"不好意思，我现在没兴趣了。"胡盼生气了，拉起成芄芄就走，"我们还有工作要做。"

"咱先听听。"成芃芃甩开了胡盼的手，按着她的肩膀让她坐下，"问渠姐一看就是一个有阅历的人。这有故事的人，都是我们的贵宾，盼盼，去拿我最好的咖啡过来，问渠姐应该是留学归国，多半喜欢咖啡。"

许问渠难得地笑了："有眼光，给你加分。方老师，如果我没看错的话，成芃芃比胡盼职务高吧？"

方山木现在不敢肯定许问渠的真实身份，她究竟是盛晨或江边派来的卧底，还是只是她们交情一般的朋友？不过他倒是欣赏许问渠冷静淡然的性子。

"芃芃是公司的联合创始人，胡盼是我的助理。"方山木也不客气，单刀直入，"在深入交流之前，我们有必要互相了解一下对方，省得有什么误会就不好了。"

"我明白你的意思，你是担心我是盛晨或江边派来打探消息的奸细吧？哈哈，方老师，你和我不用这么委婉，我和胡盼不一样，不喜欢别人猜我的心思，喜欢直来直去，从某种角度来说，我也是直女。"许问渠大笑，笑后又迅速收敛，"好，我先自我介绍一下，许问渠，女，85后，北方人，十五岁留学澳大利亚，上半年刚刚离婚。喜欢周游世界，崇尚自由，自认为理性而沉静……"

"原来是一个离婚的80后老女人……"胡盼虽不情愿，但还是拿来了成芃芃的咖啡，泡好后放在了许问渠的面前，"能问问你离婚的原因是什么吗？"

"不好意思，不能，个人私事，与你无关。我现在是无业游民，通过朋友介绍认识了江边，江边说要为我介绍一份工作，我就过来和她谈谈，结果遇到了你们，然后……因为我的坚持原则，工作没戏了。"许问渠拿起咖啡喝了一口，微微皱眉，"火候不够，浪费了这么好的咖啡。胡盼，你要不断学习才能进步。"

"一天天的，对不起，你不是我的老板，我不侍候。"胡盼白了许问渠一眼，"您继续您的理论心得，我洗耳恭听。"

许问渠不理会胡盼的态度："方老师，我对你们的无限关爱有限责任公司不太了解，大概知道是一家开发游戏软件的公司，公司名字很文艺，员工参差不齐，还很搞笑——我是说古浩——所以我还是比较担心你们的前景。"

成芃芃制止了胡盼回怼过去的意图，坐在了许问渠对面："问渠姐见多识广，又有在国外生活多年的经历，而且个人的感情生活……咳，应该也较奔放，并且也有过婚姻上的波折，能不能和我们说说你对爱情、婚姻的看法？"

"你们开发的游戏软件是和两性关系有关的？"许问渠立刻猜到了什么，眼前一亮，"这个创意好，够新颖，不过……从刚才的过招来看，我还是坚持我的观点，不管是方老师、古浩，还是你和胡盼，都对两性关系有认识上的偏差，你们这样的基础，很难打造出来一款成功的产品。"

"不要以为你比我们大了十来岁，就真的比我们懂得多见得多！"胡盼推开成芃芃，火了，"告诉你许问渠，咖啡是对你刚才说话还算不带偏见的奖励，等喝完了赶紧走。我们无限关爱有限责任公司，不欢迎你。"

"胡盼，你又犯了一个严重的错误……"许问渠又慢条斯理地喝了一口咖啡，"有方老师在，有成芃芃在，领导不发话，你没有做出决定的资格。你的做法其实和江边没什么区别，江边对古浩颐指气使，是把古浩当成了私人财产。你越位对我大呼小叫，是没有站对自己的定位，你对自己没有清晰的认识。"

胡盼被说得哑口无言，退后一步："一天天的……"

方山木对许问渠的气定神闲颇具欣赏："胡盼，多听听别人的意见不是坏事，有时我们是当局者迷，和我们没有利害关系的旁观者，往往最能发现问题所在。问渠，如果刚才的事情是游戏中的一次通关的话，你觉得怎么设置情节才更好玩更有吸引力？"

许问渠边脱上衣边说："我很少玩游戏，没有办法从一个游戏玩家的角度来为你们分析。但站在一个局外人的立场，很遗憾地说，你们四个人，好吧，包括成芃芃和胡盼，总共六个人，无一过关，全部失败了。"

"一天天的……"胡盼又想反驳许问渠，被成芃芃用犀利的眼神制止了。

"先说方老师为什么没有过关，又该怎么做才能过关。"许问渠认真的表情中浮现一丝自得之意，"首先表现得太直男太激进了，在面对盛晨姐时还好，在和江边交流时，就失态了。我相信以前方老师也没少被盛晨姐激怒，现在的平和，是吵多了又累了，没有动力也没有激情再吵架了。人和人之间，爱和恨，都需要激情。当激情都没有了，也就失去了感情基础。"

许问渠像忽然想起了什么往事似的呆住了，眼神迷离，过了好大一会儿才如梦方醒，歉意地摇头："不好意思走神了，想起了自己的事情……方老师的问题是和盛晨的交流太少，请注意，我指的是平等的内心的交流，方老师和盛晨的矛盾点就在于二人不能在相同的频道上对话，方老师的道理是他所做的一切是为了家庭为了孩子，盛晨姐的坚持是她希望他经常陪伴在她身边，同样是为了家庭和孩子！一个是基于经济上的付出，一个是基于情感上的需要，都没错，错就错在都没有站在对方的立场上思考。"

方山木不同意许问渠的看法："经济基础决定一切，如果没有事业上的成功，也不可能有家庭的幸福。幸福是一种感觉，而感觉的基础是物质。俗话说，贫贱夫妻百事哀，盛晨最大的问题是她拥有的一切来得太容易了，爱她的丈夫，听话而聪明的孩子，以及优裕的生活，这些对别人来说需要付出许多才能得到的一切，对她来说，似乎想要就会有，所以她会要求更多！要我放弃加班陪她，放弃应酬陪她，放弃出差陪她。如果说以上的要求还勉强可以理解的话，那么她要求不要和异性私下接触，不能微信和女性聊天，甚至不能在群里和女同事说话就是无理取闹了……"

第二十九章　男人立场和女人立场

"难道盛晨现在的样子，就丝毫没有你的原因？"许问渠不以为然地斜了方山木一眼，"方老师你最大的问题就是太自我了，所有的工作压力和困难都自己扛，是优点也是缺点。优点是你很男人，有担当有魄力，缺点是，你没有认识到家庭婚姻有限责任公司是合伙制公司。你只想自己一个人冲锋，虽然很威武，但也轻视了合伙人的能力。一家公司，赚钱当然是第一位的，但赚钱之余，想要长远发展，公司还需要一个核心的东西……"

方山木一点就透："公司文化？"

"是的，公司文化。家庭也是一样，你以为一个家庭有了雄厚的经济实力就足够了？不，还需要家庭文化的建设。"

"扯得有点儿远了，你一个离婚女人谈家庭文化建设，你是在搞笑吗？许问渠，我就想知道如果再重新推演刚才的场景，我们都要怎么做才能算过关？"胡盼还是忍不住了，她最受不了许问渠年纪不大却非要摆出一副无所不知的成熟样。

"我刚才已经告诉方老师答案了，如果他不再那么自我，尝试站在盛晨的立场上设身处地地想一想，知道盛晨担忧的是什么，化解了盛晨的不安和惶恐，他才算成长起来了。就拿刚才的事情来说，他就不应该激怒江边并且和盛晨针锋相对，尤其是不应该和江边吵架。和江边吵架，不管是站古浩的立场还是站盛晨的立场，都不落好，当然我知道，方老师站的是男人的立场……"

"难道盛晨和江边都没有错？你站的也是女人立场！"成芃芃觉得许问渠的分析有失偏颇，有几分不满，"我倒觉得方叔大体上表现不错，至少能打八十五分。"

"不，顶多六十五分，及格线以上。当然了，因为有古浩三十五分的对比，你们都觉得方老师很优秀，其实是错觉。"许问渠察觉到了成芃芃对她的情绪的微妙变化，她并不在意成芃芃是倾向谁的立场，只顾自说自话，"方老师还是太直男了，在涉及两性问题时，会第一时间站在男人的立场上，很遗憾的是，方老师这种男女对立的二元思维，在他家庭经营的失败中就已显而易见了，如果再以二元对立的思维开发游戏推向市场的话，也很难成功。

"再说古浩，古浩是没有原则没有底线的墙头草，只要利益足够，他会随时见风使舵。女人最不喜欢没有原则的男人，就像不喜欢温暖所有人的中央空调式的暖男一样。不过话又说回来，江边的问题也很大，她控制欲太强，总想要掌控一切。其实江边的问题和方老师一样，都自认对家庭奉献大，想在家庭中处于超然的高高在上的地位。强势的一方总是忽视弱势一方对家庭所做出的付出。

"至于你们二位……"许问渠看向了成芃芃和胡盼，"你们还是太年轻，经历也少，并不知道婚姻和家庭对两性关系意味着什么，恋爱容易，婚姻难。谈十次恋爱，也不如一年的婚姻生活。所以你们看待人生成长的眼光和角度都不行，胡盼容易冲动，成芃芃也一样，你们最大的败笔就是因为情感上的倾斜就非要替方老师出头，虽然我知道你们对方老师的爱护，是基于你们是同一公司同一阵营的人，但在醋意汹涌的女人眼中，你们就是她们潜在的竞争者，所以你们每一次帮方老师说话不是在帮忙，而是在添乱。"

成芃芃明白了许问渠的意思，哈哈一笑："可是你没有想到另外一种可能，如果我们是真的喜欢方叔呢？我们就是要气走盛晨，就是要让盛晨对方叔彻底绝望，这样我们才有机会乘虚而入。"

"不，你们只是在赌气而已。"许问渠再一次耸了耸肩膀，"你们对方老师的感情真假我不发表评论，只要方老师恢复了单身，你们就是正常的恋爱，是自由的。我也可以接受你们之间的年龄差距，也相信你们会有真爱，而不是图方老师什么……"

成芃芃也是摇头一笑："问渠姐，你可千万别觉得我在炫富，要论有钱，十个方叔也不顶我一个，如果我真的看上了他，肯定是他的人格魅力吸引了我。"

"切，我就更不会图他什么了，他年纪大又没钱！你以为我是那么肤浅的女孩？我的原则是，感情就是感情，不能掺杂任何杂质。"胡盼很是不屑地斜了许问渠一眼，"你一个婚姻失败者，一本正经地跟我们上两性关系的课，你难道一点儿也不觉得心虚？"

许问渠一脸的不以为然："我是婚姻失败了，但我观察和分析了身边许多人或成功或失败的婚姻，这些阅历足够给你们上课了。还有成芃芃，有钱不一定幸福，更不用说你的钱肯定不是自己赚来的,是生在了好人家。"

"我从来没有以当富二代为荣,但很不巧成了富二代,难道我非要矫情地拒绝并以此为耻吗?"成芃芃嘚瑟地哈哈大笑,"不管怎么说,都要感谢你为我们指点江山,我们有则改之无则加勉。毕竟成长课是一门活到老学到老的课程,这句话也送你共勉。"

许问渠听出了成芃芃的言外之意,知道这是送客加委婉批评,她起身就走:"我走了,不用送。不用你说,我也知道自己还没有长大,在成长游戏中,许多关卡也没有通过。有时我总在想,男人不管多大,在爱她的女人眼中都是孩子。女人也是一样!"

方山木示意成芃芃送一下许问渠,成芃芃不但不送,还拉住了方山木:"她说了不用送,要尊重她的想法,非要送就是强人所难了。何况问渠姐在国外待久了,习惯了国外人情交往中的距离感。"

许问渠走到门口又停住了,回身:"国外有国外的好,国内有国内的好,入乡随俗才能开心。成芃芃,你刚才的举止又丢分了,我这一关,你没通过。"

"彼此,彼此。"成芃芃和胡盼对视一眼,二人默契地一笑,异口同声,"我们的这一关,你也没通过。"

方山木哭笑不得。

许问渠走后,方山木又召集成芃芃和胡盼开会。

"事发突然,我们现在比较被动了,古浩被抓回家,以我对古浩和江边的了解,古浩多半出不来了,公司现在少了一员主力干将,招聘工作必须立刻开始,要招聘三到五个人,需要一个人顶替古浩的职位。"

"已经在招聘网站发布了招聘信息,等下再多发布几家平台,同时朋友圈转发一遍。"胡盼扬了扬手中的手机,"下午我会做好相关的链接,方便朋友圈转发。"

方山木点头,胡盼有时比较幼稚和冲动,但工作上认真负责,并且效率高,他很满意:"芃芃如果你身边有朋友正好合适,也可以介绍过来,公司虽然不大,又是创业阶段,但环境自由,发挥和成长空间大,有利于个人的事业规划。"

"你一说倒是提醒了我,我正好认识一个人,目前待业在家,对了,他和你还很有渊源……"成芃芃拿出手机划了几下,发了一个微信。

"和我?"

"他是上任房客……"成芃芃见方山木一脸愕然,笑了,手臂一挥,"不是后未来城的房子,是这里,是公司房子的前任房客,叫杜图南,我现在就约他。"

胡盼手机一响，欣喜地叫了一声："有几份简历发来了，我去整理一下。"

方山木见大家各有工作要忙，就站了起来："好，下面都开始工作吧。今天的事情也给我们上了生动的一课，我们每个人都还有很大的成长的空间，都有许多关要过，以后我们在生活中遇到的每一关，都可以成为我们成长游戏的一个脚本。"

"反正我是觉得今天过关了。"胡盼还在生许问渠的气，"方叔你太高看许问渠了，你被她故作深沉给骗了。她不就是在国外待了几年，学了一些新的名词，再加上一些似是而非的理论，把这些用无所不知的语气说出来，就显得她比谁都强了。屁，连自己婚姻都经营不好的人，没资格和别人谈家庭课堂。就像一个所谓的大师贪财好色还自诩一身正气，你会信他吗？"

第三十章　围城的界限

"对，盼盼说得对，秃子卖生发精，病恹恹的神医卖包治百病的灵丹妙药，你会信你就是脑子缺钙了。"

成芃芃原先还对许问渠有几分好感，但后来她过于强调自己的经验以及一副高高在上的样子让成芃芃粉转黑："我也过关了，而且表现得不卑不亢，有理有据，接近完美。倒是方叔，你有三点失误：一是不该和江边吵架。二是不该轻信许问渠。三是不该和盛晨针锋相对，你和盛晨其实还有感情，但你们却都不肯退让一步，难道你真的打算离婚？婚姻是两个人的事情，最好不要在外人面前闹，越闹越不可收场。"

方山木也知道这个道理，身边也有许多前车之鉴。

婚姻是围城，外人的介入就等于让外部力量打了进来，就等于是破城了。城破人散，婚姻就只能解体。方山木也清楚，他之所以没有告诉父母以及任何的亲友，出发点也是想挽救婚姻。

相信盛晨也是一样。

但今天一闹，他确实下定了决心要离婚。盛晨居然不信他偏要去信江边，二人之间已经失去了最基本的信任基础。

方山木没有理会成芃芃对他的前两点指责，倒是第三点，他确实有话要说："离就离吧，不是已经约好了周五民政局见吗？都闹到了这一步，她对我完全失去了信任，我对她彻底没有了耐心，就不用再继续互相伤害了。"

"从个人感情上讲，方叔，我支持你离婚。你要真的恢复单身了，我和盼盼就都有机会了。"成芃芃咬着嘴唇，仿佛下定了很大的决心，"但从理智上讲，离婚不利于你的人设，也会影响你的事业，毕竟家和万事兴。所以，希望你再慎重考虑一下。"

"不考虑了，我和她闹得太久了，光冷战就已经一年多了。"方山木咬了咬牙，"当断不断，必受其害，说不定离婚之后，又是一片全新的天地。行了，开始工作。"

"你可要想好了，人生不是游戏，没有从头再来的机会。"成芃芃咬着嘴唇一脸窃笑，"我现在有点儿理解盛晨了，方叔，你确实有几分男人的魅力，成熟稳重，还有担当，优秀如我和盼盼都能被你吸引，更不用说没有见过世面的小女生了。"

"我不是，我没有，别瞎说。"胡盼忙矢口否认，抱起笔记本转身就走，"我可不想因为方叔背负一个第三者的骂名，还和最好的闺密反目成仇，不划算，损失太大了。"

方山木咳嗽一声："我得立一个规矩，以后在公司，你们不许拿我开玩笑，听到没有？尤其是感情上的玩笑，我是你们的领导，更是长辈！你们都严肃起来，认真起来！"

"听方叔的！"成芃芃夸张地敬了一个礼，"公司可以不开，回到家里就没有限制了，哈哈。"

方山木摇了摇头，一脸苦笑。

下午，成芃芃联系好了上任房客杜图南，对方也有意过来和方山木面谈。胡盼也收到了十几份简历，筛选了四五个人，约好明天过来面试。

一切都在有条不紊地进行中，方山木颇感欣慰，因为盛晨和江边带来的不快也消退了不少。

晚上回家，成芃芃特意留了下来，说是要陪胡盼，其实还是想多和方山木聊聊。还好，她聊的多是和工作相关的话题，从成长游戏APP的设定到公司的组建，以及未来的运营、财务状况等等，最后和方山木达成了初步共识。

方山木对成芃芃又有了更深入的认识。成芃芃很有商业头脑，对公司的架构、资本运作以及以后的规划，都有自己清晰的见解。相比之下，胡盼听得哈欠连天，完全是一副懵懂的状态。

第二天，原本定好要过来面谈的前任房客杜图南，临时有事爽约了。而胡盼约来见面的面试者，无一个让人满意。

几天来，方山木和成芃芃、胡盼，在成长游戏APP创意的进一步细化上，又陆续开了几次会讨论，对下一步的方向也更清晰明了。方山木对他的创意信心十足。

现在的招聘情况却让方山木担忧，没有优秀人才加盟，所有的创意都只是空想。

周五，胡盼又约了几个应聘者来面试，方山木决定亲自出马，以防胡盼会有误判。而约了三次未果的杜图南，也终于在今天上午来到了公司。

方山木先是面试了几个人，但不能让他满意。不是太浅薄，就是太世故，一连串打击，让他对成芃芃介绍的杜图南也不再抱太大希望。

十点半，杜图南出现在了方山木公司，比约定的十点又晚了半个小时。三次爽约，第四次才出现在公司并且还迟到的杜图南，方山木还没见面就已经失去了所有的期待和好感。

这种失望在见到杜图南第一眼后，到了顶点。

倒不是说杜图南长得不怎么样，恰恰相反，杜图南身高一米八几，一头浓密的头发，眼大耳大嘴大，很有男人气势，身材也很健美，平常应该很注重健身。并且他的穿着也很休闲随意，既不像古浩一样夸张新潮，又不太正式刻板，很是得体。

应该说只从外观来看，方山木对杜图南还算满意。但是杜图南的表现让他大失所望，在五分钟后他就决定不让杜图南加入公司。

如果说杜图南在方山木进入会议室时，站都没有站起来他还勉强可以忽略的话，那么当他拿出一瓶水刚拧开，放到桌子上时，杜图南二话不说伸手抢过，一口喝干，还不耐烦地说"再来一瓶，渴死了。你们也真是的，坐半天了连一个人影儿都没有，水都没有喝上一口……"属实让方山木无法接受。

第三十一章　被偏爱的都有恃无恐

应该说杜图南今天来得不是时候，平常成芃芃和胡盼都有时间，今天出奇的事儿多，不是不断进来的招聘人员，就是上门安装灯具、宽带以及修理打印机的人，络绎不绝，让成芃芃也应接不暇。而胡盼也临时有事出门，去税务机关取一份表格。

看着杜图南面前的纸杯里面还有咖啡的痕迹，方山木就知道成芃芃不可能连基本的招待礼节都不懂，他就很不高兴地一指后面的饮水机："饮水机里面有水，自己接不就行了？"

杜图南一愣，嘴角抖动几下，自顾自地从方山木身后的纸箱中拿过一瓶水："饮水机里面的水太不纯净了，细菌数超标几十倍，我才不喝，宁可忍着。你是谁？方山木呢？我等他半天了，还不过来见我，真没礼貌！"

方山木被气笑了："你要放正自己的位置明白自己的身份，你是来面试，前三次都爽约，第四次还迟到，就算公司晾你一天，也正常，毕竟你有错在先。"

"没见过这么斤斤计较的公司，说明老板心胸狭窄，度量不够，多半公司的格局也小，以后不会有什么前景，我还是先撤吧。"杜图南喝完了水，一扬手扔了水瓶，水瓶滚到了地上，他也不捡，转身就走。

"等下，捡起瓶子，放到垃圾桶里！"方山木站在门口，挡住了杜图南的去路，"做人的基本素质都没有，怪不得你创办公司倒闭，婚姻也失败，你不觉得都是你自身的问题吗？"

杜图南的个人简历，方山木之前看过了。1984年生人，十五岁留学澳大利亚，二十八岁回国，人生中最重要的成长时期在澳大利亚度过。回国第二年结婚加创业，2015年创业失败，2016年离婚，公司倒闭。家境不错，算个小微富二代。

小微富二代是方山木自创的。

杜图南的公司倒闭后，空出了办公地点，才由成芃芃转租给了方山木，说起来方山木和杜图南还真算有几分渊源。

方山木从许问渠和杜图南的身上更坚定了他的想法——不让儿子过早出国留学！在一个人最重要的三观形成阶段，如果是在国外的环境中成长，会深受国外文化的影响，这种影响将持续一生。

见到自己的结论再一次在许问渠和杜图南身上得到了验证，方山木决定找个机会再和盛晨好好谈谈，不要让盛晨早早送儿子出国，最好在国内读完本科，再出国深造。

才这么一想，电话忽然响了，正是盛晨来电。

"你先等下，我接个电话，不好意思。"方山木朝杜图南点了点头，又补充了一句，"对了，我就是方山木。"

杜图南一脸愕然地呆住了。

出了会议室，方山木接听了电话。

"方山木，你什么意思？说好了今天民政局门口见，我已经到了，你人呢？"

话筒中传来了盛晨急不可耐的声音，声音之大，震得方山木耳朵嗡嗡直响，他让手机离耳朵远了几分："哎呀，事情一多忘了这事了，你等着，我现在过去。"

"过来个屁！等你过来，人家都下班了。"盛晨气不打一处来，一脚踢在了身边的一根柱子上，"你晚上过来家里吃饭，我有事要和你商量。记住，开车过来。"

"是不是要我还你车？"方山木一愣。

"六点半，不过来的话，后果自负！"盛晨没有回答方山木的问题，挂断了电话。

方山木摇了摇头："永远改不了喜欢威胁人的臭脾气，偏偏手里又没有制约对方的筹码，不明白她为什么非要拧巴着说话。"

"因为爱。"冷不防身后响起了成芃芃的声音，"当一个女人爱你时，她就会觉得有恃无恐，对你的要求也会越来越多。"

"得不到的永远在骚动，被偏爱的都有恃无恐……女人，嚄，女人！"方山木见成芃芃手中拿着一份简历，"有合适的人选了？"

胡盼不在，成芃芃就暂时替她负责面试。又来了三个应聘者，成芃芃挑选了一个觉得还算合适的，留下了简历。

将个人简历递到方山木手中，成芃芃朝会议室里面指了指，小声说："对他感觉怎么样？像不像一个被宠坏的不知天高地厚的大孩子？"

"他都三十二岁了，还大孩子？现在的男人都这么脆弱了吗？"方山木冷笑一声，"我三十二岁的时候，已经事业有成、有房有车了。芃芃，他公司倒闭的原因你知道吗？"

"具体原因不知道，好像就是他不想干了，直接解散了公司。"成芃芃见方山木对杜图南印象不好，就继续说，"方叔，你再多点儿耐心，看人看缺点，用人用优点，再重新审视一下杜图南，他其实可以的。"

"你和他有什么关系，这么帮他？"方山木顿时一脸夸张的警惕，"你看上他了？"

"去你的，我眼光有那么差吗？不对，不能踩别人抬自己，应该是，他不符合我的择偶标准。"成芃芃用力一推方山木，"走，方叔，我陪您再和他好好聊聊。"

方山木顾不上细看手中简历，进了会议室。和上次倨傲态度截然不同的是，杜图南恭敬地站了起来，朝方山木点头致意："方总好，刚才不好意思，我没认出您来，要知道是您，我肯定……"

方山木摆了摆手，他不喜欢前倨后恭的人，他已经决定不留杜图南了，不过他想让杜图南主动退出，毕竟他是成芃芃介绍过来的："杜图南，你的婚姻和公司先后失败，是什么原因？有没有总结教训？"

杜图南一愣，又轻蔑地一笑："方总是觉得失败的人没有机会没有资格再一次成长？"

方山木并不回应杜图南略带挑衅意味的回答，只是斜着眼睛看成芃芃一眼："我欣赏两种人：一种是不骄不躁的成功者。另一种是失败之后清醒地知道自己方向的人。我最不喜欢的也有两种人：一种是从不努力却总是怨天尤人的无能者。另一种是失败了也不知道输在哪里的可怜者。"

"我是方总最不喜欢的人中的第二种？"杜图南沉默了片刻，忽然哈哈一笑，"不过方总你错了，我是失败了，但我知道我输在了哪里。其实公司并不是因为经营不善而倒闭的，不夸张地讲，在我决定关闭公司之前，公司运营良好，现金流充足，完全称得上是一个优质公司。"

方山木不信："如果吹牛需要上税的话，只要百分之一的税率，你的人品就破产了。"

"哈哈哈……"杜图南大笑，笑得几乎要跳脚了，"方总，你被自己的偏见左右了判断，如果我告诉你我失败的真实原因，和你猜测的不一样，是不是可以当面向我道歉？"

方山木愣了愣，一咬牙："如果你的失败确实有不得已的客观原因，我会向你道歉。"

"好，说话算话。"杜图南又坐回了座位，忽然间眼神中流露迷茫和回忆，"我创立公司和关闭公司，都是因为一个人，一个女人，她是我的前妻。我和她相识在一个游轮上，当时是去欧洲旅游。船上中国人挺多，我开始时并没有注意到她，直到她用流利的英文和一个老外聊天……"

第三十二章　婚姻三定律

原来背后还有一个爱情故事，方山木来了兴趣，搬过椅子坐了下来。成芃芃更是一副看热闹的架势，还抓了一把瓜子，当起了嗑瓜子观众。

"我听了出来，她的英文发音是土澳式口音，对我们留学澳大利亚的学生来说，有时也会自嘲说澳大利亚是土澳。我在澳大利亚生活多年，对澳大利亚口音的中国人天然有亲近感，当即过去搭讪。一聊，果然和我猜想的一样，她也是在澳大利亚多年，而且还是和我同一年到的澳大利亚，居然还都是在墨尔本！我们在同一个城市生活了十几年，从来没有遇上过，没想到竟然在一艘游轮上认识了。"

成芃芃瓜子嗑了一半，停了下来："缘分真是奇妙，没来的时候，近在咫尺也不会认识。来了，远到万里之外也能偶遇。想想我的人生和爱情，太平常太无趣了，难道这就是身为富二代的代价和悲哀？"

方山木不无鄙夷地瞪了她一眼，警告她不要过于嘚瑟了。

"我们一同回了澳大利亚，很快就陷入了热恋之中。我很爱她，她的性格很有意思，既简单直接，又很有界限感和分寸感。我和她谈了一年恋爱，只拉手接吻，说什么也不肯上床！我还以为她出国留学多年，思想肯定开放。她却说，如果只是想和我谈恋爱，她会同意。但她想和我结婚，就必须认真。除非我也想娶她，否则她说什么也不会答应。"

"什么鬼逻辑？感觉像是在敷衍你，你居然也信？换了我，我早转身走人了。"方山木咧了咧嘴。

"我还真信了，然后我们就结婚了。"杜图南斜了方山木一眼，"别被自己的经验影响了判断，有时多一些想象的空间，你会发现世界比自己的认知中广阔了许多。"

"结婚后我们很恩爱，可以说是理念同步三观相合，在大多数问题上总能达成一致……"杜图南继续说道。

"哧……"方山木又忍不住笑了，"在大多数问题上总能达成一致的婚姻，最后还是解体了，说明你们遇到的大多数问题，都是可以各自解决各自实现的小问题，而不是需要两个人通力合作才能解决的大问题。行了，别自欺欺人了。"

杜图南先是一愣，随后无奈地摇了摇头："现在我有点儿相信前人的经验可以作为生活的借鉴了……确实，我一直觉得我们的婚姻很幸福很美满，因为我们都有一份收入丰厚的工作，都有自己的私人空间，都不干涉对方的自由，我们的婚姻，更像是一个松散的项目公司，而不是紧密合作的股份制公司，我和她不是公司的股东，只是在某个项目上合作的伙伴。直到有一天，我们的矛盾突然就集中爆发了。

"我是家中唯一的儿子，上面还有三个姐姐。作为家中唯一的香火继承人，我传宗接代的使命重大。结婚第二年，家里就催着要孩子。我和她商量，她说再等一年。一年后再次说起这事，她还是拒绝。家里急了，希望她能给一个准确时间，她在我的逼问之下，说出了真心话……

"她不喜欢孩子，也没打算要孩子，她希望我们丁克。我吓傻了，结婚前没有告诉我不要孩子，都结婚了才说，这不是坑人吗？我和她商量解决方法，以我的家庭情况，不要孩子肯定不行。我提出了抱养。她说她不但不想生孩子，也不想养不想带孩子，甚至不想看到家里有孩子，就算抱养了让保姆带也不行！"

"我不知道她是受到过什么伤害或是有什么心理问题，她坚决的态度让我非常苦闷。说实话，我本身也不是很喜欢孩子，但为了父母着想，他们毕竟为我付出了许多，我也应该满足他们抱上孙子的梦想。好，我也可以理解她表面上坚强独立，其实内心深处一直当自己还是一个孩子，还没有玩够。她经常周游世界，一个人，独来独往。我也想，谁愿意牺牲逍遥自在的生活去承担社会和家庭的负担？但人活在世上，就不是一个独立的个体，就有方方面面的压力和约束。

"并且我和她不一样的是，我是家中唯一的儿子，必须承担为杜家传承香火的重任，谁让父母还有姐姐们，都为了我的今天付出了那么多？我利用在澳大利亚的资源，到了京城后成立了一家咨询公司，承办澳大利亚移民、留学、举办画展以及各项文化交流项目，生意很好。在我的劝说下，她和我一起回国了，放弃在国外的工作。她因为一直在国外，回来后觉得国内很先进很新奇，扔下公司和我，一个人出去在国内旅游了大半年。

"我以为她总算玩够了也该收心了，再次提出了要孩子，她还是不肯。她已经三十二岁了，再过几年就是高龄产妇了，父母催促的电话，几乎隔天打一次。我受不了了，发了狠，告诉她，我愿意放弃事业在家里陪她，只要她肯答应生孩子。她答应了，从桂林回来后，就在家里备孕。我主动关闭了公司，天天在家安心陪她，谁知她又变卦了，说她看了许多报道，女人生孩子有一定的死亡概率不说，还会变老变丑，让身材变形，她不生了。

"我……"杜图南一脸苦笑，用力揉了揉脸，努力让自己平静下来，虽然事情已经过去了，但再次提起，还是不免激动，"我都不知道该怎么形容自己的心情，为了让她生孩子，我开始创业。还是为了让她生孩子，我关闭了效益非常不错的公司，专门在家里当全职丈夫陪她。所有的一切都准备好了，就差供她上天了，结果她说她还是想上天，我……"

第三十三章　两性情感专家

方山木对杜图南所有的不满和轻视，在一瞬间全部变成了同情和同病相怜，他起身拍了拍杜图南的肩膀："图南，我错怪了你，现在郑重向你道歉。"

杜图南本来一副玩世不恭的样子，强忍着眼泪，故作坚强，被方山木一安慰，忽然转身抱住了方山木，放声大哭："我怎么这么倒霉？我到底做错了什么，老天要这么惩罚我？我不想不孝，我也不想逼她生孩子，可是人结婚了，不生孩子又总觉得哪里不对，我到底该怎么办？"

"真是一个活宝，还没有成熟，都三十二岁了！"成芃芃看不下去了，捂住了眼睛，"男人，唷，男人。女人是天生有生孩子的功能，但生不生总得有自主权吧？不能说为了满足你家传宗接代的任务，就得委屈自己？"

"你闭嘴！别闹！行了！"方山木回身瞪了成芃芃一眼，"你懂什么？对女人来说，孩子才是最亲近的亲人。生下来的孩子又不是别人的，他会叫你妈，是你一辈子割舍不了的骨肉。"

杜图南像个孩子一样哇哇大哭，哭得撕心裂肺，喊得肝肠寸断，可见是真的伤心欲绝了。

"方哥，我的亲哥！我是在万般无奈的情况下和她提出了离婚，我不是真的想要离婚，只是想威胁她，希望她能改变主意，我夹在父母和她中间，我太难了！第一次她不同意，我赌气提出第二次，她还是不同意，我继续赌气提出第三次，她同意了，她竟然同意了！我以为她和我一样是故意气我，到了民政局领了离婚证才醒悟过来，我们是真的离婚了……哇，我后悔离婚了，哥，我想和她复婚，她又不同意！我该怎么办哪哥？"

对于意外收获一个弟弟，方山木并无感觉，但杜图南的遭遇却引起了他心情的激荡，久久不能释怀。

和他相比，杜图南的婚姻问题更强烈，虽然特殊，但在年青的一代中，也很有代表性。远的不说，就说方山木原先公司中，就有几对90后的夫妻因为生孩子问题经常吵闹不休，甚至影响了工作。

不过作为80后，或许是从小在国外长大的缘故，杜图南的前妻对生育的排斥心理，也算是比较少见的。而杜图南为了孩子，为了满足父母的心愿，做出的让步和牺牲非常巨大。方山木扪心自问，如果换了是他，恐怕做不出来这么一忍再忍一退再退的事情，早就离婚了。

他和盛晨的矛盾，是日常生活中鸡毛蒜皮的日积月累。有时想想，像杜图南和他前妻一样的不可调和的矛盾，一旦找到了解决方案，二人反倒有可能迅速复合。而他和盛晨，在漫长岁月中积累的裂痕，自己已经是千疮百孔，再也无法修补了。所以说，与其说他同情杜图南，反倒不如说是更可怜自己。

"别哭了，都多大的人了，松开，松开方叔！"成芃芃见杜图南哭个没完，用力拉开杜图南的胳膊，"一个大男人，有点儿出息行不行？天下好女人多的是，肯为你生猴子，不，生孩子的肯定也有不少，去吧，重新出发，寻找属于自己的幸福，你还有足够的时间和精力。"

"可是我忘不了她……"杜图南一把鼻涕一把泪，要有多狼狈就有多狼狈，还趁人不注意，将鼻涕抹在了桌子上，浑然没有当初的玩世不恭，"我觉得我一辈子可能只爱她一个人了，我对她一见钟情，不仅因为她长得漂亮，还因为她的名字也好听——问渠那得清如许，为有源头活水来。当时听她说她叫许问渠时，我脑子轰的一声就炸开了，就是她了，等了大半辈子的人就是她！"

什么？不是吧？是同名还是真有巧合，方山木脑子也轰的一声，但没有炸开，只是觉得世界好小，他抓住了杜图南的肩膀："你的前妻叫许问渠？她是不是也在京城？她长什么样子？"

"她长得很漂亮……"

"废话，漂亮的女人多去了，说说她的具体特征。"方山木听杜图南说完，和成芃芃面面相觑，半晌才说，"真的是她！成芃芃，你不是早就认识杜图南了，怎么会不认识许问渠？"

成芃芃也很惊讶许问渠居然就是杜图南的前妻，她故意学许问渠的样子耸了耸肩："可能是有些人就该认识，有些就不必认识吧，谁知道呢？我以前从来没有见过她！老杜，既然你前妻是许问渠，正好在你来之前，我们和许问渠有过一次正面接触，根据我和方叔对她的观察，你还是忘了她吧，换一个愿意为你生孩子的爱人，比死守一个自以为是矫情事多的女人强一千倍。"

又劝了好大一会儿，杜图南才停止了哭泣，他觉得有点儿不好意思，去洗了脸后又回到会议室："方哥，我本来打算消沉一段时间再说，成妹非劝我出来多走走多看看，说有利于缓解苦闷，我就过来应聘了。我今天表现不好，前几次爽约，也实在是提不起来精神，你别见怪。我现在的状态还是不太适合工作，就不拖累公司了，谢谢你们今天让我说出了心里话，说出来哭了一气，感觉好多了。"

"等等，"方山木叫住了杜图南，向他伸出了右手，"既然我们叫无限关爱有限责任公司，就有责任有义务对你表示关爱，同时你的人生经历又特别有代表意义，可以作为特例成为游戏中一个著名的关卡，我代表无限关爱公司欢迎你的加盟。"

杜图南愣了愣，又一脸不情愿地握住了方山木的手："方哥不嫌弃，我就勉为其难加入了。如果我不能为公司带来效益，到时直接和我说一声就行，我拍屁股走人。不过我丑话说到前头，加入公司，我不是为了什么事业发展，也不是为了赚钱，我纯粹是因为无聊，是为了排遣心中的苦闷，还因为成妹说方哥是一个很有意思也很有故事的人，希望方哥能帮我过关。"

方山木狠狠地剜了成芃芃一眼："敢情在你嘴里，我成了两性情感专家，专门为别人解决婚姻家庭中的疑难杂症是不是？"

"何止！"成芃芃眉飞色舞，嘴角飞扬，"方叔不但是公司的领导，还是我们的人生导师和精神领袖。"

"别闹！天天就知道胡扯，赶紧工作去！"方山木本想严肃地批评成芃芃几句，见成芃芃一脸得意扬扬的样子，像极了阴谋得逞的小女孩，顿时破功，又笑了，将手中的简历递给成芃芃，"我还有事，得赶紧回家一趟，这个人就录取了，你通知他下周一上班就行。"

"杜图南，你也是，下周一上班。"方山木手机上好几条微信，不是盛晨在催促，而是儿子在问他几点过来。

"简历你都没看，太不认真了，你认真起来。"成芃芃还想再说什么，见方山木穿好外套，急匆匆推门出去，不由得摇了摇头，"衣不如新，人不如故……是不是对男人来说，永远都是前妻好？"

"你之前不是说方哥还没离，怎么就成前妻了？"杜图南双手抱肩，望着方山木远去的背影，"方哥和我们一样，是一个深情的男人，只可惜，深情不及久伴，厚爱无须多言，本是薄凉之人，何必用情至深？等方哥领证了，我和他好好喝一场，庆贺他恢复单身。"

"今天哭开心了？"

"哭得还可以，挺舒畅。"杜图南没有注意到成芃芃眼神中的杀意，还笑，"谢谢捧场。"

"我警告你杜图南，你是离婚了，千万别怂恿方叔离婚。他的婚姻还能抢救一下，你别害他，成不？"成芃芃咬了咬嘴唇，眼神流露复杂难言的情绪。

"我害他？对他来说现在离婚是解脱，而且方哥是一个很有主见的人，要不要离婚，他自己做决定，没人劝得动。"杜图南转身抱住了成芃芃的肩膀，"成妹，你不是有点儿喜欢方哥，他要是离了，不正好称了你的心。"

"去你的！别胡说八道。"成芃芃推开杜图南，踢了他一脚，"我对方叔的感情是纯洁的，没有任何不安分的想法。"

"我信你个鬼，你个糟老婆子坏得很。"杜图南哈哈一笑，跳到一边，躲过成芃芃的追打，飞也似的跑走了。

第三十四章　男人的成长是女人的培养

一路疾驰，方山木内心微有几分焦躁，公司的进展还算顺利，但还是落后于他的预期，并且杜图南并非得力干将的类型，也不知道多久才能遇到合适的人选。

尽管和盛晨的事情还没有彻底解决，但方山木并没有太多担心，离婚只是早晚的事情，肯定没有办法回头了。

但公司刚刚成立，百废待举，需要付出大量的心血和精力，最主要的是，前途未卜，充满了各种不确定性。

如果没有事业，方山木不知道他还能做什么。他能硬撑到现在，就是想证明自己，想让所有在他落魄时落井下石或是背后捅刀的人后悔当初的所作所为！他还想在成功之后，回到原来的公司，在周道面前底气十足地告诉他，他方山木重新站了起来，离开了平台，他依然是有自身价值有个人品牌的方山木！

还有，等机会合适时，他一定要查清他被公司解雇的背后，是谁暗中下了黑手，又是谁和江赋雨里应外合。他不信在整个收购过程中，没有人串通一气大做手脚。

和往常一样，一路堵车。快到家时，古浩突然打来了电话。方山木想要接听时，又突然断了，他正要拨过去，忽然意识到了什么，以古浩的机智，打了一半中断了电话，肯定是有意外发生，或者是被江边发现了。

他就打消念头，驶入了地下停车场。

家中，盛晨坐在了客厅的沙发上，双目无神。电视开着，屏幕上播放的是大自然景色，是BBC的纪录片——她一向最喜欢的《行星地球》。

茶几上，杂乱无章地放着一堆材料，有报表，有工资表，有汇总材料，等等，有几十张之多。

也不知过了多久，儿子的声音在楼上响起："妈，老爸什么时候到？我都饿死了，要不我们先吃，不等他了。"

盛晨才如梦方醒，起身简单收拾了一下材料，想了想，还是又凉了一杯水，放在了方山木最喜欢坐的地方。迟疑片刻，走到门口打开鞋柜，拿出了方山木的拖鞋。

还是放不下他，太没出息了！盛晨有几分自怨自艾，回到沙发上，从材料中翻出离婚协议书，赌气似的用力签上了自己的名字，还捺上了手印。

上次和江边约在音乐餐厅吃饭，是江边说要介绍一个朋友和她认识，希望她们可以通过许问渠在国外的人脉和渠道，打开视野。

江边想开一家公司，邀请了她加盟，还想拉许问渠进来。

盛晨知道江边是有心帮她，多赚一些钱养家。以前她没有外出工作，不知道赚钱的艰难，出去工作了才知道，世间最艰难的事情就是生存，而生存的第一要旨就是赚钱！

她在舒适区太久了，久到不知道在金钱面前，许多人可以做出什么样的伤天害理的事情，为了生存，许多人可以没有原则和底线。

世界包罗万象，社会人心复杂，她在方山木的保护之下，一直生活在美好的童话之中，一切都来得太容易，以至于她不知道珍惜，认为别墅和豪车是大多数人的标配。

出了家门走向社会才发现，大多数人还是在为柴米油盐而努力，一个月下来，房租、交通费用和伙食费用占据了收入的三分之二，如果不省吃俭用，每个月都得月光。

或许她真的对方山木过于苛刻了，他在外面打拼确实不易，应酬和加班也是职场常态，是男人人脉稳定的表现。如果一个男人天天下班回家，没应酬没加班，只能说明他无关紧要，不管是工作还是生活，都没有太多人想起他的存在。

对男人来说，也是一种可悲。

其实两年前还没开始和方山木计较时，盛晨一直很理解方山木的不易，也体谅他的加班。但自从有一次她在方山木的衣服上和车上相继发现女人的头发后，她的疑心就像是一滴滴入清水中的墨汁，慢慢扩散，越来越大，再也无法回到从前的澄净。

方山木对头发事件很坦然，既不惊慌失措，也不过多解释，只说他的车上经常有女同事坐，有时掉在车上几根头发再正常不过。而他在外面应酬，和女同事或异性坐在一起，不经意间甩头时，身上不知何时多了一两根头发，也是无法避免的事情。

难道说，每次有女同事搭车他都要拒绝或是每次应酬都要避免和异性坐在一起？如果他这么刻意，慢慢地会被当成异类而被人疏远，从此失去许多机会。

方山木的说辞合情合理，盛晨信了一大半，但心中始终有一个疙瘩未去。如果说以前她还不那么紧张的话，现在不同了，一过三十五岁后，她就感觉到了岁月的流逝在身上越来越明显。而方山木却正好相反，三十岁之前的他，青涩而幼稚。一过三十五岁，他犹如脱胎换骨一般，不但愈加成熟稳重，而且男人魅力也与日俱增，举手投足间，因成功带来的男人味扑面而来，连他们的老同学都觉得他比以前更有气质，更不用说从未见过他青涩时的其他女人了。

盛晨很清楚一点，她在最青春靓丽的时候嫁给了青涩而不名一文的方山木，用十几年的陪伴和培养，将方山木打造成了一个成功成熟且有魅力的优质男人，她不会坐等她的优良资产被她人巧取豪夺。她必须防患于未然，加强对方山木的监督和监控。

先从手机入手。

盛晨一开始要求方山木和她用手机登录同一个账号，这样，她就可以查到方山木的通话记录和短信，甚至可以定位方山木的行踪。方山木当然不同意。

盛晨很生气，认为方山木就是心里有鬼，却没有想过她的要求确实有些过分并且不对等，因为方山木并没有对她有过任何怀疑。不过她为自己开脱，她是女人，而且她一直在家里当全职太太，压根儿没有外遇的机会。

人都是对自己绝对信任而会怀疑他人。盛晨在和方山木较劲了一段时间后，没能让方山木屈服，反而在方山木的宽慰下，慢慢收回了部分心思，觉得自己对方山木确实过于苛刻了。男人都要有自己的事业和天地，如果连手机自由都没有，确实有损男人尊严。她逐渐放下了心中的疑虑，开始全力支持方山木的工作。

她也相信方山木和她厮守十几年，不是那种一有钱就变坏的类型，她了解方山木，他踏实勤恳，事业心重，虽然有点儿大男子主义，男人该有的一些懒散、脏乱的毛病都有，但他顾家，有事业心，有社会责任感，愿意被社会被更多的人认可，有时还会适当从事一些公益活动。

总体来说，方山木的优点不少，也没有不可以接受的缺点，所以盛晨才会深爱他。喜欢一个人是喜欢他的优点，爱一个人就是接受并包容他的所有缺点。

一时之间想起了往事，盛晨微有感慨，起身到了院中。

冬天，万物萧索，曾经生机勃勃的小院，如今一片荒凉。原本菜地的地方，因为近一年多方山木很少回家，变成了杂草丛生。孤零零的遮阳伞下，有方山木最喜欢的木桌。以前闲暇，他总是会在木桌前晒着太阳喝着红茶，读一本喜欢的小说，日子幽静而悠远。

只是现在一切不再存在，人去桌空不说，成为荒地的菜地也让盛晨想起了方山木的好。虽然平常很忙，只要一有空闲，方山木必会在院中种菜。出生在农村后来才考进城市的他，对种菜和养花十分热衷，热衷到盛晨一度接受不了他种菜和养花的嗜好。方山木甚至不止一次承认，他最初想买别墅的梦想中，有很大的因素是因为别墅有院子，可以种菜。

后来盛晨也渐渐接受了方山木身为一家互联网巨头的高管依然喜欢种菜的特殊爱好，也是他顾家爱家的表现。虽然方山木从来不做家务，不打扫卫生不做饭不洗衣服不洗碗，但他喜欢回家，因为家里有他牵挂的家人和心爱的菜地。

第三十五章　男人的演戏

方山木种地养花是一把好手，茄子、辣椒、西红柿、黄瓜、丝瓜，都长得无比茁壮，一到丰收季节，硕果累累，足够一家人食用了。花草也是，不管是难养的君子兰还是好养的罗汉松，或是独具风情的秋海棠，都长势良好，点缀在院子里，一年四季花开不断。

而现在，院子一片死寂，菜地荒废了不说，花草也死了大半。盛晨不会种菜，她从小在城市长大，对种地完全没有兴趣，对养花也提不起兴趣，方山木不常回家之后，她开始时还照顾一二，时间一长就疲倦了，要么忘了浇水，要么懒得施肥，慢慢就都死掉了。

有方山木在，家里多了不少生机。他一走，似乎连生活的颜色都带走了。盛晨有时也悲哀地想，人和人的气场果然不同，即使是夫妻，一家人，也各有各的优点和不足。像她，对家务、做饭和理财非常喜欢，家里收拾得井井有条，变着法子可以为一家人做出各种好吃的饭菜，但对于种地养花以及养猫养狗，就完全没有兴趣，也没有天赋。

除了种菜和养花之外，方山木还喜欢小动物。这一点，儿子很随他。

方山木曾经养过一猫一狗，狗是边牧，猫是折耳猫。他在的时候，也是怪了，一狗一猫像是两个跟班一样，随时守候在他身边。他一不在家，就会时刻跟随在儿子身后，就是不理她。

为此，方山木和儿子还经常笑她。她也就是笑笑，其实内心清楚自己，她确实从小就不喜欢阿猫阿狗，不但不喜欢，还有几分怕狗和讨厌猫。

冷战后，方山木回家渐少，狗和猫都有几分闷闷不乐，每天守候在门口等他归来。后来久了，就将心思转移到了儿子身上，儿子回家，它们才高兴。儿子不在，它们也懒洋洋的没有活力。她也试着去喜欢它们，喂它们，逗它们玩，但总是耐心不足，实在提不起兴趣。而它们似乎也能感觉到她并非出自真心，也很少回应她伪装的喜爱。

方山木为狗猫起了很平庸的名字——狗叫平安，猫叫喜乐，但自从方山木回家越来越少之后，狗猫都无精打采了，确实少了平安喜乐的氛围。

到底方山木是从什么时候开始回家越来越少的呢？盛晨坐在院中方山木经常坐的椅子上，双手托腮，呆呆地望着越来越深的冬天，不由得眯起了眼睛……应该是从她认识江边之后！

和江边的相识，始于一场聚会。

是方山木公司组织的聚会，可以携带配偶出场，方山木就带上了盛晨。盛晨原本不太想去，家里还有许多事情没有做完，儿子的功课也要她检查，但方山木强烈要求她前去，还说她多出去走走，认识一下他的朋友们，她应该会对他更放心。

好吧，盛晨理解了方山木的良苦用心，就欣然赴会了。她特意精心打扮了一番，所以在众多芬芳之中，不但没有黯然失色，反倒散发成熟女性的知性美，一时被无数人所围观。

盛晨的心理获得了极大的满足。

江边也是被盛晨的光彩所吸引，主动和盛晨认识。对江边，盛晨早有耳闻，也清楚古浩和方山木并不密切的关系。由于方山木对古浩的看法也连带影响了盛晨对江边的印象，她虽然没有拒绝江边的热情，但客气之中透露了疏远之意。

盛晨虽然出于维护家庭的原因对方山木颇多约束，但也不喜欢如江边一样管控自己丈夫如防贼一样的做法，毕竟以牺牲一个男人的尊严和自由来挽救家庭的稳定，其实已经失去了稳定的基础。但让她怎么也没有想到的是，在被江边一点点灌输女人必须掌控男人的一切的理念后，她不但再次恢复了对方山木的疑神疑鬼，而且还加强了对方山木的控制和约束，甚至还请人跟踪方山木，试图发现方山木出轨的证据！

她到底是怎么了？为什么放着好好的日子不过，不相信自己丈夫的话，非要相信一个非亲非故的外人？

平心而论，盛晨也不知道自己到底是怎么了，或许是江边告诉她的有关丈夫背叛家庭的例子太多，又或许是江边对古浩的防范以及古浩的所作所为让她意识到男人天生就有出轨的潜质，只不过有人只是想想而有人一边想一边付诸行动罢了。

但人往往都会受环境影响，近朱者赤近墨者黑，在方山木公司，据江边讲，出轨的男人有好几个，其中有两三个还是方山木关系最好的同事。方山木天天和他们在一起，听他们大讲特讲年轻貌美女孩的好，替他们打掩护，久而久之，经常在河边走的方山木不湿鞋才怪。

江边还以方山木和盛晨性生活的质量和数量来为她分析，初步得出结论，方山木肯定出轨了，如果不是外面有人，方山木不会对她兴趣大减，也不会在家里的时间越来越少。

虽然盛晨也想过同样的问题，方山木的要求是比以前少了许多，但也许是年龄增长的原因，身体机制在下降。在家的时间不如以前多，而且工作太忙担子太重，毕竟升了副总，事情更多了。但就算是在家里的时间比以前少了许多，家里的菜地和花草，依然被他照顾得长势很是旺盛。而且每次回来，他都第一时间为平安和喜乐洗澡，还喂它们食物。他对家庭投入的感情和热度，丝毫未减。家，还是他牵挂的地方和休息的港湾。

江边却再三告诫盛晨，不要被方山木的假象所欺骗，男人在外面越花心，回到家里就越会演戏，他的所作所为不过是心里愧疚而流露的表演，是为了弥补他在外面做下的错事。不是有个段子说，有个男人在外面每偷情一次，就觉得对不起媳妇，就会给媳妇买礼物。结果几年下来，媳妇收到的礼物比以前十几年都多。

盛晨慢慢动摇了，尤其是江边拿出了确凿的图像证据——方山木出差时，和助理孙小照同行，他替孙小照拉着行李箱，而孙小照抱着他的胳膊，二人俨然像一对情侣。

照片是背影，并且拍摄的角度像是从侧面跟踪偷拍，盛晨追问照片从何而来，江边回答说是被她的一个朋友在外地无意中发现。她表面上不信，也想过为什么会这么巧被江边的朋友拍到，江边的朋友又怎么会认识方山木？心中却有了裂痕。

她拿出照片质问方山木到底是怎么一回事儿，方山木并没有如她想象一样惊慌失措，而是很平静很不以为然地笑着解释，当时他确实是和孙小照一起出差，也是她唯一一次一起出差。他是替她拉行李箱，因为她在接男朋友电话。通话时没注意看路，差点儿摔倒，他扶了她一把……

方山木的解释合情合理，盛晨信了大半，江边却不信。为了让盛晨弄清楚真相，江边特意找了个机会邀请孙小照一起吃饭。席间，江边问到了孙小照和方山木出差的事情。孙小照立刻明白了什么，解释了一番。但是她的解释和方山木的说法有细节上的出入，比如她当时是在接听电话，但不是男友的——她还没有男友——是爸爸的，她也没有差点儿摔倒，而是有一辆行李车驶来，她没注意，方山木拉了她一把。

盛晨相信了江边所说的"男人的嘴骗人的鬼",气得几天没理方山木。方山木还不知道发生什么,回家后种菜养花,和儿子聊天,逗猫遛狗,一点儿没察觉到盛晨在和他冷战。

等他意识到盛晨在生气时已经是三天后了。

一问才知道盛晨为什么生气,方山木比她更生气,告诉她如果孙小照说的和他的话一模一样那才有鬼。他当时压根儿就没注意是谁在和孙小照打电话,只是听她口气亲昵,还在撒娇,以为是男友。说她差点儿摔倒也没错,如果他不拉她一把,她肯定要被车撞上然后摔倒。

方山木不明白为什么盛晨非要在一些细枝末节的事情上纠缠不清,这没有任何意义!

第三十六章　女人的直觉

盛晨不依不饶,她觉得方山木和孙小照都没说实话,两个人合伙骗她。方山木越听越气,越说越气,他和孙小照的关系再正常不过,并且他还总是有意避免和孙小照单独外出,唯一的一次就被人偷拍了,还被别有用心地加以利用。盛晨不关心到底是谁在背后黑他,会对他的事业不利,反倒指责他和孙小照有不正当关系。方山木就觉得盛晨越来越不可理喻,要求盛晨必须断绝和江边的往来。

一番争论过后,盛晨也觉得方山木的话有几分道理,就想和江边减少来往。江边却说方山木是狡辩,是恼羞成怒,想让盛晨断绝和她的接触,是怕她进一步揭穿他的伎俩。江边还强调,她并不想当破坏别人家庭的坏人,但她和盛晨一见如故,亲如姐妹,不想看着盛晨被蒙在鼓里,盛晨太善良太软弱了,方山木就是故意欺负盛晨,觉得盛晨傻没有见识,想要愚弄盛晨一辈子。

江边还用古浩当例子,男人都是一个德行,见异思迁,永远喜欢年轻漂亮的女孩。但男人也分真小人和伪君子,像古浩一样的真小人还好,至少他的好色和无耻写在脸上,流露在表面,容易被抓住被管控。而方山木是伪君子,道貌岸然冠冕堂皇,理由充足,装腔作势,最是难以摸透,也最难掌控。所以收拾古浩容易,收服方山木却难,需要不断地斗智斗勇。

盛晨又被江边说服了,越想越觉得江边的话大有道理,她是被方山木欺骗了!

站在女人的立场上,她和江边是统一战线,毕竟在两性关系中,女性一开始是处于有利的一方,但随着时间的推移,会越来越对男性有利。女性就应该团结一致，从苗头上扼杀男人蠢蠢欲动的坏心思。

江边又教了盛晨许多提防和调查方山木的方法，从日常防范到出差远距离防范，比如突然打过去视频电话，如果不接，就接着再打。如果一直不接，肯定就有问题。再比如在方山木出差时，视频通话时要求看到房间的全景。但男人诡计多端，有时会开两个房间，接电话时在无人的房间，接完电话就回到有人的房间睡觉，所以在打完第一通视频电话后，等上半个小时后，再杀一个回马枪，打第二通，肯定可以打他一个措手不及。

同时，女人的直觉很重要。平常要多检查他身上有没有陌生的长头发，鉴于现在女孩短发的也挺多，连短发也不要放过。还要观察他是不是经常手机不离手不停地回复信息，在聊天时是不是还在得意地傻笑，以及他让不让你碰他的手机，手机有没有设置复杂的密码。还包括时刻留意他是不是比以前更注重打扮，身上有没有女人的香水味……总之，要拿出对付间谍一样的知识和才能来对付方山木，才能揭露他的真面目。

一段时间后，方山木受不了盛晨对他变态般的防范和盘查，一气之下质问盛晨到底是什么心态，是想发现他在外面有人，还是想逼他在外面有人？退一万步讲，如果他真的在外面有人了，盛晨又能接受什么最坏的结果？

盛晨也愣了，她在江边的鼓动下，一心想要查到什么，却没有深思万一真的发现方山木出轨了，她又该怎么应对。江边安慰她不要自乱阵脚，如果真能抓住方山木出轨的证据，就让方山木净身出户，她再找一个更爱她的男人，寻找真正属于她的幸福婚姻。

可是……盛晨不敢想象没有了方山木的日子会是什么样子！

从她情窦初开到现在年近四十岁，她一生中最美好的青春年华全部和方山木一起度过，她觉得她不可能再接受另外一个男人走进她的心里。她深爱方山木，不想离婚。

但在她的步步紧逼下，方山木回家的次数越来越少，江边得意地说，看，还是她厉害，早早发现了方山木的变心，现在方山木的所作所为就是印证了她们的猜测。接下来只要抓了方山木和小三在一起的现行，就可以将方山木扫地出门。

盛晨有时也隐隐在想，方山木回家渐少，甚至荒废了种菜养花，连心爱的平安喜乐也不再照顾，这一切的发生似乎都是在她对他过多要求之后，难道说，真的是由于她的无理取闹才造成了现在的局面？

盛晨的反思刚刚有一个苗头，就被一件大事打断了——江边告诉她，她已经发现了方山木出轨的真凭实据，是和一个名叫江赋雨的女人。江赋雨是花团科技有限公司的总经理，方山木的公司有意收购花团科技，开价不低，方山木具体负责此事。

在收购谈判期间，价格一涨再涨，都是方山木有意为之，因为他在花团科技有股份，花团科技就是他和江赋雨共同的公司。他是假公济私，希望可以借此次收购实现财务自由，然后就会和江赋雨远走高飞。

盛晨本来不信，她很清楚方山木是一个公私分明的人，但当江边拿出方山木和江赋雨搂抱在一起的照片时，她崩溃了，二话不说坐上了江边的车，直奔方山木和江赋雨的谈判地点大闹了一场……

闹完之后她还不甘心，跑到了公司，找到了周道，被嫉妒冲昏了头脑的她，没有深思江边的话到底几分真假，就告诉了周道关于方山木是花团科技股东的事情。

事后盛晨有几分后悔，她冷静下来一想，以她对方山木的了解，方山木不可能违背公司规定在外面持有股份，并且还是同行业的公司。公司有竞业条例，对高管有非常明确的要求。以方山木的为人，他不可能暗中持有花团科技的股份，并且还要自己出面负责收购事宜。

这种事一旦被发现，是严重的失职行为，有可能会被起诉并且坐牢。她有几分后悔，就算方山木真是花团科技的股东，也不能说明他一定出轨，但他肯定会被公司开除并且承担相应的法律责任。如果他不是股东，并且和江赋雨也没有暧昧关系，等于是她的无理取闹和胡搅蛮缠毁掉了方山木的前途！

当然，也不排除方山木既是股东又和江赋雨有婚外情，那么他不管是丢掉工作甚至是坐牢，都是咎由自取了。

后来的事情就完全失控了，方山木被停职，去西山散心险些丧命深山老林，盛晨都从江边嘴中一一得知。尽管很担心方山木在深山老林之中的遭遇，也为自己的冒失行为而感到自责，但在江边的蛊惑下，她安慰自己说，她是为了这个家，是为了方山木的前程，不想让方山木继续坠落下去。何况方山木不是从容地回来了吗？

当然，在江边的描述中，方山木在深山老林的九死一生的经历，只是一次郊游一样的轻度冒险之旅，其中的凶险和生死一线，盛晨也不得而知，她还以为只是方山木在西山闭关了三天，想要静静。

尤其是当她见到方山木回家时依然一副淡定的表情，就愈加肯定方山木演技深厚，堪称影帝，更加认定她之前的所作所为并没错，方山木肯定身上有事。

尽管如此，多年的习惯一时难以改变，她还是在方山木快要回家前为他准备好凉白开和拖鞋，以及换洗衣服等。

后来方山木被公司解雇，并且被索赔了三百万，她心中的愧疚之意再起。江边却告诉她，实际上是公司亏空的部分被方山木转移到了花团科技，现在花团科技被方山木公司的竞争对手以超过一倍的价格收购，方山木赚了几亿。只有她还傻傻地以为方山木失去了一切，却不知道方山木是瞒天过海，成功地在还不到四十岁时就实现了财务自由。

对江边的话，盛晨信归信，却还是存了一丝疑虑。直到有一天古浩告诉她，方山木不可能做到如此天衣无缝，如果他真的在花团科技持有股份，就算是由人代持，也会被查出蛛丝马迹，江边的话，有不实之处。

盛晨一时不知道是该相信江边还是古浩了，直到她自己上班，步入了职场之后才慢慢了解了一些职场规则，也越来越觉得江边的说法有问题。以方山木在公司里的地位，就算他暗中持有花团科技的股份，他也没有足够的资本以一己之力推动公司对花团科技的收购！

方山木虽然是副总，却只是数个副总之一，只是执行者而不是决策者。

不当家不知道柴米贵，不工作不知道钱难赚！当初盛晨被方山木所激，也是凭着一腔义愤出来工作，毕竟也是当年名正言顺的大学生，她大学期间，也是非常优秀的学生，学习成绩、个人才能以及社交能力，都很出众，远超方山木许多。如果她不是为了儿子才当上全职妈妈，现在她的事业未必比方山木差。

第三十七章　女人，唷，女人

不，如果没有退出职场，她一定会比方山木强上许多！

但时隔多年重回工作岗位的盛晨，体会到了与社会的脱节。她在周围全是90后小女生的同事中，显得有几分格格不入不说，工作节奏和强度，对办公软件的不熟练，人际关系的难相处，等等，都让她无所适从！

作为助理，她确实年龄偏大了一些，公司上下和她同龄者不是中层管理者就是高管，如她一般还在初级岗位上，实属罕见。

她所在的大成互娱是一家具有互联网基因的娱乐公司，主要从事互联网文化传播业务。

上班的第一个月，感觉像是过了一年一样漫长，盛晨除了有一种初入职场的谨小慎微之外，还有惴惴不安、不知所措的恐慌，唯恐做错什么而惹人耻笑。现在的90后女孩和70后姑娘截然不同，她们大胆、直接，并且很自我，她们既不会主动帮她，也不会在她去请教时耐心告诉她。

有几个人私下嘲笑她一把年纪了还出来工作，肯定是被有钱的老公甩了，失去了生活来源才如此。也有人觉得她太笨而不愿意和她一起工作，受尽了白眼和欺负的她，默默地忍受一切，从不诉苦，也不向她的同学蒙威说这些。

蒙威是大成互娱的创始人，也是公司的董事长。

当年，蒙威也曾是盛晨的众多追求者中之一，虽然他不如郑远东一样对盛晨热烈而狂放，但也是喜欢盛晨的人中最有耐心的一个，直到盛晨和方山木确定了恋爱关系后，他才黯然神伤地退出。

即使如此，他也一直没有中断和盛晨的联系，是从大学毕业直到今天还和盛晨联系的为数不多的同学之一，就连郑远东也因为南下广州而彻底失联。

第一时间得知盛晨想要出来工作，蒙威力邀盛晨加盟他的公司，并且许以副总的位子和年薪五十万的高薪。盛晨婉拒了他的好意，只想从底层一步步做起。她知道自己脱离社会太久，不再适应新的时代，尤其是她赋闲在家的十几年，正是经济和科技高速发展的十几年。

盛晨还清楚一点，无功不受禄，她不能无缘无故接受蒙威的馈赠，如此丰厚的待遇，显然超出了普通的同学之谊，其中包含了太多的个人感情因素，更不用说蒙威还是单身。

蒙威有过一段不幸的婚姻，五年前离婚后，一直没有再婚，连女朋友也没有。盛晨不想让蒙威对她产生什么误解，她虽然在和方山木闹离婚，但毕竟还没有离婚。

更何况就算真的离婚了，她也未必就一定会选择蒙威。

为了避免公司上下的闲言碎语，盛晨坚持从助理做起，而且不允许蒙威透露他们之间的关系，否则她就离开，蒙威无奈之下只好答应。有几次蒙威想要明里暗里地帮助盛晨，都被盛晨拒绝了。蒙威也理解盛晨的要强，为了留下她，就忍痛摆出了公事公办的样子。

盛晨受了不少欺负，也禁受住了磨炼，慢慢地凭借自己的坚强和毅力，在公司站稳了脚跟，也赢得了之前轻视她的同事的好感。

三个月后，实习期转正，盛晨的收入由七千元涨到了一万元以上，她很开心，而且她也胜任了工作，并且以自己的真正实力赢得了部门总监的认可，从行政助理升到了副总监的位子。

完全是靠自己的努力升职，而没有蒙威的暗示，说明她当年的底子确实打得好。盛晨也相信，再过上一年半载，就算没有蒙威的照顾，她也可以升到总监。

不过话又说回来，她表面上还算顺利的求职之路的背后，其实还是得益于蒙威对她的关照，否则她可能连进入公司当一个助理的机会都没有。她之前也求职过几家公司，都被对方以不太适合为由婉拒了，她心里清楚，对方是嫌弃她年纪太大了。

一阵北风吹来，遍体生寒，天已经黑了下来，院子里的感应照明灯自动亮起。感应照明灯也是方山木的杰作，他特别喜欢鼓捣东西，是一个非常勤谨的人。平常他除了种菜养花照顾猫狗之外，还喜欢摆弄一些小玩意儿小物件。

不过已经有几盏感应灯坏了，有些角落无法照到，平添了几分阴暗。

方山木喜欢科技，是天生的喜欢。他买来感应装置，又自己动手装上了路灯，足足捣鼓了两天才弄好。在他干活的时候，身边围绕着平安喜乐。她和儿子偶尔过去看上几眼，觉得很乏味很无趣，为什么不找一个工人来安装，又快又省心。

现在她才知道方山木的真正用心，自己动手才有自力更生的快乐，同时，自己安装的路灯照亮自家的院子，更温馨更温暖。

这么一想，盛晨忽然无比怀念方山木的好了。

真的非要离婚吗？想起上次在音乐餐厅的一幕，她心中刚刚升起的温情又瞬间降温了！

在方山木彻底离家不归的数月里，盛晨陆续从江边嘴里知道方山木在做什么，江边的消息自然是来自古浩。但消息并不十分详细，她大概知道方山木是在创业，注册了公司找好了办公地点，并且在招兵买马，具体从事什么行业，她不清楚也不感兴趣。

她只想知道，半自由状态下的方山木有没有和江赋雨在一起。

通过多方打听最后确定的消息是，江赋雨非但没有和方山木在一起，而且她早已结婚，和丈夫关系密切，十分恩爱。在公司被收购了之后，江赋雨要和丈夫一起去加拿大。

岂不是说，方山木的一系列遭遇，全是无妄之灾了？

盛晨很气愤，找江边理论。江边却说，在江赋雨事件上确实冤枉了方山木，但方山木在外面有人也是确凿的事实，到底是谁，她还在调查。她一定会查一个水落石出，给盛晨一个交代。

到底要交代什么？盛晨也不清楚，她对方山木过多的约束和要求，其实是想防患于未然，并不是想真的发现他有什么事情，也不相信他会有什么事情，怎么到最后还是演变成了他确实有事情，难道男人真的没有一个可靠的？

本来江边约她一起去音乐餐厅吃饭，说是要商量一下下一步怎么办，不是说婚姻问题，而是事业问题。江边最近因为古浩的离家出走，也想了许多，还有过反思，觉得过于约束男人可能会收到恰得其反的效果。与其强行将男人留在身边才觉得安全，不如提高自己的魅力和实力，让自身散发足够的吸引力，以自身的优秀让男人再次回归。

说实话，盛晨并没有创办公司的想法，她并不认为自己有经营公司的天赋，虽然江边有关系有资源也有实力，但她并不想和江边捆绑在一起。现在她终于明白了方山木所说的项目合作和股份合作的不同，她觉得以她对江边的了解，以及近来的密切接触，她和江边最适合的还是当朋友，而不是一起干事业。

古浩就是活生生的例子。

盛晨也不傻，江边的控制欲太强，表现在古浩身上就是要求古浩全天候二十四小时开机待命，随时接受检查，并且必须随叫随到。如果她当公司老总，就算她是她的合伙人，估计也会被她呼来喝去。

不过不想归不想，盛晨还是欣然赴约了。

盛晨现在也比以前清醒了许多，多少也体谅了方山木在外面打拼事业的不易，知道有时候人在职场身不由己，但心中的疑虑还是没有彻底消除，方山木的决绝并没有完全赢回她的信任。

同样，古浩的失踪也没有完全唤醒江边。

古浩失踪的日子里，开始几天，江边确实有些抓狂，到处打电话找人，也打过方山木电话。不过方山木开始拒听，后来再也无法打通，应该是被方山木拉黑了。方山木痛恨江边，盛晨心里清楚。

盛晨以为江边会恨死古浩，要和古浩离婚。没想到三天后，发誓要收拾古浩说什么也要离婚的江边又改变了主意，并且开始反思自己对古浩确实过于苛刻了。女人，唷，女人！有时看起来强硬，实际上内心还是比男人柔软。这么强势的江边控制了古浩那多年，古浩才失踪几天自己就先妥协了，说好的坚强和独立呢？

她不也一样？一段时间没见方山木，她在想念他的同时，又时时念起他的好，不断地试图说服自己原谅他，想着他也算得上一个好男人。但有一点她始终不能释怀，退一万步讲，就算方山木在外面没人，肯定也有想法，否则他不会不让她检查手机不和她共用账号不随时向她汇报行踪!

心里没鬼的人,为什么不能时刻让媳妇知道他在哪里又在做什么?

第三十八章　男女之间的天生差异

盛晨到了音乐餐厅才知道江边还约了别人,一个留学归国的海归。尽管近些年来,随着国力的提升和收入的提高,留学生不再像十年前一样罕见并且让人羡慕,但在盛晨眼中,在国外生活了十多年的许问渠,不管是言谈举止还是思维方式,都给人耳目一新的感觉。

第一眼起,她就对许问渠大有好感。

聊了半天后她才知道,江边想成立一家咨询公司,主要面向中高端高净值客户提供海外留学、移民和置业的咨询与操办。江边很看重许问渠在海外的关系,也是因为许问渠的前夫杜图南有过开办此类公司的经验,并且公司运营良好,收入不错。

对江边来说,一家咨询公司的收入再高,也入不了她的眼,不提她有家族产业,只说家中的房子也足够她养尊处优了。她想创办咨询公司,是想通过公司结识和拓展人脉,从而掌握更多的资源。

江边的用意深远,她希望掌握更多的资源,拓展更大的人脉后,再借机构建自己的商业版图,再将古浩也好方山木也罢放进版图之中,利用感情和商业手段将他们牢牢捆绑在一个平台上,不信他们还能再逃出她的手掌心。

只一个婚姻的围城是困不住古浩和方山木,但婚姻加商业平台,以及未来远景,肯定就足够了吧?

应该说,江边的想法很美好,布局很长远,成功的话,对男人是致命的诱惑。毕竟对男人来说,江山和美人或者说事业和爱情是一生的追求,现在美人帮他们打下了江山,他们还不乖乖就范?

江边的蓝图很宏大,连盛晨都有几分动心了,盛晨就认为许问渠肯定更感兴趣。不料许问渠的表现大大出乎她的意料,许问渠很淡然很平静,给了江边一个模棱两可的答复——她加入公司也可以,但如果时间上有冲突,她会请假去国外游玩,希望江边不要阻拦她。她是一个随心所欲的人,不想被管辖和约束。要是江边做不到,她不会同意。

江边也很不解,她通过朋友了解过许问渠的现状,离婚、无业,家庭条件一般，没什么钱，有点儿小本事，骄傲、随性。以她对人性的了解，一个人再个性再特立独行，也要生活，也要赚钱。听许问渠的意思，如果她想休假了就要去休假，不能因为工作而影响，难道说，她赚了钱就要花光，从来不考虑明天？

换了别人，江边早就甩脸走人了，但现在她无人可用，只好委曲求全答应了许问渠。她的想法很实际，先答应她也无妨，等真正投入到了工作状态，面对巨额提成和丰厚回报时，不信许问渠真会舍得放弃眼前唾手可得的利益而去游山玩水？

说完了公司事情，江边又和盛晨聊起了古浩和方山木。许问渠不再说话，在一旁静坐聆听。

盛晨发现，江边对古浩的态度也软化了许多。

古浩的离家出走，让江边意识到了她对古浩的管制过头了，严重伤害到了古浩身为一个男人的尊严。当然，也是江边发现真的再这样下去，古浩说不定真有一天会彻底远走高飞，不再回来。而她深爱古浩，所有对古浩的管控和约束，都是希望他可以留在她的身边。

不过江边又说，古浩是被方山木带坏了。以前的古浩，借他一百个胆子他都不敢离家出走，更不敢关机失联。也是这次被公司开除事件对他打击过大，她又多说了他几句，才让他愤而离家。要是以前，顶多半天就自动乖乖回来了，这次居然失联十几天不回家，一定是受了方山木的教唆。

虽然指责了方山木一气，但江边也默许了古浩和方山木一起创业。难得古浩有自己想做的事情，她主要也怕逼迫过紧，古浩会再次玩失踪。

江边告诉盛晨，如果方山木和古浩创业成功，她们的危机会比现在更严重。成功男人分三个段位，初级是大型公司的高管，虽然收入丰厚，但终究是寄人篱下。中级是中型公司的老板，拥有自己的公司和团队，不但收入超过高管，自由权和决定权也全在自己手中，更显一呼百应一言定人生死的男人气概。

高级是大型公司的董事长，身家数十亿，叱咤风云呼风唤雨，在某一领域之内，可以说是说一不二的存在。

古浩和方山木才是初级阶段，对女人的吸引力也有限。现在他们正向中级进发，一旦实现目标，她们就更跟不上他们的脚步，早晚会被他们抛弃。主要是，到时会有更多的优质女人主动向他们靠拢。

对男人来说，无所谓忠诚，忠诚是因为诱惑太小。当诱惑足够大时，男人对家庭的忠诚对爱情的忠贞，都会被通通抛到脑后。

一直不说话的许问渠此时突然冷笑一声："同样，女人无所谓正派，正派是因为受到的诱惑不够。你们也别总是指责男人如何如何，换个角度思考，如果有一个英俊潇洒又身家亿万的男人，又是你们喜欢的类型，风度翩翩，对你们无比殷勤大献爱心，你们会无动于衷吗？"

"我……当然会！我永远不会背叛家庭！"江边挺起了胸膛，理直气壮，"从和古浩结婚的第一天起，我就对自己说，今后直到永远，我都会只爱他一个人。"

"你呢，盛晨？"许问渠对江边的话不予置评。

"我肯定也不会背叛家庭。但是……"盛晨咬了咬嘴唇，"如果是方山木先背叛了我，我也不是没有人喜欢，我就不会对他负责了。"

"相对来说，在婚姻中，女人心里的道德感和负罪感比男人更强烈，所以女人出轨会比男人少。但是少并不代表没有，当然，我是女人，也会站在女人的立场上说话。"许问渠耸耸肩，一脸无所谓的表情，"男人出轨，可能是一时冲动或是天生好色，但也有感情不和或是被妻子管教过严的原因，出轨的男人未必不爱自己的妻子，男人可以爱和性分开。而女人出轨，多半是因为不爱丈夫了，女人都是先爱后性。"

"不说这些了，心烦。"江边忽然摆了摆手，一脸不耐，"还是说说公司的事情吧，问渠，我理解你读万卷书行万里路的想法，但如果没有钱，周游世界也不过是穷游。没有读万卷书，没有充足的知识储备，走遍全球也只是一个邮差。"

"我周游世界，也只是完成心中的梦想，不在乎是穷游还是当邮差。"许问渠不为所动，"反正公司我也愿意加入，有工作当然是好事。但工作不能影响我想玩就玩的梦想，我是个梦想第一的人。"

盛晨也知道她们无法说服许问渠，眼下她同意加入已经是不错的结果，就劝江边见好就收。江边也只好答应，几个人吃饭下楼，没想到意外遇到了方山木和古浩几个人。

原本盛晨还微有几分激动，也没想要和方山木吵架，她不是一个喜欢当街大吵大闹的人，自小所受的教育告诉她为人要含蓄。就算是到了方山木的公司，盛晨也只想置身事外，不想介入江边和古浩的争吵。她相信方山木和成芃芃、胡盼是正常的朋友关系，古浩也是。但说好要适当对古浩放手的江边却在失控之下，和方山木吵了起来，她也被无形中点燃了火气，对方山木说了狠话。

其实在当时话一出口她就后悔了，她并不是真的想要离婚，只是想吓一吓方山木，让方山木知道她的重要性，重新拾起对她的珍爱，回归原先的家庭轨道。但当众说出狠话后，她就知道她和方山木的婚姻真的无可挽回了。

女人的决策只是一个试探，是想让男人挽留。女人说分手，男人只要努力，大概率可以挽回。相反，男人的决策却是一个决定，只是告诉女人一个结果，而不是想让女人来挽救……类似的道理，在吵架时，方山木讲过许多，盛晨也都知道。但一遇到事情，她有时还是会失控，将一切都抛到脑后。

男女在生理和心理上的差异，是天生的。

第三十九章　家是男女互补的地方

盛晨和方山木都是好面子的人，十几年来，不管家里发生多大的困难，二人有过多激烈的争吵，都是自己解决，从来不会对外求助，就连双方的父母也会隐瞒。盛晨一直以来就明白一个道理，家里的事情，家里解决，一旦出了家的范畴，就不再是两个人的事情，如果双方家庭或是外人介入，事情就会复杂化，很难再顺利收场。

盛晨忐忑不安地过了几天，等到周五时，她早早给方山木发一个微信，问他几点到民政局办理离婚手续，方山木回复是下午两点。她很希望方山木不回复，她就可以借机将没有办理离婚手续的责任推到方山木身上。毕竟当时是她提出要今天办理手续的，她不想在方山木面前示弱。

故意磨蹭到下午一点半，向公司请假之后，盛晨才出门。到了民政局时，已经是两点半了，让她大舒一口气的是，方山木还没到。

他到底是被事情缠住了，还是有意迟到？如果他是有意迟到，是不是也说明他骨子里不想离婚？盛晨一个人等了半天，上演了无数的内心戏，所有的情景和推测加在一起，无非就是一句话——方山木不要出现。

最终如她所愿，方山木果然在下班时还没有赶到，她心中一块石头砰然落地，又一想，又愤怒不已，方山木连离婚这样的大事都不当一回事儿，可见在他的心目中，她和家庭的分量得有多轻！

不行，一定要让方山木回家一趟，好好说个清楚，盛晨决定折腾方山木一番。当然，她还有更重要的事情要和方山木商量。

思绪回到现在，她才发现天已经完全黑了下来，怎么还不来？盛晨起身，感觉凉意越来越浓，她坐不住了，回到了屋里，却发现儿子坐在沙发上发愣。

"妈，老爸怎么还不来？"儿子见老妈的神情有几分恍惚，立刻猜到了什么，"今天老爸过来吃饭是要和他商量什么大事？"

盛晨点头："要和他商量一下你上学的事情。"

"太好了。"儿子开心地惊叫一声，"老爸肯定支持我的选择。在我成长的道路，不能没有老爸的指导。只有男人最懂男人。"

"呸！你一个嘴上没毛的小男生，还敢说是男人？你才多大！小屁孩！"盛晨忧郁的心情被儿子感染了，粲然一笑，"别贫嘴了，赶紧去洗手，你爸估计快来了。"

"老妈，笑起来才好看。"

"小屁孩你懂什么？一边儿去！"盛晨笑骂，拿起手机正要催促方山木，门一响，方山木进来了。

方山木换鞋："密码和指纹都没换，不怕我进来偷东西？"

盛晨脸上的微笑迅速凝固，脸一沉："办理离婚手续之前，你还是一家人。你今天没去民政局，到底是怎么一回事儿？我足足等了你半天！"

"面试员工，遇到了一个奇葩，而且我居然还认识他的前妻，世界太小了。"方山木注意到盛晨紧绷的表情有三分生气七分假装，心里就更有数了，一路上他早就想好了各种应对之法，"对了，你也认识他的前妻，他叫杜图南。"

"不认识。"盛晨冷冰冰地怼了回去，"我可不像你一样喜欢认识别人的前妻前女友什么的，物以类聚人以群分，方山木，你没救了。"

方山木知道盛晨说的是气话，他要的就是这个效果，当即一笑："杜图南的前妻叫许问渠。"

"许问渠的前夫？这么巧？"盛晨也愣住了。

江边一开始并没有告诉她许问渠的婚姻状态，她以为许问渠还是单身，毕竟一个人这么爱玩，如果结婚了怎么还能全世界到处乱跑？后来才知道许问渠也确实单身，却是离婚后的单身。至于离婚原因，江边也不知道。

"所以说嘛……我一时好奇就和杜图南聊多了，忘了办理离婚手续的事情。不要紧，下周再办。反正我们最艰难的部分已经过去了，财产分割和孩子归属问题都已经解决，离婚手续就是一个程序问题。"方山木见盛晨的脸色稍缓，知道他已经化解了盛晨对他爽约的不满，为了继续加深效果，他拿出了工具箱，"外面的感应灯坏了几个，我去修一下。这些花草要是你不养，我可就搬走了？养了好几年了，不能眼睁睁看着它们全都枯死，平安喜乐送人也就算了，它们好侍候，我的花花草草要是不精心照顾，不用多久就死光了。"

盛晨面有愧色，她不是懒，而是实在对养花弄草提不起兴趣。做家务、烤面包，或是蒸馒头花卷包子，她可以忙上一整天也乐此不疲，但让她遛狗逗猫，一分钟都嫌烦。

看着方山木在外面忙碌的身影，不多时，院子里的灯光明亮了几分，原先照不到的黑暗角落，也比以前亮了许多，院子中，又多了几分生机和家的气息。

方山木确实是一个挺顾家的男人，很符合他巨蟹座的特性，盛晨一边摆放饭菜和碗筷一边感慨。家确实是一个男女互补的地方，她是很能干，但院子里的事情她都干不来。方山木是很会修理东西，但家务活就做不好。

如果他在外面真的没人，她和他闹到现在的地步，也确实是太不应该了，放着好好的日子不过，瞎折腾！盛晨的心又软了几分。

方山木在外面喊了一声："儿子，帮老爸开门。"

方向东飞奔而去，打开了门，见方山木抱着花草，不由得问道："老爸，你是不是很缺钱？这几盆花草值几个钱，非要抱走？再买新的不就行了？"

"不一样。"方山木抱了两盆花草，吃力地弯下身子，来到电梯处，"从一根幼苗养到这么大，付出的心血和时间无法用金钱衡量。就像你，哪怕别人家的孩子比你再优秀，在我眼里也还是你最好。"

"老爸，我陪你一起去车库吧。来，我来帮你搬一盆。"方向东眨了眨眼睛，朝方山木暗示。

方山木点头，心想儿子确实长大了，居然领会了他的意图。

电梯下行到车库，方山木和儿子一起将花草放到了后备厢。儿子替他拍了拍身上的土："老爸，你和老妈的婚姻真的不能再抢救一下了？我感觉老妈并不是真的想离婚，她就是想让你妥协。就跟她以前经常威胁我不学习就不让我吃饭一样，最后不还是让我吃饱吃好。我一哄她就原谅我了，你再哄哄她，她肯定可以回心转意。"

"你一个小屁孩，懂什么？"方山木笑了，笑归笑，却也知道儿子的话有几分道理，说白了，盛晨只是习惯以要挟的方式让别人就范，除此之外，还真是一个好女人。

"别的女人我不懂，但我妈我懂，和她一起生活十几年了，还摸不清她的脾气我不是白活了？"儿子碰了碰方山木的胳膊，"老妈出去工作后，也挺不容易的，一个人挤地铁换公交，比我想象中坚强。我都有点儿佩服她了。你们真的没有必要闹到非离不可的地步，还有回转的余地。"

"儿子，你觉得爸妈的事情，是错在爸爸还是妈妈？"方山木留了个心眼，是想从侧面了解一下他和盛晨婚姻危机的根源，儿子，就是最好的旁观者。

"说实话，老爸，你们两个都有不小的问题，半斤八两。"方向东小大人一样背着手，围着车转了一圈，"妈妈喜欢管着家，管着我们。可爸爸在外面的工作一点儿都不让妈妈参与，妈妈会没有安全感。她才会和你吵架。"

方山木沉默了。

第四十章　儿子的关键作用

儿子的话不无道理，也说明这小子平常观察细致。他之所以不将工作上的事情与盛晨分享，也是因为他不想破坏家庭的氛围，而一些工作上的困难和挫折，说出来后只会让盛晨徒增烦恼，盛晨除了担心之外，既不会为他提供任何有建设性的意见，也不会有实质性帮助，与其如此，还不如他一个人承担。

但从另一个角度来看，也确实如儿子所说的一样，他的一大半人生盛晨无法参与其中，而对盛晨来说，他却是她的全部。久而久之，盛晨难免就会心理失衡，既不知道外面的世界，又无从介入他的人生，自然而然就会有危机感和不确定感。

可是盛晨也不应该怀疑他有外遇，他的一大半人生她是未曾参与，但除了工作就是工作，完全没有盛晨想象中的故事发生。不管他怎么解释，盛晨都不相信，非要全方位地参与进来才行。她参与的初衷不是为了替他排忧解难，而是为了监视他的一举一动！

参与进来也不是不可以，他多抽时间和盛晨分享他的工作不就行了。盛晨却不同意，想要掌控他的行程不说，还想随时查看他的手机信息！

手机信息中，真没有什么暧昧的信息，但有些涉及了商业机密，有些是公司内部秘密，按照规定不允许外人查看，外人，包括自己最亲近的人。对公司来说，规定就是规定，没有人情可讲。

只是道理讲不通，他的所有解释都被盛晨当成了敷衍，时间一久，吵架一多，双方都疲惫并且都不再信任对方，原有的和谐与温馨，也就荡然无存了。

方向东人小鬼大，他见方山木犹豫，以为说服了老爸："老爸，你真的需要好好考虑一下你和老妈的关系，你们的关系是因为不对等才出现了问题。"

"难道说你老妈就没有一丁点儿问题，全是我的问题？"方山木拧了一把儿子的耳朵，"你不要偏向你老妈，虽然你和她在一起的时间长，但也要努力做一个有公正立场的人。"

"我尽量做到不受主观情绪的影响，但很难。老爸，你也许会觉得我们这一代非常幸福,可是你不知道,我们比你们小时候,痛苦多了。不但作业负担更重,而且我们的成长环境很不健康,我们在缺少雄性气场的环境中长大!"

"老爸,你回忆一下,你从小学到大学,经历过的无数老师中,男女老师的比例是多少?"方向东眨眨眼睛,得意地笑了,"别以为我小就不会分析问题,我的理性判断可是继承了你的优良基因。"

方山木微一回忆:"小学时代,我是在农村的小学上学,基本上以男老师居多。到了初中时,女老师多了起来,能占到了百分之五十的比例。而到了高中时,女老师的比例就上升到了百分之六十,等到了大学,就没再留意男女老师的比例了,应该是,一半对一半吧……"

"算了算了,不管你们的时代了,就说我们的现状吧。从幼儿园几乎百分之百的女老师开始,到小学,百分之八十,再到初中和现在的高中,女老师的比例依然是高达百分之七十以上。你再好好回忆一下,老爸,我的家长会还有各种学校活动,你参加过几次?"

方山木不用回忆,他嘿嘿一笑:"爸爸工作太忙……"

"正是因为老爸们的工作太忙,我们这一代孩子,在学校里被女老师包围,回到家里又是在老妈的管教下,在我们的成长中,我们缺少一个关键的因素——男性。被女性环境重重包围的孩子们,就长得越来越柔弱越来越娘,这不是一个好现象。"方向东手摸下巴,一脸思索状,"老爸,女生需要老爸的鼓励和呵护,男生也同样需要老爸引导和带领,培养他们的男子汉气概。"

方山木重重地点了点头,用力一拍方向东的肩膀。儿子确实长大了,思索的问题都有社会深度了,也学会拐弯抹角地说服自己留在家里,他明白,儿子是想告诉他,在教育环节,缺少男性的参与,会导致学生们的成长不够均衡。同样,在家庭里面,没有父亲的参与,一个孩子的成长也会有缺失。

"我不是埋怨你什么,老爸,比起其他同学的老爸,你还算不错的一个,至少你顾家,还热爱劳动……而且,而且我相信你在外面没有乱七八糟的事情,我有的同学的老爸就在外面有人,他都见过……"

方山木脸一沉,打断了方向东的话:"不许讨论别人家里的问题!"

"不说就不说,凶什么?"方向东嘻嘻一笑,"我觉得老妈冤枉了你,也和她聊过几次,她不听,她其实就是倔,就是太固执。她的问题也很大,疑心重,凡事喜欢往坏的方面想,容易钻牛角尖。但从另一个角度来看,她也有认真坚持的一面。你是一个男人,老爸,男人就应该大度一些。你看老妈经常吼我,我都不和她一般计较，随她吼，反正吼完了她就消气了，我也没事了，大家继续相安无事。这样，你向老妈认个错，并且向她保证你在外面没有小三，我再在旁边替你说几句，保证她不会再提离婚的事情。"

"覆水难收。"方山木摇了摇头，最近他已经适应了单身的生活，一个人吃饱全家不饿，而且自由，没有人牵制，他不是不想回归家庭，但一想起和盛晨的争吵就头疼。

儿子见说了半天，老爸也不为所动，不免有几分失望："真的没有一点儿机会挽回了？"

方山木没有正面回答："先透露一下，今天老妈叫老爸过来吃饭，不会是只为了离婚的事情吧？她又有什么大事要打我一个措手不及？"

"唉……你们都多大的人了，还一个不想说一个不敢问，感觉你们都是没长大的孩子！"方向东按下了电梯，背着手，一副老气横秋的样子，"你们爱怎么闹就怎么闹吧，我是懒得管你们了，学习的任务这么繁重，还得操心你们的感情问题，我太难了。等有一天我远走高飞了，离开了我，看你们怎么办？"

方山木差点儿笑喷。

吃饭的时候，方山木依然坐在原位，一家三口安静地吃饭，席间，只有几次眼神无声的交流，并没有太多交谈。

饭后，方向东借故写作业上楼，方山木和往常一样坐在沙发上看了一会儿电视，盛晨收拾好了碗筷坐了过来。

"两件事情：一是再定下时间去办理一下离婚手续。二是儿子现在的成绩稳定下来了，他也很独立，所以我想送他出国留学，方向是英国或是澳大利亚……"

"不行！"方山木打断了盛晨的话，气呼呼地说，"盛晨你是故意的是吧？之前我们已经说好了让儿子在国内读完大学再出国，现在他还小，而且还没有树立正确的三观，你让他这么小出国是害他！以后他想留在国外，却融入不了主流社会。回国，又适应不了国内环境，到时就成了夹心人！你又不是没见过许问渠，她的性格和做事方式，既不外国也不中国，回不去的国外回不来的中国，知道吗？"

"知道。"盛晨冷静而淡漠地看了方山木一眼，"别激动，听我把话说完。以前是以前，现在是现在。以前你还是一家之主，现在儿子的事情，我一个人说了算。"

"你就是故意的！你这是打击报复，是意气用事！"方山木感到了深深的恶意和羞辱，"盛晨，我不同意你这么做。如果你执意要送儿子出国，我会重新考虑我们的离婚协议，提出财产分割以及对儿子的抚养费的付款条件……"

"不好意思，你的提议我不接受。"盛晨回应了方山木一个挑衅的眼神，"协议书你已经签字了，不接受反悔。"

"协议书签字，但离婚手续还没有办理，还没有生效。只要一天不离婚，在决定儿子命运的事情上，我就有发言权。"方山木寸步不让，他坚决反对让儿子过早出国。他是没有出国留学的经历，但他以前公司里，有很多海归，他们大多除了英文比国内的大学生强一些之外，其他方面并没有多优秀，尤其是待人接物上面。

而且方山木经过对比发现，越早出国的留学生，回国后越难以适应国内的环境，他可不想儿子现在出国，以后成为一个不中不西不伦不类的夹心人。

"早知道不和你商量了，等办理完离婚手续，我直接安排儿子出国不就行了。"盛晨一脸懊恼和愤愤不平，"我告诉你方山木，儿子出国的事情，你阻止不了，我劝你看清形势，最好还是同意，否则就是自己找不自在。"

第四十一章　男人讲道理，女人只想赢

方山木最不喜欢盛晨咄咄逼人的说话口气，生气时他会讽刺盛晨说话的方式太欠，不管是硬实力还是软实力都不是他的对手，却非要激怒他，是真心太笨的表现。以前每次吵架都是一样，她总是喜欢和他对着干，非要激怒他才会罢休。

也不知道盛晨怎么就养成了这样的脾气，有事不能好好说话，非要呛着别人让别人不舒服？这样的性格如果到职场上，要么被上司开除，要么被同事排挤，要么被人暗中下绊子。

不过现在方山木不比以前了，他不会再轻易被盛晨激怒，而是冷笑一声："盛晨，既然你这么说，为了儿子的将来，我只能拖着不办离婚手续了。"

盛晨气得站了起来，手指方山木鼻子："方山木，我警告你，不要惹毛了我！别以为你有朋友帮忙我就没有，告诉你，我也有律师朋友。不离婚，哼，可以！只要被我抓住了你出轨的证据，你就等着净身出户吧……"

"可以，如果我真的出轨遇到了真爱，我净身出户也心甘情愿。比起真爱，钱财如粪土。"方山木轻描淡写地呵呵一笑，"你永远不知道自己的问题在哪里，总是喜欢用自己的弱点来攻击别人的优点，以卵击石。就你这样的性格，估计在公司也待不了多久，谁会受得了你的臭脾气？一等人，有本事没脾气。二等人，有本事有脾气。末等人，没本事有脾气。"

"哈哈……"盛晨一反常态地笑了，若是以前，她会更加生气，今天却真心想

笑,"你错了方山木,我在公司发展得很顺利,现在已经是副总监了。你没明白一点,我的脾气只发给你,对别人从来不发。还有,你更错得离谱的是,一等人是有本事也有脾气的,你研究一下不管是互联网几个巨头,还是其他知名公司的创始人,谁没有自己的个性和脾气?没脾气的人怎么能成大事?别以为就你懂得多,你也该更新你的知识体系了。"

好嘛,方山木高举双手表示投降,吵架他从来没有赢过盛晨,也许男人就没有吵架方面的天赋,统统吵不过女人,而且他也清楚,不管他的道理讲得多明白多到位,盛晨都不会认可。

男人和女人在吵架方面,真的不在一个频道。男人是想讲道理,女人只想赢。

"你在公司发展得还挺好?"方山木转移了话题,试图缓和气氛,"不会吧?公司的老总也太没眼光了,怎么会重用你?让我猜猜……难道老总是你家亲戚?"

盛晨本想说她是凭借自己本事升职,话到嘴边却变成了:"不是亲戚,是同学……蒙威。"

"什么?"方山木大惊失色,猛然站了起来,"你和他还有联系?你……你和他是不是旧情复燃了?"

蒙威追求过盛晨的事情,方山木自然知道,他心中醋意翻滚:"不行,你不能在他的公司上班,赶紧辞职!"

盛晨见方山木如此在乎自己,心中小有得意,脸上却波澜不惊:"要你管?我想和谁联系就和谁联系,想在哪里上班就在哪里上班,就算是郑远东邀请我,我也会同意。"

"郑远东你也有联系?"方山木心里翻江倒海,想起了当年的往事,他在盛晨的一众追求者中,也算是幸运儿了。尽管事隔多年,尽管他是最后的胜利者,但每每想起两个最大的劲敌郑远东和蒙威,他心中都有芥蒂未去。

相比郑远东,方山木对蒙威的敌意更深。郑远东追求盛晨,犹如一股旋风,虽然来势汹汹,但很快就风停雨住。而蒙威则不同,蒙威是润物细无声的类型,他对一个人会关怀得无微不至,并且持之以恒,看似无欲无求,但时间一长,却会收到春风化雨的功效。

同为男人,方山木知道蒙威对付如盛晨一样的女人最有效,盛晨有时脾气有些急,喜欢顶撞,但表面上越是要强的女人,内心越柔软,越容易被细致入微的关怀打动。开始是不动声色的关照,后来是和风细雨的呵护,等到发现已经习惯了他的存在和关爱之后,就已经爱上了他。此时再想转身离去,为时已晚。

不行，不能让盛晨在蒙威的公司再继续待下去，等于是羊入虎口。方山木越想越觉得不是滋味，急了，一把抓住盛晨："你赶紧辞职，离开蒙威，他肯定不怀好意。"

"不好意思，以后我不再管你，你也没有资格再管我的事情！"盛晨挣脱了方山木的手，后退一步，"你现在应该明白一个事实，方山木，我们只要办理了离婚手续，以后别说我在蒙威的公司上班了，就算和他恋爱和他结婚，也只是我自己的事情，与你无关。"

方山木强迫自己冷静下来："你把蒙威的联系方式发我，我和他一直没有联系。"

"不发。"盛晨得意地一笑，"我不会未经允许就推送别人的联系方式。"

"行，你有种。"方山木翻开手机，拨出了一个号码，"远东，有没有蒙威的联系方式？对，我找他有事，好，现在发我，谢谢。"

"什么？你也在京城？也来京城发展了，好，好，有空聚聚，随时联系。"方山木一脸苦笑，原本是想通过郑远东要到蒙威电话，没想到又得到了一个他不想听到的消息——郑远东居然也来京城了，而且还是常驻。

盛晨更开心了，哈哈一笑："远东也要来京城发展了？太好了。听说他在广州的集团公司有几十亿的市值，他接手了家族产业后，做得还不错，算是富二代同学中的佼佼者。他来京城是成立分公司吧？成立分公司肯定需要大量人手，方山木你有没有发现，自从你离家出走，我的春天就来临了。"

"什么春天？爱情的春天还是事业的春天？"方山木不无讽刺。

"都有，都有。小孩子才会选择，成年人是全要。"盛晨斜了方山木一眼，"这样吧，你同意让儿子出国留学，我也让一步，答应你不去郑远东的公司，暂时留在蒙威的公司。"

这也叫让步，方山木冷笑了，当即给郑远东发了语音："远东，你要在京城成立公司，需要人说一声，盛晨说她想出来工作。十几年没有上班了，她想当总监或是部门经理，想要年薪五十万，哈哈，她还是和当年一样天真。"

盛晨岂能听不出来方山木是在调侃她？双手抱肩，冷冷一笑："等郑远东回复，让你知道什么叫魅力不减当年，也让你知道什么叫绝望。"

片刻之后，郑远东回复了，方山木特意打开了扬声器模式播放。

郑远东依然是当年缓慢而微带广东口音的普通话："山木，你怎么舍得让盛晨出来工作？风吹日晒会有损她的盛世容颜。不过呢，如果她非要出来体验一下生活,我当然举双手双脚欢迎了。职务是副总,年薪八十万起,想好了给我答复……"

方山木直了眼睛:"他有病吧?钱多得花不完可以去做公益,干吗乱扔?"

"他没病,有病的是你。"盛晨更得意了,笑得合不拢嘴,"你们男人都一个德行,得到了就不知道珍惜。在郑远东和蒙威眼中,我还是当年风情万种的校花。"

"你别痴心妄想了,他们也就是还有一份当年的情怀放不下。蒙威是因为单身久了,所以只要是女人,他都会多加照顾,大面积撒网嘛。郑远东是多年没有见过你了,对你还停留在当年的想象中。等他见了你,见光死后,你的年薪八十万就变成了八万,副总就降为了副总监。"方山木虽然和蒙威没有直接联系,但有关他离婚后一直单身的近况还是知道一些。

"别安慰自己,你说的这些话,你自己都不信!"盛晨一副胜券在握的从容,她最喜欢看方山木患得患失时的紧张,"怎么着,想好了没有?答不答应送儿子出国留学?"

"不答应!"方山木虽然吃醋,但还保持了足够的理智,"反正我们马上要离婚了,离婚后,你爱跟谁就跟谁去,我管不着也不该管。但在儿子的问题上,事关儿子未来的成长,不能让步。"

"行,你说的,别后悔。"盛晨的语气也强硬了起来,"我如果非要送儿子出国呢?"

"第一,重新划分财产归属。第二,离婚之前,作为儿子的监护人,我不签字,他就出不去。第三,我们要征求儿子的意见,他大了,我们不能不经他允许就决定他的人生。"方山木冲楼上大喊,"儿子,下来,爸妈有话和你说。"

"来了。"方向东懒洋洋的声音响起,他穿着短裤和拖鞋,脖子上挂着耳机,"是关于我出国留学的事情吧?你们还没有商量出来一个结果?等你们有了结果再告诉我,我再拿主意。"

第四十二章　凭什么要求女人

"你爸反对!"

"反对你妈!"

盛晨和方山木的几乎异口同声。

"早就知道是这样的结果,唉……"方向东一屁股坐在了二人的中间,"我现在这么小，出国的话肯定生活不能自理，老妈，你要和我一起出国陪读吗？"

"我……"盛晨还没有想那么多，她也知道有许多妈妈都出国陪读，但都是建立在家庭和睦的基础之上，至少有男人留在国内赚钱才行，"我要和你一起出国，谁赚钱给你学费生活费？"

"在国外也一样可以打工赚钱。"方向东狡黠地冲方山木眨了眨眼睛，方山木会意，知道儿子不愿意出去。

"老妈英文都还给老师了，出国还得重新学习，要过语言关。而且老妈也不知道在国外能干些什么……"盛晨一脸难为情，她在国内因为有蒙威的照顾，才得以在公司立足，要是出国的话，人生地不熟，全靠自己，她还真有几分不敢冒险。

"没事，没事，我可以供你们母子的所有费用。"方山木顺势而下，呵呵一笑，"我改变主意了，儿子出国可以，你也一起过去，费用我想办法，保证让你们母子俩衣食无忧。"

"方山木，你……过分了呀。"盛晨才注意到儿子和方山木的小动作以及默契，不由得暗叹一声，儿子自小就和方山木关系好，有共同语言，虽然在生活上对她依赖多一些，但在一些大事上，更喜欢和方山木商量。

"行啦行啦，你们也别拿我当挡箭牌。我知道你们还有感情，都不想离婚，但又不想第一个提出来，怕丢面子是吧？都多大的人了，怎么还跟小孩一样？"方向东右手抓住盛晨的手，左手拉过方山木的手，"你们握个手，都退一步，向对方认个错，然后再心平气和地商量，成不？"

虽然还是不太情愿，二人拗不过儿子，握了握手。

方向东站了起来："我还有作业要写，反正我的态度是一贯的，不希望你们离婚，但如果你们真的没有感情了，一见面就吵架，看对方都不顺眼，我也不拦着，但有一点，你们不管离还是不离，事关我的人生选择，请一定尊重我的想法。"

走到楼梯上，方向东又停了下来："拜托都成熟一点儿，别再像孩子一样赌气好不好？你们都好好反思一下自己都错在了哪里，到底是对方的原因多，还是自身的原因多？就跟打游戏组队一样，失败了都喜欢埋怨队友，不从自身找原因，就永远过不了关。"

儿子走了许久，方山木和盛晨都没有说话，二人都若有所思。

也不知过了多久，方山木的微信响了，是古浩发来的信息："方便通话？"

"不方便。"方山木回了一句，抬头看了看盛晨，"我提议，关于儿子是不是出国留学的事情，先搁置，等什么时候我们完全达成了共识再说。"

"……好吧。"盛晨迟疑了片刻,拢了拢头发,"婚也暂时不离了,等找到儿子留学的解决方法后再说,你觉得呢?"

方山木跷起了二郎腿,眯着眼睛呵呵一乐:"不离也没什么,主要是怕影响你再一次寻找真爱,毕竟现在你有两个选择,蒙威和郑远东都很优秀,你肯定很纠结是吧?"

"你是怕影响你吧?"盛晨也跷起了二郎腿,笑得很开心很得意,"一个是当地姑娘,富二代。另一个是外地姑娘,虽然没房,但温婉可爱,成芃芃和胡盼,都是你喜欢的类型,你现在肯定特别怀念万恶的可以一夫多妻的旧社会吧?"

"纠正你一下,在旧社会的中国,从来没有过一夫多妻制,而是一夫一妻多妾制。古人对于妻子还是非常尊重的。"方山木摆出了一副老学究的姿态。

"不想离婚就明说,你要是答应我的一个条件,再向我道歉,我会考虑再给你一次机会。"盛晨笑得很开心,"方山木,我们认识这么久了,不管你有什么伎俩,我都一清二楚,我们之间就不用耍花招了,OK?"

方山木确实不想离婚,说心里话,如果不是因为盛晨对他约束过多,他和盛晨的婚姻堪称完美。

只是盛晨后来的所作所为超越了他的底线,他无法忍受才愤而反抗,并且冷战至今。

离婚不是第一选择,是没有选择的选择。但如果不离,还是回到之前盛晨对他指手画脚的状态,他也不会同意。

"你以前不是有三个条件?"方山木记得清楚,盛晨的三个条件从工作到生活处处对他约束,还想再生一个孩子来束缚他,他答应才怪,"怎么现在变成一个了?"

"我想通了,男人是管不住的,与其天天提心吊胆地提防他外遇,还不如提升自己的魅力。这样,我们现在谁也不再谈离婚的事情,谁也不干涉对方的事业,以三年为期限,三年后,谁的事业发展得更好,谁就有发言权,谁就可以决定家里谁当家做主,敢不敢答应?"盛晨明白一点,方山木之所以在家里的事务上不干涉她的决定,而她对他工作上的干涉,他就极度反感并且毫不接受,不就是因为他在事业上非常成功而她毫无建树吗?

现在她重新步入职场,方山木也是在失败之后重新启程,二人等于是站在了同一起跑线上,不信以她的能力和人脉,三年后,不能和方山木并驾齐驱。不,不信她不能超过方山木,成就自己的一番事业!

现在儿子也长大了,懂事了,不必再像以前一样事无巨细地照顾,虽然她很想生二胎，再多为方山木培养一个新生力量，但现在她明白了一点，女人比男人承担了更多的培育后代的责任，也承担了更多的家务，凭什么再要求女人和男人一样在事业上有所成就？女人又不是三头六臂，可以方方面面兼顾。

但女人并不是在事业上就比男人差，只不过她更多地牺牲了自我而成就了家庭，现在她就是要让方山木知道，她当年在学校时不比方山木学习成绩差，真要走向社会步入职场，也一样是一个优秀的职场精英。

方山木愣了愣，随即意味深长地笑了："三年……行，就三年。不过我们得约法三章，第一，如果谁先变心，爱上了别人，谈起了恋爱，谁就要事先通知对方，不要让对方傻等，并且承担相应的违约责任。第二，我是创业，你是上班，如果单从收入上对比，没有可比性，到时我们可以划分一个条条框框，这样对你也公平一些。如果只按收入来定输赢，怕你会输得很惨。第三，不要把输赢看得太重，重要的是过程，认真生活，但要心态轻松。到最后不管谁输谁赢，我都希望这三年来，你过得开心。"

盛晨脸上的表情凝固了，先是眉毛挑动几下，嘴角又翘了一翘，随后她眼圈微微一红，忙起身借倒水的动作掩饰自己的失态，方山木的最后一句话，击中了她内心的柔软，让她心中温暖无限。

不过虽然心里感动，片刻之后她恢复了冷静，依然嘴硬："要不我们再多一个附加条件，比如说你喜欢上了成芃芃或是胡盼，又或者是哪一个小姑娘，我不会追究你的外遇责任。同样，如果我和蒙威有了感情，你也要默许我们的恋爱，怎么样？"

"不行，绝对不行！"方山木跳了起来，"如果真的出现这样的情况，不，在有了苗头之时，就要告诉对方，毕竟我们的婚姻还在存续期间。不过你放心，如果你真爱上了蒙威或是别人，我放你走，第一时间和你办理离婚手续。"

"我也一样。"盛晨低低的声音，像是在自言自语，她心中五味杂陈，为什么她在方山木面前总是过于倔强，非要和他拧着来对着干，如果她适当服输，哪怕是撒娇和委婉，方山木也会退步的。

也许是她和他一路走来，在她的心目中，不管方山木多成功多成熟多有魅力，他依然是当年那个为了追求她而费尽心机诚惶诚恐的小男孩，是愿意为她付出一切不怕牺牲排除万难的青涩男生，在外人眼里的方山木，高大、英俊、成功、风度翩翩，并且有内涵。但在她心里的方山木，青葱、稚气、土气、懒散、自高自大，并且很易怒。

第四十三章　非暴力不合作

有时盛晨也想用新的眼光看待方山木，她知道方山木这些年来成长了不少，但她总是无法正视现在的方山木，总觉得有一种不真实感。

其实每个人都一样，习惯了用老眼光看待身边的人和事。不像我们总是怀念小时候妈妈做的饭，但当回到家中吃到妈妈的饭菜时，又会微有失望，觉得味道大不如前。其实不然，味道没变，变的是我们的心境和习惯。我们只是记忆停留在过去，而身体和思想却一直在前进。

反过来说，方山木对她的认知何尝不也停留在以前？他觉得她没有职场经历，和社会脱节，他参考的也是十几年前的她，而不是现在的她。

如果用江边的话来说，则更现实更犀利。江边总是强调，男人不要太成功，差不多就行。男人身上的光环越多，叠加的头衔越多，男人就越膨胀越危险，就越想出轨。虽然盛晨并不是十分赞同江边的话，但她也承认男人越成功面临的诱惑就越多。

方山木的手机振动，古浩的第二条微信发了过来："今晚务必见面聊聊，有要紧的事情，在新老地方见？"

老地方是指前公司楼下的咖啡馆，新老地方是方山木所住的后未来城附近的动物园咖啡店，是方山木和古浩开辟的新据点。

"一个小时后。"方山木回复一句，站了起来，冲盛晨点了点头，"就这么说定了，以后有什么困难就和我说，毕竟到目前为止，还是一家人。"

"会的。"盛晨起身送方山木，"如果你有什么生活和工作上的事情，也可以和我说，换洗衣服什么的，公司业务拓展什么的，都没问题。"

"好。"方山木点了点头，觉得他和盛晨之间忽然有点儿客气得生分了，想开句玩笑，却又不知道该从何说起，只好干笑一下，"对了，我的衣服你什么时候有空了帮我收拾一下，等回头抽时间我再过来拿。"

"已经收拾好了，现在就可以拿走。"

随盛晨一起拿了两大行李箱衣服，方山木坐电梯下楼，盛晨送到电梯口。

"快过年了，今年还回家过年吗？"

盛晨父母家在杭州，方山木父母家在石门，二人以前是大年三十回石门，初二回杭州。后来嫌折腾，就决定每年每家轮换。去年是去的杭州，今年该去方山木父母家了。

可不快要过年了，方山木才想起都过了腊八，他愣了愣："算了，今年我自己回去一趟，你和孩子回杭州好了。"

"到时再说吧，不让儿子回老家一趟，爷爷奶奶心里不踏实。"盛晨欲言又止。

方山木猜到了她的心思："过年的几天，我会在家里的，放心。"

"嗯。"盛晨开心了，却忍住笑。

等方山木的电梯一关门，她就迫不及待地冲楼上喊了一声："儿子，过两天你去张姨家，接回平安喜乐，过年的时候有它们，也热闹。"

"得令，老妈！"方向东开心地大吼。他很喜欢平安喜乐，但自从爸爸不回家后，妈妈就以照顾它们太麻烦并且影响他学习为由，送到了张姨家中。他有一段时间非常想念它们，还偷偷去张姨家看望过它们几次。

刚坐到沙发上，还没来得及打开电视，江边的电话就打了进来。

"和他谈得怎么样？盛晨，是不是女人太要强了也不是好事？这几天古浩在家天天和我吵架，后来不吵了，就开始冷战。我实在受不了他那张臭脸，就放走他了。他刚出门不久，估计又去找方山木了。"江边的声音有几分疲惫和不安，她坐在按摩椅中，精确而轻柔的按摩依然不能舒缓她的焦虑和烦躁。

盛晨和江边说了她和方山木达成的共识，约了一个三年的期限，江边连说是好主意，回头她也可以和古浩打同样的赌。

放下电话，江边按下了暂停键，起身来到窗前。窗外，各种高大的树木和绿植错落有致，远处的假山点缀其间，若是冬天之外的季节，假山上流水不断，雾气升腾，再配合满院的芬芳和绿荫，整个小区宛如园林。

江边所在的别墅小区，比盛晨的别墅小区高出至少两个档次。盛晨的别墅是联排，江边的别墅是独栋。

别墅区一般都比较偏远，盛晨的别墅位于北边，五环边儿上了，而江边的别墅买得早，也是北边，但在四环，是京城有名的富人区。

整个小区中有一个巨大的人工湖，湖里还有天鹅；小区的花园里，有散步的小鹿等各种动物，连高尔夫球场和骑马场地等都一应俱全。

由于买得早，江边的八百多平方米的别墅当时价格两千多万，现在少说一亿起步。不过别墅虽大，地上两层地下两层，却空空荡荡，除她和女儿以及一个保姆之外，再无他人。

上次将古浩生拉硬扯揪回家后，江边就下定决心要好好关古浩一段时间的禁闭，不允许他再踏出家门一步。为了看住古浩，她暂时放下了家族生意，也不去父母的公司上班，每天都在家里守着古浩，想要和古浩谈个明白。

出乎她意料的是，古浩在外面挺尿，连大声都不敢出，这一次回来后，先是和她吵了几次，后来居然采取了非暴力不合作方式，不管她怎么打怎么骂怎么嘲讽，他打不还手骂不还口，嘲讽也当没听到，没事人一样，成天晃荡。

说是冷战吧，他该吃吃该喝喝，她说什么也听。说不是冷战吧，他只听她说吃饭穿衣睡觉喝水等小事，事关事业和下一步规划的事情，一概不予回答。

反了他了，成精了不是？江边气得跺脚，不信还拿他没办法了。僵持了几天之后，她气馁地发现，她还真的拿他一点儿办法也没有！古浩就像是滚刀肉，一副死猪不怕开水烫的尿样儿，任由她摆布，反正就是不反抗不合作，就算她让他滚，他还真的在地上打滚，让她哭笑不得。

一周后，江边受不了了。她是一个需要交流和对话的人，耐心有限。她摆出了郑重其事要谈一谈的姿态，想知道古浩到底要什么。

古浩也耍够了宝，见收到了预期效果，也不再假装，和江边开诚布公地长谈了一次。

古浩要的不多，就三个自由："第一，社交自由。第二，时间自由。第三，工作自由。"除此之外，江边所提出的任何条件他都可以答应。

江边忽然发现古浩比以前聪明了，或者说，和她的斗争更有经验更有针对性了。三个自由看似要求不多，但实际上很宽泛，基本上可以代表一个人的全部活动，也就是说，古浩想要的是所有的自由。

江边不想让古浩放飞，但她又发现如果古浩还继续采取非暴力不合作的方法，对她来说也是一种折磨。无奈之下，她只好摆出了谈判的姿态："说吧，到底要怎样你才开心？不行就离婚！"

她知道古浩最怕离婚了，离婚将会让古浩一无所有。

古浩以前是最怕江边提离婚，他确实怕失去拥有的一切，豪车、别墅以及巨额家产。但经过在无限关爱公司当众大闹一场之后，他忽然想明白了许多。为什么同样出现感情危机，方山木不怕离婚而他却特怕离婚？因为方山木事业有成，一切都是自己打下的江山；他却是因为娶了一个有钱的太太，是坐享其成。

如果他也能自己打下一片江山，事业有成，在经济实力上碾压江边，他在江边面前也可以扬眉吐气，可以颐指气使了。

不过又一想，古浩又绝望了。江边不比盛晨，方山木超越盛晨容易，他超越江边却难，不管怎么努力，这辈子恐怕都没有可能。作为家中的独女，江边最终会继承全部家族财产，而她家族的实力——到现在为止，他都不知道到底有多少钱多少栋大楼。

虽然有几分泄气，但有梦想总会就有希望，不奢望超越江边的家族，哪怕自己有足够的实力买一栋别墅、一辆豪车，也足够了。

古浩打定了主意，这一次无论如何不能再让江边掌控主动权，否则他将永无出头之日。一想到在以后的日子要完全笼罩在江边的阴影之下，暗无天日，连笑容都是奢望，他就不寒而栗。

回想起和方山木、胡盼一起同住的日子，以及创业时每天忙碌每天都有新奇的事情发生，他就浑身充满了力量。以前的生活太安逸太一成不变，磨灭了激情和梦想，现在抛下一切，轻装上路，从头开始，他忽然发现了一个无比广阔的天地，让他重新点燃了当年初出校门时的热血。

也是受到了成长游戏APP的启发，古浩突发奇想，如果一个人一生的成长都是一款游戏的话，他遇到的最大的关卡就是江边，而且几次通关都是以失败告终。失败的原因是江边摸透了他的战术，现在他改变一下战术，说不定会收到意外的效果……

第四十四章　见招拆招

古浩想起以前听方山木不止一次说过，人都是矛盾的综合体，比如人们常说一个人刀子嘴豆腐心，符合常规认知。但往往刀子嘴的人都脾气急，脾气急的人却又心肠软，几句好听话软话一说，就立刻让步。而通常嘴上好说话的人，却不太好办事，心肠比较硬。

人和水果一样，硬壳的核桃有一个软心，软壳的桃子有一个硬核。看上去坚强的人，有一颗柔软的心。表面柔弱的人，实际上却十分要强。

那么依次类推的话，其实江边也是一个说话强硬而内心并没有那么强大的女人，反倒是盛晨，很少说狠话，但做出来的事情却很硬气，让方山木束手无策。

古浩想了许多，设想了无数种过关的方式，最终决定采取非暴力不合作的方法来消磨江边犀利的斗志。让他欣喜的是，他的方法奏效了。只用了三天，江边就明显有软化的迹象。一周后，江边妥协了。

古浩暗中一颗心落到了实处，他还真担心万一非暴力不合作方法没有效果，他恐怕得重回比以前更悲惨的境界了，毕竟他没有方山木一样敢于提出离婚的勇气和底气。

不过话又说回来，他和江边还有深厚的感情基础，是，他承认他以前最爱的姑娘不是江边，夫妻多年，不管是感情的寄托还是生活的习惯，都已经完全适应了江边。他承认，他还真有几分离不开江边。

古浩见江边明明把持不住了，却还是以离婚相威胁，他先是心里一跳，下意识想要求饶。又一想，不行，他现在是要和江边争夺主动权之时，不能退让，哪怕只退一小步也会前功尽弃。

他要赌一把！

"离婚？"古浩坐在江边面前，一副欠揍的姿态，腿跷得很高，还抖动得很快，"你可要想好了江边，如果真离婚的话，财产是要平分的，毕竟我们是感情破裂，不是某一方出轨有过错。"

"可以，财产分你一半，对我来说也不至于伤筋动骨。毕竟一起过了这么多年，你对我还不错，分你一些财产，也够你下半辈子吃喝玩乐了。"江边忍着，继续试探古浩的底线，"至少到目前为止，没有抓到你出轨的证据，虽然你对孙小照性骚扰，但顶多是道德范畴的事情，打打嘴炮而已，没有对家庭造成实质伤害……"

高手过招，于无声处见高低，古浩心中一惊，江边到底是真的下定决心要离婚，还是想要破解他的非暴力不合作的手法，想要先过了他现在设置的一关，他微一思忖，心中就更有了主意："毕竟也算是对你造成了伤害，我自愿放弃一辆车作为对你的补偿。"

江边依然不动声色，抬了抬眼皮："财产划分容易，一共三套房子三辆车，给你一套房子一辆车，还有两百万的现金，够了吧？"

"够了，够了。"嘴上这么说，古浩心里却不服气，知道江边还是留了一手，家里的财产一共有多少他虽然不是特别清楚，但绝对不止三套房子三辆车，房子最少也有五套，当然，有些房子名义上给了江边，但实际上还在江边父母的名下，他也不好染指。

"你还有什么想法，都说出来，我们既然要谈，就一次谈个清楚。"江边见古浩反应平静，心里有几分没底，难道古浩真的想要离婚，她心里有点儿慌张了，不过还不想现在就交出底牌，还要再试上一试，"财产好分割，主要是女儿跟谁的问题。"

古浩和江边的女儿古小远今年十一岁，小学六年级，明年夏天升初一。古小远长相甜美，十分乖巧，特别会说话，声音很好，江边有意让她向演艺事业发展。

作为两个名牌大学生的后代，古小远学习成绩一般，从小就只喜欢才艺，从小学一年级起就一直在班中倒数。现在到了六年级，基本上次次力争班上倒数第一。

江边很头疼女儿的学习，她为古小远设计了两条出路：一是初中升到艺术类中学，比如各大艺术院校的附中，她可以找人进去。二是初中就直接出国，在国外读中学大学以及硕士，相比国内的高考的竞争和残酷，还要容易一些。

具体走哪一条路，她还没有做出决定，留在国内走演艺路线，有些不符合她们家族的身份，但女儿有才艺，喜欢表演。其实，在她心里最好的选择其实还是出国，学哲学、金融和管理，回国后继承家业，管理公司事务。

原本江边想让古浩进入家族公司，古浩不同意，后来陆续提过几次没有得到古浩的回应后，也就暂时放到了一边。她也担心古浩完全掌控了家族生意后，会让她失去最后的倚仗，她就更加无法控制古浩了。

当然还有一点更深层次的原因她不敢透露，近年来家族生意下滑厉害，业绩收缩严重，照此下去，再没有起色的话，说不定几年之后会走向破产的地步。

她不想让古浩知道她的家族正在衰落。

虽然家族生意大不如从前，但瘦死的骆驼比马大，她帮女儿完成人生梦想的能力还是足够的。但现在她要处理好和古浩的关系，古浩才是让她最挠头的一个。家族生意自有父母照料，女儿的事情不管走哪一条路，都不过是钱多钱少的问题。唯有古浩，现在变得油盐不进了。

古浩一听女儿，眼皮猛然跳了几下，知道江边拿准了他的软肋。

既然是软肋，肯定左右各有一个，一个是财产问题，一个是女儿问题。

对于这个家，古浩最放不下的就是财产和女儿，现在他假装可以放下财产，但无法做到对女儿无动于衷。毕竟现在他还不敢肯定江边究竟是在试探他，还是真的想要离婚。

他压根儿就没有离婚的想法。但就算是装，也要装出气势来，他稳了稳心神："女儿跟我吧，跟你，你不好再找下家。"

"跟你也可以。"江边不动声色地挑了挑眉毛，"只要你能保证女儿升到三大艺术院校的附中，或者你陪她去英国留学，当陪读爸爸。如果能保证以上两点，她跟你，我没意见。而且为了保障女儿以后的生活质量，我再多赠一套房子和三百万的现金，并且每月保证支付女儿一万元以上的生活费。"

听上去很美，实际上是在给他挖坑，古浩嘿嘿一笑，让女儿升到三大艺术院校的附中，他没有人脉，陪女儿出国读书，他做不到舍弃国内的一切，不过他嘴上却说："都没问题，主要看女儿自己的选择。"

"真的吗？"江边乜斜着眼睛，似笑非笑，"如果女儿真的要跟你，而且她还要出国，你怎么办？真的出国陪读？真的愿意放弃国内的一切？"

一句话切中了古浩的要害，古浩愣住了，一想不对，现在只是纸上谈兵，并不是实战，至少在气势上不能认输："愿意，怎么会不愿意？女儿才是未来，为了她，我愿意牺牲一切。陪读也是工作，既可以出国学习，又可以增长见识，也是一件好事，是不是？你反正不会不管我们父女两个对吧？"

"管，肯定管，保证钱够花。"见古浩依然没有一丝让步的迹象，江边内心动摇了，有了裂缝，难道古浩真想离婚，他有这么大的胆子和决心？

"既然商量得差不多了，离婚协议书你来起草？"古浩一咬牙，拼了，既然都说到这个份儿上了，他索性就坚持到底，不能功亏一篑，是死是活是继续被江边管制还是自由飞翔，在此一举，他已经多次和江边交手，都以失败而告终，现在要换一个方式，或许还有过关的可能。

江边内心的裂缝在加大，心思在左右摇摆，古浩真的忍无可忍，宁愿放弃一切也要和她离婚？难道说她真的没有一丝值得古浩留恋的地方，她真有这么坏，让古浩不念及十几年的夫妻之情？难道说，这么多年来她对古浩的所作所为确实错了？

古浩暗中观察，见江边表情变化不定，微露犹豫之色，他知道自己赌对了，按捺住心中的狂喜，继续加大进攻的力度："江边，如果在三十岁之前，我肯定更看重物质、别墅、豪车、财产等等，但在现在，经历了许多之后才发现，一个人最大的追求还是内心的宁静。就算住别墅开豪车，但不开心不幸福又有什么用？还不如住出租屋打车，也可以过自己想要的自由、简单、快乐的生活。

"我在意的不是财产，别墅再好，睡觉不过一张床。豪车再贵，只是交通工具，将人送到目的地而已。我在意的是你这个人，不管你是贫穷还是富有，健康还是疾病，我都希望你和我心心相印，可以相信对方支持对方，可以做到心灵同步事业同行，而不是猜疑和管教……"古浩见好就收，后退一步，开始了感情攻势。

第四十五章　有生之年，狭路相逢

江边原本紧绷的弦瞬间断了，内心的坚冰开始融化，几天来，古浩的非暴力不合作让她难受得想死，她是一个喜欢任何事情都摆到明面上的人，偏偏被古浩的以柔克刚治得死死的，现在古浩一番有大道理的话以柔情蜜语的方式说出，她被甜到了心里，顿时泪如雨下："古浩，你吓死我了，我以为你真的不爱我了，非要跟我离婚，呜呜……"

古浩向前一步，把江边抱进了怀里，心中暗喜，小样儿，哭就对了，还治不了你？以前还真是白混了，现在才琢磨过味儿来，早知道虚虚实实的方法可以过关，何苦忍辱负重多年，被你折磨得不像样子！

人生没有白走的路，每一步都算数，也许以前的忍让，都是为了积蓄力量，只为了今天的反败为胜！古浩暗中擦了一把冷汗，好险，总算过关了，如果江边再坚持下去，非要起草离婚协议书，他说不定又和以前一样跪地求饶了。

好在险之又险地过关，古浩在庆幸之余，更清楚一点，以后他要为自己争取更广阔的天地。

等江边破涕为笑，在古浩的要求下，又重新约法三章："第一，允许古浩和方山木一起创业，不干涉不拖累。第二，古浩主动向江边汇报行踪，除非有特殊情况，一般不在外面过夜。如果工作需要，提前报备。第三，古浩保证不再好色，将全部精力投入事业中去。"

"我虽然不再反对你和方山木一起创业，但有几点情况我得提醒你一下，方山木的为人，优点不少，缺点也不少，有格局有大局观，认真负责，是他的优点，但固执、刚愎自用、自以为是，听不进去别人意见，有时过于注重细节而忽略全局，也是他致命的缺点。我有两点建议，你看看是不是合适……"

第一次江边以商量的口气和他说话，古浩还真有几分不太适应，不过他努力克制了内心的惯性，轻轻咳嗽一声："我在听。"

"第一，我可以拿出两百万资金让你去创业，你要成为股东，大股东，必须是联合创始人才行，否则给方山木打工，还不如到我家的公司上班。第二，你在公司一定要担任副总裁，要成为仅次于方山木的二号人物，否则和方山木合作也没有意义。"

"赞同，完全赞同。"古浩嘿嘿一笑，一脸得意，"说实话江边，开始时和方山木一起创办公司，纯粹只是为了消遣，毕竟当时没什么事情可做。后来发现方山木的创意还挺有意思，说不定大有市场前景，就决定继续跟进下去。你的两点建议，我早就想过了，我们的目标是一致的，不，甚至我想得更长远，在机会合适时，可以将方山木的公司据为己有。当然，要通过正当的合法手段……"

"就知道你不安好心……"江边笑着打了古浩脑袋一巴掌，"不过我喜欢。你这脑袋到底是怎么长的，天天琢磨的都是坑蒙拐骗的事情。"

"错，大错特错，我的所作所为绝对合法还合理，是可以放到阳光下的阳谋，而不是阴谋，我从来不做犯法的事情。"古浩笑得很神秘，"不过现在成为大股东还太早了一些，而且目前公司又不缺钱，最主要的是，我不敢肯定公司以后真有前景，所以再等等看，下注太早了，容易亏本。等成长游戏 APP 推出之后，市场反响良好时，我再带着资金进入，可以确保没有风险。"

江边明白了古浩的想法："如果市场反应一般，你就及时撤退，挥一挥衣袖不带走一片云彩，对不对？"

"知我者，媳妇大人也，哈哈。"古浩哈哈大笑，仿佛一切已经尽在他掌控之中，"必须做到进可攻退可守，不打无把握之仗才行。反正我现在已经是创始团队中的一员了，前景良好需要融资时，我第一个带资入场，方山木还能拒绝我不成？"

江边点了点头，对古浩的步步为营策略表示赞同："如果公司前景大好，方山木从外面融资，只给你不多的股份，你怎么样才能拿到公司的控股权？"

"现在股权主要在方山木和成芃芃手中，还预留了股权池，方山木毕竟在大公司工作过，有相当丰富的股权架构经验，所以他在设置股份比例时，一开始就为资本准备好了股份空间。不过公司如果真的发展前景良好，方山木为了留住人才，肯定会对创始员工实施股权激励，到时股权就慢慢分散了。股权一分散，我就有机会一一收购了。"

"都是以后的事情了，先不想那么长远。"江边忽然转喜为嗔，推了古浩一把，她对无限关爱有限责任公司的兴趣不大，她更在意和古浩的感情，"还离婚不？"

"媳妇大人说了算。"

"你吓着我了，怎么赔偿？"

"扫地三天。"

"你气着我了，怎么算？"

"做饭三天。"

"不，罚你为我做一份商业规划书，我要和盛晨一起创业！"

"什么，你们也要创业？"古浩惊讶得张大了嘴巴，"好好的，你们女人凑什么热闹？怎么都要创业，现在是创业时代吗？"

"女人怎么啦？女人就不能创业了？现在是女人成长时代，是女人创业时代，是女人强盛时代！"江边虽然放弃了许问渠，但她想要开一家咨询公司的想法还在，并且又找到了新的合伙人，"你们男人从走出校门到现在，一直在成长。我们女人不能只围着丈夫和孩子转，我们也要有事业有春天，有自己的天地。"

"有，都可以有。"古浩巴不得江边去创业，分散了她的精力和注意力，她的心思就不会总放在他身上了。

又哄了一会儿江边，说了一些方山木和盛晨的事情，说到二人基本上没有可能再复合，江边也不免感慨，指责方山木太过绝情，表面上很正人君子，实际上很直男很霸道，不管在公司还是家里，向来说一不二。盛晨离开他，也算是一种解脱。

古浩想发表几句看法，话到嘴边又咽了回去，他想，算了，还是不节外生枝了，女人在男女问题上，总是没有原则地偏向女人，性别是她们唯一的立场。

古浩以要和方山木商量公司下一步规划为由，吃过晚饭就匆匆离家，前往新老地方而去。

路上，古浩接连发了几个微信给方山木，唯恐他迟到。不过方山木还是迟到了，他等了方山木四十多分钟，硬是喝了两大杯咖啡。

虽然不满，但也可以理解，方山木回家一趟，家在北五环，比他所在的北四环远了不少。

"被放生了？"初步解决了和盛晨的分歧，方山木心情不错。古浩被禁闭了几天又重见天日，说明他和江边的问题也得了妥善处置，至少是达成了一定的共识，"既然我们都过关了，那么接下来就该全力以赴投入工作中了，事业才是我们最大的难关。"

"不不不，我只是暂时被放生，还没有从根本上解决问题。而且我现在改变了认知，事业不是我们最大的难关，婚姻才是。"古浩为方山木要了一杯美式，环顾咖啡馆中的其他客人，已经是夜里十点多了，依然有十几个男女。

有人伏在桌子上，也许累得睡着了。有人依旧在电脑上奋战，不知道是在写规划书，还是在写辞职信。也有人在小声和对面的朋友聊天，是关于未来、投资和规划的人生梦想。还有人在静静看书，也有人在发呆。

咖啡馆就是一个小世界，众生各有其相。

"婚姻怎么会是最大的难关？婚姻只是两个人的事情，事业不一样，涉及许多人和事，比婚姻难处理多了。"方山木见古浩似乎有了一些变化，"说吧，你能出来，是你妥协了还是江边让步了？"

"正是因为婚姻是两个人的事情，才是最大的难关，因为在所有的较量中，只有两个人的较量最难，势均力敌，没有借力，正面交手，没有退路。狭路相逢，不能迂回。不像事业，还可以借势借力，可以采取迂回战术。"古浩一时感慨颇多，想起了他和江边较量的惊险一幕，不由得又擦了一把冷汗……

第四十六章　万里长征的第一步

"有生之年，狭路相逢，棋逢对手，将遇良才，婚姻是一场只能前进没有后路的硬仗。还好，我这一次过关了。你呢，听说你和盛晨达成了共识，立了一个三年约定，你也改变战术了？"古浩也很关心方山木和盛晨到底达成了什么样的共识。

方山木望向了窗外，窗外灯火通明，可以看到不远处后未来城的301室，客厅亮着灯，说明胡盼已经回去了，他摇了摇头："家是感情的寄托地，不是只要一个女人守候就是一个家那么简单。就像301室，对我来说就像是一个客栈，只是路过停留，早晚会离开，因为那里没有一个可以让我安心的人。是，我和盛晨达成了共识，约定了三年后一决胜负。唉，能有什么办法，都是为了孩子。"

"有时觉得身为父母挺悲哀的，有多少人为了孩子而勉强生活在一起。据说每年高考之后会有一波离婚高峰，就是因为高考一过，就不必为了怕影响孩子而假装恩爱了。算了，不说了，反正我们都算暂时过关了，不管是什么手法，只要是阶段性胜利就值得庆贺，来，以咖啡代酒，干一杯。"古浩和方山木碰了碰杯，正要再感慨几句，余光一扫，忽然眯起眼睛笑了，"你三点钟方向穿红衣服的姑娘很不错，大长腿，细腰，主要是眼睛也特别好看，特别亮。"

"狗改不了吃屎……"方山木笑骂一句，侧身看了一眼，忽然愣住了，冲红衣女孩喊了一声，"苁苁，过来一起。"

"不是吧，她是成苁苁？丢死人了，我怎么在外面也会看中她？"古浩近视眼，平常戴隐形，今天出门匆忙忘了戴，他将头埋在桌子上，"在外面错把熟悉的姑娘当成陌生美女，是对我审美和品位的严重践踏。老方，你千万别说出去，要不我和你断交。"

成苁苁夹着电脑端着咖啡坐在了方山木一侧："哟，古师傅被放生了？厉害呀，用了什么手法让自己逃过一劫？说来听听，也好让我开心一下。"

"去去去，没正事，再胡闹你单身一辈子。"古浩挥了挥手，又下意识多看了成苁苁一眼，一身红衣的成苁苁在昏黄的灯光的映衬下，更显肌肤胜雪，颇有绰约多姿，比起白天的形象多了几分温婉，怪不得他会认错，灯下看美女确实会增加朦胧美，没想到成苁苁也有很女人味的一面。

她还戴了一副大大的无镜片眼镜，知性而优雅，和平常确实大不一样。

"不对，叫古大叔，叫什么师傅，多难听。"古浩才回过味儿来，"我知道你们的标准是有钱又帅的男人才叫大叔，没钱就老了的才叫师傅。我有钱，又不老，还是叫哥好了。"

"好的古哥。"出乎古浩意料，成芃芃当即应承了，"我叫你哥，叫方叔叔，你和我一辈，以后记得也叫他方叔。"

"还有没有正事呢？"古浩被气笑了，一拍桌子，"说，你大晚上不回家，一个人在咖啡馆做什么？是不是故意摆出姿态想吊一个帅哥？"

成芃芃打开电脑，推到了桌子中间："古师傅，几天不见，不收拾您，您不得劲儿是吧？甭跟我在这里瞎咧咧，我在干正事大事知道不？您这人除了色，还倍儿坏。"

"得嘞，我不说话了成不？不说话不吃挂落。"古浩也学成芃芃的京城话说了一句，自己倒笑了，凑到了电脑上看了一眼，"关于无限关爱有限责任公司下一步发展的设想……"

"这样吧，我先讲讲，你们也别看了，文笔不行，怕让你们笑话。"成芃芃有几分不好意思地扣上了电脑，还有意无意推了推眼镜，显得很有文化一样。

"行，听听你逗闷子也不错，反正长夜漫漫，无心睡眠。"古浩故意呛成芃芃。

成芃芃不理他，只回敬了他一个大大的白眼："本来当初我并不太看好方叔的设想，什么成长游戏APP，一听就吸引不了人。但后来发现方叔的婚姻问题，还有古师傅的家庭矛盾后，我就觉得对现代人来说，事业固然重要，婚姻也是至关重要的一关。许多人事业有成，呼风唤雨，但就是处理不好家庭关系，说明什么呢？"

方山木不说话，在认真思索成芃芃的分析。不得不说，成芃芃的话确实大有道理，很少有人可以做到事业和家庭兼顾，但真的是鱼与熊掌不可兼得吗？也未必。

"还有还有，从许问渠的离婚，到我和胡盼的失恋和单身，不管是70后还是80后、90后，在面对感情和婚姻问题上，还是面临同样的不可调和的矛盾。其实说来说去，整个人类的历史就是一部男女关系史。不管是哪朝哪代，只有男女关系和谐了，家庭和睦了，才能繁荣强大了。家庭作为社会最小也是最基本的组成单位，是社会稳定和发展的基石。所以，从某种意义上来说，我们的成长游戏APP如果可以寓教于乐，让人在游戏和放松中，发现两性关系如何和谐相处的窍门，也是了不起的壮举……"

"嘶……"古浩牙疼一样吸了一口气，阴阳怪气地笑了，"上次公司的第一次会议，我提升了一下成长游戏APP的高度，你非昧着良心说我拍马屁，现在你自己亲自拍，小心别累着。"

成芃芃奉送了古浩一个大大的白眼，又扑哧乐了："成长游戏APP不管是市场定位还是社会意义，都没问题，成长是一辈子的事情，不管是少年、青年、中年还是老年，都有成长的空间。所以，我们的成长游戏APP可以做到老少皆宜。请注意，现在问题来了，我们公司全体上下，从方叔到我、胡盼，再到古师傅，以及新加入的杜图南，涵盖了70后、80后和90后，无一例外，在感情和婚姻问题上，都有过不去的难关……"

"我没有，我不是，别瞎说。"古浩一脸得意的笑容，"我的婚姻问题已经解决了，过关了，我现在是胜利者。"

方山木毫不客气地打了古浩一拳："别嘚瑟，你才是万里长征迈出了第一步，后面的路还长着呢。最可悲的是什么？首战告捷先庆功，孤芳而自赏，得意而忘形。"

"得，您二位一个鼻孔出气，我闭嘴成了吧？"古浩喝了一大口咖啡，气呼呼地一扬手，"服务员，再来一杯。"

成芃芃开心地和方山木鼓掌相庆："公司上下，没有一人打完通关，怎么可能做好成长游戏APP呢？不可能！连自己都做不到的事情，还怎么可能去教会别人？所以我有一个想法，成长游戏APP先不急于推向市场，要先不断完善，等公司每一个人都真正通过了自己人生中的关卡后，再将每一个人的经历当成一条支线加入进去，等最后一个人过关后，成长游戏APP也就成形了。"

夜深了，方山木翻天覆地睡不去，隔壁的古浩虽然喝了几杯咖啡，却早已呼呼大睡。也许是离开了江边的管辖范围让他大为放松的缘故，从咖啡馆回来后，他倒头便睡。

成芃芃没有回家，咖啡馆就在301楼下，她就借故回家太远，过来借宿了。其实方山木也看了出来，她大老远跑到后未来城门口的咖啡馆工作，就是不想再回自己住处，反正回去也是冷清的一个人，还不如留下陪着胡盼。

胡盼一个人看了一会儿电视困得不行本想睡觉，方山木一行三人回来，她又兴奋了，想和几个人聊天，却被方山木强行要求开会。白天在公司开会，晚上在家里开会，她现在就是方山木的二十四小时员工，却只拿八个小时的工资，真是方扒皮。她虽然不满，却也没有办法。

方山木才懒得理会胡盼的抱怨，不过在古浩的再三暗示下，他无奈请了消夜，胡盼立刻就一口一个"方叔"叫得嘴甜了。

说是开会,其实也没有太多实质内容,只是总结了一下白天的工作,以及下周的工作计划。开完会几个人才意识到,明天是周六,不用上班。

方山木之所以睡不着不是因为咖啡而是大脑高速运转之后一时难以停止。和盛晨的三年之约、古浩与江边的停战妥协、成芃芃新提的建议等等,交织在一起,在大脑中不停地闪现。

若是以前,不管是周末还是节假日,他每晚必定在十一点前上床睡觉,生活作息一直健康又规律。但自从和盛晨冷战后,作息开始变得随心所欲了。

一开始还觉得打破了规律挺好,现在忽然发现不能按时作息很痛苦,连白头发都有了。他起身站在了窗前,漆黑的夜色之中,依然是万点灯光。

在偌大的城市中,每晚有多少不归客,还有多少未眠人?

第四十七章　没有对比就不知道珍惜

确实,家庭是社会最小的组成单位,就像人体中的一个个细胞一样,虽然微小,却是稳定和发展的基石。对一个人来说,如果连婚姻都处理不好,如何处理和拓展人际关系?如何开好公司?如何做出更大的成就?

可是怎样才能妥善处理他和盛晨的关系呢?盛晨不肯放下疑心,他既无法说服盛晨,又不可能全面退让,三年之约更像是给双方一个缓冲期,但三年的时间未免太长了一些。

平心而论,方山木并不想离婚。他和盛晨吵归吵,感情的基础还在,而且二人在生活中有多年养成的默契以及难以割舍的习惯,要说让他换一份工作重新开始,他有信心和动力,也有激情。但再开始一段新的感情,他却没有信心了。

周末,在方山木的提议下,又叫上了杜图南,公司上下一行五人,前往香山爬山,算是公司的第一次正式团建。

方山木的意图很明显,是想拉近大家之间的距离,多接触多了解,以便更好地配合工作。

成芃芃又整理了几份个人简历,安排应聘者周一来公司面试。其中有几个履历不错,相信可以留下两三个人。

香山位于市区西北郊,景区内主峰香炉峰俗称"鬼见愁",海拔五百五十七米。有一段非常陡峭的山路,近乎垂直,几个人爬上之后,都累得气喘吁吁,几乎瘫坐在了地上。

古浩更是满头大汗,大口喘着粗气,连连摆手:"不行了,走不动了,谁再让我多走一步,就拉黑谁。"

只有杜图南胜若闲庭信步,只微微出汗。方山木累得不行,冲杜图南摆了摆手:"还是你年轻,差了七八岁,感觉像是差了一代人。"

"体力比以前也下降了不少,主要是我以前经常打篮球,喜欢运动,要不也不行。"杜图南说。

胡盼坐在杜图南身边,眺望山下的京城:"冬天的京城不好玩,等春天来了,百花盛开,就有意思了。到时说不定公司有了起色,我的爱情也同时出现。"

"一天天的,净做美梦。你们这些小姑娘,太浮躁没耐心,不想去培养一个成功的富一代,非想要当接盘侠,坐享现成的成功男人。"古浩愤愤不平的样子,好像他有多正义一样。

"我们90后的烦恼,70后不懂,你们80后也不懂。"胡盼故作深沉地叹息一声,"有人说,我们赶上了好时候,经过前几代人的奋斗,物质已经非常丰富,我们从小没有挨过饿,你们以前最羡慕的楼上楼下电灯电话的幸福生活,对我们来说,是生下来就司空见惯的事情……"

"还有电视、手机、电脑、汽车、互联网等等,我们在开始了解世界时,就已经接触了。"成芃芃说,"我们生在一个科技发达,一切无比便利的世界,没有体会过你们从大哥大、BP机、功能机再到智能机时代的递进式人生体验,说实话,一下子就到了巅峰的感觉,并不好。没有对比就不知道珍惜……"

"切……你是说没有对比就没有成长吧?是,我们是经历了从无到有从有到强的漫长等待和艰辛上升,你们完全不知道是什么感觉。"古浩眯着眼睛望着东方冉冉升起的朝阳,忽然就感慨一声,"这么一想,才发现自己真的老了,不知不觉中已经经历了这么多,但为什么还是觉得自己并没有长大呢?我还是个孩子!"

第四十八章　曾经纯洁过

"生理上成熟并不代表心智上也成熟,你还小呢。"胡盼眨着眼睛,狡黠地笑了,"古师傅确实比我还小不少,还是一个孩子,有时傻一点儿,做些傻事,都可以理解。"

"去去去,一天天的。"古浩才听明白胡盼是在损他,作势欲打胡盼,却被杜图南拦住了。

杜图南笑着摇头:"好男不和女斗,男人得让着女人。"他又想起了什么,叹息一声,"其实没有对比的人生是不完整的人生。没有经历过2G的慢,就不知道5G的快。没有见过大哥大的笨重和功能手机的局限,也不会清楚现在智能手机的先进。同样,现在你们90后的恋爱,不如80后的真实,不如70后的浪漫和认真,而且还没有耐心,也难怪你们总说体会不到爱情的滋味。"

"瞎说,你又不是90后,你知道什么?"胡盼当即反驳,"90后是有些男生不靠谱,没有担当,不懂事,追女生不用心,甚至还有一些渣男,但也有认真负责、对爱情执着的,他们中有像方叔一样有男人气概的,有像你一样温柔多情、愿意为了家庭而牺牲一切的,当然,也有像古师傅一样见一个爱一个的花心大萝卜。"

古浩气笑了:"就知道到最后我肯定是反面教材。告诉你胡盼,我不是花心大萝卜,我是博爱。"

方山木打了古浩一拳:"你都是什么三观,别教坏了小孩子。古浩,我有一个问题一直没想明白,今天当面向你问个清楚。你是一开始就这么色这么渣,还是后来才变成了现在的样子?"

这一次古浩难得地没有展开辩驳,而是双眼迷离地望向了远处,沉默了半晌才说:"如果有一天你们觉得我很坏很渣,请一定记住,我也曾经纯洁过,我以前有一个网名叫我本纯洁……"

"听故事了,有好戏了,瓜子、矿泉水、板凳,快。"成芃芃开心得像个孩子一样跳了起来,坐在了杜图南的左边。

胡盼也当仁不让地坐在了杜图南的右边。

杜图南有几分尴尬,摸了摸鼻子:"你们什么意思这是?都坐得离我这么近,要是喜欢我就明说,我可不喜欢含蓄的暗示。"

方山木大笑:"如果是70后女生,坐在你身边,肯定是在暗示她喜欢你。但如果是90后女生,她们不管是坐你身边,还是和你一起吃饭看电影,甚至是和你勾肩搭背都不一定代表她喜欢你,可能只说明她拿你当好朋友。除非她们亲口说出喜欢你,否则你别多想也别自己加戏。

"80后女生如果喜欢一个人,可能会主动约他吃饭看电影,或者经常问他在干什么,含蓄而热烈,暗示的也明显而持久。"杜图南以自己的经验为例,"我没谈过几次恋爱,可能是个例。我觉得80后女生的方式介于70后的过于含蓄和90后的过于直白之间。"

"方叔厉害，比我们还了解我们自己。"胡盼朝方山木抛了一个媚眼，"方叔，我喜欢你。杜图南，我也喜欢你。"

方山木面不改色心不跳："别闹！赶紧听古老色讲故事。"

古浩没理会方山木对他名字的调侃，手摸了摸下巴："大概是从刚上高中开始，我的性意识开始觉醒，当时就是好奇加荷尔蒙的分泌，就想和女生在一起玩。记得我喜欢的第一个女生叫董妙，她长得很甜美，圆脸，大眼睛，笑起来特别可爱，声音也很甜。我给她写了几十封情书，结果她一封也没有回应。高中毕业时，她把全部情书还给了我，还对我非常认真非常诚恳地表示了感谢。"

"感谢你什么？"成芃芃很是不解，古浩的初恋平平无奇，但以她的人生经历来说，写情书式的暗恋像是天方夜谭。

"感谢我帮她写了那么多情书，她改了名字后原封不动地抄了一遍，寄给了她一直喜欢的一个同学，最终打动了对方，现在他们考上了同一所大学，并且确定了恋爱关系！等于是我用三年的暗恋和几十封倾注了全部对爱的向往的情书，成就了董妙的爱情！当时我不知道自己是怎么离开的学校，失魂落魄地走在大街上，路上有几次差点儿被车撞死。回家后，大睡了三天，然后告诉自己，从此以后不再相信爱情。"

"可怜的古老色，原本也这么纯真过，还被伤害得这么深，董妙也太过分了！"胡盼忍不住替古浩打抱不平，"不喜欢一个人就直接拒绝好了，干吗非要利用他对她的好？"

"有些人是天生渣男，有些人是受伤之后，才慢慢变成了渣男。"方山木拍了拍古浩的肩膀，语重心长，"以前我总觉得你游戏人生纵情花丛是生理问题，现在才明白，原来也有心理上的原因。"

古浩不满地连翻白眼："不带这样损人的，老方，我和你可是同一战线的，你这样对我不公道哇。我以前不是，现在不是，将来更不会是渣男！"

"继续，古老色，请继续你的故事，后来呢？"胡盼来了兴趣，双手托腮含情脉脉地凝视古浩，"我想知道你是怎么一步步从一个纯情少年变成了现在的猥琐中年油腻师傅的……"

"继续讲我的故事可以，但你得答应我一个条件……"古浩朝方山木使了个眼色，会心地一笑，"胡盼，你要是答应，我不但会讲出我的故事，还会让你的方叔也讲出他的三段爱情故事，怎么样？"

"好哇好哇，我答应，我答应！"胡盼开心得跳了起来。

成芃芃却无奈地摇了摇头："傻丫头，你被方叔和古师傅合伙骗了，他们是在联手为你挖坑。"

"挖就挖，反正他们也不会害死我，顶多让我吃点儿小亏，是吧方叔？"胡盼不满地白了成芃芃一眼，"这是我和方叔、古浩之间的事情，你别插手。"

"好，好。"成芃芃高举双手，退后一步，"我多管闲事多吃屁行了吧？你放心，等下你跳坑的时候，我不但要眼睁睁看着你跳下去，还会再推你一把。"

"谢了。"胡盼冷哼一声，"古师傅，什么条件，你快说。"

古浩推了一把方山木："该你方叔上场了，方总，该我做的部分，我已经完成了，接下来请开始你的表演。"

方山木不满地哼了一声，又冲胡盼笑了笑："是这样的，公司的成长游戏APP，根据芃芃的建议，最好以每个人的情感历程和人生经历为支线，因为真实和具有代表性，才会更有冲击力，更有可能得到消费者的喜欢。现在我们公司的五个人中，每一个人都有自己没有过去的关卡，如果我们每个人都打通困扰我们眼下的难关，就可以从每个人身上梳理出来一条清晰的支线。五个人，可以依次在其他几个人的帮助下过关，但要有一个先后次序，经过商量，第一个选中了你，先从你开始过关……"

胡盼张大了嘴巴，直直地盯着方山木半天，蓦然回头："芃芃，你出卖我！为什么你们已经做出了要看我笑话的决定而我不知情？你也不事先告诉我，还和他们联合在一起坑我，你太让我失望了。我要和你断交！"

胡盼的反应在方山木的意料之中。

在生活中，我们习惯性放大自己的痛苦而漠视别人的苦难。设身处地地想一想，不管是谁，都不愿意自己的人生悲剧，不，哪怕只是一个小小的难关——毫无保留地展现在别人面前，就像自己的隐私被人参观和点评一样。

但方山木也知道，想要做好成长游戏APP，就要做到真实，而真实源自身边活生生的例子。生活永远大过我们的想象，生活所能呈现的一切，有时会触动我们的心灵，让灵魂得到洗涤。有时会冲击我们的思想，让人生得到升华。

五个人，他、古浩、杜图南、成芃芃和胡盼，到底先从谁的问题开始解决呢？方山木着实为难了半天。经过一番对比和筛选，最终决定选择胡盼。

第四十九章　不怕提条件，就怕没想法

"为什么？为什么是我而不是他、她？"胡盼指了指古浩和成芃芃，又指向了杜

图南，"哪怕是他也可以，偏偏是我，方叔，你是故意的吧？明明知道我刚失恋，还往我伤口上撒胡椒面和孜然！"

为什么非是胡盼呢？其实背后方山木也做过一番对比，他自不用说，他和盛晨的事情很复杂，也尝试过沟通，但到最后只是搁置而不是彻底解决，说明并没有一个切实可行的方法。古浩也是，他和江边斗争多年，现在这暂时的平衡，也是不易。

杜图南的问题就更严重了，方山木都不知道该从何下手，至于成芃芃，似乎都没有用心谈过恋爱。

成芃芃分手分得很坚决，不像胡盼一样藕断丝连。虽然胡盼和她的前男友江成子也一直没有联系，但方山木觉得，胡盼嘴硬，说要坚决和江成子一刀两断，其实内心深处还是希望江成子可以主动联系她，和她重归于好。

算来算去，也只有胡盼最适合了。虽然说无限关爱有限责任公司每一个人都有要过的难关，但路要一步一步走，困难要一个一个解决，第一个要解决的困难，就落到了胡盼身上。方山木清楚，只有每一个人的问题和困扰都得到了妥善处理，成长游戏APP推向市场后才有成功的可能。

方山木之前并没有和成芃芃、杜图南商量，只和古浩有过沟通，成芃芃事先并不知情，让他意外的是，成芃芃非常聪明，暗中发现了他的想法，并且配合默契。

成芃芃没有说出实情，而是冲胡盼得意地一笑："我刚才暗示你了，你不听，怪得了谁？而且他们也确实是发自真心为你好，你要接受他们的帮助。"

"我不想，我自己的事情自己解决，不需要别人插手。"胡盼摇头拒绝，态度坚定，"除非，除非……"

"除非什么？"古浩原以为胡盼没有商量的余地，见她是欲擒故纵，就开心地笑了，他不怕别人提条件，就怕别人无条件拒绝。

"除非方叔答应我，不但要告诉我你的所有爱情故事，而且还要说实话，如果你离婚了，你会再找什么样的姑娘过一生？"胡盼吐了吐舌头，一脸坏笑。

古浩踢了踢方山木的腿："我尽力了，现在人家姑娘要的是你的承诺，作为公司的主要领导，为了公司的前景，你要有做出适当牺牲的勇气，包括色相……"

"行了，别激将了，我同意。"方山木不等古浩说完就一口答应下来，"有时想想，在帮别人通关的同时，何尝不是在帮自己过关？人生有些关卡只能自己过，但有些关卡，却可以在别人的帮助下过关。公司是一个团队，就要互帮互助。"

"太好了。"胡盼像个孩子一样跳了起来，和方山木击掌，"方叔说话算话，不许反悔。两个前提条件，缺一不可，反正我们已经爬到山顶了，现在是讲故事时间，请古师傅继续接下来的表演，然后是方叔上场。"

古浩不悦地咳嗽一声："好好的给你们传授人生经验的一堂课，怎么从你嘴里说出来就像耍猴一样？"

杜图南却幽幽地叹息一声："你站在桥上看风景，看风景的人在楼上看你……你在耍猴，怎知猴子何尝不是也在耍你？"

古浩乐了："这个解释好，小杜，你还是很不错的同志嘛……下面继续——我上了大学后，喜欢上了叫汤每文的女孩。高中时的暗恋不算，汤每文才是我的初恋。她大方得体，热烈奔放。我觉得我的人生最美好的事情就是我喜欢她，而她也恰好喜欢我。我们很快就陷入了热恋之中，山盟海誓，花前月下，整个大学期间，除了学习之外，几乎所有的业余时间我都是和她一起度过。她细心周到，我处处体贴，我一度认为，我会和她结婚生子，共度一生。"

胡盼摇了摇头，叹息一声："感觉在我们90后中，你喜欢我而我正好喜欢你的概率太低了，最主要的是，有些男生你明明对他也有好感，出于女生的矜持，稍微委婉一些，他们就立刻撤退了，连一点儿进攻的勇气都没有，太令人失望了。"

"不，你错了胡盼，他们只是不专一，不够真心喜欢你……"方山木眯起眼睛，调整了一下坐姿，"记得我当年追求盛晨的时候，恨不得用尽浑身解数来讨她欢心，在我眼里，全世界只有她一个姑娘，其他所有女性都失去了光芒。为了她，我会跑几公里的夜路买一包方便面、一支蜡烛、一节电池。也会半夜不睡觉，辗转反侧，就是为了琢磨出来一句可以打动她的情话。记得有一次我正在上课，忽然有了感觉，就在纸条上写了八个字，下课的时候塞到了她的手里，她只看了一眼，当即就脸红了……"

"什么字？"成苋苋、胡盼和杜图南三人众口一词，都同时眯大了眼睛。

"得妻如你，夫复何求！"方山木的眼神都迷离了，陷入了回忆之中，"我当年写给盛晨的情书，每一封都要花费好大一番力气，每一句每一字都斟酌半天。而现在的男生，别说写情书了，微信消息都不愿意多打几个字。要知道我们当年谈恋爱，情书全部是手写。科技发达了，但人却懒了，也没有耐心了。联系是方便了，却又失去了以前的期待和认真。最主要的是，微信还可以群发。群发功能，分散了人们的注意力，让所有人都不再专注一个人，也就没人认认真真地追求一个人了，我说得对不对？"

"以前的爱情好浪漫好感人哪！"成芃芃一脸花痴地笑了，"可能还是现在的生活节奏太快了，人心也太浮躁了，喜欢一个人很快，接触下来几次，觉得有一点儿不合适就又去撩另外一个了。车马都慢的时代，爱情长。通信发达的现在，爱情短。"

"如果有一个男人对我说'得妻如你，夫复何求'，我一定毫不犹豫地嫁给他！可惜，现在的男人都不想结婚，怕承担家庭责任。"胡盼双手托腮凝望方山木，"方叔，我忽然羡慕你们70后的一代人了，至少你们在爱情上面，比我们更有刻骨铭心的感受。"

"对，对，就是刻骨铭心，我和每文的爱情就是真正的刻骨铭心。"古浩一副生无可恋无限感慨的表情，"每文很懂事，从来不会提出过分要求，但只要是她喜欢的事情，我都会努力做到。她喜欢爬山，但我有恐高症，真不敢上山。为了她，我隐瞒了自己的恐高症，甚至在上山的时候因为害怕差点儿摔下去，但我坚持了下来，并且说服了自己，在爱情面前，一切困难都是纸老虎……"

"哇，我都快要被古师傅感动了。"胡盼夸张地惊叫一声。

古浩没理她的表演："我原本是一个不爱运动的人，但每文喜欢运动，不管是爬山、游泳、骑行还是跑步、打球，她都擅长，而我都不会。但为了陪她，我先是克服了恐高症陪她爬山，然后又学会了游泳，尽管差点儿淹死，但只要看到她开心，我就觉得一切都值了。我还学会了骑行，不怕你们笑话，我到上大学时还不会骑自行车，小时候摔过几次之后就更不敢学了。还有跑步、打球，都在她的影响下略有小成……"

"等等，不对呀，学自行车怎么会摔？不是后面都有小轮子吗？"成芃芃十分不解，"我小时候骑小四轮，就是后轮左右各有一个小轮子的自行车，骑熟练后，去掉小轮子就会骑车了。"

"我们小时候可没有这么高级的自行车……"方山木从小生活在农村，古浩是在城市里长大，但物资的匮乏是相同的，"我学自行车的时候，是那种大二八自行车，人还没有车高，双手抓住车把，从大梁下面掏进去骑，由于腿太短，转不了圈，只能蹬半圈。有时骑快了，拐不过弯，会一头摔倒。不是摔在路边，就是冲进沟里。有一次我鞋带太长，被咬进了链条里面，一下摔到了一个沟里，鞋带被缠得死死的，我起不来，周围又没人，大太阳晒了我一个多小时，才有一个人路过，扶我起来。回家后，又被父母痛打了一顿，因为自行车摔坏了，衣服也破了……"

第五十章　谁还不是一个宝宝

"真好玩，你们的童年这么有意思吗？"胡盼叫了起来，"我三岁就上幼儿园了，然后除了上课下课，就没有别的乐趣了。我小时候还学钢琴、跳舞，参加过奥数班学过游泳，感觉从记事时起，就无休止地开始各种学习，从来没有值得回忆的童年快乐。"

"别打岔，我还没讲完，你们还听不听呢？"古浩有点儿恼怒自己被冷落，起身就走，"要不我不讲了，你们请便。"

"听，听。"成芃芃拉住了古浩，"这么大的人了，还要小孩子脾气，古师傅，你是不是心里面还住着一个小孩子？"

古浩的脸色立马转阴为晴："那当然了，谁还不是一个大宝宝？大学四年里，我在每文身上学会了许多东西，提升了自己。大一时，我又瘦又小，到了大三，开始变得健康起来，皮肤是健康的肤色，身材也有很大的进步。也正是得益于每文的培养，我才吸引了江边的目光，让江边喜欢上了我。"

"一个优秀的女人，可以培养一个优质的男人，果然真爱的男女可以起到互相促进提升的作用，真羡慕古老师。"杜图南听了半天，忍不住发出了长长的一声感慨，"我作为80后，也羡慕你们70后的爱情，真的是认真而努力，专一而长情，为了爱情，可以付出一切。"

方山木点了点头："但是你们要注意到一个非常关键的因素，表面上是古浩为了汤每文付出了许多，实际上，汤每文也很大方得体，并且懂事温柔，才会不断地激励古浩前进。如果只是古浩单方面的喜欢而得不到回应的话，他也不会这么坚持和努力，对不对？"

成芃芃连连点头："方叔说得对，我们这一代之所以恋爱都谈得漫不经心，就是因为女孩想让男孩先付出，她凭感觉回应。而男孩才付出一点点，就觉得足够多了，如果女孩没有回应他就马上失去耐心，转身就去找别的女孩试探了。"

"后来呢？后来呢！"胡盼催古浩。

"后来……后来，我总算学会了如何去爱，可惜你早已远去，消失在人海。后来终于在眼泪中明白，有些人一旦错过就不再……"古浩想起了伤心往事，轻轻哼唱了一首《后来》，眼泪都流了出来，他也不擦，"后来江边就公开向我示爱，我拒绝了她。每文当时和我开玩笑，让我嫁给江边算了，毕竟江边有钱，又是京城人，正好可以满足我留在京城的梦想。我原本已经和每文约定,大学毕业后都留在京城,在京城打下一片江山。但在大三时,突然政策变动,留在京城变得极为困难了……"

"所以在大学毕业时,当江边抛出了留在京城有房有车的优厚条件时,你毫不犹豫就同意了?"方山木尽管知道早已是既成事实的事情,但还是不无鄙夷地呸了一口,"呸,渣男!见利忘义,见钱忘情!"

"呸,渣男!"成芃芃和胡盼也一起鄙视古浩。

古浩一脸苦笑:"你们别这样好不好?我也有不得已的苦衷,至少我和每文的恋爱,纯粹且认真,热烈且真实。当时其实我是和每文约定,我假装答应江边的条件,等江边帮我留在京城后,再和江边分手。然后,我会动用我的全部关系,再加上每文自己的关系,帮她也留在京城。我们说得好好的,谁知等我在江边的帮助下留在京城之后,每文却突然不辞而别,不知道去了哪里……"

原来还有这样一段往事,方山木也有几分疑惑了:"之前你不是说她回了老家吗?怎么又下落不明了?这么多同学里面,总有人知道她去了哪里吧?"

古浩沉重而严肃地摇头:"不知道!没有一个人知道她去了哪里,甚至有人说她已经不在人世了,但我不信。不信归不信,却就是没有她的一丝消息,也是怪了……"

"我觉得她是伤心过度,躲了起来,永远也不想再见到你!"成芃芃恶狠狠地瞪了古浩一眼,一脸厌恶。

胡盼也是极度不爽的表情:"哼,不用想就知道,她当初肯定是在假装答应你,因为她了解你,知道你功利心太重,为了利益什么都可以牺牲,何况爱情!所以她等你落户京城找到工作之后,就悄然消失,就是为了成全你。"

"为什么?"古浩愕然,不敢相信,"我当时真的是想利用江边留在京城后,再和江边分手,然后和她在一起,没有一分想要骗她的心思!要有半句假话,天打五雷轰!"

"才不信渣男发誓!"胡盼忽然神情落寞地叹息一声,"古师傅,你是真的不懂女人,汤每文的消失,第一种可能是真的因为太爱你,所以才会放手成全你。第二种可能是她是真的看透了你,怕你到时舍不得别墅和豪车,在现实和爱情之间左右为难,她不想你尴尬,也不想自己难堪,索性就转身离开,成全了你的幸福生活,保全你的脸面,也保留了自己的尊严。"

成芃芃也是大有感触:"说到底,在你们的爱情里,你是百分之九十热爱生活,百分之十抽空爱她。她是百分之九十爱你，百分之十用来生活。原本就不对等，谁付出多谁就更心痛。古师傅，你别抵抗了，承认吧，你就是渣男。"

古浩罕见地没有反驳，他眼神中流露出迷茫和不解："真的吗？女人为什么总是喜欢把最深的心思藏在心底？好吧，我承认在我和汤每文最后的爱情时刻，我曾经是一个渣男。"

"后来呢？"胡盼调整了情绪，"快说你和江边结婚后，又发生了什么，为什么要出轨？"

几个人下山，找到了一家农家乐茶馆，围坐在一个土灶的大锅面前，要了大锅菜、叫花鸡、骨渣丸子等硬菜，再配了大饼和米饭，大快朵颐起来。

古浩爬山着实饿了，才吃没几口，就被胡盼再次逼着讲之后的事情，他无奈之下只好连翻几个白眼，又狼吞虎咽了几口，勉强吃饱，才开始继续讲。

失去了汤每文，古浩心慌了一段时间，到处打听她的下落，却一无所获。他甚至还专程去了一趟汤每文南方的老家，却发现家里空无一人。一问才知，早在一年多前汤家全家搬走，去了哪里无人知晓。

失魂落魄地回到京城，古浩的行踪被细心的江边发现，江边勃然大怒，质问古浩为什么瞒着她去找汤每文。如果他和汤每文藕断丝连的话，她会收回以前所有的承诺，让古浩一切瞬间归零！

古浩敢怒不敢言，想顶撞江边，又唯恐失去到手的一切，最主要的是，他已经失去了汤每文，如果再和江边闹翻，岂不是前功尽弃？汤每文做出的牺牲也就毫无价值了。

和江边结婚后，江边勒令古浩删除汤每文的所有联系方式。古浩照办了，因为汤每文的所有联系方式已经全部失效，留着也没有意义了。

江边对汤每文极其嫉妒。大学期间，她几次对古浩示爱，古浩都视而不见，或是见了也装糊涂。有一次，被她逼急了，古浩还说了狠话，说就算没有汤每文，也一辈子不会喜欢上她。

江边永远记得古浩当时咬牙切齿的表情，那一幕成为她心中永远的痛。她不管是长相还是身世，都远超汤每文，为什么在古浩眼中，她和汤每文的差距就是天壤之别？古浩也不知道是因为什么，爱情有时无法用理智分析，爱情就是盲目，就是一种说不清道不明的喜欢。

古浩也清楚，他的话对江边伤害巨大，但他当时沉迷在与汤每文的热恋之中，全世界都不再重要，何况一个江边？后来他和江边结婚后，也明白他当年的话会成为江边心中的一根永远的刺。

每次生气发火，江边总会旧事重提，拿当年的话来怼古浩。开始时古浩还解释一番。但次数一多，他也就懒得解释了，反正不管怎么解释，江边都不能接受。

古浩现在非常后悔，后悔当初没有坚定立场，每次吵架都为了息事宁人，选择退步。没想到，他每退一步，江边就前进一步，得寸进尺。结婚三年之后，就形成了江边完全掌控家中一切的局面，而他再想翻身，已经为时已晚。

说起来古浩和江边的婚姻，也不能直接定论失败。开始时古浩确实不怎么喜欢江边，但汤每文的消失，让他心灰意冷。江边清楚古浩心有不甘，但她有信心收服古浩，让古浩彻底爱上她。

第五十一章　女人真可怜，男人真无耻

从开始时谁主谁次的较量中，古浩慢慢失去先机，被江边掌控了主动，后来江边一点点利用汤每文和古浩的往事，占据了道德制高点和心理优势，大概在结婚后第四年，孩子出生后，古浩发现，他真的已经离不开江边了。

或许不是爱，但肯定有喜欢，有亲情，也有强大的惯性。江边虽然对他管得多，但对他照顾得也是事事周到，不管是工作还是生活，安排得井井有条。慢慢地，他开始习惯并享受江边的安排，小到吃饭穿衣，大到工作和人生规划。

人都有惰性，被人管惯了，就像被关在笼子里的鸟儿，也就不再向往蓝天了。不过也得承认，江边确实很优秀，不但细心周到，还颇有大局观，在许多问题的看法上比古浩更有远见。就像当初古浩进入互联网公司之前，原本在一家国企担任部门负责人，日子过得安逸而毫无波澜，才三十岁一过，古浩感觉他已经提前进入半退休状态了。

在江边让他从国企辞职前去互联网公司时，他极力反对，一是不想打破手中的铁饭碗。二是他已经适应了慢节奏的规律生活，虽然收入不高，但担子轻，又不用负责任，还没有压力。不用买别墅和豪车，收入够自己日用就行，几年下来，他已经磨灭了以前所有的雄心壮志。

江边非要他去互联网公司不可，理由也很充足，古浩还年轻，再这么混吃等死下去，一辈子也只能是一个中层领导，以古浩的为人和能力，并不适合在国企发展。代表着未来方向和趋势的互联网，才有更广阔的天地。

古浩几乎是被江边逼着辞职并且哭丧着脸到互联网公司上班的，但他的小情绪

没持续多久，很快就适应了互联网公司的火热和拼搏，当然，也和互联网公司平均年龄不到三十岁的美女员工们有关。确实如江边所料，古浩在新的公司中如鱼得水，展现了他现在年龄段应有的朝气和活力。

但让江边怎么也没有想到的是，刺激和激励古浩重现活力的不完全是公司环境和氛围，还包括年轻漂亮的女孩。

生机盎然的互联网公司仿佛打开了古浩人生的一扇全新大门，大门外面的世界，丰富多彩，五颜六色，光怪陆离，花枝招展。

从此，古浩解锁了他的全新技能——撩妹。他虽然也算是喜欢上了江边，但并不是深爱，所以在他的内心深处，并没有为江边负责对家庭忠诚的想法。当然，也不是完全没有，但念头太弱，只要一见到美女就会选择性地得上忘记已婚的健忘症。

"女人真可怜，男人真无耻……"胡盼痛心地摇了摇头，脸上痛恨的表情恨不得吃了古浩，"江边对你这么好，给了你一切，你却这样对他，你要不是渣男，世界上就没有渣男了！你是我见过的最无耻，最没有底线，最垃圾的渣男！"

"谢谢夸奖，不胜荣幸！"古浩毫不生气，对胡盼的讽刺全盘照收，"幸福就像吃饭，合不合胃口，好不好吃，全在个人口味，外人真的不知其中滋味。"

"你呢，方叔，你觉得古浩是不是渣男？"胡盼气不过，就想寻找同盟。

方山木愣了一愣，又摇了摇头："渣男不足以形容古浩的所作所为，但从深层次挖掘的话，不是古浩一个人的问题，也有江边和社会发展的原因。"

"切，男人，嗬，男人，屁股果然是歪的，就知道站在男人的立场为自己的同类开脱，估计在自己的内心里面，方叔也想和古浩一样，觉得男人就应该红旗不倒彩旗飘飘。"胡盼突然就发作了，如机关枪一样朝方山木无差别扫射。

成芄芄脸色都变了，用力一拉胡盼："你疯了？能不能别胡说八道？赶紧向方叔道歉。方叔不是立场歪，是想理性地分析一下古浩性格形成的原因……"

杜图南摇了摇头，示意成芄芄不用管胡盼，他倒是希望胡盼一股脑儿把心里的话全部说出来，相比闷在心里有事藏着掖着，心直口快的人反倒更好相处。

而且他更清楚的是，公司想要齐心协力，想要团结一致，就得坦诚相待。即使是本着解决每个人关卡的出发点，也需要说出内心真实的想法。

胡盼却不道歉，不过也不说话了，不是她觉得自己过分，而是她说完后也就出气了。

方山木呵呵一笑："胡盼，你刚才之所以这么冲动，是从天下都没有一个好男人的出发点来分析问题，实际上，世界上好女人多的是，好男人也一样。我不是为古浩辩解，而是追究更深层次的真实原因，一个巴掌拍不响，家庭出现了问题，大多数是两个人造成的，而不是一个人单方面的过错。只有找到了问题的根源，才能从根本上解决问题，避免重蹈覆辙。"

"不想和你说话了。"胡盼还是没想通，火气又上来了。

饭后，一行人开车回去。下午四五点，到了公司。既然古浩的恋爱史已经讲完，接下来轮到方山木了。

方山木故意不讲，在公司里面处理各种事务。胡盼有几次假装送文件进办公室，欲言又止，他假装不见。

快六点时，胡盼终于忍不住了，她还是耗不过方山木。

"方叔，你说过的话还算数不？"

方山木装糊涂："什么话？请客的事儿吧？算，今晚请你们大餐，人均二十块的盒饭。"

"不是，你别打岔，一天天的……"胡盼尴尬而不失礼貌地笑了笑，"作为公司的第一个试验品，我都答应让你们帮我打通关了，你身为领导和长辈，就不能主动一点儿说出你的故事，让我们从中吸取经验当成人生成长指南？"

"想听？"方山木一脸窃笑。

"想，特别想！"胡盼用力点头，无比期待的目光闪闪发亮。

"不怕再听到我从男人的立场上讲出为男人开脱的爱情故事？"

"这一天天的，真是的，一个大男人这么小气，斤斤计较可不是你的风格，方叔！"胡盼被气笑了，"要不这样好了，晚上我请客。"

"你还是别请客了，说好我请客就是我请。你只要做好如何过了江成子这一关的心理准备就可以了，只要你先答应我一件事情，我保证会讲出我的故事，不但毫无保留，而且无比精彩。"方山木的表情十分诚恳，语气却又循循善诱，只片刻之间就掌控了主动。

胡盼还不知道她已经被方山木有意无意地左右了判断，相比方山木的老到，她还是嫩了不少。

"不管是什么事情，我都答应。"胡盼被自己的好奇心所害，现在迫不及待想要知道方山木的恋爱史，越迫切就越露怯。

"好，就这么说定了。"方山木站了起来，哈哈一笑，"你得答应我，等下不管发生什么事情，你都不许发火，也不许翻脸。"

"切，一天天的，当我是什么人了？我会那么没有涵养？放心，不管发生什么事情，哪怕是你们联合一起捉弄我，我也会非常大度地配合你们。"胡盼得意扬扬地一笑，"别以为我总是被情绪控制，我也有理性的一面。"

"好，信你了。"方山木诡异地笑了笑。

晚饭，又选择在音乐餐厅。音乐餐厅每晚八点有演出，会有人现场演奏。方山木一行七点半来到餐厅，成芃芃早就预订了欣赏演出的最佳位子。

这一次方山木没有要求消费限额，古浩就自作主张地点了一桌子丰盛的饭菜，还要了酒，说要祭奠他逝去的青春和曾经最美好的纯真。胡盼嗤之以鼻，讽刺他不过是为了骗吃骗喝而编造瞎话而已。

五个人坐在最中间的位置，正对着舞台中央。菜上齐后，几个人才喝了几口酒，歌手就上台了。是两个二十多岁的大男孩，一人抱一把吉他，简单地做了自我介绍后，就唱起了带有明显校园民谣色彩的怀旧歌曲。

也不知是真的想起了往事，还是酒精的刺激与忧伤的校园民谣的感染，几杯酒下肚后，古浩手舞足蹈地唱着歌曲，眼含泪光，犹如回到了青年时代。

"一天天的，都多大的人了，还跟没长大一样。男人是不是都有孩子气的一面？"胡盼坐在古浩的对面，对古浩热泪盈眶的样子很不适应，"也不对，方叔就从来一副不动如山的样子，别说哭鼻子了，连失态都没有，牛大了。对了方叔，你不是说今晚会有事情发生吗？到底是有惊喜呢还是惊吓？"

第五十二章　该来的总会来

"别急，该来的总会来，快了。是惊喜还是惊吓，全在你自己的感觉。"方山木神秘地一笑。

古浩一抹眼泪不哭了："算了，不哭了，虽然说男人哭吧哭吧不是罪，但当着小孩子们的面，也怪丢人的。已经是过去十几年的事情了，不值得再流泪了。"

"真正的刻骨铭心的爱情，不管过去多久，一想起来都会流泪的。"成芃芃一整天都有几分闷闷不乐，状态不是很好，也不知道是不是有什么心事，她自顾自喝了一口啤酒，"就像是一根永久植入心中的刺，有倒钩，碰不得拔不出，安静地长在心上某个被遗忘的角落，一旦想起，就会痛入骨髓。知道为什么现在90后都喜欢看青梅竹马的爱情？喜欢专一而长情的恋人吗？"

"因为缺少，所以渴望。"方山木一语道破真相。

"方叔真了解我们90后，已经和我们90后打成一片了。"成芃芃嘻嘻一笑，看了一眼手机，"也该来了，约好的是八点，已经超时几分钟了。"

胡盼懒得想他们说的什么，自顾自喝起了酒，一口酒喝下，鼓起了腮帮子，咽到一半时愣住了，酒含在嘴里，双眼圆睁，仿佛见到了最不可思议的事情。

"怎么了这是，见鬼了？"杜图南见啤酒顺着胡盼的嘴角流了下来，就拿过纸巾替她擦了一擦，然后顺着她的目光望去——只见一个黑风衣黑帽子黑墨镜的男人从门外进来，大步流星，直奔胡盼而来。

片刻之间，他来到桌前，目光一扫，落在了成芃芃身上："请问是成总吗？"

"你来了，坐，坐我旁边。"成芃芃拉了拉身边的椅子，"我来介绍一下，江成子，公司新员工，负责市场。"

随后，成芃芃又依次介绍了方山木几个人。

江成子和方山木几个人打招呼时，大马金刀地坐着一动不动，别说起身了，连弯腰都欠奉，腰杆挺得笔直，俨然一副他是领导的派头。

成芃芃的旁边，正是胡盼的对面。江成子依次打完招呼后，才冲依然一脸愕然的胡盼玩味地一笑："胡盼，我们又见面了，而且还成了同事，惊不惊喜，意不意外？"

胡盼总算咽下了嘴里的酒，翻了翻白眼，她忽地站了起来："方叔，你说的条件就是他？你们是不是早就知道他要来，全部瞒着我，非要看我出糗是不是？"

方山木诚恳地点头："既然你已经答应要让我们帮你过了江成子这一关，现在他出现了，不过是提前了而已。真正的惊喜和意外是……我现在宣布，即日起，江成子正式加入无限关爱有限责任公司，担任公司的市场部副总监。"

"我反对。"胡盼气呼呼地又坐了回去，"我可以接受你们帮我过他这一关，但没答应让他也到公司上班，一天天的，你们不折腾我不开心是不是？如果你们非要留他在公司，我辞职！"

"不对不对，明明是我负责招聘工作，我怎么没见到他的简历？想起来了，当时我有事去工商税务时，是由你来替我半天，难道就半天时间，我就错过了江成子投来的简历？"胡盼看向了成芃芃，"芃芃，我真的生你气了，你现在和我不一条心了，居然还和他们一起瞒着我？我真的要和你绝交……两周！"

方山木挥了挥手，举起酒："别闹，先欢迎一下江成子正式加盟公司！另外我要强调一下，江成子的简历，先由成芃芃过目，又经古浩审核，再由我来最后拍板决定，完全是因为江成子的个人能力和履历符合公司的需要，没有任何私人因素在内。"

胡盼知道方山木的话是在说给她听，她不举杯："反正只要他留，我就辞职。"

成芃芃用力一拉胡盼的胳膊："胡盼！你能不能理智些？公是公，私是私，你不能分不清轻重……"

"我就分不清楚轻重，你能怎么着吧？"胡盼双手抱肩，一脸不屑，斜着眼睛看向江成子，"方叔，你说到底是要我还是要他？反正在无限关爱公司，有我没他，有他没我。"

众人的目光都投向了方山木，现在还没有帮胡盼打通江成子这道关，胡盼先给方山木设置了一个二选一的难关。

江成子不说话，抿着嘴，一脸不屑，他和胡盼是一样的双手抱肩的姿势，斜着眼睛看着胡盼，不说话不表态，只想看笑话。

果然是一对活宝，表情和姿势都一模一样，方山木暗暗摇头，他不动声色地放下酒杯："可以，你如果非要辞职，我也不勉强……"

众人皆是一惊，方山木怎么会舍得放弃胡盼而留下江成子？不管是于公于私，所有人都觉得胡盼留下更有利于公司的发展。

让江成子进公司的决定，确实是方山木的主意。

之前成芃芃临时接替胡盼负责招聘工作时，意外收到了江成子的简历，当时她并没有反应过来江成子是谁，虽然她和胡盼很熟，但对江成子的名字并没有那么深刻，不会一看到他的名字就会想到他是胡盼的前男友。正是因此，江成子还算有亮点的简历吸引了她，她就拿给了方山木。

方山木当时急于回家和盛晨谈判，也没有细看，觉得还算可以，就让成芃芃定下。等古浩回来后，他也看了江成子的简历，也认为可以。

方山木见没有什么异议，决定拍板时，忽然想起了此江成子和胡盼的男友江成子同名，莫非是同一人？叫来成芃芃和古浩，经成芃芃确认，应该是同一人无疑。

几个人商量一番，最后还是决定录取江成子。虽然有可能会为胡盼带来困扰，但为了公司的发展着想，也是为了帮胡盼过关，让江成子进入公司说不定也是一件好事，可以两全其美。

为防止引起胡盼的强烈反对，方山木决定先不告诉胡盼，才有了在香山步步为营欲擒故纵的一出大戏。却没想到，胡盼的反应还是比想象中激烈。

几个人不免暗暗担心，如果方山木不能从容应对的话，真有可能顾此失彼，捡了江成子这个芝麻丢了胡盼这个西瓜。

第五十三章　我也是你的人生难关

方山木不慌不忙，在胡盼起身就要走人时，才又慢条斯理地说了一句："原本我是想从你和江成子之中挑选一个成为联合创始人，既然你要主动退出，他就毫无悬念没有竞争地进入了联合创始人序列……"

胡盼才走出没几步，动作无比迅速地一转身，又坐回了座位："各位好，我又回来了。刚才想了一下，我才是公司的联合创始人之一，怎么会因为公司飞进来一个苍蝇就离开呢？真是傻瓜。苍蝇飞进来了，处理的方法有很多，可以打死，可以轰出去，也可以改造它，让它从吃屎的苍蝇变成采蜜的蜜蜂……"

"幼稚！可笑！"江成子冷笑一声，"胡盼，你如果还一直这么低幼下去的话，我怀疑说不定有一天，你会变成住幼儿园的老年痴呆患者。"

"不会的，您放心好了，我的记性可好了，就算当鬼了也不会忘了您！"胡盼也是回应以冷笑，又举起了酒杯，"来，江成子，干了，不干就是草包尿货！"

"我戒酒了。"江成子摆了摆手，用力朝后面一靠，"我才不会像小孩子一样，动不动就逃走，动不动就拼酒，动不动就哭鼻子。半年没见，胡盼，你一点儿也没有进步，我很欣慰。"

"好吧，我承认我没有进步，但也比你强。以前还可以借喝酒来壮胆，毕竟酒壮尿人胆不是？现在连酒都戒了，您以后估计连女朋友都找不到了，没酒，怎么有狗胆去表白？"胡盼继续进攻。

江成子毫无退让之意："你是说我酒后向你表白的事情吧？哈哈，胡盼你也太天真了，当时我只是往身上洒了一点儿白酒，又用酒漱了漱口，压根儿丁点儿酒都没喝。我向你表白的时候很清醒，如果你同意，我就继续进攻。如果你拒绝，就假装喝醉来掩饰，酒话就是胡话。没想到你一点儿难度都没有，一次就拿下了，太没征服感了。胡盼，你回忆一下，认识我以后，我什么时候喝过酒？"

胡盼低头一想，忽然变色："骗子！流氓！无耻！渣男！"

江成子微微一笑，得意而开心："说实话，我本来对来无限关爱公司并没有多大兴趣，毕竟是一家初创小公司，前景怎么样还不好说，也就是觉得最近实在是太无聊了，才出来透透气，没想到居然被选中了。果然优秀的人就算是只打游戏宅在家里，也难以掩盖耀眼的光芒。但现在呢，我决定好好在公司干下去，不为别的，就为了有机会再帮你成长一次！"

"江成子！"胡盼被彻底激怒了，"信不信我分分钟教你怎么做人？"

"有理不在声高。"方山木看不下去了，刚才的一番交手，可以说胡盼完败，胡盼太沉不住气了，被江成子死死地掌握了节奏。他轻轻咳嗽一声，"胡盼，先不要吵了，以后用成绩说话。既然是要过关，就得拿出勇气和决心。"

原本以为女人比男人成熟早，男人都是孩子，现在看来，女人也是孩子。

"怎么拿？"胡盼已经乱了阵脚，她现在不再生方山木几个人瞒她的气，而是面对江成子死不悔改的德行，气得失去了理智，"我不会，方叔你教我。"

"江成子向你表白时，在身上洒了点儿酒，是在清醒的状态下，说明他是一个有谋略又能为自己想好退路的人。"方山木狡黠地眨了眨眼睛，"别小瞧了自己，你也可以是。"

"我……"胡盼愣了片刻，忽然心领神会地笑了，举起酒杯，"欢迎江成子正式加盟公司，我代表公司并且以他的前女友身份先表个态，以后大家就是一家人了，不念过去不畏将来不负余生，江成子……谢谢你！"

方山木也举杯："说得好，既往不恋，当下不杂，未来不迎……来，一起欢迎江成子，因为他的加入，公司得到了进一步壮大！"

江成子举起了茶杯："我不喝酒，就以茶代酒了，谢谢各位！"

本来以茶代酒就不太礼貌了，江成子却只是轻轻一碰嘴唇，就放下了茶杯，也不动筷子，像个局外人一样，冷冷地看着几个人吃饭，眼神中微有不屑和漠然。

半个小时后，台上又换了一对歌手，是两个女孩，唱起了水木年华的《一生有你》。

> 多少人曾爱慕你年轻时的容颜，
> 可知谁愿承受岁月无情的变迁。
> 多少人曾在你生命中来了又还，
> 可知一生有你我都陪在你身边……

两个女孩唱得确实不错，婉转百回，引得餐厅里许多人同声相和，一时声音如雷，响成一片。

就连方山木、古浩和杜图南也跟随潮流唱了起来，成芃芃和胡盼却没有感觉，只顾喝酒，江成子漠然摇头，嘟囔了一句："幼稚！老土！"

随后眼皮低垂，拿出手机开始玩游戏，一副举世皆醉我独醒的超然。

胡盼又喝了几杯，有了几分醉意，朝方山木示了个眼色，方山木会意，点了点头，胡盼就起身绕过成芃芃，来到方山木身后。

"方叔，承蒙你的照顾，我敬你一杯……"话说一半，她身子一晃，手中整整一大杯的啤酒都倒在江成子的头上，"哎呀，哎呀，一天天的，真的喝醉了，不好意思，真的非常不好意思！"

手忙脚乱间，胡盼拿过纸巾为江成子擦头，由于头发过湿而用力过大，纸巾被弄成许多碎屑揉进了江成子的头发里面，东一块西一片，像是洒了一层雪。

江成子猛然站了起来，粗暴地一把推开胡盼："胡盼，够了！别装了，你就是故意的，幼稚！低级！下流！"

"不不不，真的没有，我是真喝醉了，要不就往自己身上洒洒了……"胡盼强忍笑意，又用力在江成子的脑袋上揉了几把，"哎呀，全是渣渣，挺配你的。"

古浩一拍桌子站了起来，一脸严肃："这就是你的不对了，胡盼，喝醉了不丢人，洒人一身酒也可以原谅，弄别人一头渣也可以理解，但你说人家是渣男，就有人身攻击的嫌疑了。"

"我的错，我认。我喝醉了，也是真醉了，没装。"胡盼难得地没有反驳古浩，伸手从桌子上的花瓶中抓了一把绿叶洒在了江成子的头上，"古师傅说得对，洒人一身酒其实也没多大意思。都说男人的发火是放鞭炮，响完就拉倒。女人的不满是积分，每一次都会攒下来，攒到一定程度，就可以兑现一顶绿色的帽子送给男人。"

"后悔当初没有送他帽子了吧？"成芃芃拉回了胡盼，她见江成子快要发作了，知道该收场了，瞪了方山木一眼，对胡盼说，"现在后悔也来不及了，就别和他一般见识了。以后大家是同事，在同事的范畴之内做事，就各凭本事和手腕了。来，胡盼，赶紧向江成子道个歉，他也不会和你一般计较的。"

方山木对成芃芃的不满视而不见，他就是要让胡盼发泄一下，一是测试一下江成子的涵养和忍耐力。二是从二人的交手中寻找突破口，看看二人到底还有几分复合的可能。

"不理你。"胡盼不是装醉，是确实有了几分醉意，她推开了成芃芃，"说好和你吵架断交，就说话算话，你别和我说话，方叔不让我和你玩！还有你，江成子，我就实话告诉你了，我刚才就是故意的，但我确实醉了，是，我很怂，酒壮怂人胆。但就这一次，下次我正大光明和你较量，我会施展全部手段，让你痛不欲生，让你跪地求饶。"

江成子用力拨弄几下头发："神经！有本事正面冲我来，别耍小伎俩，谁会怕你？今天不和你计较，我们来日方长！"

"你是我的关卡，我也是你的人生难关！"胡盼趾高气扬地哼了一声，一副胜利者的姿态，"哼，走着瞧！"

"今天这一关，设置得不太精彩，胡盼虽然出了一口恶气，但并没有实质性的提升，反倒会让江成子更看轻了她。失败，太失败了。"回到301室，胡盼醉得不省人事，在成芇芇的帮助下已经睡着了，成芇芇也没回去，留下照顾胡盼，省得她半夜醒来折腾，她忙完之后，坐在了客厅的沙发上对正在看电视的方山木埋怨道。

方山木跷起了二郎腿，心满意足地笑了笑："效果达到了，至少测试出来了胡盼和江成子性格中真实的一面，而且也看出了二人的积怨挺深，有利于以后工作的开展和胡盼的通关。"

"行，反正你总是有理，谁让你是方叔？"成芇芇懒得和方山木争辩，每次她都知道方山木肯定有无数个理由在等着她，"你别忘了，江成子成为公司员工后，就不只是胡盼一个人过关了，江成子也需要。不过看样子，江成子比胡盼难度还大，他对胡盼积攒了不少不满。渣男总是有理，总是觉得自己正确，呸！"

第五十四章　只能帮你到这里

"别总随便定义别人，胡盼和他谈了两年恋爱才发现他是渣男，说明了什么？"方山木微微一笑的样子很自信，"很显然，有两种可能：一是一开始江成子也并不是渣男，是两年恋爱中逐渐变成了渣男。二是江成子原本就是渣男，但胡盼就是爱他的渣，觉得他渣得可爱。不爱了，才觉得他渣得可恶。"

成芇芇一愣，然后咯咯地笑了："方叔真会替你们男人开脱，不过也许还有第三种可能，对于女人来说，男人有点儿小坏有点儿微渣，并不算什么，只要她还爱他就好。比如他很小气，在爱里就是节俭会过日子。再比如他热心细心，在外面喜欢照顾到每一个女生，在爱里就是暖男就是体贴。"

"那么不爱了呢？"方山木饶有兴趣地朝后一仰，"人性就是这样，如果一个穷小子冒充有钱人和你恋爱，然后被你发现，你会怎样？百分之九十九的女人会选择和他坚决断绝关系，因为在你看来，诚实才是最重要的品质之一。"

"对呀，做人要诚实。"成芇芇没有意识到被方山木挖坑了。

方山木哈哈大笑："如果是一个有钱人冒充穷小子和你恋爱，然后被你发现，你又会是什么样的反应？百分之九十九的女人会选择继续和他交往，因为她们会对自己说，她爱的是他的人，又不是他的钱。有没有钱不重要，重要的是他人好。他骗她没钱也不是不诚实，而是为了不让他们的爱情被金钱腐蚀，他是为了追求真爱，嗬，女人，这就是现实……"

"哈哈，方叔你太逗了，不过你的话也有道理。"成芃芃也哈哈大笑。

"对女人来说，如果不爱了，小气是渣，小心眼挑剔是渣，打游戏是渣，热心细心也是渣，总之，爱里的所有小毛病小缺点，爱的时候是小乖乖，只要不爱了，就是大坏坏，或者全部都可以用渣男两个字来概括。"成芃芃打了一个大大的哈欠，"我只能帮你到这里了，方叔，你让江成子进入公司，可是承担了不少的压力和风险，处理好了，收获两员干将和两个精彩的支线情节。处理不好，损失两员干将，还可能让公司元气大伤……你可要想好了，方叔，做出的决定没有反悔的机会，人生不是游戏，没有重来的机会。"

"我做过的事情从不后悔，知道为什么吗？"方山木正襟危坐，一本正经一脸严肃。

"为什么？"成芃芃被方山木的认真吓着了。

"因为后悔也没什么用，与其后悔纠结对错和过去，还不如向前看。"方山木站了起来，"睡觉，明天又是崭新的一天。"

半夜时分，方山木被胡盼的吵闹声惊醒，他出来一看，胡盼正在客厅手舞足蹈，手中挥舞卫生纸，客厅中全是纸片和纸屑。成芃芃坐在沙发上，双手抱在胸前，一副看热闹不怕事大的轻松姿态。

古浩也被吵醒了，揉着惺忪的睡眼："发酒疯了？没看出来，平常挺文静的一姑娘，酒品这么差，简直了。"

话刚说完，一卷卫生纸飞奔而来，正中古浩脑袋，古浩故作夸张地惨叫一声，转身回屋，关紧了房门。

方山木没那么心大，唯恐胡盼再做出什么过分的事情，就和成芃芃一起坐在沙发上观看胡盼的表演，直到胡盼累了疲了，在成芃芃的照顾下回去睡觉，他才回到房间。

已经过了十二点，方山木忽然没有了睡意，索性推开窗户，让凉风吹进来。手机屏幕亮了一亮，提示有微信进来。他拿起一看，是儿子发来的消息。

"老爸，过年时我和妈妈一起陪你回爷爷奶奶家一趟吧，别让他们发现你们的问题，内部矛盾在内部解决最好。我相信你们都有足够的智慧和诚意解决分歧……"

过了一会儿，又来了一条："不说了，睡了，老妈最近情绪有些波动，好像是要开什么同学会，她在犹豫要不要去。老爸，其实老妈很优秀，你要是不珍惜，她真有可能就被别人抢走了。"

方山木还是没有回复，怕一回复就聊个没完，毕竟深夜了。

同学会？

记不清到底有多久没有参加同学会了。上次参加同学会，一个炫富的同学和一个特别贫困的同学发生冲突，后来，他就再也没有参加过一次同学会，不管是高中同学会还是大学同学会。当然，近年来组织同学会的同学越来越少，大家都各自忙碌，各有圈子，同学之间的情谊也淡了不少。

盛晨和他是大学同学，如果是高中同学会他不知道还情有可原，大学同学会的话，不可能不通知他。问题是，盛晨和高中同学联系得不多，结婚十余年来，没有参加过一次……那么多半还是大学同学会。

会是谁发起的同学会呢？方山木和盛晨留京的同学并不是很多，在他们毕业时，留京指标就开始稀缺，班上四十余人，留下的不足五分之一。也有一部分人留下打工，当上了京漂，但没多久就又回到了家乡。

开始时，还和仅有的几名留京同学有联系，后来由于更改手机号以及从QQ到微信的转移，不少人都失联了，唯一还有联系的就是蒙威了。

应该不是蒙威。

蒙威在京城多年，并不是一个热衷于组织活动的人。后来方山木也忘了是什么原因和蒙威也失去了联系，倒是盛晨和他没有中断。那么剩下的有可能热心地组织同学会还有号召力的就是郑远东了！

肯定是他。郑远东既然要来京城发展，他又是喜欢热闹的性子……方山木也不管半夜三更，当即发了一个微信过去："远东，什么时候有空聚聚？"

郑远东几乎是秒回："我年后到京，正在筹备同学会，已经和盛晨说过了，到时你们两口子可一定要参加，要不我拉黑你们。"

方山木一颗心落地了，郑远东并不知道他和盛晨之间的矛盾，以为和盛晨说了就等于告诉了他。但盛晨没有和他说，到底是什么心思呢？

本想问个清楚，一看太晚了，方山木也就息了心思，打算天亮了再说。不料未来几天，事情一多，他居然完全抛到了脑后。

几天来，江成子入职，继续招聘员工，开会讨论成长游戏的创意和情节，大家都忙得不亦乐乎。江成子也暂时放下了对胡盼的敌意，投入工作之中。成长游戏的创意对他来说很有吸引力，作为一个重度游戏爱好者，他对成长游戏的设定和情节提出了许多玩家角度的看法。

江成子在待人接物上颇为失礼，不是有多傲慢，而是压根儿就不懂礼节。但他也不是没有优点，比如做事情比较专注，尤其是对游戏的热爱发自内心，只用了两天就完全进入了成长游戏APP的设计之中，从场景到主线、支线以及人物，都很有与众不同的见解，不愧为打了多年游戏的专业人士。

胡盼有些嘴上不服，心里却也认同江成子的一些意见。不过她对她和江成子的恋爱案例作为一个支线剧情加入游戏之中没太大兴趣，江成子的态度却截然相反，他不但乐意把他和胡盼的恋爱史加入其中，还主动提出愿意分享他之前的几段恋爱，包括初恋。

尽管和江成子关系还是很僵，胡盼却还是对江成子之前的几段恋爱非常感兴趣。她和江成子恋爱以来，江成子只承认之前有过一段恋爱，而且还很短暂。现在看来，江成子是欺骗了她。

不过在知道江成子的几段恋爱之前，胡盼更感兴趣的还是方山木的恋爱史。一有时间她就追着方山木，问他什么时候说出他的故事，方山木总是推托没空。见方山木有耍赖之意，胡盼就找来了成芃芃、古浩和杜图南当帮手一起逼方山木就范。

方山木不是不肯讲，是最近几天没有心情。同学会的事情弄得他心里七上八下很不安稳，虽然是在年后才开，但盛晨一直没告诉他，让他心里很不是滋味，不知道盛晨到底打的是什么主意。难道说，盛晨真要故意不通知他，她自己独身一人去参加同学会，好让同学们猜测他和她的关系出现了问题？

方山木不知道的是，盛晨也正在为此事发愁，犹豫是不是要告诉他同学会的事情。

下班的时候，盛晨收拾好东西正准备回家，一条微信进来，她打开一看，是蒙威。

"晚上一起吃饭吧？我订了丽景餐厅，很有情调，你应该会喜欢。"

盛晨正要和往常一样回绝时，蒙威的第二条微信又来了："这已经是我第三十八次邀请你了，你打算拒绝到什么时候？"

第五十五章　点赞之交

盛晨笑了，刚打出"一百次"还没有发送时，第三条微信就及时出现了："今天是我三十八岁的生日……"

盛晨删除了"一百次"，咬了咬嘴唇，回复了一个字："好！"

丽景餐厅离蒙威的公司不远,是一家西式餐厅。如果是夏天,露天部分可以享受清爽的夏风以及漫天的星光,可惜在冬天,天寒地冻,餐厅将露天部分用帆布遮挡,并且通了暖气,尽管如此,却依然比不了室内的温暖。

蒙威特意预订了帆布厅。

由于是临建,帆布厅的布置微显简陋,空调的暖风开得很足,但由于保温效果太差,依然可以感受到丝丝凉意。不过好在人少,显得宁静而温馨。

帆布厅有五十多平方米,却只有盛晨和蒙威一桌客人。盛晨赶到时,蒙威已经坐在桌前,正在点菜。

三十八岁的蒙威身材魁梧,但熟悉了就会发现,在蒙威粗犷的外表之下,有一颗细腻的心。

蒙威眼睛不大,又细又长,一笑就眯成了一条缝,微有喜感,和他的高大身材以及敦实的外貌不太相符。

见盛晨进来,蒙威眯着眼睛一笑:"有点儿冷,但可以保持清静。如果你觉得温度过低的话,我们可以到里面的位子。"

"不了,这儿也挺好的。"盛晨脱了外套,露出里面的紧身毛衣,"你负责点菜,我就不管了,只管吃。"

"好吧……"蒙威笑得很随意自然,叫过服务生,点了几个菜,又要了一瓶红酒,"少喝点儿?"

盛晨摆手:"不了,早就不喝酒了,就不破例了。"

今晚的晚餐有几分暧昧的情调,毕竟只有两个人,而且蒙威特意选择在外面的帆布厅,应该是存了小心思,盛晨心中微有不安,她搓了搓手:"你最近和山木联系多吗?"

蒙威微微皱眉,明白了盛晨是有意提醒他什么,又笑了:"不多,我一直和他联系不多。你和他到底要闹到什么时候?实在不行就分了吧,别互相折磨对方了。"

"同学会的事情,你和他说了吗?"盛晨微微低头,心思有些泛动,"我在犹豫要不要告诉他……"

蒙威立刻猜到了盛晨的心思:"你是担心被同学们看出你们的婚姻出现了问题?"

盛晨叹息一声:"一开始我还担心同学们知道后,会嘲笑或是可怜我们,但后来我接触到了许多初恋结婚的夫妻,好多都是只走了一半就各奔东西,我也就想开了许多。相比70后从初恋走进家庭的恋人,80后和90后就相对来说少了许多。尤其是90后，大学同学结婚的已经少之又少。"

蒙威没想到盛晨上来说了一通社会现象，愣了愣，随即摇了摇头："其实我觉得山木和你的问题，根源不在于初恋或是同学，而是进入社会后，一个走得过快一个走得太慢，步伐不一致才导致了婚姻矛盾。"

"你的意思是说我原地踏步，拖了他的后腿？"盛晨突然提高了声音，"蒙威，不要把你的婚姻问题套到我和方山木的头上，我和他的问题，与你和柳新的问题不一样！"

在来蒙威公司上班之前，盛晨只知道蒙威离婚了，并不知道具体原因，她甚至连柳新是谁都不知道。按说同学一场，又同留在京城，本该有密切联系才对。但因为当年蒙威对她的追求过于持久，以致方山木对蒙威既反感又提防，所以她和方山木一结婚，就和蒙威断绝了联系。

如果不是蒙威数次添加她的微信，她可能会和蒙威彻底失联。在蒙威的坚持下，她虽然保留了他的微信和联系方式，但也和他约法三章：一、除非有重大事情，平常不要联系。二、不闲聊。三、不过问对方的家庭内部事务，也不聊超出同学情谊的话题。

在三条规定下，蒙威只是存在于盛晨联系人列表中的一个符号，顶多也就是朋友圈的点赞之交。这么多年，蒙威坚守了承诺，从未越线，除了逢年过节象征性问好之外，从不打扰盛晨。

如果不是他从别人口中听到了盛晨正在找工作的消息，蒙威也不会知道盛晨和方山木的感情出现了严重裂痕。

盛晨来到蒙威的公司之后，二人的接触才开始多了起来，也是来到蒙威的公司之后，才从蒙威嘴里得知他离婚的真相。

蒙威和柳新是相亲认识的。作为内蒙古人，蒙威原本对生长于江南水乡的柳新没有太大的兴趣，他更喜欢大胆泼辣的女孩，柳新的性子过于细腻和婉转，喜欢让人猜她的心思，有什么事情总是不会说在明面上。

谈了一段时间后，蒙威就想结束，他总是喜欢不来柳新淡淡而疏落的性格，她说话时始终一副试探加怀疑的口气也让他无法接受。柳新却不同意，说是喜欢上了他，为了他，她愿意改变，愿意变成他喜欢的样子。

蒙威被感动了，当一个女孩愿意为一个男人改变自己时，说明她对他是真爱。后来相处久了他才发现，柳新所谓的愿意为他而改变也只是说说而已，实际上，她只是表面上迁就他，却在暗中想要一点点影响并改变他！

就在蒙威想要再次提出分手的时候，柳新却告诉他，她怀孕了。无奈之下，蒙威只好奉子成婚。婚后不久，柳新生下一女。

结婚前，柳新的工作就很一般。生女后，她就安心地在家里相夫教女了。蒙威大学毕业后，先是工作了一年，天性不安分的他很快辞职创业，折腾了一两年后，公司开始走上了正轨，收入也逐渐增高。

成为全职妈妈之后的柳新，一门心思扑在女儿身上，将女儿培养得特别乖巧可爱。后来，随着蒙威社交的频繁以及家里请了保姆之后，柳新不再需要接送孩子和料理家务，她的心思就又转移到蒙威身上，开始怀疑蒙威在外面是不是有人了。

其实一开始蒙威也理解柳新的不安全感，毕竟结婚以来，他事业越来越好。同样是大学毕业，他在经营公司的同时还进修了硕士生课程，并且自学了英语，这些年始终以跑步的姿态前进，没有一刻停止前进。

而一样是大学毕业的柳新，在家生孩子期间自不用说，就是带孩子操持家务，空余时间不是看电视就是上网聊天。而后来请了保姆后，她更是放手不管家里的一切事情，每天除了美容、购物、化妆、逛街以及游玩之外，不看书不看新闻，只看言情剧和八卦。

柳新原地踏步不说，还越来越大手大脚，她变得虚荣起来，蒙威出于对她的爱，体谅她生孩子带孩子的不易，都没有说她什么。甚至连她背着他给她父母和家人钱，最多一次一次性给她弟弟转了五十万用来买车，他也忍了。

但让他万万没有想到的是，柳新由于过于无所事事，经所谓的闺密的介绍认识了一个比她小十岁的肖小。肖小还在上大学，身材高大，帅气英俊，能说会道，很快就将柳新迷得神魂颠倒，柳新忘记了身为妻子的责任和母亲的义务，寻找一切机会和肖小混在一起。

她以为肖小对她是真爱，却不知道肖小只是为了骗她的钱。在从她手中陆续骗走了一百多万后，肖小厌倦了她，开始疏远她。她受不了了，发疯一样去找肖小。肖小从开始时躲着她，到后来拉黑她所有的联系方式，让她接近了崩溃。

受不了被肖小欺骗加抛弃的柳新，在别人的帮助下，历时三个月总算在一家酒吧找到了肖小。肖小当时正和一个年轻妖艳的女孩在跳舞，柳新怒不可遏地上前打了肖小一个耳光，质问他为何口口声声说爱她，却原来只是为了图她的钱。

肖小被打得火冒三丈，酒意发作之下，指着柳新的鼻子破口大骂："老子不是图你的钱难道图你比老子大了十几岁？也不照照镜子看看你是什么样子，一个跟我妈差不多的老女人，你觉得我会爱你？切！我才二十多岁，还有大把的青春可以挥霍，你不会真的天真地以为我会爱上你吧？哈哈哈，谁给你的自信和勇气？"

柳新被打击得体无完肤，连还击的力气都没有，一个人失魂落魄地回到家中，大感绝望。等蒙威回家后，她向他坦白了一切，希望征得他的原谅，她会痛改前非，保证永远对蒙威一个人好，永远不会再变心。

第五十六章　有罪推定

蒙威什么话都没说，简单地收拾了一下行李就离家出走了。一周后，律师上门，带来了一纸离婚协议书。柳新不想离婚，但被律师告知，她出轨证据确凿，如果不签字被起诉到法院，拿不到多少财产。现在蒙威念在夫妻一场的情分上，送她一套房子一辆汽车以及一百万元的现金，已经仁至义尽了。

最后柳新同意离婚，孩子也归了蒙威。

离婚后，柳新失去了经济来源，虽然有一房一车和一百万元存款，但坐吃山空。后来柳新重新步入社会，找了一份工作，却发现已经无法再适应社会的快节奏高强度的工作，她又跟不上时代，学不会新的应用。最后万般无奈之下，柳新只好找了一份助理工作，收入不高，勉强够糊口而已。好在她有房有车又有存款，只要满足了日常的开支，就可以度日了。

蒙威心中一跳，被盛晨的问题逼得摇头苦笑："当然不一样了，我和柳新离婚是因为她出轨，但你和山木的感情基础还在，是在一起时间太长了，才让两个人互不信任各不退让。其实山木也是，他退上一步，证明他的清白，你们再好好沟通一下，不就没事了……"

盛晨心情舒缓了几分，笑了："你怎么向着我说话？男人不是都站在男人的立场上吗？"

"是，从性别立场的角度来说，没有男人愿意自证清白，因为你的出发点是有罪推定。你怀疑他什么，他得证明他没有什么，换了一般男人，都会觉得委屈，觉得不被信任。"

盛晨冷哼一声："是人就得管，不管就会寻找一切机会出轨！如果当时你多管管柳新，也不会被她骗得这么惨。你对她也真是有情有义了，如果换了是我出轨，方山木会想尽一切方法让我净身出户。"

"不会，不会。"

"你是说我不会出轨，还是方山木不会让我净身出户？"

"都不会。"蒙威眼神跳跃几下，"你是一个责任心很强又对家庭特别在意的女人，不管面临多大的诱惑，都不会出轨。而方山木一直对你深爱，退一万步讲，就算你真的出轨了，也肯定会有他的原因，他不会忍心让你一无所有。何况他能有今天，也是在你付出了几乎所有的前提之下。"

"不，你错了蒙威，方山木觉得他能有今天，全是凭借他个人的能力和才华，和我没有一丁点儿关系。"盛晨想起方山木每次谈论他的成就时眉飞色舞不可一世的样子就来气，拿起手机发了一个微信，"我想通了，必须告诉他同学会的事情，也应该让他见识见识世面了，别觉得在同学中就他有本事有成就，他不但比不了你，更比不了郑远东。"

原以为方山木收到她的微信会很惊讶，不料方山木只是淡淡地回应了一句："知道了，到时有时间就过去，没时间就算了。"

其实收到盛晨的微信消息时，方山木心中还微微闪过一丝激动，但随即又平静了下来。他确实是很想和盛晨一起出现在同学会上，向他们展示他当年过五关斩六将赢得美人归之后，到现在，盛晨依然光彩照人，而他依然是让人羡慕的胜利者。

如果盛晨真的是自己参加了同学会，和郑远东等一帮追求者再次见面，肯定会让人猜测他和盛晨的婚姻出现了问题，他可不想在他和盛晨婚姻的三年缓和期中，被人乘虚而入。作为男人不能输，更不能输给当年的手下败将。

所以又想了一想，他又回复了一句："在家里？"

盛晨犹豫了一下："在家。有事？"

"没有，随便问问。对了，过年的时候一起回石门，看看老人们。"

"好，我还有事，先不聊了。"盛晨有几分心虚地赶紧结束了聊天，想了片刻，还是删掉了聊天记录。

几分钟后，儿子方向东的微信发了过来："老妈，老爸刚才问你在不在家，我如实回答说不在，怎么样，我是一个诚实的好孩子吧？"

"……"盛晨忽然觉得很紧张，她刚才的撒谎完全出自善意，并没有想要掩饰什么，为什么她会觉得不应该呢？又一想，每次她想盘查方山木时，方山木都理直气壮并且气势汹汹，难道说方山木真的在外面一点儿事情也没有，否则他为什么这么态度坚定？

换了是她，她肯定会心虚得连说话都语无伦次了，难道说她真的冤枉了方山木，真的不应该？

人就怕将心比心，就怕设身处地地站在对方的立场上去想问题。想到这些，盛晨忽然觉得可口的饭菜不再美味，就站了起来："孩子一个人在家，不是很安全，我得回去了。"

蒙威有几分愕然："才吃几口？方向东都多大了，他不是都自己上学放学不用人接送了？"随即想到了什么，他又摇头笑了，他认真了，盛晨的话其实是托词，"好吧，我送你回去。"

"不用，不用，我自己叫车。"盛晨打开了手机软件，正要叫车，被蒙威一把夺过了手机。

蒙威有几分不快："我正好顺路，送你回家怎么了？同学之间非要这么疏远这么生分你才高兴吗？"

盛晨神情疏落地点了点头："好吧。"

"蒙威！"

正在转身时，忽然身后传来一声女人尖锐的断喝，一个人风一样冲了过来，盛晨感觉一股大力推在了后背上，朝前一扑，险些摔倒。

再回身看时，来人已经一头撞在了蒙威的怀里，左手抓住蒙威的衣领，右手抓住蒙威的头发，用力拉扯："蒙威，你这个人面兽心的豺狼，你不是东西，你是恶魔，是畜生，是猪狗不如的东西……"

盛晨吓得大惊失色，接连退后几步："她、她、她是谁？"

"我是谁？"女子回身看向了盛晨，怒气冲冲，咬牙切齿，"你就是勾引蒙威的小妖精吧？你年纪也不小了，怎么还能干出勾引别人老公破坏别人家庭的事情？我杀了你！"

"柳新！"蒙威怒吼一声，见柳新张牙舞爪冲盛晨扑去，当即吓得脸色大变，一个箭步向前，用力一拉柳新的胳膊，"还嫌丢人丢得不够吗？滚！再闹就别怪我对你不客气了！"

用力过猛之下，柳新原地转了一圈，撞在了桌子上，撞得桌子晃动几下，饭菜和红酒洒了一地。

"你已经害得我一辈子没法做人了，你还能对我怎么不客气？"柳新转身举起胳膊，抓向了蒙威的脸，"蒙威，我要和你同归于尽！"

夫妻一场，为什么会闹到这样如同仇人见面的地步？盛晨心中五味杂陈，会不会有一天她和方山木也闹到这种反目成仇的地步。

蒙威躲到一边，柳新一个趔趄摔倒。她不依不饶，又爬了起来，抓住半截酒瓶就又朝盛晨冲了过来。

"好，你毁了我，我毁了她！"柳新状若疯狂，手中半截酒瓶反射寒光，朝盛晨的脸上刺来。

盛晨惊呼一声，吓得惊呆当场，无法迈开脚步。

蒙威当即大喝一声："住手！"迅速伸手拉过了盛晨。

柳新收势不住，往前一扑，摔倒在地，半截酒瓶扎进了自己的胳膊，血流如注。

等服务生赶到后，柳新还不肯罢休，非要和蒙威拼命。直到警察出现，她才消停了几分。

盛晨和蒙威一起，被带到了派出所接受询问。在警察面前，柳新坚持声称她才是受害者，虽然她出轨了，却是蒙威暗中安排肖小勾引她，要的就是让她作为过错方被扫地出门。蒙威早就不爱她了，想和她离婚，又不想承担抛弃原配的罪名，就想了一个阴险的办法，让别人引诱她出轨。结果她还真的上当了，以为遇到了真爱。最后才发现被骗得很惨，知道真相后的她，痛不欲生，想要和蒙威同归于尽。

柳新一再要求警察抓走蒙威，她有足够的证据表明肖小是受蒙威指使，并且在骗了她之后，肖小是在蒙威的资助下出国了。

警察听了哭笑不得，后来有一个警察实在看不过，苦口婆心地告诉柳新，就算她有证据证明肖小是受蒙威指使欺骗了她的感情，还骗了她一笔钱，但也只是属于道德范畴的事情，并没有触犯法律。而她婚内出轨证据确凿，属于过错方，离婚时蒙威给她的补偿也算是有情有义了。

第五十七章　爱情是一桩大概率赔本的生意

柳新不听，还指责蒙威之所以这么做，肯定是因为盛晨的原因。她太了解男人了，男人如果没有备胎，没有退路，才不会和原配离婚。

说了半天，见无人信她，柳新反倒又劝起了盛晨。告诉盛晨不要相信蒙威，蒙威表面彬彬有礼，其实暗地一肚子坏水，为人阴险，深不可测，让人捉摸不定。他对她肯定也不是真爱，他只喜欢年轻漂亮的姑娘，盛晨虽然漂亮，但已经不再年轻，和小女孩们相比，没有任何优势。不用多久他就会厌烦她，寻找新的目标去了。

盛晨原本还想向柳新解释清楚她和蒙威的清白，后来见柳新疯疯癫癫，有些神志不清，就懒得再理她，只盼着赶紧解决了离开派出所。

没想到生平第一次进派出所居然是被人误以为是婚外恋，想想她怀疑了方山木那么久，却从未发现蛛丝马迹，到底是方山木太会伪装，还是他身上真的没事？

夜风很凉，站在车水马龙的街头，盛晨忽然有一种哭笑不得的悲凉。她回身看了看一脸惶恐的蒙威："你真的像柳新说的一样阴险吗？"

"想要和她离婚有一百种方法，我非要选择最羞辱自己的一种，也应该算是有勇气的鬼才了吧？"蒙威眼神中流露淡淡的哀伤，"我觉得夫妻一场，最后不相爱了，也可以当面直接说出来。谁也不敢保证自己一辈子只爱一个人，如果遇到了可遇不可求的那个人时，就算对不起眼前人，也要光明正大地告诉她，尽量给她补偿，而不是非要互相伤害，最后两败俱伤。"

盛晨长长地吐了一口气："谢谢你，蒙威。"

"谢我什么？"蒙威愣了愣。

"谢谢你让我明白了一些道理。"盛晨招手叫了一辆出租车，"就不麻烦你送我回家了，明天见。"

"明天见。"蒙威愣愣地看着上车之后扬长而去的盛晨，过了半晌才又笑着摇了摇头，"人都是过于相信自己的主观判断，而不去分析表象背后到底隐藏着什么样的真相。"

回去的路上，盛晨又发了消息给方山木："不好意思，刚才我骗了你，其实我没在家里，是在外面和蒙威一起吃饭。他邀请了我几十次，再拒绝就是矫情了。"

收到消息时，方山木正坐在客厅看电视，古浩、成芃芃和胡盼都在。

"你有和异性吃饭的自由，不只是现在我们分居的时候，就是以前也可以有。"方山木漫不经心地回复了一句，其实刚才在听儿子说盛晨不在家里时，他心里咯噔一下，本想找盛晨问个清楚，又压下了心中的好奇，盛晨以前不给他自由的空间，他不能和她一样。

"蒙威的前妻柳新遇到了我们在一起吃饭，误会了我们，大吵大闹，还惊动了警察……"

方山木吓了一跳："没伤着你吧？"

"没事。"盛晨坐在出租车里，望着车窗外繁华的街头，虽然已是隆冬，精力旺盛的年轻人来来往往，依然在释放青春和活力，她收回目光，切换到了语音模式，"柳新和蒙威的事情很复杂，我也是在柳新大闹的时候才知道他们的事情……"

"和谁聊得这么开心？哎呀，秒回。"成芃芃注意到了方山木聚精会神地聊天，笑得嘴角上扬，不由得好奇，起身偷看了一眼方山木的手机，"哎哟喂，原来是和盛晨姐，都是分居的老夫老妻了，至于这么肉麻吗？"

方山木恶狠狠地瞪了成芃芃一眼:"小屁孩,你懂什么叫爱情?一边儿去!"

"我不是不懂爱情,是懒得懂而已。对我们90后的女生来说,爱情是一桩大概率赔本的生意……"成芃芃翻了一个大大的白眼,抓起一把瓜子,"电视剧里面的爱情越美好,说明现实的爱情越残酷,缺什么才演什么,对吧?我活得比胡盼深刻多了,不像她那么傻白甜。"

"我傻白甜我乐意,我自豪我骄傲,又不是吃你的饭喝你家的水才变成了傻白甜。"胡盼从成芃芃手中抢走了瓜子,"今天没精力了,等明天一早回血了再和你吵。上次没吵够。"

"吵就吵,谁不吵谁是小狗。"成芃芃放下瓜子,拿出手机定了闹钟,"定明天早上六点半的吵架闹钟,到时谁不吵谁是尿包。"

"六点半太早了,我七点才起床。七点半开始……"

"不行,六点半不吵,你就自动认输……"

"别吵了行不行?"古浩受不了了,"还让不让人看电视了?正关键呢,你们影响到我了。"

二人被古浩一激,又一致对外,开始联手攻击古浩了。

方山木回到房间,在和盛晨聊了半个小时后,基本上弄清了事情的来龙去脉。他满腹心事地回到客厅,发现三个人大眼瞪小眼出神地看着电视,没再争执,不由得长出了一口气。

刚坐下,三个人异口同声:"谁被戴绿帽子了?"

方山木哭笑不得:"你们不认识,一个老同学!别这么看着我,不是我!"

方山木将盛晨和他所说的关于蒙威和柳新的事情简短一说。

成芃芃一脸八卦的痴笑凑了过来:"方叔,问你两个问题,你得如实回答。一、为什么女人可以原谅出轨的丈夫而男人无法原谅外遇的妻子?根据我对身边的朋友的观察,只要女人有了外遇被丈夫发现了,离婚的概率百分之九十五以上。相反,男人有了外遇被妻子发现,离婚的概率只有百分之三十,是不是说明女人比男人更包容?"

方山木嘿嘿一笑:"这个问题还是由古浩来回答比较好,作为男人中的战斗机,他更了解男人占有欲和控制欲的心理。"

古浩摇了摇头:"别总拿我当挡箭牌,在许多问题的看法上,我们是一致的,老方。这个问题其实很简单,男人了解女人,外遇的女人都是先爱上对方才会发生外遇,女人出轨的顺序是先心理后生理。所以男人遇到妻子外遇的事情会坚持离婚，因为他知道女人心不在了，人也就留不住了。那么男人出轨可能只是身体上的出轨，心还在家里，女人了解男人这种生物，可以只有生理没有心理，既然心还在家里，原谅他一次也没有问题。当然，也和女人确实比男人更无私，更包容有关。"

胡盼插嘴："这个话题可以加入我们成长游戏APP里面，作为一个选择题来测试游戏者的反应。不过古师傅的想法和结论是基于是70后人群的大数据，80后尤其是我们90后，如果遇到男人出轨的事情，估计有七成以上的女人不会原谅他，会选择离婚。反正我会立刻把他扫地出门，管他心还在不在。你呢，芃芃？"

"原则上我也不会选择原谅他，但具体情况具体分析，如果我对他的爱大过他对我的伤害，我承受不了失去他的代价，可能就会原谅他。"成芃芃的回答很理性，不知道又想到了什么，她又摇头自嘲地笑了，"但再爱一个人，他做出了对不起你的事情，你还留着他做什么？留着过年吗？现在的女性都独立了，还有什么样男人是不可以扔掉的？"

成芃芃的话触动了古浩，他眯着眼睛，目光落在电视上，却没有焦点，一时间想起了许多往事。他和汤每文的恋爱时光、和江边从结婚后才开始的恋爱，再到江边怀孕和生女儿时的痛苦，以及江边对他无孔不入的管控，往事历历在目，既痛苦又甜蜜。

爱恨就在一瞬间，快乐和痛苦也是一对孪生姐妹，始终捆绑在一起，古浩在想，如果江边也和柳新一样出轨了，他到时有没有勇气离婚呢？毕竟他和蒙威处境不同，他在家中是处于附属于江边的地位。

父辈及以前的家庭，都是男主外女主内的格局，女性完全没有独立的经济，经济不独立，人格就不独立，所以女性在面对男性的欺压、胡来和肆意妄为时，只能选择忍气吞声。

越想越是沮丧，沮丧之余，古浩又有几分庆幸和感激，也许他真的应该感谢江边对他的真爱，否则江边不再管控他而是放纵他不管，她去另寻找真爱，送一顶绿帽子给他，他到时是离婚呢还是当缩头乌龟？

古浩关了电视："不看了，电视剧演得还不如我们活得精彩和深刻，老方，我觉得你这个同学蒙威不简单，柳新真有可能被他下套了……"

"你也可以的，古师傅，要相信自己的能力。"胡盼立刻眼前一亮，及时就奉送了一句暗示。

"去去去，天天没正事。"古浩被气笑了，"赶紧记录下来今天的话题，包括情节，都是可以用到APP里面的实战案例。对了老方，什么时候正式开始对胡盼的帮助？她现在和江成子相处得还不错，至少可以保证表面上的一团和气了。"

第五十八章　谁还不曾辜负几段昂贵的时光

"在方叔讲出他的恋爱史之前，我是不会同意开始的！"胡盼鼻子一皱，哼了一声，"就是这么有原则。"

今天盛晨和蒙威出去吃饭的事情，也触动了方山木。他也在想，如果盛晨真的爱上了别人，他会原谅她吗？答案显然是否定的。反过来，如果他爱上了别人，盛晨会不会在哭过闹过之后，依然接纳他呢？

以他对盛晨的了解，只要他表现了足够的忏悔以及足以打动盛晨的保证，盛晨不会坚持离婚。但相反的是，不管盛晨外遇之后如何反悔和承诺，他也不可能毫无芥蒂地再继续爱她。

男人比女人更自私更难过得了自己的心理关。

方山木轻轻咳嗽一声："好，既然今天正好都在，好吧，杜图南和江成子不在，是他们没福气听我的恋爱史。"

一听方山木真的要讲恋爱史，胡盼和成苊苊兴奋地鼓掌相庆。

"在开始之前，我先讲一个我朋友的故事，请注意，真是我朋友的故事，而不是我假借他的故事来说事。他在遇到现任妻子之前，有过三段恋爱史，但结婚十多年了，直到现在，他的妻子一直以为他是她的初恋……"方山木哈哈一笑，"好了，他的故事结束了。用他来开头就是想说明一个现象，在爱情里面，不管男人还是女人，都有成为表演艺术家的天分……"

"反对！"胡盼高高举起右手，"女人和男人不一样，女人很真实。真是真，假是假，爱是爱，恨是恨，从来不在爱情中表演。"

"反对无效，我是在讲故事，又不是在讲道理。"方山木靠了沙发上，神情黯然了几分，"有时回忆往事，也是一种折磨……

"不要问我一生曾经爱过多少人，你不懂我伤有多深！要剥开伤口总是很残忍，劝你别作痴心人！多情暂且保留几分。不喜欢孤独，却又害怕两个人相处，这分明是一种痛苦……"

古浩很应景地打开手机，播放了刘德华的《谢谢你的爱》。

成苊苊抢过手机，关了音乐："古师傅年纪大了，喜欢听怀旧的歌曲，方叔只喜欢年轻人的歌。回忆有时不是只有折磨，也有甜蜜和经验。方叔，你也别太伤感了，就当成是对我们的提醒和人生指南，我和胡盼还可以从里面学到东西，用在我们的APP上面，一举数得，多好。"

方山木没有说话，望向了窗外。夜深了，窗外的京城夜色，远处的高楼近处的汽车，依然摆出一副彻夜不眠的拼搏，在天寒地冻的冬夜，有多少都市夜归人在为了明天而奔波忙碌。

家里，肯定也有在等候他们回归的家人。家人的期盼和等待，是我们努力和奋斗的理由，也是我们心心系念的港湾。人之一生，为亲情、友情和爱情而活，其中亲情也是因爱情才产生并且延续。

"谁还不曾辜负几段昂贵的时光……"方山木的声音低沉而有力。

方山木的第一段爱情，或者说是狭义上的梦中情人，是高中同桌关小欢。

关小欢是校花，长得漂亮，气质优雅，在省城三十二中的高中里，她是声名远扬的美女，不仅是因为她的好看，还因为她的口才和声音。

关小欢是校播音员。她的声音婉转舒畅，每次播音，都让许多男生如痴如醉。在那时的高中校园里，她一身碎花裙子梳着羊角辫的打扮，就像一只穿梭于林间的蝴蝶，牵动了无数少男的青春之梦。

许多男生都无比羡慕方山木，因为方山木是她的同桌，可以和她朝夕相处。但外人并不知道方山木的苦恼，他虽然和关小欢近在咫尺，但关小欢只当他是哥儿们，是最好的男闺密，却从来没有喜欢过他。

不喜欢他也就算了，反正他也没有足够的自信和资本让关小欢喜欢。高中时的方山木确实稚气未脱，刚从县城搬到省城的他既土又黑，在周围全是篮球、足球以及运动健将的男生之中，并不突出。好在方山木学习成绩不错，关小欢也不至于轻视他，毕竟学习成绩极差的她时不时需要抄袭方山木的作业，考试时需要他帮助打掩护递答案才能及格。

关小欢追求者众多，但她眼光极高，一般的追求者通常情况下一个回合就会被她拒绝得怀疑人生。后来她喜欢上了校篮球队长郑朝阳。郑朝阳个子很高，一米八五，弹跳力惊人，身材健美，长得还帅，几乎是全校女生的偶像。

谁也想不到的是，关小欢喜欢郑朝阳，郑朝阳却不喜欢她。堂堂的校花主动向郑朝阳示爱，却被郑朝阳拒绝，一时让她无法接受。她大哭了一场，觉得人生充满了嘲讽和绝望。

在关小欢失恋的那段灰暗时光里，方山木陪她度过。他不想陪也不行，关小欢不管有事没事总是拉着他到省城的西山散心。西山距离市区十五公里，那时交通还不太发达，每次去西山最好的交通工具就是自行车。

在第三次骑行到西山的时候，关小欢声称她走出了失恋的阴影，她要在山顶之上彻底埋葬她对郑朝阳的爱。

方山木不想上山，因为他知道上山加下山至少需要六个小时，体力不支是一方面，另一方面有可能会到晚上都下不来。关小欢不听，非要他陪。

当时是夏天，夜风清爽，二人到了山顶上后，在一块大石头上坐下。漫天星光下，少男安静地听少女的青春之歌。关小欢告诉方山木，她已经彻底忘掉了郑朝阳，从现在起，她要重新开始，她要开心快乐认真地生活。

在关小欢如同梦呓一样的叙述中，在四周空无一人的空旷下，鼻中隐隐传来关小欢身上特有的女孩体香，方山木心动如鼓，心乱如麻。他知道他一直喜欢关小欢，自卑令他不敢表白，始终陪在她身边，是希望有一天她可以察觉到他对她的情意，不再当他是哥儿们，是倾诉的对象，而是可以依靠的对象。

关小欢说了很多话，最后她告诉方山木，希望方山木不要误会她和他的关系，他们只是比普通朋友关系更密切的好朋友，但不是男女朋友。她不是不喜欢方山木，而是觉得和方山木当哥儿们更开心更踏实。她还问方山木愿不愿意永远当她的好哥儿们。

尽管方山木当时还不知道备胎的说法，却也清楚关小欢对他只有好感没有喜欢。但没有喜欢又怎样，只要能在她身边，当她的倾诉对象又有什么？多少人还在羡慕他有机会经常单独和关小欢在一起。

但让方山木感到悲哀的是，关小欢很快就又喜欢上了另外一个名叫郭又的男生。郭又不是高大威猛的类型，长得还不如方山木。但他油嘴滑舌能说会道，成功骗走了关小欢的欢心。

关小欢很快就和郭又陷入热恋之中，从拉手到拥抱再到接吻，她事无巨细都要在方山木面前回味一遍。她恋爱的心路历程，以及每一次的心跳、生气和吵架，都会对方山木说个清楚。作为一个旁观者的方山木，感觉像是陪关小欢一起谈了一次恋爱。

关小欢对方山木的信任，就像对自己一样真诚而毫无隐瞒。方山木不知道自己是该感谢关小欢的绝对信任，还是该悲哀自己成了关小欢的影子，时刻不离她的左右，关小欢往东，他不能往西。关小欢开心，他只能赔着笑脸。

高中毕业后，方山木考上了京城的大学，而关小欢由于沉迷于恋爱，和郭又双双落榜。郭又在父母的安排下，转学到了外省复读。而关小欢被父母送出了国，到英国去留学。

到了英国后，关小欢还是和方山木保持密切的联系。她先是学了一年语言，然后上了大学。一上大学，她就又谈起了恋爱，交了一个来自香港的男友。她的第一次也献给了他，并且在向方山木倾诉的过程中，描述得十分详细。

方山木到现在还清清楚楚地记得其中的一些细节，主要也是关小欢对他讲得太真实太有冲击力了。关小欢和香港男友的恋爱只持续了不到半年，她告诉方山木，有时她半夜醒来，看着身边酣睡的他，觉得他无比陌生和遥远。他们虽然是恋人，但她知道她从未走进他的心里。而他，也从来没有平等看过她一眼，总是认为她在他面前低上一等。

不久，关小欢交了出国后的第二个男友，来自山东，名叫于陈。

第五十九章　不同阶段的爱情

关小欢比他大了足足五岁，她喜欢他的听话和乖巧，他喜欢她的成熟和大方。在异国他乡，同样身为中国人的男女很容易走近。

关小欢还是一如既往地向方山木倾诉她的恋爱经历和感受，方山木的回复却不再如以前一样热络，因为他此时已经和盛晨恋爱了。关小欢却没有察觉到方山木的漫不经心，依然兴奋地告诉方山木，她要和于陈结婚，于陈才是她真正的真命天子。

方山木劝她冷静，在2000年时，中国的出国留学生还不多，所以恋爱的选择也少，等回到国内后选择一多，国外的恋爱就会禁不起国内眼花缭乱的考验。关小欢不听，还认为方山木是嫉妒她。

方山木大学毕业后，关小欢和于陈也一起回国了。于陈是京城人，他留在了京城，而关小欢为了他，也留了下来。关小欢想结婚，于陈却一再推托。真如方山木所说，一回国，满眼都是国产的美女，于陈再看到比他大了五岁已经有了衰老迹象的关小欢，怎么可能还会娶她？

很快，于陈就有了新欢，甩了关小欢。关小欢痛不欲生，要死要活也无济于事。关小欢想要挽回于陈，方山木劝她不要做无用功，她不听，想尽一切办法要说服和打动于陈。

结果用力过猛惹怒了于陈，于陈告诉她，她比他大了太多，而女人又比男人衰老得快，他三十五岁时，她四十岁，像是他妈一样，怎么带得出去？他家里都是有头有脸的人物，家里也不同意他娶一个大了这么多岁的妻子！

多年的骄傲和信心，被于陈打击得体无完肤。于陈用男人最不堪的阴暗心理所化成的恶毒语言攻击关小欢，关小欢完全没有招架之力，只能狼狈败退，被射得万箭攒心，一个人回到石门，独自疗伤。

在方山木准备和盛晨结婚前，他回了一趟石门，正好赶上了一次高中同学会。聚会时，他被推到了关小欢的旁边。

关小欢再也不似从前的肆意洒脱，她神色落落，郁郁寡欢，席间不怎么说话，不管别人怎么劝酒或是开她玩笑，她总一副疏落茫然的表情。

饭后，众人哄闹希望方山木送关小欢回家，不等方山木开口，关小欢顺水推舟，主动提出要和方山木走一走。

二人去了高中校园，沿曾经无比熟悉的操场散步。操场依旧，只是几经翻新之后，已经不再是当年的破旧模样，崭新的跑道和充满科技味道的篮球场，只有周围高大的杨树还在当年的位置上矗立，不发一言。

夜风习习，周围一片宁静，正是暑假期间，校园并没有几个人。二人沿着跑道一连走了三圈，都是默不作声。直到走累了，关小欢提议坐一坐。

"我一直以为我很幸运，总能遇到我喜欢同时也喜欢我的人……"关小欢的声音比以前多了沧桑和成熟，如果说以前她说话像是一条明媚的小溪，现在就像一条承载了许多岁月的颜色、缓慢而沉重流淌的大河，"所以我从高中时就不断地追逐爱情，前后一共喜欢过五个人，和三个人谈过恋爱，每段爱情都是刻骨铭心的回忆。"

方山木不说话，他认为关小欢只有两段真正的恋爱——郭又和于陈，郑朝阳和香港男友都不算，关小欢却算上了香港男友。

"我每一段恋爱的心路历程，你是除我之外知道得最详细的一个人，我只对你一个人说过，其他人我都信不过。也不知道为什么，我就是觉得你可信可靠，不管有什么心事还是秘密，都想对你说。你就像是我的人生保险箱，只要放在你这里，就绝对安全，还可以随时随地取出来回味。我一直当你是最好的哥儿们，我们是朋友以上恋人未满的状态，直到我回国之后才发现，原来这么多年过去了，一转身才发现，真爱就在身边。"

关小欢拿出手机，放了一首歌，是张宇的《小小的太阳》："你总是微笑如花，总是看我沉醉和绝望。我却迟迟都没发现真爱，原来在身旁！你应该被呵护被珍惜被认真被深爱，被捧在手掌心上，像一艘从来都不曾靠岸的船，终于有了你的港湾。你应该更自私更贪心更坚持更明白，将我的心全部霸占。你给我从来不奢望回报的爱，让我好好地对待……"

方山木听出了什么，却依旧保持了沉默。

"请原谅我发现最爱的人是你的时候，已经太晚了，我也知道你有了最爱的人，已经准备结婚了。但我希望你能停下来回头看看，好好想想，从青涩到成熟，在人生最宝贵的将近十年的光阴里，我们其实从未离开过对方片刻，就算人没有在一起，但在心里却是一起度过。山木，你说，在我们过往的人生中，还能找到能够替代对方的人吗？"

"不能！"方山木心里承认，但嘴上却依然沉默，他不想说什么，也不想解释什么，只想他一路走来，默默陪伴了关小欢多年，也希望她能有一个好的归宿。过往是不能，未来却可以。人生就是一个不断前进并且抛弃过往的过程。

平心而论，他对关小欢的喜欢也坚持了很多年，虽然一直埋藏在心底，却也希望可以有机会在某一天生根发芽，长成一棵参天大树，也不枉他多年来的陪伴和付出。但在喜欢上了盛晨之后，他就知道如果说当年的陪伴只是出于喜欢和不服输的精神在支撑的话，那么现在对盛晨的爱，是真心想要和她共度余生。

男人的一生，在不同阶段遇到不同的女性，会有不同的想法。情窦初开时，只是单纯的喜欢。大学时，是想和她好好恋爱。而走向社会后，就只是想要结婚组成家庭，完成人生必经的程序承担应有的责任。

"所以，我希望你能认真地考虑考虑，哪怕只有百分之一的可能，我也会付出百分之百的努力，不顾一切地和你在一起。为了回报你多年来对我的呵护和付出，我愿意倾尽我的所有对你好，直到你被感动。"关小欢双眼含泪，抓住了方山木的双手，"山木，求求你再给我最后一次机会好不好？我现在再也不相信任何一个男人了，除了你。我不想再在爱情中受到半分伤害，我只想好好爱你，为你燃烧我对爱情最后的希望。"

方山木轻轻抽出了手："不早了，我送你回家。"

关小欢愣了半晌，凄惨地笑了："知道了……再陪我走一圈，好不好？"

走到半圈时，方山木的鞋带开了，关小欢主动蹲下身子为他系鞋带。简单的一个系鞋带的动作，关小欢足足花费了五分钟。方山木注意到关小欢的肩膀在不断耸动，她在努力掩饰她的伤心和哭泣，他想劝她，甚至想告诉她不要这样，总有一天她还会遇到让她心动的更好的人。

但他没有说出口，他太了解关小欢了，她是一个每次遇到爱情都会奋不顾身的人，不管上一次在爱情中撞得多重伤得多深，在爱情再次出现时，她还是和以前一样义无反顾，就像从来没有受过伤一样。

不知何时下起了雨，二人都没有带伞。方山木送关小欢到了楼下，她忽然扑进了方山木的怀中，悲泣哽咽："如果，我是说如果没有盛晨，你会选择我吗？不要说谎，我只想要你最真实的答案。"

"不会！"方山木心中郁积已久的怨气终于爆发了，"小欢，你太不了解男人了。直到现在我才知道其实在你的心目中，我一直就是一个随时可以依靠的备胎。等你所有的主胎都不能使用的时候，你才会发现备胎真的有用，可以扶正。但可惜的是，一切都晚了！在你和香港男友恋爱之前，我愿意当你的备胎，分享你恋爱的快乐和痛苦，陪你一起成长。但在你遇到香港男友之后，我就不再是你的备胎了，因为我只是你的情绪垃圾桶和感情回收站……

"还有最最重要的一点，你告诉了我你恋爱的全部细节，全部！包括接吻和……你知道一个男人对于喜欢的女人有怎样的占有心理，他见不得她被别人拉手，何况最后一步！从你和香港男友关系突破之后，在我的内心深处，你从此不再是我喜欢和可以期待的姑娘，而是一个比普通同学联系密切一些的女同桌而已。在我心中与你有关的所有对爱情的想象，全部土崩瓦解。"

第六十章　成长是不断抛弃过去的过程

后来方山木又说了许多，仿佛是几年来积攒的各种不满和怨气全部发泄出来，包括对关小欢半夜三更不管他有没有睡着都会发来短信的惊喜或沮丧，包括她从来不在意他的情绪和时间，从来只当他是呼之即来挥之即去的可有可无的人。而她，却在相当长一段时间里，是他患得患失的梦。

以前，她是他全部的爱情向往，他只是随叫随到的备胎。现在，他成了她的全部，而她，却在他心中破裂，无法复原。人生的错过就是这么残酷，你在燃烧时，她却冰冷。她被烧热后，你却冷却了。

错过的人，就是时机和感觉都不对应的人。

方山木也不知道说了多久，只记得他一股脑儿全部抛出了积累在心中许多年的话，直到雨越下越大，两个人都淋湿了全身。

最后关小欢说了些什么，方山木已经记不清楚了，在他的印象里，关小欢不停地说着对不起，希望他能原谅她并且给她一次机会这类的话，他除了摇头还是摇头。别说他已经有了盛晨，就算没有，他也永远过不了自己心里的那道关，他无法控制自己不去想象关小欢和别人在一起的场景。

如果说之前关小欢是他的心头刺，一碰就痛，在她出国之后，她就变成了他的心头血，滴落在过去的岁月中，开出一朵永不褪色的红艳之花，点缀在了往事之上，成为一抹鲜艳的记忆。

望着关小欢远去的身影，方山木一个人在原地站立了很久，哪怕被淋成了落汤鸡也一动不动。有些事情沉淀久了，需要一场仪式来埋葬。

后来，有不少同学都指责方山木过于自大，连当年校花关小欢的追求都无动于衷。想当年，有多少人想要得到关小欢的青睐而不可得，方山木是不是太膨胀了？关小欢放下一切的自尊，主动向他示爱，他有什么了不起，居然敢拒绝女神？

对于各种传言，方山木一概不理。他回京后，也没有再和关小欢联系。该过去的事情一定要让它过去，否则会发酵变质。

半年后，他和盛晨结婚的头一天晚上，接到了关小欢的电话。关小欢泣不成声，向他哭诉她其实从高中时就喜欢上了他，只是觉得他太老实好欺负，就想不管她走多远喜欢多少人，他都会守候她。只是她走得太远太快了，慢慢地冷落了他，让他爱上了别人。她现在要结婚了，如果他肯给她最后一次机会，她就不结婚，哪怕是永远当他身后的女人，她也无怨无悔。

方山木自始至终没有说话，听关小欢哭诉了一个小时后，他才冷漠地回应了一句："都过去了，抓住不放，害的是自己，痛的是别人。"

关小欢无声地挂断了电话，从此消失在了方山木的生命中，后来听同学说她离开了石门，远赴非洲。到底去了哪里，无人知晓。反正十几年过去了，方山木再也没有听到关于关小欢的半点儿消息。

"这就没有了？"胡盼正听得入神，见方山木戛然而止，意犹未尽地啧了几声，"结束得太快了，而且中间什么事情都没有发生，没劲！"

"其实这样也挺好，相见不如怀念，不相见也不怀念，从此相忘于江湖……"成苁苁叹息一声，双眼迷离之中又有几分迷茫，"有时我在想，如果你们两个人的位置颠倒一下，是关小欢一直守护着你，她是你的备胎，而你一直留恋花丛，爱来爱去。忽然有一天累了倦了，再回首时，关小欢还依然在你身后，痴痴地等你归来，你会不会娶了她？"

方山木沉默了，有时男女的思维方式确实大不相同，如果真是如此的话，他娶关小欢的可能性大于百分之九十。尽管他也承认男人在某些方面确实有劣根性，但他还是反对一种常见的说法——找男人要找玩够的，找女人要找伤透的。

应该说，找男人要找有阅历且有担当的，找女人要找有眼光且能包容的。

"换了我，我肯定会。"古浩一脸沉重地拍了拍方山木，"原来你以前比我还痴情，老方，从现在起，我在感情的经历上认输。"

"滚一边儿去，别嘲笑我。"方山木推开了古浩，"我结婚前是和关小欢有过一段说不清道不明的爱恨纠缠，但什么都没有发生过，纯洁得连手都没有碰，而结婚后，再也没有任何的越轨行为，你呢？"

"我……也没有！"古浩底气不足地起身就走，"不早了，我得睡去了。你们老年人觉少，我还小，得早点儿睡。"

成苋苋想了想："盼盼，你记下方叔的爱情故事，一定要加入成长游戏里面，这段感情对方叔的个人成长至关紧要，让他学会了取舍，知道自己到底想要的是什么。"

"你才认识他多久，就这么懂他了？"胡盼扬了扬手中的手机，"刚才一直在录音，放心，我不会放过任何一个可以丰富成长游戏的机会。"

"都是过去的事情了，成长就是不断地抛弃过去的前进过程。"方山木也站了起来，神秘地一笑，"好了，我的承诺全部兑现了，从明天起，开始正式解决你和江成子的事情了，怎么样，有没有信心在短时间内通关？"

胡盼有几分心虚地不敢直视方山木的目光："怎么不敢？一天天的，我胡盼是谁？千年的狐狸还会怕聊斋？说吧方叔，想好怎么帮我过关了吗？我要好好虐虐江成子，让他后悔，让他痛不欲生，让他跪地求饶。"

"不知道你为什么对我会有这样的误解……"方山木语气轻松一脸浅浅笑意，"帮你过关的意思是为你摇旗呐喊出谋划策，不是和你并肩作战。至于怎么打败或是收服江成子，大主意还得你拿，你明白吗？"

在胡盼目瞪口呆随即恨得咬牙切齿的注视下，方山木回屋睡觉去了。

"不对，不对，方叔……"胡盼愣了半天，直到方山木走进了房间，她才惊醒过来，"不是说你有三段爱情故事吗？怎么才一段，骗人！还有，你还没有回答我如果你离婚了，会找什么样的姑娘过一生，快告诉我答案。"

回应胡盼的只有重重的关门的声音。

几天来，每一次开会讨论成长游戏的设计时，江成子都会提出许多中肯的意见，颇得方山木和古浩的赏识。成苋苋有时也赞成江成子的提议，只有胡盼对他冷嘲热讽。

一开始江成子还和胡盼争辩，后来听多了，他只是冷冷一笑，继续谈自己的看法。

公司又陆续招聘了几个员工，达到了十几个人的规模，各项事情的进展也还算顺利。

眼见就到了春节，放假前一天，方山木提议全体聚餐，众人一致同意。江成子提议换一家餐厅，总是音乐餐厅吃得他想吐，他知道三里屯有一家很有情调的西式餐厅，是他一哥儿们的地方，可以订到好位子。

"是一坐吧？不去，吃够了。"胡盼双手抱在胸前，一脸冷漠，"也不好吃，换个地方。"

以前恋爱时，她和江成子经常去一坐，曾经的恩爱之地，现在成了伤心之地，她才不想去。

江成子冷笑："你也太自私了，先不说一坐的菜很有特色，就说你以自己吃够了的理由就不让大家去尝试，就是极度自我的表现。做人要多站在别人的立场上考虑问题，不要总是以自己为出发点。胡盼，你和我分手这么久了，怎么一点儿长进也没有？"

"我们分手了吗？"胡盼眉毛一挑，气势大增，"追我的时候，你可是费了不少心思。分手的时候，连一句正式分手的话都没有说，你不配当一个男人。"

"从哪里开始，就从哪里结束，我是在一坐里面向你求爱，那么今天我也会在一坐正式宣布和你分手。"江成子忽然又风轻云淡地笑了，"到时你可不要气急败坏，要和你答应我求爱时一样干脆利落才行。"

"你放心，我不是死缠烂打的人，对你，早就没有感觉了，就等你一个正式分手的请求了。"胡盼环视了众人一眼，"方叔、老杜，还有芃芃、古师傅，你们做一个见证。"

第六十一章　这么现实而令人绝望

一坐餐厅位于繁华的三里屯中心地带，以西班牙风格的装修而闻名，很多外国人在此聚餐。由于是冬天，二楼的室外空间没有开放，方山木一行坐在了里面。

"印象中，京城有几年没有下大雪了。很怀念以前大雪纷飞的日子，可以坐在院子里赏雪……"方山木望着窗外微有感慨，"小时候冬天的大雪很多，好像从

2000年后，石门和京城就很少下雪了。"

"方叔是想家了……"成芃芃常来三里屯一带，轻车熟路地点了几个菜，将菜单扔给了江成子，"你来点你爱吃的就行，我替方叔他们做主点过了。"

方山木确实是想家了，想起了以前在院子里赏雪的情景，想起了和儿子打雪仗的欢乐，以及平安喜乐在雪地撒欢儿的场景，那时候盛晨就静静地站在窗前看着他们两人一狗一猫闹个没完，脸上挂着满足而幸福的笑容。

他摇了摇头，驱散脑中温馨的画面，笑了笑："上次有两个问题没有回答胡盼，现在可以告诉她答案了。其实我并没有三段爱情故事，在盛晨之前，就和关小欢有过一段。但和关小欢的感情纠葛，从高中到大学再到大学毕业，像是被分隔成了三段，而三个阶段的她，也像是三个人……"

"方叔你在三个阶段中，是不是也扮演了不同的角色？"胡盼对方山木的真实想法很感兴趣，感觉方山木在叙述中，对他对关小欢的真实感情有所隐瞒。

"关小欢在成长，我也一样。"方山木并不避讳他在三个阶段中变化，"如果说第一个阶段，也就是高中时期我对关小欢是单相思和暗恋，是少男少女之间纯真的喜欢。到了大学期间，我和盛晨恋爱之前，我对关小欢由喜欢上升到了渴望，当时我考上的是名牌大学，关小欢虽然出国留学，但上的是自费的私立大学，我树立了信心，觉得自己有资格向她求爱了。但没想到她交了男友，还同居了，我对她的所有纯真幻想瞬间破灭……"

"然后你正好遇到了盛晨，就将全部的爱情寄托到了盛晨身上，从此关小欢就只是你记忆中的一抹红，对吧？"成芃芃嘻嘻一笑，"男人，嘀，男人，不管以前多深爱一个女人，只要这个女人跟别的男人上了床，在他眼里就一文不值了，是不是？"

"感情是相互的，关小欢对老方不珍惜，你还要老方为她守身如玉？这也是双标！"古浩愤愤不平地替方山木出头，"何况这么多年来，老方一直在付出，而关小欢始终没有回应，更不用说回报了。她本来不是他的什么人，他也不必为她负责。女人也一样，喜欢一个男人，就会爱如珍宝。不喜欢了，如同垃圾，扔了也不可惜。"

胡盼意味深长地看了江成子一眼："难道世间真的没有伟大的爱，就像喜欢一个人，只是默默对他好，不期望对方的回报。"

江成子冷笑了："能说出这话的人，都是无比自私冷漠的人。你是想让别人无条件对你好，而你愿意理就理，不愿意理就不理，只享受对方的关怀和关照对吧？

你也不想想，别人凭什么要对你无条件付出？世界上哪里有无缘无故的爱和恨？反过来想想，你为什么不对一个对你不理不睬的人默默付出而不求回报呢？不过是只要权利不承担义务的自私自利罢了！胡盼，你越来越有'田园女权'的倾向了。"

"我没和你说话，你别理我，我烦你。"胡盼怒了，扬了扬拳头，"当初怎么就瞎了眼会看上你，还在这里接受你的求爱，我以前真的是很傻很天真。"

"我以前也是，你现在还是！"江成子寸步不让，"喜欢上你，是我一辈子的耻辱。"

"别吵了！"杜图南一拍桌子，"你们还听不听方哥讲话？方哥不是在单纯地给我们讲故事，而是在给我们上课，让我们从中学习到两性相处的道理，你们再这么不懂事下去，也不反思一下自己的所作所为，以后连成长的机会都没有了。"

成芃芃拉了拉胡盼，示意她不要再争吵下去，胡盼努力克制了一下情绪，长出了一口气："好吧，方叔，如果你真的离婚了，以后想找一个什么样的姑娘？"

方山木的目光从成芃芃脸上扫过，又落在了胡盼的脸上，见胡盼有几分慌张和期待，忽然暧昧地一笑："哈哈，没有必要再找了，刚出火坑，何必再自挖一个火坑跳进去？"

成芃芃摇了摇头："方叔没说真心话，算了，也不考他了，总有一天，他得在我们的帮助下过盛晨姐的一关，到时他就会说出心里话。当然，也有可能是他现在还没有明确的目标，不过话又说回来，到了方叔的年纪，对女性的审美已经固定了，就算再找，也很难有突破了。方叔，从成长游戏APP的角度考虑，你觉得如果让你从我和胡盼两个人中二选一的话，你会选谁？"

众人的目光瞬间集中到了方山木的身上。

方山木知道成芃芃的话既是测试又是考验，她比胡盼聪明的地方在于懂得虚实结合，他如果不正面回答，是没有勇气，如果回答的话，又势必会有所取舍。他犹豫了片刻："其实你们两个人各有千秋，芃芃成熟大方，胡盼热烈直接，对男人来说，都有不小的吸引力。但对我来说，还是欠缺了一些什么……嗯，对，共同语言，是没有共同语言，毕竟有不小的年龄差距，而且肯定还有代沟，所以都不选择。"

"方哥狡猾！"杜图南含蓄地笑了，"我们现在讨论的不是现实，是成长游戏APP里面的设定。这样，以后不管说到谁的感情经历和以后的选择，过去的事情必须真实，但对未来的选择，可以设想可以假设。举个例子，如果我再一次选择恋爱的话，我肯定会找一个顾家的女人，绝对不会再选择和许问渠一样随心所欲想玩就玩，只顾自己不顾家庭，连孩子都不想生的！"

古浩晃动手中的红酒，提议碰杯："我主动交代，如果让我有重来一次的机会，我会选择一个可以和我一起奋斗的姑娘。如果范围再缩小一些的话，只在芃芃和胡盼之间选择，我选胡盼。"

"我不选你！"胡盼当即反驳，一脸嫌弃，"别做美梦了，古师傅，就算全世界只剩下你一个男人，我也不会选你，宁愿单身。"

古浩也不生气，哈哈一笑："开个玩笑，只是假设，你激动什么？"他又和杜图南碰了碰杯，"你呢，现在是必答题，必须选一个。"

"胡盼吧。"杜图南的目光从江成子身上迅速一扫而过，"芃芃的气场太强大了，一般人hold不住。盼盼既真实自然，又得体大方，和她在一起，轻松自在，不会有太大压力，有利于男人在事业上的进步。"

"她？"江成子几乎压抑不住不屑的笑意，"你们还是不够了解她，她又懒又馋，还喜欢抱怨，自己没多大本事，天天嫌弃别人尤其是自己男友不赚钱，就希望钓一个金龟婿嫁入豪门，从此过上挥金如土的奢华生活。可惜，心比天高命比纸薄……"

"你闭嘴，江成子。"成芃芃打断了江成子的话，"你的意思是说，如果让你再有一次选择，你是不会选择胡盼了？如果必须在我和她之间选择呢？"

江成子打量成芃芃几眼，目光又在胡盼身上停留了一会儿，摇了摇头："只能二选一的话，我选择你。虽然你也不是我的菜，但也是没有办法的办法。"

"你呢方叔？必须做出选择。"成芃芃又将目光投向了方山木，狡黠地一笑，"不许再耍赖，我和盼盼，选一个。"

方山木故作沉吟片刻："必须选择的话，选胡盼。"

"为什么？"成芃芃和胡盼异口同声。

"原因很简单，芃芃你的富二代身份给人的压力太大了，我如果还在事业的顶峰期，可能会选你。现在正是人生低谷，配不上你。而且我以后能不能东山再起还是未知数……"方山木想起了当年在大学里追求盛晨时，其实也有一个无比优秀家世显赫的女生周之之喜欢他，他却拒绝了她，原因就是她的出身太好了，家庭背景太深厚了，和她在一起，他找不到身为一个男人的价值。

后来认识了古浩以后，方山木就更庆幸当初的选择。如果他和周之之在一起了，说不定也会沦落为古浩一样的境地。

"男人的想法总这么现实又让人绝望吗？"成芃芃一脸伤心，"身为富二代又不是我的错，难道富二代就不能拥有爱情了？方叔，你可不可以让爱情回归简单，你只喜欢我的人，而不是我所拥有的一切，求求你了，好不好？"

第六十二章　需要成长的不仅是感情

方山木知道成芃芃在演戏，并不配合她的表演，坚决地摇头："不能！不可以！身为一个传统保守的男人，无法接受自己的女人强过自己太多。如果我才二十岁，我可能还会觉得爱情可以战胜一切。但我现在快要四十岁了，我会首先选择现实，然后考虑爱情。我的观点是，爱情的幸福建立在现实的基础之上。"

江成子总算看出端倪，呵呵地笑了："明白了，原来你们在为我设局，都选择胡盼刻意制造紧张气氛，不好意思，让你们失望了，我对胡盼完全没有了感觉，就算你们再抢来抢去，在我眼里，她不过是一个不相干的路人。我不会再对她有任何心动的感觉，不管她是和方叔谈恋爱，还是和古师傅鬼混，哪怕是跟了杜图南，都不关我的事……"

江成子一点破，胡盼也才明白过来，也生气了："不行，不行，说好让我自己拿主意攻破江成子，为什么又设计我？我说我怎么这么受欢迎，原来是你们串通一气编派我，我生气了！还有你，芃芃，你牺牲自己来成全我，我不但不会领你的情，还会恨你。"

成芃芃摊了摊手："你也别生气，盼盼，刚才我也说了，我们的出发点是为了公司好，是为了我们的成长游戏更加完善，所以以后事情不管落到谁身上，谁都不要生气，也不要翻脸，就当是工作，是为了我们的无限关爱有限责任公司的未来。"

"好，我不生气。"江成子淡淡一笑，举杯朝胡盼示意，"我欠你一个正式分手的声明，现在我宣布，我和胡盼正式结束男女朋友关系，以后一别两宽，各生欢喜，互不相欠，再无私交！干杯！"

胡盼紧咬嘴唇，眼泪在眼中打转，强忍着不流下来。她表面上嘴硬，其实在内心深处还是希望江成子可以回心转意。或许也有不甘的原因，她希望江成子能够意识到自己的问题所在，向她认错，并且改正，以后做一个积极向上认真工作的男人。

却没想到，江成子如此决绝地当众提出分手，她感到委屈、不满和心酸。其实在她的设想中，所谓过关就是江成子向她认错，接受她的条件并且和她重归于好。

竟然会是这样的结局？胡盼本想服软，退一步算了，也许在众人面前给足了江成子面子，江成子还会回心转意。却感觉胳膊一疼，被成芃芃轻轻拧了一下。

成芃芃是提醒胡盼不要心软，她看出了江成子的义无反顾，不想让胡盼再当众自取其辱。

不能退，一步退，步步退。胡盼猛然一咬牙，和江成子碰了碰杯，随后一饮而尽："我在一坐接受了你的求爱，现在在一坐正式和你分手。江成子，从此以后，我们只是普通同事！希望以后在工作中，我们能够不再感情用事，一心为了公司发展。"

放下酒杯，江成子轻蔑地一笑："方叔，我和胡盼的故事画上了句号，你们以后不要再拿我们的事情当成支线了，实在是没有什么值得一提的地方，甚至我和她的爱情故事用三句话就可以概括——大学同学，大三相恋；浪漫两年，被现实的残酷半年打败；因为生计问题而分手。现在回想起来，感觉就像喝了一杯白开水，没滋没味的……"

"你……"胡盼又被气着了，想要反驳几句，却被方山木制止了。

方山木摆了摆手："就算亲密如情侣，对在一起的时光的回忆感受也大不一样。好了，事情翻篇了，往下进行。成子，你和胡盼吵架分开后这半年期间，找了几份工作？"

胡盼想起了当时分手时大吵大闹的往事，心情忽然又好了起来，也兴致勃勃地问："就是就是，江成子，你这段时间去哪里了？以你的德行，肯定是又躲在哪里打了半年的游戏吧？不对不对，没有了我供你吃喝，你连生存都成问题，你必须工作才能养活自己。但问题又来了，你又是一个特别懒散的人，我从来没有见过你的一份工作干过三个月以上。"

江成子不动声色地笑了笑，招了招手，对过来的服务生说："叫你们老板过来一下。"

服务生一脸不屑："老板不在，他很少来店里。"

"我和他今天约好了，他必须在。"江成子踢了服务生一脚，"赶紧叫林三岁过来见我，听到没有？"

服务生吓得脸都白了，连连点头："是，是，马上。"

方山木微微皱眉，他一向不太喜欢对服务行业的人员大呼小叫的人，极没素质。现在看来，江成子不但是胡盼的关，也会是他的关，更进一步说，是公司的关。

　　方山木很清楚一点，他的人生两大难关：一是盛晨，二是古浩。如果他过不了盛晨的关和古浩的关，他创业成功的可能性就微乎其微。

　　他自认掩饰得很好，将对古浩的恨深藏于心，没有丝毫流露。他也能猜到古浩留在他的身边，一是想借他为支点来和江边较量。二是也想借机寻求新的突破，时机成熟时想要吞并他的公司。但是一向有强大自信的他，有足够的理由和底气可以绝对掌控公司，让古浩所有的小心思小算盘最终为他所用，还可以借古浩之手化解江边对盛晨的控制，甚至进一步打击江边的嚣张气焰。

　　灯光一暗，一个高大的身影出现在几个人面前。他身高有一米八以上，身材健壮，膀阔腰圆，一双炯炯有神的大眼闪耀光彩。不仅人长得帅，声音也充满磁性："各位好，鄙人林三岁，是一坐的老板，也是江成子的朋友。欢迎各位莅临一坐，感谢赏光。"

　　"三岁，来，坐。"江成子热情地拉过一把椅子，请林三岁坐下，"介绍一下，林三岁是我的发小，自力更生的富二代。他拒绝接手家族生意，没有回南京当少爷，而是留在京城创业当大爷。同样的是90后，他创业三年，现在名下已经拥有了一家公司、三家饭店和两个加盟店，牛上天了。我这段时间一直借住在他家里……"

　　林三岁依次和众人握手："别听江成子瞎吹，我现在就是一个创业者，完全就是一孙子，每天一睁开眼就有上百号人等着吃饭发工资。"

　　方山木对林三岁的第一印象良好，此人不但举止谈吐都很得体，而且还会察言观色，比起杜图南的淡漠和江成子的自大，不知道好了多少倍。长得帅，有眼色，还很有口才，肯定很受女孩子喜欢。

　　果然不出方山木所料，成芃芃和胡盼二人对视一眼之后，同时眼前一亮，眼中闪烁见猎心喜的光芒。现在的女孩子呀，一点儿也不知道矜持，见到英俊帅气的男生，总是毫不掩饰自己的兴奋，很容易被人当成猎物反杀。

　　方山木想归想，却不会去阻止什么，他也相信成芃芃和胡盼自有分寸。不过让他无论如何也没有想到的是，最先发动进攻的是成芃芃。

　　成芃芃先是看了江成子一眼："成子，我可以加林老板微信吗？"

　　江成子不以为然地扬了扬手："只要是我带到大家面前的朋友，大家都可以随便加微信，随时单线联系，我不会计较的。有些职场上的所谓规矩，我不会放在心上。"

第六十三章　男人的天性和必修课

　　江成子虽然嘴上说得好听，其他人却不能不懂规矩。好在林三岁足够聪明，当即一笑："成子，我就自作主张主动加了几位的微信，反正都是你的朋友，你也不会介意，就怕你的朋友介意，不想认识我这个饭店的小老板……"

　　此话一出，众人纷纷起身和林三岁加了微信，谈笑间，林三岁就和众人打成了一片。随后他又送了一份特色菜以及一瓶红酒，并亲自打开为每人倒了一杯，和众人畅饮。

　　林三岁是何许人也，几番敬酒下来，他立刻分出了轻重，中心是方山木，重点照顾成芃芃，其他人包括古浩、胡盼和杜图南，可以随意。

　　方山木在职场多年，几次试探之后也看出了林三岁深知处世之道，可以说在场中人，除了古浩之外，都对林三岁有很大好感。

　　古浩对林三岁心存警惕之意，是出于职业上的敏感，也是性格使然。尽管他也知道林三岁和他以及无限关爱公司并没有直接的利益冲突，但林三岁过于夺目的光芒和讨人喜欢的性格，让他下意识里觉得林三岁的意外出现是蓄谋已久的安排，背后或许隐藏着不可告人的目的。到底是什么，他不好猜测，但凭借他多年的职场经验，第一个念头是林三岁应该是看上了成芃芃或是胡盼。

　　当然，如果仅仅是喜欢上了二人之一，也没有什么，就怕他的用意并不限于此，或许始作俑者江成子没有多想，但不排除林三岁趁机打进他们的圈子。

　　古浩朝方山木使了一个眼色。

　　方山木回应了古浩一个心领神会的眼神，他并没有古浩想得那么多，并不是说他不如古浩考虑周全，而是他不像古浩一样凡事喜欢往坏处想，并且还会以自己的心思揣摩别人的想法。

　　和林三岁越聊越投机，林三岁开心之余，又拿出了珍藏多年的红酒。在聊天中，方山木有意无意地引导话题，总算得知了林三岁和江成子的真正关系，也清楚了江成子和胡盼分手之后的半年里都做了些什么。

　　和胡盼分手后，江成子一个人在街头晃荡了一个小时，打了无数个电话后，终于有了落脚点——林三岁答应可以收留他。

　　一边感慨世态炎凉，当年的同学也好朋友也罢，一听说他要过来借宿都一副避之不及的嘴脸，一边又清醒地认识到还是从小一起长大的发小靠谱，林三岁在接到他的电话后几乎没有任何迟疑就同意了他搬过来一起住。

林三岁和他同是南京人，大学毕业后，林三岁拒绝了父亲让他回去继承家业的提议，留在了京城，自主创业。

先从礼品店做起，然后是饭店、酒吧以及红酒等生意，虽然规模都不大，但每一个生意都赚钱，足以养活自己不说，还有一定的发展前景。尽管在林三岁的父亲林吉的眼中不过是小打小闹，但林三岁却乐此不疲，至少在他看来他没有依靠父母，完全凭借自己的力量在京城打下了一片天地。

江成子借宿在林三岁家中之后，还和从前一样，每天无所事事，不是打游戏上网就是吃饭睡觉。林三岁住的是一个一百二十八平方米的复式，他住楼上，江成子住楼下。

三个月后，林三岁受不了江成子的醉生梦死了，希望他可以振作起来，至少找一份可以养活自己的工作，不能总是蹭吃蹭喝蹭住。

林三岁是好心，江成子却以为是要赶他走。也确实，江成子不但住在林三岁家里，吃用也都是林三岁供应，他别说分担了，连一卷卫生纸的钱都不肯出。当然，也不是不肯，是出不起，江成子已经弹尽粮绝了。

和胡盼在一起时，他就失业了，吃穿用度都是胡盼负责。要不是胡盼失业他和胡盼被房东扫地出门，他还会一直醉生梦死下去。

说到底，他和胡盼矛盾的爆发还是因为生活所迫。

其实江成子家里不穷，虽说不是超级富二代，但也不缺钱，父母再养他十几年也不成问题。问题是，他既不想工作，又不好意思伸手向家里要钱，但好意思先是靠胡盼养活，现在又赖上了林三岁。

林三岁拿江成子也没有办法，他俩从小一起长大，从小学一直到高中都在一起。后来同时考上了京城的大学，虽然不是同一所大学，却还是在同一个城市，也算是难得的兄弟情谊了。只不过林三岁一直不欣赏江成子的性格，论家世，江成子比林三岁差了太远。论大学，林三岁上的是985而江成子才是211，再论长相和身材，江成子和他更是有不小的差距。

按说江成子就算不和他比，既然留在京城，也要努力上进才是。江成子的父母虽然有些积蓄，但想要资助江成子在京城买房，也稍显吃力，更不用说帮他开拓事业了。林三岁实在想不通，江成子为什么会变成现在的样子，颓废、消极、懈怠、得过且过！

本来大学毕业后，他忙于事业，和江成子联系不是很多，平常每月聚上一次就不错了,他也就没有机会开导他。现在江成子住进了他的家里,他们每天抬头不见低头见,就难免时不时说他几句。

一个自律的人最见不得别人的放纵。林三岁无法理解,为什么会有江成子一样的年轻人,整天无所事事,除了打游戏就是上网聊天,宅在家里不去工作不想明天,甚至连找女朋友都没有动力?

他活着的目的和意义是什么?

有一次下班回家,林三岁实在看不惯江成子打着哈欠带着熊猫眼头发乱得像是鸡窝的衰样,拉过他和他长谈了一次。他问江成子未来的打算和规划,江成子的回答让他哭笑不得。

"谁也不知道明天和意外哪个先到来,所以,享受当下。"

林三岁觉得不能再让江成子这么荒废下去了,给他下了最后通牒,限令他在一个月内找到工作,并且每个月交一千块的伙食费和两千块的房租,否则会赶他出门。

江成子以为林三岁是在开玩笑,林三岁的房子是全款买下的,交哪门子房租?而且林三岁那么有钱,他一个月吃他的喝他的,也花不了多少,就依然我行我素。不料一个月后,他出去了一趟,回来发现进不去门了,密码锁换了密码。他打电话,林三岁不接。发微信,不回,足足等了一天,直到深夜林三岁才回来。

林三岁再次向他强调,如果他不交房租和伙食费,他真的会被赶走,不是开玩笑。他不是不想管他,而是不想他再这么颓废下去。哪怕他不去工作,去追求女生也可以,不能再这样浪费青春了。

林三岁给江成子指了两条路,要么找一份工作养活自己,要么找一个喜欢的姑娘去追。如果是后者,他愿意提供一切便利条件,包括场地和资金。

江成子几乎没有丝毫犹豫就选择了前者,哪怕林三岁愿意出钱资助他找女朋友,他也不愿意,他对爱情已经绝望,在他看来费心费力去追求一个姑娘,还不如工作和游戏有趣。

林三岁啼笑皆非,不过也能理解江成子的想法。江成子的恋爱史他也清楚,从高中到大学,一共有过三段恋爱的他,每一次都以失败收场。不过对最近一次和胡盼的恋爱,江成子并不认为是失败,而只是一次风轻云淡的相遇。

林三岁原本以为江成子找到工作,至少需要两个月,没想到仅仅十天就被一家创业公司录取了。等江成子上班后才知道,他和胡盼又成了同事。林三岁笑话江成子,可以一举两得,既有了工作,又可以趁机追回胡盼,实现事业和爱情双丰收。

江成子却嗤之以鼻,声称就算全世界只剩下胡盼一个女人,他也不会再对她动心。

其实江成子只想先找一份工作应付了林三岁。他也明白林三岁之所以逼他，并非小气，而是出于关心，希望他不要继续放纵下去。

原地踏步其实就是退步。

第六十四章　一个不肯服输，一个不愿服输

江成子应聘到无限关爱有限责任公司，最开始是出于兴趣，酷爱游戏的他得知这是家游戏公司后，点燃了内心的火焰。上班后，意外遇到了胡盼。尽管胡盼的存在让他想要逃避，但在方山木的开导下，他又咬牙留了下来。

方山木的原话是："你是怕在工作上输给胡盼，还是怕在感情上输给她？"

江成子或许是一个毫无上进心，对大多数事情都不感兴趣的人，但对于胡盼，却还是保持了足够的好胜心。方山木说，公司预留了五个创始人的位置，他和胡盼可以二进一，各有百分之五十的机会。出于战胜胡盼的想法，他的斗志被激发了。

对吃喝玩乐以外事情全无兴趣的江成子，却对和胡盼的较量充满了动力，更不用说公司的主业是开发游戏APP。胡盼一向认为打游戏是无聊至极的行为，他就是想让胡盼知道，不管什么行业，只要精通了，专注了，一样可以打出一片天地。

今天特意邀请众人来一坐吃饭，江成子也是藏了私心，希望可以借机展示一下他的人脉，也是想让胡盼看看，他江成子并不窝囊，有朋友，也有圈子。

大概了解了江成子的近况后，方山木暗中观察了胡盼的反应，见胡盼故作坦然，似乎对江成子去了哪里做了什么毫无兴趣，但每当江成子说到关键时，她明明正在和成芃芃、杜图南说话，却会明显地停顿下来，仔细倾听……他就暗暗一笑，90后的年轻人，脸皮太薄，在恋爱中明明在意对方，却要假装并不在乎，似乎谁在乎谁多一些谁就落了下风一样。

在爱情里面，谁主谁次，谁上谁下并不重要，重要的是，一旦两个人真的相爱了，都愿意为对方心甘情愿地付出。付出的爱，才是真爱。索取的爱，只是恃宠而骄罢了，早晚会因骄纵而被舍弃。

一行人有说有笑，关系更融洽了，除了胡盼和江成子之外。

从林三岁口中得知了不少江成子的往事，方山木对如何用好江成子，如何帮助胡盼过关就更心里有数了。他没有看错江成子，尽管江成子消极颓废，但也不是没有可用之处。每个人都有自己的关键点，只要抓住了并且加以放大，就可以充满动

力前进。

江成子的关键点就是胡盼，同样，胡盼的关键点是江成子。他们之间的感情基础还在，只不过一个伪装得坦然而随意，一个故作矜持，以退为进。就像他和盛晨，一个不肯服输，一个不愿认输，就僵持不下了。

在爱情和婚姻中，势均力敌的两个人才最危险。双方都不退让，要么最终散场，要么两败俱伤。

聚餐结束后，方山木宣布正式放假，春节后初八再上班。

林三岁送到了门外，紧紧握住方山木的手，将他拉到了一边："方叔，成子是我多年的朋友，也是从小一起长大的发小，我对他也是恨铁不成钢。好几次我劝他跟我干，他不同意，说是道不同不相为谋。总是说不喜欢我从事的行业，其实我知道他是拉不下面子，不想被我管。成子毛病不少，但优点也很多，他如果认准了一个人或一件事情，会坚持到底。现在他就认准了你，希望你能多帮他多带他。他是一个很懒散的人，能不能积极健康地生活和工作，就看跟谁了。"

方山木拍了拍林三岁的肩膀，他心里清楚林三岁的交代既有托付之意，又有期待之心，话里话外还似有所指，他笑了笑："既然公司叫无限关爱有限责任，对江成子，也会一视同仁。放心，只要他认真努力，以他的才气和能力，完全可以在社会立足，何况一家初创公司？"

林三岁回身望了一眼正和江成子握手告别的古浩，意味深长地笑了笑："方叔是他的机遇，胡盼是他的挑战，希望他能全部过关。今天虽然是第一次见到方叔，但方叔的人格魅力深深地吸引了我，而且你们公司的创意也非常独特，希望有一天有机会可以和方叔合作。"

方山木近来历经无数次融资谈判，对于合作二字已经免疫了，林三岁这番话，他也没有往心里去，就是随意一听。

京城繁华热闹，但在春节期间，却又略显冷清，无数的游子踏上归家之路，包括胡盼、杜图南和江成子，转眼间，301室就只剩下了方山木、古浩和成芃芃。

成芃芃的父母早早定好了春节出境游，成芃芃知道他们想要借机劝她出国，她就借故有事没去。

明天就是大年三十了，街上过年的气息越来越浓，行人也日渐减少。方山木坐在沙发上，望着无精打采的古浩和成芃芃，忽然笑了："怎么跟霜打的茄子一样？过年了，应该高兴起来。古浩，去对面的饺子馆叫一份饺子过来，我们几个孤家寡人也要热闹热闹。"

"算了,还是一起去吃现成的吧,送过来就凉了。"眼见中午了,古浩有几分心神不定,"说好今年一起回我家过年,怎么到现在了江边还没有消息,发微信也不回。"

最近一段时间以来,古浩一直住在301室没有回家,他是想彻底改变以前的习惯,让江边适应他不再回家的状态,免得和江边的较量半途而废。他以为江边会不断地要求他回家,不料除了每天偶尔几句问候和交流孩子上学的问题之外,江边提也没提让他回家的事情。

古浩虽然一门心思扑在工作上,但也有几分慌了。两个人的较量,一方使劲,另一方紧随其后,才能持续。如果一方使力而另一方无动于衷,就麻烦了。说明对方可能已经不再在意,甚至是放弃了。

古浩只是想借和江边的较量争取更大的主动权和更多的自由,而不是真的要和江边一刀两断。江边不理他,他心里就没底,不知道江边到底是在打什么算盘。

最近盛晨和方山木联系得也少,方山木虽然也有和古浩一样的担心,但表现得没有古浩那么明显,他哈哈一笑:"好,出去吃,有仪式感。就算没人要我们,我们三个人也要过年是不是?"

"请注意用词,你们是没人要,我是主动单身,区别大了。"成芃芃不满地回敬了方山木一个白眼,"方叔,你说错话了,今天你请客。"

反正一顿饺子也花不了几个钱,方山木也就没计较什么,其实他心里也是忐忑不安。盛晨也是早就和他说好过年一起回石门,明天三十了也没有消息,难道她改变主意了?

盛晨决定的事情,一般不会轻易改变,除非出现了什么重大变故。昨晚和早上他都发了微信,盛晨一直没有回复。他还问了儿子,儿子也没有消息,他就有些慌了。

以前还不觉得,但自从盛晨和蒙威吃饭之后,方山木就隐隐有些担忧。蒙威的手段他能不清楚?不管是对待爱情还是事业,都有强大的耐心和韧性,不达目的誓不罢休!以他和盛晨目前分居的状态,喜欢盛晨多年的蒙威不乘虚而入才怪!

尽管他现在也和成芃芃、胡盼同居一室,但他对自己有信心,绝不会做出出轨的事情,何况还有古浩监督?留古浩在,何尝没有让他见证他的为人之意?人都是如此,宽以待己严以待人。好吧,他对盛晨也有信心,但对蒙威没有。男人最了解男人了,蒙威又是一个极有耐心的猎手,盛晨当年虽然没有接受他的追求,但对他也不反感。同学之间又有天然的亲近感,不需要了解和试探,需要的只是时间的积累和恰当机会。

时间有，盛晨和蒙威在一家公司工作。机会更有，蒙威可以安排盛晨各种工作以达到和她接触的目的。方山木甚至在想，如果盛晨真的爱上了蒙威，并郑重其事地向他提出了离婚，他该怎么办？

是毫不犹豫地办理离婚手续，趁机提出附加条件，让儿子跟他，还是拖着不办，接受不了失败的下场？方山木也不明白为什么他的心思会有如此转变，原先他恨不得赶紧和盛晨办理离婚手续了事，之所以有三年之约，也是为了儿子的教育问题。

但现在，盛晨有了追求者，他反倒有了危机感，难道男人真的这么贱，非得有人喜欢自己的媳妇才会发现媳妇的优秀？

成芃芃看出来了方山木和古浩都一副心不在焉的样子，也大概猜到了二人在担心什么以及为什么失落。点好了三盘饺子后，她拍手一笑："行了，两位大叔，你们也别愁眉苦脸了。你们现在正是男人的黄金时期，就算你们的媳妇真的抛弃了你们，你们完全有大把的机会可以找到更年轻更漂亮的小姑娘，何必一棵树上吊死呢？"

第六十五章　屈服于世俗和社会压力

"是安慰还是讽刺？"古浩听出了成芃芃的语气不对，"如果你答应只要我一离婚就马上跟我结婚，我就信了你的话，马上放下江边。"

成芃芃暧昧地笑着，瞥了方山木一眼："男人是不是真的只有在有了备胎的前提下，才会跟原配离婚？你们两个都没有备胎，所以很在意原配对你们的冷落。"

方山木回敬了成芃芃一个恶狠狠的眼神："不懂就别乱说，男人有时是不如女人专一，但也不是冷血动物，也有感情好不好？当然，男人在婚姻里面很在意面子。就像如果男人出轨有的女人会原谅他一样，而女人出轨，大多数男人不会原谅，会离婚，其中有一大部分是面子因素。"

"所以如果是你们想要甩掉原配，你们不会在意她们是不是会很丢面子，但原配如果不要你们了，你们就觉得很没面子抬不起头，是不是？呸，渣男！双标！"成芃芃似笑非笑，眼神中充满嘲讽。

方山木和古浩面面相觑，二人想反驳，又觉得无从说起，方山木尴尬地笑了笑："有时确实得承认，男人是不如女人包容和大度。就像杜图南和许问渠，你说他们谁对谁错?"

"背后说人长短,不太好吧……"许问渠的声音突兀地在方山木身后响起,她轻轻一拍方山木的肩膀,"这么巧,方哥,京城说大也大,说小也小,又见面了。"

方山木吓了一跳,站了起来:"还真是人生无处不相逢……其实并不是在背后说你们长短,是想帮你们分析一下问题出在哪里,怎么解决,也许有机会可以加到成长游戏里面,为游戏玩家提供一个支线。"

"我和他的问题无解,不用费心了。"许问渠坐在了方山木的旁边,和古浩面对面,"介意我一起吗?"

坐都坐下来了,方山木怎么好意思赶她走:"正好今天我请客,连你也一起请了吧,不过是添一双筷子的事情。"

"你的口气跟我爸一模一样。"许问渠莞尔一笑,"他总是说以前孩子多是因为孩子好养活,多加一把米,多添一双筷子,就可以多养大一个孩子。现在可不同了,多一个孩子得多付出无数精力、时间和金钱,而且成功率还极低。"

好吧,既然许问渠上来就提到了孩子问题,方山木就顺水推舟:"你不太喜欢小孩?"

"也不是说不喜欢,而是没感觉,一不想生。二不想养。三觉得投入和产出比太低,完全是一笔不合算的买卖。你可以算一笔账……"许问渠夹起一个饺子,蘸了蘸醋,放到了嘴里,"我们都会有同样的错觉,在饭店吃的饺子好吃,就会觉得自己包的饺子也好吃。就像看到别人家的孩子优秀,就以为自己培养的孩子也会优秀,其实也是一种幸存者偏差。

"所以你看一个家庭最大的投入是什么?房子之外就是教育,从幼儿园起就是各种补习班,月收入三五千的家长,上一个月五六千的补习班眼睛都不会眨一下。一个孩子从出生到大学毕业,少说也会花费几十万到几百万。如果出国的话,又会多支出几百万。等毕业后工作了才发现,月收入七八千到一万块。在他们身上投入的教育成本多少年才能回本?实际上有人做过统计,不管家长付出多少心血和金钱,孩子们的成才率一直保持着一个恒定的数值。也就是说,永远是绝大多数的投入都白白打了水漂。"

成芃芃将许问渠前面的一盘饺子端到自己跟前:"不好意思,牛肉萝卜是我点的,您想吃什么自己点,别抢别人的好吗?照您这么说,如果觉得自己孩子不是学习的料,连培养都不用了,直接当废物养不就成了?"

"不不不,我不是这个意思……"许问渠并不介意成芃芃的举动,又去吃古浩面前的饺子，"我的意思是最好不要养孩子，因为养一个孩子成才的概率只有百分之一，成功的概率只有万分之一，与其用有限的生命去搏一个百分之一或万分之一的可能，还不如自己活得开心一些，反正人生短暂。"

成芃芃觉得许问渠的思维方式简直不可思议："都要和您一样，人类不就灭绝了？您这是自私加冷血。"

方山木了解成芃芃，她说话时一带上敬语，要么是有意疏远对方，要么就是嘲讽奚落。

"不不不，你又想多了。"许问渠依然是不急不缓的态度，"清华和北大人人想上，最终能上的还是少数，为什么？一是能力不够。二是立场不坚定。和我有一样想法的人不少，但最终大多数人还是会屈服于世俗和父母的压力，以及长久以来的惯性思维，选择生子并且去培养的人生道路。"

"这么说，你觉得自己很独特很优秀了？"成芃芃禁不住冷笑了，"真没想到，你出国留学这么多年，别的没学会，光学会自私自利了。古师傅，拿我的尚方宝剑给许秀儿削一个苹果……"

"啥意思？"古浩一个饺子塞在嘴里，张大嘴巴，想了一想，意识到可能又是一个什么梗，不由得笑了，"你们女人聊，别扯我，我忙着吃东西呢。"

"也不是，我只是想活得逍遥自在一些，不想背负太多的责任和包袱。女人是天生具有生育功能，但要不要生孩子，我的身体我总得有自主权吧？"许问渠面对成芃芃咄咄逼人的口气，毫无波澜地笑了，"没想到你一个90后女生，思想比我还古板传统，你是不是特别渴望当生育工具？"

"笑话！"成芃芃放下了筷子，一脸严肃，"女人生孩子是天性，不生孩子是自由，不能说不生孩子就多新潮，生孩子就是生育工具，你的思想很偏激也很危险……"

"是吗？我不觉得危险，我没危害社会，也不妨碍他人，只过好自己难道也有错？"许问渠扭头看向了方山木，"方哥，你几个孩子？"

"一个。男孩。"方山木也接受不了许问渠的观点，原本他还想找机会说服许问渠，帮杜图南过关，现在看来，难度太大了，比他和盛晨复合的难度都大。

许问渠歪着头，一脸天真可爱："我问你一个问题，你别隐瞒真实想法，如果你和盛晨没有孩子，你们是不是早就离了？"

成芃芃一拍桌子站了起来："过分了！许问渠，方叔和你不熟，请你离开。"

方山木摆了摆手："芃芃，坐下，没事，不过是探讨问题……如果真的没有孩子的话,我和盛晨估计在矛盾积攒到一半的时候就离婚了,不至于拖到现在。我和她有一个三年之约,其实支点还是儿子的教育问题。我的观念比较传统,孩子是夫妻连接的纽带和桥梁,如果没有孩子,许多夫妻都会在冲动之下离婚。所以说,我是赞成生孩子的一派,有了孩子,不管男人还是女人就都有了责任感,就会更理智也更愿意为家庭付出,而不是只顾自己不管别人。"

方山木理解成芃芃对许问渠的不满和反感,说实话,他也有几分看不惯许问渠的自以为是。但是他告诫自己,向来成大事者不拘小节,许问渠表面上和他以及无限关爱有限责任不相干,但谁又知道她会不会是可以提升每一个人的修养和阅历的难关呢?

是难关,就得迎难而上,而不是绕开或逃避。

"说得好。"成芃芃听出了方山木有暗讽许问渠之意,不由得开心起来,"许问渠,如果你和杜图南有了孩子,会不会也不会离婚了?"

"废话!我和他离婚的原因就是我不要孩子,除此之外,我们没有其他方面的分歧。"许问渠又看了看古浩,"古师傅,如果你和江边没有孩子的话,是不是也不是现在的样子了?"

古浩没想到会问到他的身上,愣了愣:"我没想过这个问题,也从来没有想过结婚了会不要孩子。我其实一直想要一个二胎,江边不同意,怕耽误她的青春。她的青春早就过去了,还有什么可耽误的?"

方山木笑了:"我家正好相反,盛晨想要二胎,我不想。也是顾不上,我是不想再让盛晨遭罪,盛晨却想用二胎来拴住我。"

"啧啧……"许问渠伸出右手食指摇了摇,"你们的问题在于要孩子的出发点都不够纯正。第一胎可能只是你们夫妻生活的副产品,到第二胎时,理智了,也准备充分了,却附加了太多的理由,让生孩子变成了较量的支点。就算生下孩子,你们觉得对孩子公平吗?等他长大后,你们会告诉他真相,让他知道他来到人间是为了修补你们破裂的婚姻,你觉得他会幸福吗?"

成芃芃又被气着了,一拍桌子站了起来……

第六十六章　只关爱不善后

"生孩子还要管他以后是不是幸福,你是不是脑子有什么问题?谁能保证以后的事情,生下孩子抚养他长大,以后幸不幸福是他自己的事情,你管得了吗?用得着你管吗？"

方山木再次拉下了成苨苨："坐下，坐下！不要激动，既然是讨论问题，就要允许有不同的想法，碰撞才能激发灵感的火花不是？"

"好，我不生气，我息怒，我不和非正常人类一般见识。"成苨苨气呼呼地又坐下了，她努力挤出了一丝笑容，"换了我是杜图南，早就和你离婚了，他居然为了你还关闭了公司，他不是痴情，是傻。天下肯为他生孩子的女人多的是，干吗非得一棵歪脖树上吊死？我想不明白，许问渠，你爸妈对你坚决不生孩子有没有意见？"

许问渠对成苨苨的不满始终不生气："有哇，意见也大得很。但我坚持，他们也没有办法。他们也管不了我，毕竟孩子大了，由不得爸妈。我早早出国，就是为了不受他们的管教，不听他们的唠叨。"

古浩半天没有说话，他一直在想他和江边的事情。许问渠的突然出现，就像一道闪电点亮了他，他忽然拿出手机，给江边发了一段语音："江边，我想通了，我们还是要一个二胎比较好，一是可以增加我们的夫妻感情。二来也好让古小远有个伴，不管是弟弟还是妹妹，等我们在病房中病危的时候，要由家属签字，她至少还有一个人可以商量……"

古浩的一番深情告白让众人都沉默了，成苨苨也拿出了手机，给妈妈发了一段语音："妈，当年你和老爸为什么不再给我多生一个弟弟或是妹妹，至少这么多财产还可以分给他们一半，不至于让我压力这么大。现在就我一个，财产都是我的，但养老还有传宗接代的任务也都是我的，我太难了。"

方山木也有所意动，拿出手机翻到了盛晨，想发什么，却又收回了。古浩不无鄙夷地白了他一眼："我最烦你这种有什么想法总是藏着掖着，压着收着的心理。该交流就交流，该软就软，该硬碰就硬碰，总是什么都不说，什么都不做，别人怎么知道你到底想要什么？"

许问渠拍着方山木的后背笑了："方哥，他们或许不了解你到底想要的是什么，我却知道，其实你想要的是尊重和平衡。你对盛晨依然有爱，但前提是她相信你，尊重你，并且愿意和你达成一种势均力敌的状态。但现在是，她想掌控一切，你不想退让，所以僵持不下。"

方山木微微吃惊，他和许问渠才认识不久，一共没有见过几次面，为什么许问渠如此了解他？似乎可以看穿他的内心！从某些方面来说，许问渠也确实是有独特之处，至少她有耐心有涵养，并且看人极准。

一瞬间，方山木动了爱才之心。

许问渠的话确实很切合他现在的状态，对，就是势均力敌，直到现在盛晨还没有丝毫退让的迹象，甚至还要和他对着干。他身边有成芃芃和胡盼，她身边就出现了蒙威和郑远东！尽管有时方山木相信盛晨也有可能不是有意为之，但有时也会多想，总觉得她就是故意气他！

　　"你的意思是，如果我退一步，她也会相应地退上一步？比如我答应她要一个二胎，她会将心思转移到孩子身上，不再对我有过多的约束？"方山木第一次觉得二胎计划虽然是盛晨对他的束缚，但相应也为盛晨带来了牵制，让她既无心工作和社交，也没有时间和精力对他严加防范。

　　对呀，为什么他没有想到这一点，总是从自己的出发点来考虑问题，却没有站在盛晨的立场上多一些思索。任何事情都是双刃剑，不可能只对他有约束而对盛晨没有制约。

　　"是的，我猜测应该是这样。"许问渠一脸笃定，她轻轻敲了敲桌子，"还有你，古师傅，你和江边的问题其实比方哥和盛晨的问题更好解决，只要你能让江边相信你不在外面拈花惹草，不管你用什么方法！然后再给她一件事情做，不再将精力全放在你身上，你的问题就解决了。"

　　"这么简单？"古浩摇了摇头，"说来容易做到难，我用过无数种方法，江边都不相信我的话，我还能有什么办法？她不像盛晨一样想要二胎，如果她真有想要二胎的心思，我高兴还来不及呢。"

　　"她不想，你可以说服她呀。不能总是被动地等她找你的麻烦，而是要主动进攻，进攻就是最好的防守。"许问渠笑得很灿烂，"不能白吃你的饺子，我替你想个办法，怎么样？"

　　"可以，可以，如果能保证让江边同意的话，我请你吃一顿大餐。"古浩喜不自禁，连连搓手。

　　"大餐就不必了，我对食物的态度是食无求饱，我更喜欢旅游，你请我一趟欧洲十五国游就可以了。"许问渠直视古浩的双眼，"怎么样，答应不？"

　　"嗯……"古浩微一迟疑，实际上是有点儿肉疼，欧洲十五国少说也得三五万，不过又一想，如果真的拿下江边，三五万又算得了什么，忙点头，"没问题！"

　　"问渠，你找到工作没有？"方山木暗中观察一番，见许问渠穿的还是上次的衣服，脚上的鞋也微显破旧，就明白了几分，她近来应该是经济状况窘迫，缺钱了。

　　"没有，最近一直闲着。"许问渠毫不避讳自己的经济现状，"你猜对了，我最近很缺钱，毕竟一个离婚的失业女人，不好意思向家里要钱，又没有男人接济，日子确实过得很艰难。对了,江边的公司对我许以重金,并且保证不影响我周游世界的自由。但我还是没有答应,她野心太大了,我的才华不足以撑起她的期望,所以宁愿不去。"

"没上班最近在京城做什么了?"成芄芄很好奇许问渠的生活状态,她理解不了一个女人没钱没家庭没工作甚至没朋友,居然还能活得下去,并且还很开心的样子。

"玩呗,京城那么多好玩的地方,颐和园、八大处、天坛、后海……太多好玩的地方,我才去了不到五分之一的地方!好可惜,转眼就过年了。"许问渠一脸意犹未尽的表情。

"过年不回家吗?"成芄芄愈加觉得许问渠简直就是神仙一般的人物,不食人间烟火,"你现在是潇洒自在了,你有没有想过你没有孩子,老了以后怎么办?"

"我从来不去想一个月之后的事情,只顾眼前。因为我都不敢肯定我一个月后是不是还活在人世。"许问渠一本正经的样子,完全不像在开玩笑,"我只关心今天住哪里,明天的吃饭费用有没有着落,才不会去在意几十年后的事情。何况生个孩子养老,本身就是一个风险极大的投资行为。"

古浩虽然很想听听许问渠教他如何说服江边的高见,但对许问渠的观念实在接受不了:"问渠,你的这些稀奇古怪的想法是出国前就有了,还是出国后受外国人的影响才形成的?"

"天生的吧,当然,也有可能是受到了一部分西方思想的影响……"许问渠耸了耸肩,看了看方山木,"方哥,有件事情想请你帮忙。"

"借宿还是借钱?"方山木立刻猜到了什么。

"都需要。"许问渠毫无尴尬之意,还一脸轻松,"而且借的钱说不定一时半会儿还不了。"

"借宿可以,过年期间,胡盼不在,你可以住她的房间,当然前提是她得同意,芄芄也不反对。借钱的话……"方山木眯着眼睛狡黠地笑了,"也可以,而且不用还,但你得为我工作,加入无限关爱有限责任公司。"

古浩捂住了眼睛:"要乱套了,杜图南知道了会不会发疯?胡盼听说了会不会笑疯?江成子见到了会不会乐疯?不愧是无限关爱有限责任,人人可以关爱,但可以不用负责任,或者只负有限责任,只管关爱不管善后,老方,我服!"

许问渠眨了眨眼睛,开心地笑了:"方哥你在为我挖坑?是想让我和杜图南成为同事?我无所谓,就是不知道他是不是受得了?还有,我是一个很随心所欲的人，如果有时候不听话，或是情绪不好的时候不工作，你别怪我就行。当然，开除可以，只要补偿三个月的工资就OK，其他我没要求了。"

"作为创始人之一，我反对。"成芃芃第一时间表明了立场，"许问渠不适合无限关爱的公司，她根本就没有关爱精神。她加入公司，有可能会对杜图南带来困扰，影响公司上下的气氛就不好了。方叔，你可以试想一下，如果让盛晨姐和江边都加入，公司会成为什么样子？鸡飞狗跳、人仰马翻、遍地鸡毛，还是一片狼藉？"

第六十七章　为有源头活水来

方山木没有说话，一时想了很多。

方山木所想的不是成芃芃的反对，而是他和盛晨以及古浩与江边的婚姻问题。他们之间的共同点是，都是同学。不同点是，他和盛晨大学期间就相恋了，而江边直到毕业后才拿下古浩。还有不同之处是，他主动追求的盛晨，江边倒追的古浩。

不只是当时，就是放到现在也一直有许多人不理解江边为什么会喜欢古浩，还非他不嫁，古浩到底有什么好？好色、墙头草、胸无大志，但爱情往往是最没有道理可讲的一种感情，并不是说一定要郎才女貌或是门当户对才是夫妻，也不是说英俊潇洒有钱有才的男人，就一定会娶一个貌美如花的妻子。

古浩其实也有优点，他能说会道、不怕自嘲、不惜自黑也勇于当所有人的开心果。这段时间，成芃芃和胡盼除了有事没事嘲讽他几句之外，还会捉弄他，让他干活。他明知道她们的许多做法并无好意，也要去做去讨好她们，他强大的心理素质和能屈能伸的性格，在职场中，是许多只凭意气用事浅薄无知的职场新人和菜鸟的榜样。

除此之外，古浩还极有眼色，很会来事。用好了，在公司内部是调和剂，在公司以外是一杆可以指哪儿打哪儿的狙击枪。方山木很清楚他的优势和不足，从掌控大局以及把握方向来说，他自信远超古浩，但要维护公司上下的团结，让公司上下一心，充满战争力，有古浩这个鲇鱼存在，会增加许多竞争力。

公司中每一个人的定位，方山木都有清晰的安排，他负责全局，古浩负责对外公关和对内调和，成芃芃负责财务，胡盼负责人事和后勤，杜图南负责推广和宣传，江成子负责技术和开发，还缺一个关键的岗位——策划和故事线梳理。

目前看来，许问渠是最佳人选。

尽管让许问渠加入公司，会引发成芃芃的不满，还有可能引来杜图南的反对，但他还是想要试上一试。以他多年的职场经历和对人才的认知，如许问渠一样个性鲜明、极有主见又无比冷静、逻辑缜密的姑娘非常少见。虽然她乖张又自我，但相信如果用心工作的话，她也会是一个极富创意的开拓型员工。

更深层次的想法是，如果说古浩是鲇鱼，可以起到激活公司活力的作用，那么许问渠就是一池活水，可以为公司增加源源不断的创意和素材。

无限关爱有限责任公司最大的财富就是创意和素材，方山木相信他知道其中的道理，古浩能明白，成芃芃等人也能明白！但能明白和能做到是两回事儿，当然，他也理解成芃芃的想法，毕竟她很容易受情绪左右，不喜欢的人和事会本能地排斥。

相比胡盼，成芃芃也算是够理性了，但和许问渠相比，还是差了不少。什么时候盛晨和江边也能像许问渠一样理性冷静就好了，可以心平气和地讲道理，他和古浩也不至于这么被动并且还在僵局之中。

又一想，如果女人都和许问渠一样，也不是什么好事，方山木甚至想，真要辩论起来，他恐怕还不是许问渠的对手。

虽然从某种意义上讲，许问渠有时近乎冷酷，缺少年轻人应有的激情和朝气，但如果让她负责梳理每个人的经历并加以整理，融入成长游戏的故事线中，以她客观、公平不易掺杂个人感情的性格，肯定可以做得很好。

方山木越想越是兴奋，年后成长游戏APP的开发就要落地了，如果没有一个很有阅历的人承担梳理故事线的工作，开发的进度会大受影响。许问渠等于是送上门的一块璞玉，只要运用得当，她会成为无限关爱有限责任公司的一块珍宝。

团队是一台庞大而精密的机器，人尽其才，每个人都精准地放对地方，机器才能良好地运转，公司才能健康有序地发展。

"想什么想得这么出神入化，方叔，是不是想赖账，不想买单了？"成芃芃见方山木低头不语，就推了他一把，双手一摊放在了桌子上，"反正我出门没带钱包没带手机，为了让你请客，我可是冒着被全世界抛弃的危险，我这么信任你，你看着办！"

方山木听出了成芃芃的言外之意，还是在暗中反对许问渠的加入，此时该古浩上场了，他轻轻踢了古浩一下："别光知道吃了，赶紧买单去。"

古浩一个饺子噎在嘴里，瞪大了眼睛，"殃及池鱼呀，我又做错什么了我……"话说一半，被方山木犀利的眼神一激，顿时明白了过来，忙三口两口咽了下去，摇头晃脑地道，"任何关系走到最后，也不过就是相识一场。有心者有所累，无心者无所谓，情出自愿，事过无悔，不负遇见，不谈亏欠……"

"行了行了，别演了，想说什么就明说吧。"成芃芃被古浩滑稽委屈的样子气笑了，她太清楚方山木和古浩之间的默契了，索性挑明了说，"我是反对许问渠的加入，但我也知道如果投票的话，古师傅肯定是方叔的同盟，胡盼可能会根据当时的情绪而定，但大概率也是反对。而江成子肯定是没有立场，他在没有立场的前提下，多半会附和方叔的决定。至于杜图南……以杜图南对许问渠的痴情来说，他基本上是欢迎许问渠的加入。所以结果显而易见，我根本没有胜算。"

方山木微笑着说："芃芃，我还是很尊重你的意见的，来，说说你的真实想法。"

成芃芃被方山木气得不行，扬了扬拳头，又看了许问渠一眼："我可以勉强接受她加盟无限关爱，但她得答应我三个条件……"

许问渠眉毛一挑，眼神淡淡："没必要，我不喜欢约束，宁肯不要工作。谢谢方哥好意，工作就算了，麻烦借我一万块，先过年再说。"

本来成芃芃想刁难许问渠一番，好打击一下她的嚣张气焰。但许问渠说不要就不要工作的淡然，反倒又让她有力无处使，一脚踩空的感觉真的难受，就气呼呼地说："不行，你总得听完我说的三个条件再做决定，别白吃我的饺子。"

"你的饺子？不是方哥请客吗？"许问渠下意识看了方山木一眼。

成芃芃嘻嘻一笑，冲服务生高喊一声："小杨，记我账上。"她吐了吐舌头，一脸嘚瑟，"没办法，我是这家店的超级VIP会员，账上还有几万块。许问渠，您要是加入了无限关爱，成了我的同事，就可以随时来这里吃饭，当这里是食堂就可以了，到时直接挂我账上，不用花钱。"

许问渠向后靠了靠身子，免费的长期饭票对她诱惑十足："哪三个条件？"

成芃芃得意地朝方山木飞了一眼："第一，对工作必须认真负责，不能乱来。第二，和杜图南的恩怨不能带到工作中。第三，就算和所有人都不合拍，也要坚持到做完三个故事线才能离职。"

许问渠以为成芃芃会有什么刁钻古怪的条件，但听了后释然一笑："我是很随性，但随性不是轻率和不负责任，只要是答应的事情，肯定会做完再离开。再有，你看我的性格，像是和谁特别合得来又特别合不来的吗？"

成芃芃咬了咬嘴唇，也是，许问渠疏离淡漠的性格，不会惹别人，也没人惹她。

见方山木不说话，知道他主意已定，成芃芃心中虽不情愿但还是冲小杨喊了一声："小杨，认准了，以后她来吃饭，都挂我账上。"

方山木知道成芃芃是为了顾全大局而做出了让步，还牺牲了个人的利益，冲成芃芃点了点头："芃芃又过了一关，战胜了自己。今天谢谢你的饺子，还有你以后的无数次免单。我提议以茶代酒，敬芃芃和我们公司的光明未来。"

饭后，刚到楼下，方山木和古浩分别收到了盛晨和江边的微信，让他们回家过年。二人也没再回301室，直接开车走人，扔下了成芃芃和许问渠二人。

是不是优秀的男人都是事业和家庭并重？成芃芃看了看许问渠，忽然无奈地笑了："得了，你也没有地方可去，我也一个人，一起搭伴过年吧。"

第二卷　有生之年，狭路相逢

第一章　每个人眼中的世界

正好顺路，方山木就让古浩搭了便车。

一路上，古浩不断地发信息，一脸喜色。方山木就是不问，他要等古浩主动开口。

果然，还是古浩没有忍住，他兴奋地一拍方山木的肩膀："老方，你也太能憋了，不好奇我和江边的较量到第几阶段了？"

小样儿，跟我耍心眼比耐心，你还嫩了些，方山木得意地暗暗一笑，继续目不转睛地盯着路况："能到第几阶段？你们之间的战争原本就不对等，根本没有悬念可言。你们实力悬殊太大，你只是在虚张声势，你就是仗着江边爱你，她不爱你了，一个喷嚏你就被扫地出门了。在绝对实力面前，所有的招数都是绣花枕头，都是因为对方的心甘情愿和心知肚明！"

"你！"古浩气得直翻白眼，"你怎么站在敌人的立场上说话？记住了，在对付江边和盛晨的管控问题上，我们始终是统一战线！"

方山木心情不错，盛晨总算发来信息让他回家吃饭，并且商量回石门过年的时间，他心中的一块巨石落地。不知道为什么，他特别想和盛晨以及儿子一起回一趟老家，是为了缓和他和她之间的关系，还是为了以夫妻身份出现在父母面前？他不知道，只是觉得如果过年没有和家人在一起，会特别孤单和心酸。

方山木不敢面对自己内心深处那个软弱的自己。过年时，所有人都放假了，公司的业务也全部停止，他忽然就觉得没着没落，巨大的空虚感轰然而至。

男人，只有在失去事业的支撑后，才会想起家庭的温暖，的确略显绝情。但好在方山木还是有柔情的一面，把家庭，把妻子和儿子，始终放在心上，时刻牵挂。

方山木经过一段时间的忙碌，忽然闲了下来，不自觉地想念家中的一切——衣来伸手饭来张口的日常、院中的花草和平安喜乐的围绕、儿子小大人一般的发问、盛晨温暖的笑容和黄昏的灯光……交织在一起，像过去的梦境，又如未来的憧憬。

真没出息！方山木恨恨地责骂了自己一句，才坚持多久就想缴械投降了？到底是内心的柔软让他想家，还是之前强大的惯性在牵引他的心情？从陌生人到相识，再到相知相恋，他和盛晨在一起走过了近二十年的光阴，彼此的习惯已经深深地印在生命中，就像胎记一样无法抹去。

"说话呀，想什么呢你？"古浩急于向方山木献宝，见他愣愣的样子明显是走神了，就推了他一把，"好好开车，别想美女了，要回家就好好收拾一下心情，酝酿好情绪，回到丈夫和爸爸的身份上去。"

"知道为什么同样是点菜，胖子肯定会点得多，瘦子总是点得少吗？"方山木不满地瞪了古浩一眼。

"不知道。"

"因为能吃的人会觉得全世界的人都能吃，同样，不能吃的瘦子就认为所有人都和他一样没胃口。"方山木讥笑一声，语气轻蔑而充满讽刺意味，"在你眼里，是不是每个男人都是色狼？"

古浩一愣，脸涨得通红，过了半晌才说："孔子说，饮食男女，人之大欲存焉，告子也说，食色，性也……"

"行了行了，别扯古人的话断章取义了，说吧，你和江边的战争是不是取得了阶段性胜利，看你嘚瑟半天了，赶紧说出来，距离你家还有十五分钟。"方山木早就看了出来古浩是在和江边聊天，看那喜不自禁的表情就知道江边多半又让步了。

还真被方山木猜中了，江边确实让步了，虽然不大，但足够让古浩兴奋半天了。江边告诉古浩，过年期间她陪他一起回他的老家过年，年后回到京城，让他叫上方山木和盛晨，一起好好聚聚。

"听到没有，这可是江边第一次主动提出跟我回家过年，以前每次提起回我家，她都要矫情半天，这不行那不行，吃不惯住不惯。仅有的几次回家过年，还是住在外面的酒店，非五星级不住，弄得我爸妈很尴尬。而且在我家，也不喝水，不用家里水杯，都是自带热水和纯净水。更夸张的是，还带了洗手液、坐垫、水果，总之，家里的东西一样不用，饭也要在外面吃……"想起伤心的尴尬往事，古浩不免又有了几分不满，"气死了，你是没看到江边的嘴脸，简直就是高高在上的女王到了乡村的田间地头，对着跪在地上的平民百姓多看一眼都是对他们的恩赐。我本来想发作，被爸妈劝住了。后来女儿问我，爸，妈妈说以后不让我回爷爷奶奶家，说他们饮食不卫生，生活习惯不健康，我要不要听她的话？可是我喜欢爷爷奶奶，他们也是真心喜欢我。

"我当时找了个没人的地方大哭了一场，觉得自己太窝囊太没用了，让爸妈丢尽了脸面……"古浩一脸悲凄，怔了一会儿，忽然一抹眼泪，又开心了，"现在好了，总算熬过来了，不容易呀，我都被自己的坚强和不屈感动了……"

"还有十分钟。"方山木不耐烦地打断古浩的话，他对古浩忆苦思甜的自我感动没感觉，"除了跟你回老家，还有吗？"

"这还不够？不能一步登天哪，饭得一口一口吃，底线得一点儿一点儿突破。"古浩狡黠地笑了笑，忽然压低了声音，"老方，我有一个想法，你说如果我们两家经常一起聚餐、活动，交流一多，江边对你的看法就正面了，我也可以乘机从侧面多劝劝盛晨，你也多在江边面前夸夸我，说不定可以同时促进你和盛晨、我和江边的关系。"

方山木对江边的印象太差，想要扭转一时半会儿难以做到，他摇头："实在受不了你家江边不可一世唯我独尊的那副样子，你的办法倒是可以曲线救国，但现在不行，先给我一点儿时间让我接受了她再说。"

"好……吧。"古浩颇有几分无奈地翻了翻白眼，"我替我家江边向你道歉，她鼓动盛晨和你闹，也是基于她对我的认知，说到底，也有我的错。要是我的演技能和你一样好，演得正派，她也不会天天盯着我不放了。好好，你别瞪我行不行，你都对，你是真的正派，真是的，一天天的，演得不累吗？"

古浩又摇了摇头，一脸自嘲的笑容："如果我能管住江边，她也不至于插手你家的家事，我现在和她较劲，想要掌控主动权，何尝不是想补偿你？"

方山木不说话，抿着嘴，直视前方，心思浮沉不定。

收购事件、西山意外以及江边对盛晨的怂恿，一系列事件，让他的人生发生了天翻地覆的变化，也让他充分相信了不知道明天和意外哪个先到来的真理。其中，如果说没有古浩的影子，没有江边的推手，说什么他也不信。

可以说江边和古浩两口子，一个是插手他的家庭，一个冲击他的事业，是造成他现在状况的幕后推动者。

"真想补偿我？是为了江边煽动盛晨的事情，还是西山的事情？"方山木嘿嘿一阵冷笑，"你是真觉得心里有愧，还是为了迷惑我，让我对你疏于防范，好进一步害我？"

第二章　我们男人要互相保护

"我、我、我！"古浩气得一拉车门，"停车，我要下车！士可杀不可辱！老方，我以前对你是有过不好的心思，但就是想支开你，不想让你有留在公司的机会，说白了，就是想替代你的位置，正常的职场上的较量不至于杀人放火吧？江边和我的关系你又不是不知道，我要是能管得了她，我他妈能活得这么窝囊，让她欺负得我爸妈都抬不起头来？他们辛辛苦苦一辈子才供出我这么一个大学生，结果和当上门女婿没区别，我丢人哪……呜呜！"

"行了，别哭了，一个大男人，动不动就哭鼻子，像个孩子。"方山木又云淡风轻地笑了，停在了路边，前面不远处就是朱金山庄别墅区。

方山木拍了拍古浩的肩膀："别哭了，孙小照都没你这么爱哭鼻子……"

一听孙小照，古浩立刻止住哭泣竖起了耳朵："怎么，你和孙小照还有联系？"

"当然有了，毕竟她一进公司就是我的助理，好歹跟了我两三年，也有感情了……"方山木挤了挤眼睛，含蓄地一笑，"现在先抛开无限关爱公司不谈，我们两个人要联手做两件事情，你同意不？"

"你得先说说是什么我才能回答你，杀人放火的事情我不干，犯法的事情别找我，我胆小，我遵纪守法热爱生活，对人生充满了向往……"

"别扯！"方山木打断了古浩，"第一，你尽可能促成我们两家的互动，以后经常两家人一起聚聚，让我和江边改变彼此的印象，也慢慢地让江边不再挑拨我和盛晨。你要尽可能和江边生二胎，等她怀孕生子后，心思和精力就不会都放到你和盛晨的身上了。她的心思在盛晨身上，就等于在我身上。"

方山木采取的是围魏救赵之计。

"没问题，这正是我梦寐以求的和平共处，还有，你也得让盛晨别对我有什么不好的看法，我们男人要互相保护……不过生二胎的事情估计有点儿难办，她现在一心想要开创一番事业，还想拉盛晨一起，我不知道她的决心有多大，只能说试试

215

看。你接着说。"

"第二件事情就是，年后我约孙小照见个面，你也一起，也给人家道个歉。此外，我想要详细了解一下在收购江赋雨的花团科技时，公司上下到底有多少人可以接触核心机密，我要查清背后的真相！古浩，这事你一定要帮我！"

"我、我怎么帮你？"古浩的眼神有几分躲闪，不过很快就恢复了镇静，"你也知道我当时的级别不高，收购花团科技是董事会的决议，只有董事长和几个主要高管知道内情，我是等事情发生后才知道有这么一出……"

方山木直视古浩的双眼，一眨不眨，看得古浩心里直发毛。

"古浩，你在公司消息灵通，而且上下都能打通，你肯定早就知道了什么内幕消息。都现在这个时候了，你还不说实话？这件事情关系到我的声誉，你要是不帮我，我就真的跳到黄河也洗不清了。"方山木知道古浩的性格，耳根软，听不得好话，就故意示弱，"我不是想去报复公司，也不想再追究谁的责任，只是想弄清事情的来龙去脉，避免以后再犯同样的错误。现在是创业的关键时期，一个错误就有可能导致公司倒闭，你不是也想着公司可以被上市公司收购或是单独上市吗？"

"我……"古浩急得抓耳挠腮，就差跳脚了，"我是真的不知道，你别逼我，老方，逼我我也不能说。这样吧，等年后约了孙小照，你可以当面问问她，她也许知道一些什么。就这样，下车了。那个，提前祝你明年的除夕快乐。"

"去你的！"方山木笑骂了一句，目送古浩远去，心中的疑雾反倒越来越浓。从刚才古浩的表现来看，他肯定知道一些什么，只是限于某种原因，他不敢明说，说明内幕比他想的还要复杂。

算了，先不管了，年后再说。至少他目前已经初步摸准了方向，以古浩和孙小照为突破口，查到真相，只是时间问题。

回到家里，天已经黑了。方山木停好车，锁上车库门，在车里静坐了一会儿，收拾好情绪才按下了电梯。

电梯门一开，两个毛茸茸的东西一头扑进了他的怀中，兴奋地在他身上蹭来蹭去。

"平安！喜乐！"方山木喜出望外，抱起了平安喜乐，心中充满了幸福和温暖。从冰冷的301室回到家中，见到了久违的平安喜乐，一瞬间他的心都要融化了。

喜乐安静的身子被方山木抱在怀里，平安嗷嗷直叫，尾巴摇得飞快，欢叫声中，眼泪都流下来了。

是喜悦的泪水。

第三章 最好的爱情就是……

动物的感情是最真挚的，虽然不能说话，但它们对方山木浓郁的爱，是显而易见的。盛晨看着眼前的一幕，不由得感慨万千。比起大多数男人，尤其是稍微成功一些的男人，方山木确实还算顾家，他对猫狗的感情，对花草的喜爱，无一不是真正热爱生活的体现。

大半年了，平安和喜乐自从被送人之后，一直闷闷不乐，和方山木久别重逢的开心，感染了盛晨内心的柔弱，也温暖了她的冰冷。

儿子方向东啧啧连声："老爸的魅力真大，刚才平安喜乐还跟我玩耍，一听到你的声音，都扔下我不管。哎，老妈，你真的应该多向老爸学学，一个连狗和猫都喜欢的人，会是坏人吗？狗和猫都很聪明的，但凡是一个心思不正的坏人，它们铁定离他远远的，是吧老爸？"

盛晨听出了儿子的言外之意，但还是不想服软，依然嘴硬："动物就是动物，怎么知道好人坏人？谁对它们好喂它们吃的，它们就和谁亲！"

"是吗老妈？"儿子斜着眼睛，得意地笑了，"你以前不也天天喂平安喜乐，你现在叫它们，看它们理你不？"

"你个臭小子，故意损你老妈是不？"盛晨不服气，还是喊了一声，"平安、喜乐，到我这里来。"

喜乐在方山木怀中，懒洋洋地伸了伸腰，理也未理盛晨，平安倒是给了盛晨几分面子，礼貌性地回头看了她一眼，叫了一声，然后就又扑到了方山木的身上。

"没良心的东西……"盛晨笑骂一句，伸手去打方向东，"和你一样，吃我的饭砸我的碗。白眼狼！"

方向东跳到一边："我可没有，别打我！老妈，你不是该反思一下自己吗？群众的眼睛是雪亮的，猫狗的心是真诚的。"

"臭小子，没完了是吧？今晚不许吃饭！"盛晨佯怒，扔了一个靠垫飞向方向东。

不等方向东躲闪，平安飞身而起，叼住了靠垫，摇头摆尾献宝一样送给了方山木。

盛晨哭笑不得，忽然悲从中来，放声大哭："你们都欺负我，连狗哇猫哇都嫌弃我，好，我走！"

才冲到电梯口,被方山木一把拉住。

"都多大的人了,怎么还跟孩子一样?和猫狗一样见识,不丢人吗?"方山木忍住笑,揉了揉肚子,"饿了,饭好了没有?"

"没有!"盛晨赌气地甩开方山木的胳膊,"你儿子不让做,说要出去吃,你们爷儿俩再加上一狗一猫去吃吧,我不饿。"

最后还是在方向东的好说歹说连哄带劝下,盛晨才勉强答应一起出去吃饭。

一家人很久没有一起聚餐了,方山木知道盛晨口味清淡,特意去了门口的椰子鸡火锅。

大学期间,由于穷,方山木只能请盛晨吃煎饼馃子加汽水。曾经有一段时间,方山木的早餐就是煎饼馃子一套加一瓶北冰洋汽水,从小在南方长大的盛晨一开始不太喜欢吃北方面食,在方山木的影响下,也慢慢接受了。

不过时至今日,盛晨还是不太喜欢吃饺子。

曾经有一段时间,方山木固执地喜欢吃校门口的山西牛肉水饺。一碗水饺,才五六块,馅儿多皮薄,再配上满满的一碗加了调料的汤水,撒些香菜,每次方山木都可以吃上一大碗外加上多半碗。盛晨却只是吃五六个就饱了,剩下的就都归方山木了。

那是一段温馨而浪漫的日子,在校门口的小饭店、录像厅、书店、音像店以及小树林中,到处都留下了方山木和盛晨的足迹。为了迁就盛晨的口味,方山木的口味也慢慢变得清淡了许多,而为了适应方山木,盛晨也由爱吃甜食一点点改变,不再特别偏甜了。

二人的恋爱和大多数的人恋爱一样,小心、试探、谦让、改变。可以说,盛晨改变了方山木不少,而方山木也改变了盛晨许多。最好的爱情就是你为我而学会一些技能,我为你而放弃一些爱好。

盛晨原本不会包饺子,因为不爱吃,曾经在婚后有相当长一段时间抵触饺子。后来儿子出生了,方山木要了个心眼,在儿子刚刚吃饭时,就喂他饺子。结果儿子从小就喜欢饺子,盛晨无奈,就慢慢学会了包,并且手艺还出奇地好。只不过她自己包的饺子再好吃,也吃不了几个。

盛晨最爱吃的还是椰子鸡火锅,既清淡可口,又甘美。蜜月时,二人在海南和深圳吃过几次后,盛晨就念念不忘了。不过椰子鸡火锅近年来才在京城兴起,在冷战之前,方山木带盛晨去吃过几次,虽然味道不如海南和深圳的正宗,但每次她也还是赞不绝口。

盛晨饭量小，胃口一般，能让她念念不忘的美食不多。

来得晚了点儿，火锅店已经人满为患，需要排号。按照方山木的习惯，从来不会为吃饭而等候，盛晨就想走，方山木拉住了她："等不了几分钟，反正也没事，坐一会儿也行。快过年了，附近的饭店要么满员，要么关门。主要我也是懒得再走了。"

盛晨心中微微感动，她知道方山木对椰子鸡火锅没有太大兴趣，如果是以前，他会转身就走。特别在意时间的方山木，在生活上要求不高，觉得花费几个小时吃饭是对生命的浪费，而为了吃一顿饭等上半个小时乃至一个小时，也是极其无聊之举。

今天难得地为她改变，盛晨说不感动那是自欺欺人，不过她还是没有明显表露出来，而是淡淡地一拉儿子："等就等吧，反正你爸是懒得走了，也不想和我们一起走走。"

"老妈！"方向东不干了，眼睛一瞪，双手叉腰，"你知道你最大的问题在哪里吗？你听好了，态度端正点儿，别一脸无所谓的表情，盛晨同学，你有没有好好听老师说话？"

方山木忍住笑，儿子的口气明显是在模仿学校的老师。

"你有话不能好好说，总是喜欢以生硬的口吻怼别人。"方向东站了起来，居高临下，摆出老师训斥学生的姿态，"盛晨同学，你应该好好反思一下自己，不要当一个刺猬，时间一长，扎伤了别人伤害了自己。"

"别这么说你妈妈。"方山木终于忍不住了，虽然他也知道儿子是为他鸣不平。

"老爸，我让你说话了吗？你也坐好了。"方向东转身来到方山木面前，一样叉腰，气势汹汹，"你的问题是，明明是为了老妈才等，非说成不想再走了，还说附近饭店满员。你们两个人，一个人是太爱挑刺，一个人是太好面子。来，刚才的对话我们再重来一遍，记住了，都说出自己内心最真实的想法，别绕弯，听到没有？"

"别闹，别人都看着我们呢。"盛晨有几分不好意思了，见周围众人的目光射来，有几分不安。

"老妈，你这是社交恐惧症！你管别人怎么看我们，我们一家人只要不影响别人，别人爱怎么看是他们的事情。听话，先从老爸开始。"方向东用力一拉方山木，"老爸，你是男人，勇敢点儿，拿出当年你追老妈的豪爽和勇气。"

方山木轻轻咳嗽几声，笑着搓了搓手："盛晨，你难得爱吃椰子鸡，就是陪你等上半个小时又有什么？一家人在一起，要的就是互相照顾和体贴。"

一句话险些让盛晨热泪盈眶！

她当然知道方山木是在迁就她，记得恋爱时，方山木就特别纵容她，只要她想做的事情，他一定努力做到。后来工作后，他的职务越来越高，工作越来越忙，稍微耽误一些时间的事情，方山木都会不耐烦。开始时她生气，也闹过，后来慢慢理解了方山木的不易，知道他人在高位，许多事身不由己，就渐渐释然了。

刚刚方山木的神态和语气，像极了以前恋爱时的青涩和诚恳，一瞬间让她像是回到了从前。

"该你啦，老妈。"方向东碰了碰盛晨的胳膊，"别光愣着了，说出你的真心话。"

盛晨努力克制，不让眼泪滑落，勉强一笑："不是怕你忙嘛，不行就到附近随便找个地方吃一口算了，我是爱吃椰子鸡，但也吃不多，不用为我在这干等。"

方山木也是鼻子一酸，曾几何时，他和她之间说话总是隔了一层什么，他喜欢拿事业来搪塞，而她喜欢用语言来出击，彼此伤害一刺见血，一痛入骨。

第四章　毕竟夫妻一场

夫妻，本是最相亲相爱的两个人，既没有深仇大恨，又没有刻骨伤心，为什么非要如此对待对方？是曾经的誓言随风飘散，还是在每日的劳累和烦琐的工作中，丢掉了纯真和感动？

不应该这样！

方山木感觉嗓子似乎被什么东西堵住了："今天不是没事吗？就算有事，你想吃一顿饭，再忙也得抽出时间陪你。还有，我也想吃椰子鸡了，不知道还是不是从前的味道。"

盛晨眼圈终于忍不住红了，想说什么，却被方向东抢了先。方向东左手拉住盛晨，右手拉过方山木，跳了起来："有位子了，该我们了。老爸老妈，今天我是最大的功臣，我要点菜权，还有，你们答应过我，给我讲讲你们的爱情故事，一直没有兑现，我今天要听。"

饭后回家，方向东累了，没再缠着二人讲当年的爱情故事，上楼睡觉去了。方山木和父母通了一个电话，告诉他们明天一早回家。打完电话，盛晨已经收拾好了行李。

"明天开车回家，到家得中午了，住两天吧，一年到头也回不去几趟。"盛晨看了看平安喜乐，"它们也带上，我看是离不开你了。"

盛晨有洁癖,住酒店都要穿睡衣,有时甚至还要带睡袋。方山木的父母虽然住在省城,但前半生都在县城度过,卫生习惯远不如从小在城市长大的盛晨。和盛晨恋爱后,方山木被逼养成了许多日常习惯,比如进门洗手,睡前洗脸、洗脚,比如洗菜用流动的自来水冲洗,等等。

开始时觉得盛晨的要求麻烦,后来习惯了,再看别人时,才知道养成讲卫生习惯的重要性。父母的生活方式和盛晨相比,差距明显。当然,老一辈由于经历过物资贫乏的年代,有时也是为了节俭而牺牲了卫生。

最让盛晨难以接受的是父母从来不用吸尘器,他们觉得吸尘器既吵又费电,用处也不大。盛晨每天都要打扫一遍卫生,还要用吸尘器吸上一遍床单和沙发,有些地方藏污纳垢,不吸不知道有多少灰尘和螨虫。

结婚了,前几年回方山木家几次之后,盛晨就开始本能地拒绝回去了。吃饭不习惯是一方面,另一方面她睡不了家里的床,每次都觉得刺痒,浑身难受。

方山木充分理解并且尊重盛晨的不适,并不觉得她是矫情,他也清楚,个人的生活习惯差异巨大,南方北方是,城市和乡村是,老一辈和年青一代也是。现在就连他回家,有时也对父母的饭菜过咸以及洗菜过于简单而不满,包括筷子和碗盘,上面有一层油,显然是洗刷时间不够的原因。

说到底,父母一辈不管是吃穿用度还是日常行为,出发点都是节省。方山木也曾为父母买过洗碗机,换过碗筷,但过一段时间后发现洗碗机弃之不用,碗筷依然用旧的,只有等他回家才拿出新的。

方山木不想埋怨父母什么,也知道很难改变他们,他只能尽力做一个好儿子好丈夫,夹在父母和盛晨中间,不希望一方对另一方有太多的意见。

好在盛晨虽然难受,但每次都强忍着履行身为儿媳的责任,只要方山木说住几天,她不会拒绝。方山木也非常感激盛晨对他的迁就,他和盛晨的父母相处得也非常不错,甚至还经常和岳父在喝多时勾肩搭背,称兄道弟。

不过近年来随着工作日渐繁忙以及儿子的学业加重,回家过年的时间越来越短,基本上只能住上一天。没办法,儿子要补课,方山木要回来应酬,他的事业毕竟是在京城,而不是石门。

今年本应是先在方山木家过三十和初一,然后初二回盛晨家。盛晨和方山木商量,今年只回方山木家,因为儿子还要补课,回她家来不及。

方山木答应了。

原本说好只回家住一天,盛晨忽然改变了主意,方山木一愣,知道盛晨是为了照顾他，想让他多陪陪父母，牺牲了自己回家的时间。他心中一阵温暖："还是不了吧，有时间可以去你家一趟，现在高铁也发达。"

"为什么非要今年陪我回家一趟？"盛晨坐了下来，"是怕明年没法一起回去了？今年弥补一下？"

又来了，说话语气又回到了常见的嘲讽加攻击，不过方山木没有生气："也不是，是今年不是失业又创业吗？没那么忙了。以前的许多同事，也不用过年期间走动应酬，赶在儿子补课前回来就行了。"

盛晨沉默了一会儿，咬了咬嘴唇："好吧，听你的，先回你家再去我家。我去睡了，你睡楼上还是楼下？"

楼上楼下一共四个卧室，原本他和盛晨一个，儿子一个，客房两间。

"楼下好了，你和儿子在楼上，我和平安喜乐在楼下。我和它们玩一会儿，再去看看花草。"虽然吃饭的时候感觉二人关系缓和了几分，但冰冻三尺非一日之寒，万丈深冰想要解冻也不是一日之功，现在感觉关系又回到了冷战状态，方山木本来还想和盛晨聊点儿事情，突然就失去了兴趣。

"嗯……"盛晨咬了咬嘴唇，沉吟片刻，"要不我陪你一起好了，跟你学学养花种草，也学学怎么和平安喜乐相处。"

平安突然就叫了一声，似乎不满盛晨的加入一样。

夜深了，冬天的室外，滴水成冰。方山木和盛晨都穿了厚厚的睡衣。感应灯依次响起，照得小院明亮而又温馨。

也是怪了，以前一个人来到院中，总觉得清冷，现在多了方山木，不觉得有那么冷冰冰了。盛晨正奇怪时，平安和喜乐一前一后从她身边蹿过，紧跟在方山木身后，寸步不离他的左右。

盛晨特别佩服方山木的亲和力，养的花草无比繁盛，猫狗也和他关系十分密切，就连儿子也总是记挂他的好。不管她怎么照顾儿子的起居，教导他的学习，到最后，还是跟方山木亲。

方山木蹲在地上，用力清理杂草。还好地上没有上冻，还可以松动。平安和喜乐围绕在他的身边，平安摇头摆尾，有时还咬上一口草，似乎是想要帮忙。喜乐却只会在他腿上蹭来蹭去，一副求安慰求抱抱的小意温存。

不一会儿，喜乐总算钻到空子，跳到了方山木的后背上，伏在了上面。

盛晨担心影响方山木干活，想要抱走喜乐，喜乐用力抓住方山木的衣服，就不下来，她只好作罢："大晚上的，又这么冷，以后再干吧。"

方山木其实也不是真的想干活，就是想让自己清醒一下，他抱过喜乐，一指院中亭子下面的椅子："坐一会儿？"

夜色如水，难得的澄净，可以看到寥寥的几颗星星挂在天上。方山木感觉仿佛回到了从前，他看了看对面的盛晨一眼："冷吗？只要五分钟就好。"

"不冷，你说。"盛晨裹紧了衣服，见平安和喜乐一个依偎在他身边，一个被他抱在怀里，忽然觉得方山木真是一个顾家好男人，不由得心中一动，"是不是想知道我和江边创业的事情？"

方山木是想知道江边创业的真正意图是什么。江边不缺钱，家族企业庞大，她又是家中的独生女，早晚会继承全部家业。但现在他只想和盛晨商量一下同学会的事情。

"同学会的事情，到时我们一起去吧，三年内，我们还要对外维持婚姻形象。"方山木艰难地说了一句，觉得过于悲壮，又笑了，"上次蒙威和柳新大打出手，你正好在场，是不是挺有感慨的？"

盛晨也笑了："感慨是有，也觉得可悲，夫妻一场，何必非要以这种形式收场？就算不相爱了，也要记得以前的好。"

"你相信柳新的话吗？你觉得真的是蒙威为了让她作为过错方离婚，而让人去引诱了她？"方山木切入了蒙威的话题，想从中了解盛晨和蒙威的接触程度有多深。

"才不信，蒙威会那么傻？如果柳新的指责成立的话，她自己也要承担相应的责任，毕竟出轨是她的选择，不是别人的逼迫。还有一点……"盛晨忽然狡黠地笑了，"方山木，我是不是可以怀疑蒙威是受你指使来拉我下水，好让我在婚姻内事实出轨，你再以此为由让我净身出户？"

第五章　梦寐以求的女神和日积月累的包袱

"哈哈……"方山木开心地大笑，"这么多年来蒙威一直没有忘记你，我如果让他去追你，他不但求之不得，说不定还会给我好处。他可以得到梦寐以求的女神，我可以甩掉日积月累的包袱，我们各取所需，倒也是一个好主意。"

"不要脸！还笑，当我是什么？我不是你们男人可以随意送来送去的物品！真跟孩子一样，既天真又幼稚。"盛晨没有生气，她看出来方山木是在故意气她，"你们男人最虚伪了，哪怕不想要了，也要分得光明正大，甩得理直气壮，才不会自己弄一顶绿帽子戴上，毕竟对你来说，事业上的失败已经是一个大大的污点了，如果再在婚姻上出现了草原，还怎么做人？不过说到这里，我还真好奇你到底喜欢成苊苊多一些，还是胡盼。"

又来了，方山木暗笑，盛晨的试探手法还真是千篇一律，他反问："是不是因为我身边有了成苊苊和胡盼，为了和我对等，你身边就出现了蒙威和郑远东？"

"郑远东……好多年没有见过了！听说他婚姻很美满，就算重逢也没戏。"盛晨回想起了往事，一拢头发，嘴角一抿，"当初你和郑远东、蒙威相比，没有任何优势，后来选择了你，不是因为你比郑远东帅，也不是因为你比蒙威更威武更有男人气概，而是你身上有他们两个人都不具备的一个让人特别难以放下的优点……"

"是什么？"尽管方山木多次和盛晨讨论过为什么选择他的问题，但盛晨每次的回答都不太一样，显然总是在故意逗他。而今天，他相信盛晨说的会是真心话。

"你是不如郑远东有钱有魄力，也不如蒙威耐心、细心，但你比他们都有才华，而且你特别善良。还记得有一次你和我一起去外校看话剧，回来的路上，天黑了，自行车没气了，你让我在原地等候。等了半天你没回来，我就想，这人肯定扔下我不管了，真差劲，就慢慢往前走。走了十分钟，走到一条大路的拐角处，遇到了你。当时吓了我一跳，你蹲在路边一动不动，不知道在做什么。我走近一看，原来路边有一只小狗的尸体，血肉模糊，显然是被车撞死的……"

方山木的记忆一下复苏了，当时他打气之后，正要回去接盛晨时，一只流浪狗过马路时被一辆汽车撞飞。汽车扬长而去，小狗倒在血泊之中。

一向喜欢小动物的他当即扔了自行车冲了过去，将小狗移到了路边。由于伤势过重，小狗已经没救了。眼睁睁看着小狗慢慢失去了生命体征，他沉浸在悲痛之中无法自拔，浑然忘记了应该回去接盛晨。

他并不知道，在他蹲在路边为一只伤重而死的小狗守护并落泪时，他发自内心的光芒瞬间洞穿了盛晨的心脏，使她在那一瞬间爱上了他！

盛晨从小听妈妈教导说，一个喜好小动物并且为它们流泪的人，是善良的人，是懂得爱也值得被爱的人。方山木肯定是一个热爱生活的人，和他在一起，不管贫穷还是富有，他都不会放弃努力和对美好生活的向往。

也确实，和方山木在一起后，盛晨才发现方山木比她想象中更热爱生活，他喜欢科学，善于钻研一切未来的事物，有求索精神。也正是因为方山木平常就喜欢学习，在西山的深山老林中迷失时，才根据以往所学的知识准确地判断了方位，得以逃出生天。

想起了往事，盛晨忽然生发了感慨："现在我才想明白为什么平安喜乐喜欢你，你对它们的爱发自真心，没有半点儿虚假。我虽然也喜欢小动物，但只是表面上喜欢，实在没有办法打心眼里深爱它们。"

"太冷了，别感冒了，回去吧。"方山木见盛晨冻得抱紧了肩膀，虽然还有许多话要说，但还是起身回屋，"明天早起，我开车，你和儿子可以在车上再睡一会儿。"

回到房间，盛晨上楼，走到一半，停了下来："其实有一件事情我一直想问你，在深山老林的三天三夜，你是怎么过来的？"

方山木以为盛晨都忘记了他曾经有过生死之关，只是事情已经过去了大半年，他当初的愤怒和不甘早已消散，就淡淡一笑："早点儿睡吧，明天再说。"

方山木也累了，躺下就睡着了。他是睡得香了，成芮芮却毫无睡意。

后未来城，301室，除了方山木和古浩的房间外，所有房间的灯都被打开了，明晃晃一片。

"我怕黑，晚上得开灯睡觉，你没意见吧？"许问渠随成芮芮来到301室，准备睡觉时，才告诉了成芮芮她的特殊习惯，成芮芮想死的心都有了。

"我是有一点儿光亮就睡不着！"成芮芮对自己恨得咬牙切齿，干吗当时一心软就请她和自己一起过年，得，她不是选择了一个伴儿，而是一个姑奶奶。

不，比姑奶奶辈分还要高的祖宗。

胡盼是很痛快地回复了成芮芮的请求，同意许问渠过年期间可以住在她的房间睡她的床，前提是得保证干净整洁，并且不许用她的床单和被子。还好成芮芮多备了被褥，帮许问渠换好后，打着哈欠准备睡觉的她困得眼睛都睁不开了，许问渠却问她有没有意见。

有，意见大了！

不能关灯睡觉，好吧，她可以理解，但也不至于打开全部吧，简直是要杀了她！

成芮芮也不记得从几岁起开始习惯在全黑的环境中睡觉了，只要有一丝灯光她就容易失眠。之所以她放着自己温馨而豪华的公寓不住，成天赖在301室，和方山木、胡盼等人挤在一起，还要面对古浩让人厌恶的嘴脸，很大的原因是因为301室所在的小区比较隐蔽，既安静，又没有外面的灯光照进来。而她的公寓虽然地段好装修豪华，但灯光太亮，外面也吵，总是会让她失眠。

也许和小时候父母喜欢热闹有关。记得最初父母开始买房时，每天都商量到深夜，声音很大，总是让她睡不安稳。每次被父母惊醒，半夜起来去厕所，揉着迷迷糊糊的眼睛，客厅中，父母因兴奋而涨红的脸，在相当长一段时间内是她幼年的记忆。

到后来，父母手中的房子越来越多，晚上商量的内容不再是买房，而是租金该涨多少，今天又租出去几套。成芃芃清楚地记得，从她上大学后，京城的房价迅速攀升，连带租金也水涨船高，印象中，一套一百三十平方米三居室的房子，从月租金三千元一路上涨到了一万三千元。

也许任何事情都有两面性，尽管房子众多，但成芃芃从小就睡眠质量不好，养成了认床认地方并且必须在全黑环境睡觉的习惯。她家的房子中，她住过的也就两三套，大部分别说住过了，甚至都没有参观过，只是路过一栋大楼时会下意识想起上面有她的一套房子正在出租中。

没想到，许问渠的睡觉习惯比她还奇葩，不但要开灯，还要打开全部灯光，成芃芃就上了一个厕所的工夫，家中所有的灯具都开到了最亮，她受不了了，冲许问渠发了一顿火。

不管她怎么吼怎么反对，许问渠都是一副油盐不进的样子，淡淡地坐在沙发上，嗑着瓜子看着电视，等成芃芃火气一过，不再发出愤怒的呐喊后，她才拍了拍沙发："来，坐我旁边，我和你说说话。"

成芃芃虽然生气，但还是捏着鼻子坐了下来："这事得解决，要不，不是你死就是我亡。我现在赶你走，不仁义也不人道，我也是一个有原则的人，既然主动提出让你陪我一起过年，肯定得年后才能拉黑你。这样，许问渠，你住胡盼的房间，关上门，只在她的房间里面开灯，不管开多亮我都不管，但外面的灯，是共同场所，你得经过我的允许才行。"

"你非要在全黑的环境中才能睡着，其实是一种心理诱导，是心理疾病的一种，也是一种自我麻醉和催眠，有我在，你不用担心，我会治好你的心理问题。"许问渠盘腿坐在了沙发上，穿了胡盼居家服的她比往常多了几分温柔，"睡眠是一种人体自我调节的机制，并不一定非要在全黑的环境中才能入眠。在原始社会，人类可以随时随地睡眠以便迅速补充体力……"

第六章　男人的正派程度

"停，停！"成芃芃被气笑了，甩手做了一个暂停的手势，"我全黑环境睡觉是心理问题，你全亮环境才能入睡，不也是心理疾病？谁也别说谁有病，我现在是要和你谈怎么解决我们两个人完全矛盾对立的习惯问题，我刚才的方案是最好的方法。"

原以为许问渠会反对，不料等了一会儿，她抿着嘴想了一想，痛快地答应了。

"可以，我可以只在自己的房间开灯，但是你得答应我在客厅放上小夜灯，要不晚上去厕所会害怕。"许问渠深知人性之道，她是先向前推进到她的底线以外，留出了足够的后退空间，才能保证她的底线不会被突破。

成芃芃看了一眼全部被打开的灯光，同意了："行，不过我家里没有小夜灯。"

"我有，随时自带。"许问渠从随身小包中翻出一个，插到了插座上，拍了拍手，"好了，我们达成了共识，下面可以各自安睡了。"

"我又不困了。"你想睡就睡，有这么便宜的好事？成芃芃成心使坏，拉住了许问渠，她知道许问渠有早睡的习惯，她是晚睡惯了，"来，和我聊聊你对公司前景的看法，以及对方叔的判断。"

许问渠识破了成芃芃的小小心思，也不说破，她确实想和成芃芃聊聊无限关爱公司和方山木。

"想听实话还是真话？"

"有区别吗？"成芃芃翻了翻白眼，她在强迫自己接受许问渠，也不断暗示自己方叔看好的人才肯定是值得合作的人才。但有些事情勉强不来，许问渠的做派实在让她喜欢不来："实话不就是真话？许大姐，您是喝多了，还是睡眠不足导致大脑供血不够？"

许问渠不和成芃芃争论，关了电视："实话就是我并不看好无限关爱的未来，可以说，九死一生，成功的概率不到百分之一，原因很简单，你们是一帮乌合之众，不足以撑起方老师的野心和梦想。对了，我以后还是叫他方老师吧，叫他方哥有点儿怪怪的。"

成芃芃不说话，鄙夷加轻视的眼神充分表明了她内心的真实态度。

"真话就是，如果方老师能够调整策略，重新梳理团队，开除胡盼、江成子，只留古浩和你，再加上我和杜图南，大事可成。"

成芃芃惊讶得张大了嘴巴："不是吧，你看不上胡盼我可以理解，为什么也看不上江成子？江成子可是团队中唯一有游戏背景并且对游戏既了解又痴迷的一个……"

"胡盼的问题是太冲动又没大没小，经常犯一些职场上不该犯的低级错误。她心理年龄应该只有十三岁，江成子的心理年龄是十七岁，都还是心理上的未成年人，是成年婴儿。"许问渠一副世事洞明皆学问的高深莫测，"不要以为方老师就是你们眼中的方老师，他曾经是互联网巨头公司的副总，也有过叱咤风云的岁月。现在只是暂时落魄了，在无人可用时，暂时重用胡盼和江成子，他对人才的眼光挑剔而苛刻，等他有了更合适的人选后，第一个出局的就是胡盼，然后是江成子。他们在开始时或许会对公司的成长有促进作用，等公司成年之后，他们就是纯粹的累赘了。"

许问渠之所以答应方山木要加入无限关爱，固然有迫切需要收入的原因，好吧，成芃芃提供的免费长期饭票也是她的动力之一，但最重要的是她对方山木的认可。不过对方山木的认可并不表明对方山木挑选的团队的认可。团队中，她最不满意的是胡盼，其次是江成子。

胡盼的问题太大了，幼稚、冲动、做事欠考虑，要能力没能力，要远见没远见，可以说要什么没什么，当个助理都嫌多余。

江成子也是，虽然有些游戏方面的天赋，但也是一个废材，主要是生活态度不端正，没有进取心。许问渠虽然性子很随性漠然，对自己的要求很淡然，对别人的要求却很高。当然，主要也是她觉得公司是公司，公司是一个以制度为约束的营利组织，赢利和生存才是第一位的。

成芃芃本想好好和许问渠辩论一番，一想又觉得没意义，她并不想和许问渠达成什么共识，她们只是在过年期间短期的抱团取暖，年后，就只是普通的同事关系了。

"你对我的认可，我可以理解，毕竟我还算优秀的90后青年。对杜图南的认可，也能想到，他和你夫妻一场，对你也是一往情深，但为什么你也觉得古浩是个人才呢？"成芃芃总觉得许问渠的审美古怪而独特，但有时也得承认，确实有过人之处，常有惊人之语。

许问渠眼神微露迷茫之色，望向了窗外："你错了，芃芃，对你的认可是因为你有钱，在关键时候可以为方老师提供资金支持，而不是你多有能力。当然，比起胡盼，你稍微强一点儿，但也仅此而已，只是比同龄人强了那么一点点，还远远跟不上方老师的高度和深度。至于杜图南……他是一个对工作认真的人。"

"好吧，你说得都对，我只想听听你为什么对古浩有好感？"成芃芃心里又是一阵万马奔腾。

其实从第一眼见到古浩时起，许问渠就对他极其反感。她和其他女人不一样的是，在感情上她讨厌古浩，但在理智上她又知道古浩确实在创业初期可以辅助方山木，是方山木最大的助力。

许多人都会认为方山木最大的助力是成芃芃，最不济也是杜图南，其实不是，在许问渠眼中，其他几个人不论社会阅历还是为人处世的手法，都和古浩不是一个级别。

古浩有过多年的工作经历，从国企到互联网公司，可以说国内关系复杂、技术含量高的两类公司形式他都有过亲身经历，而且还都混得不错。尤其是在互联网公司，如果不是因为过于急切地调戏孙小照而被开除，他说不定可以在原方山木的位置上干下去，当上几年的副总后上升进董事会也不是没有可能。

虽然古浩看似没什么能力和魄力，但他有眼光，会来事，不管哪家公司都需要一个调和剂一样的人物存在，可以起到承上启下，促进公司活力的作用。

"我对古浩不是好感，请注意，认可和好感是两码事。"许问渠冷静得像夜色中的一棵树，"好感是个人感情，认可是不带个人感情的能力判断。古浩确实比你们都有能力，你们也别不服气，不用多久，你们就会看到古浩大放光彩。"

成芃芃有几分困了，打了一个大大的哈欠："行，您说得都对，我还巴不得他大放光彩呢，只要他能为公司带来利益，我可以继续忍受他的猥琐和无耻。我还好，可以理解方叔留古浩在身边，是为了压榨他的价值，胡盼总觉得方叔是糊涂了，对于一个害过自己的人，为什么还要留着过年？"

"哈哈哈，你们也太孩子气了，职场上的较量，不是斗气也不是拉黑，真正的高手，看的都是长远布局。你们觉得方老师留下古浩是为了压榨他的价值？也对，但只对了一半，古浩还有更大的用处。"

"什么用处？"成芃芃瞬间睡意全无，瞪大了眼睛，"你要聊这个，我可就不困了，快说。"

"也不能怪我看轻你们，我说你们团队是一群乌合之众，还真不是讽刺。不过也可以理解，方老师在古浩身上吃了两个大亏：一个是家庭上的。一个是事业上的，但都是暗亏，不可能明着还回来。"

"怎么不能明着要回来？要是我，我就先臭骂江边一顿，警告她远离盛晨，要不然就会收拾她。然后再痛打古浩一次，打得他遍体鳞伤，打得他跪地求饶，让他再也不敢在背后使坏心思。"成芃芃大多时候会选择性遗忘古浩对方山木造成的伤害，一旦想起，就会愤愤不平，"对付江边和古浩这样的无耻小人，一定不能留情。"

第七章　生活不能自理

"你都多大了，二十多岁的人，怎么还跟小孩子一样幼稚可笑？你当现实生活是小说还是电视剧？现在是法治社会，你找江边，江边会理你？你骂她，她还可以告你诽谤。你打古浩，他也可以起诉你人身伤害。到时你被拘留还是轻的，坐牢也有可能。笨得可笑，傻得令人发指。"许问渠一脸痛心地摇了摇头。

成芃芃被噎得无话可说了："您继续，我洗耳恭听还不成吗？大爷！"

　　"方老师留下古浩，还重用他，既可以压榨他的价值，还可以借他为支点，打通盛晨和江边之间的桥梁，成芃芃，你肯定也看了出来，其实方老师不想离婚。他和盛晨的感情基础还在，而且他对盛晨的依赖性很高。"

　　"哪里依赖了？方叔自己能赚钱也能生活？"成芃芃不太服气。

　　"男人不是光靠钱活着，还有亲情、习惯、氛围，他和盛晨在一起将近二十年了，所有生活习惯的养成以及无数的成长岁月，盛晨都是他生命中最重要、最不可替代的一个。他们之间的矛盾症结在于盛晨的不信任以及江边的挑拨，两个问题解决后，他们会重归于好。别看你认识方老师比我早，但你没我了解他，在生活上，他离不开盛晨的照顾，他是一个生活接近不能自理的男人。"

　　"瞎说什么呢，方叔能自己吃饭自己穿衣，这段时间以来，他把自己收拾得很妥帖。"成芃芃觉得许问渠简直就是信口开河，不懂装懂。

　　"是吗？"许问渠云淡风轻地笑了笑，"你和他住了这么长时间，他洗过衣服没有？整理过行李没有？你没有发现一个现象，过一段时间回家一次的方老师，回来后，旧衣服不见了，干净衣服穿身上了，行李也整理得很齐整。他不是变戏法，是回家后盛晨帮他打理了一切……一个人的生活习惯特别难以改变，在生活上和心理上，他离不开盛晨，就像孩子离不开妈妈一样。"

　　"切，方叔都多大了，还孩子？"

　　"你也别和我争，男人都是孩子，好多人四十岁的时候才成年。告诉你吧，方老师离成年还差两年时间。"许问渠的表情是无比的自信，仿佛她的话都是真理，"你没有过婚姻生活，不知道男人孩子气的一面。有时结婚久了，你就会感觉像是养了一个孩子。杜图南也和我说过，他有时在迷迷糊糊中醒来，看着我忙碌的身影，会有一种我是他母亲的错觉。"

　　"编，接着编。不，说，接着说。"成芃芃才不相信许问渠的鬼话，"这么大的男人，怎么会当自己媳妇是老妈？这不是恋母情结吗？"

　　"和恋母情结没关系，是一种生物的本能，或者说习惯也行。"许问渠耸了耸肩，"继续方老师的话题，古浩的支点作用有两个：一是方老师的家庭，方老师显然想利用古浩来缓和与盛晨的关系，并且分化盛晨和江边的友情。二是方老师的事业，古浩除了可以帮无限关爱打开局面之外，还可以帮他弄清他在前公司失利的真正原因，然后讨还公道。

　　"你们都不懂方老师，实际上，他在借无限关爱有限责任公司下一盘大棋，我们都是他的棋子。不同的是，我是一个知道他的布局和路数的棋子，并且当得明明白白心甘情愿。你们都不知道，有人误解他，有人埋怨，有人指责他，当然了，他也表现了一个领导者应有的气度。"许问渠打了一个哈欠，"我的话你品，你细品。还有，你自己心里有数就行了，也别和他们说，省得多事。"

"用你说！"成芄芄白了许问渠一眼，"举世皆浊我独清的人，一般都是矫情，自以为是，装得过度的一类，不知道您是哪一种？"

"都是，只要您高兴。"许问渠才不生气，冲成芄芄摆了摆小手，"睡了，明天初一去哪里玩？"

"去做梦！"成芄芄大力关上了房门。

从京城到石门一路高速，既可以走京港澳，也可以走京昆，方山木几乎没有犹豫就选择了京昆。京昆会多出十几公里的路程，但过年期间作为最早的大动脉之一的京港澳，多半会堵车。

一路畅通，到服务区中场休息的时候，盛晨从朋友圈看到许多人在发京港澳高速大堵车的消息，她就由衷佩服方山木的判断力。以前一家人出去自驾游，她负责整理日用品，做好各个景点的功课，而方山木负责路线规划、开车、加油以及住宿，二人配合得堪称完美，每个环节都完全到位，不会出一丝差错。

夫妻二人生活中多年养成的习惯和默契，是一种心灵上的共鸣，也是一种宝贵的财富。盛晨下车活动了一会儿，见方山木又在研究路线，不由得笑了："一路南下就到了，还用再研究？别装了，又不是去西藏自驾游。"

儿子惊呼一声："老爸，你一直说带我去西藏，什么时候去？从我记事时就许诺了，到今天了还没有兑现，超级大骗子。"

方山木一脸愧色："不好意思，儿子，老爸这些年实在是太忙了，这不，刚失业又创业了，恐怕还得等几年。要不这样，等你高中毕业时，高考后正好有一段空闲期，我们爷儿俩一起去怎么样？"

"老妈呢？她不去我可不敢单独跟你去，后勤保障、景点安排、路书，还有日常用品，以及常备药物，你能弄好哪一样？"见方山木不说话，方向东咧嘴大笑，"傻了吧？你和老妈配合起来，才是真正的珠联璧合，一个掌大局，一个关注细节，在你们联手的光辉照耀下，我才能茁壮安全地成长。"

再次启程后，还是方山木开车。盛晨本想替他，他不让。

原本盛晨不会开车，后来还是在方山木的强烈要求下，学会了开车。盛晨天生胆小，对方位不敏感，对机械的东西也不感冒，但她要强。学开车时方山木刚升职,方山木没时间陪她,她就自己去,虽然动作笨拙一些慢一些,但硬是一个人硬撑过来,学会了。方山木高兴之余,当即为她买了一辆新车。

盛晨开车技术这些年也没什么进步,慢且稳,主要是胆小,不敢加速不敢插队,在驾驶员素质参差不齐的情况下,就难免吃亏。所以方山木轻易不让她开车,嫌她太慢,总是被人抢道和加塞。

当然,有时也是体谅盛晨,盛晨开车时双手紧握方向盘的状态说明她技术不够熟练,心理不够强大,怎么说也是四五年的老司机了,还紧张得跟新手一样。

不一会儿,儿子倒在后座上睡着了,盛晨回头看了一眼:"你也不说说你儿子,最近能吃能睡,体重嗖嗖地涨,别胖得下不来了。"

"胖点儿没什么,显得可爱。"方山木对儿子是样样满意,不管是学习还是长相,以及性格,"他现在也大了,有自己的想法,你以后和他交流,别总先入为主,要给他发表自己看法的自由。"

"小孩子知道什么了,都是一些偏见和不满,你觉得我的方法不对,你去和他交流哇?"盛晨脱口而出,话一出口就有几分后悔,为什么她现在总是习惯拧巴着说话。

也难怪方山木会受不了她,如果方山木总是一副你行你上啊的态度,她也会反感。轻轻咳嗽一声掩饰自己的尴尬,盛晨心中第一次有了反思和愧疚:"你还没说你在深山老林之中是怎么逃出来的,肯定特别好玩是吧?"

好玩?方山木的鼻子差点儿没气歪,你去好玩一个试试?不是他自吹和自豪,换了别人,会有大概率葬身其中。也就是他,平常喜欢看一些探险类的纪录片,耳濡目染中学会了不少东西,才得以逃脱。

应该是江边以轻松好玩的语气对盛晨说起他的经历,让盛晨误以为他是京城西郊三日游。

"是好玩,完全就是人生天翻地覆的体验,现在还能和你说话,还能开车,得感谢我平常积累的专业知识……"方山木语气轻松,尽量以平淡的口气说起当时的经历,他并不想让盛晨觉得他有过多凶险的九死一生,但也尽可能还原真相。

第八章 熟悉的地方没有风景

"停车!"

盛晨听到一半,脸色惨白,冷汗直冒,双手发抖。

"快停车!"

正好又到了一个服务区,方山木忙进了服务区,打开热水:"怎么了?哪里不舒服?赶紧喝点儿热水!"

盛晨颤抖着双手喝了一口水,努力深呼吸几口:"真的是古浩想要害死你?"

"他是想支开我几天,让我没有时间再回公司运作,他好借机上位。"其实方山木心里清楚,如果当时不是和盛晨正冷战到关键时刻,他也不至于想要离家出走,远到深山老林中图个清静。

盛晨心中翻江倒海,江边当时对她说起方山木失踪三天三夜的经历时,轻描淡写的语气像是方山木去参加了一个三日游一样。

"你是不知道,京城互联网的大佬,都多多少少有点儿奇特的嗜好,有人喜欢住在最顶层,不想有人在他的头顶上生活。有人会藏起来自己的内衣,担心被保姆偷走大做文章。也有人追随大师,希望大师指点迷津,解决心理上的抑郁。方山木他们公司好多人有一个共同的毛病,就是喜欢突然失踪一段时间,一个人躲在一个与世隔绝的地方,说是反思和面壁,其实是放空自己,不想和外界联系,和整个世界断绝来往。你不用担心方山木,他新潮得很,肯定是放飞心灵去了。你不知道,有一段时间古浩特别喜欢往郎市跑,说是有一个禅修学院特别有意境,他喜欢里面幽静的氛围……"

江边这么一说,盛晨也就没有多想。她所有的信息来源都是江边和方山木。但和方山木的交流日益减少,而且一说话就吵骂,再加上她对方山木所说的话全部持怀疑态度,在当时二人冷战正酣的状态下,也不可能知道方山木到底经历了什么。

即使是如此安慰自己,盛晨还是冷汗涔涔,一阵阵后怕和自责,原来方山木经历了如此凶险的生死之关,他险些葬身在深山老林之中!当他一个人在暗无天日的山林之中,叫天天不应叫地地不灵之时,她却安然地躲在温暖的家中,生他的气想他的不好,全然不知道他当时生死一线!

不应该,太不应该了!盛晨陷入了深深的懊悔之中。如果当时她知道他是什么情况,她肯定睡不着觉,连夜也要开车去西山救他。哪怕她再生他的气,再冷战,再互不相让,在他遇到生死难关时,他依然是她最亲近最不能割舍的丈夫!

盛晨终于克制不住心中的悲痛和害怕,嘤嘤地哭了起来:"山木,对不起,我当时不知道你遭遇了什么,还以为你是在度假……"

方山木抽出一张纸巾递给盛晨:"别哭了,事情都过去了,我不是没事吗?也确实是在度假，而且还是在戴维营度假。"

盛晨还是止不住哭泣："后来呢？你出来后发生了什么？"

"也没什么，就是荒郊野外没车，手机又没电，如果三天没人的话，肯定得饿死。还好遇到辆车回到了市里，后来就租了301室……"往事说起来风轻云淡，而在事发的当时，内心的郁闷和彷徨谁又知道？又能向谁诉说？

方山木在成芃芃等人面前，既严肃又活跃，既成熟又搞笑，实际上他内心的世界，从不轻易向人透露。毕竟人到中年，他的经历和风霜，他的往事和沧桑，不会有多少人懂，又引不起别人的共情。人和人之间的交往，有时看似简单，实际上却又很难。每个人的内心世界都是一个内陆湖，湖面看似宁静，其实内里蕴藏着巨大的旋涡。

盛晨紧紧握住了方山木的手，泪花闪动："答应我，山木，以后再也不要做傻事了，不管我们以后能走多远，我都希望你一定要爱惜自己。"

方山木点头，郑重其事："我会的，放心好了，我还要创业，还要证明自己，还要看着儿子长大……对了，江边是怎么和你说起我在西山的经历？"

听完盛晨的叙述，方山木心中涌动的是愤怒，还有对盛晨的不满，他抽出了手："盛晨，你难道从来没有想过一件事情，为什么你不信我的话，非要信一个无关的外人的话？来说是非者，便是是非人的道理，你又不是不懂。为什么非要不相信和自己一起生活了十几年的丈夫，你难道从来没有想过，江边是在故意离间我们的夫妻关系？"

"她没有理由这么做，我相信她也是出于好心提醒我要多看好自己的丈夫，并不是非要挑拨别人的夫妻关系……"盛晨的脸色微微一凉，心中的柔情和关怀仍在，愧疚得低下了头。

方山木清楚江边对盛晨的影响太深了，不可能一下子拔出来，他没多说，再次启程上路。

沉默了一会儿，他又想起了一件事情："对了，我听到一些传闻，是关于蒙威离婚的事情。"

盛晨顿时来了兴趣："是什么？"

"我也是听齐亦七说的，不知道真假，你就当一个笑话一听，可别传到蒙威耳朵里，显得我们在背后议论人家，多不好。"方山木先强调了一句，"你还记得齐亦七吧？"

"记得，当然记得，他坐我前面，又黑又瘦又小，大家都叫他小七子。听说毕业后出国了，就没消息了……啊，他回来了？"小七子是全班的开心果，盛晨记得清楚，在相当长一段时间里，只要他出现的地方都会笑声一片。后来他受了情伤，被女友甩了，一毕业就去了美国。

齐亦七其实回国有几年了，只不过一直在上海，前两年才回京城。方山木和齐亦七再次遇上，也纯属偶然，他跟郑远东要蒙威联系方式时，郑远东顺手发了他一份他还联系的同学的通信录，一共没有几个人，其中就有齐亦七。

原来齐亦七正好在郑远东家族产业的京城分公司上班，被郑远东无意中看到了，才有了联系方式。不过郑远东没有联系他，大学期间的郑远东就一向眼高过顶，就算是同学，只要不入他的眼，他也不会有过多交往。

当然，他交朋友的眼光很奇怪，既不看对方是不是有权有势，也不在意对方是不是有钱或者长得帅不帅，只看是不是看对眼合不合脾气。所以虽然很多人不喜欢郑远东的孤傲，但也说不出他什么来。

齐亦七不在郑远东所交的朋友范畴，是因为他的性格。他过于谨小慎微的性子以及凡事犹豫再三的风格，让遇事一向大刀阔斧的郑远东极不喜欢。因此，尽管他在郑远东名下的京城公司工作，郑远东也没有对他照顾半分。

齐亦七虽然为人不够大方，但心眼不坏，他遇事总是畏缩不前的性格，导致他的婚姻和事业接连不顺，现在离婚后孤身一人，收入也不高，算是同学中混得最差的一个。

方山木最近忙，和齐亦七取得联系后，并没有时间见面，一直是通过微信聊天。没想到，一聊还聊出了一桩惊天奇案。

是有关蒙威和柳新离婚的内幕。

齐亦七回国后，在同学中就和蒙威有联系，虽然不多，但也不时碰面，他也就成了同学中对蒙威离婚事件真相了解最多的一个人。

他所了解的内情，全部转述给了方山木，不仅是因为他一直视方山木为最好的朋友，还因为他实在是无人诉说。

第九章　哥儿们劝和闺密劝分

"是的，齐亦七回来了，人在京城，蒙威的事情，就是他告诉我的。"方山木想了一想，不知道该先从哪里说起，蒙威的婚姻和他的婚姻大不相同，蒙威和柳新的感情基础并不牢靠，但最开始二人还是真心相爱的。

"可能是认识的时间太短,他们只看到了对方最好的一面,没有想好是不是可以承受不好的一面。结婚后不久,矛盾就激化了……"

方山木的叙述缓慢而有力,尽管可能做到了公正而不带有感情色彩,毕竟是听来的消息,经齐亦七转述后,或许会带有他的主观意见。

重要的是他也不想让盛晨误会他是在故意诋毁蒙威。

蒙威和柳新结婚后不久,矛盾就越来越集中了。蒙威从小在贫困家庭长大,特别节俭,凡事能省则省。柳新则不然,虽然她并非什么富裕人家的女儿,却很有公主范,只不过嫁给蒙威后,蒙威刚上班,收入微薄没有足够的实力供她任意消费。

因为没钱,柳新想买什么也没有办法实现。柳新就开始不断地抱怨蒙威没本事,收入少,和别的男人相比,就是一个失败者。蒙威开始时不理睬她,她就得寸进尺,以为蒙威好欺负,天天说蒙威这不行那不行。

蒙威是闷葫芦性格,老实是老实,但老实人被逼急了,也会反抗,兔子急了会蹬鹰,蔫驴被打急了能踢死人。蒙威在被柳新数次数落之后,终于爆发,痛骂了柳新一顿,并且警告她,如果她再无理取闹下去,他就和她离婚!

柳新就先老实了一段时间,也是她被蒙威突然的发怒吓坏了。一向和声细语的蒙威发起火来,无比吓人,简直像是一头咆哮的狮子。

不过事后,蒙威又向柳新道歉。柳新在收敛了一段时间后,故态复萌,又不断地拿闺密或是好友的丈夫和蒙威对比,让蒙威无比苦闷。苦闷之余,蒙威经人介绍认识了一个大师。

大师姓霍,自我介绍时,一句"挥霍的霍"引起了蒙威的兴趣,觉得霍大师很接地气。认识了大师后,大师开始不断地为蒙威指点迷津,告诉他,每个人一生中都有几次翻身的机会,就看你能不能抓住。蒙威翻身的机会是辞职下海。

蒙威大学毕业后,托门路留在了京城,在一家事业单位工作,安稳还有保障。收入虽然不高,但单位分了福利房,并且待遇很好。让他辞职创业,他还真没有勇气。但经不起大师的再三劝告和说服。大师警告他,如果他不下海,不但会丢掉现在的工作,还会家庭破裂。到时家破人亡,也是无比痛苦的事情。

在大师的一再诱导下,在柳新的再三嫌弃他不如别人的丈夫有本事的压力下,蒙威终于下定了决心,辞职下海,走向了创业之路。

也许真是让大师说对了,又也许是蒙威正好赶上时代机遇,他创业后很快就赚到了第一桶金,然后就一发不可收拾,生意越来越好,规模越来越大。

有了成就后,柳新不再嫌弃蒙威没有本事,主要也是没有时间和精力再和蒙威吵架,她要买买买!

蒙威见柳新不再烦他,也懒得过问柳新到底花了多少钱。

原以为柳新只要有钱花就不再管他了,但在柳新不再需要接送孩子和料理家务后,矛盾再一次激化了。

柳新有一个比她小了将近十岁的弟弟。之前蒙威穷,弟弟还在上学,她没提什么要求。现在弟弟大学毕业了,也留在了京城,在让蒙威帮忙找到工作后,她又有了新的想法,想让蒙威帮弟弟买车买房。

她的理由很充分,她就这一个弟弟,蒙威娶了她,应该和她一起照顾她的家人。给弟弟买房子不是只为了弟弟,而是为了父母。她不能尽到孝养父母的责任,就要为弟弟买一套房子,让父母和弟弟住在一起,也算是她尽到了孝心。

表面上,柳新的话合情合理,蒙威也觉得为柳新父母买一套房子不算什么,当时京城的房价并没有贵到离谱,于是蒙威就全款买了一套房子,但房本登记在了他的名下。

柳新不干了,和蒙威大吵一架,认为蒙威心里完全没她,不把她和她的家人放在眼里,不就是一套房子的事情,还非要写在自己名下。蒙威解释说,房子既然是孝养父母的,放他的名下,也能充分彰显他的爱心和孝心,有何不可?他还觉得他没有必要也没有义务为她的弟弟买房。

柳新一气之下离家出走了。

霍大师此时出面告诉蒙威,现在的柳新和以前大不一样了。如果说以前的柳新还有可取之处,现在的她,已经完全沦陷,不可救药了。除非和柳新离婚,否则蒙威的事业会大受影响,甚至柳新还会进一步连累蒙威,让蒙威身败名裂,甚至会有牢狱之灾。

蒙威原本对霍大师的话,半信半疑,但当霍大师说出他有某种暗疾后,蒙威顿时对霍大师肃然起敬。他的暗疾只有柳新知道,而霍大师对柳新反感,他们之间也并无交流,不可能是柳新告诉了霍大师。

再加上因为听了霍大师的话而下海创业,最终成就了事业,蒙威对霍大师的话信任度已经上升到了百分之七十。

之所以还有一部分不信任,是因为霍大师不止一次要求蒙威带他去KTV,去喝酒,去泡妞,这让蒙威严重怀疑霍大师的人品。

尽管事业有成之后,大师对蒙威事业上的指点就很少让蒙威言听计从了,但蒙威还是相信大师对他的婚姻家庭的看法，相信大师对柳新的判定。在大师提出他和柳新离婚以摆脱悲惨命运时，他毫不犹豫地同意了。

霍大师提出他可以设计一个圈套，让柳新作为过错方净身出户。蒙威虽然讨厌柳新，但也不想赶尽杀绝，只说和平分手就行。

后面的事情就不受控制了，到底霍大师是如何操作、柳新又如何被人引诱，蒙威就全然不知了，只知道事发之后，他无比愤怒，并且大感羞辱。

在和柳新办理离婚手续的同时，霍大师要挟蒙威，狮子大张口，要一百万的封口费，因为柳新是被他设计才上了肖小的当。如果蒙威不给钱，他就对外宣扬是受蒙威指使，反正根据大众唯恐事小喜欢吃瓜的心理，肯定都会相信他的话。

蒙威一边答应霍大师，一边让人收集了霍大师的材料。等霍大师如约前去拿钱时，被警察抓个正着——涉嫌诈骗和敲诈勒索罪被逮捕！

除了敲诈了蒙威之外，霍大师还在京城之中先后以指点人生改变命运为由，敲诈了三个富豪，从中获利数千万。其中一人被他骗得家破人亡，在认识他不到一个月的时间内，就被骗走了八百多万。这人听信了他的鬼话，让儿子中断学业，赶走贤惠的妻子，天天喝霍大师亲手调制的中药，点霍大师亲自炮制的药香，并且戴着霍大师为他请来的标价五十万的改命戒指。

真是一个祸害大师！

蒙威在之前就对霍大师的事迹略有耳闻，之所以一直还留他在身边，也是认定自己意志坚定，不会被霍大师祸害。结果到头来，还是家庭破裂了。后来他让人查实了霍大师的犯罪证据，并且搜集了足够的证据，在霍大师向他发出威胁时，果断地抛给了警察。

"什么大师，简直就是彻头彻尾的骗子！流氓！"盛晨听了义愤填膺，脸微微涨红，"现在所谓的大师太多了，都打着各种各样的幌子披着人皮说鬼话，奇了怪了，为什么偏偏有人会相信他们？尤其是一些有钱人，还对他们奉若神明，他们是不是脑子有问题呀？明明有些大师讲的所谓的大道理头头是道，但做出来的事情令人家破人亡，哼，蒙威有时也是脑子不灵光，有人说你家人不好还骗你的钱，他会是贵人？怎么这么笨呢？"

"就是，怎么就这么笨呢？"方山木一脸促狭的笑意望着盛晨，"记得大学时，宿舍卧谈会，不管是谁和女朋友闹别扭要分手，所有人都劝和。但据说在女生宿舍，遇到同样的事情正好相反，都劝分。所以就有了哥儿们劝和闺密劝分的说法，知道为什么吗盛晨？"

第十章　嘴上抱怨，心中喜欢

盛晨意识到了什么，脸微微一哂，扭到一边，方山木暗示的意图很明显，是剑指江边。

不过转念一想，是呀，江边和霍大师还真有几分相似之处，说她身边最亲近的人不好，让她为了自己为了幸福，要么改造成功方山木，要么和方山木离婚。

难道古浩就没有劝过方山木离婚，方山木也没有鼓动过古浩换个老婆？盛晨不解也想不明白，就问了出来。

方山木微微得意地笑了："你不懂其中的道理，说明你对生活的观察还不够细心和理性。没错，我没有劝过古浩再找一个，古浩也没有劝我离婚，知道为什么哥儿们劝和闺密劝分吗？"

盛晨摇了摇头，想摆出虚心聆听的样子，又觉得不对，现在她不能服软，就算方山木的话有几分道理，她也不能输在气势上，就轻轻咳嗽一声："你说，我听着呢。"

方山木暗笑盛晨的装腔作势，心虚了还要拿捏姿态，好，由她，他目视前方，石门已经远远在望了："是因为你们女人在一起时，讨论的更多的是家庭和婚姻，但凡有丁点儿鸡毛蒜皮的小事，都会向对方倾诉。久而久之，你们听到对方嘴里的另一半，全是各种不好。因为女人天生爱和亲近的人吐槽生活中不如意的事儿，这样，闺密之间听到的全是自己另一半的不好和缺点，全是你们的争吵和分歧，你们就会觉得对方的另一半都是配不上你的渣男，自然会劝你离了。"

盛晨愣了一愣，一想还真是，她和江边在一起时，说到家里的事情，总是会挑剔方山木的不好。有时虽然也知道他也有很多优点，但一聊起来就是想数落他的不是，也不知道是爱之深恨之切，还是想以抱怨来显示她们之间的亲密无间，虽然在抱怨对方，其实内心更多的是甜蜜和爱。

不管怎样，方山木说得对，女人聊天时相互之间的抱怨确实多一些，结果就是最终导致了自己另一半的形象在对方眼中的崩塌。在江边眼中的方山木，是一个自高自大自以为是说一不二的霸道男人。在盛晨眼中的古浩，是一个自私自利、好色无耻、喜欢钻营拍马的小人。女人为什么一边抱怨自己的男人，又一边不放手他们，真是矛盾的心理。

那么男人之间如何评价对方的另一半呢？盛晨好奇心大起。

"男人之间，很少讨论自己的另一半，大多时间是在聊工作和事业。即使偶尔聊起，因为好面子，也会夸奖自己的另一半如何优秀，如何对自己好。而且男人更务实，出发点不是你应该找一个什么样的女人，而是你实际上已经找了一个什么样的女人，如何在现在的基础上达到平衡与和谐。但闺密之间总是劝离，因为你们都觉得你们值得配更好的并且总会有更好的在等着你们……"

"难道不是？"盛晨反问道，"全世界又不是就你一个男人，哪怕是你确实有些优点，但肯定有更多更优秀的男人……"

"有，多得很，天下的优秀男人多的是，但问题是……"方山木斜着眼睛，嘿嘿一笑，"第一，你们未必会再遇到比现任更优秀的男人。第二，就算遇上了，对方也未必会喜欢你。第三，就算遇上了，而对方又恰恰喜欢你，你也喜欢他，然后更幸运的是又结婚了，但等结婚后，又回到了以前的死循环，你们又开始了抱怨和挑剔。"

"不会的，遇到了优秀的男人一定会加倍珍惜，怎么还会抱怨？你想多了，哈哈。"盛晨故作轻松地一笑。

"你当年刚遇到我时，也是一样的想法。"方山木意味深长地说了一句，就不再说话了。

盛晨也沉默了。

方山木的话确实没错，当年选中方山木，也是觉得他千好万好，是她最满意的一个。恋爱时，都觉得对方完美。相处久了，会不断发现对方的缺点和不足。等都觉得可以接受对方的缺点和不足时，就可以结婚了。

结婚后，更大更多的缺点会陆续显现，然后再继续磨合。磨合好了，会达成妥协和平衡。磨合不好，就会产生矛盾和分歧，进而导致离婚。婚姻和公司并没有太大区别，都是股份制的无限关爱有限责任的合伙。

人生若只如初见，初见时的美好是因为不了解对方，对对方充满了期待和幻想。现在她都是十几岁孩子的母亲结婚十几年恋爱近二十年的中年妇女，如果还有更好的是下一个的幻想，她未免也太天真了。

可是，方山木也确实有各种缺点，正如江边所说，方山木最大的问题是不够尊重她，太过自负！作为一名成功人士，他过于相信自己的成功带来的附加光环，让他误以为自己是方方面面都会成功的全才，其实也是一种虚假同感偏差。

方山木不但认为她对国家和社会大事的看法不够正确，连带对孩子上学的事情，也认为她完全没有判断力，对她想要早早送孩子出国留学的想法嗤之以鼻。

盛晨相信江边的话，让孩子早早出国，在他们成长的最关键阶段接受的是西式的先进教育和理念，回国后，可以超前同龄人一大截，会成为他们之中的佼佼者和领导者。方山木既看不到长远，又因为对她的轻视和对江边的偏见而不让儿子出国。他还总说女人不够理性，他才是最情绪化的一个！

盛晨一时想了很多，从和方山木最初的相识，到方山木逐渐变得自高自大，再到现在的冷战和针锋相对。她承认，目前的僵局有她的错，如果她柔软一些退让几步，他也不会和她计较太多。但方山木近年的表现也的确有问题。

人无完人，要不要原谅他一些？盛晨心思忽然浮动了几下，偷偷看了正在开车的方山木一眼。

方山木开车时神情很专注，目光坚毅地望向前方，嘴唇紧抿，双手抓牢方向盘。在市区开车时，方山木有时会一只手握住方向盘，但一上高速，他就会双手不离方向盘。他不止一次说过，高速上速度太快，出现意外时，只有双手紧握方向盘，才有一线希望保证车辆不会失控。

全家人的性命在他一人手中，他不能有丝毫懈怠。

其实他还真算得上一个认真负责的好男人，盛晨心思再一次动摇了，她试图缓和她和方山木之间的对立情绪："江边想创立一家公司，邀请我加盟，我还没想好，你觉得呢？"

"先学会走路再跑，比较安全。"方山木回头看了一眼依然在酣睡的儿子，笑了，"你才出来工作多久？还不熟悉职场规则和商场的残酷，就想一头扎进商海之中游泳，呛水还是轻的，淹死也是大概率事件。"

盛晨不悦："在你眼里，我真的这么笨？"

"唉，你怎么就不明白呢？"方山木叹息一声，故作无奈，"哪个男人不觉得自己媳妇笨？这里的笨不是真的笨，是关心和爱护，是担心自己媳妇上当受骗，是保护，不是嫌弃，你明白吗？"

"不明白！"盛晨心中再次涌动暖流，"有话不能明着说，非要反着说，容易让人产生误解。"

第十一章　上课

"老妈，说到这里我就该批评你了，以前老爸说话向来都是直来直去，但自从你开始反着说话之后，他也跟着慢慢学坏了。你们哪，还是别离了，省得分开后再去祸害别人。你们相爱，就是为民除害！"

方向东不知何时醒来了，张口就是一番自己的理论。

盛晨回身瞪了他一眼："是不是早就醒了，一直装睡在偷听爸妈说话？"

"哪里有，我确实刚醒，根本就没有听到老爸嫌弃你笨的话……"方向东人小鬼大地嘻嘻一笑，"不过我和老爸的意见相反，我支持老妈去创业。"

"为什么？"方山木和盛晨异口同声。

方向东说："妈妈创业就可以不再催我出国了，而且这样妈妈也可以体会一下老爸创业的感觉。"

"你个臭小子！一门心思算计老妈是不是？"盛晨被方向东气笑了，伸手去打，却被方向东躲到一边，"你也不管管你儿子，听听他说的都叫什么话。"

"儿子大了，有自己的思想了，要给他思索的空间。"方山木得意地一笑，对他来说最大的欣慰就是儿子和他在许多事情上看法一致，说明儿子已经有了思索和理性分析一些现象的能力，现在的孩子成熟早，智商也比他们当年高了许多，主要也是现在交流方便，可以通过网络接触许多以前不敢想象的领域。

"儿子，你说实话，为什么就是不想出国留学？"盛晨觉得有必要认真地和儿子谈一次了，正好方山木也在。

"我怕我适应不了国外的生活，就算过一段时间可以在生活上习惯，万一我又适应得太好了，不想回来怎么办？"方向东眨眨眼睛，狡黠而得意地笑了，"你们就我一个儿子，以后你们慢慢年纪大了，我不在身边，谁照顾你们？要让我同意现在出国留学也可以，除非你们再生一个，不管是弟弟还是妹妹，我都会喜欢。"

方山木想起了和古浩商定的策略，顺水推舟："要不我们再生一个，怎么样？"

盛晨左看看方山木后看看方向东："你们是商量好的挤对我是吧？又让我创业，又让我生二胎，我是一个凡人，可没有三头六臂。"

方山木冲方向东挤眉弄眼地笑了笑："行了，别逼你老妈了，她想去创业还是生二胎，由她，我们尊重她的选择。同样，我们也希望她能尊重我们的决定，是不是儿子？"

"赞同老爸！"方向东做了一个胜利的手势。

"反正不管怎么说，都是你们有理是吧？绕来绕去，你们就是想让我掉坑里，然后还站在上面笑话我说，看，我们尊重你跳坑的自由。"盛晨总算明白了方山木和儿子一唱一和的目的了，哭笑不得，"说得贼好听，生不生孩子，由我，创不创业，我说了算。然而最终的目的还是想告诉我：一、别再让儿子出国留学。二、别再管你的事情，行，你们真行！从现在起，我不和你们说话了！我让你们再一个鼻孔出气！"

方向东故作深沉地摇了摇头，叹息一声："女人哟，只要不称她的意，她就会生气。"

方山木回身冲儿子得意地一笑，刚才和儿子的配合天衣无缝，他很开心。

"行了，老妈反思，老爸开车，我再睡一会儿。"方向东摆了摆手，倒头就睡。

"我可警告你，方向东，不管你是留在国内还是出国，都记住了，合适的时候做合适的事情，你的任务就是学习学习再学习，千万不许早恋。别和你爸一样，高中时就开始喜欢女同桌。"盛晨生了一会儿闷气，见没人劝她，就想找一个出气筒。

"老妈，你过分了。"方向东刚躺下闭上眼睛，又起身，"我虽然习惯了当你的出气筒，但你不应该血口喷人，早恋？别闹了，从你身上我就充分体会了女人这种生物有多可怕，我还会飞蛾扑火？谁敢给我写情书发暧昧信息，我立马拉黑她。"

"跟你爸一样大男子主义！好的不学，坏的不学就会。"盛晨哼了一声，"你要是一直这么认知，小心以后找不到女朋友。"

"老妈，你落伍了。我们00后，不是男生找女朋友，是女生找男朋友，都是女生主动好不好？都什么时代了，还抱着过去陈旧迂腐的想法不放，算了，不和你聊了，代沟像是马里亚纳海沟一样深……"

"什么海沟？"盛晨一愣。

"老妈你当年的地理是怎么考及格的？真服了你了。"

"我当年还是地理课代表呢，及格？我地理每次都考高分。"盛晨一脸得意。

"地球上最大的内陆国家是哪个？"方山木冷不防问了一句。

"不知道……"盛晨脸微微涨红，想了半天，摇了摇头，"我都是死记硬背下来的，考完就忘了。"

"儿子，记住了，以后一定要做一个学以致用的人，别只是为了应付考试而学习。否则走向社会之后，你不但需要补很多课，说不定还会走许多弯路。"方山木再次借教育儿子来对盛晨施加心理暗示。

盛晨早就看穿了方山木的伎俩，反倒风轻云淡地笑了："行了，你们一对活宝就别给我装模作样上课了，我是女人，你们是男人，天生有思维差异。我如果和你们一样，家里就不是一团和气的大好局面了？"

"不好吗？"方山木趁机加码。

"若批评不自由，则赞美无意义，家里如果是你的一言堂，时间长了，你就会真的以为自己是从来不会犯错的神。"盛晨白了方山木一眼，"我和儿子也是为了你好，不想让你犯更多的错误，我们是你的监督者和鞭策者。如果没有我们，你在自高自大、自以为是、自命不凡的道路上，会越走越远。"

方山木本来想生气，又一想却笑了："你也算有学以致用的课程，至少你语文学得不错。"

"不对老爸，老妈就会这三个成语，还是以前她和你生气时找不到很好的形容词，我看她憋得难受才教她的，哈哈。"方向东及时揭露了盛晨。

"闭嘴！"盛晨不满地看向了方向东，"你以后会没饭吃，没衣服穿，没好果子吃。"

"别欺负你妈了，其实你妈不是不会成语，她太善良了，从来不会骂人的成语。"方山木不忍心，及时为盛晨解围。

"得了，算我多嘴了，我就知道你们才是真爱，我只是你们爱情的副产品。"方向东翻了一个大大的白眼，"老爸，你立场太不坚定了，以后不帮你了。"

方山木和盛晨对视一眼，一起哈哈大笑。

在方家只住了一晚，第二天在方山木的坚持下，将车子扔在了石门，初二，一家三口乘坐高铁从石门到了钱塘。

高铁上，方山木和盛晨没怎么说话，方向东兴奋地说个不停。盛晨呵斥他，方山木却说男孩子就要活泼才行，一安稳下来要么是病了，要么是快病了。

盛晨却指责方山木以他以前的老经验来判断现在的孩子，完全不正确。

方山木没有反驳，却说起了家里的事情。

"你没有感觉爸爸好像发现了一些什么……"方山木微有几分担忧，"我觉得整体上我们表现不错，没有什么破绽，还以前一样，但爸爸还是和我说了一些有所指的话。"

盛晨眯着眼睛回想了一下："没有不妥的地方啊，我们在爸妈面前相敬如宾恩爱如初，儿子也很配合表演，一家人幸福和美，比大哥和大嫂的家庭完美多了。"

第十二章　最安稳的地方还是家里

"别提他们，跟谁比不好非要跟他们比？真有你的。"方山木假装生气，不过也确实有几分不快，不是针对盛晨，而是针对大哥和大嫂。

方山木有一个哥哥，比他大两岁，在石门工作，陪在爸妈身边。有哥哥在，平常就省了他许多事情，从照顾爸妈的角度来说，他很感谢哥哥。

"爸和你说什么了？"盛晨的好奇心被勾了起来，"是背着我和妈说的吧？"

盛晨猜对了，方山木的爸爸方远山以外出抽烟为由，让方山木和他一起出去走走。街上，没有鞭炮的碎屑，空气中也没有了以前飘荡的菜香，除了车辆和行人稀少了一些之外，和往常没有什么不同。

如果不是悬挂的灯笼和红红的对联带来的明显的过年气氛，方山木都有几分恍惚他到底是一次单纯地回家探望父母，还是回家过年。

年味越来越淡，希望亲情不会随之淡薄，方山木跟在爸爸身后，看着爸爸日渐佝偻的身子和满头的白发，莫名一阵心酸。爸爸一生操劳，为他和哥哥操碎了心。后来他去了京城，哥哥留在爸爸身边，按说哥哥对爸爸还算不错，但有一点让他非常不喜欢，哥哥和嫂子都不太勤快，两个孩子全部放手不管，扔给爸妈照看。从小到大，一看十几年，让爸妈连一次出去旅游的机会都没有。

盛晨对此也是颇有意见。

有好几次盛晨想为爸妈报名旅游团，让他们出去散散心，爸妈总是放不下孩子。有两次好不容易说服了爸妈参团，报名交钱后又反悔了，气得盛晨数落大哥方山林，说他太自私，只顾自己轻松不考虑爸妈年纪，真的等两个孩子完全放手再出去，怕是都走不动了。

老人们有时也确实对后代过于迁就纵容，总是唯恐儿孙们受一点点委屈，宁愿牺牲自己的全部时间来陪伴。方山木有一段时间也对爸妈很是不满，后来时间长了也就释然了，俗话说儿孙自有儿孙福，反过来也一样，爸妈他们喜欢现在的生活状态，就由他们去，只要他们安心就好。

方山木知道爸爸有话要说，以为是想说大哥的事情。大哥和大嫂夫妻感情不好，经常吵架闹离婚，用爸妈的话说，如果不是他们帮着带孩子，他们早就离婚了。

可怜天下父母心，方山木也知道上两次已经报名交钱的旅游，最终退团，就是因为听说爸妈要出去玩，大嫂不干了，和大哥大吵了一顿，放话说反正她不会看孩子，让大哥看着办。爸妈不忍心看着他们闹，就只好委屈自己了。

方山木对此很生气，正是由于爸妈的一再纵容，嫂子总是得寸进尺，屡次以吵架相要挟。大哥老实，每次吵架都气得想离婚，却又被爸妈劝住。在爸妈的思想里，离婚是一件极为丢人的事情，只要不死人日子就要过下去。

大哥很苦恼，想离婚，却又怕惹爸妈生气。但又实在忍受不了媳妇的好吃懒做和不懂事。方山木很难理解大哥的心情，大哥现在的悲剧，其实有爸妈一半的原因，爸妈却还认为他们是一心为了大哥好。有时，时代对个人观念的影响是决定性的，很难改变。

不料爸爸一开口就吓了他一跳。

"山木，你觉得在你大哥的事情上，爸妈做得对不对？"

方山木还在犹豫怎么回答，爸爸一番话说出，让他汗颜的同时，又多了几分强烈的不安！

爸妈原来一直在反思对大哥大嫂婚姻问题的态度。曾经爸妈一度决定不插手大哥大嫂，让他们自己思考是继续还是离婚，儿孙的事情就得由他们自己决定。但临到放手时，又后悔了，他们担心大哥会开一个不好的头，进而影响方山木的婚姻。在爸妈眼中，一个家庭的婚姻基因是相似的，如果都婚姻美满，就全家人都会幸福。如果有一家离婚，直系亲属中就会有连锁反应。

方山木固然不相信爸爸的这种理论，但对爸爸的担忧却是心存感激。

"山木，别看你比山林小，但你比他经事多，有见识，你和盛晨也一直很恩爱。小时候爸爸经常说，兄弟之间要想好，大让小。家庭中要想好，是要换位思考。盛晨是在家里带孩子，一直没有工作，但她为方家培养了这么优秀的一个孙子就已经很了不起了，更不用说这些年来在生活的方方面面，她对你照顾得有多周到。我敢说，要是离开了她，你就生活不能自理了……"

方山木心中猛然一跳，爸爸的话似有所指，正想问个清楚时，爸爸却转身回家了。

"走，回家。金窝银窝不如自己的狗窝，别总觉得外面的世界有多好，人最安稳的地方还是家里。"

好嘛，爸爸是看出了他和盛晨的关系有了微妙的变化，却以为是他在外面有了什么心思，方山木哭笑不得，想解释一番，爸爸却没有给他机会。

"爸爸的眼睛是雪亮的，也觉得你可能有了不好的心思，所以点点你。"盛晨对方爸很尊重，主要也是方爸方妈对她很好，应该是他们对大嫂所有的不满和怨念都化成了关爱转嫁到了她的身上。

"你想多了，你真的想多了，知子莫如父，爸爸知道我是什么样的人。从小他就让我背《朱子家训》，直到现在我还能背出其中的一些段落。"方山木摇头晃脑地笑了，"勿营华屋，勿谋良田，三姑六婆，实淫盗之媒；婢美妾娇，非闺房之福。童仆勿用俊美，妻妾切忌艳妆……"

盛晨打了个大大的哈欠，打断了方山木："好啦好啦，别掉书袋了，我困了，睡一会儿。"

不多时，盛晨睡着了。开始时她还硬撑，后来睡实了，脖子一歪就靠在了方山木的肩膀上，双手又下意识抱住了方山木的胳膊，露出心满意足的表情。

"老妈睡着了？"方向东不知道在哪里玩了一气回来了，小声说，"你们聊什么了，看样子进展不错，她又肯抱着你的胳膊睡了？你们是不是觉得生活乏味无趣，吵架可以增加情调？"

"小屁孩，你懂个屁！一边儿待着去。"方山木佯怒。

"我也睡一会儿，等下到了姥爷家，又得玩半天，肯定累。"方向东才不怕方山木，双手抱肩，头一歪就入睡了。

方山木也睡意袭来，才眯了不大会儿，就被微信吵醒了。他有几分懊恼为什么忘了静音，打开一看是古浩的消息。

"生二胎的事情和盛晨商量得怎么样了？我家江边说什么也不肯答应，但也没有完全说死，还留了口子，估计是想看我的表现。"

"一样，暂时没有达成共识。以我和她现在的关系，她也不可能安心地生孩子去。"方山木想了想，又问，"江边要和盛晨一起创业，你肯定是赞成的态度，但你更愿意她生孩子还是去创业？"

"创业是双手赞成，生孩子是全面支持，但创业和生孩子是相对立的一对矛盾，我也很纠结，没办法左右江边的决定。不管怎样，无论是生孩子还是创业，都会转移她们的精力，不会让她们再将全部的注意力放到我们身上。对了，你肯定猜不到过年的时候，我和谁聚了聚。"

方山木故意没回古浩，他知道他在卖关子，等了片刻，古浩主动发来了消息："真没意思，也不配合一下，好吧，我自己说，是周道。"

果然是他，方山木心头一紧，他其实猜到了是谁，毕竟说起来他和古浩认识时间虽不短，共同朋友却不是很多，而且全是前公司的同事。

"你都是被公司开除了的，还好意思和周道一起吃饭？都聊什么了？"方山木假装漫不经心，其实很想知道。

"不是我想聚，是江边邀请的周道的夫人杨湄，她和杨湄是闺密，两家人一起吃了个饭。也没聊什么深入的话题。我也是才知道江边原来和杨湄认识好多年了，而且她和周道也很熟。"

方山木心中一惊，江边的关系网比他想象中还要庞大复杂："你也没觉得尴尬？

哈哈！既然江边和周逍关系这么好，当初为什么还要开除你。退一步讲，就算开除也可以采取悄无声息的策略，不至于闹得沸沸扬扬，让你在整个互联网行业名声扫地。"

"周逍和我解释了，说他也是身不由己，是总部的命令。我们集团公司的架构你最清楚了，周逍虽然是董事长，但在集团总部，也不过是一个高管序列，级别才是A10，离最高的A14还差了好几级。虽然集团公司说是双总部战略，但谁不知道金陵的总部才是总部，京城的总部，不过是名头罢了。"

方山木对古浩的话，向来只信一半，他相信和周逍聚会是江边促进的结果，以古浩的能力以及在公司的名声，周逍不会愿意和他有任何形式的私下接触。

第十三章　不够自信和太过自信

江边的关系网未免也太庞大了，居然和周逍的夫人杨湄也熟悉，方山木微微感慨，果然土生土长的京城人。他在公司多年，和周逍关系无比密切，也从未见过杨湄本人。

好多次公司聚会，要求携带家属时，周逍也从来不带夫人出席。方山木和同事们也曾私下议论，是不是周逍太惧内了，或者是他们夫妻感情不好，为什么从来不让夫人露面？公司上下，除了周逍之外，凡是已婚的男士都展示过自己的伴侣。

杨湄是什么出身，又从事什么工作，长什么样子，方山木一无所知，只知道她叫杨湄，是周逍的妻子。

"周逍这么一解释，你就真信了？"方山木发了个不以为然的表情，"说吧，杨湄和你想象中有什么不同？知道她的来历了吗？"

"人是挺漂亮的，但赶不上你家盛晨更赶不上我家江边。不爱说话，举止很优雅，性子很淡然，应该从小就生活在优裕的环境中，有很好的教养，其他更具体的情况就不知道了，周逍没说，我也没问。后来再问江边，江边说我没必要知道，她这一天天的。算了，不说她了，说说我们的事业。"

"事业？"方山木心中一沉，意识到了什么，"你和周逍说了我们创业的事情了？"

"我没有！我有那么傻？是江边说的。我没来得及阻止她，她张口就说了出来，气死我了！"古浩一口气打了好几个愤怒的表情，"江边还说，等时机成熟时，希望周逍可以支持无限关爱有限责任。"

这个江边真是太多事了，公司现在还不到对外公布的时候，被周逍知道了创意说不定会带来不可预测的麻烦，方山木微有不快："你怎么说？"

古浩虽然只是在和方山木聊天，却也敏感地察觉到了方山木的不悦，忙回复："我当然赶紧圆了过去，说现在才刚刚开始，八字还没有一撇，九字还没一横，别说无限关爱有限责任能不能发展壮大，就算能，也不一定需要周逍的投资是不是？外面的资金多的是！"

"周逍什么都没说，含糊其辞地应付了过去，我也看了出来，他不想在无限关爱的事情上发表明确态度。还有，我当面试探着问了他一句，关于收购花团科技的事情，我还以为能够问出什么值得深挖的内幕，谁知周逍压根儿就没有接话，只说事情已经过去了，再提也没有意义了。"

又和古浩随意聊了几句，方山木收起了手机，心里一片平静。现在所有事情都是将开未开之时，想太多也无济于事，不如尽力而为，尽人事听天命一向是他做事的风格。

到了钱塘已经是晚上九点多了，盛晨父母开车来接。本来方山木一再强调不用来接，叫个车过去很方便，盛晨父母偏要来，让方山木颇为感动。

盛晨父母都是大学教授，二老满头白发，但精神焕发。言谈举止流露一股书香门第特有的儒雅气质，当年方山木被盛晨吸引，也有盛晨在漂亮之外另有优雅之故。

盛晨的优雅是源自家庭的熏陶。

到了盛家已经晚上十多点了，盛晨洗漱完毕，和儿子早早睡下了。盛家的房子本是四厅，足够住，方向东非不自己睡，要和姥爷一起，盛烈自然乐意。

可能是路上睡得多了一些，方山木没有睡意，一个人在客厅看了一会儿电视，眼见快要十二点了，关了电视正要睡觉时，盛烈从房间中出来了。

"向东已经睡了。"盛烈悄声说道，眨了眨眼睛笑了，"小伙子累了，和我说了没几句话就睡了。山木，困不？"

方山木敏锐地察觉到盛烈有话想说："不困，爸，聊聊？"

"我们可是好久没有单独聊天了。"盛烈坐在了沙发上，望着几个已经熄灯的房间，"现在他们都睡了，有什么话，我们可以放开了说。山木，当初你追求盛晨的时候，她妈反对，但我赞成，一般来说，通常是妈妈赞成爸爸反对，知道为什么在盛家正好相反吗？"

方山木心里明白，盛烈是看出了什么，老人家目光如炬，不愧是一辈子教书育人的教授，他端正了身子："爸，您说，我听着呢。"

盛烈点了点头，摸出一支烟，又放了回去："不抽了，有孩子在……当年我和你妈结婚的时候，她家里也是不同意，嫌弃我太穷，我说莫欺少年穷，早晚有一天我会成功，会让你们以我为荣。后来我的豪言壮语还是没能打动他们，要不是盛晨妈坚持跟我，我和她还走不到一起。

"盛晨的性子很像她妈，坚持、固执又认真，当她从几个追求者中选择了你后，我就知道她已经拿定了主意，不会再改变了。她妈觉得你当时还不够优秀，不想让盛晨冒险去培养出一个优秀男人，她通过培养我体会到了这条路的艰辛，她更希望盛晨可以直接嫁给一个优秀男人。当妈的都希望女儿可以更轻松地获得幸福，心情可以理解。但我知道，一个女人如果嫁给一个开始时就过于优秀的男人，婚后会在个人价值提升的追逐赛中非常辛苦，婚姻更不见得稳定。"

方山木听明白了什么，一脸苦笑："这么说当初选中我，是因为我比不上郑远东和蒙威的优秀，上升空间小，不至于甩盛晨太远的缘故？"

"哈哈，有一部分这方面的考虑，当然，最主要的还是我觉得你可靠安定，可以给盛晨一个幸福安稳的家。"盛烈笑了笑，笑容迅速凝固下去，"其实说实话，我毫不怀疑现在的你比盛晨更抢手，如果你们离婚，盛晨会吃亏！"

方山木一愣，随即也笑了："爸，您错了，盛晨如果离婚了，会比我更抢手，她至少会有以前的两三个追求者等着接手。"

盛烈摇了摇头："你说的是蒙威和郑远东吧？"

方山木笑了笑，微微点头。

"有一件事情你应该到现在还不知道，是时候告诉你真相了。"盛烈起身，示意方山木跟来。

阳台上，外面万家灯火。习惯了在北方暖气的环境中过冬的方山木，不太适应钱塘潮冷的气候，一到阳台上就打了一个寒战。

"适应一下就好了，人对环境的适应能力超出你的想象。对环境是，对人也一样。"盛烈拍了拍方山木的肩膀，"当初盛晨在郑远东和蒙威之间左右为难，柯燕喜欢蒙威，觉得蒙威稳定可靠，是居家过日子的人。我比较赏识郑远东，郑远东比较有男人气概，有魅力有胆识，能成大事……"

许多往事一起涌上心头，方山木忽然想起了一个一直在内心纠结许久没有答案的问题，就问了出来："盛晨更喜欢谁？郑远东还是蒙威？"

后来如愿以偿追到盛晨后，方山木不止一次问过盛晨她到底更喜欢郑远东还是蒙威，盛晨每次都是含糊其词，要么说已经过去了，现在只喜欢他一个，要么说早就忘了以前是什么感觉了。

阳台灯光昏暗，盛烈看了看一脸渴望的方山木，笑了："山木，你对自己还是缺少自信哪……盛晨是对他们二人有过好感，但左右为难的不是说选择谁，而是想选一个可以综合二人优点的人。在盛晨看来，郑远东固然很有男人魅力，但他太有魅力了，不会将心思全部专注在一个女人身上。而蒙威太执着了，容易钻牛角尖，她也不太喜欢不懂变通的人。能将二人的优点集于一身的人，就你一个。"

方山木有几分不太相信："您的意思是，从一开始盛晨就没有想要选择郑远东和蒙威，而是就喜欢我一个？"

"你以为呢？你觉得以盛晨的性格，如果不是她自己选中了你，会在别人的劝告下改变主意？你呀，最大的问题是从一开始不够自信到现在太过自信！"

第十四章　婚姻幸福秘诀

盛烈哈哈一笑："后来盛晨征求我和她妈的意见时，她妈还不停地帮她出主意，我直接说，你既然喜欢方山木就别再觉得放弃郑远东和蒙威可惜，人生就是一个不断取舍的过程，你不舍弃让你犹豫不决的，必然抓不住让你幸福的。后来盛晨就下定决心选中了你，和你恋爱后，她很开心地对我说她选对了。她还问我，为什么看好你。"

方山木心中一紧，虽然他和盛晨结婚多年，再谈起十多年前的往事，还是微有紧张之意。

男人总有不自信的时候，尤其是年轻时。当时年少轻衫薄，除了自以为是的才华、汹涌澎湃的热情，一往无前的勇气之外便一无所有。比起蒙威的执着和不求回报的付出，以及郑远东可进可退的洒脱，当年的方山木患得患失，完全就是一个青涩青年，在盛晨的光芒面前，说不自卑是不可能的。

"因为你和年轻时的我特别像，虽然卑微但满怀梦想，虽然渺小但不甘心失败，有一颗追求卓越、希望超越别人战胜自己的心！"盛烈一本正经地和方山木说完，忽然又嘻嘻一笑，一脸滑稽加可爱，"知道我和柯燕结婚多年，依然保持了婚姻幸福的秘诀是什么吗？"

方山木很配合地摇了摇头，尽管他并不觉得盛烈真有什么秘诀，婚姻问题具体而复杂，别人的经验很难借鉴。

"很简单，就是一个字——忍！具体来说就是骂不还口，打不还手。多年的媳妇熬成婆，多年的男人熬成佛。你看我现在多佛系，不管她怎么唠叨，怎么埋怨，不闻不看不说，时间一长，她就会觉得没有意思，就不和你计较了，哈哈。"

方山木不以为然："唠叨没什么，但猜疑不是唠叨，是对我人品的质疑和对人格的侮辱。"

"严重了，严重了！"盛烈摆了摆手，哈哈一笑，"夫妻之间有猜疑，甚至有争吵和打骂，都正常。家庭就像公司，公司里面会一团和气吗？开会的时候，该争论的争论，该反对的反对，但是过后，不一样还要继续下去？你们年轻人就是太追求完美了，什么夫唱妇随，什么相敬如宾，都是旧时代的婚姻关系，现在的婚姻讲究的是平等，是互相需要，是和而不同！"

方山木愕然，没想到看似古板传统的岳父会说出这样一番有见解的关于婚姻的理论，他竖起了大拇指："爸，讲得好，受教了。"

盛烈努力挤出了一丝笑容，笑得比哭还难看："受教个屁！我这不是什么形而上的高深的理论，是血与泪的教训，是多年抗争之后辛酸的妥协和无奈，唉……"

"其实……"盛烈抱住了方山木的肩膀，像是兄弟式的热络，"盛晨和她妈一样，就是表面上要强，内心很软弱，你一个大男人，该退时候退一步，让让自己媳妇又不丢人。你让上一小步，她会让一大步，不信你试试？"

方山木点了点头，感受到了盛烈浓浓的爱女之意，以及对他的信任，他微微感动，不过对于盛烈传授的忍字为上的策略，他并不十分赞同，但认同盛晨心软的说法。

也是，为什么他总是和盛晨针锋相对，不肯退让一步呢？男人让让自己的媳妇不但不丢人，还是智慧的表现。可是……转念又一想，在情理上可以让盛晨，但在原则上不能让，一让，就表明他心虚，是默认了盛晨的指控。

谁胜谁负事小，名节事大。

在盛家也只待了一天，第二天一家三口返回了石门。在石门又停留了一晚，次日一早开车回了京城。

儿子还想再玩两天，方山木也有意带他在京城转转，盛晨不同意，让方向东尽快进入学习状态，省得开学考落后于同学。方向东不开心，经过方山木的一番据理力争，盛晨最后同意再宽限一天。

方山木就利用有限的一天时间，带儿子在京城四处转了转，儿子玩得很开心，他也很高兴。唯一的遗憾就是，盛晨没有一起，她留在家里帮儿子整理作业。

在方向东的学习问题上，盛晨一向抓得很严，有时严苛得近乎高压。开始时方山木觉得难以理解，他小时候也没有那么多的补课，不也考上了名牌大学？

后来方向东的成绩证明了盛晨的正确，长年稳居班级前三的名次，让方向东颇为自豪，也让方山木十分得意。盛晨在背后的监督可谓功不可没。

玩了一天累坏了，方向东吃过晚饭早早睡下。方山木和往常一样瘫在沙发上随意翻看了一会儿电视，打着哈欠也准备睡觉时，微信响了。

是古浩。

"定好了，明天丽加餐厅，六点半，不见不散。"

盛晨从楼上下来，扬了扬手中的手机："收到古浩的消息了吧？江边也发我了。我事先提醒你一下，见到江边别吵架，表现出你应有的男人风度，为你儿子树立一个有风度有涵养的爸爸形象。"

"行！"方山木回答得斩钉截铁，"你也转告她，我不会主动挑事，但请她记住我的原则——人不犯我，我不犯人。"

盛晨张了张嘴，想说什么又咽了回去，眼中既有欣慰又有失落，心情复杂地回到了楼上的卧室。

望着床上本该属于方山木的空荡荡的一侧，盛晨心中泛起了阵阵苦涩。平心而论，在认识江边之后，她确实对方山木过于提防和约束了，有时静心想想，也会觉得自己有几分无理取闹，但总是架不住江边的鼓动，每次江边说到古浩在外面的表现，以及她身边的闺密丈夫被别的女人勾引或是自己犯贱出轨时，她总是害怕方山木会抵挡不住诱惑而离开她。

尽管她也知道，方山木其实不是一个多有情调的人，虽然他现在成熟男人的魅力散发了，但对于现在的年轻女生来说，他既不暖男又不够细致贴心，吸引力也确实有限。只不过盛晨太清楚方山木和风细雨式的悠长关爱的威力了。

方山木就像一株高大的乔木，初见不觉惊奇，每次经过却很舒适，等有一天当你发现习惯成自然喜欢上他时，已经深入骨髓无法自拔了。

有人说，对喜欢的女孩不要去追求，而是要努力提升自己的魅力值。女孩不是追来的，是被你的光芒吸引来的。对此，盛晨十分赞同。当初方山木确实也是在追她，但又有一丝得之我幸失之我命的从容。

也正是方山木的从容让盛晨最终选择了他。

说到底，她和方山木其实是同类，看似淡然，实则倔强。表面上为人随和，但原则性极强，很少会在涉及底线的事情上妥协。

不过……盛晨心中微有松动和后悔，她可能真的过于约束方山木了，对他太苛刻也太不信任了。

在家时，妈妈拉着她的手，对她语重心长地说了一番话，她记忆犹新，尤其是其中一句："管他可以，但不能是建立在怀疑的前提之下。男人都好面子，伤了自尊就再也找补不回来了。如果你一切的出发点都是因为爱和关怀，他都会接受的……"

是呀，她原本就是深爱方山木，愿意关心他的一切。她害怕失去他，才会想方设法留他在身边，但为什么最终的结果却是适得其反？婚姻中，两个人的相处既需要亲密无间的关爱，也需要智慧和方法。

第十五章　没有误会，只有矛盾

盛晨翻来覆去睡不着，在想明天的见面该怎么和江边配合。又躺了一会儿，她索性又起来，打开床头灯，给江边发了一条微信。

"我觉得他们已经结成了同盟达成了共识，生孩子和创业，他们都支持，不管是哪一种，我们都会被占用大量的时间和精力，没有办法再时刻看管他们了。"

"他们有同盟和共识，我们也有！"江边的回复很及时，几乎是秒回，"要坚持创业，创业才能让我们散发更大的魅力。生孩子也不是不可以，一是先得让我们放心。二是要等一个成熟的时机。"

"对，对，我们不能再被动地管教和约束他们，而是要提升我们的魅力和价值，让他们再一次被我们吸引，再一次臣服在我们的光辉之下！"盛晨兴奋了，她就是要努力让自己变得光芒四射，就像当年在学校里被无数人赞美和喜欢一样，她要让方山木产生危机感，而不是像个怨妇一样天天纠结和担心方山木有二心，她要重新掌控主动权。

所以要改变策略！

丽加餐厅位于将台路上，不是很大，但胜在格调别致，平常很难订到位子。用古浩的话来说，越是难以订位的餐厅，越能显示江边的手腕。江边最喜欢在别人办不到的事情上出手，得手之后就一脸趾高气扬的得意。

好吧，方山木理解江边的心理，也是一种变相的炫耀，是对权势和资源的过度依赖和崇拜。作为互联网行业的资深从业者，他一向敬畏市场，崇拜创意。

盛晨想早点儿到，方山木故意拖延到了最后一刻才出发。路上盛晨埋怨他的拖累，他不反驳，只顾默默开车。过了一会儿，儿子实在受不了盛晨的唠叨，插了一句："老妈，你就少说几句。你难道还没有看出来，老爸就是想故意迟到，他不想等江边阿姨，而是要让江边阿姨等他。"

"小气鬼！小心眼！"盛晨笑骂一句，回身瞪了方向东一眼，"你懂什么？女人的唠叨是一种发泄，可以舒缓心理压力，有利于身心健康。"

"是，是。"方向东连连点头显得满不在乎。

"你！"盛晨被气笑了，埋怨方山木，"儿子都被你教坏了。"

"你错了老妈，这些不用老爸教，我自己观察和体会，就能知道。"方向东哼了一声，"别总当我是小孩子，我早就长大了，在某些方面比你们还成熟。"

方山木和盛晨对视一眼，二人都无奈地笑了。

方山木和盛晨赶到时，古浩一家人，已经等候多时了。

江边订的是最好的房间，半透明的装修风格，可以二百七十度欣赏京城的夜景。她当仁不让地坐在主位，古浩倒是自觉，坐在了末位。

古小远瞪着一双迷人的大眼睛，睫毛不停地闪动，目光追随方向东的身影："向东哥哥，你就是传说中的学霸？别人家的孩子？"

方向东一脸的无所谓，看也不多看古小远一眼，低着头玩游戏："什么学霸？什么别人家的孩子？没意思。别听他们瞎说，付出就会有回报。"

"哇，你好酷。"古小远原本坐在古浩身边，主动换了位置，凑在方向东身边，"为什么你学东西都不费力气，我什么都学不会，我就喜欢唱歌跳舞表演……"

"每个人都有自己擅长的东西，喜欢就去努力呗。"方向东不愿意理会古小远花痴式的崇拜，朝旁边挪挪身子。

古小远张大了嘴巴："向东哥哥，你太厉害了，我觉得你酷得像冰。"

"肤浅。"方向东嘟囔了一句，朝方山木投去了求助的目光。方山木猜到了儿子不喜欢和女生打交道，在学校里他就是有名的乖乖宝，在许多女生眼中，他老实得像一块木头。

方山木哈哈一笑，替儿子解围："看来不用担心向东早恋了。"

古浩一愣，随即哈哈大笑。盛晨和江边对视一眼，也笑了。

古小远一脸懵懂："有什么好笑的？不明白你们都在笑什么，笑点这么低，无趣！"

方向东也没笑，一脸迷茫："怎么扯到早恋上了？"

盛晨却有所思地点了点头："有时候小孩子看问题的角度会很直接，不像我们大人，成年后，想事情反而会更复杂。但越多想反倒越烦恼。而且从心理和生理上来说，女性天生就比男性成熟早，所以在许多大事上，男人应该多听女人意见，或者干脆听女人的话就行。"

"不不不，老妈你错了。"方向东大摇其头，连连摆手，"女人是比男人早熟，但男人后来者居上，后发制人，是厚积薄发，一成熟就会在理性、逻辑上面赶超女人。"

"小孩子家家的，你懂什么？"江边笑骂，她很喜欢方向东，总觉得方向东身上集中了盛晨和方山木二人的优点，并且他更像盛晨一些，"你才多大？连恋爱都没谈过，还懂什么两性关系，不过是多看了几本书，纸上谈兵罢了。"

"纸上谈兵也比没读过多少书连道理都不懂的人强。"方向东不太喜欢江边，江边的笑容虽然和善，但总有一种想要看透他的一切并且要掌控他的意图，眼神中的探究和高高在上的味道，让他不太舒服。

方山木摆了摆手："别说了，儿子，争论没有意义，一切要以成就的大小说话。说一千道一万，不如做一件。说吧江边，今天吃饭的主题是什么？"

见方山木如此单刀直入，江边心中被方向东激发的火气反倒削弱了几分，她淡淡一笑："吃饭能有什么主题？不过联络联络感情，增进一下了解，省得我们之间的误会越来越深。"

"我们之间没有误会……"方山木冷哼一声，顿了一下，一字一句，"只有矛盾！"

盛晨悄悄地碰了碰方山木的胳膊，提醒他说话注意分寸，别太僵硬了。方山木其实是故意为之，他不理盛晨的暗示，继续冷冰冰地说："而且还是不可调和的矛盾，今天都在，江边，你当面给我说个清楚，为什么要挑拨盛晨和我的关系？你到底是什么居心？"

江边被方山木咄咄逼人的语气激得火起，一拍桌子站了起来："方山木，你如果没有做过什么坏事，为什么做贼心虚？我挑拨你和盛晨的关系？你们的关系如果特别稳定和谐，我能插手吗？别说得你有多无辜一样，你们男人没一个好东西，一天天净想着拈花惹草。别怪我们管束你们，不管，就会疯长，就会长成一堆杂草！"

"男人没一个好东西？"方向东正在喝饮料，扑哧一声笑了，"江阿姨，你的打击面太大了，是不是包括美国总统，包括你爸爸、爷爷、舅舅、姥爷，还有你大爷、你二大爷？"

方山木暗笑，儿子别看小，不但机灵，还颇有乃父之风，辛辣而不着痕迹。

"你……我！"江边顿时语塞，脸微微一红，"大人说话，小孩子别乱插嘴。等你长大了你就明白了！"

"妈，我觉得向东哥哥说得有道理，爸爸是好东西，爷爷是，姥爷也是，舅舅好像不是，他是有点儿坏。不过美国总统是不是好东西我就不知道了，我也不认识。还有，大爷二大爷是谁？"

古小远一插话，惹得众人哭笑不得，也让方山木和江边之间剑拔弩张的气氛化解了不少。

古浩趁机倒酒，连朝方山木大使眼色，嘿嘿一笑："大过年的，讨论什么形而上的男女问题，不如说一些现实而实际的，乐和乐和多好。老方，来，走一个。"

第十六章　当孩子来养

方山木不回应古浩的眼神，他和古浩碰了碰杯，目光却还是挑衅意味地停留在江边的身上。与人较量，不管是对方是男人还是女人，气势很关键，第一回合的主动权也很重要。

方山木以前和江边见过几次，但每次都是人多的场合，不方便短兵相接，如现在一样近距离面对面还是第一次，他不会错失良机。

江边毫不示弱地迎上了方山木的眼神，冷冷一笑："怎么着方山木，今天你非要和我分一个胜负出来是不是？万事有因必有果，盛晨太善良了才会被你欺骗，我不一样，我就是一个专门克制打击你们坏男人的狠女人。"

"怎么个狠法？"方山木反倒轻描淡写地笑了，他最不怕女人说狠话，真正心狠手辣的女人，从来都是沉默寡言的，"吵架？有损你的光辉形象。打架？输赢都是男人的错，男人不和女人动手。那么就只有一条路了，来，拼酒。"

"怕你？"江边不理会盛晨暗示的眼神，一挽袖子，"今天就让你知道京城大妞的厉害。不怕告诉你们，在大一时我喜欢上了一个同班男生余星光，我和一个从小在东北长大的闺密木绵请余星光和他的哥儿们于繁然吃饭，是的，木绵喜欢于繁然……"

古浩一脸紧张，擦了擦汗："余星光是谁？你还和他谈过恋爱？我怎么不知道？"

盛晨悄悄一拉方山木，低低的声音："不是说得好好的，来了不许吵架，你怎么不听话？"

方山木轻轻拍了拍盛晨的手："好男不和女斗，我不和她吵，只和她讲道理和拼酒，你放心，不会出事的。"

盛晨还想说什么，方山木突然提高了声音："你们女人都认为我们男人是一群长不大的孩子，你们只拿我们当孩子管，却没有拿我们当孩子来养。就如同男人像宠爱女儿一样宠爱你们女人，你们女人也没拿我们男人当爹一样孝敬，是不是？"

"扑哧……"古浩没忍住，笑喷了，"老方你这么说我就不赞成了，我们男人也没拿她们女人当妈一样伺候不是？"

"不对呀爸，我有时就觉得你在妈妈面前像个儿子。"古小远一脸天真地及时补刀了，"有时看到你在妈妈面前低声下气的样子，我都替你不值。你付出了儿子的听话，却没有得到儿子应有的待遇，比我的生存状况都差远了。"

古浩顿时面红过耳，冷汗直流："大人说话，小孩子别插嘴。江边，快说你和余星光的事情。"

江边得意地仰了仰头："别以为当初是我追你，你就觉得我没市场，告诉你古浩，就算现在和你离婚，想要娶我的大有人在，你信不信？"

"信，信！"古浩连连点头，紧张之色溢于言表，"快说说余星光的事情，这么多年了，我怎么不知道还有这一茬？"

"你不知道的事情多去了。"江边和方山木碰了碰杯，一饮而尽杯中酒，很爽气地一抹嘴巴，"我当年是有那么一点点喜欢余星光，不是因为余星光有多帅，他就是一普通人，说句题外话，我从来不喜欢长得帅的男人，帅的都不可靠，就像方山木，太容易招惹女人了。这个余星光脸皮够厚，说话够甜，要不是后来喜欢上你，说不定真的就和他结婚了。

"我和木绵请余星光和于繁然吃饭，我是想灌醉余星光，套套他的真心话。木绵就简单了，是想喝醉于繁然然后拿下他，结果才喝到一半，余星光就醉得不省人事，于繁然干脆钻到桌子下面，吐得一塌糊涂……最后木绵感慨地说，女人酒量不能太好了，要不自己永远喝不醉，喜欢的男人就没有机会。"

方山木明白了江边的暗示，当即倒满了一大杯酒："我还担心和你拼酒，会被别人当成欺负你，现在看来没有必要了——你酒量这么好！古浩，你当年是不是被江边喝醉之后拿下的？"

"我太难了。"古浩仰天长叹，又不好意思地低下了头，"孩子在呢，你别闹，多不好意思。"

"小远，我们出去玩一会儿呀？我吃饱了，你要是没吃饱，我可以等你一会儿。"方向东察觉到了气氛的微妙，心思一动。

"我不吃了，不好吃。"古小远放下筷子，她没有多想，就想出去玩，"走，我知道餐厅的露台上有一个地方特别好玩。"

两个孩子一走，气氛就不用刻意拿捏了，古浩也敢抬头了，他清了清嗓子："在老方和小江拼酒之前，我先敬盛晨一杯，首先呢，感谢盛晨对老方的照顾和对我的包容，江边对老方有偏见，你对我没有，我很感激。第二，感谢盛晨对小江的理解和支持，我们家江边虽然有时强势，而且说话很直，但她其实内心很孤独，没多少朋友，盛晨是她为数不多可以谈心的好朋友，不是之一，是唯一。盛晨是她的精神支柱！第三，感谢老方对我的收留，我这个人虽然缺点不少，但优点也有一些，最大的优点就是知恩图报。老方不计前嫌，在我最落魄的时候收留了我，以后我一定会竭尽全力配合他的工作，在家里，听江边的话，在事业上，听老方的命令。好了，就说这么多，先干为敬。"

一口喝完杯中酒，古浩呛得咳嗽几声，喝了一口水又说："差点儿忘了一件重要的事情，盛晨、老方和我不一样，我是嘴上损眼里贱，实际上心里实诚，是个好人。老方是表面上正经八百，实际上还真是一个认真而严肃的人。我和他从前同事到现在同事，从来没有见他做过任何出格的事情，更不用说在女人问题上犯错误了。他非常自律。"

"行了行了，别商业互吹了，差不多就行了。"方山木还以为古浩会说得轻松诙谐，没想到越说越像是盖棺论定的悼词，他打断了古浩，举起了酒杯，"现在先不说正事，也不用替自己开脱，人在做，天在看，清白的人不用自证清白。"

"别说没用的屁话，先喝了再说。"江边一推古浩，"我先喝服方山木再说，省得他总是拿他的大男子主义压人，总觉得女人处处不如男人，建议他以后多听《谁说女子不如男》。"

"干！"江边一仰头，一口喝干了杯中的红酒，放下酒杯一拍桌子，"红酒不过瘾，上白酒。古浩，我车上有一箱白酒，你都搬上来。"

"一箱？"古浩苦着脸，"你和老方一瓶就足够了，一箱会死人的。"

"搬！"江边眉毛一挑，眼睛一瞪，"立刻马上现在！"

"在外面，留点面子……"古浩见江边已经抓起了酒杯，立马起身，"搬就搬，别以为我没有力气。"

一箱白酒，六瓶，足足有六斤，江边先拿出了两瓶，推给方山木一瓶："谁也别耍赖，先一人一瓶，以先倒下或者先求饶为准。谁输了，谁就是孙子！"

"不行，你们这样是在拼命。"盛晨吓着了，拉住了方山木，"你别欺负江边好不好？她肯定不如你酒量好。"

方山木眼一瞪："你怎么不说是她欺负我？现在讲究男女平等，你的出发点还建立在女人比男人弱小的前提之下。大男子主义是不好，但小女子主义也要不得。"

"盛晨，你别拦着，我就是要为咱们女人争一口气。男女平等不能只停留在口号上，要落到实处，要让他们男人知道，女人是真真正正地能顶半边天，而不是只要权利不担责任。"

话一说完，江边一杯一两的白酒一口喝完，酒杯重重一放，豪气冲天。

"该你了，方山木，别尿，我等着你！"

盛晨微有担忧，她内心很是矛盾，一方面希望方山木和江边可以互相改观，另一方面又不想二人这样拼酒。尽管她也清楚方山木对江边的怨气中有很大一部分是由于她过于听信江边。

平心而论，盛晨心里也有一杆秤，江边对方山木的各种猜疑和推测，在很大程度上是受到了古浩的影响。古浩是一个喜欢拈花惹草的人，她就想当然地认为全世界的男人都一个德行。可以说，古浩的好色严重影响到了江边对其他男人基于理性和逻辑的判断。

但她还是和江边越走越近，还非常相信她，开始对方山木严管。江边和她讨论过离婚问题，虽然她俩风韵犹存，不管是相貌还是学历，都很突出，但男人是很浅薄的视觉动物，只喜欢年轻漂亮的，女人的相貌决定男人是否要去了解她的内在。内涵不是他们择偶的第一考虑要素。

第十七章　从来不带回家里

所以对女人来说，珍惜和抓住眼前的幸福，才是最应该做的事情。而不是再去冒险和尝试，因为相应的代价会远大于收益。

盛晨工作以后，和许多年轻女孩接触之后才发现，她这个年代的女人基本上算是比较传统和温良的一代，依然恪守对家庭的忠诚、对婚姻的忍让和对丈夫的依附。而年轻人则完全不同，她们独立、坚强并且更胆大、更自我，从来不会在爱情中被动也不会在婚姻中逆来顺受。

在现在的离婚案件中，有百分之七十以上是由女方提出的，可见女性主权意识的觉醒和独立精神的崛起。

盛晨和江边羡慕归羡慕，却不会去学习效仿，因为她们最靓丽最青春的年代不是现在，而是二十年前，她们已经没有足够的年龄资本再随心所欲了。

更让盛晨和江边感到可气的是，在她们年轻时，可从来没有动过要抢20世纪50年代男人的想法，但现在的90后姑娘却要抢她们的70后男人，说明时代确实和以前不同了，女性追求独立和自由的个性，也让她们择偶的选择面在年龄段上放宽了太多。

盛晨有几次也和江边说，她们如果逼迫方山木和古浩过紧，他们真要离婚，在再婚市场上，她们可选择的余地很小。江边却信誓旦旦地说，不要怕，男人都是嘴上说说，要动真格离婚，他们也轻易不敢。四十岁的男人，该经历的都经历过了，除非原配非得不依不饶，一般情况下男人还是不愿意再重走一遍结婚路。

有一段时间盛晨夹在方山木和江边中间，感觉整个人都不好了，接近崩溃。她相信江边也是为她好，站在女性的立场上，为她出谋划策，预防方山木出轨。但她同时也信任方山木，认为方山木这种顾家的性格，不会是会有外遇的人。一个人有没有变心，从他的心思是不是在家里她完全可以看得清清楚楚。

如果说开始时是盛晨自己由于不自信或是方山木对她在工作上完全隐瞒导致她有了想法，那么到后来她对方山木的怀疑进一步加重，是由于江边的怂恿。而她和方山木的冷战，很大一部分原因是她和方山木的个性使然。从一开始他们的关系就太势均力敌了，到了今天，方山木自认在事业上的成就完全可以碾压她时，她却还觉得他们依然站在同一个高度，就导致了二人矛盾的加深。

说到底，方山木确实有几分大男子主义，盛晨早就见识了他时不时强势霸道的做派。但不管怎样，他是她的丈夫，她不想他在外面丢丑，也不想江边喝醉丢人。

方山木握了握盛晨的手："大不了等下回去你开车就是了，现在你最好不要站队，不管是丈夫还是闺密，两不相帮，你袖手旁观就好了。我说过，江边是我的一关，我得自己过。"

盛晨还想说什么，方山木却端起酒杯一饮而尽，并朝江边示意，然后又倒了一杯："江边，如果你输了，我希望你回答我三个问题，要说实话。如果我输了，也一样，敢不敢赌？"

"谁不敢谁是小狗！"江边也倒满了第二杯，头发乱了几分，她脱了外套，挽起袖子露出了胳膊，毛衣上也溅了几点油渍，全然没有了以前的高贵和从容，"先说你的问题，省得一会儿你忘了。"

"好。"方山木也不客气，又喝了一杯，"第一，你为什么非要挑拨我和盛晨的关系？第二，你为什么非要管住古浩，以他狗改不了吃屎的尿性，直接放生了不是更好？第三，你想和盛晨一起创业，真实想法是什么？你又不缺钱，应该没有赚钱的动力！"

古浩急了，气得踢了方山木一脚："你去死！死的时候我绝对不会拉你一把！"

"等我输了，我就告诉你实话。"江边也喝了一杯，"我的三个问题是：第一，你到底有没有出轨？不管是和孙小照还是和江赋雨，又或者是别的女人？第二，你到底是不是真的想要离婚？第三，如果离婚了，你会选择成芃芃还是胡盼？"

"第三个问题换一个，没意义。"方山木才不会上当，更何况江边挖坑的水平实在一般。

"换就换……第三，你们男人是不是永远改不了见一个爱一个的毛病？"

"好啦好啦，问题都问完了，该打通关了……不，该喝酒了。"古浩巴不得江边喝醉，他和她结婚多年，还从来没有见江边醉过，他是希望江边醉后可以说实话。

盛晨埋怨古浩："你是不嫌事大是吧？等下他们不管是谁喝多了，都是我们的麻烦。"

"有麻烦就解决麻烦，没有麻烦，制造麻烦也要解决麻烦。"古浩嘻嘻一笑，主动帮江边倒了一杯，"江边，你酒量到底有多少，先给我交个底。"

"干就是了，说有个屁用。"江边一把推开古浩，"最不喜欢你这种没酒量没酒胆的男人，草包一个。没酒量就没有发言权！"

说话间，江边又接连喝了三五杯，眼见一瓶白酒已经下去了一大半，而方山木的一瓶酒还余了三分之二。

江边有了几分醉意，再无形象，不但弄开了头发，披头散发的样子虽然很不雅观，但也多了几分豪爽之气。她一只脚踩在椅子上，手拿半瓶白酒，冲方山木嘿嘿一笑："方山木，现在认输还来得及，我可以放你一马。要是还不服气，有本事我们就一口闷了。"

方山木镇静自若地将瓶中酒倒进三个杯子里面，红酒杯盛了白酒，也别有一番风味，他先举起其中一杯："说句实在话江边，你现在的样子还算真实，比以前端着架子拿着腔调的样子，好了很多，至少让人敬你是条汉子。这样，你等我两杯，我最后一杯和你一口闷。"

盛晨看出二人的较劲到了紧要关头，又急又气，想要劝下二人，见古浩冲她连使眼色，她忍不住骂道："古浩，你就是想看江边笑话是不是？"

"不，你错了，盛晨，我是想看江边喝醉之后大发神威的一面！"古浩感慨，

"你是不知道，我和她结婚这么多年了，见过她真情流露的时候，不超过三次。比起我在她面前哭过的次数，简直不可同日而语。"

"滚一边儿，不喝酒就没资格说话！"江边踢了古浩一脚，"男人在自己老婆面前痛哭流涕，不叫事儿，你哪次哭是真心忏悔？我喝得再醉也不会哭，因为我没有做过亏心事，就不会伤心流泪……"

方山木冲古浩挤挤眼睛，意思是别再煽风点火了，他一人出面足矣！方山木转眼间喝完两杯白酒，只剩下最后一杯，他举起了酒杯："江边，男人之间可以相逢一笑泯恩仇，男女之间不行，我对你还是非常不满的，但是你的酒量让我佩服，来，干完最后一杯，如果都不醉，就继续下一瓶。"

盛晨急得连连摆手："不行，不行了，你们每人喝了一瓶白酒，再喝下去会死人的……"

方山木推开盛晨的手："盛晨，知道我这些年的成就是怎么来的吗？刚开始的时候，我每天都有应酬，每顿都要喝半斤以上。经常吐得到处都是，吐完再喝，喝完再吐。但不管多狼狈，回家之前都会先收拾干净自己，免得让你担心。"

盛晨的记忆瞬间复苏："儿子刚出生时，有一段时间，你经常凌晨两三点才回家，虽然酒气熏天，但身上很干净……原来你是？"

"是的，吐身上后，都会先去找一个洗浴中心冲洗一下，弄干净了再回家。在外面的污垢和疲惫，伤心和失望，都留在外面，从来不带回家里。"方山木说到动情处，红了眼圈，唯恐被盛晨看到，一仰脖，一口气喝光了最后一杯白酒。

才放下酒杯，江边也直接对着酒瓶吹完了瓶中的白酒。

方山木纵横职场多年，历经酒局无数，虽也见过多次男人之间喝到兴奋时直接对着瓶子吹白酒的事情，但女人如此豪爽还是头一次经历。一向喜欢和真实坦诚的人打交道的他，第一次隐隐对江边有了一丝好感，内心的坚冰开始有了裂缝。

"江边，好样的！"方山木冲她竖起了大拇指，"怎么样，要不要我们两个人再来一瓶？"

"不，一人一瓶，别以为我是女人就好欺负。"江边站了起来，摇摇晃晃，伸手拿出一瓶酒，动作麻利地打开，"敢不敢再吹一瓶？不敢就认输！"

第三卷　最好的爱情就是

第一章　大数据对男人的分析判断

　　方山木不是不敢，而是怕出事儿。现在江边明显已经有了七八分醉意，再一瓶酒下去，肯定大醉，他伸手抢过江边的酒瓶，先倒满了两杯："这样江边，我们先一人一杯，喝下后等十来分钟，如果还能坚持，就再开一瓶。"

　　"废什么话，干就是了！"江边豪气冲天地端起酒杯，一饮而尽，"我从小到大什么事情没见过，什么人没遇到过，怕过谁？不用等十来分钟，现在就可以打开，我不信喝不服你……"

　　话说一半，江边身子一歪，眼睛一翻，整个人瘫软下来，朝桌子下面滑去。

　　古浩手疾眼快，一把扶住了江边，半是埋怨半是开心："不能喝非逞强，你一个女人喝酒怎么能是男人的对手？看，喝多了吧？我警告你别乱吐，不行不行，再坚持一下，去卫生间再吐。"

　　"啊！"

　　伴随着古浩一声夸张的号叫，江边吐了他一身，从脖子一直到脚，全身都是。

　　"方山木，瞧你干的好事！"古浩恼羞成怒，"盛晨，快，快来帮忙。"

　　盛晨起身扶住了江边，正要也埋怨方山木几句，江边却又清醒了，同时推开盛晨和古浩："方山木，我们还没完，来，继续。"

　　方山木得意地一笑："还不服？"他又看了古浩和盛晨一眼，"你们也别怪我，做人做事就得讲究一个原则，愿赌服输。别总是无原则地同情弱者，弱者是值得可怜，但可怜之人必有可恨之处。"

"如果换了是你，我们也会同情你。"盛晨不满地白了方山木一眼，"你这人也太狠心了。"

"原则不是狠心，规矩不讲人情。"方山木依然坚持他的看法，双手抱肩，"江边，别喝了，你已经输了。现在可以回答我刚才的三个问题了……"

江边愣了愣，似乎是在想什么事情，又似乎是断片儿了，过了一会儿，她歪着头咧着嘴，傻傻地笑了："认输，我认输，醉了，确实是醉了，头疼，胃里也难受。到底是年纪大了，二十来岁的时候，喝再多的酒也没有这么不舒服。刚才是什么问题来着？"

古浩既有几分开心，又隐隐担心。开心的是江边难得也有今天，和以前强势霸道的形象截然不同，现在的她有了几分柔弱和真实。担心的是，也不知道江边会不会酒后吐真言，说出什么乱七八糟的话来。

"第一个问题，你为什么非要挑拨我和盛晨的关系？"方山木在职场多年，见多识广，很清楚大多数人在喝醉之后逻辑思维都不如平时严谨，很容易在冲动之下说出真话。

盛晨双手紧握，紧张得喘不过气来，生怕江边说出让人尴尬的真相。江边不止一次强调，她怀疑方山木出轨，是基于大数据对所有男人的分析和判断，尤其是对方山木现有层次的男人进行梳理发现，虽然方山木在同龄中不算最出类拔萃的一类，但比他有钱的没他帅，比他帅的没他有钱，比他有钱又比他帅的，没他有内涵。总之，他是一个综合得分很高，方方面面都不是特别突出但方方面面却都很优秀的男人。

江边对方山木的形容，正合盛晨的想法。盛晨亲眼见到方山木从一个青涩的青年成长为沉稳、从容、举手投足都有男人魅力的中年，她再清楚不过在方山木身上有哪些优点会对和她审美相同的女人带来强烈而不可抗拒的吸引力。

当然，盛晨虽然信任江边，也愿意相信江边是站在同为女人的立场上，出发点是为她好，但她不敢保证江边在和她同病相怜为她着想的背后，会不会隐藏着不为人所知的其他心思。

盛晨很善良，善良到从来不会琢磨如何害人，但她的善良也带着锋芒，她不想被别人当成傻子一样愚弄。她咬了咬牙，虽然她也知道之前对方山木的过多要求，有时让她跟一个傻子也差不多，但也是方山木丝毫不肯让步而导致的。

盛晨朝江边投去了渴望的眼神。

江边已经醉眼蒙眬了,她没有注意到盛晨的担忧,大大咧咧地挥了挥手,哈哈一笑:"挑拨你们的夫妻关系?如果你们关系亲密无间,又没有一丝嫌隙,我怎么可能乘虚而入?要我说实话,方山木,你们夫妻关系本身就出现了问题,只是还没有爆发,我的出现只是个导火索。"

方山木低头不语,片刻之后:"第二个问题,你为什么非要管住古浩,以他狗改不了吃屎的尿性,直接放生了不是更好?"

古浩再次不满地冲方山木挥舞了几下拳头。

江边身子一晃,险些摔倒,幸好有古浩扶着,她顺势抱住了古浩的肩膀。比古浩还要高一些的她抱着古浩,像是大姐抱着小弟:"好歹也是原配,再换一个未必有现在的好,而且还要再有一个熟悉的过程,多麻烦?谁愿意以前走过的人生路再重走一次?女人结婚的理由是,就是他了。男人结婚的想法是,只能是她了……既然就是他了,不管他是好是坏,都得好好改造成让我满意的样子。"

方山木先不去判断江边的话几分真几分假,接着问:"第三个问题,你想和盛晨一起创业,真实想法是什么?你又不缺钱!"

"是,我是不缺钱,但不缺钱并不表明不爱钱,谁会嫌钱多扎手不是?是,我想和盛晨一起创业的初衷不是为了赚钱,是为了打造一个平台,成功了,就会吸引你们加入。对男人来说,有事业又有家庭,是多两全其美的事情,不是吗?你们男人四十岁后,精力都会放到事业上,我也理解男人想成就一番事业的雄心,往往女人承载不了你们的壮志,你们就会变心。如果我们女人既能带来家庭的温暖又能提供事业的天地,你们还会变心吗?你们巴不得天天跟在我们屁股后面,当我们的跟屁虫!"

方山木和古浩对视一眼,二人都没有说话,都从对方的眼神中看出了震惊和感慨。

江边依然说个不停:"别以为我们离开了你们就活不了,狗屁!离开了你们,我们会更潇洒更自由。可是我们不像你们男人那么绝情,不念及十几年的夫妻感情,说离家出走就离家出走,说离婚就离婚。既不考虑同床共枕了十几年的另一半有多伤心,也不去管孩子会受到多大的伤害。我们挽救婚姻,是不想一起走过的十几年岁月都变成痛苦和回忆,更是珍惜相知相恋的缘分,希望一辈子只守护一人。

"人生这么长,肯定会有坎也会有难,遇到了就想办法克服,而不是逃避。你们男人是大猪蹄子,想法幼稚像个孩子,不管是二十岁、四十岁还是到六十岁,都需要女人领导才不会走弯路。别觉得你们男人有什么了不起,没有女人,你们不知道会犯多少错误！我们女人比你们男人更包容更伟大，要求你们管教你们，是为了你们好。既然是孩子，就得当孩子一样批评、教育、引导。"

江边推开古浩，摇晃着身子走了几步，右手不停地挥舞："古浩是有这样那样的毛病，但我就是爱他，不想他被别的女人骗走。别的女人只是图他的钱，只要他没钱了，马上就会离开他，谁会像我一样给他钱，给他爱，给他家庭，给他一切？你们男人就是得了便宜又卖乖的熊孩子，以为社会是你媳妇，世界是你妈，都会照顾你迁就你爱护你，屁！在别的女人眼中，你们就是啃完就会扔掉的大猪蹄子！你们男人都不懂爱，不懂包容，就知道任性、要自由要空间，都给你们了，你们又觉得我们没有尽到妻子的责任，不关心不照顾你们，你们真难伺候！"

说到最后，江边脸涨得通红，双手挥舞，状若疯狂。古浩上前抱住了江边，连哄带劝："行了，好了，不闹了，我们回家，听话！"

江边用力推开古浩，手指古浩鼻子："古浩，如果真让我发现你在外面有人了，我会立马把你扫地出门，一秒钟都不会犹豫！我受够你了，又蠢又笨，又贪吃又好色，简直一无是处。也就是我还能忍受你，换别人谁会要你这样的烂人？"

古浩一脸尴尬，既无奈又心疼："是，是，只有在你面前，我才是宝贝。在别人面前，就是抹布。"

"哇……"江边忽然放声大哭，扑到了古浩的怀中，"我太难了，太累了，古浩，你能不能收收心，别再在外面乱来了？我们好好过日子不好吗？这么多年的夫妻了，我什么时候不让着你不端着你不抬着你？你就忍心真的让我一天天地担惊受怕？"

第二章　人生赢家的定义

江边哭得很伤心，一把鼻涕一把泪，哭得惊天动地，哭得声嘶力竭。

古浩抱住江边，再也忍不住哇哇大哭："江边，媳妇，咱们不哭了，好不好？我错了，我以前都错了。以后一定改，好好对你，好好顾家，再也不看别的小姑娘了，我保证！我发誓！"

盛晨拉住了方山木的手："瞧你干的好事，让人家两口子多难受。方山木，我恨死你了。"

有爱就有恨，爱恨本来就是纠缠在一起的孪生姐妹，方山木叹息一声，抱住了盛晨的肩膀："你说对了，这是好事，他们两口子的问题是一个过去压抑，一个过去霸道。现在江边更像一个受了委屈的小女人，会激发古浩的男人气概和保护欲，

267

进一步增进他们夫妻感情。"

夫妻之间，一强一弱，强者才会因为保护弱者而生发爱。势均力敌的话，就会各自安好，相敬如宾。

"什么话都让你说了，好坏全在你一张嘴，是吧？"盛晨既是埋怨又是心疼，"你说你非要拼酒，你现在又不是年轻小伙子，喝多了伤身，自己难受，没人管你，活该！"

方山木感觉气血翻腾，酒劲上涌，却还是嘴硬："我没事，我酒量比江边好多了。古浩，赶紧扶江边回去，多喝白水可以解酒。"

今天看似是闹局，其实经过这次短兵相接，方山木对江边多了几分认识，并且心中的芥蒂也少了许多。但要说完全原谅江边，也不可能。

"不用回去，我现在已经醒酒了。"江边止住了哭泣，摆了摆手，一脸不屑，"输给你太不应该了，我得扳回一局。来，方山木，是男人就别尿，继续。我就不信了，你会成为我的关卡！"

"不了，今天再喝，你会出事的。"方山木见好就收，喝酒太多会出人命的，他不是没有见过拼酒拼进医院的，"别急，来日方长，我们的较量又不是只在酒桌上，还有很多场合可以交手。今天的关卡，是我为你设置的第一关，以后的关卡，还有很多，你一个一个地过，过完了，通关了，你才能成为人生赢家。"

"人生赢家不是谁都可以当的……"门一响，一人不请自来，推开包间的门，款款来到方山木几个人的面前，"更何况关于人生赢家的定义也不一样，有人觉得衣食无忧就是人生赢家，有人认为事业有成家庭幸福才是人生赢家，还有人说人生赢家是样样出类拔萃处处先人一步事事比人优秀才算，方老师，按照你自己的标准，你算是人生赢家吗？"

方山木没回头就已经听出了来人是许问渠，许问渠不是连饭都快吃不起了，怎么还有钱来丽加消费？丽加可是人均千元起的高档餐厅。

等他看清许问渠身后还有一个人正是成芃芃时，顿时明白了什么。

"怎么是你？"江边眼睛一斜方山木，又看了一眼古浩，"你叫她来的？还是你？"

许问渠一脸不在意："江边，你想多了，我只是和芃芃过来吃饭，无意中听到了房间中传来了熟悉的声音，就过来看看。没想到，是家庭聚会，唐突了。"

说完，许问渠对方山木致以歉意一笑，转身要走。

"别价，既然遇上了，就别走了，凑一起才热闹不是？"成芃芃一副不嫌事大的坏笑，抱住了许问渠的胳膊，冲几个人依次挥了挥手，又冲方山木一吐舌头，"正好我好久没见到方叔了,和他一起吃个饭,谈谈最近的工作进展,方叔不会不欢迎吧?"

方山木真的是不想欢迎,今天的一局,是他和江边的初次交手,他刚刚小胜一次,成芃芃和许问渠的突然出现,让他想要再赢江边一次的愿望落空了。

盛晨和江边质疑的眼光,让他又决定留下成芃芃和许问渠,反正他和江边的较量,也不必急在一时。最主要的是,他想借许问渠和成芃芃,进一步分化盛晨和江边的关系。

"欢迎,坐。"方山木朝成芃芃使了一个眼色,成芃芃是何许人也,当即会意,坐在了方山木的右边。

方山木的左边,是盛晨。

盛晨微有不快:"既然是家庭聚会,外人进来确实不太合适。江边,你不是和丽加的老板熟?给她们再开一个房间,我来买单。"

"谢谢盛晨姐的好意,丽加的老板不就是吴喜欢吗?我发小,从小就是我的跟屁虫。后来上高中时还向我表白,被我臭骂了一顿,还打了他一个乌眼青就老实消停了。这么多年过去了,还一直惦记着我,这不非要请我过来,还说给我一张VVIP卡,每年可以免费消费十万块以内。"成芃芃掏出一张卡片在几个人面前晃了一晃,扬手扔在了方山木面前,"方叔想要,可以拿去当成无限关爱公司优秀员工的奖励,我是不稀罕的,我是缺一顿饭的人吗?我缺的是感觉。"

江边虽然喝醉了,却还是被成芃芃不可一世的气焰震惊了,她张大了嘴巴:"吴喜欢是你的发小?你居然认识吴大少?"

"我认识的人虽然不多,但肯定远超你的想象。你是京城人,我也是。"成芃芃注意到了桌子上的酒瓶以及古浩身上的污渍,打了一个大大的哈欠,"原来是在拼酒,多无聊的游戏,还不如吵架好玩。"

"好吧,就算你是真认识吴大少又能怎样?他会对你一往情深?别自恋了,他身边从来不缺美女。"江边对成芃芃极其不爽,一见到她就心里有气,"就我知道的,他交过的女朋友不下二十个。"

"那又怎样?反正是他喜欢我又不是我喜欢他,他有一百个女友和没有女友,对我来说都一样。"成芃芃嘻嘻一笑,"江边你是真不懂男人,有些男人看似花心,其实专心。有些男人看似专情,其实花得一塌糊涂。男人多情但长情,女人深情但绝情。"

许问渠坐在了成芃芃的身边,她双手插兜,轻轻一拢头发:"可能以江边姐的年纪,理解不了年青一代的爱情,尤其是90后的爱情。知道为什么90后男女中单身的那么多吗?每个单身的人心里面都深藏着一个不可能的人。"

"瞎说什么呢，吴大少又不是单身，他的女朋友换得比衣服还快。"江边讥笑一声，"别自我感觉良好了，在吴大少眼里，你不过是年少时的一缕轻烟，因为转眼飘散才被他纪念。如果你答应了他的求爱，你不过是他无数女友中的一个最不起眼的角色而已。"

"说得也有道理。"成芄芄也不生气，虽然她知道江边是有意气她，"话又说回来，我和吴喜欢如果真的成了男女朋友，谁说他不是我无数男友中的一个云备胎呢？彼此彼此，我是他情深似海的依赖，他是我早已过时的旧识。反正这不三不四的年纪，谁也不会只为谁而着迷……老大姐，你的想法和观念早就过时了，所以才会紧抱着陈旧的思想不放，当古浩是一个宝贝，非要把他攒在手中揣到兜里。以男人的德行，尤其是个别贱男人，你越在乎他，他越不当你一回事儿。"

古浩生气了，脖子一梗，就要发作，被方山木拦住了。

方山木先是不满地瞪了成芄芄一眼，告诫她闯进别人的聚会也就算了，还让人不舒服就不合情理了，然后长长地出了一口气："争论到此为止，说吧成芄芄，你有什么工作上的进展要和我说？"

"关于无限关爱的进展……不过现在不太方便，有外人在。"成芄芄虚晃一枪，又咯咯笑了，"倒是问渠有关于江边创业上的建议，江总，要不要听听？要不算了，你酒量不行，喝多了，也听不明白问渠的高见。"

江边现在恢复了五六分清醒，虽然还有醉意，但感觉上舒服了几分："说吧，别卖关子了，我听着呢。"

许问渠和成芄芄来丽加吃饭，是成芄芄受吴喜欢之邀，顺便捎带上了她。对于蹭饭的事情，她一向不会拒绝，何况丽加又是京城有名的高档餐厅。

来了之后，让许问渠感慨的不仅是餐厅的装修风格和菜品的昂贵，还有吴喜欢对成芄芄的殷勤以及成芄芄对吴喜欢的爱搭不理。男女之间，有时真的是若无相欠怎会遇见，吴喜欢人长得帅气，又有钱，喜欢他的姑娘肯定不少，但他在成芄芄面前的谨小慎微，可以明显看出他对成芄芄是真的在意和喜欢。

人和人之间的关系真的很微妙，每个人都有患得患失的人，每个人也都有心甘情愿的遗憾。成芄芄是吴喜欢辗转反侧的梦，也是他无怨无悔的青春。

第三章 不挑剔就是最大的挑剔

过年期间，许问渠天天和成芄芄在一起，接触越久越让她发现了成芄芄的问题比起其他几个人，有过之而无不及！原本以为成芃芃会是无限关爱有限责任最好过关的一个，她除了有一对逼她出国的父母之外，并没有什么烦心事，至少在感情上还处于空白期，而且三观也正。

但万万没想到，几天下来，许问渠对成芃芃的印象发生了一百八十度的扭转！现在在她眼中，成芃芃才是整个公司问题最大的一个！

当然，许问渠所说的问题是感情问题。对一个人来说，人生最主要的问题就两个，事业和家庭。成芃芃不缺事业，甚至说不需要事业一辈子也能衣食无忧，但正是因此，才造就了她对待感情问题上的挑剔和随意。

是的，既挑剔又随意，两者看似矛盾，其实统一。

所谓挑剔，就是很难遇到让她百分之百满意的，而所谓随意，就是心态随和，有介绍的可以见见，见了后没感觉，不继续发展。说不想找男友吧，也想。说想找吧，也不想。

不挑剔就是最大的挑剔，就像一个人在吃饭时不点菜，总是说随便一样，其实不是他吃什么都行，而是整个饭店都没有他爱吃的东西。

成芃芃对待感情问题也是类似的状态。

经历过一次失败感情的成芃芃现在对爱情像极了守株待兔的宋人，可以有，但最好对方是自投罗网，而且还要包她完全满意。成芃芃说过，一见钟情的，爱来得快也去得快，不长久。相亲认识的，目的性太强，容易失去神秘感和期待感。最好的状态就是先从普通朋友开始，不以恋爱为目的的工作式交往，慢慢地，发现对方的优点，接受对方的存在。再随着时间的推进，一点点地走进了对方的心里，等到发现时，为时已晚，一切都在润物细无声之中悄悄生长。

许问渠明白成芃芃想的是自然而然的恋爱，就像春天的雨水，夏天的阳光，一切都顺理成章，在该发生的时候就发生，顺从命运的安排。

但是……许问渠很清楚成芃芃所追求的爱情是可遇而不可求的绝恋，尤其是在这个快节奏的时代，哪里会有一个男人愿意默默地守候在她的身边，不主动不离开不示爱，只和她平淡如水地交往，默默期待突然花开的一刻。

真有这样耐心的男人，绝对不是未经世事的小男生，而是久经沧桑的老男人，而且还得是成功男人。只有这样的男人，才会有十足的耐心和信心采取滴水穿石的策略慢慢穿透成芃芃的芳心。

而在成芃芃所接触的男人之中，只有方山木一人有机会或者说有实力成为成芃芃守株待兔的那个人！许问渠虽然也看了出来，成芃芃对方山木并没有男女之情，只朋友之谊，但她的择偶观严重限制了她的选择空间，照此下来，她早晚会成为方山木的俘虏，不管是她有意还是方山木无意，反正他们正朝一个既定的目标坚定地前进。

可问题是，方山木还没有离婚！

许问渠虽然在国外多年，但对婚姻的态度十分认真。婚前可以自由，婚后必须忠诚。婚姻是约定也是约束，更是神圣的承诺。她在国外耳濡目染，受到了国外婚姻观念影响。因此她不希望成芃芃陷入方山木和盛晨的离婚纠葛中。如果方山木离婚成了单身，她会支持成芃芃的选择。

几天来的相处，许问渠对成芃芃由陌生到熟悉，再从熟悉到喜欢。成芃芃很有个性，有着京城大妞特有的爽朗和直接，对人对事，喜好和厌恶并不隐藏。看似成熟独立，但她本质上还是一个大孩子。她从小在优裕的家庭中长大，作为独生女，受到了父母无微不至的庇护。又因为长得漂亮、学习成绩好，事事处处受到夸奖和关注，但并没有因此养成骄傲和自满的性格，也是难得。

在京城久了，见识多，眼界也广，成芃芃自己说，她打小就没觉得自己多有钱，因为不管是班上同学还是身边朋友，比她有钱的比比皆是。她记得很清楚，初中时有一次去郊游，爸爸非要开宝马来接她，她还担心太张扬，结果好几个平常穿着不起眼不显山不露水的同学，前来接他们的家长开的都是保时捷、玛莎拉蒂、法拉利等豪车，她家的宝马跻身其中，灰头土脸，像是一个没有见过世面的乡巴佬。

更让成芃芃惊讶的一幕出现了，一个骑着自行车来接孩子的中年人，其貌不扬，穿着也极其普通，在一众豪车面前，简直土得掉渣。但当他推车路过的时候，不管多高贵的豪车都打开车门，家长下车，毕恭毕敬地向对方点头致意。

从此成芃芃就知道了一个道理，不管你多有钱，总有人比你有钱。哪怕你拥有几十栋大楼，你可能也会需要向一个骑自行车的人低头。

也正是这种低调谦虚的心态，成芃芃在成长的道路上，才比较顺利，没摔什么跟头。而她的那些自命不凡不知天高地厚的同学，有一些碰得头破血流，有一些则撞得鼻青脸肿。

成芃芃为人处世上的成熟圆滑却并没有影响到感情观。她那种日久生情，水到渠成的感情观，在许问渠看来几乎没有实现的可能。许问渠只怕在未来的日子里，成芃芃会先入为主地将方山木作为她的择偶标准，甚至是喜欢上方山木，她可不想让成芃芃背负第三者的骂名。

今天在外面听到包厢里的声音时，许问渠本想离开，成芃芃非要进来。其实以许问渠的性格，她才是更想进来的一个。她最喜欢和盛晨、江边辩论。但她不想成芃芃过多地出现在盛晨面前，因为方山木的原因，成芃芃对盛晨有太多莫名的敌意。她怕表现得过于明显，引起盛晨的怀疑，进一步推动盛晨和方山木离婚的步伐。

第四章　安全感

既然来了，就坦然应对好了，好在成芃芃方才的一番表现也没有太出格，许问渠心中稍微舒缓几分。

许问渠被成芃芃推到了台面上，不接招也不行，她环顾四周，立刻将场中的局势尽收眼底，心中就有了计较："其实我之前答应江姐的邀请，愿意加盟江姐的公司，并不是因为看好江姐公司的前景，而是想赚钱有口饭吃……"

江边脸色不善："现在有饭吃了，就说我坏话了？做人不能用人在先，不用人在后。许问渠，你太让我失望了。"

"对不起，我只对自己负责，没有责任也没有义务为了让你满意而让步，你失不失望是你的事情。"许问渠依然是极其自我的个性，"我是实话实说，江姐，你也别生气，我只是根据我的见识和对市场的判断来告诉你一个事实，你的咨询公司，并不具备成功的基本条件。"

"我有资金，有人脉，基本条件都有！"江边气势汹汹，刚刚在方山木面前吃了瘪，又被许问渠以高高在上的姿态指点，顿时又火大了，"你懂个屁？连饭都快吃不上的失败者，有什么资格在我面前指手画脚？"

"我就算穷得吃不上饭，在某些问题上也比你有高度有远见……"许问渠就是这么有自信，她淡淡地回应江边怒气冲冲的眼神，"有资金和人脉不见得就能成功，有些业务需要的是市场，不是垄断资源。就像互联网公司，有多少有资金有人脉的巨头进入之后，铩羽而归，就是因为不了解市场，不懂消费者心理。就像电影，每年都有黑马杀出，黑马往往是中小影视公司，说明了什么？说明在某些领域，眼光、格局和创意，远胜过资源和人脉。

"就以目前方老师创业的方向来说，就是完全市场化的策略。但江姐的咨询公司则不同，从一开始就定位为服务平台，而且服务对象以熟人为主，亲朋好友以及朋友的朋友，为朋友提供留学、移民等业务，表面上看很高大上，其实说白了还是一个中介公司，通俗点儿讲就是掮客。"许问渠下意识想起了杜图南，怔了片刻，

"之前我的前夫杜图南之所以能够成功，主要是他在澳大利亚有庞大的关系网，但江姐你没有。"

江边哼了一声："别以为就你在国外有资源，和你一样的海归，在京城多如牛毛，我早就找到了五六七八个。"

"好，我相信你的话，找几个和我一样的海归很简单。但就算你找到比我还要强一百倍的海归，也不会成功。原因很简单，你和盛晨，都不适合经商，太情绪化并且缺少理性和逻辑思维。经商是和人打交道的艺术，需要了解人性。而人性最主要的两个落脚点或者说人类最基本的两个需求就是婚姻和事业，也可以说婚姻是感性，事业是理性，完美地结合在一起，才是完整的和谐人生。但你和盛晨姐，婚姻一团糟，事业没建树，自己的人生都很失败的人，怎么可能去服务婚姻和事业都很成功的人？"

盛晨气得站了起来："我们的事情我们自己决定，轮不着你们说三道四！你们可以出去了！"她看向了方山木，"方山木，你是故意让她们两个过来羞辱我们的吧？"

江边趁机冷笑："肯定是，方山木阴险狡诈，肯定是他有意的安排。说吧方山木，明明是很简单很单纯的一次家庭聚会，你非要弄成斗嘴和炫耀大会，是不是觉得羞辱了我和盛晨，再炫耀了你的新欢，你就胜利了？肤浅！无耻！"

方山木也不生气，一脸认真地摇头："没有，真没有，她们是我的同事，不是新欢，别胡说八道。看，这就是你和盛晨最大的缺点，容易感情用事，凡事喜欢阴谋论，总认为别人都是坏人，时刻在算计你背叛你，敏感脆弱又自卑，还缺乏安全感。你是什么样的人，就会看到什么样的世界。"

"我才不自卑，我自信得很！"江边哈哈一笑，"在你们面前，我有什么可自卑的？不管是长相还是出身，再俗一点儿说，算上个人资产，我应该比你们有底气多了，哈哈。"

"是吗？"方山木拉长了声调，一脸轻蔑的笑容，"真正从心底自信的人，从来不计较得失，更不怕失去。越是在意失去，越想掌控一切的人，其实是内心极度缺乏自信，唯恐别人对她有半分背叛的表现。如果一个人足够相信自身的光芒和魅力，怕什么背叛在意什么失去？随便，我会吸引无数人来到我的身边，你离去是你眼瞎，是你的损失！"

方山木此话一出，许问渠眼露赞许之色，成苊苊暗笑，古浩连连点头，几个人都对方山木顺水推舟的智慧大为叹服。

许问渠几个人明白了方山木话里话外的意思，盛晨一时没有明白，也是她被自己的情绪带动，在生气。才要开口指责方山木几句时，发现了古浩几个人的眼神不太对，仔细一想顿时明白了什么，啊，方山木太坏了，在挖坑等她和江边跳。

正要制止江边时，却晚了一步，江边已经毫不犹豫地跳了进去。

"你说得太对了，方山木，我什么时候在意过背叛和失去？随便！爱谁谁，不理我没关系，我自己的光芒照耀我自己，我才不怕你们谁离开我！"江边并不知道方山木的话暗藏杀机，还扬扬得意地自我吹捧。

"你说的，江边，我可是信了。"方山木哈哈一笑，"如果你从现在起，不再挑拨我和盛晨的关系，不再约束古浩，一心教导女儿做好自己的事业，就是一个最自信最美丽的女人。一个人如果足够优秀足够自信，一是不会插手别人的家庭。二是不会防贼一样防着自己丈夫。"

"你……"江边才知道上了方山木的当，被方山木绕了进去，但偏偏方山木的话又无法反驳，也是她刚才话说得太快太满的缘故。

"算了，方叔，别为难江边了，她本来就既处理不好家庭事务，又开不好公司，何必和她浪费时间？"成芃芃趁机添油加醋，起身一拉方山木，"走了方叔，年过完了，该推广我们的APP了，我们要为所有家庭和事业不顺的人做一款人生成长指南。"

"放开他！"盛晨一把推开成芃芃，"你是他什么人，拉拉扯扯的，不像话。"

方山木退后一步，朝许问渠使了一个眼色，许问渠会意，拉过成芃芃，将她推到身后，说："江姐，自信不自信，不是嘴上说说，是要做出来的。谢谢你以前对我的信任，我最后给你提一个建议，仅供参考——如果你真想经营好家庭和公司，就将自信落到实处，不在背后说人坏话，不死乞白赖地挽留一个变心的人，你会变得更有魅力也更强大。"

江边不说话了，低头沉思。方山木的话虽然刺耳，但还是在她的心中大起涟漪。是呀，人的一生追求的是什么？无非婚姻幸福事业成功，两者缺一不可。缺事业，贫贱夫妻百事哀，没有物质条件的婚姻，就算二人再相爱，终究也是日子难过，难免会有嫌隙。缺感情，事业再成功，纵然家财万贯，身边人晚上同床异梦白天形同陌路，又有什么意思？

江边从小生活条件优裕，没有过物资贫乏的感受，一直对感情更渴望更在意。她小时候父母工作繁忙，顾不上照顾她，她在爷爷奶奶的身边长大。记忆中，童年时最多的场景是在梦中哭醒，醒来后，身边只有爷爷奶奶而没有爸爸妈妈。有时爸妈出差，一去一两个月不回，甚至还有半年多不见爸妈的时候。

童年时的父母之爱的缺失，让她的成长蒙上了一层阴影。尽管在少年时，爸妈的陪伴多了起来，但由于从小不在一起的缘故，她和爸妈关系不好，许多事情无法交流。爸妈由于多年经商，文化水平不高，脾气不好，对她缺少耐心。有时脾气上来，会狠狠地打骂她一顿。事后虽然会买来贵重的礼物安慰，但她还是在心里留下了不可磨灭的伤痕。

当初之所以选择古浩，对古浩爱得不得了，也是因为古浩身上和爸爸有某些相似之处，或许是为了弥补童年时的父爱缺失，她对古浩投入了超常的感情，同时也渴望得到加倍的回报。

第五章　每个人都是一个立方体

江边内心坚持的一些东西松动了，但又不甘心。她从小到大，想要得到什么，都是自己主动追求，不管是爸妈的疼爱还是心爱的玩具，甚至是和古浩的婚姻。她的性格就是如此，别人主动送来的，她不喜欢，她就喜欢自己争取来的一切。

或者正是因此，她才要努力抓住古浩，不让他离开自己半分。

为什么现在她不改变一下思路，用自己的魅力和光芒来吸引别人的关注和爱？

古浩知道方山木在为他争取自由和空间，机不可失时不再来，以江边的脾气，如果她沉默说明她在犹豫和思索，也说明她动摇了。

古浩咳嗽一声："都这么多年老夫老妻了，从陌生再熟悉，中间也经历了许多磨合。我是喜欢玩了一些，像个没有长大的孩子一样，但我也有责任心有使命感，也想做一番自己的事业出来。江边比我优秀，你应该这么想，就算我要离开你，也是我的损失是你的幸运。"

"好！"江边一咬牙，一拍桌子站了起来，"古浩、方山木，今天我就和你们打个赌，三年之约！三年内，如果我和盛晨的公司不如你们的无限关爱有限责任，我们就放生你们，随便你们去哪里，爱跟谁就跟谁。如果三年内你们的无限关爱不如我们的好景常在，对，我们的公司叫好景常在，我们就连公司带人收购了你们，同意不？"

"同意！"古浩第一个表态，还高高举起了右手，像是非常想要吸引老师注意的小学生。

太急切了！方山木暗骂一句，不说话，轻轻敲了两下桌子。

"作为无限关爱的大股东，我对约定中三年后的可能被收购，没有意见。"成芃芃知道方山木不说话，就是想让她出面，"但如果到时是无限关爱想要收购好景常在，你们也得同意，当然，包括公司和人。"

"可以，没问题。"江边有足够的信心在公司层面打败无限关爱，她对好景常在的前景非常看好，尽管许问渠泼了冷水，"既然我们都同意了条款，现在就签一个书面协议，省得中途有人反悔。"

"口头承诺就行了，签字……不好吧？一家人弄得这么生分干吗？"古浩苦着脸，假装为难，"江边，我对你有信心，不怕你反悔。"

"她是对你没信心，怕你中途跑掉。"成芃芃看出了古浩以退为进的伎俩，就配合他，"万一你到时摇身一变功成名就了，只想抛弃江边寻找全新的幸福，你让江边冲谁说理去？签，赶紧签。"

"你这一天天的，唯恐天下不乱。"古浩狠狠地瞪了成芃芃一眼，悄悄一笑，转过身去，右手在背后冲成芃芃竖了竖大拇指，"协议这东西，本来就是防君子不防小人的，好，我们就立一个君子协定。"

盛晨至此已经完全看清了形势，就是方山木有意无意的推动才造成了眼下的局面，说江边被逼迫也罢，一步步自愿上钩也行，反正在整个事件中，他是绝对的主导。不管是古浩还是后来出现的成芃芃、许问渠，都在顺着他的思路配合他演戏。

他就这么有人格魅力？他的团队和他配合得就这么默契？一瞬间盛晨忽然感慨方山木陌生而遥远，仿佛在迅速离她远去，只留下一个高大而模糊的背影，站在远处的山冈上，发出了冷峻而自信的笑。

每个人其实都是一个立方体，有六个面，往往越是熟悉，越是会忽略对方的其他两个面，只了解对方的四个面——丈夫、爸爸、父母的儿子和他人的朋友，也是由于方山木很少将工作带到家里的缘故，盛晨总是会忘记方山木另外的两个技能面——公司的高管和职场的精英！

身份属性面是一个人基本面，技能面才是他的生存面和拓展面，才是一个人与其他大部分人区别开来的关键面。盛晨眼中的方山木，是父母的好儿子，儿子的好爸爸，别人的好朋友，也曾经一度是她的好丈夫，直到她和他的矛盾激化之后。

现在盛晨亲眼见到了方山木运用娴熟的职场手腕，对人性的了解以及对团队的掌控，第一次感受到了震撼和冲击。她离方山木太近了，近到无法看清他的全貌。现在她终于明白，方山木早已不再是当年的青葱少年，他成长了许多，尽管在她面前有时还像个大孩子一样乱发脾气，但在外面，在职场上，在与人交往中，已经拥有了足够多的手段和自保能力,以及一身安身立命的本领!

也正是他的一身本领,才让她和儿子得以丰衣足食岁月静好。她约束他限制他,只当他是她的丈夫,却忘记了他是公司领导社会精英的另一重身份。

在十几年的相伴中,方山木确实走得过快过远,而她却落下了太多太久,以至于她还当方山木是过去的少年,实际上脱离了她丈夫的身份,他在社会上是许多人仰望的角色。那么毫无疑问,收购案失败导致的职业生涯的失利,是他平生的奇耻大辱。

而她却丝毫不以为意,并不体谅他在职场生涯中的惨败,还不依不饶地要求他按照她的规定向她时刻汇报行踪,是不是有些太不近人情,太不明事理了?

方山木尽管和她生气,甚至是冷战,但至少没有拿出他在职场上的一套手法来对付她,只在情感层面和她较劲,说明他还是一个有情有义的人,分得清是非轻重。盛晨不无后怕地想,如果方山木真的以对付江边的手段来对付她,她会连怎么死的都不知道。

这么一想,盛晨心中又多了几分暖意,当即自告奋勇:"我来草拟协议,等下打印出来。"

盛晨细心,很快就写出了一份协议,交给几个人过目。都没有异议后,打印出来,一式四份,由她和方山木、古浩和江边分别签字。

签字后还不算,江边非要捺手印,问了半天,饭店没有印泥。古浩连说算了,江边不依,趁着酒劲一口咬破手指,捺下了血红的痕迹。

吓得古浩脸都绿了,认识江边多年,知道江边强悍,但不知对她自己也如此强悍。江边自己咬破了手指还不算,非要逼着方山木也咬。盛晨不干了,替方山木开脱。

方山木哈哈大笑,朝成芃芃点了点头。成芃芃当即打开手包,拿出口红,涂在了一张纸上,方山木用力一捺,就沾满了红泥,然后捺在了协议书上。

"有口红不用非要咬破自己的手指,是不是有病?"方山木嘟囔一句,得意而嚣张,还故意朝古浩挤了挤眼,"今天是个值得庆祝的日子,古浩,要不要也喝一杯?"

"不行不行,我一杯倒。"古浩连连摆手,他从方山木促狭的目光中读出了不怀好意。

"古师傅您要是不喝,不仅是不给方叔面子,还不给我和问渠姐面子。"成芃芃顺势就下,举起一杯酒,"作为公司的股东,嗯,大股东,希望我们在以后的工作中可以通力合作。方叔一直强调你在公司有着不可替代的作用,说实话,要不是方叔挺您，古师傅您在公司根本就没有立足之地。不说我，就是胡盼、问渠姐还有江成子、杜图南他们，都有几分看不起您，您知道为什么吗？"

古浩在江边面前脸皮薄，当即怒道："我不需要他们看得起，我比他们有实力多了！"

"别说些没用的气话，既然在同一家公司，赢得别人的尊重也是本事。"成芇芇一口喝尽杯中酒，"除了您好色加窝囊之外，男人该有的技能都没有，比如开车，比如游泳，比如喝酒，好，开车就不提了，这把岁数了，也学不会了。游泳也无所谓，您这身材下水，也影响别人的游泳心情不是？但是，作为一个纯粹的男人，您连一口酒都喝不下去，您觉得您还配叫男人吗？"

"谁规定男人就一定会喝酒了？"古浩急眼了，跳了起来，"成芇芇你不要胡说八道，男人的魅力在于担当，而不是喝酒和开车。"

第六章　男人应该承担的一切

许问渠轻笑一声："说得好像你不喝酒就有担当一样，古老师，您知道您最大的毛病是什么吗？就是没有一个男人应有的当机立断，遇事犹豫不决，一口酒也要讲条件，真是让人看不起……"

"我……"古浩被逼得无路可退了，拿起酒杯一饮而尽，"喝就喝，谁怕谁？我不是不能喝酒，是不爱喝！如果说喝酒是男人魅力的一方面，我怕我一喝酒老方就会成为我的手下……"

成芇芇扑哧一声乐了："几个菜喝成这样？一杯酒就不知道自己是谁了，两杯酒你还不得上天？告诉你一个窍门，古师傅，以后江边再欺负你，你就猛喝两杯，酒壮怂人胆不是？"

"还有没有正事了？没大没小的，好歹我也是你叔……"古浩话说一半，身子一歪，一头栽倒，醉得不省人事了。

江边怒了，扶古浩到一边坐下，拿出一瓶白酒倒满一杯："成芇芇，来，今儿是我和你的场，你们谁也别插手，谁多嘴我跟谁急。今天我就跟你杠上了，我们不喝趴下一个，就没完！"

"怕你？"成芇芇一抹鼻子，脱了外套挽起袖子，斜了方山木几个人一眼，"你们也别帮腔，站边儿上看热闹就成，看我怎么收拾江阿姨。"

江边气得鼻子都歪了："小丫头片子，没大没小！"说完，先干了一杯，然后酒杯朝下，"滴酒不剩。"

"江边，别喝了，你喝多了。"方山木一推盛晨，盛晨会意，忙向前去劝江边，"等下次有机会你可以再和她比，现在比，你吃亏。"

"我不会让她吃亏的，我先自干一瓶。"成芃芃拿起酒瓶，正要一口气吹一瓶时，却被方山木悄悄拉住了。

一只手悄悄一指江边，低低的声音："急什么？不战而屈人之兵，才是兵道的最高境界……我数到三，一！二！"

"三"字还没有出口，江边眼睛一翻身子一倒，也醉倒了过去。

成芃芃放下酒瓶，拍了拍手，哈哈一笑："不过瘾，没意思，这么快就交待了？算了，就算赢她也是胜之不武，下次再战。"

最后还是方山木和盛晨善后，费了不少力气将古浩和江边送了回去。路上古小远还开心不已，她从未见过妈妈睡得这么踏实，没人管她，她兴奋得不得了。成芃芃和许问渠惹下麻烦，转身就溜了，气得方山木想踢她们两脚。

以为放下古浩和江边就可以离开，不料一到家二人就醒了。古浩还好，去冲了个澡，清醒了几分，江边却又哭又闹，大发酒疯。后来在古浩的劝说下，不发酒疯却呜呜地哭了起来，蜷曲在沙发上，以前的高贵形象荡然无存，孤独、无助并且可怜的样子，像一个什么都抓不住的小女孩。

"别看我从小生活条件特好，可是我一直没有安全感。我总是觉得自己就是卖火柴的小女孩，一个人走在冰天雪地的大街上，谁都不认识，光着脚，风像刀子一样刮着我的脸。没有一个人买我的火柴，我又舍不得划一根火柴取暖，因为火柴是我手中唯一的东西……

"古浩，别离开我好不好，你就是我手中的火柴……"依然在醉酒状态的江边抱着古浩哭得伤心欲绝。

古浩从未见过江边如此绝望如此伤心如此无助的时候，既惊怕又心疼，还有一丝得意和窃喜，他用力抱住江边，不停地说道："我不会离开你的，江边，我不会离开你，我保证！我不是你的火柴，我是你身后的影子，不管你走到哪里，我都和你形影不离。"

古小远冷不防插了一句："没有光的时候就没有影子，爸爸你骗妈妈，你一关灯就可以跑掉了。"

本来特别感人的氛围被古小远一句话彻底破坏了。

等安顿好了古浩和江边，方山木和盛晨一起回家。儿子和古小远玩得累了，一上车就睡下了，盛晨开车，一路上没怎么说话。

到了家里，盛晨摆出了长谈的姿态，想和方山木聊上一聊，方山木却没有兴致。他酒劲上来，想吐又吐不出来，实在难受。

其实以他的酒量，本不该如此，至少再来半斤也不至于难受。但今天不知道什么原因，也许是心情不佳，也许是有盛晨在发挥不好，总之，他感觉很不舒服。

喝多之后能够吐出来反倒是好事，但偏偏方山木的体质奇特，不管喝多少都不呕吐，只能自己硬扛硬消化，给身体带来沉重的消化负担。就和他的性格一样，不管在外面遇到多大的困难，都是自己背，不和盛晨说。

盛晨看出了方山木的难受，忙为他冲泡了蜂蜜水。水温正好，方山木一饮而尽，还是觉得肚子里面翻腾不止。每次呕吐之意到了嘴边，又会自动回去，让他哭笑不得。

盛晨有些心疼地说："以后别喝那么多酒了，最后难受的是自己。以前是不是为了业绩经常这么喝？"

方山木没说话，因为一股强烈的呕吐之意袭来，他迅速跑到卫生间，伏在马桶上，却只是干呕了几声。盛晨轻轻拍了拍他的后背，既怜惜又微有几分自责："山木，以前我是不是对你关怀不够？现在才知道为了这个家，你付出了太多。"

方山木摇了摇头："没什么，这都是男人应该承担的一切。男人不挑起家中的大梁，还要男人有什么用？"

"我……"盛晨想要为她从前的猜疑和挑剔道歉，话到嘴边却又不知道该如何说出口，如果就这样认输了，岂不是前功尽弃了？何况她还和江边一起与方山木、古浩签订了协议。

方山木察觉到了盛晨情绪上的波动，知道她所坚持的一切在动摇，他抓住了盛晨的手："盛晨，今天和江边接触下来，说实话，她本质上不是很坏，一个喝酒时挽袖子的女人，喝醉了痛哭流涕的女人，我相信她内心坏不到哪去。她平时的高高在上、苛刻和刁难，都是为了掩盖她内心的不安和自卑，是为了寻求安全感……只是很多人总是说自己是刀子嘴豆腐心，来为自己说话刻薄做事刁钻开脱，但为什么不转念想想，非要用刻薄和刁钻的态度来和别人交往。你事后即忘，别人却留下了伤害，并且耿耿于怀。"

"你也一向对人苛刻，你从来不觉得吗？"盛晨说的不是气话，确实也是方山木有喜欢轻视别人的毛病。向来自律的人都会严格要求别人，因为他认为可以坚持做到的事情，别人都可以做到，却不知道他的习惯超越了百分之九十以上的人的毅力。

方山木最听不得盛晨说他对别人苛刻，就像早睡早起是一件很简单的事情一样，为什么那么多人坚持不了？许多年轻人总以为自己还年轻，身体强壮，却不知道年轻时种下的因，到中年和老年必然要偿还痛苦的果。在年轻时被熬夜一点点损伤的身体机制，时候一到，就会一步步吞噬身体的健康。

　　正要反驳盛晨几句，忽然一阵翻江倒海的呕吐感涌了上来，方山木猛然张口，"哇"的一声吐了个天昏地暗。

　　记忆中，他在职场近二十年来，还是第一次吐酒。方山木感觉一阵恶心之后又舒畅的同时，忽然生发了感慨——岁月不饶人，他的身体机能和三十五岁之前的自己相比，开始有所下降了。吐酒是身体无法分解酒精的激烈反应，他忽然悲从中来！

第七章　相爱相杀

　　盛年不重来，一日难再晨……他和盛晨认识二十多年，人生中最宝贵最黄金的岁月，他们一起度过。虽然才刚刚步入中年，但就像走过了一生一样漫长，还经历过同学因意外去世，共同亲人病故的人生苦痛，他无法想象真的和盛晨离婚之后，他该如何料理自己的余生。

　　就算再爱上别人，再和另外一个女人一起生活，得需要多少的努力和磨合才能适应对方，达到只需要一个眼神一个肢体动作就知道对方需求的默契？人生看似丰富多彩，但在一些事情上其实并没有什么可以创新之处，爱情和婚姻，不外乎相识、相知、相恋、磨合、折磨、退让和默契的过程。

　　"好点儿没有？"盛晨用力拍打方山木的后背，又是怜惜又是责怪，"非要让江边难堪，看，自己也难受了吧？损人不利己，杀敌一千自伤八百，方山木，你是不是傻呀？"

　　"哎呀，你有白头发了……"盛晨埋怨完，忽然惊呼一声，"你别动，我去给你拿水，再拿镊子拔掉你的白头发。哎，你还不到四十岁，有白头发不好看。听说白头发不拔掉，会越来越多。"

　　方山木伏在马桶上，一动不动，心中五味杂陈。过了一会儿，听到盛晨细碎的脚步声传来，递来他最喜欢的保温杯，他接过后，也不试探，一口喝下。果然和往常一样，水温不烫不凉，正好。盛晨的细心，一如既往。

　　盛晨伏在了他的后背上，手指在后脑上滑动："哎呀，刚才还看到了几根白头发，怎么又看不到了？你有没有发现三十五岁后，眼神不如以前好了。都说四十岁是个坎，人过四十，眼睛就开始老花了，真的假的？我现在不敢想象到时我戴着老花镜的样子，太可怕了。"

方山木其实也发现他的视力不如以前了，他从小眼睛就好。但三十五岁后，明显觉得看东西费力。过了四十岁是不是会老花他不敢说，但有一点可以肯定的是，视力逐年下降是不争的事实。

岁月不饶人，人不服老不行，尽管方山木一再告诫自己他现在其实正当年，但也必须承认现在的他真的没有多少时间可以浪费了，也没有机会可以试错。

这么一想，方山木过往的豪情万丈全部化成了悲凉，人生有时艳阳高照，有时冰天雪地。

"哎哟……"后脑一疼，方山木一屁股坐到了地上，身后传来盛晨喜悦的声音。

"总算找到了，一共三根，全白了。"三根白发送到了方山木的眼前，长长的白发在并不明亮的灯光下格外刺眼，盛晨的手移动到了马桶上方，"扔了吧，留着多不好。"

"别！别扔！"方山木抓住了白发，"第一次得留个纪念，白发出现的一刻，说明我的青春一去不复返了。记得恋爱时，你最爱说的一句话是什么吗？白头偕老。当时觉得两个人一起到白头，是无比遥远的事情，没想到这么快就白头了。你说，如果我们现在分开，也算是没有违背当初的诺言了吧？"

"算，你白头了，我还没有。"盛晨停顿了一下，神色有几分黯然，"山木，你说这话是什么意思，是不是三年之约不作数了？"

方山木没有正面回答盛晨，起身来到盛晨身后，仔细地在她的头发上寻找，很快他就发现了一根白发，兴奋地拿过镊子帮盛晨拔了下来。

"你也有白头发了，我们也算是一起白头了。"方山木将白发递给盛晨，"你也保存下来当一个纪念吧，没记错的话，是我第一次找到你的白发。"

盛晨默默地收了起来："什么时候走？"

虽然还不到初五，但对方山木来说年已经算是过完了，他想了想："明天就去公司，开始着手接下来的工作。你呢？你真打算和江边一起创业？什么时候从蒙威的公司辞职？"

"其实，我还没有想好是继续工作还是和江边一起创业，我觉得我不太适合创业……"盛晨微有迟疑之意，"能不能晚几天再走？儿子刚刚适应你在家里的氛围，你一走，我怕会影响他的学习。"

"他已经是大孩子了，适应能力很强。主要也是我现在心里没底，公司不早些运营起来，不知道市场会是什么样子。"方山木也有几分不舍，但他知道不能被情绪影响，不管未来和盛晨的关系怎样，他必须有事业做保障。

"好吧，那你照顾好自己。"盛晨想起刚才方山木的呕吐，眼圈一红，手中的白发攥得更紧了，"你以后打算多长时间回来一趟？"

"不知道，看公司的事情多少。"方山木强忍内心的留恋和温情，转身就要离开卫生间，"不早了，睡吧。"

"山木！"盛晨再也克制不住内心感情的奔流，从背后抱住了方山木，嘤嘤地哭了起来，"我们闹成今天的样子，难道你没有一点儿悔改之心？你完全没有一丝错误吗？"

方山木身子一僵，站着不动，想回头却又忍住了："我哪里有错？你怀疑的是我的出轨，我没有，所以我完全没错。"

"你难道不明白，我们争执的起因是你对待我的态度和方法？你就不能为了我改变一下方式，让我分担你在事业上的困难和麻烦？"盛晨的声音软了下来，近乎哀求。

方山木心中一软，想要退让一步，但想了一想，一咬牙又顶住了："不是我不让你分担事业上的困难，而是你的关注点总是落在我和哪个女同事关系密切，和哪个女助理出差，是不是和哪个女性在什么隐蔽的地方单独谈事情，等等，我每次说的是事情本身，你在意的是事情的细枝末节……"

"怎么会是细枝末节呢？为什么你不知道避嫌，非要单独和异性在暧昧的、有情调的地方谈公事？谁信？"盛晨心中的柔情瞬间消失，火气升腾起来，"方山木，你是不是借工作之便，寻找一切可乘之机来猎艳？"

"自从你认识江边之后，就学会了疑神疑鬼和无理取闹！"方山木也是温情退却，他和盛晨之间的芥蒂未去，鸿沟还在，想要回到从前，依然很难，"为什么我从来不怀疑你和别的男人谈事就是为了勾引男人呢？"

"因为我比你正派，我从来没有出轨的想法，也不会背叛家庭！"盛晨振振有词。

"我也是！"方山木摔门而出。

半夜，方山木被噩梦惊醒，大汗淋漓。梦中，盛晨拿刀追砍他，状若疯狂，他狂奔了几公里依然摆脱不了盛晨的追赶。窗外夜色深沉，他却丝毫没有了睡意，夫妻一场，他们为什么会在一些鸡毛蒜皮的小事上如同仇人一样势不两立？

如果说全是江边的挑唆，也不是，江边说得也对，如果不是他们夫妻的感情出现了裂痕，别人也不可能乘虚而入。那么再后退一步，全是因为盛晨的原因才导致了目前的局面，似乎也说不过去，可是他究竟错在了哪里？

方山木翻出自己的几根白发，想了一想，打开窗户扔了出去。几根头发而已，何必当成宝贝一样珍惜？该来的会来，该抛弃的就要抛弃。

就算他有错，好吧，一点点错，盛晨还是没有明白一个道理，婚姻是一家无限关爱有限责任的公司，他对她的关爱可以无限，但要负的责任却是有限，不能混淆了关爱和责任的界限。盛晨认为婚姻是无限关爱无限责任的公司，她错了，即使是亲如夫妻，也要有各自的空间，也要给对方留出足够的界限。

寂静中，隐隐传来啜泣的声音。再仔细一听，居然是盛晨。盛晨原来也没睡，还在哭，方山木一时心软了，想要上楼去安慰一番。才迈开脚步又停下了，他怕说不了几句，又被盛晨怼了回来。

其实他是一个吃软不吃硬的人，盛晨偏偏要和他正面交锋。盛晨不是不了解他的性格，要的就是激怒他，就是让他不舒服。相爱相杀一点儿也不假，越是相爱的两个人，越知道对方的痛点，吵架的时候，越要刺痛对方才肯罢休。

次日一早，方山木吃过早饭，准备去车库时，儿子拎着行李送了过来。

第八章　大错小错

"老爸，老妈说让我替她送送你，她有事情要忙。"到了车库，儿子将行李放到车上，"昨晚我听到老妈哭了，你们有事情为什么不能好好说，非要拧着来。妈妈也是，明明可以委婉一些，偏偏要怎么刺激怎么让别人不舒服怎么来。虽然知道她心地善良，但再善良的刺猬也没有好朋友。"

方山木拍了拍儿子的肩膀："每个人都有自己的性格，想要完全改变也很难，我们要多体谅她。但体谅她，不代表我们无原则地迁就她，不对的地方，就要提出来。也不知道以她这样的性格，在外面的职场上能走多久。"

"老妈在职场不是这样子的，她就对我们刁难。在外面，她有职场女强人的范儿。"儿子嘻嘻一笑，随即神色又黯然了几分，"老爸，你们真要一直分居下去？如果真这样过三年的话，也太折磨人了。我可不想让你们为了我而勉强在一起，我想得很明白，你们就算分开，也永远是我的爸妈，这一点儿永远不会改变。"

"好儿子。"方山木眼睛湿润了，抱了抱儿子，"老爸会想想办法，尽快解决和你老妈的分歧。你要好好学习，不要早恋，知道不？"

"早恋个毛毛虫！"方向东鼻孔朝天哼了一声，"一个老妈就让我受够了，我还会再找一个姑奶奶供起来？我脑子还没坏掉。"

方山木哈哈一笑："回去告诉你妈，让她别生气了，我知道我也有错，但错得比她少一点儿。等我找个机会先向她认个小错，然后她再向我认个大错，我就会考虑原谅她。"

"你这样不行的，老爸，以我对老妈的了解，她觉得你是大错她是小错，你们还是在谁是大错谁是小错的问题上达成共识再说吧。"儿子一溜烟儿跑了，还冲方山木吐了吐舌头，做了个鬼脸，"虽然我在精神上支持你，但是惹老妈生气的事情我才不干，我可不想被她训上一整天。你要知道，老妈训人的本事简直就是大规模杀伤性武器。"

"小滑头！"方山木怜爱地笑了。

方山木先回到了301室，没人，成芇芇和许问渠都不在。房间中很乱，至少有两天没有打扫了，他不满地皱眉，才想起现在还在放假期间，找保洁都找不到，只好自己动手。

才扫一半，听到门响，他以为是成芇芇回来了，头也没抬："现在的姑娘都懒得出奇，在外面都光彩照人，收拾得特别干净，家里的卫生一塌糊涂，连落脚的地方都没有，骗得了别人骗不了自己，真是世风日下呀……"

"方叔一定不是在说我，我一向很勤快，特别喜欢打扫卫生。不过话又说回来，打扫卫生和世风日下并没有直接的关系，方叔太上纲上线了。实际上成芇芇不爱打扫卫生也不算什么多大的缺点，因为她连自己都不怎么打扫，出门都不带化妆的……"

"啊，胡盼，你怎么这么早就回来了？"听声音才知道是胡盼，方山木一抬头，见胡盼正拖着大包小包地进来，忙过去搭了一把手，"初八才上班，还有两天。"

"别提了，在家里待不下去了，一天天的，七大姑八大姨见面除了问挣多少钱就是问什么时候结婚，我又不是他们孩子，管那么多闲事也不怕累着？"胡盼一脸不满，鼓着腮帮子充分发泄她的不满，"还有一些不知道是什么亲戚的亲戚非要给我介绍对象，我说不要，还是自作主张领过来一个问我有没有相中……我去他大爷的，都快四十岁的一个中年油腻失败男人，也给我介绍，老娘我还没有沦落到要嫁大十几岁男人的地步！

"啊，方叔你别多心，我不是说你，我说是我们县城的四十岁的男人，长得跟退休三年的街头下象棋的老大爷一样，别说下手了，看一眼就没胃口了。你说人和人的差距怎么就这么大呢，同样是四十岁，方叔就风度翩翩人中龙凤春风得意，他怎么就老气横秋油腻猥琐？"

"行了，别拍马屁了，又涨不了工资。"方山木将拖把扔给胡盼，"既然你回来了，又是最勤快的一个，打扫卫生的光荣任务就交给你了。"

"好吧，我还不如挖坑埋了自己。"胡盼虽然不满，还是接过了拖把，才拖几下，门一响，成芃芃和许问渠回来了。

一见许问渠，胡盼的脸色顿时晴转多云，顺手将拖把扔给许问渠："白吃白住的回来了，来，干点儿活，至少可以让你住得更心安理得一些。"

许问渠将拖把扔给成芃芃，双手一摊："不好意思，我不会拖地。既然你回来了，我搬出去住就是了。"

"好哇好哇！"胡盼当即举双手欢迎，"芃芃你快同意，借宿总得有个时效不是，不能鸠占鹊巢对吧？"

胡盼满以为成芃芃会当即答应，不料成芃芃双手插兜歪头想了一想："问渠姐没有地方可去，就像当初收留你一样，我也不忍心她流落街头……这样，她以后住我的房间好了，我反正也不常住！"

"你变心了，芃芃！"胡盼凑到成芃芃面前，鼻子几乎碰到了她的鼻子，"你不喜欢我了吗？你移情别恋了吗？我恨你。"

许问渠事不关己一样坐到了沙发上，既不劝架，也不打扫卫生，却打开了电视。

好吧，三个女人一台戏，还好许问渠入戏不深，否则真得吵得鸡飞狗跳不可，方山木也坐回了沙发上，不插手成芃芃和胡盼塑料姐妹花的情谊如何较量如何收场。

成芃芃挺直了胸膛，高出了胡盼一截，她一侧身抱住了胡盼的脖子："经过几天的相处，我觉得问渠姐为人虽然自我一些，好吧，也很自私。但是她还是有不少优点，比如很自律，从来不越界。作息很规律，按时睡按时起。再比如遇事很冷静，轻易不发火，有着缜密的逻辑思维，可以时刻提醒我要冷静要理智，等等。有这样的一个朋友在身边，正好是有益的补充，而且还可以治疗你的冲动。"

"我不管，我不要，我反对。"胡盼拿过拖把一指许问渠，"你怎么不看看她的缺点？又懒又馋，在别人家里，没有客随主便的觉悟，不交房租也就算了，没眼色不作为，真当自己是姑奶奶了。"

许问渠对胡盼一连串的指责视而不见，拿起一个苹果扔给了成芃芃："芃芃，削下皮。现在的水果，一定要去皮再吃，农药残留太多。"

"许问渠，我在说你！"胡盼气呼呼地冲了过去，抢过许问渠的苹果扔到了地上，"以后没有我的允许，你不许碰家里的任何东西，听到没有？"

许问渠并不多看胡盼一眼，又拿起一个梨，自顾自削了起来。她手法娴熟，刀工极好，片刻之间就削得干干净净，并且梨皮连成一条，没有断开。

随后，她又连下三刀，将削好的梨分成四块，一人一块："胡盼，一开始我觉得江成子和你分手，就像你所说的一样确实是因为他不求上进只会打游戏，现在才发现，也有你的不少原因。一个巴掌拍不响，两个人的矛盾，没有只有一方的不是，是吧方老师？"

许问渠和别人不同，坚持称呼方山木为方老师。

方山木就知道许问渠会绕到他的身上，嘿嘿一笑，接过梨一口咬下："俗话说清官难断家务事，就是因为在家庭里面，两个人的事情没有绝对的对错，无非一方要求多而另一方不想付出那么多而已。婚姻是两个人相处的智慧，但往往两个人相处最难。我认识一个房地产老总庄老板，他有好几个情人，他的经验之谈是，在两个情人时最疲于应付，不是老大争宠，就是老二装病求安慰，弄得他鸡飞狗跳，左右为难。但等到第三个情人出现后，他就发现原来的问题全部不见了。"

"怎么会？"成芃芃连连摇头，"三个女人一台戏，不闹死他才怪。"

"不可能，女人善妒，怎么可能和平共处？方叔肯定在瞎说在骗人！"胡盼一脸怀疑。

"方老师没有骗人，他说的是真相，一个对女人来说很残酷的真相。"许问渠微微一想就明白了其中的道理，"刚才我们三个吵闹时，方老师在干什么？他在袖手旁观，他在隔岸观火！如果我们进一步打得不可开交，最后还不得求助方老师出面主持公道？所以，当女人一多，男人就不需要用心去哄其中任何一个，女人之间的矛盾足以保持一个微妙的平衡，他只需要在关键时候出面协调一下就足够了。"

方山木对许问渠的解释笑而不应，继续他的话题："后来他的情人上升到了六个，他笑称管理起来就非常简单了，她们之间有矛盾时，先让她们之间内耗解决，要么最后自己消化完事，要么没有消化完需要他出面时，也闹得差不多了，他只需要各打五十大板就能赢得所有人的敬重。"

第九章　不要再抱有幻想

"男人真无耻，女人真可怜，下辈子我也要当男人，哼。"成芃芃愤愤不平，又好奇地问，"后来呢？我不信他能一直这么得意下去，这些女人都是图他的钱，等他人老了钱没了，谁还会跟他？"

"你算是说对了，后来他破产了，又得了一身病，六个情人一哄而散，一个比一个跑得快。最后只有他的第一任妻子回到他的身边照顾他，陪伴他走过了人生最后的时光。"方山木想起当年亲历的一个故事，忽然感慨一声，"如果庄老板的人生可以重来，他还会抛弃原配和六个女人混在一起吗？你们说他的人生经历加到故事线里面，好不好玩？"

"不好玩！"成芃芃、胡盼和许问渠三个难得地齐声反对。

"为什么？"方山木愕然。

"封建社会的一夫多妻的糟粕，没有女性玩家会喜欢。"成芃芃第一个给出了反对的理由。

胡盼第二个："都7102年了，还玩什么一男多女这种极端腐朽堕落的剧情，方叔，作为一个对婚姻忠诚爱情专一的情感专家，您思想中偶然迸发的火花让人不寒而栗，怀疑您是有人格分裂。"

许问渠就比成芃芃、胡盼理性多了："先不说会引起女性玩家的抵制和反感，就说这样的故事线本身也没有什么社会意义，既起不到引导作用，又很难让人从中吸取教训。因为对于大多数人来说，既做不到庄老板一样的成功，又不可能拥有六个情人……这完全是粗俗低端的意淫小说的桥段。"

"好吧，你们赢了，我错了，我放弃。"方山木高举双手投降，"现在是你们的时代，总有一天，世界会再回归母系社会。"

"别扯没用的，方叔，是不是你们男人骨子里都有坐拥几个情人的梦想？"成芃芃掩嘴一笑，"我还曾经一度怀疑我爸在外面有人，跟踪了一段时间后发现他是背着我妈去偷打麻将，被我骂了一顿老实了。"

方山木打了个大大的哈欠："世界上的女人有百媚千红，男人也有形形色色各种，不能一概而论。睡吧，天不早了，既然都来了，明天一早就开始正式上班。"

"啊！"成芃芃几个人齐声反对，"不行！不同意！"

反对无效，次日一早，在方山木的催促下，几个人还是无奈地起来，收拾一番就去上班了。方山木的一辆车正好全部装下。

他们打扫了卫生，清洁了房间，中午时分，让几个人没有想到的是，古浩也来了。

"意不意外？惊不惊喜？"古浩还抱着一大堆礼物，虽然只是一些糖果和坚果，但礼多人不怪，他的热情还是赢得了几个人的好感。

就连一向对他不假颜色的胡盼也勉强对他笑了一笑："可以呀古师傅，过年长了一岁，有进步，不但更懂事更有眼色，还大方了。说吧，是不是和江边的较量又取得了阶段性胜利？"

还真让胡盼猜对了，聚会事件对江边的影响不小，就像方山木多少改变了几分对江边的观感一样，江边对方山木的印象也有了一些改观，再加上当时签订的协议，她主动提出古浩想要上班随时可以去。

古浩也在家里待烦了，当即就跑了过来。

打扫卫生收拾房间古浩是一把好手，在他的带领下，几个人又重新整理了一遍房间，比起刚才算得上焕然一新了。

一行几个人正准备出去吃饭时，外面传来了说话的声音。

"方叔在吗？"

方山木推开窗户一看，不由得惊住了，外面站着两个人，赫然正是江成子和杜图南。

怪了，今天难得都提前聚集到了一起，他大为开心，说明人心凝聚起来了，公司未来可期，当即决定聚餐。

古浩罕见地大手一挥："今天我请客，每人一百五十块的标准，比你们方叔高三倍。"

下午，方山木召开会议，布置了工作。会议结束后，他特意留下了杜图南和许问渠。

原以为杜图南在见到许问渠的一刻会震惊会失态，不料他只是淡淡地冲许问渠点头一笑，并没有任何过激的反应，就让方山木暗暗佩服杜图南的镇静。

虽然他只比江成子和胡盼大了几岁，感觉上杜图南和许问渠比江成子和胡盼大了十几岁有余。

杜图南知道方山木想问什么，主动开口："方哥是惊讶我为什么见到问渠不慌张不震惊吧？过年时我就知道她要来公司了，不瞒你，是胡盼和我说的。"

"胡盼？"如果说杜图南提前知道了消息才不惊讶的话也说得过去，可是胡盼事先并不知道许问渠会加盟公司，只微微一想方山木就明白了什么，"是成苨苨告诉胡盼的？"

"不是。"杜图南含蓄地笑了，"方哥还是不够了解苨苨，她虽然和胡盼是闺密，并且在有些事情上和你有分歧，但只要你决定的事情她就算勉强同意，也会全力支持，她是一个公私分明的人。是古浩告诉了胡盼。"

"古浩?"方山木一时陷入了思索之中,古浩和胡盼有私下的联系也正常,尽管他们表面上水火不容,但毕竟也是同事,偶尔交流一下工作上的事情,也在情理之中,但为什么古浩会暗中告诉胡盼许问渠的事情,多少有些让他有几分猜测。

"方哥也不用多想,我想多半是古浩也不想问渠加入,就偷偷告诉了胡盼,想借胡盼的手阻止问渠。结果胡盼也足够聪明,并没有强烈反对。她表面上大大咧咧,有时还很冲动,但实际上她是一个女张飞,粗中有细。"杜图南看了许问渠一眼,眼神炙热而真诚,"我本人举双手欢迎问渠加盟无限关爱,她很有才,也有思想,会对公司起到关键的推动作用。但我希望她能和古浩配合工作,而不是和成芃芃或胡盼。"

许问渠不说话,只静静聆听,仿佛方山木和杜图南在讨论别人一样。她眼神疏落而漠然,不时在方山木办公室的盆栽上停留。

方山木的办公室多了几盆盆景,有秋海棠、君子兰,还有好养的吊兰。

方山木不对杜图南的想法发表看法:"你继续说。"

"胡盼在告诉我问渠要来公司时,特意强调了一句,说是你的决定,是你想让问渠成为我的关卡,在她之后你就是要帮助我打通关了。我明白她的意思,是暗示我以后的日子不太好过。她错了,错就错在她以她和江成子的感情来对应我和问渠的感情。是,我是和问渠离婚了,但是冲动型离婚,不是伤到对方遍体鳞伤无可挽回式的分手。她和江成子的感情幼稚而经不起风吹草动,我和问渠的感情成熟而不怕大风大浪。离婚,不是因为风浪太大而沉没,而是因为对航向的分歧导致了触礁。只要我们重新确定航向,达成了一致,就随时可以再次起航。我和问渠之间不存在关卡,也不需要外人的帮助,我们可以自己解决……"

"够了,杜图南,够了,别说了。"许问渠摆了摆手,微有不耐,"我们的事情已经过去了,你不要再对我抱有幻想。现在我们只是同事关系,以后我们只谈工作不谈感情,OK?"

"好,听你的。"杜图南毫不失望也不生气,淡淡一笑,"我建议问渠和古浩配合工作,是因为他们可以起到互补的作用,古浩别看油头粉面、油腔滑调,他身上有许多值得问渠学习的世故和学问。世事洞明皆学问,人情练达即文章,问渠的性格适合做办公室工作,不适合和人打交道。如果非要和人接触,古浩就是她最好的老师。"

"为什么不是成芃芃或者胡盼呢?"许问渠淡淡地看了杜图南一眼,在她眼中,杜图南就和一个路人没有区别,没有在她的眼中激起任何波澜。

"她们对你都有敌意，或多或少，你的性格太直了，很容易误伤许多人。女性天生比男性敏感，你又过于冷静和理智，没有办法和她们成为朋友。"杜图南见他的一番苦心没有收到任何回应，心中微凉，暗叹一声，"我就是以同事的身份提醒你一下，你觉得多余，不听就算了，当我没说。"

第十章 成为大师的基本功

方山木看出了杜图南的失落和难受，等许问渠离开后，他推开了窗户，让冷空气吹进来，才说："图南，你太急躁了，想要和问渠修复关系，不是一天两天的工夫，需要慢慢来，要徐徐图之。她现在对你有明显的设防，你还是以她前夫的身份和她对话，但她却想和你保持足够的安全距离。知道她为什么要对你这么防范并且疏远吗？"

杜图南是当局者迷，关心则乱，连连摇头。

"因为你对她还有感情。你和成芃芃、胡盼说话，会紧张会每一句话都琢磨半天吗？肯定不会，你在她们面前没有私心杂念，只想就事论事。但在许问渠面前，容易被代入到你和她有过婚姻的情绪之中。"方山木循循善诱的语气像是给学生上课的教授，"图南，等你什么时候在许问渠面前不再有任何感觉，只当她是一个普通的同事时，你才有可能再次赢得她的好感。现在的状态……显然不行！"

"我做不到！"杜图南双手抓头，用力拉扯，"我还深爱着她，希望和她复合。"

"怎么复合？在她不同意生孩子和抱养孩子的前提之下复合，不是又回到了从前？"方山木拍了拍杜图南的肩膀，"别再折磨自己了，放下过去的包袱，向前看。也许有一天，你会遇到比许问渠更适合你的人。"

"方哥，你劝起我来头头是道，在你和嫂子的问题上，为什么同样是一筹莫展？"杜图南想起方山木的麻烦一点儿也不比他少，情绪高涨了几分，"事情在别人身上，总是觉得可以轻松面对。落到自己身上，就不一样了，嘿嘿。我有点儿怀疑一件事情，如果有一天我又遇到了更喜欢的姑娘，会不会真的能彻底放下许问渠？"

"能，肯定能。"方山木斩钉截铁地一笑，"很多时候，我们不是怕失去，而是担心失去之后再也遇不到更好的了。如果有，你就不会伤心不会难过了。比如你的旧手机坏了，但马上有人送你一部最新款，你失去旧手机的沮丧心情就会很快过去。"

杜图南愣了片刻，摇头笑了："不对不对，对一个人的留恋是因为感情，东西不一样，东西本来就是要喜新厌旧的。我问你方哥，如果你遇到了更好的女人，你还会纠结和嫂子现在的状态吗？是不是会很快离婚？"

方山木一怔，说实话，他虽然和盛晨冷战很久，但还真没有想过如果现在遇到了更好的，会不会立马和盛晨离婚而开始一段全新的人生！

不会！方山木只想了片刻就有了明确的答案，他做不到在没有完全放下盛晨之前去爱上另外的人，所以他不会遇到更好的女人。所谓的更好的女人，是说走进他的心里是适合他的女人，而不是任何比盛晨更好的女人。

"我能保证的是，在和盛晨离婚之前，不会爱上别人。"方山木长出了一口气，像是为自己打气，又像是立下誓言，"对婚姻忠诚对家庭负责，是一个男人的标配。"

杜图南半晌没有说话，久久的沉默之后，他站了起来，长叹一声："一个男人要经历多少次的百转千回才能化蛹为蝶展翅高飞？方哥，你说如果我按照你的方法，先变成普通朋友，再慢慢预热，到最后和问渠还有复合的可能吗？"

方山木点了点头，又摇了摇头："你和她之间的矛盾虽然单一，但想要解决却很困难。除非她自己想开了想通了，否则你们的复合之路，路漫漫其修远矣……但也不是完全没有可能，问渠是很自我也很个性，但她毕竟是一个女人，需要关怀和照顾。女人有时再坚强再独立，她也比男人软弱。"

"明白了，谢谢方哥指点，我知道该怎么做了。"杜图南激动地冲方山木鞠躬，兴奋地出去了。

方山木望着他离去的背影，意味深长地笑了："我什么都没说，鬼知道你知道什么了。反正最后你们复合成功了，你觉得是我指点的功劳。复合失败，就是你自己没有充分领会我的意图……唉，真不好意思，原来说话含糊其辞是成为大师的基本功。

"霍大师一类的江湖骗子就算了，我要成为真正的两性情感大师，为世界上所有被感情困扰被婚姻折磨的男女打造一款爱情婚姻家庭的成长游戏，才能体现无限关爱有限责任公司的社会价值。"方山木站在窗前，望着窗外萧瑟的冬天，春节过了，立春了，春天的脚步不远了。

等春暖花开的时候，就是无限关爱有限责任公司大展宏图之际。

一段时间以来，方山木一直重复着三点一线的生活——公司、301室和家里，基本上他保持着非常有规律的节奏，周一到周六，白天全在公司，晚上回301室，周日一早回家，待到晚上再回301室。

在有限的大半天的居家时间里，方山木和盛晨交流无限关爱公司的进展，以及了解盛晨的工作状况和江边公司的进度，同时关注同学会的情况。

江边的好景常在注册时遇到了一些小麻烦，可能要推迟到五六月份才能正式启动，盛晨还在犹豫到底要不要和江边一起创业。反倒是蒙威听到消息后，鼓励盛晨去创业，可以更好地展示才华，迎来更广阔的天地。

方山木的态度也由以前的模棱两可变得鲜明起来，他也支持盛晨加盟好景常在。受到了方山木的鼓励和认可，盛晨也不再左右为难，只等好景常在一成立就加入进去。

每次回家，平安和喜乐都对方山木无比留恋，后来方山木在征得了胡盼和许问渠的同意后，索性将平安和喜乐带来了301室。至于古浩和成芃芃，他直接忽略了二人的感受。

原本胡盼不同意在年后继续让许问渠住宿，成芃芃好说歹说才说服胡盼收留许问渠，并保证许问渠一找到住处就搬走，在成芃芃又许诺让胡盼使用她的饭卡以及化妆品后，胡盼才假装勉为其难地答应了。

三室的房子，方山木一间，古浩一间，胡盼就只能和许问渠一间了。好在成芃芃留宿的时候少了许多，胡盼也能接受两人一室的现状。当然，成芃芃不定时会心血来潮住在301室，她们就得三人一个房间了。

古浩平常也住在301室，和方山木一样，也是一周回去一趟，拿一些换洗衣服回去，再焕然一新地回来，被胡盼嘲笑他和方山木确实是生活半不能自理的老男孩。

方山木才不理会胡盼的嘲笑，古浩还非要和她据理力争一番，想要和她争论一个高低胜负出来，结果惹得成芃芃和许问渠都加入了战团，站在女人的立场上对古浩口诛笔伐，古浩怎么会是三个女人的对手？大败而归，还埋怨方山木见死不救，关键时候不挺身而出帮他解围。

方山木的回答是，男人和女人斗气也好争论也罢，大多数情况下是自取其辱，女人是家庭辩论的最佳辩手和最终获胜者。

同学会的举行，比方山木预计中晚了两个月有余，主要是郑远东将业务重心转移到京城时，出现了小小的意外，导致他来京城的时间推后了两个月。由于他是发起人，他不来京城，同学会就举办不起来。

京城的春天短暂而迅速，粉黄的向阳花刚开过不久，樱花、桃花就次第开放，仿佛就是转眼间的工夫，大街上的柳树、杨树已经郁郁葱葱，重现了勃勃生机，方山木也脱下了厚厚的冬装，换上了他最喜爱的深褐色的风衣。

只不过风衣才穿了没几天，温度就攀升到了二十摄氏度，他又换上了单衣。

办公室的窗外，不再是萧瑟一片，而是花红柳绿，在明媚的阳光的照耀下，万物生光辉。

尽管方山木也喜欢南方的四季常青，但他还是觉得一年四季分明，更有利于心情的转化、情绪的锻炼和境界的提升，毕竟在时光流转中，才能感受到人生的流逝以及岁月不待人的紧迫。

几个月来，无限关爱各项业务进展顺利，经过无数次的开会讨论以及争辩，成长游戏的第一个支线故事基本成型，随时可以推向市场了。

支线故事的原型还是取材于胡盼和江成子的故事，当然，有所加工和改变，但总体来说还是以二人的感情经历为主要参考，并且添加了至少五种全新的故事走向。

故事走向的设计，也充分听取了胡盼和江成子的意见。

尽管方山木并没有成功地帮胡盼和江成子化解恩怨重归于好，但二人的关系比以前也有所进步，不再是紧张的对立，而是可以和平共处了。但二人都一再强调，他们不可能再回到从前，只能保持正常的同事关系，不再互相视对方为仇人。

第十一章　三个版本，三种人生

成芃芃微有沮丧。

她觉得方山木试图调解胡盼和江成子的意图彻底失败，二人并没有过关，只不过是绕道而行，没有真正解决过去的遗留问题。因为谁都看了出来，胡盼和江成子之间的客气和疏远，有一种刻意和表演在内，并不是正常的坦然面对。

方山木却不这么认为，他很乐观，认定至少是取得了阶段性胜利。他有足够的耐心让胡盼和江成子在放下成见之后，再慢慢融化内心的坚冰。两座冰山的相遇，要么一起碰撞得粉身碎骨，要么一起融化为涓涓细流。

至少胡盼和江成子在他的努力下，没有碰撞在一起，那么融化需要的只是时间。

就如他和盛晨一样，胡盼和江成子之间的矛盾是日积月累的结果，积攒的时间越久，化解的时间越长，因为积攒下来的都是日常的矛盾和分歧，解决起来，也需要从点滴做起。

胡盼和江成子最终同意以他们的故事为原型开发一条支线，就是了不起的胜利。原本一开始二人都反对，胡盼是不想让她和江成子的故事成为人人皆知的笑话，江成子是觉得他和胡盼的故事乏善可陈，没有新意和吸引力。

经过方山木的一番说服，从引导游戏玩家树立正确的人生观、恋爱观大的方面引导，再到通过对他们爱情故事的修改、设计和提升，也可以让他们对过去有所反思对未来有所启迪，最终二人架不住方山木苦口婆心式的教导和语重心长的诱导，都点头同意了。

主要也是方山木告诉胡盼和江成子，他们的故事只是五条主要支线中的一种，他会以所有人的感情经历为原型，开发出来五条支线，每条支线都是一个独立的故事，既是支线，又是主线，可以提供给不同的玩家不同的人生感受。

也是胡盼和江成子听说五条支线中还包括方山木和盛晨的爱情故事，他们就释然了，要丢人一起丢，连方叔都为了事业连脸都不要了，都豁出去了，他们这么年轻，有什么好怕的？

方山木对胡盼和江成子的"大家一起倒霉就不叫倒霉"的心理嗤之以鼻，但也没有说什么，他近来的心思全在五条支线上面。

五条支线是方山木早就酝酿的方案，他和盛晨、古浩和江边，两条支线代表的是70后男女的爱情事业观。杜图南和许问渠的支线，是80后男女的爱情事业观。胡盼和江成子，以及成芃芃，代表的是90后的爱情事业观。

虽然五条支线中，成芃芃的爱情故事似乎最为单薄，没什么可挖掘的过去，但越是如此，越有改编的空间。落到现实中，成芃芃以后的爱情经历，也许会是几个人中最刻骨铭心、荡气回肠的一个。

当然，五条支线，只是以几个人的真实经历为基础，会有很大幅度的改编和提升，以胡盼和江成子为例，在已经设计定型的故事线中，二人最初的相识相知保持不变，依然是大学同学，但在毕业后，故事走向却分出了三个版本。

第一个版本依然是二人原有的人生轨迹——毕业后一起留在了京城，由于江成子的懒惰和不思进取，二人被房东扫地出门，流落大街时，大吵一架，然后分手。此后，二人分开一段时间，又在同一家公司意外重逢。

重逢后，二人先是依然对对方充满敌意，慢慢地在工作中重新建立信任，并且由于二人在许多事情上的看法一致，而且由于江成子点燃了事业心，在工作中发现了乐趣，不再像以前一样只知道打游戏宅在家里，胡盼再一次爱上了他。

二人结婚后，在事业上继续同步，不久，江成子从公司辞职，自己创业，并且获得了成功。胡盼也辞职，帮助江成子将公司做大做强。在发展壮大的过程中，二人在公司未来的方向上发生了分歧，随着分歧越来越严重，二人的婚姻也走向了尽头。

第二个版本是二人大学一毕业就分手了，但同时留在了京城。后来由于事业上的交集，又遇到了一起，然后重新爱上了对方。结婚后，二人的日子过得很艰难。后来胡盼独自创业成功，想让江成子帮她，江成子却既没有本事又放不下面子，还总是嫌弃她在外面的时间太多而不顾家，二人由争吵上升到冷战，最终婚姻解体。

第三个版本是二人大学毕业后就结婚了，婚后不久，胡盼怀孕，辞职回家，江成子一人工作。后来江成子辞职创业成功，生意越做越大，开始夜不归宿。胡盼一人在家带孩子，孤单寂寞空虚，几次请求江成子多将心思放在她们母女身上，江成子理也不理，伤心失望之下，胡盼提出了离婚。

离婚后，胡盼痛定思痛，决定带着孩子创业。她心灵手巧，喜欢钻研，对精密仪器特别喜爱，她先是改进了冰箱轴承的工艺，然后又成立了一家冰箱轴承厂，所生产的冰箱轴承深受日韩厂商的青睐。有几家日本厂家提出想要收购她的厂子，她都拒绝了。后来江成子的生意失败公司破产，胡盼收购了江成子的公司，并且原谅了江成子的过去。江成子痛改前非，甘愿充当胡盼的副手，一心辅佐胡盼。二人相亲相爱，事业和家庭幸福圆满。

三个版本并不全是方山木的杰作，方山木只是第一个版本的设计者，并且在他的故事结局中，胡盼和江成子的婚姻一直稳定，并没有离婚。但胡盼和江成子却坚决反对圆满的结局，在他们的坚持下，方山木最终还是修改了结局。

第二个版本是江成子的设想，他对自己在第二个版本中既无能又窝囊的形象毫不在意，反正在他看来，随便怎么编排，他还是他，不是游戏中的江成子，更不用说在游戏中人物的名字也不叫江成子。

江成子的想法很简单，不管在游戏中是什么样的人生版本，都是虚拟的，影响不到他的现实生活，不管怎样，他都不可能再爱上胡盼，更不可能和她结婚。游戏里面的情节，只是工作需要。

胡盼也是同样的想法，不过她对故事的走向基本满意，因为不管哪一个版本，她都修改了结尾，尤其是第三个版本，完全就是出自她的设想。尽管江成子对胡盼每次都要修改为对她有利的结尾视之为大女子主义，她依然乐此不疲，觉得在游戏故事里面虐待了江成子，也算是出了一口恶气。

虽然才初步成型一个故事线，按照成芃芃的想法，最好等有了两个故事线时再推向市场，方山木不同意，非要尽快推出，因为他发现开公司烧钱的速度太快了，简直让他喘不过气来。

资金压力是一方面，另一方面方山木隐隐听到风声，市场上似乎有同类产品正在开发，他要抢先一步占领市场，不能起个大早赶个晚集。作为创意型的APP，他不想落后于同行，他要做第一个吃螃蟹的人。

就连古浩也反对过早推向市场。

但所有人的反对都没用，方山木用尽一切办法说服众人出名要趁早，必须抢先打开市场，要让玩家先入为主，对成长游戏APP有一个是同类产品中第一个推向市场的印象。众人都知道方山木的固执和独断，虽然都认为贸然推出市场可能收不到太好的效果，但还是同意了方山木的决定。

最后一致同意，成长游戏APP正式推向市场的时间是五月一日，劳动节。

同学会的时间也确定了下来，4月1日，愚人节。方山木知道郑远东定这么一个日子绝对不是开玩笑，也不是想愚弄人。他们这些70后几乎不过愚人节，好多人对洋节日免疫。

眼见离同学会不到一周时间了，下班时，方山木正在收拾东西，想和古浩几个人一起回301室时，手机响了。

一看来电显示，方山木心中一跳，哎呀，居然忘了这事了，他忙接听了电话："小照，你好，不好意思，年后一直忙到现在，忘了和你碰面的事情了。"

原本说完年后要见上一面，方山木事情一多，就抛到了脑后。后来孙小照还发过微信问起此事，方山木答复说很快就能定下时间，没想到，又忘得一干二净。

是不是说明他是一个心胸宽广的人，很容易忘掉别人对他的伤害？方山木自嘲加自我安慰，对于花团科技收购案中的猫儿腻和内幕，他不是不想弄个明白，而是相比之下，他更愿意将主要精力和时间用在创业上。

孙小照有一个很好的习惯，她不像同龄的女孩一样喜欢用微信打来语音通话，而是直接电话联系。在方山木看来直接电话的通话效果会好过微信，并且容易听到，由此可见，她是一个细心并且周到的女孩。

第十二章　放下别人，放过自己

"方总，我已经在安小宴订好了位子，今晚六点半，雅七房间，不见不散。"孙小照说话非常干脆利落，不给方山木思考和拒绝的时间，当即挂断了电话。

有个性！方山木听出了孙小照话里话外的不满，嘿嘿一笑，冲外面喊了一声：

"古浩，晚上跟我去参加个饭局。"

"我也要去。"话音刚落，成芃芃推门进来，一脸兴奋，"今晚我有空，可以商务陪同。"

方山木脸一拉："今晚是私人饭局，不是商务，你去陪胡盼和许问渠吧。"

"有情况……"成芃芃敏锐地察觉到了方山木情绪的变化，背着手围着方山木转了一圈，嘻嘻一笑，"是跟哪个女孩子约会吧？"

"去去去，别捣乱。"方山木被她故弄玄虚的样子逗乐了，"约什么会？约会我会叫上古浩一起？我是要去谈正事。"

古浩推门进来，先是一愣，随即目光落在成芃芃身上，又笑了："怎么着这是，晚上的饭局也有她？"

"没她。"方山木收拾好东西，从成芃芃身边路过，拍了拍她的肩膀，"别闹了，好好想想第二个故事线是以谁的经历为原型，尽量在三个月之内完成，半年之内完善，好在成长游戏推出之后尽快补充进去。以后要陆续补充故事线，成长游戏才能更好地推广，才能不断地保持活力并且吸引新玩家加入，日活和月流水至关重要，明白吗？"

"明白！"成芃芃夸张地拉长了声调，还假模假样地敬了一个礼，转身出去了。

出门后，她没有回自己的办公室，而是来到外面的工位，拉住了胡盼嘀咕了一会儿什么。许问渠过来问她要不要一起回去，她说还有事情要忙，许问渠就一个人走了。

杜图南见机会来临，赶紧上前一步："问渠，我送你回家，正好有一个故事线想和你聊聊。"

许问渠却是一脸疏落的表情："不了，我累了，回去后想早点儿睡下。"

"问渠姐……"江成子突然凑了过来，一脸浅笑，"晚上要不要一起吃饭？我有一个关于成长游戏的创意想和你聊聊，唉，放眼整个无限关爱，也就你有足够的境界与高度和我匹配，和他们完全没有办法沟通。"

其实以许问渠的个性，她压根儿就不吃江成子如此浅薄的拍马屁的一套，但今天不知何故，也许是为了让杜图南死心，也许就是为了故意气气杜图南，她只迟疑了一下就答应了："好哇，反正我下班后也没事，聊聊工作也挺好的。"

杜图南抓耳挠腮，急得一把将江成子拉到一边儿，压低了声音："江成子，我警告你不要打许问渠的主意，她是我的人！"

近来一段时间，杜图南明显察觉到了江成子对许问渠的好感。江成子总是有意无意地接近许问渠，问东问西，假装聊工作上的事情，实际上是在试图赢取许问渠的关注。同为男人，他岂能猜不到江成子掩饰在表面之下的真实目的？

毫无疑问，江成子喜欢上了许问渠！

好在许问渠对江成子的接近始终是若即若离的态度，不迎合不拒绝，就当他是再普通不过的正常同事。杜图南了解许问渠的性子，他也看了出来许问渠对江成子并没有超过普通同事的好感，也就没有放在心上。

却没想到，今天许问渠当着他的面答应了江成子的邀请，他就气血翻腾醋意翻滚，再也按捺不住了。

"切，什么你的人，别自我感觉良好了。"江成子一脸讥笑地推开杜图南，"我什么时候对别人说过胡盼是我的人？分手就是分手了，别再揪着过去不放，杜哥，放下问渠姐，放过自己，你才能过关。"

在无限关爱久了，受方山木的影响，现在每个人都会将感情和事业上的困难说成关卡。

杜图南气得挥舞了几下拳头，还想再争辩几句，忽然想起了方山木的话："你们的复合之路，路漫漫其修远兮……"

不能着急，不能着急，不能着急！杜图南在心里默念三遍，努力挤出一丝笑容："小江，你说得对，受教了。"

江成子以为杜图南会发火，不想杜图南竟然转变得如此之快，他只好摇了摇头："知道就好……杜哥，成长游戏的第二个故事线，就以你和问渠姐的经历为原型好了，其中一个版本的故事走向我都想好了，你和问渠姐离婚后，在一家公司意外重逢，问渠姐喜欢上了她的同事江成子，你也喜欢上了江成子的前女友胡盼，最后所有人都幸福地生活在了一起……"

"滚！"杜图南被气笑了，"生编乱造，完全不符合常识，就是你的臆想。从现在起，你别和我说话，我烦你。"

"真没度量。"江成子不以为然地笑了笑，转身和许问渠走了。

杜图南心思一动，想找胡盼聊上几句，他不能坐等江成子对许问渠的追求，也许可以从胡盼身上寻求突破口，不料胡盼和成芃芃已经不见了人影。

再看方山木的办公室，也是空空如也，偌大的公司只剩下了他一个人，他忽然有一种物是人非的悲凉，双手抱头蹲在地上，压抑地哭了起来。

没有人知道一个男人的痛哭是因为什么，是委屈是不甘，是不被理解，还是被生活的重担压垮？不管是哪一种，有泪不轻弹的男人纵情一哭，肯定会无数个伤心的理由。

男人不像女人，可以肆意地纵情一哭。在哭之前，他会首先想到不能在外人面前流露软弱的一面。其次还会考虑到亲人的感受，他不能让至亲的家人怀疑他的能力，还不想让朋友和同事笑话他的无能为力。对男人来说，天大的困难和压力，都得默默地扛在肩上，哪怕再吃力再难受，也得负重前行。

也不知哭了多久，杜图南猛然站了起来，他擦干眼泪，洗了一把脸，努力对着镜子中的自己笑了笑："他说风雨中这点儿痛算什么，擦干泪，不要怕，至少我们还有梦……"

轻轻哼着《水手》，杜图南走出公司，一个人来到了音乐餐厅，坐在离舞台最近的一个座位上，要了一杯啤酒，慢慢地喝了起来。

"杜图南最近好像有点儿不太对劲。"快到安小宴时，古浩突然想到了什么，"他是不是想和许问渠复合？我看他总是有事没事地朝许问渠身边凑，许问渠对他不冷不热的。我最看不惯这种男人了，舔狗！当初离婚是你主动提出来的，现在后悔了又想跟人复婚，怎么这么没出息呢？还有就是，杜图南怎么也不想想，就算复婚了又能怎样，还不是又回到了从前，他想要孩子，许问渠不想，既然原则性的矛盾没有解决，除非他原则性让步，否则还是没戏。"

见方山木埋头走路，没有理他，他紧赶慢赶几步，追上了方山木："我说老方，你对这事到底是什么看法？还有为什么非要走路过来，快两公里了，要走二十多分钟，多累人，打个车又花不了几个钱。是，你是想锻炼身体，不是为了省钱，我明白，别瞪我，我就是那么随口一说。"

方山木坚持步行去吃饭，确实是出于健身的需求。创业以来，他以前保持的跑步习惯丢下了，体重有所反弹不说，感觉体力还有所下降。必须继续保持良好的作息和日常锻炼，否则身体机能的下降会严重影响到工作的状态。

人到中年，人生下半场拼的就是身体和毅力了。所以只要是距离不超过两公里的路程，他一般都是步行。

杜图南对许问渠的态度，方山木一直心知肚明，古浩说得对，他其实并不赞成杜图南现在没有原则地追求许问渠，他们之间的根本性分歧没有解决，复合也没有意义。可惜，杜图南似乎又重燃了对许问渠的爱火，陷入了狂热之中。

两个人之间的感情，就怕一方过于热烈而另一方过于冷静，感情是两个人的事情，必须有回应才能长久。就像他现在不急于和盛晨寻求修复关系一样，在找到解决方法之前，双方需要的是智慧和耐心。

许多事情，欲速则不达。只不过现在杜图南陷入了情绪之中，再加上江成子的突然杀入，他更是有了紧迫感，才导致他在许问渠眼中接连失分。

本来二人最后的离婚已经消耗了不少感情，许问渠现在对杜图南应该还有抵触情绪，只不过她表现得很克制罢了。女人对一个人有抵触情绪就会有防范心理，就会想要疏远他。杜图南现在最应该做的就是做好自己，让自己重新焕发男人的魅力和光芒。

第十三章　到底是谁伤害了谁

一时想了许多，方山木忽然笑了："老古，你有没有发现一个现象，我们在分析别人的问题时不但头头是道，往往还一针见血，特别深刻，但一旦落到自己的事情上，就很难理性地判断对错，是什么原因呢？"

"这问题问的，太没水平，当局者迷旁观者清呗。"古浩一抬头，看到安小宴已经到了，"到现在你还没有告诉我要和谁吃饭，你太不地道了，是想给我一个惊喜还是惊吓……"

说话间已经进了安小宴，主营杭帮菜的安小宴装修风格也颇有江南韵味，方山木来到雅七，推门进去，古浩只看了一眼，顿时就惊呆了。

"孙、孙小照？"古浩顿时冷汗都下来了，恶狠狠地瞪了方山木一眼，"我就知道你闷葫芦不出声肯定没好事，果然是惊吓，你是故意让我难堪吧？告诉你老方，今天这事，我跟你没完。"

孙小照一袭长裙，长发散开，飘逸在身后，她长身而立，身材修长而凹凸有致，粉嫩的脸蛋上面一双大而有神的眼睛，是一个一等一的美女。

和古浩的惊慌失措相比，孙小照倒是无比镇静自若，她淡淡一笑，一对酒窝如昙花一现："古总见到我怎么就是惊吓了？我又不害人，更不会算计人。好久不见，古总又瘦了几分。好事，说明还是创业历练人。"

"嘿嘿，呵呵，不是创业的原因，是搬出来住，吃饭没规律才瘦了。主要也是外面的饭菜不如家里的合口……"古浩尴尬地一笑，他自诩脸皮很厚，在许多人面前都可以应付自如，唯独面对孙小照时全无自信。主要也是以前他调戏过的小女生，从未有一人像孙小照一样对他胸口致命一刀，让他血溅当场。

方山木注意到了古浩的窘迫，拍了拍他的肩膀，得意地一笑："还有羞耻感，说明你还不是一个坏到骨子里的恶人，还有挽救的可能。"

古浩气得翻了翻白眼，抓住了方山木的胳膊，假装要走："你别拉我，我走，我要和你绝交。"

方山木顺势一抓古浩的胳膊，给他一个台阶，按他坐在了座位上："行了，别骄傲了，来都来了，买了单再走。"

孙小照默然微笑，看着二人的表现。等方山木落座之后，她才坐下，将菜单推到了方山木跟前："我已经按照方总的口味点了几个菜，看方总还有什么特别想吃了，再加几个。"

方山木摆了摆手，孙小照当他助理多年，非常了解他的习惯，点的菜绝对符合他的需求。他假装客气地将菜单推给古浩："你要不要点两个菜？"

"要，肯定要。"古浩气呼呼地接过菜单，"再加两个最贵的菜，反正你请客，让你大出血。"

方山木看了出来，古浩是借点菜来为自己化解尴尬，他确实在孙小照面前极不自然，如坐针毡、如芒在背。不过他能坚持不走，也算是心理素质强大了不少。

安小宴上菜很快，不多时菜品就上齐了，孙小照晃动了几下红酒杯，高高举起，白如美玉的胳膊在灯光下闪烁诱人的光泽："敬方总！"

古浩想要举杯，又收了回去，目光偷偷瞄了瞄孙小照，确信孙小照脸色如常，并且手机放在显眼的地方，没有打开录音也没有录像，才安心不少。

人哪，真是不能做坏事，一次做坏事，十年会心虚，古浩又暗中擦了一把冷汗，心中不无疑惑地想，他以前脸皮挺厚的，就算是撩不到的姑娘，再见面也不会觉得难堪，怎么会见到孙小照会觉得心里有愧？

这不对，不符合他的人设，肯定是哪里出现了差错，古浩平常不敢喝酒，今天为了壮胆，也喝了一大口。

孙小照的目光如清风拂面，轻轻扫过古浩的脸庞："古总是不是觉得奇怪，为什么当时我会把我们的聊天记录发到管理群里面？"

古浩没想到孙小照如此直截了当，当即面红过耳，连连摆手："过去的事情了，不提也罢，不提，不提了。"

"不，该提的还是要提。毕竟背后涉及了许多的人和事，有许多秘密，别说方总了，就连你也不知道。"孙小照的笑容有几分勉强和无奈，"你是不是觉得我平常和你微信聊天，回复得很少很慢，但一见面，还是聊得很好，谈笑风生，让你感觉离你很近，不像微信上离你那么遥远？"

"对，对，太对了。"古浩连连点头，许多记忆一瞬间复苏了，"我也奇怪为什么你会给人这么大的反差,说你性子冷淡吧,现实生活也是一个挺开朗挺大方的姑娘。说你为人热情吧,微信上聊天,经常半天不回一句,回上一句就又会消失半天,让人捉摸不定……你到底是什么样的性格呢?"

方山木意味深长地笑了,放下酒杯,夹了一口菜:"古浩,告诉你一个真相,残酷的真相。遇到如小照一样的姑娘,见面时和你聊得很好,转身在微信上对你爱搭不理,你记住了,这一类型的姑娘是见过世面有眼界有境界的姑娘,你对她来说只是可有可无的人脉,她对你来说却是患得患失的梦想,所以你们的付出和诉求不对等,注定你会失败会被折磨……"

"还是方总懂我。"孙小照微微低头,脸上的光彩不再,眼神中多了忧郁,"其实不瞒你们,每个女孩的处世方法都是她的伪装,不管是开朗还是内向,柔弱还是女汉子,都是她的保护色。女人天生比男人缺少安全感,所以女人会想方设法地制造安全感将自己包裹起来。方总说得没错,如我一样的女孩,确实见多识广,见识了形形色色的人物,不管多有权势多有地位的男人,都很难让我动心,所以我与人交往,有足够的克制力和分寸感,既不让人认为我轻浮,也不会让人感觉我冷漠,但是……"

孙小照又举起了酒杯,朝方山木和古浩示意,不等二人回应,自顾自一饮而尽,又倒了一杯:"但是,再有眼界再有境界的女孩终究是女孩,也会为情所困,在表面上的伪装背后,也有一颗疲惫的心。"

古浩才品过味儿来,暗暗自责不应该,以他察言观色的能力,要不是在孙小照面前过于尴尬,他早就应该察觉到孙小照的情绪不对:"怎么了这是?听上怎么像是失恋了?"

"何止失恋,对她来说,失恋的打击不至于让她这么萎靡不振。"方山木打量孙小照几眼,她依然光彩照人,依然夺人眼球,只是神色之间多了些许忧郁之色,有一丝郁郁寡欢的愁绪,"说吧小照,到底出什么事情了?我就不用说了,不是外人,古浩虽然以前对你有过想法,但现在不敢了。如果你真有什么解决不了的困难,让他帮帮你,也算是弥补他当年对你的伤害。"

"我……你真行,老方,坑队友没商量!"古浩差点儿没被方山木气死,他当年是撩拨了孙小照,但不算是伤害吧?顶多算是骚扰。孙小照反手一个举报就让他丢了工作不说,还声名狼藉,到底是谁伤害了谁?

方山木才不理会古浩的内心戏和委屈,他递过一张纸巾:"从年龄上算,我和古浩都可以当你叔叔了,你想哭就哭,不会笑话你。"

孙小照接过纸巾，眼泪瞬间奔涌而出，她伏在桌子上嘤嘤地哭了起来。

方山木没有劝她，只是默默地打开手机，播放了一首歌："多少次我们无醉不欢，咒骂人生太短，唏嘘相见恨晚，让女人把妆哭花了，也不管……"

"噗……"孙小照又笑了，赌气似的扔了纸巾，"不擦了，反正今天也没有化妆。就算化妆了，哭花了也不用人管。"

有一次方山木和公司一帮人陪同客户去唱歌，酒后的他借着酒兴，高歌了一曲《山丘》，赢得了满堂喝彩。有人问他是不是在怀念什么人，喜欢李宗盛的歌的人，都是有故事的人。方山木辩解说没有，他和盛晨都是在对方最灿烂的年纪走进了对方的心里，最刻骨铭心的爱情升华成了婚姻，从此再也没有爱上过别人。

方山木唱的是一种情绪一种感慨，在众人的起哄声中，不管他怎么解释都没用，都想逼他说出到底在怀念哪个错过的姑娘，孙小照就及时出面帮方山木解围，说方山木多半是唱给她听，因为她一直喜欢李宗盛，经常在他面前哼唱，久而久之，他就会唱了。

众人不信，孙小照就高歌了一首《爱的代价》，她唱得很投入很情真意切，仿佛真是在回应方山木刚才的《山丘》。众人信了，都以为方山木和孙小照关系密切，超出了一般的同事关系。只有方山木清楚，孙小照的《爱的代价》不是唱给他听，是另有其人。到底是谁，他当时也不得而知。

第十四章　男人愿意追求和尝试的空间

事后，方山木并没有追问此事，孙小照也默契地没有提起。职场上的逢场作戏以及真真假假，以方山木的老辣和孙小照的聪明，二人都心照不宣，知道只是为了工作。工作之余，二人基本上没有任何私下接触。

也就是唱歌事件后，方山木猜到了孙小照心里有人。但对外孙小照一直自称单身，并且对许多同龄人的追求不拒不迎，很淡然地面对每一个追求者，既不拒于人千里之外，又不热情主动，始终保持着孤芳但不自赏的姿态。

孙小照在公司被人戏称为雪莲，既高高在上，神圣不可侵犯，又不像月亮一样可望而不可即，努力一把也许还可以采得雪莲归。但通往雪莲之路崎岖且漫长，中间还有许多凶险地段，很多人都说采摘雪莲要付出的成本和代价太昂贵，只远远欣赏就足够了，犯不着非要得到。别说费了九牛二虎之力还有可能失败，就算得到了，比起付出的一切，也不划算。

现在的男人都现实了许多，不像以前可以疯狂地爱一个姑娘，现在都会计算沉没成本和时间成本。你是月亮，男人绝对只是欣赏而不付诸行动，因为他很清楚追不到。你是触手可及的鲜花，他也不会伸手采摘，因为太容易而没有成就感。你是天山雪莲，大多数男人也会望而却步，因为付出和收获不成比例。

只有近在咫尺和远在天涯之间的距离，才是男人最愿意追求也甘愿尝试的空间。

古浩看出了方山木和孙小照之间的互动和默契，轻笑一声："一天天的，小秘密还挺多。行，你们可以当我不存在，请继续你们共同的回忆。"

孙小照擦了一把眼泪，转动手中酒杯："古总，如果你去看电影，发现电影不好看，你会怎么选择？是强忍着看完，好对得起自己的票钱，还是果断地离开？"

"考我？"古浩得意地哈哈一笑，"生活中，处处有沉没成本的陷阱，对我来说，是走是留，有两个因素来决定：第一，如果是我自己看电影，我会果断离开。第二，如果我陪同别人看，别人觉得好看，我也会陪她看完。"

"应该还有第三个……"方山木故意捉弄古浩，"你自己看电影，发现旁边有一个美女，电影再难看，你也会坚持到底。"

"老方！"古浩顿时恼羞成怒，声音提高了八度，"你太不了解我了，如果旁边是美女，而且还是一个人，我会搭讪。搭讪失败的话，就离开。我才不会干坐两个小时陪一个和自己没有任何交集可能的美女，哪怕她美若天仙和我又有何干？"

"实用主义者，给你点赞。"方山木祭出古浩是为了缓和气氛，他所猜不错的话，孙小照应该是遇到了感情上的困扰。本来他约孙小照吃饭是想从侧面了解花团科技收购案背后的真相，不想一上来就被孙小照打乱了节奏，以孙小照的聪明和分寸度，她的失控说明她遇到了天大的难题。

"小照，没听说你有男友，怎么就突然失恋了呢？"方山木又递过去一张纸巾，"在你现在的年纪，很容易陷入感情上的误区，还会陷在沉没成本里面左右为难，说吧，到底遇到了什么让你一个人无法面对的烦心事儿？"

"我从公司离职了。"孙小照接过纸巾，眼泪又涌了出来，她也不擦，任由两条泪痕沿脸颊流淌，她咬了咬嘴唇，"三天前刚办理了离职手续。"

古浩无比震惊："不是听说你要升到总监了，有望成为公司有史以来最年轻的总监，怎么就离职了？你们这些90后年轻人，真让人看不明白，工作不积极，恋爱没动力，创业没勇气，只想宅家里，太丧了。"

"不了解我们90后就别瞎说，古总，你的想法只是你的个人偏见。"孙小照不轻不重地敲打了一下古浩,"我离职是我个人的事情,不代表所有90后。"

"好吧,你年轻你有理,说吧,为什么要离职?"古浩悄然朝方山木使了一个眼色,见方山木也是一脸惊讶,知道方山木和他一样也是才知道孙小照辞职之事,不由得心中平衡了几分。

"因为周道!"孙小照近乎咬牙切齿地说,眼神愤怒而绝望,"他就是一个地道的渣男!"

"啪!"古浩的筷子掉在了桌子上,他张大了嘴巴,"不、不是吧?周道和你是不是有什么不可告人的故事?"

方山木也听出了孙小照话里话外隐藏的丰富的信息,他也是震惊得不知所以,不是吧,孙小照一直以单身自居,背后居然会是周道的……情人?他有几分不敢相信:"周道为人还不错,至少和我共事的期间内,不管是公事还是私事,都基本上能够做到公平公正,公司上下对他也很敬重,他怎么会出轨了你?"

方山木问得直接,孙小照回答得也干脆:"他不是出轨,他和我是正常的恋爱关系,他是单身!我从来不会插足别人的家庭,原则问题不能突破。"

"单身?"古浩拍着桌子大笑,"今年最好笑的笑话,孙小照,我给你满分。如果周道是单身,我就是纯情少年了。"

"他确实是单身,没开玩笑,他和杨湄的婚姻早就结束了,他们离婚都三年多了。"孙小照喝了一大口酒,神情既有痛苦又有欢愉,"也正是他的隐式离婚,才让我不知不觉地被他吸引,等发现时已经不能自拔了。"

"离婚了还假装在一起,橱窗婚姻哪?"古浩的下巴都快掉到地上了,"我认识他这么多年,居然不知道他早就离婚了,怪不得他一直不肯带杨湄出来,原来背后有事。周道也太能隐藏了,简直就是影帝。他和杨湄的婚姻,算是第六种类型的婚姻了吧?"

方山木点头表示赞同:"以前我们常说的五种类型的婚姻,现在已经不适应时代的发展需要了,要多增加三种以上的婚姻类型才行。"

婚姻的五种常见类型是习惯冲突型、失去活力型、消极迎合型、充满活力型和整体型。

曾几何时,方山木和盛晨的婚姻是充满活力型,而现在反倒退化成了失去活力型。还好,还没有完全变成消极迎合型。

在方山木看来,古浩和江边的婚姻属于习惯冲突型,虽然表面上江边强势而霸道,呵斥古浩而古浩不敢还嘴,但实际上古浩一直在暗中反抗,二人的冲突不在表面，却在背后，他认为还是应该归类为冲突型婚姻。

周道的婚姻就不算以上五类中的之一了，他的婚姻已经解体，却还在表面上维持，而杨湄也配合他，显然双方还有共同的利益需要婚姻的假象来维持，就像是展示在橱窗中供人参观的模特儿，所以称之为橱窗婚姻。

不过现在不是讨论新型夫妻关系的时候，方山木冲孙小照点了点头："差不多可以猜到你和他故事的开始了，你是一个原则性极强的人，不插足别人的婚姻是你的底线，不能突破，所以你在和周道的交往中，没有设防，因为他是已婚男人。你从来没有想过要和他发生什么，再加上他是上级，你也就对他没有设防。当然，也和他为人正派有关，换了古浩，你也会敬而远之……"

"你行不行啊？每次我都是垫脚石对吧？"古浩哭笑不得。

方山木没理他，继续说："在日常的接触中，你慢慢地被他吸引，对他有了好感，但你还会一再地告诉和提醒自己，你对他的好感和喜欢，只是同事之间正常的感觉，而不是男女之情，你对他从来没有过丝毫越界的想法。你被自己催眠，被自己带偏了节奏，哪怕你真正发现喜欢他之后，你也会否认，坚持认为自己对他只是好感和崇拜。"

孙小照不胜酒力，有几分醉意上来，她冲方山木竖起了大拇指："方总风采不减当年，依然有公司最负盛名的情圣风范。"

第十五章　情圣方山木

"等等，他什么时候是公司的情圣了？我和他共事多年，从来不知道他还有这项技能？"古浩不服气，"要说情圣，也只能是我，他的火候还差了不少。"

"你还情圣？别逼我说脏话！"孙小照讥笑一声，"方总，您继续，我想听您的分析。"

"等你越来越深陷在周道的个人魅力之中无法自拔时，突然有一天他告诉你，他其实单身，已经离异多年，你坚持已久的防线就被瞬间突破，什么二婚，什么年龄差异，都不再是障碍，因为你们之间最大的障碍就是他的婚姻。最大的障碍轰然倒塌，后来的障碍都不过是倒塌之后的插曲，不值一提。你就和他迅速陷入了热恋之中，要知道，不动声色的喜欢最持久，因为你是慢慢地喜欢上了他，一旦释放就是刻在了骨子里，会持久而热烈，就像一场酝酿了很久的雨，一下就会下个不停。"

方山木越说越是心惊，原先他一直觉得周道为人坦率而真实，从孙小照的事情上才发现，原来周逍才是一个真正的演技派高手，深藏不露，将最深的秘密隐藏得滴水不漏。不但瞒过了所有人他隐式离婚的事实，还成功地在众人眼皮底下和他的助理谈了一场轰轰烈烈的恋爱！

他对此居然一无所知，简直是对方山木观察力的侮辱。

不过方山木也安慰自己，不只是他，包括古浩在内的公司上下，都对周逍和孙小照的恋情毫无察觉，说明周逍的演技不但到了出神入化的程度。当然，孙小照也是一个非同一般的姑娘，能在人前人后不着痕迹地掩饰她对周逍的感情，让人佩服。

"还有呢，方总，还有没有？"等了一会儿，见方山木不再说话，孙小照等不及了。

"没有了，推测到你们的恋爱起始，以后的事情怎么发展，就只有当事人知道了。"方山木朝古浩投去了戏谑的一瞥，"现在知道为什么小照会被拉进公司的高管群，会曝光你对她的骚扰，又为什么你会被开除出公司吧？你动了董事长的奶酪！"

古浩苦着脸："我怎么知道背后的事情多得令人发指？要是我知道小照是周老大的人，借我二百五十个胆子我也不敢去骚扰她。你说你们既然乱爱，不，恋爱了，他又是合法单身，为什么不公开？"

"相比周逍，古浩，你的道行太低。你撩妞的水平还处于初级的骚扰阶段，而周逍，已经神功大成，接近了姜太公钓鱼愿者上钩的最高境界。"方山木也很好奇接下来的情节，"小照，后来呢？"

是呀，后来呢……孙小照又喝了一口酒，原本她最爱的红酒此时却感觉苦涩而难以下咽，后来的事情和所有的爱情故事一样，情到深处自然想要的是婚姻。

孙小照是一个对自己要求极高的人，对自己要求高，相应的对别人要求也高。她是一个对自己人生有规划的人，不管是职业规划还是婚姻规划。她不像其他90后的女生，认为自己还年轻，还可以多玩几年。她很清楚一点，女人的青春短暂，就应该在合适的年龄做合适的事情，不能等，一等就会消耗自身的价值。所以在正式确定了恋爱关系半年之后，她向周逍提出了结婚。

周逍作为70后，比她大了十几岁，她想当然地认为周逍会比她更渴望婚姻，不料周逍却委婉地拒绝了她，理由现实得让人觉得残酷——他在公司虽然年头不少了，大小也是京城分公司的董事长，但实际上在总部他的级别并不高。他三年的业绩考核马上就要来临了，考核过关的话，就可以成为公司的终身合伙人。成为终身合伙人后，他就可以完全在公司成为一棵大树，不但可以为她遮挡一切，还可以建立属于自己的派系。

值此关键时期，如果公布了他已经离婚以及和她的恋爱关系，会严重影响他的升迁。对他来说，机会只有一次了，再升不起来，一辈子怕是无缘终身合伙人了。

在公司多年，孙小照自然知道终身合伙人的难度有多高，含金量有多大。她听信了周逍的话，周逍告诉她，少则一年，多则两年，他一定会娶她，光明正大地和她在一起。

孙小照在人前是天山雪莲形象，但当她真正爱上一个人后，不过是一个患得患失的普通女孩。她憧憬着和周逍结婚以后，两个人相亲相爱地生活在一起，不求多恩爱多亲密，能够像方山木和盛晨一样的婚姻就足够了。

幻想总容易被现实击破，很快孙小照就发现和她有同样处境的女孩至少有两个！也就是说，周逍同时和包括她在内的三个女孩保持着恋爱关系！

渣男！

尽管不愿意承认自己眼光差，看错了人，但孙小照还是不得不承认凡是隐瞒结婚和隐藏离婚的男人，渣男的概率高达百分之九十以上，不管是什么原因！周逍是如何说服了杨湄配合他的表演的她不管，她只在乎周逍欺骗了她的感情，让她蒙受了在感情上的巨大伤害。

另外两个女孩也在公司里面，一个是总监，另一个是副总监，是两个80后姑娘，比她大了五六岁。她也认识，一个叫蓝心，一个叫向文。

蓝心和向文进入公司的时间比孙小照长，说明二人认识周逍的时间也比她早。孙小照当即约二人面谈，三人在一家咖啡馆面对面坐在一起，她单刀直入，问她们到底是怎么想的。

蓝心是最早和周逍确定恋爱关系的，她三年前就和周逍在一起了。周逍用同样的谎言欺骗她，不让她公开他们的关系，她就傻傻地相信了他，并且等了一年多。

结果第二年，也就是去年向文也被周逍俘虏了。在向文和周逍恋爱后不久，蓝心就得知了真相。她想闹，想要分手，周逍却威胁她说，如果她敢声张敢闹，他有一千种方法让她闭嘴，并且在京城乃至全国的互联网公司没有立足之地，而且他还可以说是她勾引他，正是在蓝心的主动引诱下，他才被迫离婚。周逍还声称，他完全可以让杨湄出来做证，杨湄会和他保持一致，并且他还可以发动媒体和自媒体谴责她，让她身败名裂。

面临身败名裂和失业的双重威胁的蓝心，妥协了，也是因为她在公司的收入丰厚，失业后想要再拿到现在的报酬，很难。在她做出让步后不久，她升到了总监，工资上涨一倍。

周道对付向文也是同样的手法，只不过向文比蓝心更快让步——她不求周道只爱她一人，只要周道给她足够的条件，随便周道有几个女朋友她都不在乎。

很快，向文升到了副总监，并且还是在公司油水丰厚的部门，她的收入暗中翻了两倍不止。

蓝心和向文经常在一起吃饭聊天，说到周道，她们也都息了心思，不再强求太多，只要能保持所谓的恋爱关系，周道对她们有相应的照顾即可。如果不是孙小照的出现，她们还会继续相安无事下去，反正她们对周道的感觉也说不上来是爱还是利用。

当然，她们也明白周道对她们也没有多少爱情。

孙小照虽然痛恨周道的花心和滥情，但还是提出让二人退出，她要独占周道，要收服周道，不让他祸害姑娘了。

蓝心和向文不同意。

她们还要借和周道的关系，继续维持在公司的地位和收入，如果出局的话，周道肯定不会再照顾她们。她们一致拒绝了孙小照的提议，并且警告孙小照，作为后来者，要遵循先来后到的道理，她们可以不联手对付，但也请她自重，别太当自己是一回事儿了，好好地一边待着去，谁也别妨碍谁最好，否则惹恼了她们，大不了一拍两散，拼一个鱼死网破。

孙小照表面上性子淡然，其实特别刚烈，被二人威胁，当即恼火，回身就找到了周道，要和周道摊牌。她的要求很简单，要么周道和蓝心、向文彻底断绝往来，并且开除她们，要么她走，和周道分手，并且对外公布周道脚踩三只船的丑陋行径，还要向总部举报他的生活作风问题。

周道不慌不忙，告诉孙小照他是曾经和蓝心、向文谈过恋爱，都是正常的男女关系，不存在生活作风问题，当时他已经单身，而且还是和二人分别在谈，不是同时，也不存在脚踩几只船的问题。就算向总部举报，也不过是隐瞒了离婚的事实，不算什么大错。

第十六章　爱情的盲目和被动

总部对他连批评都不会有，更不用说解雇了。而且他现在基本上确定要升职，如果孙小照真的决定要撕破脸，好，他会让孙小照身败名裂，不，比身败名裂更严重，要坐牢。

"坐牢？"方山木心中一惊，谈个恋爱居然谈到坐牢了，周逍够狠的，不但渣，而且无耻之尤，"你是不是和他联合成立什么公司了？"

孙小照用力点头，泪水再一次涌了出来："好几次我都想求助方总，想听听方总的意见，每次都话到嘴边又咽了回去。方总你记不记得有几次我约你吃饭，你都推托有事拒绝了，其实当时我是想和你说说我和他的事情，好让你帮我出出主意……"

方山木微微一想，哂然道："惭愧，当时正和盛晨闹别扭，不敢在外面和女性尤其是单身美女单独吃饭，所以就拒绝了你。也是我一向坚持的习惯，不和公司的同事在工作之余有更多的来往。"

"可是，我是你的助理，不是一般同事……"孙小照想争辩几句，又一想，摇了摇头，算了，都是过去的事情了，不说也罢，"后来我打算不管怎样也要约你聊聊，哪怕你不同意，拉也要拉你来时，就出事了。"

"出什么事了？"古浩眉头紧锁，没想到周逍是这样的人，连他也被骗了，尽管当初被开除时，他还曾记恨过周逍，但共事几年来，一直相处得不错，他对周逍并没有什么怨言，印象良好。

"收购花团科技案！然后方总被停职，再然后方总被解雇……"孙小照摇了摇头，"事情发生得太快太突然了，我还没有反应过来，方总就已经离开了公司，然后古总就迅速上位了。等我看清形势后，事情都已经尘埃落定了。再以后，就是我成了古总的助理，接下来古总出事，也被公司开除。"

"等等，不对呀，为什么说到方山木就是被解雇，我就是被开除，我们同样是被公司扫地出门，有什么区别吗？"古浩很不服气，"你们戴着有色眼镜看人，对我有偏见，我是好色了一点儿，但在工作能力上不比老方差，而且对待工作的态度和认真精神，也可圈可点。"

"别打岔，古总，方总被解雇是因为失职，你被开除是因为失德，两者能一样吗？"孙小照为自己倒了一大杯红酒，"方总，作为你的助理，你对我关心不够，欠我一个指点，才让我走了一段大大的弯路，你难道不觉得愧疚吗？"

"我……"方山木想辩解几句，却又不忍心，孙小照已经差不多喝醉了，可以看出她承受了巨大的痛苦，别说她了，就连他也是无比震惊，想不到周逍居然为人如此不堪，"好吧，我的错，我自罚一杯。"

"不，我陪你。"孙小照先是一口喝干，一抹嘴巴，女神形象全无，"我在想，如果当时我征求方总的意见，方总肯定不会让我和周逍一起开公司，这样我就不会落到现在的地步了，方总，我跟了你多年，为什么在我人生的重大选择上，你没有为我指点迷津？你不是一直号称人生导师和情感专家吗？"

"过去的事情没有后悔药可吃，赶紧说你到底被周逍拿住了什么把柄，一天天的，我都替你着急了。"轻易不喝酒的古浩忍不住也喝了一杯，立马涨红了脸，"说，赶紧说，周逍是怎么算计你的？你说你，我虽然好色了一点儿，但我肯定不会害人，你们女人是不是专爱渣男，是不是天生有被虐倾向……"

方山木摆了摆手，示意古浩不要再说了，他差不多猜到了大概："是不是周逍说要和你成立一家公司，然后将联合公司的一些业务外包出去，你们可以从中赚取利润？你同意了，而且你是持股百分之百，并且还是法定代表人？"

孙小照点了点头，眼泪再次奔涌而出："方总，为什么当时你没有及时提醒我里面的利害关系，我还天真地以为真的可以利益输出，他也说了，有时公司的一些项目，给别的公司是给，给自己的公司也是给，只要在同样的质量前提下，自己的公司为什么就不能赚取应得的利益？我被他说服了，就成立了公司，并且帮他走了一些账。"

"公司有规定，A8以上的高管不允许在外面创办公司，也不允许持有其他公司的股份，这是硬性规定，只要入职公司必须遵守，你又不是不知道……"方山木才不管现在孙小照有多伤心，该批评时就得批评，"你是被爱情蒙蔽了眼睛，以你这么聪明的女孩，怎么会不知道其中的利害关系？你就是觉得周逍是公司的一号人物，可以一手遮天，而且你觉得他爱你，不会害你，所以他说什么你就信什么？小照，你的经历让我更加相信了一个道理，不管多聪明多有见解的姑娘，一旦陷入了爱情，就变得盲目而被动了，唉，你太不应该了，小照。"

"我都这样了，你还说我，当初你为什么不提醒我不帮我？"孙小照先是一愣，随即趴在桌子上，呜呜地哭了起来，"都怪你，方总，你才是罪魁祸首，要不是你，我也不会掉进周逍的坑里。"

为什么女人不讲道理的时候表现都一样？方山木瞬间想到了盛晨，有时明明不是他的过错，盛晨却理直气壮地让他认错。现在的孙小照也是，好吧，他可以理解孙小照跟了他多年，在心理上和情感上对他有依赖，既当他是方总又当他是方叔，于情于理，他也确实应该帮助和开导孙小照。

难道直男和暖男的区别就在于直男会和女性有理性的逻辑思维辩论，而暖男会无条件地认错，并且哄她们开心？方山木一咬牙，虽然他很想继续和孙小照大讲道理，比如自己做错的事情要自己承担，比如每个人都要为自己的行为负责，毕竟都是成年人了，等等，话到嘴边他又咽了下来，试试当一次暖男，看看效果，以后用来对付盛晨就有经验了。

"好了好了，不哭了，是我的错，是我不对，下次我一定注意改正。事情已经发生了，现在得想办法弥补，真的，别哭了好不好？"方山木软声细语地安慰孙小照，"你得告诉我到底走了多少账，又承接了多少公司的项目，有多少把柄落在周道的手里，我才能帮你分析轻重。"

古浩手中的筷子一根掉在了桌子上兀自不知，张大嘴巴不认识一样看着方山木，我的个乖乖，刚才的一番话太温柔太暖男了，方山木什么时候提升了境界，秒变温柔多情男，不再是以前直来直去硬朗的直男风格了？他这是开窍了还是喝多了？

孙小照不哭了，抬起头来，擦了擦眼泪，愣了一会儿才说："远光承担了公司三个项目，赚了有上千万，还帮周道走账一千多万，还有几个价值两千多万的合同……"

"嘶……"古浩倒吸了一口凉气，"我的个乖乖，孙小照你也太厉害了，一出手就是大手笔，吓死宝宝了，总数算起来，是不是上亿了？要是查出里面有什么问题，你这一辈子别想从牢里出来了，可惜，可惜，这么年轻漂亮的姑娘……"

"别说了，古浩。"方山木制止了古浩，眼神犀利而认真，"你也帮忙想想主意，别让小照被周道害得太惨了。说起来，我们都是周道的受害者。还有，古浩，你再仔细想一想花团科技收购案的突然爆发，是不是和小照的事情有什么内在的关联？"

一语惊醒梦中人，古浩顿时眼前一亮！

方才一直沉浸在孙小照感情故事里面的古浩，全然没有将事情往花团科技收购案上面联想，他只是在无比地懊恼为什么孙小照一朵好好的鲜花居然插在了周道的牛粪上，哪怕是孙小照跟了方山木，他多少也心里平衡一些，更何况周道太阴险太歹毒了。

对呀，以周道如此阴险歹毒的性格，谁敢说花团科技收购案的背后，没有他的手脚？他是联合网络公司的董事长不假，但又不是公司的所有者，他在背后进行利益输出，也在情理之中。更不用说，他已经在借孙小照的远光进行过多次中饱私囊了。

酒意上涌，古浩觉得有些头昏脑涨，他站了起来，摇了摇头，试图让自己清醒几分:"有点儿头晕,等我从卫生间回来,再好好分析一下。"

出了雅七,右转,是另一个雅间,雅八,古浩从门口经过,余光一扫,雅八的门没有关严,里面隐约可见有两个美女在吃饭。一闪而过,他没有看清长相,却隐约觉得有些面熟。

在他经过之后,雅八的房门无声地关上了。

第十七章　越到中年就会越害怕

"嘘,叫你关门你非开门,被古老色发现了吧?这就不好玩了。"胡盼关上门,蹑手蹑脚回到座位,"原来方叔不是来约会,是和前助理见面,孙小照也太傻了,居然被周逍骗得这么惨?和她一比,我觉得我还算不错了,至少没有被江成子坑。不过也可以理解,以江成子的智商,也不可能挖这么大一个坑让我跳,他也没有周逍有本事。芃芃,你说是不是男人本事越大就越坏?"

"别一概而论,男人和男人不一样,女人和女人也不一样,不是说渣女才会遇到渣男,至少不管你遇到的是什么人,都是你自己的选择,怪不得别人对吧?"成芃芃压低了声音,侧着耳朵听隔壁说话的声音,"我不同情孙小照,我只是好奇方叔对孙小照到底有没有喜欢,刚才他的一番话你听听多肉麻多温柔,让人起了一身的鸡皮疙瘩。"

"哪里有,刚才的方叔多体贴多温暖,我觉得这才是我心目中的方叔。"胡盼一脸痴迷状,"如果方叔一直这么暖下来,会是多少少女的梦中情人,可惜大多数时候,他太直男了。"

"你错了胡盼,方叔直男正是他的保护色,这样他才不会惹那么多情债。别以为喜欢你的异性多是好事,很容易变成坏事。"成芃芃最看不惯胡盼动不动就犯花痴的冲动,嘴角撇了撇,"行了,别犯花痴了,赶紧帮方叔想想办法,怎么解决了孙小照的麻烦才是正经事。"

"关我屁事!这一天天的!"胡盼哼了一声,一脸不屑,"孙小照自作自受,既然做了犯法的事情,就得承受法律的惩罚,当初赚钱赚得手抽筋时,她怎么没想到送好处给方叔?现在被抛弃了被威胁了,才想起方叔,要是我是方叔,一脚踢开她了事,才懒得管她的屁事。"

"可惜呀,你不是方叔,不明白方叔的怜香惜玉之下,包藏着怎样的一颗深不可测的心。"成芃芃眯着眼睛得意地笑了,"我严重怀疑在花团科技收购案中,周逍也插了一手。方叔才不会放过眼前的大好良机，肯定会以孙小照为突破口，撬开收购案的缝隙，发现幕后的真相……"

"你这一天天的怎么想的全是阴谋诡计，就不能想一些阳光的事情，比如爱情，比如暖男，比如方叔什么时候恢复单身。"胡盼的思维显然和成芃芃不在一个层面上，她双手托腮，笑得很暧昧很开心，"你说方叔会不会和周道一样，也是隐形离婚，就是想让别人比如我像孙小照一样在毫不设防中爱上他？坏了坏了，识破了方叔的伎俩，就不好玩了，戏就演不下去了。"

"傻了！服了！喝几杯酒就不是你了！"成芃芃翻了一个大大的白眼，颇有几分无奈，"有时不是我说你，胡盼，你也该长大了，别总是天天想着什么情啊爱呀的，谈感情既伤钱又伤身，还是事业最可靠。现在正是可以帮助方叔的大好时机，你倒好，净瞎琢磨事儿。别想了，就算方叔恢复了单身，他也不会喜欢你。"

"那他喜欢谁？难道是你？"胡盼快速眨动几下眼睛，会意地笑了，"明白了，清楚了，知道了，一天天的，原来你想当第二个孙小照，行啊芃芃，有一手。好，我不和你争方叔，但你得答应我一个条件？"

"别闹，我在琢磨正事呢……嘘，别说话，古浩回来了，快听听他们在说些什么。"成芃芃支起了耳朵，对胡盼的玩笑话直接忽略了过去，表面上不动声色的她，内心其实起了一丝波澜。

原本抱着偷偷跟踪方山木的好玩心态，以为可以发现方山木和别人约会的证据，不料却无意听到了一桩惊天大案，成芃芃的心思立刻被背后发生的事情吸引了进去，也引发了她深深的思考。许问渠说得对，一个女孩对一个认为完全没有可能发生感情并且在一起的人最不设防，但万一这个人很有魅力，在长久的接触中，日久生情，她还会一再欺骗自己只是好感，而不是爱情。如果此时不能做到当机立断，继续下去的话，会越陷越深，最终无法自拔。

想起许问渠对她的再三告诫，成芃芃忽然觉得她和孙小照还真有几分相似，只不过周道从一开始就抱着愿者上钩的欺骗目的，方山木却没有，他只想努力创业，证明自己并成就事业。

听到隔壁的雅间重新传来声音，成芃芃收回心思，不再多想她对方山木到底是什么感觉的事情，开始偷听方山木几个人的对话了。

古浩回来时路过雅八，还下意识朝里面张望了一眼，房门紧闭，他什么都没有看到，不免有几分遗憾，心想刚才的美女确实有几分面熟，到底是在哪里见过呢？

回到房间，就忘了刚才的事情，他的思绪回到了花团科技收购案上。

"对了小照，花团科技收购案发生时，你和周逍还在一起，他有没有和你提起过收购案的事情？"古浩有时是好色，但在正事时，也不含糊，思路会很清晰。

"没怎么说过，可能也说过一两次，不太记得了。他对收购案不是很上心，对公司来说，收购案并不是一个特别重大的项目，他的主要心思还是在调回总部上面。"孙小照认真地想了一想，又摇了摇头，"应该是没错，我只记得有一次吃饭时，他提过一次，说是什么收购案其实只是一个尝试，总部并不在意是不是收购成功，只想借机搅乱市场视线。"

方山木微微点头，确实是周逍的原话，因为有一次他也无意中听周逍在接电话时说出了同样的话。其实他也知道，对于是否成功收购花团科技，公司并不是十分在意，成功了，可以拉升股价，并且完成产业链一个关键环节上的布局。失败了，也无关紧要，公司可以成立一个部门，专门研发花团科技的技术。实际上，公司内部已经成立专门的小组，只等收购失败就攻克花团科技的独家技术。

当然，能收购成功自然也是好事，会少走许多弯路，对公司的整体布局来说，有不小的帮助。原本花团科技的估值并不高，本来是竞争对手有意收购，公司介入后，花团科技坐地起价，要价上涨了数倍有余。对公司和竞争对手来说，哪怕花团科技估值翻了十倍，也不是什么大问题，毕竟公司不差钱是一方面，另一方面花团科技上涨的估值可以从股市上赚回来。

方山木负责收购案时，知道对公司来说，既重要又不重要，度很难把握，但在其位谋其政，必须做好。而且就他的出发点来说，很想借此事来为自己的职业生涯打一个漂亮的翻身仗！

方山木在公司不是没有野心，他虽是副总，但序列才是A8，离周逍整整差了两级。谁都知道，在公司的高管层面，A8是一个坎，大多高管终生止步于A8，再难前进一步。

因为在公司内部还有一个合伙人排序，A8不入级，而A9则相当于H1，就是合伙人一级。进入合伙人序列，会有期权不说，还会成为终身合伙人的备用人选。

终身合伙人是一个高管可以在公司达到的最高序列，不但可以拥有公司的股权，年薪千万以及上亿的未来分红收益，而且还会和公司共在，谁也没有权限和资格开除他，除非他自愿辞去在公司的一切职务。

男人一生所追求的无非是事业上的安全感，也就是终身成就，和女人追求专一而完美的爱情以及和一人终老的婚姻并无本质的不同！方山木是一个顾家的人，也希望能够在公司做到最高的位置，名字被铭刻在公司的成就墙上。

公司的总部有一个成就墙，墙上有公司成立以来创始人和终身合伙人的手印、照片和人生经历，像是一座碑林，记录每一个为公司做出巨大贡献者的丰功伟绩。

童年时，方山木的志向是男儿何不带吴钩，收取关山五十州。请君暂上凌烟阁，若个书生万户侯！男人都有封侯拜将之志，长大后变成了自信人生二百年，会当水击三千里，现在却是只要实现财务自由就是人生巅峰。

人生的志向随着年龄的增长会变得越来越现实，就像此时，方山木的理想又调整为创业成功、和盛晨的关系恢复从前，儿子学业有成，父母身体健康。

男人，越到中年就会越害怕，一怕父母身体不好。二怕自己收入不够养家。三怕儿女不能自立。四怕自己身体亮起红灯。五怕一觉醒来就被世界遗忘。

都说女人天生缺乏安全感，其实男人比女人更没有安全感！

只不过男人不会对人诉说，也不会让人看出他没有安全感。他要维护身为男人的自信和尊严，不能在人前人后流露软弱和不堪。

第十八章　反作用力

方山木曾经一度认为，只要他成功地主导了对花团科技的收购，他就可以突破A8迈入A9的门槛，从此距离终身合伙人只有一步之遥了。万万没有想到，一步之遥的距离，因为一次失误而变成了咫尺天涯。

对孙小照的话，方山木没有怀疑，但对周道的真正用意，他却没有简单地理解为周道对外界释放的真实信息，因为从孙小照事件上可以看出，周道说的和做的，完全是两回事。

见方山木沉默不语，孙小照的眼泪又涌了出来："方总，我到底该怎么办哪？我以为可以打败蓝心和向文，成为周道唯一的正牌女友，没想到被他赶出了公司不说，他还说要以虚开发票、偷税漏税一系列问题举报我，让我坐牢，我真的不知道该怎么办了！男人是不是都一样，翻脸不认人，而且心狠手辣？"

"去去去，别拿周道的阴险狡诈来和我们对比，我和老方都是地道的、完美的、典型的好男人，我真实自然，他坦率真诚……"古浩自夸毫不含蓄，好在他还同时捎带了方山木，说明他还有自知之明，"别听周道吓唬你，他敢举报你？扯！他在里面也有一身脏水，他要敢举报你，你就弄他一裤裆黄泥巴，让他说也说不清……"

"啥？"孙小照嘴巴微张，一脸惊讶，"为什么要弄他黄泥巴？"

方山木被气笑了："古浩，别说没用的了，给一些建设性意见。"

"行，你是老大你说了算。"古浩斜了斜眼睛，坏坏地笑了，"为了突出方总身为老大的光辉形象，正面的阳谋，就由他出主意。背后的阴谋诡计，我来想，保证让周逍里外不是人，左右不落好，最后死得很惨。"

"不不不，我不想让周逍死，只想让他别再威胁我……"孙小照低下头，有几分犹豫和迟疑，"如果他能意识到自己错了，回心转意，重新回到我的身边，就更好了。"

方山木微叹一声，孙小照对周逍还有感情，还抱有幻想，希望周逍可以和她再次开始，她不太了解男人，尤其是不了解周逍一类的男人。一个可以将离婚隐瞒了如此之久的男人，一个在公司有三任女友公司上下无人知道的男人，他的心机之深手段之高，连方山木都自叹不如，如此隐忍和坚决，周逍决定的事情肯定不会悔改。

不管是爱情还是事业，周逍绝对是一个只为自己考虑不顾别人感受的人，更何况以方山木推断，周逍对孙小照压根儿就不是真爱，或许只是利用，或许只是为了征服。总之，孙小照的想法太不切实际。

"切，让他认错？孙小照你脑子是不是有问题，到现在了还没有看清周逍的为人？从他的前妻到蓝心、向文，再到你，你没有意识到一个问题，周逍谁也不爱，他只爱他自己一人！"古浩就不如方山木委婉了，而是直截了当地说出了真实想法，"告诉你孙小照，对付周逍这样阴险的人，只有一个办法，你要比他更厉害更有手腕甚至更阴险，他才会服软认输，否则，他会死死地将你踩在脚下，让你生不如死。"

"我……"孙小照眼巴巴地望向了方山木，"方总，你帮帮我，我到底该怎么办？我不想和他闹得不可开交，我觉得我们还有复合的可能……"

方山木终于忍不住冷笑了，有时还真不能当暖男而要当直男，暖男只会让你在温暖中稀里糊涂地死去，而直男有可能会在冷风中让你明明白白地活着，并且不再受到伤害和欺骗："醒醒，孙小照，你别太幼稚太天真了！你想要的是复合，周逍想要的是甩掉包袱，想要你的臣服，想要你百分之百的归顺，如果你能做到，就当我白说当古浩的话是放屁，今天就只当吃了一顿饭，然后各回各家各睡各觉……"

古浩气得想有所表示，又忍住了。

"可是，我……"孙小照眼泪汪汪，楚楚可怜的样子，颇有几分让人生怜。

方山木却不怜惜，依然是冷冰冰的腔调："在有些男人的眼中，哀求、退让都只会加剧他的得寸进尺。你也别再多说什么了，现在必须明确一点，你到底想要怎么样？如果你想和周道抗争到底，我和古浩会帮你。如果你只想和他复合，希望他能重新接受你，对不起，我和古浩帮不了你。两个人感情上的问题，外人没法插手，更不用说在我和古浩的眼里，周道根本不值得！"

孙小照咬牙皱眉，足足想了半天，总算想通了："好，听方总的，不再对他抱有幻想，我要和周道抗争到底！"

"对，就是要抗争到底。"

另一边，江成子一副义愤填膺的样子，举杯朝许问渠示意："问渠姐，我完全可以理解你不想生孩子不想养孩子的坚持，现在都什么年代了，怎么还有人有娶媳妇是为了传宗接代的迂腐落后的想法，不能妥协，自己的身体自己做主，凭什么女人嫁人就一定要生孩子？"

江成子请许问渠吃饭的地方是一家颇有情调的西式餐厅，位于广渠路上，名叫爱爱餐厅。爱爱餐厅虽然名字不伦不类不中不洋，但西餐却很地道，尤其是澳大利亚风格的牛排，是让不少人赞不绝口的招牌菜。

江成子也算费了不少心思，选了好几天才选中此处，也是为了讨好许问渠。许问渠却不怎么领情，并不怎么吃东西，对江成子的敬酒也不回应，淡淡摆了摆手："今天不喝酒，抱歉。"

江成子悻悻一笑："别看杜图南是80后，思想却像是70后，行为像是60后，你和他离婚，是明智的选择，跟他在一起，你早晚被他同化，变成和时代格格不入的人。"

"别说他行吗？"许问渠微有不悦之色，"图南没你说的那么不堪，他是一个非常优秀的男人，除了有些传统之外。也可以理解他的传统，家庭对每一个人的影响至关重要，如果不是父母逼他过急，他也不会逼我。我对他没有怨言，只是两个人不合适就不必勉强在一起，婚姻是一堂课，他和我都没有及格。"

"不，问渠姐是满分，杜图南是零分，平均下来，当然是没有及格了，哈哈。"江成子在许问渠面前有几分束手束脚。也是怪了，他在其他姑娘面前都谈笑自如，偏偏和她在一起时，总觉得有一种无形的力量在约束他，让他无法施展手脚释放魅力，难道这就是传说中的喜欢？

江成子也知道一个道理，男人在自己喜欢的女孩面前会紧张会觉得不管怎么做怎么说都有可能失态，他以前从未有过如此感受，就连向胡盼表白时，也是很坦然很直接告诉她他喜欢她，胡盼只迟疑了片刻就积极回应了他的求爱。

然后他们就在了一起，就像是一场春天的风带来的一阵清新的雨，一切发生得都那么自然，就让他误以为爱情的发生就像春天的生长夏天的阳光一样稀松平常。

直到他遇到了许问渠。

说实话，在许问渠刚来公司时，他对她并没有什么好印象，漠然、随性，虽不是拒人于千里之外的冰冷，但向来公事公办的口吻以及时常流露的距离感，让他颇不舒服。有一段时间，他刻意避免和许问渠接触，甚至连话都不想和她多说一句，省得累心。

但让江成子怎么也没有想到的是，他会在不知不觉中喜欢上许问渠！

到底是什么时候对许问渠动了心，江成子已经记不清了，反正他只知道最近他总想和许问渠走近，想和她说话，想陪她吃饭，想请她看电影，还想博得她的欢心，总之一句话，他的目光和注意力，全部放在了她的身上。

但许问渠对他有意无意的接近和暗示，视而不见，依然和以前一样待他如毫无私交的同事。今天许问渠肯答应和他一起吃饭，让江成子喜出望外的同时，又意识到了一点——以后他想要成功地约到许问渠，杜图南就是最大的反作用力。

江成子感觉手心在微微出汗，平常很轻松随意，不把一切事情放在心上的他，居然有了患得患失的心理，爱情就是一种专门折磨人的感情吗？他搓了搓手："问渠姐，成长游戏的第一个故事线是我和胡盼的爱情故事为原型，第二个是以你和杜图南的经历为原型好，还是以古浩和江边的爱情婚姻为原型比较好？"

"都不好。"许问渠对于不想回答的问题，连解释都欠奉，对于不感兴趣的话题，也是采取直接忽略置之不理的做法，不过对于工作上的讨论，她还有几分热情，"应该以成芃芃的人生经历为原型开发第二条故事线，才可以更好地吸引玩家加入。"

"成芃芃？她有什么经历，人生简直就是一张白纸。我虽然也没什么故事，好歹还有过几段恋爱，她呢？好像就一段爱情，还不长，谈得寡淡无味，分得无声无息，就像是白开水……"随着和其他同事熟悉起来，江成子也多少了解了每一个人的大致经历。

第十九章　人生推演

"成芃芃是经历少，但不是她不能经历，而是她不想经历，明白我的意思吧？她是在有意避免一些事情的发生，因为她固执而且挑剔。所以，她以前和现在故事不多,但在以后,肯定会是一个有故事并且故事还会有深度的女孩。"许问渠近来经常和成芃芃在一起,对成芃芃又多了许多认知,"有些人前期经历多,后期就平淡了。而有些人,因为性格原因,前期会拒绝许多事情的发生,在没有遇到合适的人之前,她会坚守自己的坚持,不妥协不迁就,抱着宁缺毋滥的态度来等候一个合适的人的出现,而一旦他出现,她的人生就会打开一扇通往新世界的大门。"

"谁是合适的人?"江成子听明白了许问渠的所指,愣了片刻,"你不会想说是方叔吧?"

"就是他。"许问渠难得地笑了笑,"如果不是方山木还能会是谁?在方山木出现之前,成芃芃的生活就是收收房租做做微商睡睡懒觉,说是一个物质丰富的富二代,实际上是一个精神世界很匮乏的姑娘。她的人生就是一片长满了果实的原野,物产丰富,但除了她之外空无一人。她是不缺钱不缺房子,但她缺朋友、缺亲情友情和爱情、缺一切以感情为纽带的人类社会赖以生存的人情网。一切都在遇到了方山木之后改变了,她有了工作有了朋友有了目标,也有了快乐和动力,她的人生故事由此开始改写,人生轨道从此开始改变……"

"你的意思是,她以后会和方叔发生什么故事?"

"不是以后,现在已经发生了。两个人只要遇上,看似还没有开始什么,实际上已经在酝酿了未来。"许问渠进入了工作状态之中,成长游戏第二条故事,早在胡盼和江成子的故事线成型之后,就已经在她的脑海中生根发芽了,今天正好借着江成子的发问,她更多了灵感和表达欲望,"成芃芃和方山木的故事线,发展方向有三个版本。"

许问渠还从未对别人说过她关于成芃芃和方山木之间可能发生的故事的三个走向,第一,成芃芃和方山木的公司发展前景大好,她又追加了投资,成为公司仅次于方山木的第二大股东,在事业上和方山木配合得天衣无缝,二人在事业上谁也无法离开谁。盛晨最终选择和方山木离婚,恢复单身后的方山木,和成芃芃走到了一起。但是由于二人的生活习惯差异太大,成芃芃无法成为方山木的贤内助,二人在婚姻中分歧越来越多,吵架、冷战,然后进一步影响了二人在事业上的合作,为了大局,二人决定和平分手。分手后,二人还共同经营公司,公司继续发展壮大。"

听了许问渠的第一个故事版本,江成子含蓄地笑了:"以我对方叔和成芃芃性格的分析,他们不可能走到一起,顶多就是事业上的合伙人。"

许问渠不理会江成子的话,继续说出她的第二个推测——依然是公司发展态势不错,方山木和盛晨重归于好,盛晨也介入公司事务,和方山木联手掌控了公司,成芃芃被边缘化。成芃芃心有不甘,不再掩饰她对方山木的喜欢,向方山木表白,结果被拒绝,同时引发了盛晨的强烈不满。盛晨希望可以将成芃芃赶出公司,成芃芃才不会坐以待毙,联合了胡盼、古浩、杜图南和许问渠几个联合创始人,集体向方山木发难。

经过一番艰苦的谈判,最终方山木妥协了,让盛晨离开了公司。盛晨和方山木打起了离婚官司,最后判决方山木名下一半的无限关爱股份归盛晨所有。离婚后的方山木,再次和成芃芃联手夺回了公司的控制权,二人经历了许多磨难之后,终于还是走到了一起。

"咻!"江成子忍不住讥笑一声,"不可能,完全不符合方叔和成芃芃的人设,你难道没有发现在你的故事线里面,方叔完全是配角,既不出彩,又没有什么要求,似乎就是一个被情节推动的木偶人,没有积极主动权。"

"我只是说出我的想法,至于是不是符合你对人物的认知,并不重要。"许问渠不接受江成子的反驳,"第三个版本,方山木在和成芃芃联合创业的过程中,喜欢上了成芃芃,成芃芃也喜欢他。但二人因为道德的约束,谁也没有表露,都压抑在了内心。后来为了成全方山木,成芃芃选择了退出,并且想尽办法促使方山木和盛晨恢复了信任。成芃芃不但退出了公司,也退出了方山木的人生,她选择了出国,在国外,遇到了一个男孩,开始了她另外一段的人生传奇……"

"问渠姐,想不想听听我的意见?"江成子感觉在许问渠面前多了几分自信和坦然,他抿了抿嘴,"根据我对方叔和成芃芃性格的了解,他们两个人的结局已经是注定的——肯定不会在一起。第一,方叔不是会出轨的人,他的主要心思都在事业上。第二,盛晨也不会背叛方叔,她对方叔是真爱,只不过是爱得过多导致她产生了方叔是她私人物品的错觉。第三,方叔和盛晨早晚会复合,所以成芃芃没有任何机会和方叔在一起,方叔也不可能喜欢上她,你以上的三个版本的故事,都不会发生。"

"我是在说成长游戏里面的故事线,又不是说可能真实发生的事情。"许问渠并不生气,轻轻转动空空的酒杯,"女人和男人思考问题的角度肯定不一样,我更多的还是希望他们会有感情上的纠葛,而你却站在理性和责任的立场上,为方山木辩护。但你要知道,一个人不可能永远保持理性,也会有冲动和奋不顾身的时候。"

江成子摇了摇头:"不会,别人也许会在冲动之下做出错事,方叔不会,他太冷静太理智了。成芃芃也不会,对她来说,她追求的是完美的爱情,不能有缺陷不能有遗憾，更不能有残缺。她也许会喜欢方叔，但不会喜欢到非他不嫁的地步。她要的太多，方叔给不了她。"

"你不懂女人，对芃芃来说，她什么都不缺，就缺一个可以打动她走进她心里给她温暖和依靠的人，她比同龄人更成熟更有见识，所以她很难遇到让她动心的人。而一旦遇到了，她就会义无反顾。"许问渠的神情有几分向往和迷离，"其实我挺羡慕芃芃的性格，表面上她和我一样是淡然随性的处事之道，实际上，她比我更真实更有渴望，我是对什么事情都提不起来兴趣，她是只专注于感情，是会为了感情而奋不顾身的飞蛾。"

"夸张了，不是的，成芃芃不是你认为的那种人，她肯定不可能去喜欢方山木，因为她知道要和方山木在一起，必须过太多的关卡。别忘了她是90后的姑娘，我们90后有一个共性——佛系，也就是懒。"江成子依然坚持他的看法，"说句大实话，成芃芃就算真的特别喜欢方山木，她一是不会破坏别人的家庭。二是她会适可而止，会把喜欢的苗头扼杀在摇篮之内。想不想听听我关于成芃芃和方山木故事线的三个版本？"

"可以。不过……"许问渠看了看手表，"我九点前必须回家，十点前要上床睡觉，现在八点半，算上回去的时间，你只有十分钟不到了。"

"不用十分钟，一分钟就足够了。"江成子脸上闪耀笃定的自信光芒，"三句话足够了，第一个版本，方山木离婚，成芃芃拿下方山木，恋爱半年，分手。第二个版本，方山木和盛晨恢复感情，成芃芃喜欢上了杜图南，杜图南不喜欢她，她伤心出国。第三个版本，方山木离婚，拒绝成芃芃求爱，喜欢上了胡盼，成芃芃愤而离开无限关爱，并转让了股权。后，成芃芃遇到了真爱，又创办了同样一家公司，迅速做大，收购了无限关爱，开除了方山木和胡盼……"

"胡扯！瞎说！生编乱造！"许问渠被江成子的脑洞气笑了，"你这故事线完全不符合人设，强行植入自己的臆想，没有任何逻辑性可言，居然连成芃芃喜欢杜图南、方山木喜欢胡盼也能想出来，真不知道你是怎么活到现在的，在你眼里，现实世界的人物和游戏中是一样的吗？"

许问渠起身就走，刚迈开脚步，就被江成子拦住了。

"现实是游戏的原型，游戏是现实的延伸……"江成子拦住许问渠的去路，双手抱肩，斜靠在门口，一脸坏笑，"问渠姐，成芃芃喜欢上杜图南、方山木喜欢上胡盼，也许在现实生活中不容易发生，但我喜欢上你，却是已经真实发生的事实，你觉得现实和游戏还有区别吗？"

第二十章 爱情不是人生的全部，甚至不是必选课

许问渠波澜不惊地轻轻推开江成子："你喜欢我，和我没关系，就像我不喜欢你，和你也没关系一样。每个人都有权利选择喜欢或是憎恨另外一个人，对于所有喜欢或是憎恨我的人，我都一视同仁，不会因为你的喜欢或是憎恨而对你投入过多的感情。"

望着扬长而去的许问渠的背影，江成子痴痴地呆立了半晌，然后一甩头发，笑了："有个性，我喜欢。许问渠，你等着，不得到你我誓不罢休！"

回到家里，江成子见林三岁正在伏案工作，他不顾林三岁的反对，拉他来到客厅，向他讲起他对许问渠的感觉。

"这么快就忘了胡盼有了新的目标？"林三岁懒洋洋地半躺在沙发上，对江成子的兴奋和激动没有什么反应，"我觉得你对许问渠就是好奇加征服欲多一些，根本不是什么爱情，你从小到大，就没有爱过别人，你最爱的还是自己。"

"扯！谁最爱的不是自己，别跟我讲什么大道理，你也是一样。"江成子有几分气恼，很想找人聊聊的兴奋被林三岁当头泼了一盆冷水，"我以前在胡盼面前从来没有过紧张和不安，但在问渠面前，会手心出汗会坐立不安，这不是爱情难道是多动症？你长这么大，体会过什么是爱情吗？你就是一个冷血动物，眼中只有事业只有赚钱只有成功，没有亲情爱情和友情！"

林三岁愣住了，惊愕地望着江成子："成子，你变了，你真的变了。你和胡盼谈恋爱的时候，从来没有这样过，你现在像是要考一百分的学生。"

江成子却失去了和林三岁继续谈下去的兴致："算了，不聊了，没意思。你虽然女朋友不少，但你都是被动的被追的，没有一个是自己主动喜欢的对吧？你真的不知道什么是爱情。"

"爱情不是人生的全部，甚至不是必选课，对我来说，爱情就是浪费时间和生命的游戏，不用投入过多的精力，只要不是特别讨厌的人，差不多的时候结婚就可以了，反正就是人生中的一个必经的程序，不结，似乎少了一些什么乐趣，又对不起爸妈的抚养。"林三岁谈过的恋爱不少，但每次都是对方主动追求他，他觉得不是很讨厌就在一起，然后他的懒散和随意惹怒了一个又一个前女友，几个女友陆续弃他而去，他也不挽留。

反正他对恋爱也没有什么要求，做不到轰轰烈烈地爱一个人，更不会和一个人

天天厮守在一起，烦都烦死了。

"你真的决定要追许问渠了？"林三岁双手放到脑后，用力伸了伸懒腰，"你就不怕杜图南会打你？好吧，就算杜图南拿你没办法，我相信方山木也不会同意，你们的无限关爱差不多要变成无限恋爱公司了，哈哈。说不定杜图南一怒之下，去追求胡盼，要和你打擂台……这么一说，倒是又出来一个支线情节，来，我免费为你设计一个故事线的走向。"

江成子虽然遵循基本的公司保密制度，回家后很少和林三岁提及公司的事情，林三岁也不问，但二人天天同居一室，不可能不会说到公司的业务，一来二往，林三岁有意无意中就听到了不少关于成长游戏APP的设定和故事线的创意。

"如果说许问渠又是你的一个关卡，你通关的话，很有可能会成长为真正的男人，那么胡盼就是杜图南的关卡，杜图南如果通关，也应该会从大男孩成长为老男孩。"林三岁眯着眼睛若有所思地笑了，"我倒是越来越对你们的公司感兴趣了，成长游戏APP做好的话，真有可能是爆款，在事业上大获成功的同时，你们各自的感情也会有所斩获。得承认，方山木确实有头脑有眼光。"

"要不你也加入公司，投资几百万当一个股东？"江成子是讥讽加嘲弄的语气，他是故意调侃林三岁，"反正你钱多，就算几百万打了水漂也不心疼，公司现在正好也需要钱，我感觉前期的资金差不多烧了一半了，都是方山木一个人支撑，他撑不了多久。成长游戏的创意是不错，但推向市场后有没有动静还不好说，就算有，并且再乐观一点儿很快就可以赢利，回款也需要周期，我现在只祈祷无限关爱可以坚持个一年半载，别再过三五个月就黄了。"

"你其实不是为公司的前景担忧，是怕公司黄了你没有足够的时间拿下许问渠是吧？"林三岁摇了摇头，一脸严肃，"不过说到投资无限关爱，还真不是没有可能，回头你探探方山木和成芃芃的口风，看他们有没有意向引进资金。我是很看好无限关爱的前景，对成长游戏APP也很期待，希望我的经历可以成为其中的一条故事线……"

"你……算了吧，人生一帆风顺，一马平川，完全没有起伏和转折，有什么可以值得一写的地方吗？"江成子思想简单，直接过滤了林三岁说要投资公司的话，以为他只是随口一说，"你的人生完全就是开着外挂的游戏人生，出生的时候就是人生赢家，天生富二代，后天高富帅。比别人有钱，还比别人帅。比别人帅，还比别人努力。比别人努力，还比别人谦虚。比别人谦虚，还比别人低调。比别人低调，还比别人淡然。比别人淡然，还比别人顺利……"

"停！打住！在外人看来，我的人生确实如你所说的一样，一帆风顺，但只有自己才能知道自己的人生到底哪里出现了问题。"林三岁忽然前所未有地深沉起来，他双手抱腿，目光低垂，"成子，是不是连你也觉得我的人生就像开挂一样，要什么有什么，从来不需要努力，想要的和不想要的，都会主动送上门来？"

"难道不是吗？"江成子气得鼻子都歪了，"你是在故意炫耀还是气人？是不是想重温一下自己无往而不利的游戏人生，践踏我的自信以获得心理上的满足感？"

"滚你的。"林三岁被气笑了，"经常听到一句话说，有钱人就一定快乐吗？对，有钱人的快乐你都想象不到。其实应该再补充一句，有钱人的痛苦，你也想象不到。"

林三岁的小名原本叫三少，三岁时，父亲林星河说，三岁看大七岁看老，希望三少永远保持三岁时的童真和开心，从此林三岁的大名就固定了下来。

说实话，他一点儿也不喜欢自己的名字，长大后，有好几次想要改名都被阻止了。父亲在公司和家里都是说一不二的权威，从来不允许有反对意见，如果谁敢对他的决定有一丝怀疑，他会用尽一切方法让你臣服，对，就是臣服，就是服软，就是让你绝对地服从。

出生于1956年的父亲，当过兵，转业后当工人，后来提干，又下海经商，还爱好文学写过诗歌，等于士农工商都经历过。由于经商后在房地产行业的巨大成功，父亲养成了自以为是自高自大的个性，将他在商业上的成功推而广之，认为他在方方面面都高人一等，不管是文学还是商业，他都可以成为顶尖的行业精英。

父亲的公司步入正轨后，他的空闲时间多了起来，就开始了写作和书法练习。周围的人都盛赞父亲的作品文学性和艺术性极高，书法更是颇有大家风范，但在林三岁眼中，不过是入门的粗浅之作，登不得大雅之堂。

可惜父亲过于固执并且自信，将身边人言不由衷的恭维当成了真话，不但自己花钱举办了一个书法展，还自费出版了几本书。书法展就不用说了，参观者寥寥无几不说，有限的一些欣赏者要么对父亲的作品嗤之以鼻，要么提出善意的批评，传到了父亲耳中，父亲气得大骂对方不懂欣赏没有品位，并且大病了一场。

出版的几本书更是无人问津，只印了几千册，自己全部回购，摆放在家中，用来送人。每次送人，父亲都会郑重其事地签上名字并且盖章。结果后来父亲在旧书市场以及废品收购站发现了他送出去的大部分签名书，又气得病了一场。

一个过于自负与自信的人，往往会心胸狭窄，容不得别人对他的半分不敬和挑剔。但文学和书法偏偏又都是仁者见仁的行业，肯定会有不同的声音发出。父亲习惯了在自己的商业帝国作为帝王一般的存在，听不进任何反对和批评的声音，哪怕是杂音也不行。

林三岁始终是父亲的杂音。

长大后的林三岁，对父亲过度自信的做派很是不满，不满还源于父亲对母亲的压制和轻视。尽管母亲比父亲更有才华和见识，但父亲却总是认为母亲头发长见识短，只配当家庭妇女。不但公司事不让母亲插手，连在家庭生活中，母亲也没有什么发言权。

第二十一章　有钱人的痛苦

父亲脾气急躁而专横，动不动就会痛骂母亲，不管是关于日常生活的安排还是饭菜是不是可口，只要稍有不顺父亲之意，父亲就会破口大骂。无论是在人前还是人后，父亲都丝毫不顾及母亲的脸面和尊严。

父亲的大男子主义倾向非常严重，严重到了无可救药的地步。母亲逆来顺受多年，被父亲欺负得抬不起头来。长大后懂事的林三岁实在看不下去父亲对母亲的不尊重，在劝说父亲数次无效之后，鼓励母亲和父亲离婚。他觉得母亲不必再依附父亲生活下去。

母亲却不肯，尽管她也对父亲的做法不满，却没有勇气离开他，这让林三岁很无奈。后来父亲得知了林三岁鼓动母亲和他离婚的事情，大骂林三岁吃里爬外，不是东西，被林三岁强硬地顶了回去。

林星河勃然大怒，要求林三岁必须站在他的一方支持他的立场，否则他会剥夺林三岁的继承权。林三岁不甘示弱，坚决维护母亲，不肯退让一步。

大学毕业后留在京城，没有回去继承家业，对外宣称是想自主创业，其实是他和父亲没有达成共识或者说他没有臣服于父亲的权威之故。

林三岁是从小生活条件优裕，长大后，人长得帅且又极有才学，方方面面都极为出色，但不为外人所知的是，他的家庭从他记事时起就不和谐，就是一部男尊女卑的血泪史。

每个人光鲜的背后，总有许多不为外人所知的阴暗面，有光亮就有阴影，这才是人生。虽然江成子和林三岁从小一起长大，但林家的家事，江成子并不清楚。其中也有林三岁的母亲在外面特别维护林星河的面子和尊严的缘故。

母亲一直不肯同父亲叫板，是因为她恪守一个女人传统的美德。她多次教导林三岁,女人的性格,决定了婚姻的幸福和家庭的兴盛。性格决定命运,性格同样也决定着婚姻质量。女人是一个家庭的风水,一个温柔的女人,一定可以培养出来一个强大的男人。一个善良的妈妈,一定能够教育出来一个勇敢的孩子。

母亲的另一个观点是,男人都是孩子,父亲不管多大,在她眼里都是可以容忍可以包容的孩子。林三岁反驳母亲,孩子也分好孩子坏孩子和熊孩子,父亲显然不能划归到好孩子一类。母亲却不认同,她坚持认为总有一天,父亲会收敛他的所有锋芒,变成温柔的好孩子,听她的话,牵她的手,和她共度晚年。

她有耐心和信心在人生最后的时光里,让父亲由凶猛的老虎变成乖巧的猫咪。

林三岁无法理解母亲的心思,就算母亲熬到最后,换回了父亲的温顺,但人生已经接近暮年,夕阳再美好终究已是黄昏,用所有的青春岁月和大好时光换取最后的夕阳晚照,值得吗?

母亲觉得值得,他无话可说,他无法和父亲讲通道理,也无法说服母亲。最终他只能选择留在京城,远离父母的阴影,做他想做的事情。父母的事情让他心力交瘁,他不想再去改变任何一个人,只要能改变自己就足够了。

年轻的时候,总是怀揣可以改变世界的梦想,长大后才知道,你所能改变的只有自己而已,甚至很多人连自己都不曾改变分毫。

林三岁以前没和江成子说过他家里的事情,他一向在外面维持着光辉高大的形象,即使是如江成子一样的发小,他也没有说个清楚,也是他觉得没有必要。今天不知道为什么,聊到了无限关爱和成长游戏APP,他忽然有感而发了。

他从成长游戏中受到了启发,如果他的人生再重来一次,给他选择的机会,他还会愿意当一个物质丰厚但亲情欠缺的富二代吗?他还会再走他现在的看似光鲜完美但背后却是千疮百孔的人生吗?不,不会!他宁愿当一个父母恩爱家庭美满就算家境一般但也要拥有亲情和温情的普通人。

林三岁相信,当不了富二代但可以凭借自己的努力成为富一代,差距不过就是几十年的时间而已。但如果从童年就没有亲情和温情的灌溉,长大后再有钱再有朋友,也无法弥补年少时的遗憾。

亲情的缺失和温情的不足,会是一个人一生的空洞和缺失。

"啊?"江成子张大了嘴巴,眼神中既有难以置信又有嘲讽和得意,"真的假的?你居然比我还惨?都说你们有钱人的快乐我们穷人想象不到,原来你们有钱人的痛苦也确实超出了我的理解。难道金钱买不来快乐吗?"

"呵呵。"林三岁轻蔑加嘲讽地笑了,"穷人都会天真地认为有钱人会有无数的快乐,实际上,大家都是人,在满足了基本的生活需求之后,快乐的程度就真的和金钱无关了,只和心里的满足感和充实感有关。"

"站着说话不腰疼,你有钱你当然可以说金钱买不到快乐,但对我来说,钱才是快乐之源。"江成子丝毫没有安慰林三岁的意思,"如果你不向你爸妥协,你岂不是没有机会继承家产了?继承不了家产,你也就不是有钱人了,哈哈。"

"唉,你对有钱和没钱的理解,可能和我理解得不太一样。我就算不继承他的家产,这些年我手里的钱和名下的股票,以及陆续在生意上赚的钱,零零碎碎地加在一起,一两个亿也是有的。"

"我……好吧,聊不下去了。"江成子翻了翻白眼,"你是想在成长游戏中,把你的故事原型加入进去,再按照你的设想改编成一条故事线,你就可以在游戏里面过上自己想要过的人生了,是不是?"

"谁不想人生重来一次?但人生不能重来,有一个可以重新演绎自己人生的平台,也是一件很有意义的事情。"林三岁拍了拍江成子的肩膀,"何况无限关爱有限责任是一家很有意思的公司,不但可以实现梦想,还有可能解决我的单身问题。"

江成子立刻跳了起来,一脸警惕:"是不是上次在一坐聚会时,你就有了想法?说,你到底看上了谁?成芃芃和胡盼你随便选,许问渠不行。你要敢跟我抢许问渠,别怪我跟你翻脸。"

"你向方山木转达我的想法,我就保证不对许问渠出手。"林三岁笑得很得意很暧昧,右手握拳,"怎么样?"

江成子立刻和林三岁碰了碰拳头:"成交!"

"成交!"成芃芃和胡盼的手掌碰在了一起。

后未来城,301室,成芃芃和胡盼达成了一致,二人击掌相庆时,门一响,方山木和古浩回来了。

二人在安小宴又偷听了一会儿方山木和孙小照、古浩的对话,为了防止被方山木发现,提前结账溜回了301室。回来后,二人商量了半个小时,最终成芃芃被胡盼说服,决定阻止孙小照加入公司。

没错,她们偷听到了一个让她们既震惊又生气的消息,为了帮助孙小照过关,方山木同意了孙小照加入无限关爱的请求!

胡盼当时气得鼻子都歪了,简直了,现在公司还不够乱吗?她和江成子是冤家对头,许问渠和杜图南是前夫前妻,古浩和江边的婚姻问题悬而未决,方山木和盛晨的家庭还在摇摇欲坠。好嘛,如果再来一个孙小照,既是方山木的前助理,又是害得古浩被公司开除的罪魁祸首，还是周逍的女友之一……方山木为什么要让孙小照加入公司，他是想发展孙小照成为他的女友吗？

胡盼过于偏激的想法被成芃芃纠正了，成芃芃推测方山木此举是为了弄清花团科技收购案的真相，并且顺藤摸瓜揪出幕后黑手，她原本赞成方山木的决定。但在和胡盼争论了半天之后，胡盼一句话让她改变了主意，她要和胡盼同一立场。

"方叔收留了孙小照，是和周逍正面为敌。现在无限关爱还很弱小，如果周逍想要针对我们，会很麻烦！此举，得不偿失！"

成芃芃一想也是，顿时对胡盼高看了一眼。能够不再情绪化地看待事情，做出理性的分析和判断，胡盼大有进步，她就打算和胡盼一起劝说方山木放弃孙小照。

方山木一进门就察觉到了气氛不对，成芃芃和胡盼二人脸上荡漾的笑容大有深意，他当即主动出击："是有什么好事吗？笑得这么瘆人，你们是捡钱了还是恋爱了？"

"要是捡钱或者恋爱，笑得就不是瘆人而是喜人了。"胡盼起身，帮古浩拿过没喝完的酒瓶。

"辛苦了，方叔辛苦了。以前总觉得公司老总都是坏人，天天剥削压迫人，现在自己开了公司才知道，狗屁，老板才是孙子，天天想着员工工资和房租，累得跟狗一样就是为了养活员工。"成芃芃笑眯眯地过去，帮方山木脱下外套，"方叔快请坐，我给您泡点儿西洋参，补补身子。"

第二十二章　头等大事

方山木打了一个寒战："喝多了还是吃药了，你不会在打我什么主意吧？我告诉你成芃芃，你千万别有什么不好的想法，很危险很可怕。"

古浩也是吓得不轻，一个箭步跳到了一边，比画了几下："胡盼，你再敢前进一步，就别怪我不客气了。我学过跆拳道，还练过男子防身术……"

"还男子防身术，你的长相就是最好的防御。"胡盼笑得前仰后合，"古师傅您也坐，快，趁许问渠没有回来，我们先敲定一件大事，事关公司的发展大计。"

"我早就回来了。"许问渠房间的门一响，她推门出来，揉着惺忪的眼睛，"怎么，是有什么好事要宣布吗？"

"啊！"胡盼惊叫一声，指着许问渠漆黑的房间，"你、你、你不是怕黑，必须开灯睡觉吗？我回来时见房间没亮灯，就以为你没在……刚才我和芃芃的对话，你都听到了？"

"我在房间里面想事情，又没睡觉，想事情不需要亮着灯，睡觉才需要。"许问渠款款来到方山木面前，"方老师，我在想我们这么多人住在一起，确实会互相影响，正好我回来的时候遇到对门的邻居要搬走，问了一下，房子空了下来。我和房东谈过了，月租一万块，和301室一样大，还算合理，我今晚就搬过去住。"

"挺好，既分开住，又不远，可以随时开会。"方山木看向了成苪苪和胡盼，目光中充满了期待，"不如这样，房租由公司负责，你们也搬过去住，大家都落个清静。"

"对，对，早就应该这样了。"让所有人都惊讶的是，古浩也第一时间表示了赞同，他笑得很含蓄很神秘，"虽然现在合租在京城也算是普遍现象，但毕竟男男女女在一起多有不便，再如果哪一天盛晨和江边过来一看，哎呀，什么乱七八糟的……她们会有不好的想法，万一影响到了她们对我们的判断还有协议的执行，就更是天大的不幸了，对吧？"

古浩的担心并不多余，之前方山木也想到过这一点，只是事情太多，每次回来很晚，有时甚至都见不到成苪苪和胡盼，也就忘了此事。不过也确实自从许问渠搬进来后，三个女人一台戏，吵闹、争执以及生活习惯的碰撞日益多了起来。

成苪苪性格大大咧咧，并没有发现方山木喜静不喜闹的性格，胡盼的心思更是粗犷，只有许问渠敏锐地发现了一个现象——在将平安喜乐带来301室才不到两个月时，方山木又将它们送回了家里。

方山木特别喜欢平安喜乐，它们在的时候，他每天回来必定要和它们玩耍至少半个小时，还要再花半小时带平安出去转转。送走它们后，他有一段时间一下班就有几分怏怏不乐，回家后也没有了生机，说明平安喜乐是他被迫送走，并非本意。

许问渠就意识到了问题所在，方山木是嫌她们太吵太闹了，但不好意思明说。她就留心周围的房子，现在在无限关爱工作，有了固定收入，租一个房子也不在话下了。更何况胡盼现在和她挤在一间房间里，无数次流露对她的嫌弃。

房子是三室，方山木一间，古浩一间，她就只能和胡盼一间了。一开始胡盼不同意，成苪苪再三劝说，并且还牺牲了一套名牌口红，才换来了胡盼的点头。和胡盼同住一个房间，虽然胡盼和她一样有开灯睡觉的习惯，但由于作息时间不同，就经常会产生矛盾。

成苪苪也不定时来301室住，她会和胡盼挤一张床。不过成苪苪喜欢关灯睡觉，就引发了许问渠和胡盼的不满,慢慢地,成芃芃就只是下班后晚上过来坐坐,然后再回自己公寓睡觉。

成芃芃和胡盼原本准备联手向方山木发难,要阻止孙小照加入无限关爱,不承想突然冒出了许问渠搬家事件,二人被打了一个措手不及。在迅速交流了一下眼神之后,胡盼当即表态:"搬出去也可以,我们一走,方叔就又可以养猫养狗了,我虽然也特别喜欢小动物,却是顿顿离不了的喜欢,不是方叔式的喜欢。但我有一个前提条件,以后公司的人事安排,必须由方叔和芃芃共同商量决定,而不应该是方叔的一言堂……"

"老方是最大股东,你想什么呢?他拥有公司的绝对话语权。"古浩当即反驳胡盼,"你这一天天的,白天在公司不懂事,晚上回住处继续没眼色,胡盼,你早晚会被开除,信不信?"

"信,等您当了公司的最大股东后,随时都可以开除我,但是现在,您说了还真不算!"胡盼反常地没有生气,而是一副调笑的口吻,"方叔是最大股东不假,但芃芃也持有不少股份,而且她也是高管。方叔,公司现在面临即将推出产品的关键期,高管只有您和芃芃不太合适,建议再增设一名高管,我推荐杜图南。"

"你故意的吧胡盼,论年龄和阅历,都应该是我,为什么是杜图南?"古浩想要据理力争,被方山木制止了。

方山木坐回沙发上,跷起二郎腿,既悠闲又自得:"芃芃,你和胡盼是不是知道了什么?你们怎么猜到我想要让孙小照加入公司,是在安小宴偷听我们谈话了?"

成芃芃以前也算是好孩子,没干过偷听的事情,不由得脸一红:"我和胡盼也在安小宴吃饭,巧了,正好在你们隔壁,就无意中提前听到了一些不该听到的事情……"

还碰巧在隔壁,方山木笑了,猜到了成芃芃和胡盼是故意跟踪他们,也不点破:"你们只知道我想让孙小照加入公司,却不知道我的真正用意,来,我和你们算一笔账,你们就明白了。"

方山木朝古浩点了点头,古浩会意,拿出了一份文件。方山木将文件推到成芃芃面前:"你先看看,芃芃,做到心里有数。"

成芃芃翻看了几眼,脸色微微一变:"烧钱这么快?"

方山木点头:"不瞒大家,公司账面上的资金没多少了,照现在的花钱速度,坚持不了半年了。主要开支除了人员工资之外,就是开发成长游戏APP的费用。现在才只是一个故事线，如果再增加三五个，投入会成倍上涨。知道我为什么非要现在向市场推出成长游戏APP吗？一是因为快要没钱了，不推出产品，没有办法让资本看到赢利模式，就不能融资。融资不到位，公司就只有死路一条。二是据孙小照透露，周逍上次和江边、古浩聚会后，得知了我们的创意，现在也在着手开发一款类似的APP……"

停顿一下，方山木恶狠狠地挖了古浩一眼，古浩立刻识趣地低下头，委屈地小声说："怪我，虽然不是我说的，是江边多嘴，但江边是我家的，她的错就是我的错，我有罪，我该死，我不应该被原谅！"

"你闭嘴，听方叔说下去。"胡盼也难得地一脸严肃，她也意识到了事情的严重性，"这么说，我和芃芃离开后，你们又聊了一些事情，而且还是非常关键的重要环节？"

等于是承认她们是故意跟踪偷听了，方山木嘿嘿一笑："你们是几点离开的？"

成芃芃拿出手机看了看买单的时间，再根据方山木和古浩回来的时间节点推算，她和胡盼也就是少听了十多分钟的内容。

也就是在她们刚离开后，孙小照说到了一个至关重要的信息。周逍原本想要用她的远光公司开发一款APP，她也同意了，并且对周逍成长创意的APP非常赞赏。但还没有正式启动，就出现了蓝心和向文事件，周逍就不再提及此事。

后来孙小照的心思就全部用在了和周逍感情的较量上，完全将他的开发APP的设想抛到了九霄云外。可以理解，对于现在的她来说，感情问题是头等大事。

在和方山木见面后，聊到最后，孙小照慢慢恢复了理智，回想起了周逍在事业上的图谋。

顿时惊呆了方山木和古浩。

尽管方山木很生气江边无意中透露的消息导致周逍也对成长类的游戏APP产生兴趣，并且还着手开发了，但事情已经发生，他再生气也无济于事，最主要的是，他也清楚即便周逍不看好成长类游戏APP的市场，也会有其他人进入。

其他人的话，方山木既不了解也不担心，但如果是周逍，就不得不令人大感头疼了。周逍在互联网行业多年，又是颇有影响力的人物，不管是眼光还是人脉资源，都是一等一的高才，他如果和他正面相遇，会是一个劲敌。

方山木不怕任何来自正面的挑战，但明枪易躲暗箭难防，周逍的为人心机之深，超过了他之前的认知，他不敢肯定周逍开发同类竞品，是真的看好市场，还是要有意针对无限关爱。

第二十三章　已婚男人的尊严不容挑战

之所以一直没有猜测花团科技收购案以及他从公司离职是周逍的幕后黑手，是因为他和周逍的关系向来不错，而且公司上下都一致认为周逍为人正派公正，从不藏私。如果没有孙小照事件，他还会坚持认为周逍是一个值得结交的朋友。

难道说，花团科技收购案的背后真是由周逍一手推动？可是周逍的目的又是什么？为什么要故意整他，他和他既没有过节又没有利益冲突？想不出来理由不代表方山木不继续怀疑周逍，那么是不是可以说，开发成长游戏的同类竞品，周逍也有故意扼杀无限关爱之嫌？

问题是，除非真的有深仇大恨，周逍犯不着费尽心计处处围剿他，每个人做事都会有动机，周逍的动机又是什么？他和他没有夺妻之恨，没有在公司有过倾轧和算计，除了感情和事业之外，他和他又不是生活中的朋友，没有其他的交集之处就没有了更多的隐藏矛盾，说实话，方山木实在想不出来周逍和他之间在哪里有过哪怕只是眼神上的敌意和语言上的冲突。

世界上没有无缘无故的爱和恨。

问题是，想不出来也没有办法找周逍当面问个清楚，方山木当即决定收留孙小照，一是孙小照确实是一个称职的助理，做事和待人接物比胡盼强了许多。二是孙小照作为一个支点人物，她的存在，会让周逍束手束脚，不至于再对他明里暗里的攻击。

古浩也同意方山木的决定，他也一改以前的好色，变得严肃了几分，周逍也在开发同类竞品，他的所作所为对无限关爱来说确实是一个严峻的考验。

听完方山木和古浩的补充，成芃芃看了看许问渠，又和胡盼交流了一下眼神，当即有了决定，毕竟比起公司的资金紧张又有强劲的外敌两件大事，齐心协力才最为重要："第一，我同意孙小照加入公司。第二，我同意搬家，我们三个人全部搬出去，留给方叔和古师傅足够的思索空间。第三，我个人可以追加投资。"

许问渠耸了耸肩："我去对面看看房子，你们继续宏大的话题，我不关心也帮不上忙。"

"一天天的，真拿她没办法。"许问渠一走，胡盼如释重负地长出了一口气，"除了蹭吃蹭住之外，看不出来她到底有什么用处，不如这样吧方叔，让孙小照进来后，就开除了她。公司现在财务紧张，少一个人也可以节省一些开支不是？"

古浩眼睛一斜："说什么呢胡盼，你不知道孙小照进入公司后和你的工作重叠，她要替代的人是你？"

方山木没理胡盼和古浩，目光深沉地望向了窗外："以前我只以为我们最大的关卡是市场，现在通关的难度增加了，又多了一个周道。市场的风向难以捉摸，周道的手段也是防不胜防，再加上资金紧缺，同志们，前景不容乐观，要有居安思危的意识，否则我们说不定真的挺不过今年的冬天。"

"别说得这么悲观，不是还有我呢吗？"成芃芃站了起来，用力拍了拍胸膛，"多的不敢说，三五百万的投资还是没有问题的，问题是，方叔你肯让出多少股权给我？以后我在公司要和你持股一样，要和你平起平坐，要管你约束你，不能再让你为所欲为继续一言堂了。"

方山木苦着脸笑："投资不是儿戏，也不是赌气，你要记住，你可以追加投资，但追加投资的目的是为了公司更加良性的发展，而不是和我争权。"

"在公司良性发展之余，再和你争权就没问题了吧？争权只是公司发展的副产品。"成芃芃依然激情高涨，"就这么说定了，我先期追加三百万的投资，持股比例增加到百分之三十，怎么样？"

古浩当即反对："你原先持股百分之十，三百万就想拿走百分之二十的股份，等于是公司估值一千五百万，太低了，以公司目前的进展，至少估值三千万起。"

"老方，我也可以追加三百万的投资，只要百分之十的股份，怎么样？"古浩得意地朝成芃芃挤了挤眼睛，一副欠揍的样子，"做人得真诚，不能趁火打劫。"

古浩以为成芃芃会趁机追加筹码，不料成芃芃当即缴枪投降："有了古师傅的三百万，公司应该可以暂时度过危机了，我就不凑热闹了。刚才给我妈发了微信，说要动用我的嫁妆，我妈没同意。她不同意我就没办法了，她是存了一笔钱当我的嫁妆，但卡和密码都由她保管，我是丫鬟拿钥匙，当家不做主。"

"你……"古浩被气笑了，跳了起来，"你是和老方设套故意联合捉弄我呢吧？行，你们狠。老方，你们越来越有默契了，再这样下去就危险了，说不定会不仅满足于在事业上的合作，还想合作人生。"

"一切皆有可能。"成芃芃既不承认也不否认，只是得意地一笑，"既然打算投资了，古师傅，赶紧请示一下江总，毕竟钱都在江总手里。"

方山木也没有想要成芃芃或是古浩的投资，今天想和几个人商量事情，原本也不想聊资金问题，尽管确实资金短缺，他还是想自己想办法解决。没想到成芃芃节外生枝，突然来了一出，还将古浩拉下了水。

古浩之所以跟他一起创业，固然有逃离江边的出发点，也有对他信任的缘故，还有一点方山木也清楚，古浩肯定不甘心只当一名打工者，哪怕最后到了高管的位置也不符合他对自己的预期，他想要的还是股份。

只有持有了无限关爱的股份，才相当于自己为自己打工，才是创业。方山木猜到了古浩的长远打算，却没有主动提出，要的就是等时机，等古浩主动。也是他看得明白，古浩没有财权，他想要投资无限关爱，必须经江边同意。

古浩其实也没想现在就投资无限关爱，想等成长游戏APP投放市场之后，市场有了反馈再做决定，谁料今天情急之下被逼到了墙角。还有，他担心成芃芃再追加投资持股比例上升到一定程度，他再想进来就没有机会了。

想了一想，古浩还是当众拨通了江边的电话。

"江边，现在无限关爱遇到了资金问题，以我和老方的交情还有我对他的认可，正是投资的好时候。三百万，百分之十的股份，也挺合适，你觉得呢？"古浩开始时还当着方山木几个人的面，故作镇静，并且昂首挺胸，说到后面，声音慢慢低了下去，腰也无法挺直了。

过了一会儿，也不知道江边说了些什么，他惶恐地看了几个人一眼，转身进了房间。

胡盼不无鄙夷地撇了撇嘴："一天天的就这厾样还想投资？可拉倒吧，我看还不如芃芃的嫁妆好用。芃芃，你再和阿姨好好谈谈，反正你一时半会儿也不会嫁人。你也可以和方叔签一个协议，万一这笔投资款赔了，你就嫁给他，他保证以后慢慢还你。"

"我倒是愿意，就怕方叔不敢签。"成芃芃挑衅的目光瞄向方山木，"方叔，你要敢签，我立马投资五百万，只要百分之二十的股份。"

方山木才不怕成芃芃的调戏，依然岿然不动："五百万想换我一辈子的照顾和关爱，你倒是会算账。免了，我能找到投资，只要成长游戏一推向市场，肯定会有资本主动找上门来。"

"这么有信心？"成芃芃眯着眼睛窃笑，"我可告诉你方叔，现在是你能用最优惠的条件拿下我的最佳时机，错过了，以后你再后悔，就算付出十倍百倍的代价，也未必如愿。"

"已婚男人的尊严不容挑战。"方山木哈哈一笑，他看出来成芃芃和胡盼是在试探他，他拍了拍胸膛，"我的原则是，没有离婚，绝对不会和任何女性玩暧昧打擦边球。当然，真离婚了，我也不会选择你。"

"为什么呀？"成芃芃一脸不服气加委屈，"我貌美如花家财万贯，哪里配不上你了？方山木，你太过分了，敢嫌弃我！我拿小本本记你的仇，记一辈子。"

"不是我嫌弃你，是你太完美了，我配不上你，行了吧？"方山木见古浩一脸沮丧地从房间出来，知道事情黄了，心中不知是庆幸还是失望，"行了，别扯闲篇了。从明天起，我负责融资，你们负责做好成长游戏APP最后的完善工作，古浩负责查实求证周道开发的同类竞品的市场定位，让我们一起努力，为了成长游戏APP推向市场做好冲锋工作。"

古浩一摊手，一脸无奈："江边说，手头的资金都被她用来投资好景常在了，暂时没有多余的资金给我。对不起老方，没能帮上你，我决定发扬自己的无赖加无耻精神，争取早日打败周道，也算为公司的发展扫清障碍。"

"能知道自己无赖并且无耻，也算是有自知之明。"胡盼连损带夸，"没钱当股东，就跟我一起打工不也一样？老古好样的，我们以后结成打工人联盟。"

第二十四章　不赞成观点，接受决定

幸福来得太突然，古浩不敢相信自己的耳朵，再一看胡盼不像是在开玩笑，顿时来了兴趣："行啊，作为公司创始之初的几个元老，老方和小成是股东，是领导，就你和我是员工，是无产者，我们要是不团结，就会被他们两个资本家联合起来收拾。"

胡盼主动伸出了右手："古师傅，我为我以前对你的不敬道歉，希望你大人有大量，别放在心上。"

方山木愕然，胡盼大晚上的，演的是哪一出？成芇芇挤眉弄眼地笑了，指了指胡盼的房间，又指了指门口，然后又做了一个扛东西的手势。

明白了，方山木顿时恍然大悟，哈哈一笑："以前胡盼家稻子熟的时候，是不是会给所有的暗恋者追求者发消息，然后一天时间稻子就收割完了？"

"方叔！"胡盼见她的小小伎俩被方山木识破，顿时又气又恼，"看破不说破是人生智慧，您既是领导又是长辈，怎么能坏人好事？"

古浩也有模有样地瞪了方山木一眼："就是，老方，这就是你的不对了，你说话得有根据，胡盼从小在城市长大，家里哪有稻子？"

门一响，许问渠回来了，她双颊微红，微有兴奋之意："谈好了，这几天签了合同就成。钥匙也已经拿到了，随时可以搬过去。我刚才已经清扫了房间，我现在就搬，胡盼你想晚几天也没关系。"

"我也现在就搬，可是我的东西比较多，又重，搬不动……"胡盼故作扭捏之态，眨动几下眼睛，不好意思地看向了古浩。

古浩当即一拍胸膛："有我在，搬家这样的小事，怎么会让你们女孩子动手？走，老方，一起上。"

方山木见古浩笑得很开心很暧昧，摇头一笑："跟个二傻子似的，真没法说你什么。"

几个人忙活了一个多小时，才差不多消停下来。胡盼和许问渠的东西本来不多，主要是在新房中为了摆放东西调整位置浪费了不少时间。

对门302的格局和301一模一样，胡盼当仁不让地占据了主卧，许问渠住在了离胡盼最远的次卧，另一个次卧暂时空着，说是留给成芄芄。

成芄芄很开心，301空出来的房间是她的，302也有她一个卧室，她是唯一可以左右逢源的人。不过她还是谢绝了胡盼的挽留，今晚不回自己的公寓，要住在301室。

成芄芄是有话要和方山木说。

古浩忙完，弄了一个大花脸，他在搬家过程中任劳任怨的表现以及积极主动不怕苦不怕累的精神，感染了胡盼和成芄芄，二人对他的观感进一步得到了提升。

古浩以累了为由，回到301室就关门睡觉去了，客厅中只剩下了方山木和成芄芄。

成芄芄抓起一把瓜子，嗑起来的动作十分娴熟："越来越发现老古人还不错，虽然人色点儿嘴损点儿，但在关键时候能靠得住，方叔，算你有眼光。不过呢，就是人笨了点儿，胡盼假装对他好一点点，他就被忽悠得卖力干活了，呵呵。"

方山木不说话，嘿嘿直笑。他看得清楚，对于胡盼的伎俩，古浩心知肚明，他是故意假装上当，就是为了逗她一逗。反正不管怎样都要搭手帮忙，与其说得明白，还不如假装糊涂，你好我好大家好。

"刚才人多不方便，现在就我们两个人了，我就直说了，方叔，你先做好迎接重大挑战的心理准备。"成芄芄罕见地一本正经，她坐在方山木的旁边，双手抱腿，"我很认真，你也严肃起来。"

方山木不笑了："我现在严肃了，你说。"

"你真的考虑好了要让孙小照加入公司？我们完全可以暗中帮助孙小照，如果她成为无限关爱的员工，就等于你公开和周道为敌了，以现在公司这种弱小的状况来看，不是明智的做法。"成芄芄也在成长，刚才她一直在思索孙小照会为公司带来什么样的冲击，"我觉得你的决定不太成熟，像是冲动之后的报复性行为，方叔，你反思一下好不好？"

原来成芃芃还在纠结孙小照的事情，方山木大为宽心，脸绷得不再那么紧了："你说得对，在安小宴的时候，一开始我真有报复周逍的念头，后来又冷静了下来，经过一番慎重的思索，才做出了决定。芃芃，你是不是从周逍接连三任女朋友的事情上认定周逍就是一个渣男？"

"啊？"成芃芃反倒惊讶了，"不是渣男难道还是优质专一男？"

"男人和女人的思维不同之处在于，女人只要认定一个男人是渣男，连带对他的能力和人品也会打上一无是处的标签，但男人不会。有些男人人品很好，对家庭忠诚对婚姻负责，但他能力极差，不管什么事情都担当不起来。而有些男人流连花丛，花心大萝卜，女友一个接一个，但他就是有能力，工作出色，不管什么事情都能办好，如果你是公司的领导者，你会重用哪一个？"

"当然是第一个了，人品比能力重要。"成芃芃呸了一声，"渣男能力再强，也是渣男，必须被扫地出门，滚出我的视线。"

"女人容易将情感和能力混为一谈，男人不会。男人可以接受一个男人的好色，但不会接受一个男人无能、窝囊和背叛！好色在男人的眼中，不算什么明显的缺点，因为是个男人都会喜欢美女。就像你们女人之间可以接受闺密花痴一样，却接受不了闺密抢走你们的男友对吧？"方山木坐正了身子，"我就说这么多，这个话题到此打住，回到孙小照的事情上。我原本也是考虑人在暗处比较方便和周逍较量，但后来仔细一想又不行，周逍是暗中出手的行家，你想，隐藏式离婚好几年，又隐匿式恋爱好几年，整个公司上千人，没有半点儿消息透露出来，由此可见周逍为人是何等的缜密和能算计……"

"我还不太赞成方叔的部分观点，但我可以选择接受你的决定……"成芃芃低头想了一想，"我在学习。以前我不觉得方叔是我的关卡，现在才发现，什么时候能够理解了方叔的所作所为，也算是过了人生一关。"

"行了，别说得那么悲壮，我的一关只是你的人生成长关，而你最大的关是感情关。"方山木认真地点了点头，"得谢谢你，芃芃，一直以来对我的工作很支持，没有你，也就没有无限关爱的今天。"

"停，打住！"成芃芃甩手做了一个暂停的手势，"以后再跟我说这些疏远关系显得生分的话，我就撤股就退出无限关爱。你是我的一关，我也要成为你的一关，这样才公平，就是不知道你能从我身上学习到什么……"

能学的东西有很多！方山木有些话没有说出口，他可以从胡盼身上学会随性和开朗，从成芃芃身上学到大气和包容，如果他对待盛晨能有对待成芃芃的感激和对待胡盼的耐心，他和盛晨之间也不会有矛盾和冷战了。

只不过每次想到此类的问题，他下一个念头就是盛晨为什么对他不能有包容和理解呢，然后他就不能再深思下去了。有时想想也真是可悲，人都会对身边最亲近的人最挑剔最计较，反倒对外人最客气最迁就。

成芃芃歪头想了片刻："不知道我猜得对不对，方叔让孙小照加入无限关爱，就是想在正面警告周逍，凡事不要太过了，他有把柄在你手中，大不了鱼死网破……对不对？"

"不完全对。"方山木哈哈一笑，"正面警告周逍是一方面，另一方面我也是想要正面出击，不能再被动了。还有一个更重要的原因，其实我还是不太肯定周逍到底是一个什么样的人，不能只凭孙小照的一面之词就确定周逍是所有事件的幕后黑手。"

"不是吧，周逍连骗了三个姑娘他还能是好人？花团科技收购案、古浩被开除事件以及现在的抄袭成长游戏APP，足够证明周逍是一个不负责任、人品败坏的渣男！"成芃芃气着了，背过身去，"方叔你再是非不分我就不理你了。"

方山木呵呵一笑："别跟小孩子一样！我一向在意证据，要有实锤才行。我相信孙小照被周逍欺骗了感情没错，但感情的事情本来是两个人的私事，外人很难分清是非曲直。所以我才让孙小照加入无限关爱，一是表明要正面出击的态度，给周逍一个警告。二是也想看看周逍会有什么反应……尽管我不敢肯定周逍是不是所有事件的幕后推手，但绝对他在其中有推脱不了的干系。我不能再被动了，进攻就是最好的防守，因为如果被周逍在成长游戏上面再摆我一道的话，我就再也没有重新站起来的可能了。"

第二十五章　论一个好女人的重要性

方山木说到最后，用力挥了挥手，一副壮士一去不复还的悲壮。

成芃芃点了点头，她被方山木的激情演讲感染了："我一定力挺方叔到底！"

"还有呢？你想和我说的事情应该不只有孙小照一件吧？天不早了，要说快说。"方山木打了一个大大的哈欠。

成芃芃悄悄指了指古浩的房间，意思是他有没有睡着，方山木摇了摇头，暗示她不必在意，也不用背着古浩。

"最后也是最重要的一个问题，刚才我收到了江成子的微信，还没回他，你看看。"成芃芃递上了自己的手机。

方山木想接，手伸到一半又缩了回去："看别人手机不太合适，你说给我听就行。"

"切，是被盛晨管怕了吧，哈哈。"成芃芃大笑，"江成子说，林三岁有意投资无限关爱，想让我问问你的意见。不知道他为什么没有直接问你，却来问我。"

"你毕竟也是股东，而且你性格好，他是想借你来试探我。"方山木回想起和林三岁仅见过一面的场景，"林三岁是一个有趣的人，也有能力，但他未必就是合适的无限关爱的投资人。现在无限关爱不需要纯粹的财务投资，需要的是战略投资，不仅能为公司的成长提供动力，还要为公司注入活力带来资源。"

"你的要求太高了，一般人达不到，怪不得你和盛晨冷战这么久，在外面也没有乱来，原来是眼光太高人太挑剔。你要的不是一个投资人，是联合创始人，是要又有钱又专业，而且本身还要有经历，可以丰富成长游戏的故事线对不对？"

"知我者，芃芃也。"方山木起身，"行了，先睡吧，林三岁的事情，以后再说，除非他主动找我，和我聊聊他对无限关爱有限责任的理解。我是缺钱不假，但缺钱也要缺得理直气壮，也要有原则有坚持。"

"好吧，先睡吧……"成芃芃也打了一个大大的哈欠，"对了方叔，你的衣服太古板了，有损我们创意游戏公司的形象。"

方山木低头看了看自己一身的打扮："没什么不好哇？成功的成熟男人都是低调沉稳的穿着，我又不是你们年轻人，穿衣服喜欢另类和新潮。"

"不行，作为股东和合伙人，我有责任和义务要求你在穿着上符合公司的形象和定位。"成芃芃下了死命令，"还有，下次回家，可以再带回平安和喜乐了，我也挺喜欢它们的，有点儿想它们了。"

回到房间，方山木打开衣柜，看到换洗下来的衣服已经堆积在了一起，他就知道回家的日子又到了。成芃芃的话，又勾起了他的思家之意。

平心而论，盛晨对他生活上的照顾确实无微不至，也将家里的一应大事小事打理得井井有条。

人都是在拥有的时候不觉得珍惜，哪怕是再幸福的时光，久了，也会认为是稀松平常。和盛晨冷战之后，方山木出于气愤，又因为工作忙碌，并没有感觉在生活上受到太多的影响。但是现在，当创业步入了正轨，而且他和盛晨的关系稍微缓和之后，他蓦然发现他在生活上的方方面面已经和盛晨联系在了一起，无法割舍！

离开了盛晨，他基本上丧失了一半的生活能力。虽然在深山老林中的极限状态下，他可以拥有超出常人的知识。但在日常生活中，大到穿衣吃饭，小到收拾行李以及穿衣风格，这些年来，都是由盛晨一手操持，他几乎没有操过一次心。

刚才成芃芃提出要改变他的穿衣风格，让他许多关于和盛晨在一起的回忆突然复苏，往事如潮水般涌上心头。

方山木有个习惯，需要想事的时候会到院中清静一下，现在是楼房，不再是以前的别墅，他就只能打窗户让冷空气进来。

以前每天忙碌而充实，白天在公司处理一天的工作，晚上回家后，和盛晨说说话，关心一下儿子的学习，再处理一些工作中的遗留问题，看一会儿电视，带平安遛弯儿，然后上床睡觉，几乎没有空闲的时间思索和回忆。

两个人在一起生活，其实就是一个习惯和互相补充的过程。结婚后不久，方山木就和盛晨达成了共识，他是大事操心小事放手，要把主要精力用在工作上。家里的事情，除了买房买车之外，一概由盛晨做主。甚至后来方山木赚钱越来越多，他每月只保留基本的花销之外，大部分收入全部交由盛晨保管和打理。

当然，盛晨也没有辜负他的信任，买理财、投股票、置房产，确保了家庭资产的稳定升值，也正是在盛晨的努力下，身为70后的他们赶上了房价上涨，至少在房产上赚了上千万。

方山木现在的几套房子以及两辆豪车，有一大半是盛晨理财和房产升值的功劳。方山木是会赚钱，但并不擅长理财，也不太会精打细算。恰巧是他不会的领域，盛晨却最拿手。虽然盛晨在家多年，是全职太太，但在照顾方山木和儿子之外，不但将家里的一切都安排得有条不紊，还学会了许多理财知识，认准了时代发展趋势，十几年来，把家庭资产翻了两倍有余！

虽然说原始资金的积累是方山木的功劳，但如果没有盛晨的打理，家庭资产也不会升值这么多，以方山木对理财的理解，如果让他管钱，他不让资产贬值就谢天谢地了。

这么一想，方山木忽然觉得盛晨其实对家庭的贡献并不比他少，不，比他还要多。盛晨是没有工作赚钱，但让家庭资产升值，也是赚钱。除此之外，盛晨还将他照顾得无微不至，将儿子培养得十分优秀。一个好女人，影响的不仅是一个家庭的和谐，还事关一个家族的兴衰。

方山木心中忽然对盛晨充满了柔情，尽管盛晨确实对他的管教和约束中包含了猜疑，并且还有几分无理取闹，但人无完人，他也有这样那样的问题……人生都有犯错的时候，只要意识到了自己的错误并且改正，就是了不起的人！

他和盛晨在婚姻中都有错，问题是：谁先做第一个认错的人？现在方山木清楚他和盛晨矛盾症结点在于谁都不肯先退让第一步，说来说去还是他们当初认识时都太年轻，都还当对方是当年的人，都忽略了对方成长之后的社会身份和属性。

但社会身份和属性，在家里又算得了什么？家庭不就是一个放下社会身份和伪装的港湾吗？他为什么还要在回家之后，在盛晨面前摆出公司副总和年薪数百万的成功人士嘴脸？盛晨嫁他之后，何曾在他面前再以校花和公主自居，她洗衣做饭打扫房间照顾儿子，有过一丝怨言吗？她将一切都安排得无比到位之余，还让家庭资产升值数倍，她有过炫耀和骄傲吗？

没有，都没有！

方山木忽然冷汗直流，有时设身处地地想一想，再换位思索一下，每个人都是只看到自己的功劳却看不到别人的付出，他也犯了同样的毛病。

手机微微振动，一条微信进来了。

居然是儿子。

这么晚了儿子还没有睡觉，方山木有点儿生气，想要批评儿子几句，打开微信一看，顿时愣住了。

"老爸，我看到了一句话，觉得挺有意思，转发给你……妈妈的情绪决定家庭的和谐和社会的进步，因为妈妈一开心，就不会和爸爸吵架，也不会训孩子，还不会和同事争论，更不会和领导顶嘴，世界就和平了。而妈妈是不是开心的关键是爸爸是不是听话！"

臭小子，会拐弯抹角地劝老爸向老妈妥协了？方山木笑了笑，回了一句："都几点了还玩手机？信不信我告诉老妈让她骂得你怀疑人生。"

"老爸我错了，你是全家的希望，是祖国的花朵。我其实早就睡着了，刚才的消息是梦游中发出去的。"

"赶紧睡吧，明天还要上学呢。"方山木会心地笑了笑，"对了儿子，最近老妈的状态怎么样？"

"挺好的，天天在学习，还对着电视健身，像是变了一个人似的，精神焕发不说，还充满了活力，总说一些我听不懂的话，什么经营、管理、资本、市场、趋势、发展、需求等等，我觉得她差不多已经适应了一个人的生活，有你没你对她来说已经不重要了……"

儿子越来越坏了，不但会拐弯抹角劝他妥协，还会含沙射影警告他别太过分了，再这样下去，盛晨就会不再需要他了。

"不过我和平安喜乐,还是特别需要老爸的,老爸晚安。"

方山木没再回复,刚要放下手机,盛晨的消息就过来了。

"同学会的时间已经定了,后天晚上六点,一坐餐厅,你后天早点儿回家,我们一起去。"

方山木闭上眼睛,用力呼吸几口窗外的冷气,脑海中过电影一样回顾了这一年以来发生的事情。

终于,他下定决心,是时候重新出发,找回曾经的自己!